心曲

徐运祥 著

作家出版社

图书在版编目（CIP）数据

心曲 / 徐运祥著. -- 北京：作家出版社，2025. 6. --
ISBN 978-7-5212-3291-2

Ⅰ. I247.5

中国国家版本馆CIP数据核字第2025AP1074号

心　曲

作　　者：徐运祥
责任编辑：宋辰辰
装帧设计：意匠文化 · 丁奔亮
出版发行：作家出版社有限公司
社　　址：北京农展馆南里10号　　邮　　编：100125
电话传真：86-10-65067186（发行中心）
　　　　　86-10-65004079（总编室）
E-mail:zuojia@zuojia.net.cn
http://www.zuojiachubanshe.com
印　　刷：北京盛通印刷股份有限公司
成品尺寸：152×230
字　　数：366千
印　　张：28.25
版　　次：2025年6月第1版
印　　次：2025年6月第1次印刷
ISBN　978-7-5212-3291-2
定　　价：68.00元

作者简介

徐运祥，亚洲“一带一路”国际摄影大联盟副主席，香港国际摄影家协会副主席，中国摄影网签约摄影师。

作品《鸟岛》获2010第六届中华艺术金马奖、香港第八届全国摄影艺术展览综合摄影系列金奖、中国摄影金龙奖创作成果奖；《上下有别》获中国第二十一届国际摄影艺术展（纪实类）银奖；《命悬一线》获第二十二届全国艺术摄影大赛纪实摄影类金奖。

中国摄影网第二届、第三届十佳摄影师；2020年被评为《人民摄影报》明星摄影家。

著有长篇小说《随风而去》。

谨以此书献给1985年的自己！

一直往东走遇见的都是朝阳！——小雪

目　录
CONTETS

弁　言

当我年轻的时候，我梦想改变这个世界；

当我成熟以后，我发现我不能够改变这个世界，我将目光缩短了些，决定只改变我的国家；

当我进入暮年以后，我发现我不能够改变我们的国家，我的最后愿望仅仅是改变一下我的家庭，但是，这也不可能；

当我现在躺在床上，行将就木时，我突然意识到：如果一开始我仅仅去改变我自己，然后，我可能改变我的家庭；

在家人的帮助和鼓励下，我可能为国家做一些事情；

然后，谁知道呢？我甚至可能改变这个世界。

（源自威斯敏斯特教堂无名氏碑文）

楔　子

威斯敏斯特教堂的钟声敲响最后一下，王奕桐、李红梅和言自芳捏在手里的红酒杯就碰到了一起，清脆的碰撞声正好被钟声覆盖。她们会心地笑了，这是女人们的幽默，也是华人女性内敛的表现，她们不想因为自己的兴致而影响到别人应该享受的宁静。

伦敦市西边，泰晤士河北岸有一大片著名的建筑群，有大英博物馆、白金汉宫这些文化政治建筑；有威斯敏斯特大教堂、伦敦眼这些旅游景点，还有女人们喜欢的哈罗德百货公司、Selfridges百货公司和Hamleys亲子购物中心。

就在今天上午，来自伦敦不同街区的三个女人，约好到距博罗市场（Borough Market）不远处的中国城内的川菜馆“峨眉派”用餐。这名字够硬气，用王奕桐的东北话说就是特“尿性”（有性格有脾气），言自芳和李红梅谈不上喜不喜欢这个名字，就是对这里的菜品感兴趣，虽然两个女人都来自湖南，一个长沙一个常德，论口味却都喜欢吃辣，所以得知王奕桐约定“峨眉派”为约会地点的时候，两人异口同声用湖南口音“要得喽”来表达喜悦。

三个女人在靠窗的位子上坐了下来，王奕桐点了几个“思乡”味儿的菜，她双手平放在桌子上，眼睛却盯着一瓶新西兰出产的“云雾湾”（Sauvignon Blanc）长相思白葡萄酒，一边等菜一边看着一个二十几岁的男服务员毕恭毕敬地为她们斟酒。

这个时候，时间马上就要到中午十二点，威斯敏斯特钟楼的音乐开始奏响，王奕桐举起酒杯："为了我们姐妹的友谊，为了过去的和未来的美好生活，我建议等钟声敲响的最后一下，我们三人就碰杯，一来不打扰别人，二来用作曲家乔治·弗里德里希·亨德尔这首著名的咏叹调感叹一下我们的过去，憧憬憧憬我们的未来！"

王奕桐不愧是音乐学院毕业，对这首西方著名的传遍世界各个角落的教堂音乐是出自哪位作曲家之手都铭记于心。

王奕桐来自辽宁沈阳，学习的是小提琴专业。她身材高挑，容貌姣好，人精明能干，从东北到英伦又从英伦准备回东北，短短的几年时间，王奕桐已经经历了从一个怀揣理想来、怀抱着人生巨大转变回的整个过程；感情上被人爱过，她也爱过别人，往后看，现在她已经将自己的青春碾压成了一个个音符，谱写在脑海里，抛洒在走过的每一步的脚印上。

等钟声敲过，大家放下了杯子，突如其来的宁静笼罩着三个女人。王奕桐和言自芳不约而同地往服务生的方向望了望，两人对视了一下，尴尬地笑了笑。

"你真的要、要回国吗？"李红梅病恹恹地问道。她脸色苍白，说话的时候在不该断句的地方断开了，这不是她故意这么做，而是她患病在身。这不是最可怕的，可怕的是医生将病情告诉了她，这使她的精神几近崩溃，她感觉到自己身体不好，可没有想过这么严重。

"对呀！非要离开吗？你不是费好大力气来了伦敦，这又要回去，还是再想想吧！"言自芳也附和着李红梅的话提出了自己的观点，"我们姐妹几个在一个城市多好，你回去了我和红梅多孤单！"

言自芳说这话的时候下意识用眼睛瞄了一下李红梅，因为她知道李红梅的病情，那不是一般的病，而是不好的病。言自芳的专业知识告诉她，人生无常，李红梅多则半年，少则三两个月便要走到人生的终点。

“古代蔡文姬抛家舍业都要回到自己的国家，我虽然没有文姬的才貌，也作不出蔡文姬那样的《胡笳十八拍》。可我想回国的感情却和蔡文姬是一样的，这也许就是中国人的基因所致吧！沈阳，我太思念她了，再不回去我真的会孤老终身的！”王奕桐说的所谓“太思念她了”其实可以理解为有人在等她了。她这时候的一句话回答了两个人的问题：“对了，你咋样了，自芳？离了没？又开始新生活了吗？”王奕桐的话刚一出口就觉得后悔，不该在这个时候问言自芳这个事，她想尽快摆脱这个唐突的话题，就将目光转到了李红梅身上，问道：“你呢？红梅，好些没？”李红梅没有理解王奕桐的真正含义是为了转移话题，没有回答王奕桐的问话，反而对言自芳这个问题十分好奇，一时间忘记了自己身患的疾病给心理的打击，表现出对言自芳的现状“有限度”的关心。那心理像在伦敦赌场里玩“押大押小”的赌博一样，原来认为庄家会开“大”，就押了“大”，可到了临开盘前一秒又觉得会开“小”，马上又押了同样数量的“小”，对冲了风险，没赔没赚。

李红梅不是个坏女人，反而是个善良的女人，可在这个时候女人的好奇心驱使她暂时忘却了自己的不幸，反而对言自芳“离了没”倍感兴趣，无意中用王奕桐“离了没”对冲了王奕桐问自己的“好些没”。

“孩子没娘，说起话长！”言自芳说这话算是回答，也不算回答，“今天，我们欢聚，不说不高兴的事儿！”说完，把头扭到了窗外。显然，这句话刺痛了言自芳，言自芳心想，“你王奕桐真是‘哪壶不开提哪壶’，真是个子大，心眼儿也大呀！我都没有问你王奕桐把亡夫斯梅尔留下来的事情处理完了没有，不就是怕你难受，不愿意揭伤疤吗？”

此时，一首交响乐飘进了大家耳朵，王奕桐见言自芳和李红梅瞪着眼呆呆地望着她，似乎渴望着能进一步了解现在播出的音乐与美食有啥关系，就故意欲言又止，想把聊天缓冲一下。王奕桐发现了自己的问题引起了谈话气氛的尴尬，极力想挽回到刚进门时的热烈，就借着餐厅的音乐来做文章。

“这是贝多芬的*Symphony No. 5 In C Minor*（《C小调第五交响曲》），放在这里真的不合适，不过声音大小调得还算OK!”她用手指了指音乐传来的方向说道，“一定是有顾客点了麻辣火锅，想把命运交给这又麻又辣的世界吧!”

几秒钟后，她接着道：“你听听，贝多芬一定是四川人，吃过四川火锅或者麻辣烫才谱的这首钢琴曲，不然你不会从其中听到有火爆的辣味，不屈不挠的麻味儿和陈皮草果的香味儿。人生是不是用生活中的调味品组合而成的，不然怎么称之为人生百味呢？音乐就是人生最好的反映和记录，不是吗?”

王奕桐用了一个英文中常用的反问句来引起两人的注意，李红梅和言自芳觉得似乎有道理，点了点头。这点头鼓舞了王奕桐，她的音乐知识再一次和川菜的麻辣艺术结合了起来。

“这首叫*Blueberry Hill*（《蓝莓山》），唱得最好的就是阿姆斯特朗，这个阿姆斯特朗不是登月的那个人，是黑人歌唱家阿姆斯特朗。你们听，曲目悠长且低沉，一定有客人点了‘拔丝苹果’或者‘拔丝土豆’了。阿姆斯特朗的特点就是柔和，听他唱这首歌就像拔丝苹果一样拉扯得很长很长，抒发得有些让人觉得感情是被挥霍了。

“这老板是‘川音’毕业的，能把中国美食和世界音乐结合到一起，我看全世界也就他了!”王奕桐口若悬河越说越有劲，因为这两个方面她都是内行，一个音乐一个美食。在这一点上言自芳是佩服王奕桐的，因为走投无路的时候，她在王奕桐开的餐厅里待过一段时间，她太了解这位前老板了。

“那今天你点的是哪几道菜，会不会有相应的音乐播放给我们?”言自芳好奇地问道。她的情绪被王奕桐的音乐理论和美食推介扭转了，已经忘却了王奕桐刚刚问话的不愉快，情绪渐渐变得高涨了起来。她急切地想知道接下来自己桌上将会有什么样的菜式能够和什么样的世界名曲结合到一起。

“如果我没有估计错的话，正播放的这首《彩云追月》应该是要上我们的菜！”王奕桐、李红梅和言自芳齐刷刷往厨房出菜的方向望去，李红梅心想：“如果不懂一点儿音乐，这饭也就只能说吃了一半儿，太可惜了！”

只见那个帅气十足的洋人服务员手里端着一个精致的托盘谦卑地走了过来，钵子放到了雪白的餐台上。“这道菜是‘锦上添花’，请慢用！”说完倒退了几步后转身离开了。

蔬菜沙拉中间摆放了一个典型的日式“温泉蛋”，蛋黄隐隐约约被蛋白包围着，随着盘子的移动，“温泉蛋”的蛋黄在蛋白里摇来晃去，如满月初升；牛油果和三文鱼似夜鸟归巢，陪伴左右。一小碟精致的酸甜醋汁在音乐的伴奏下从中间淋入，一股酸甜的味道立刻穿过了嗅觉，使人满口生津。你还别说这个时候再端起“长相思”来，真有了“彩云追了月”的快感从心底升腾起来。

接着上来的菜品并没有更换播放的曲目，干煸四季豆，麻婆豆腐，夫妻肺片，一首《彩云追月》就上来了几道菜，让几个女人生出的音乐和菜品能够进一步融合到一起的愿望多少有些落空。

“你们好呀，几位美女！”峨眉派的店老板向三个女人打着商业式的招呼，“味道还能适应吗？有什么需要请吩咐我，不要客气，都是一家人嘛！”

“我们还有一份‘水煮鱼’，请老板跟一下单，再加三小份‘龙抄手’，谢谢！”王奕桐吩咐道。

“好的好的！请美女们稍等片刻！”老板转身下单去了。

这个时候一首 Claude Choe（崔宰凤）的 *Love Is Just A Dream*（《爱只是一场梦》）飘入了三位女士的耳鼓，小提琴手好像不是在曲目中，而是就站在她们的面前，就给她们三位讲述为什么“爱”就是“梦一场”。整个曲子就是在诉说，在低吟，在不舍，在挽留！

几个人静静地听着，言自芳将眼光投向了威斯敏斯特教堂的方向；李红梅把头垂得更低；王奕桐闭着双眸，可眼中已含着泪花，双手握成拳头抱在微微隆起的胸前，一副沉浸式体验和专家内行的表情。她们都被音乐感动了，虽然不知道感动的是什么，此时她们一定都在考问着自己的过去，预测着不同的归宿。

名为“沸腾渔乡”的水煮鱼上桌，女人们才恍然大悟，发现这首曲子是老板送给她们三人的，因为一张精美的便条上这样写着：“美女们，回到现实，爱永远在不远处等你们！”看到这张纸条，李红梅哭了，王奕桐哭了，言自芳也哭了。

第一章

1

李红梅旅居伦敦多年，岁月已经爬上了她的额头和眼睛，她人长得不算漂亮，可是与她相处你会感觉到她的善良无处不在。李红梅来自常德澧水边上一个偏僻的小山村。她的故乡除了有“刘海砍樵”“孟姜女哭长城”这些有名的爱情故事以外，“善德文化”的熏陶某种程度上对当地人文有着深厚的影响。

李红梅父母都是老实巴交的农民，几分山坡上的水田供养着家里老老少少六口人。李红梅是家中的长女，下有两个妹妹一个弟弟。李红梅的童年是如何度过的，连她自己都不记得了，在她的脑海里自己一出生就是成年人，家里的重担就没有从她的肩头放下过。她最熟悉的人就是需要她照顾的弟弟妹妹；她最熟悉的环境就是家门口的那条山坡路和屋后那片郁郁葱葱的竹林。

李红梅的父亲李竹衣在一次河上“放排”的时候腿被顺流而下的竹排撞断，治愈后留下终身残疾，走起路来一瘸一拐。李红梅小时候听得最多的故事就是父亲讲的跟竹排有关的；她听到最多的歌就是父亲哼出来的《放排歌》：

咿呀呀吱着嗬

嗨吱着哦

咿呀呀吱着嗬

嗨吱着嗬

咿呀呀吱着嗬

嗨吱着嗬

哗啦啦的流水你快些走

哗啦啦的流水你快些走

险滩过了一个坎嘞

大家往前赶啰嗬哎

山青青嘞

水碧碧嘞

高天流云嘞

好比湖中游嘞

我们的个放排佬嘞

水碧碧嘞

站在水上漂噢

哎嗨咿嗬哎嗨嗬哎

哎嗨咿嗬哎嗨嗬哎

这放排号子伴随着李红梅的童年，融入了她的血液，在她幼小的心灵里就知道这号子的寓意就是苦，就是累，就是父亲的断腿。

自从她懂事起，李红梅就隐隐感觉到人就该像竹排和澧水的关系，唱着竹排号子从一个叫“开始”的地方出发，将自己的一辈子或者称为“命运”的东西安放在遥远的、未知的地方。多年以后，当李红梅躺在伦敦冰冷的小床上回忆这一切的时候，她不由得感叹命运真的像父亲唱的《放排歌》，不管你爱不爱听，放排号子都在江面上时不时地“铿锵”着；日子就是她家乡澧水上的竹排，不管你想不想这么过，生活的竹排都会按照“日子”流动的方向滚动着，人是左右不了自己命运的竹排的。李红梅潜意识认为她也和父亲一样，在自己命运的竹排上是自己左右不了自己的，她只能眼看着自己顺流而下，沿着命运这条江河的曲线要么蜿蜒、要么曲折，她无法摆脱或控制自己，任何跟命运的抗争和努力都是白费。

那是一个大雪天，竹林被难得的大雪装点得分外肃穆，原本黄绿色的毛竹披挂上白雪后让人看了都觉得别扭，极少见过的雪景不仅引来村民端着饭碗出屋观看，就连夜归的原本安安静静的红嘴监鹊也开始叽叽喳喳起来，好像也在烘托这来之不易的大雪天。

此时的李红梅已经出落成了一个亭亭玉立的大姑娘了，十七岁的她正满怀信心憧憬着自己美好的未来，高中即将毕业，按照她的学习成绩已经到了班里前十名的位置，如果这样继续坚持下去，李红梅踮踮脚就能看到高等学府的大门。她有些骄傲，有些自负，她将成为家里唯一一个上大学的人，并且还是一个女孩子。她将打破很多盘桓在家族规矩里的条条框框，为自己赢得全家族人的尊重。

李红梅就读的澧县中学跟范仲淹有着千丝万缕的联系，古时澧州人敬慕范仲淹范公，将范文正公祠改建为溪东书院，这就是澧县中学教学育人的第一页，在后来的每一页上都出现过中国古代、近现代史中出类拔萃的人物。这里面范仲淹的“其必曰‘先天下之忧而忧，后天下之乐而乐’”，把国家、民族的利益放在首位成了亿万国人的座右铭。这句传咏千百年的名言也同样激励着李红梅，她想学习的东西太多，希望从事的行业一天一变。

漫天的大雪将整个大地变成了银装素裹的梦幻世界，李红梅兴奋异常，她突然想趁着周六回家去看看，沿途尽情领略一下久违的白色竹林和镶嵌着玉边儿的澧水。

学校在澧水的边上，离县城还有一段路程，为了师生进出方便，县里专门开辟了一条公交路线。而李红梅要回家就要先乘车沿着江边走一段，再穿过城区到县城的东头才能换乘其他的交通工具回家。

李红梅上了公交车后就没有留意其他的地方，她的眼睛一直浏览着澧水对岸画卷一样的景色，心想如果放在古代她的年龄比王希孟也仅仅小一岁，这位天才少年十八岁就能画出流传千古的《千里江山图》了，而自己还趴在车窗贪婪地欣赏雪景，这不是一岁之差，而是才能之别呀。

李红梅痴痴地望着窗外，后排一个比她大一岁的男青年正呆呆地看着她，可她并没有注意到这场景有什么不同。青年人叫诗同文，他和李红梅是同一个方向。此时，诗同文没有心思欣赏窗外的雪景，他的眼睛直勾勾地盯着前排座位的李红梅，从雪白脖颈上的发丝到越过座椅靠背垂在他面前的大辫子都是那么具有吸引力，那么让他痴迷。

诗同文侧了一下身，避开邻座的视线。他慢慢将双手从口袋掏出来，做了一个趴在前面椅背上的“睡姿”，用手背试探着李红梅的发梢，用鼻子猛烈呼吸着李红梅大辫子上残留的洗发水和女性荷尔蒙混合在一起散发出来的味道。

车前后摇晃左右摆动，诗同文的身体也随着车摆动的方向摇晃着，可他的脸始终没有离开李红梅的大辫子。在这个碗大的私密空间里他甚至用嘴亲了李红梅的秀发。这是诗同文第一次这么近接触一个姑娘的身体，那感觉不是他在嗅女人的头发，他是扑在了李红梅的身上，做了男人的事。这是弗洛伊德所说的力比多（libido）现象第一次在诗同文身上出现，是诗同文情欲原动力第一次实质性的表露。

诗同文已经毕业，这是他最后一次到学校办事儿。他看到天下起了大雪就提前上了车，在车上他选了一个第二排的座位坐下，一来可以趴在前排睡觉，二来也是最重要的，就是前排座椅可以挡住别人的视线，不至于发现他的右腿患小儿麻痹落下的后遗症。诗同文长得如同他的名字一样文文静静的，用他父亲诗墨轩的话说：“诗同文除了右腿不好啥都好！”

由于走起路来一颠一簸的，诗同文的自信心从小就在低谷徘徊，除了父母没有任何人真心爱护和鼓励过他，他越是被别人照顾，越心如刀割，也越自卑。高中时候，本来和一个男同学邻座，班主任好心换成班长—— 一个漂亮姑娘跟他同桌，以便能帮助诗同文的学习。这使诗同文自卑的心变成了矮脚马，老师的好心却像不服驯养的野毛驴把诗同文又狠狠地踹了一脚。为了不在同桌面前行走，他不吃不喝，这样就不用上厕所，就不会在女孩子面前一瘸一拐当众“出丑”。

几年下来诗同文和同桌中间的距离还可以再坐一个人，他没有感觉到自己的学习在进步，他就知道如何伪装不让女孩子看出他在憋尿，他在和自己“战斗”。

汽车沿着崎岖的山路蜿蜒着往前爬行，天虽然黑了，但是外面的皑皑白雪还是将夜幕下的景色反射得朦朦胧胧，时隐时现，大雪压弯了竹子，远处山坡上可以清晰地看到松扶弯竹的轮廓。颠簸的山路加上大半时间都在装着睡觉贪恋李红梅的秀发，此时的诗同文把自己搞得有些晕车。他不仅没有烦恼，反而觉得这是他少有的“胜利”，这种内心的畅快让一个残疾青年有了一个大胆的想法——他想对她好，想去追求她。

“我这头昏眼花不就是心醉的爱情味道？这一定就是爱情降临前的考验！”诗同文这样想着，嘴里背起了辛弃疾的《西江月 · 遣兴》：

醉里且贪欢笑，
要愁那得工夫。
近来始觉古人书，
信著全无是处。

诗同文有些难受，抬头望了望窗外。

昨夜松边醉倒，
问松我醉何如。

只疑松动要来扶，

以手推松曰去。

诗同文感慨万千，感叹自己今天晕车晕成这样，也算是醉酒的一种了。酒喝多了，不也是借酒抒情、借酒消愁吗？现在酒后的醉意有了，那就是天时地利有了，就差人和了。

车沿着山坡一路下山，过了平坝就到了城关镇，诗同文决定先不动，看看前面的姑娘下不下车，如果下，自己就最后一个下；如果不下那么自己也不下，跟着她看看她家在哪里。

李红梅见车到了车站，就打起精神下车。她捋了捋自己的辫子，放在胸前，抱着自己的书包，往前挪了半个屁股，时刻准备着司机停车。

这不能怪李红梅着急，因为下雪天，镇上还不知道能不能寻觅到摩托车，如果这雪再下得时间长一点儿，就没有摩托车愿意去村里。天冷是其一，关键是路滑，人走在路上脚下就像抹了油一样，更不用说骑摩托车了。谁还拿命去换钱？如果这样的话，下来的几公里自己就不得不走路回家了。

李红梅想着眼前的处境，人已经站在了十字路口。街上除了路边昏暗的路灯能够照亮几米以内的雪花以外，再就没有能够代表生命活力的东西了。她有些着急，空空的十字路口就她一个人，四条马路黑洞洞的像个怪兽向她挤压过来。她焦急地跺着脚，一来是天冷所致，二来想制造一星半点儿的声音为自己壮胆。

诗同文这时已经到了家，他下车的时候就看见李红梅抱着自己的行李站在了路灯下面，直觉告诉他李红梅是在等摩托车。他顾不上跟家人打个招呼就到院子鸡窝旁的柴房里将自己的摩托车推了出来。这柴房是干装修的诗墨轩让手下几天前给搭建起来的，由于自己就是开土木建筑工程公司的，他觉得给诗同文搭个像样车棚是对孩子不幸的弥补。

“嘟嘟，嘟嘟嘟”的摩托车声让整个小院显得更加安静。发动机声音一响，诗同文母亲艾红探出头来。

“天寒地冻，又是大雪天，你这是去哪里？”艾红问道。

“出去练练！”

“这么大的雪练啥？练滑倒还是练摔跤？”艾红说这话显然是不想让儿子出去，最多也就是把结果提前说出来而已。这不能怪艾红，就因为诗同文有小儿麻痹后遗症，作为母亲的艾红心里一直惭愧难当，看到孩子一瘸一拐的不像个人样，心如刀割，死的心都有。所以，诗同文要什么就买什么，用物质上的满足平抑心里对孩子的歉疚。

诗同文初中毕业渐渐明白自己身体上的缺陷是没有办法弥补的，就向母亲提出要买一辆摩托车，他的目的很明确，就是骑上摩托车，让摩托车掩盖自己身体的残疾。艾红理解儿子，顶着丈夫诗墨轩的反对，拿出私房钱给诗同文买了一辆铃木125摩托车。也正是有了这辆摩托车，诗同文的自信心才慢慢得以建立，他拍了不少侧面的、看不到自己残疾右腿的照片。看到这些青春潇洒的照片他内心深处有了一种冲动，知道自己也可以像其他男同学那样去追求幸福了。

诗同文跨上摩托车几分钟就到了十字路口，出乎他的意料，灯下空无一人，只有飘忽不定的雪依然不知疲倦地下着。他的心里泛起的挫败感有点儿像失恋又不太像失恋，空落落的挺不是个滋味儿。就好比大冬天暖房子里的人，看到外面天寒地冻总以为外面的温度也和室内一样，结果单衣外出才知道外面并不是自己想象的那么回事。

李红梅去了哪里呢？她并没有走远，仅仅是没有站在路灯下而已。她不想既迎着风又冒着雪，而是躲进了灯后一个柴火堆的侧面去了，这样她不仅能够躲避寒风直面吹袭，还能够观察街面上的动静。诗同文骑着摩托车由远而近，最后停在路灯下东张西望的样子她看得一清二楚。

李红梅本来想马上出去问问能不能载自己回家，但又一想不知道人家是不是在等人，就忍了忍。过了十几分钟，李红梅并没有见诗同文等到任何人，不仅没有等到人，奇怪的是这个骑摩托车人也不下车，又不离开，于是就大着胆子从阴影处走了出来。

“你是不是等人呢？”李红梅这么轻轻地一问，把诗同文着实吓了一跳，假如李红梅的声音再大一点儿的话，诗同文都有可能被吓得从摩托车上掉下来。

“吓死我了！你怎么悄悄站在黑影里，无声无息的？”诗同文见到是李红梅，原本平静的心一下又紧张了起来，嘴里嘟嘟囔囔说了一堆东西只有这么一句成话，其他说的是什么也只有他自己知道。

“你是在等人吗？”李红梅哆嗦着又问了一遍。

“是的是的！嗯，不是！”

“到底是还是不是？”李红梅恢复了平静，接着问道，“如果有空就送我到李家村，你看多少钱？”

“啥钱不钱的，我们都是一个学校的同学！”诗同文说道，他想尽快打破眼前的拘束局面，自己太想把李红梅送回家了。

“你也是‘澧县中学’的呀？”李红梅轻松了起来，“那也要给钱！”

“先送你回家，钱以后再说！”诗同文转过身用袖子把落在后座上的雪用力擦了擦，跟着发动了摩托车，“上车吧！”

2

在诗同文和李红梅赏雪的时候，东北沈阳同样下着雪，王奕桐正行走在雪地上。

王奕桐乌黑发亮的大辫子从羽绒服的帽檐两边不安分地探出头来，发梢在胸前随着脚步随意摆动着，辫子上插了一片红枫叶，独特而有韵味。

这是在北方音乐学院附中外的马路上，旧历新年以后，凛冽的寒风虽说已不那么刺骨，但是对十八岁的王奕桐来说气候依然没有多大的变化。昨晚的雪下了一夜，清晨扫雪车将新雪和旧泥一起推到了街道边上的绿化带上，在新雪上加盖了一层黑灰色。

王奕桐是个苦孩子。在其他孩子还在父母怀里撒娇的时候，王奕桐目睹的是父母离婚之战，旷日持久的争吵让五岁的奕桐早早地就懂了事，她学会了如何在父母吵架的时候自己保护自己；学会了讨好别人；学会了委曲求全。她每天想得最多的就是如何逃到一个没有人能够找到她的地方躲起来，这样就可以躲避父母间的忽高忽低的污言秽语。母亲的哭声和对父亲喋喋不休的人身攻击王奕桐是最讨厌的；父亲的强横和冷漠让小小的奕桐也不敢和他亲近。多少次奕桐都被父母的争吵吓得号啕大哭。有时候，父母白天的怒气未消，夜里一声声地继续吵，把奕桐从梦中惊醒。她不敢动，蜷缩在被窝里偷偷地哭。当父母发现孩子在哭，也丝毫没有任何收敛的意思，母亲还利用孩子来要挟父亲就范。

一个大年初五的清晨，奕桐又是在父母的争吵中醒来，母亲不知为何愤怒到了无以复加的地步，翻箱倒柜地收拾自己的衣物。清晨里，母亲的动作和周围的环境格格不入，拉东扯西的声音也让周围显得异常地宁静。当奕桐在被窝里看到母亲泪流满面地打开房门的时候，她突然站了起来，哇的一声哭了。母亲先是一愣，然后抛下一句没头没脑的话，给家留下一片难熬的寂静，走了。

母亲走后，父亲整日喝酒。一天夜里，门外响起了敲门声，父亲踉踉跄跄去开门，奕桐利用这个瞬间端起桌上的杯子将里面的无色液体一口喝了下去，她只觉得一股火辣辣的感觉顺着喉咙流向了小肚子，紧接着的咳嗽声将进屋的女人吓了一跳。奕桐见父亲向进来的女人示意床上仅仅是一个不懂事的孩子，那女人方才放下心来。父亲迫不及待地将手伸进那个女人的衣服里，引来一片躁动。奕桐在被窝里惊讶得叫出声来，声音被盖在头上的棉被吸收一半，剩下的一缕却被女人淫荡的叫声掩盖。那一夜奕桐认为自己是死了。

父亲见奕桐躺了一上午不动，不知道出了什么事，用手在孩子的鼻子上试了几次，他以为孩子夭折了。

一个月后，奕桐被母亲连拉带扯进了一个低矮的小房间。母亲从来不管奕桐的感受，遇见心气不顺就摔碟子打碗来撒气。她有发泄不完的气，像冬日里供气的管道漏了，里面的压力过大，不时地喷涌而出，不管你愿不愿意。母亲见到什么东西都可以把污言秽语牵扯到父亲的身上，都能够痛快淋漓地骂上一顿，总结起来就是男人没有一个好东西，男人都该死。

一个午后，奕桐感觉一只男人粗大的手伸进自己的被窝，这手像一根粗壮的木头，奕桐吓得愣在被子里不敢动。当那只手摸到她大腿的时候，奕桐明显感觉到这男人的手掌处有个突出的，像鸡眼一样粗糙的“瘊子”，刺在她皮肤上一阵灼痛。她惊叫了起来，叫声引来了母亲，将男人轰了出去。母亲留下一句“贱货”的评语算是平息了这场风波，可对奕桐来说这是她被迫成熟的开始。

此时的奕桐没有别家孩子的活泼好动，没有天真烂漫，她任凭母亲摆布，让吃就吃，一言不发，让睡就睡，躺下直挺挺不动。她害怕自己的活动招来母亲的辱骂，更害怕那只粗糙的手。

夜里，床板的响声和母亲的呻吟将奕桐吵醒，她迷迷糊糊看见一个黑影趴在母亲的身上，奕桐感觉诧异，可是母亲并没有反抗，反而呼吸中还带有一种从没有听到过的畅快和淋漓。黑影的呼吸像舅老爷邻居家那匹骡子一样喘着粗气，可这喘气被母亲歇斯底里的叫声中和了不少，这种奇特的声音让小小的奕桐也感觉到了一股电流穿过了她的全身，将她僵硬的身体揉搓了一遍。奕桐虽然不懂何为生死，但是此时的她觉得自己没有死，是活着。而这种活着的感觉她很渴望。那年她十岁。

王奕桐渐渐懂事的时候就被母亲送到了舅老爷家里寄养，舅老爷是个退休教师，一生踌躇满志，教着书却眼盯着仕途上那点儿事儿，由于“上进”不得法到退休的时候仕途依然是他的“诗和远方”。舅老爷的业余爱好是文学和音乐，读文学是当年为了取悦隔壁家的粗辫子姑娘才硬着头皮干的，而学习音乐是因为音乐有文学不能匹敌的优势，能够翻墙入室让粗辫子知道自己是才华横溢的，虽然拉琴的水平无法“散入春风满洛城”，但是能达到让隔壁粗辫子知道“谁家玉笛暗飞声”，目的也就达到了。至于能不能起到“暗度陈仓”的作用，那就得两说。李白没有想到千年以后他的《春夜洛城闻笛》能在异性当中充当了一回“荷尔蒙”的作用，为传递爱情贡献了自己的微薄之力，而且还是在千里之外、大雪之中。

可就这一舅老爷追求异性时残留下来的丁点儿雕虫小技，对于小小的王奕桐来说已经够她学上几年的了，她舅老爷这种或叫“遗风”或称“现象”在当今社会是普遍存在的，对于舅老爷是“反刍”、是回忆，可对于孩子的音乐启蒙无疑是有益处的，这是舅老爷的恋外恋，现在想起仍像旧房子失火留下的灰烬，让他老人家突然雄起，别的也没有新的发现！

隔壁粗辫子现在已经是满头银发的老婆婆，可心却一直是个少女心。在一个清晨被杀鸡一样的练琴声吵醒后，老奶奶激动得提着花棉裤就跑到了院子墙根儿下，她脚踏在鸡窝上面迷恋着隔壁的“鸡叫鸭鸣”，享受着多年没听到的“撕心裂肺”的练琴声，以为那死老头子对自己尚存不死贼心，老奶奶的春心第三次开始荡漾了，心里恨得牙痒痒，心想：“你拉他奶奶什么狗屁琴呀，你那点儿小心思不就是秃了头上的虱了明摆着的吗？老娘苦等你破门而入久矣！”此心思一上头，气得老太婆直跺脚，结果鸡窝被老妇人踩了一个洞，吓得在窝里正享受天伦之乐的公鸡慌不择路携家眷落荒而逃。

奕桐并不知道这些拿糖做醋的故事，渐渐地度过了练琴最难熬的初级阶段，在老奶奶不断的失望中学会了一丁点儿小提琴的基本知识。奕桐在音乐上的小小收获也就意味着老奶奶在爱情方面大大地失去。

此时的王奕桐已经出落成为一个大姑娘，高挑的身材，漂亮冷峻的表情已经开始吸引异性的目光。她踌躇满志地走着，胸部已经明显凸起，青春已经在她身上发起了全方位的进攻，她成了真正意义上的少女。王奕桐没有过多去关心自身以外的世界对她的关注，她觉得自己本身就该是这样子的，跟其他女孩子没有什么区别。

奕桐集美貌和才华于一身，成了圈内红得发紫的美女。她渐渐知道如何善用自己的长处来控制异性的感情。她用眼神就会让男生为她“冲锋陷阵”，她仅仅顾盼之间就会有人替她买东买西，她一旦开口说话，不多的几个字在沈阳口音的揉搓下就成了甜言蜜语，使听的人似鸡血入身，浑身上下燥热不已。

王奕桐身体里流动的血也像春风融开的浑河水，浮冰夹带着河水，河水裹挟着河冰冲击着河岸，躁动不安也是挑衅着她底线的一种力量。

沈阳有名的酒吧均离领事馆不远，街上有家小有名气的酒馆名叫四季居酒屋，小老板是在东瀛混不下去的海龟，中文名字叫洪一仁。由于在日本留学，当然不止一次喝过日本的泡菜汤，吃过京都路边摊档的汤豆腐，学到了日本人吃相中最难看的样子，在那边儿没有学到一招两式就闹着回东北。回到沈阳却又念念不忘在东边儿的那些扎心事儿，将在日本听到过的，见到过的，添油加醋逢人就讲，怕同学朋友认为他在东瀛没有学到啥东西让人取笑，于是乎就在肢体语言上猛下功夫，见人就“嗨嗨嗨”地让人讨厌，渐渐地他觉得每天向别人鞠躬问候没有文化味道且显得少了些骨气，情急之下想起胡适在自己名字后加个“之”字，一下茅塞顿开，也在自己的名字里加上个“之”，将“洪一仁”变成了“洪之一仁”。这名字倒也不难听，还显示出自己在日本留学的背景。由于洪之一仁开口就“苞米粒子”味儿十足，为了用这日本名字唬人，就尽量不开口说话。

洪一仁的四季居酒屋没有啥名气，可自从把名字改成洪之一仁后，这四季居酒屋的名声渐渐大了起来。知道的说老板改了个日本名字，不知道的都以为这蕃是个日本鬼子呢。更有人慕名而来特意“瞻仰”他的，街头巷尾传得啥话都有，有说他父亲是日本鬼子的后代，有说他母亲是嫁给了日本人。一时间搞得当地公安和工商上门核实了好几次他的身份信息。

洪之一仁，为了吸引您读这本书暂且也这么称呼他，学过架子鼓。为何学习打击乐？是因为一仁的父亲认为打击乐可以在音乐这条路上马上收到效果，不必像学习其他乐器那样备受煎熬，玩了几年也搞不清楚个“子丑寅卯”来。小一仁的父亲见儿子学习其他乐器工夫白费几年不说，自己的工资就因为交学费一个子儿都没有留下，气得在家摔碟子打碗，骂孩子是个没出息的玩意儿。一仁母亲心明眼亮，好言相劝，说不能拉琴也不能冬天没事儿打孩子玩儿呀，这一句话提醒了洪导师，他当即摆了几个准备摔尚没有摔的老碗，在碗里倒了一些不同量的茶根儿，揪着洪之一仁的耳朵，将重要性、严重性、革命性、家族传承性一一讲过，把一双捞火锅用的长筷子交给孩子，让洪之一仁试试。谁知道孩子还真的敲出了个哆来咪来，把这个年轻的老洪高兴得嘴角冒白沫，眼睛挤出了白色的、久违的眼屎来。他觉得孩子能敲出这么优美的声音，是他祖上积了德、行了善。于是变卖了其他乐器，给孩子转行报了个打击乐的班。春来冬去，洪之一仁在打击乐补习班混了几年，真能打出几首像样的曲子出来，像《疯狂架子鼓》之类的纯打击乐也能磕磕绊绊地打到最后，在一次观看洪之一仁演出后，老洪就有了一个疯狂的想法，让小洪到东瀛去学习这些“舞枪弄棒”的玩意儿，好让自己一生的愿望在洪之一仁身上全方面、立体化地实现。

谁知道，洪之一仁去了日本，就在京都的艺伎区祇园一带小巷子里活动，虽然不能亲近这些花枝招展的女人，更没有能力去行男人之事，但学会了一些艺伎的行路仪态和搔首弄姿的方式方法。当他得知来自国内的摄影团苦于寻找不到真正的艺伎摆拍的时候，灵机一动就和一个留日女孩假扮艺伎摆场子拍摄，虽然国内摄影大师们明明知道这是假的，但是自己不说鬼才知道个中缘由，回去P一下再S一把，没有哪个胆大的敢冒天下之大不韪跟你搞个当面锣对面鼓来。这种活干了一年就被女孩的男友取而代之了，洪之一仁虽然生气，可无奈女人是人家的，气又能如何？取代就取代吧，好在洪之一仁一年下来已经掌握了赚快钱的小小秘诀，他不想继续在京都过担惊受怕不男不女的日子，于是向父母谎称已经完成学业，不等老洪回复就买票回国了。这洪之一仁身是回来了，可天天跟父母一起，他又开始怀念起在京都无拘无束的日子，于是死缠烂打让老洪将房子抵押，贷款在领事馆不远的地方搞了个四季居酒屋，赚一份生活费。

四季居酒屋的规模不大，洪之一仁将他的架子鼓放到了正中间，有事没事就在这里敲打敲打。一个隆冬黄昏，王奕桐和同学路过，听见里面的鼓声单调乏味，既不在调上，也不在点儿上，移步内观，见一个青年正披头散发无聊地敲击着架子鼓，内心涌起一股同情、一种显摆、一种豪爽，于是打开自己的琴盒，拉了一曲《巴黎不孤独》，虽然洪之一仁没有跟上王奕桐的节奏，可是两个年轻人却因为音乐认识了。

王奕桐的豪迈和女性的温柔一下让整个四季居酒屋焕然一新，王奕桐的琴声引得街上溜达的年轻人和老外涌进了小酒馆，一时间把酒馆堵得水泄不通，一曲曲优美动听的音乐把现场人的情绪调动了起来，激情把四季居酒屋烤得像火一样通红。“年轻就是要嘚瑟”一句喊声点燃了激情中的男男女女，也让四季居酒屋的热浪再一次滚过每个年轻的心，冬天阴冷的小房间顿时盎然了春意。这一夜，四季居酒屋赚了一个季度的钱，让洪之一仁这个奋斗在实现自己理想路上的年轻人看到了希望。他抓了一把钱，单膝跪地“献给”王奕桐，那阵势就像斗兽场上战胜了众多仇敌凯旋的斗士，已经赢得了自己的女人，唯一能做的就是在众目睽睽之下向自己心爱的女人表达爱心了。

王奕桐并没有被这突如其来的一幕吓倒，任由洪之一仁把钱撒在琴盒里，优雅地合上琴盒，款款地离开了四季居酒屋，从此消失得杳无踪影，就像从没有出现过一样。

洪之一仁从那一夜开始就念念不忘王奕桐，怪自己当时兴奋得像醉酒，没有留下姑娘的联系方式，无奈之下只有耐心等待王奕桐再次光临的那一刻，谁知一等不来，二等没有消息。其间，洪之一仁也请过几个小提琴手驻演，可就是起不到王奕桐那晚的效果，花光了那夜赚来的钱还不够，又透支了下半年的利润。

他急了！到音乐学院的门口去蹲守王奕桐，看能不能堵住她，一连几个月下来也没见到王奕桐的影子。这也难怪洪之一仁，他守的是北方音乐学院的门口，可当时王奕桐并不是音乐学院的人，而是音乐学院附中的高年级学生，他等错了地方当然也就无功而返，见不到王奕桐了。

几年过去了，洪之一仁已经不再去音乐学院门口了，他认为王奕桐就是路过他的四季居酒屋而已，一定是个外地人。心里这么想着，腿却不听人的话，又一次来到音乐学院的门口，想再试试运气。

昨夜一场大雪将旧雪覆盖，踩在上面发出“咯吱咯吱”的声音，洪之一仁冻得原地打着圈搓着手跺着脚取暖，惹得门卫保安对他提高了几个警惕级别。王奕桐这时快走到音乐学院门口，远远看到门口有人打转并没有引起她的注意。洪之一仁看到王奕桐眼前却突然一亮，不顾一切伸手将王奕桐抓住，生怕抓得不紧，一松手王奕桐就飞了似的。这突如其来的一幕吓坏了王奕桐，当她定睛一看是四季居酒屋的那个小老板，放下心来并没有紧张，而是昂起了“高贵的头颅”。

几年前，王奕桐以全区第一的优异成绩考入北方音乐学院附中，同年就获得CCCDA加拿人与中国文化发展协会颁发的“杰出音乐文化贡献奖”；英国New Talent Competition国际青年音乐大赛专业组银奖；获得意大利Citta di Massa一等奖。几年下来，王奕桐已经是小有名气了。

今天是国际比赛获奖学生音乐会，地点就设在北方音乐学院标准音乐厅，这场演出结束也就意味着王奕桐在北方音乐学院大学生活真正的开始。由于王奕桐天赋异禀在中学时就获得了诸多奖项，所以被保送进入音乐学院。

又一次去到音乐学院的门口，想再试试运气。

此时，洪之一仁对她的诸多保证和许诺王奕桐听之任之，不作任何反应。她已经学会了用这种方法激发男人的欲望，让雄性们喋喋不休地道出心底的想法和秘密。这一次，王奕桐又一次胜利了。

王奕桐一言不发，给洪之一仁留下一串无限的惆怅，他眼巴巴望着王奕桐进了学校，消失在清晨的人群里。王奕桐现在的心思是今天的演出，其他乱七八糟的事撼动不了她的学业。王奕桐深知今天的老师都是重量级的大腕儿，一场演出也许就能够铺平她的人生路，减少她奋斗的时间和历程。这些专家教授里有名震全国的大家，有享誉全球的名师。王奕桐翘首期盼通过这一场音乐会和这些名师们相识相近。

北方音乐学院室内乐学院特聘外籍艺术总监是位标准的英国绅士，名叫斯梅尔。斯梅尔是英国人中的传统派。在斯梅尔身上不仅能读出音乐的素养，英伦绅士的遗风在他的身上表露无遗。斯梅尔是享誉全球的小提琴家，任教于德国柏林音乐学院，是英国皇家北方音乐学院的小提琴国际导师，中央音乐学院特聘教授。先后在众多国际小提琴大赛中获奖，比利时伊丽莎白国际音乐比赛、德国汉诺威国际小提琴比赛、梅纽因国际小提琴比赛均得到骄人的成绩。在意大利帕格尼尼国际小提琴比赛荣获金奖，成为世界知名古典音乐家经纪公司（英国伦敦Intermusica）签约的音乐家，被英国皇家音乐学院授予会员荣誉（FRAM）。

斯梅尔今天就是众多明星教授中的佼佼者，王奕桐对斯梅尔早有所闻，就是没有机会见到本人。王奕桐在后台等待区的长椅子上坐定，平复着心里激动的涟漪，外人看到一个清秀的姑娘平静地抱着小提琴发呆，胸脯一起一伏地将小提琴不停地凸起又不停地凹下，引得首先出场的几个男学生魂不守舍。

报幕员介绍在座的每一位嘉宾，都会引起阵阵的掌声，而在介绍到斯梅尔的时候全体起立，掌声和欢呼声将整个开幕式推向了高潮。斯梅尔也激动得站了起来，用西洋味儿的沈阳话说着“谢谢谢谢”。

领导讲完话后，首先出场的是刚刚被王奕桐激动过的三个男孩子，中提琴倪文、单簧管王语和钢琴赖华华。

“请听，8首为中提琴、单簧管和钢琴而作的三重奏作品第83号，”报幕员见三位同学就位接着道，“第5首《罗马尼亚旋律之行板》；第2首《活跃的快板》；第3首《稍快的行板》和第4首《激动的快板》，请欣赏！”

人生在生命成长中的无奈从钢琴手的指尖流向了听众的心里；理想在命运和生活里的脆弱性被中提琴和单簧管一丝丝一缕缕曝光在灵魂面前被抽丝、被剥茧出来，任由急风和暴雨去吹袭、去打磨、去认知、去考验，在一遍遍的冲击后，又在一次次的绝望里，归于平淡，徐步而行。

当曲目进入行板的末端，不知谁家的孩子从侧门进入，年龄大约四岁，望着一大片观众：“妈！”喊了一句，这一喊正好和台上的乐曲形成了合拍，大家以为这个结果是有意安排，等到孩子母亲从后排极速将孩子抱走，引起了一场大笑，方知是巧合。笑声和掌声与其说是褒奖三位学生的，倒不如说是小孩子的天真唤醒了处于愚钝状态下的师生和观众。

“下面出场的是荣获国际大赛诸多奖项并被保送到北方音乐学院室内乐学院的小提琴手王奕桐，她将作为第一小提琴演奏舒曼《降E大调钢琴五重奏》作品44号第一乐章《辉煌的快板》。第二小提琴冯于心；中提琴杨阳；大提琴陈然；钢琴王语心，有请！”

狂风从钢琴中刮向观众，海水裹挟着巨浪向着岸边滔天而来；雨借风势风助浪威由王奕桐的琴弦飞向每个人的心里，青春的明快和不可抑制的生命活力如雨珠倾盆而下。中提琴和大提琴第二层次的加强和背景的烘托使观众顿觉青春永驻于心；钢琴的点睛之音敲开了通往激情的大路，一汪汪蜂蝶的靡靡之音，一朵朵鲜花芬芳出的花香让听众迷恋。那快板是生命、是激情，是激动过后心头的悲歌……

曲子刚刚落下尾声，斯梅尔就激动地站了起来，右手在胸前挥舞了一个大大的V字，紧接着全场起立，掌声雷动了全场，老师们被乐曲感染了，都忘记了往日在学生面前保持的尊严。斯梅尔接过一捧鲜花，绅士地走向舞台，将鲜花送到了王奕桐的手里。

“恭喜你，美丽的姑娘，你成功了！”

3

斯梅尔给王奕桐献花的同时，言自芳已经过了三年丰富多彩的大学生活。

言自芳大学四年级开始的时候，系里突然来了一位教中医内科学实验的老师，名叫高远，高老师一来就私下里被女性们称为杭州城北茗岙中医药大学里的“徐公”。在这所大学里，自从高远出现以后，已婚教职员工再没人敢问自己老婆“吾与城北徐公孰美”这句话了。

言自芳当然也留意到了坊间的传闻，据同宿舍喜欢传播小道消息之“小灵通”吴倩依的话说，这高远篮球打得特别好，个个位置都会打，据传这高远和一个叫杜威的两个人打配合堪称天衣无缝，高远不是河南的潘安就是浙江会稽山阴的韩子高。经吴倩依反复描述，可历史上姓潘的和姓韩的始终在姑娘们脑海里形成不了一个概念，反而，这高先生给人的印象一会儿成了日本电影里的高仓健，一会儿又成了施瓦辛格。吴倩依用她特有的东北口音再加上不要钱的感叹词绘声绘色地描述着。说到激动的时候，为了加重这位跟她没有任何关系之高老师在自己心目中的地位，嘴皮子像吃多了四川麻辣鸡那样，不停地吧唧着，发出不安分的响声。当宿舍的同学问她具体帅在哪里，她一句有用的信息都没有提供出来，把大家憋屈得辗转反侧，一晚上听见的不是姑娘们的梦话就是不争气的架子床被她们折腾得叽哇乱叫的声音。女孩儿们正当怀春的年龄，虽然帅是人家的，跟自己没啥关系，可姑娘们无不怀抱着无限的期待，等着这位“潘安先生”能给她们上上课，近距离“会审”一下学校版高仓健的风采。

言自芳听着吴倩依的话，默默脑补了好多美男子的形象。她的睡眠本身不好，入睡比较困难，一个浑圆的觉，她能睡成一地鸡毛，言自芳潜意识里认为她的睡眠就是她父亲每天磨出来的豆腐，成型时四四方方一整板，后来就被身边各种事情切成了块，再还原不了原来的样子。言自芳的心思像大多数姑娘一样内敛且稠密，进入大学言自芳发现自己有了很大的变化。她明明记得考大学以前她对异性是排斥的。在她的认知里，男孩子不是在你书包里放个癞蛤蟆吓人，就是把姑娘的长辫子绑在椅背上让姑娘出丑，对男性她全然没有喜欢那么一说。

可是，自从上了大学，言自芳惊奇地意识到自己对异性不那么排斥了，渐渐地对男人的一切都开始好奇，不仅好奇，还有意识地想去了解了。每当夜深人静，她抚摸着自己的身体，特别是隆起的胸部，莫名其妙地会有一种淡淡的伤感袭来。她经常会从她父亲的豆腐坊想起，从而过渡到打铁、撑船、磨豆腐这人生三大苦上来，想到自己出身豆腐世家，凭着自己的努力才奋斗到了茗岙中医药大学里的中医学专业，虽然她不满意这个学校，可是当她听了父亲的话后，茅塞顿开。她父亲说，言家的豆腐坊就是医学院的前世，学医和磨豆腐是一样的，都是救人于水深火热之中，危难之际医生可以救人，豆腐也能救人等等。说到这里言自芳她爹老言会蹲在墙旮旯，一边点上一支烟，一边讲他家豆腐故事。

这故事言自芳已经听得耳朵都起了老茧，每次都是有人饥饿难耐在言家豆腐坊前跌倒，言家人见状拿出温凉的豆腐让其吃下，路人得救，言家人得誉。不同的跌倒，家人描述的情节也不一样，母亲讲这个故事时，被救的人基本都是鳏寡孤独，端的碗是破的，拐杖是弯的；父亲演绎这个故事的时候，被救人基本上是妇女居多，有时候胆子壮一下也敢说成姑娘，说成姑娘的时候言自芳她娘基本上都外出不在家。虽然，被救的人有姑娘和女人之分，但老言描述的时候有一点是永远不变的，那就是在她们跌倒之前都会深情地望老言一眼。

言自芳虽然也是姑娘，却无缘成为被救的对象，没有机会看那样一眼，可是作为豆腐坊里的主要传承人，言自芳把这一眼的作用和如何使用这一眼均牢记于心了，随着年龄变大，过了十九岁，她渐渐掌握了看一眼的秘诀。

言自芳使用过这看一眼的威力是在最近的一个暖阳的午后，言自芳怀抱着需要预习的书往学校的图书馆方向款款而来，她一路走一路欣赏着小路边盛开的各色鲜花，时节正处“人间最美四月天”，花香随着风的强弱而变化，一下的蜜甜突转半下的清香；色彩随着步伐斑斓着，一步的杏黄伴随着半步的嫩绿。言自芳的心情大好。

几个男青年从她身边匆匆而过，紧随其后的一股风搅乱了原本正常的花香。言自芳赶紧给他们让路，心想别让自己的曼妙耽误了人家的快。自己也好独处一段路，好好享受这午后的阳光。

图书馆里已经座无虚席，这时言自芳才明白过来刚刚男同学的匆忙而过是有价值的，自己的慢是有代价的。因为自己不急不慌地来了，换来的就是图书馆里没有座位可以消磨下午的时光。

她转身欲往回走，此时一片嫩绿将她吸引，她捧着书，不由自主地缓步向前，来到一方落地玻璃窗前，痴痴地望着，窗外鸣啭的鸟鸣不绝于耳。她忘记了周遭的一切事物，唯有她和她的呼吸活着，唯有窗外的嫩绿和鲜花活着。

“能让一下吗？”一个男中音道。

言自芳猛回头，发现自己的屁股不知道何时倚靠在一张阅读桌上，把桌子的主人挤得直往后躲。看书的人是一个高大魁梧的男青年，见到言自芳痴痴地望着窗外，估计到姑娘要么进入了“角色”，要么是在进入“角色”的小路上。虽然自己一让再让，最后还是被逼到了“绝路”无处可让，才冒昧地来了上面这么一句。

此时，言自芳的思绪被男青年拉了回来，她一转身把自己吓了一跳，如果不是男青年躲得及时，言自芳的脸都要撞上对方的脸了。言自芳不好意思起来，一时不知道该如何处理这种尴尬的场面，于是就用上了她爹老言看落魄女人的那一招，“歉疚地”看了对方一眼，随即环顾左右而言他，嘴里不知道含糊其辞些什么话。

男青年正是高远，那个被言自芳她们宿舍女同学们心心念念的“城北徐公”。高远看到了言自芳的眼睛心里也咯噔一下，当即高远的心就被言自芳的美丽折服了，特别是那双清澈的眼睛把自己看得“见底”了。他想曹植《洛神赋》里讲的“明眸善睐”就应该说的是这位姑娘吧。为何自己不敢正视她的眼睛呢？他强忍着内心的不安，抬起头又和言自芳对视了一下，高远觉得自己的私念被一股叫“青涩”的东西给掏了去，第一次不敢直视一个姑娘的明眸，也正是这一眼，改变了两个人的一生。

和言自芳的相遇还要感谢那本书将桌子上的玻璃杯打翻在地。当然了，还要感谢言自芳的“转身运动”，如果没有言自芳翘起来的后臀，书还是书，杯子还是杯子。

自从加入茗岙中医药大学教职工行列，高远觉得自己又回到了大学时代。虽然已过而立之年，但是在满眼都是年轻人的校园里，高远会忘记婚姻，更忘记了身在开化的女友练花和儿子练小鑫。

高远是衢州人，身为地级市的人虽然少了一些省城人所拥有的地域优势，但是见识和气度并没有任何的不同，历史给这里的人留下了南孔一脉，衢州人尊师重教，为高远这种年轻人提供了良好的机遇。

高远出身于一个不太富裕的工人家庭，父母在同一个工厂工作，不仅一个工厂还在一个车间。自从高远懂事就知道父母一个上白班一个上夜班，这种排班直到高远上大学都没有改变过。高远去大学报到那天只有母亲请假送他去城外的长途汽车站，父亲上夜班刚刚回到家，和高远说了几句话便倒头就睡了。母亲虽然心疼丈夫的身体，但是嘴上还是象征性地问是不是一起去送儿子上车。老高头都没有抬，那意思很明显，是上学又不是上前线，于是挥挥手让母子两人自行安排了。

高远凭着自己的高颜值在班里一下就受到了女同学的青睐。四年下来，他把班里的女同学谈了一个遍，顺带“搂草打兔子”也谈了邻班的几个“班花”。此时的高同学私下里被女同学称为“情圣”。可是，没有一个女同学让他满意的。高远的目的很明确，那就是通过恋爱改变自己的经济状况，通过婚姻提升自己的社会地位。高远的目的让姑娘们迅速发现，于是他的周围从“门庭若市”慢慢过渡到“门可罗雀”，姑娘们一点儿都不傻，没有谁愿意跟你空谈恋爱。你没钱不怕，怕就怕你男人乱情。

4

李红梅心里一热，也就不好推辞，于是人就侧面坐到了诗同文摩托车的后座上。

“你这么坐怎么行呢?”诗同文做了一个跨骑的手势，“这样坐才安全一些，下雪路滑!”

李红梅心想鬼才相信你们这些男人，让我跨坐不就是为了急刹车迫使我们女孩子扑到你们臭男人身上，你们能感受一下女孩的胸脯吗？她这么想着，嘴里说道：“没事的，很快就到了！你开慢一些就好了!”

“那你可要扶稳一些，我尽量慢!”诗同文回答，同时发动了摩托车，一阵轰鸣将刚刚飞回窝里的几只红嘴蓝鹊吓得振动着翅膀又迎着大雪飞了起来。

“怎么样?”诗同文侧过脸来问后面的李红梅，“你感觉怎么样?行不行?”

“你说啥?”

“我说你冷不冷?”

“还行!”

李红梅敷衍着诗同文。她心想哪里能不冷，冷死了，不冷是假的。诗同文似乎听到了李红梅心里的话，刹住摩托车让李红梅跨骑。

“我不是流氓，不是坏人，你放心吧！”见李红梅仍然有些迟疑，“跨骑安全，我咋不了你！”

“你能咋得了我？借你几个胆儿！”李红梅说道。转身跨了上去，“开快点儿！”

“刚刚你让开慢点儿，这会儿你又让开快点儿？”诗同文扭头问李红梅，“还是慢慢开吧？”

“这漫天的大雪多浪漫呀！刚刚让你慢慢开是因为雪停了，开快了多没意思！”李红梅撒娇一样传递给诗同文一个温暖的信息。

“那好，我们就来一首《你那里下雪了吗》听听！”诗同文把摩托车上的音响打开了，人坐在摩托车上，音乐一起，摩托车一摇摆，把人一下就沉浸到了美妙之中了。诗同文的车速在音乐的伴奏下，慢慢地把白雪撕开，山坡上留下一条弯弯曲曲的车辙，宛若五线谱刻在皑皑白雪之上。

“再来一首？”一首曲子过后，李红梅就放松了女孩子应有的矜持，双手抱住了诗同文的腰，“还有吗？这样的曲子！”

“你注意一点儿，男女有别不要抱我！”诗同文很享受李红梅对他态度的温暖转变，可是他不想让对方认为自己就喜欢她这样，“曲子有！《当下雨的时候》！”

“现在是下雪，不是下雨！”李红梅头摇得像个拨浪鼓，倍感无语，心想男人果真见杆子就爬呀，她这一抱只是为了让自己坐车更安全，可这人高兴得连下雨下雪都分不清了，至于吗？

“曲子的名字叫《当下雨的时候》，不是我高兴得分不清下雨还是下雪，大姐！”诗同文在风中显然解释得很费劲。

李红梅脸红了，心想多亏自己坐在后面，他看不到我脸红，要不然人丢大了！可话是这么说，其实不能让他压倒自己，占了上风。

“我能不知道吗？这曲子开始明明下的是雪，下着下着就变成了雨的嘛！”李红梅这时的手已经把诗同文的腰环抱了起来。

“好吧，你有理，我输了！”一个急转弯，诗同文躲开了一块凸起的石头，李红梅吓了一跳，把诗同文抱得喘不过来气了，“我明天让这个人把曲子的名字改成《当下雪的时候》，你看如何？”

“为啥要改，你认识他吗？”李红梅天真地问道。这是李红梅第一次犯傻，傻得还挺可爱，傻得连她自己都没察觉出来。

“我认识，就是我家二舅！哈……哈……哈！”诗同文得意地开怀大笑。可惜的是第三个“哈”被一股风给堵了回去，冷空气穿肠入肺让胃受了凉，随之而来变成了一声声打嗝。这是他首次在一个同龄异性面前找回了自信，诗同文感叹爱情就应该出现在这颠簸的山路上，并且还是在一个浪漫的大雪天，他诗兴大发。

“梅须逊雪三分白，雪却输梅一段香！”诗同文享受着温情，心里念念有词。他见前面一路坦途扭脸问道，“你叫什么名字？”

“你说什么？”李红梅这时已经完全解除了戒心，“我没有听清楚。”

“我问你尊姓大名。”诗同文扭头问李红梅道，就这么巧，当他的脸转过来的时候正好和李红梅凑上前的额头撞到了一起，李红梅的脸又一次红了起来。可诗同文和李红梅这么一碰头使他再一次闻到了李红梅头发上散发出的脂粉香，他不由得心里一颤。

“我叫李红梅！梅花的梅，好听吧？”李红梅得意道。

诗同文心里一动，心想难道这姑娘能偷听别人的心里话不成？我刚刚心里嘟囔的诗马上就被她听到了吗？

“好听好听，真好听！”诗同文殷勤道，“你出生的时候一定是梅花将要开放的时候，你父母才给你起这么耐寒的名字，对不对？”

李红梅想到自己的生日正好在腊月，于是回答：“也许是吧！”

“那你今天绝对不冷，梅花香自苦寒来，对吧？”诗同文有些卖弄的得意。

“你叫啥名字？”李红梅大声问道。

“你小声点儿，我能听见！”诗同文扭扭僵硬的腰，那意思你大小姐不要搂得太紧，“我叫诗同文！诗歌的诗，同意的同，文章的文！”

“太有诗意了！诗同文和文同诗都好！”李红梅说道。

“我叫诗同文，不叫文同诗！”诗同文辩解道。

“我是说诗同文这个名字好，文同诗也好，就是都好！”李红梅越来越分辨不清楚了，最后干脆不言不语了。

一段寂寞突然袭击，时间只好将一段空白留给曼妙的音乐，把下雪变成“下雨的时候”了。音乐一结束，李红梅顾不上曲子描写的是下雨还是下雪，马上让诗同文再放一遍。提琴一下又将优雅的曲子舒展开来，曲调像细雨被春风吹过，又似瑞雪拂面而去，一首外国曲子将两个年轻的心拉到了一个纯洁的高度，像登山运动员爬上了千米高山，停下来欣赏脚下的云卷云舒，花开花落。

“前面那盏灯就是我家了！”李红梅手越过诗同文的肩膀指着山坡上一盏灯说道，那灯显然被夜风吹得不停地摇来摇去，“就是山顶上的那盏灯！”

两行柳树在大门前迎风摇曳，宽阔的院子后面是一排五间正房，土墙草顶、实木门窗。房顶上的茅草已被大雪覆盖，檐前的草穗上挂上了一排因化雪凝成的冰吊，晶莹剔透，被屋内灯光一照似挂金串玉。新化的雪水顺着冰挂流下，还没来得及凝固的雪水一滴一滴落在了檐前的地上，把泥土凿出一个个小小的“酒窝”，厨房的茅草顶上正热气蒸腾。仿佛告诉夜归的人，晚饭已经入笼，也许是一碗碗粉蒸肉，或者是红薯蒸排骨，父母的爱就融化在从茅草屋顶流下的黄黑色雪水里，升腾在屋顶的热气中。雪夜里望到这一幕暖心的场景，诗同文瞬间喜欢上了这里。

“多少钱！”当摩托车停稳，李红梅从后座上跳了下来，一边拍打着身上的雪，一边扭头夸诗同文，“你的技术不错呀！”

“什么钱不钱的，我是出来看雪的，又不是专门跑摩托的！不要钱！”诗同文一直激动在李红梅的鼓励中，激动在“你的技术不错”里。

“那不行！耽误你这么长时间，还跑了这么远的路，钱是一定要给的！你说个数！”李红梅停止了拍雪，严肃地说道。

诗同文没有下车：“如果你喜欢，我就给你留个电话号码，以后再接你送你，到时候一起算。”他本想光说个“送你”，但是话到嘴边又多加了一个“接你”。

李红梅没有搞懂其中的微妙变化，执意要给钱。只见她拿出一张二十元硬要塞给诗同文，诗同文怕推来推去让李红梅看到自己右腿的秘密，就发动了摩托车准备离开，就在这时不争气的凉风再一次入了胃，他又打了一个嗝。这突如其来的一声，把宁静打破了，同时也化解了尴尬。

“你看看把我急的，又开始打嗝了，拜拜了！”诗同文说着想在李红梅面前露一手，来了一个潇洒的急转弯，把车头掉过来，然后一路冲下山坡，最好车轮再激起“浪花朵朵”，给李红梅留下一夜的惆怅，煎熬得姑娘彻夜难眠，那该多有意义。他这样想着，猛捏了一把前刹车，后轮在雪地上画出了一个美丽的“问号”；他又一松手，前轮在雪地上压出了一个标准的“感叹号”。他想今天一定会让美丽的红梅芳心大乱的，如果姑娘喜欢他，雪地上这一个问号、一个感叹号足足让她不眠不休到天亮。他这么想着，心里涌起一股股恋爱的甜意和勇敢来，骑车的动作也比平时张狂得多，他猛加油把摩托车的油箱轰得震天响，一声“再见”刚刚出口，哪知车轮正好压在路边被积雪覆盖的一块石头上，再加上山坡路滑。就在此时，诗同文又打了一个嗝，右腿短暂地离开了踏板，他的鞋带被摩托车的后轮卷了进去，随后就听“哎呀”的一声，诗同文在李红梅的眼前连人带车滚下了陡峭的山坡。

这一切发生得太突然，突然得像变魔术一样。李红梅来不及反应，就听见一声尖叫诗同文就消失了，随之而来的就听见诗同文和摩托车一起翻滚下山的声音，她脑子里顿时一片空白。短短的几秒钟后，李红梅扭身冲进了院子，拍响了家门。

“砰砰砰，砰砰砰！”李红梅急切地喊道，“爹，开门，快开门！”

李红梅的父亲李竹衣正在电灯下抽着水烟，一根一尺多长的竹子制作的水烟正握在手里，他右手在烟丝桶里捏出花生大小的一疙瘩烟丝，用指头压实，然后塞在烟杆中间的铜质烟嘴头上，用火机点着的同时猛吸几口，咕噜噜的水声中，一股烟从他的嘴里吐了出来。李竹衣正吸着烟，享受得龇牙咧嘴，望着老婆给李红梅准备晚饭。有一句没一句地跟老婆唠叨着弟弟家的大事小情，看老婆不耐烦听下去，就借坡下驴闭了嘴。

就在这时，门外传来了摩托车的音响声，这是李红梅和诗同文到了家门口传来的声音，他估计女儿到家了，心也就渐渐放下来了。他拄着拐杖试图站起来，一旦有女儿的敲门声，好快快地给女儿开门，不能让孩子在外面多冻一分钟。事情就是这么巧，李竹衣刚刚站起来，李红梅就敲响了门，这门敲得跟往常不一样，老李心里不由得“咯噔”一下。

“见了啥子鬼了嘛？看你敲门敲得这么急？”李竹衣显然不耐烦。

“爹，快救人，有人摔下坡了！”李红梅焦急万分道。

“哪一个摔下去了？”

“就是刚刚开摩托车送我回家的后生！”李红梅急得一个箭步冲进屋，去寻找手电筒。李红梅这么风风火火进屋正好向她妈端在手里热气腾腾的腊肉和腊鱼撞上去，如果不是她妈早有准备及时扭身躲过，估计人仰肉翻是躲不掉的了。

“那还等什么，去坡上叫你二叔三叔！”李竹衣见多识广，遇事不乱。

李红梅这时才知道最好的办法就是去找她二叔和三叔，自己父亲一条腿残疾，参加救人是不要指望的，父亲能顾着自己，不麻烦别人就是帮了大家了。

李红梅二叔李竹板家就在她家的上面不到三十米的一块平坝上，李红梅深一脚浅一脚借着雪光连滚带爬到了李竹板家门口，嘴里“二叔二叔”地喊着，姑娘的声音本来就尖细，遇到了寒风再加上受了惊吓就变成了歇斯底里一样了，外人一听都会被这声音吓一跳。

李竹板在家正和弟弟李竹根聊天，突然听见有人“二叔二叔”地喊，急忙站起。李竹根没等二哥说话拎起二哥家门后的一把锄头就跨了出去。这是中国农民千百年来遗留在血液里的一种自卫意识，一遇见危险就“抄家伙”，手边有什么就抄起什么。

由于室内外光线反差太大，两人出了门定睛看了半天才看清楚是李红梅，李竹板和李竹根异口同声道：“怎么了，你爹？你妈？”再看李竹板不知道从哪里找出来一把破镰刀也握在手里，脸上已经有了跟人拼命的样子。

“不是俺爹，也不是俺娘！”李红梅喘着粗气，“是个男人！”

“男人？哪来的男人，把你咋了？”李竹根凶相毕露，“他人呢？”

“把我没咋，是个同学，送我回家，结果连人带车摔下了陡坡，快救救他吧！”李红梅声音里带着哭腔。

李竹根和李竹板这才明白过来，连忙扔下手里的锄头和镰刀，在房梁下取出一盘麻绳和一支强光手电说道：“走，快去救人！”

诗同文今天觉得自己的运气如大家所说好得“像开了挂”一样。一来在车上就对李红梅有好感，吻了李红梅的辫子，这种偷偷摸摸引发的刺激不亚于亲一个女孩子的手或者脖子；二来，成功地在路灯下等到了李红梅，这真是老天“开了眼”了；更难得的是李红梅还让自己骑车送她回家，这可是自从他买摩托车以来的第一次，还是自己喜欢的姑娘。

诗同文这一路上的小心思也就他自己知道，这心思落实到了骑车上分寸就把握得不像往常那么小心翼翼了，特别是李红梅下车以后他的心从紧张一下放松了下来，再加上急于想在李红梅面前显摆自己的车技，不等后轮画出的问号和感叹号好看不好看，也不等车辆前一个动作完成得是否到位，就紧接着开始下一个动作。谁知道，自己的鞋带被后车轮卷了进去，接下来自己的右脚也被锋利的车轮拉进去了半截。他只觉得自己失去了平衡，在看到李红梅最后一眼的时候，自己就连车带人一起从崖顶摔了下去。他心想坏了，李红梅的表情是惊恐的，他的心里突然有个念头，李红梅会如何看待自己，不等他想完就失去了知觉，昏死过去了。

这时，李竹根和李竹板跟着李红梅来到了诗同文跌落下陡坡的地方，用手电往下照着，这时候李竹衣拄着拐杖也到了众人身后。这李竹衣不愧家中老大，是多年在澧水上放竹排的老手，练就了稳重的性格，只见他吩咐道："竹根你去把拖拉机开过来，竹板你把手里的绳子打几个疙瘩，两米一个，准备下去救人。"等拖拉机过来把绳子一头拴在拖拉机挂钩上，红梅她二叔进屋里取了平时装猪粮用的半刋汽油桶，等救人时把人装进汽油桶才能拖上来。李竹衣对李红梅说道："你马上去村主任家让广播喊人快来帮忙！"

李竹衣吩咐完后，见大家都开始忙碌，把拐杖横着担在两块石头中间，自己瘫了一样坐了下来。他心想这下子不知道要摊上什么事情呢，红梅一个妹坨（女孩子）家家的，又是三更半夜，陡坡下的人是死是活对红梅的名声都会产生不好的影响。万一人死了，还好说些，就是商讨赔钱，大小也算个交通事故；人活着就按活着的来，有病看病，先保住一条性命，这也是最重要的，可流言蜚语不得不提前想到应对的方法和借口。他想到这里心里既焦急又忐忑，等望见拖拉机的灯光自己反而坦然了许多。

诗同文被摩托车带着连滚带爬摔下了陡坡，车轮将他残疾的右脚牢牢夹住，他的意识在撞到了一个大石头后就模糊了，摩托车和他的身体在撞击到岩石的时候，岩石正面顶在了诗同文残疾的右腿中间，在摩托车和他身体下坠的速度冲击下粉碎性骨折了，他的昏迷一来是头被撞击，二来是腿部骨折的疼痛所致。诗同文不知道时间过了多久，听见广播的声音，他不愿意承认自己是摔下来的，他想坐起来，可刚想移动，头又是一阵眩晕，等他再次醒来，发现自己已经躺在半刋汽油桶里面。

5

王奕桐愣在舞台上，听着台下雷鸣般的掌声，她并没有其他孩子那样的激动，因为台下站起来鼓掌的家长中没有一个是她的亲属，这所有的掌声都像遇见船头的水，避开她，远离她。每一次的沸腾中最冷静的是她，她已经不记得上次自己激动是哪年哪月的事情，这时，只有斯梅尔这一束花让她从迷迷糊糊中反应过来自己是舞台中的一分子，她冰冷的心有了些许暖意。

斯梅尔绅士地在她左脸和右脸分别行了一个贴面礼，他身上“古龙水”的味道覆盖了王奕桐的全身，甚至，这香水味让王奕桐回到舅老爷家的时候还久久不散。当时的王奕桐确实被斯梅尔的西方礼节搞了一个大红脸，不过斯梅尔的翩翩风度却使王奕桐心头为之一颤。斯梅尔雪松一样的身躯让王奕桐似乎看到了一块厚厚的门板，这门板就像舅老爷家和大辫子家中间的那堵土墙般厚实，那么有安全感。

王奕桐向斯梅尔点头鞠躬，表示谢意，在众目睽睽之下回到了后台。她收拾好小提琴，把斯梅尔献给的一束鲜花放到了琴盒上，准备穿起外套。

一封粉红色的小信封从鲜花的飘带上落到了地面，王奕桐觉得奇怪，弯腰将信封捡起。一张精致的小卡片从信封里跳了出来，上面扭扭捏捏写着一行小学生一样字体的中文：“如果你愿意，我可以做你的老师！”署名：斯梅尔。

王奕桐心里像十五只吊桶打水七上八下的，一种不真实的幸福感油然而生。她将信揣进羽绒服的里兜，怀抱着花，背起小提琴往舅老爷家的方向走去。

天又开始慢慢阴沉了下来，不一会儿漫天的大雪纷纷扬扬地落到了地面，整个城市被雪覆盖，没人在乎城市第几次被大雪包围，目光所及，整个城市变成了灰蒙蒙白兮兮的迷雾世界。

王奕桐拖拉着自己的脚步，她没有第二个地方可以去，更没有一个人可以吐露自己的喜悦。父亲多年没有见过，父亲只是一个遥远的符号，让人看不到，摸不着；母亲偶尔会来看看舅老爷，拿一些低价的食品和廉价的地摊货作为对自己和舅老爷的关心。母亲很少过问王奕桐的学习，也没问过女孩子的生理情况，更没有在乎过王奕桐的心理是不是健康，通常东拉西扯后扔下东西急匆匆地领着一个小男孩儿就走。王奕桐不想见到她，更不想见到那个睁着惊恐眼神望着她的小男孩儿，王奕桐估计到这孩子可能是她同母异父的弟弟，可是这又跟自己有什么关系呢？

王奕桐对父亲是恨的，但是恨就像飘在空中的雪花，没有根基，没有着落，形成不了恨的力量。父亲根本就不知道王奕桐对他的恨，对父亲的恨就只能成为王奕桐心里隐隐的痛。

王奕桐对母亲也是恨的，对母亲的恨可以表露在自己的态度上，可以在母亲见她的时候表现出来。母亲问她任何问题，王奕桐都拒绝回答，这使得母亲火冒数丈，见到什么就摔什么。而这时的王奕桐是最高兴的，她的怨气通过母亲的摔打得到了缓解，得到了抒发。王奕桐情绪最好的疏解是在母亲刚刚离开门口的时候，她将母亲带来的东西扔出门外，让母亲听到东西被扔出去的同时，看到东西散落一地。

王奕桐顺着人行道往舅老爷家走，她走得很慢。她不是愿意在冰天雪地里忍饥挨饿，而是不愿意回到这个让她煎熬的平房，不愿见到舅老爷那双色眯眯的眼睛。在那双眼睛下，王奕桐像被舅老爷的眼神剥光了衣服，每当想到即将见到那个平房和平房里的人，王奕桐的心都是颤抖的。她记得自己渐渐懂事的时候，舅老爷以没有人领她去公共澡堂为由，非让奕桐在家里洗澡，小小的奕桐在恐惧中草草洗完，可是却发现一双可怕的眼睛透过门缝盯着她。从那时起，王奕桐一回家就特别紧张。多少年过去了，王奕桐也渐渐长大，高高隆起的双乳不管冬天穿再多的衣服都掩盖不住青春的活力。王奕桐知道舅老爷的心思，鳏居多年的一个老男人对女性的渴望王奕桐是能感受得到的，比如吃饭的时候，王奕桐洗衣服的时候，或者弯腰扫地的时候，舅老爷再忙都会跑过来站在王奕桐的对面，有意无意地没话找话。王奕桐知道，那双昏花的老眼正穿过她的领口望着自己的乳沟。就算是冬天，舅老爷的一双色眼都没有离开过王奕桐的胸部。每当这时，王奕桐都速速起身改做其他事情。王奕桐知道舅老爷不可能对她如何，因为几十年来舅老爷并没有把隔壁家那个银发大辫子老太婆咋的，所以王奕桐天真地认为这是自己的美丽所引起的“溢出效应”，简而言之，这种事情舅老爷作为男人收获到了一种外部刺激，而作为主体的王奕桐得不到任何收益。

王奕桐并不懂什么是“溢出效应”，舅老爷这种行为一旦出现，她所做的就是忍受，“人在屋檐下，不得不低头。”小小的王奕桐从在家洗澡的那天开始，就定下一条底线，只要不触动她的身体，不偷窥自己的隐私，她都会忍耐着，等到了大学开学自己有了地方住，就一刻不停地逃离这个让她恐惧的地方。

再长的路都会有个尽头！抬眼望去，漫天的大雪中一盏灯从舅老爷家的窗户里照射在窗外的雪地上，将雪变成了晶莹剔透的暖色，王奕桐多么希望在这样的灯光里有一个温暖的家，有爱自己的父母，有一桌普通的饭菜在等着自己。自己能将今天的成功分享给家人，更有甚者自己还能在父母面前撒个娇耍个赖。可是，眼前的灯光却让王奕桐害怕，她不知道今天屋内会有什么样的事情发生，因为舅老爷已经知道自己被保送到了音乐学院，王奕桐没有看到舅老爷在听到这个消息时应该表现出来的高兴，相反地他流露出来的是一种失落，眼睛里泛出了一种邪恶。这种不祥的感觉让王奕桐想起来就后背发凉。

王奕桐站在门口的雪地里许久，心里不知道是在想什么，是恐惧？是无奈？是无助？灯光将王奕桐的大长腿拉得更长，更瘦，身影在腰的部位打了一个折，将她的影子贴在了大辫子和舅老爷家中间的墙上。王奕桐侧身望着变了形的长腿和变了形的上身，一股自恋情结涌上心头，两行泪扑簌簌流了下来，她赶紧用袖子拭泪，谁知衣袖上的冰雪反而抹了自己一脸。她打了一个寒战，急忙收拾自己的表情，让僵硬的面部回归自然。

王奕桐的舅老爷在家里百无聊赖地等着王奕桐回来，年近耄耋之年的男人鳏居年久，多亏有年轻且充满活力的王奕桐在身边，让他觉得自己不老，那感觉像自己住在花店里，闻着王奕桐身上散发出的青春气息，他觉得自己像一个吸血鬼，没有王奕桐的青春气息，他会死得很快。这男人年轻的时候就不是一个安分守己的人，别的不说，调戏妇女一件事就被公安局关起来教育改造多次，随着年龄的增大，人已经没有了年轻时候的资本和活力，到现在也只剩下贼心，贼胆也萎缩了很多。

时间已经接近夜里九点，他看王奕桐还没有回来，就想着将炕里的火再加一些煤，冬天的夜随着气温的下降，炕也会越来越凉的。想到这里，他踉踉跄跄起身，手里拿着一个挖地用的铁锹，推门出去了。说来也巧，他抬头正好望见王奕桐在抹泪，他一时糊涂了，心想这孩子今天回来得这么晚，搞了半天去浪荡去了。心里这么想着也就没有再往下想，他拎着铁锹转到屋后的煤堆去铲煤，屋后王奕桐房间小窗户里的灯光发出了昏黄的光线，老头抬头看了看，知道王奕桐已经进屋。如果是正常家庭，这灯光和这雪景烘托着晚归的女孩，加上年迈的老人本该是一幅温馨的画面，可在这间平常的小院里，两个人却有着截然不同的心思。

王奕桐挑帘进了自己的房间，为何是挑帘而进，是屋内房间与房间之间是没有门的，简单的一块门帘就是遮羞的门，家人进门前都会打个招呼。奕桐进门，屋内的温度足足有28～29℃，她将冻僵的身子倚靠在炕沿上，把小提琴放到门口，等琴适应了温度后再放到离窗户不远的地方，再在琴盒上盖一层有一定湿度的小被子，这样对琴保持一定湿度有好处。

温度不断地上升，室内的温度越来越高，王奕桐开始发热，额头上出现一点点的毛毛汗，她脱掉了羽绒服，露出了里面鲜红的毛衣，高领毛衣护着脖子在高温下异常难受，无奈王奕桐又脱掉了毛衣，身上就穿了一件薄薄的紧身丝滑的打底衫。在高温下，奕桐的两条腿就像灌了铅，拉扯得难受，再加上今天是她来例假的第二天，身体的不适已经煎熬了她几天。她挺过了今天的表演后，人已经快散了架，脱裤子的时候，疲惫已经爬上了她的全身，她无力再去张口吃饭喝水。她趁着舅老爷到房子后面取煤的空当，赶紧从书包里取出一个新的卫生巾换上，眼睛盯着门帘，就怕舅老爷这个时候进来。王奕桐换好护垫穿好睡衣，从包里取出一把梳子，解开头绳梳理着自己的秀发。王奕桐抬起双臂，坚挺的乳房更加迷人，双乳形成的乳沟被双臂一挤形成了白栩栩的扣碗状的酥胸，灯光将少女的身影透过玻璃映射到了窗外的煤堆上。

老男人见王奕桐进了屋，他并没有多注意王奕桐有啥不同，他将煤块从煤堆的顶端一块块取下，这样方便搬回到家里，等睡觉前再添加进火炕。这个时候，王奕桐脱衣服的动作像电影一样一片不漏地映到了窗帘上，王奕桐的身段吸引了这个色鬼，他蹑手蹑脚又爬上煤堆，从窗帘的缝隙中将王奕桐脱衣换裤，以及梳头绑发的动作尽收眼底，特别是王奕桐更换卫生巾的时候，老男人清清楚楚看见了王奕桐两腿中间那坨毛茸茸黑乎乎的“日本胡子”，这段朽木一改往日的颤颤巍巍，双手和双脚变得异常坚硬，双手各拿着一块煤，冲进了王奕桐的房间。

王奕桐刚刚梳理完自己的头发，猛地看到浑身上下沾满黑泥的人扑进屋来，没等她反应过来就被老男人压到了床上，只见这老家伙喘着粗气，嘴里不住地哀求着什么，他一身的冬装加上百十来斤的体重压在王奕桐的身上使王奕桐喘不过气来。王奕桐只感觉有一只手伸进了自己的内裤，摸到了她的大腿，那感觉让她想到了小时候的那只粗大的手。

王奕桐明白眼前的这一幕是早晚要来的，可没有想到是这么一种方式而来。在她的潜意识里，这个老人虽然不是一个让人敬仰的好人，但是总不至于做出出格的事。因为，她早就注意到舅老爷眼神的变化，平时老人浑浊的眼光像已经失去光泽的鱼眼，而每次见到她的时候，那双死鱼眼都会从眼珠中间放射出一丝亮晶晶的光，眼珠都会往王奕桐的胸脯和大腿上看，搞得王奕桐总是在学校里逗留到最后一个才离开教室。她不为别的，就是不想见到那双让她胆战心惊的眼睛。

这时的王奕桐不知从哪里来的一股力气，猛翻身将老头拱到了地上，老头被王奕桐这股力量推起，身子猛然向后倒去，摔了个仰面朝天，那只罪恶的右手还沾满了王奕桐下体流出的经血。

事到如此，王奕桐并没有像其他女孩子那样惊慌失措，只见她从容不迫地站起身来，没有再看一眼地上失魂落魄的男人，穿上自己的外衣，简单收拾了几件自己的用品，拎起小提琴，在老头不断的哀求声中冲出了房子，消失在茫茫的雪夜里。

6

在华东的浙江，高远也没有闲着，他正凭借着自己的颜值和智商透支着自己的信誉。他在女人圈里的名声并不那么好，负面的传闻不绝于耳，调侃他“情圣”算是给他面子的；讽刺他“人渣”的显然是有所奉献，回报率相对比较低的；骂他不得好死的女人，那就是秃子头上的苍蝇明摆着被高远那个了的。哪个了的？

高远也发现自己每当跟女孩子相处都有马基雅维利魂魄附体之感觉，他的目的性太过明显，做法太不优雅，失去了几分年轻人应有的矜持，多了他父母那个年龄段的现实主义。高远后来想起他父亲常说的“上夜班就为了多拿两块钱夜班费”，这句话对他一生的影响真是不能小觑。在他眼里为了达到目的就可以不择手段，不要过程，如果非要过程，那么过程也是为目的服务的。

高远的现任女友叫练花，人长得一般。练花和高远是大学里的同班同学，在大多数姑娘都向高远献殷勤的时候，练花却躲到人群后面暗自伤神偷偷垂泪，感叹父母没有为自己生出一张放之四海而皆美的脸。唯有家里开工厂这一点殷实的财力能和其他女孩子拼一把，搏一回，其他方面均可以忽略不计。

可是，练花觉得自己配不上风流倜傥的高远，论长相高远自不必多说，论学业高远在班里也是属于第一梯队中的前几名。想到这一点，练花也就坦然了许多，可是天下就有“无心插柳柳成荫”的事，高远没想在练花这块地里“插柳”，可练花这片地偏偏就为高远“成了荫”。

承蒙高远不嫌弃，把自己拉进同一个实验小组，好歹有了一起学习、一起实践的机会。为此，练花感恩戴德，她终于跟班里的大帅哥同进同出，深有“待价而沽”的冲动及快感。特别是夜深人静，和高远一起实验到深夜，练花总能搞到别的女孩子想都想不到的高档东西给高远垫饥。她向家里下死命令，买了各种各样的海外食品，在夜深人静之时，高远饥肠辘辘之际，练花就献上美食，外加一杯香茶，使得高远选择跨夜实验的时候觉得没有练花，不行！

练花深爱张爱玲《色，戒》里的那句话：“得到男人的心，要通过男人的胃。”她为这句话下了许多功夫。不仅如此，练花也为张爱玲的下一句做好了准备，虽然，这句话是为高远准备的，那就是：“得到女人的心，要通过女人的阴道。”每当夜深人静的时候，练花渐渐地进入了女朋友的角色，说白了就是姑娘们恋爱时的那股糊涂劲儿，白天练花被学校正常的学习氛围拉了回来，随着夜幕的降临，她又被迷离的暮霭拖进了一种恋爱的气氛当中。她自问自答，结果说服自己的仅仅是想亲近一下高远，为自己的长相争口气而已，其他绝无旁念。

说来也对，她还是有自知之明的。这练花既没有言自芳那双一见销魂二见动魄的长相，也没有看对方一眼就使其心里起化学反应的能力，练花能这样扬其所长避其所短也算是明智的。

说实在的，班里的女生不是没有人想和高远一起学习呀，一起做实验，相反想“志同道合”的女同学还是不断涌现的，比如，班花周婷婷、副班花莫莉就把自己的美丽当成武器在男同学中厮杀过无数个来回。据坊间传说，几年下来家里给的生活费基本上都没有动过，不仅没有动过，每月还都有盈余。但是，这些有姿色的女同学都愿意干“白班”而拒绝上“夜班”，她们将安全放到了首位。就在班里的女性对高远渐行渐远的时候，高远也明显意识到女性们对他的态度从火热转为冰冷的微妙变化，于是乎就把眼光收了收，将目标瞄准了练花。他想，如果练花同意和他一起做实验，就可以用姑娘们的矛攻击姑娘们的盾，多少挽回一些自己的颜面。

练花当着众姐妹，摆出一副“我不下地狱谁下地狱”的英雄气概，在高远向她投桃的时候，她便报之以李。

一个周末，学校的一号食堂的门口，高远正和练花并肩而行，迎面而来的同学见到他们两人都知趣地避开了；走在后面的同学紧赶几步超过他们，留下他们两个像恋人一样不紧不慢地走着。

其实，都是路人故意这么为之，高远和练花的关系一直保持着同学的关系，并没有像路人想象的那样已经生米煮成了熟饭。

至于这一点，高远不是看着“生米”无动于衷，而是他有所顾忌，怕饭煮熟了自己吞不下。他每次和练花一起做实验到深夜，自己都怕控制不了身体荷尔蒙给他带来的冲击，几次身体燥热来临，他都是赶紧奔出实验室，让夜里的冷风给自己降降火。这绝对不是因为高远改变了对练花的看法，认为练花漂亮了，而是因为年轻！生理属性迫使身体需要一种释放。试想，在狭小的空间里，女孩子身上淡淡的体香不断弥漫开来，即便是练花不美不漂亮，但是相貌平平并不影响女性荷尔蒙的散发。此时的高远想起了父亲上的夜班，上夜班的目的就是多两块钱夜班费。马基雅维利的魂魄再一次附了体，高远为了自己的目的开始第一次不择手段地布局。他重视实效，认真保持着情感的距离，相信结果能替手段辩护。

“给你讲个故事?”见练花痴痴地望着自己，高远便调整好自己的姿势，娓娓道来。

“王安石是北宋政治家、文学家、思想家。字介甫，号半山，江西临川人。曾两度拜相，提倡变法。”

练花目不转睛，扬起下巴微笑着。

“有一天，在忙政务之余，他翻阅各地送来的诗文，有一个广东秀才写了一首诗：‘彩蝶双起舞，蝉虫树上鸣。明月当空叫，黄犬卧花心’。”

“王安石当时看了第一、二句，觉得非常不错；但看到第三、四句时，他蹙起眉头，明亮的月亮怎么会叫呢？黄狗怎么能卧在小小的花心上呢？于是他提笔将这两句词改为了‘明月当空照，黄犬卧花荫’。”

“后来呢?”

“后来，王安石变法失败，被迫辞去宰相职务，他游历南方，发现南方有一种鸟叫‘明月’，叫声婉转动听，有一种昆虫叫‘黄犬’，常在花心飞来飞去。原来南方是有这样的小动物的。

“随后，他想起几年前改秀才的‘明月诗’，恍然大悟，这大错完全是因为自己无知而铸成的。”

故事讲完了！练花并没有收回她的眼神，炽热的光线与高远的眼神相遇，高远只觉得一股热流穿过自己的身体，他急切地想把这股热流传递给练花，只见他一把搂住了练花，将练花摁倒在桌了上。此时的高远浑身上下都是僵硬的，连最小的器官都僵硬了起来，为了一个共同的目标站起来了。

“我也无知！”高远喘着粗气，“我也要铸成大错！”

练花任由高远在自己身上毫无技巧地折腾着，她心里既忐忑又兴奋，她闭上双眼等待着这一刻的到来，等待着让她从姑娘变为女人的那一刻。

7

李红梅的二叔李竹板顺着绳子，脚蹬着杂草从陡坡上连滚带爬下了底部。在手电的强光下，一片枯萎的蒿草被什么东西压出了一个长条形，长条形中间有一块凸出地面的石头孤独地望着李竹板，像是等着他来，给他讲述刚刚发生过的事情。

李竹板拨开蒿草发现一个二十岁左右的后生和一台摩托车，后生面部并没有受伤，他用手在诗同文的鼻孔上试了试，见人还活着，只是昏迷不醒。他见诗同文的右腿被摩托车的后轮紧紧卡住，李竹板凭着自己的感觉意识到这个后生的右腿凶多吉少。李竹板蹲下来试图逆时针转动车轮，好把诗同文的脚从车轮里抽出来，可是他尝试了几次都无功而返，他怕用力过大造成第二次伤害，于是抬起头向上面喊道："把老虎钳用绳吊下来！"

李竹根这时已经将拖拉机开到了陡坡边上，正把李竹板使用的绳子从树根上解下来，拴在拖拉机的后挂上，他这样做是方便把谷底的人拉上来。李竹根听见李竹板的喊声马上在拖拉机的工具箱里取出老虎钳，按照李竹板手电照射的位置将老虎钳吊下来准确地落到了手电光形成的圆圈里。

摩托车后轮的辐条在老虎钳面前简直就是钢刀切豆腐要多利索有多利索。李竹板这番"舞枪弄棒"的一通操作把辐条切断，将诗同文的腿从摩托车轮里解救了出来。昏迷中的诗同文听到了一些声音，他觉得那声音很远很远，又觉得自己的耳朵像洗澡的时候灌了水，他极力回忆自己是在什么地方。还没等他想清楚一股钻心的痛使他又昏了过去。

诗同文摔下来的高度并不是很高，但是这个地方却十分陡峭，再加上诗同文是被摩托车的动力牵扯着摔下来的，因此下降的速度就不是简单的一个人的自由落体了。他摔下来的时候，残疾的右腿正好被突出的岩石拦腿撞断，本来患小儿麻痹而残废的腿就是一个摆设，在重力的作用下，撞上一块石头，残腿就像烂在地里多年发黑变糟的油菜秆，一丁点儿外力就会拦腰折断。诗同文现在的腿和高粱秆所不同的也就是多了一条遮羞的裤子罢了。巨大的撞击力让他本就残疾的右腿雪上加霜，后来诗同文被送到县医院的时候，连骨科医生都一致决定这条腿保不住了，非做截肢手术不可，这都是后话。

李竹板将诗同文救出，上面的亲戚也顺着绳子下来了几个青壮年，人家合力将诗同文抬进汽油桶里，几个人用绳索将两端固定好，慢慢地用拖拉机把他牵引到了陡坡的顶部。李红梅这时已经吓得脸上青一块儿紫一块儿，一边儿凉一边儿热。不停地问她二叔这个人是不是还有救，人是不是还活着，可是大家都在忙着，没人顾得上搭理她的问题，或者说没有人能知道这一摔人是不是能挺住，是死是活。

李竹根发动起了车，李竹板和村民将汽油桶用绳子牢牢地固定在拖拉机拖挂的犁头上，一个简易的急救车就改装好了。拖拉机在寂静的山路上一路狂奔，这也多亏是拖拉机，它的抓地能力特别强，在雪地里行驶极少出现打滑的现象。

李竹衣不愧是当哥哥的，遇事不乱。他让二弟开车先走，随后让三弟李竹根带上钱和李红梅乘坐邻居家的拖拉机紧随其后，直奔医院。

县医院位于县城外不远的一个坝子上，新建的一栋大楼里最忙的就是妇产科。现在年轻人回乡的多，孩子的出生率也直线上升，奖金自然而然也就“娃”涨船高。不过，这几天最忙的就不是妇产科了，而是骨伤科。由于下雪路滑，跌打损伤的病人比平时多了许多倍，一时间跟平时妇产科的就诊率不分伯仲。原来骨伤科的大夫在医院里的地位跟看大门的保安和搞清洁卫生的阿姨没有太大的区别，谁知道一场大雪不仅让搞卫生的阿姨忙得不亦乐乎，连骨伤科的医生也顿觉自己也有“久旱逢甘雨”的时候，意识到了李白的话“天生我材必有用”说得是真的好，感叹这首诗就是为他们骨伤科而写。这李白出名前不是个骨科大夫才怪了去呢，大夫们个个仰天长啸感叹老天开了眼。特别是骨伤科的马主任，感叹之余还趁着漫天飘雪的时候到院子里S形的曲径上通幽了一把，进而抒发一下憋屈多年的闷气，只见他高昂着尊贵的头让自己因为激动而发烫的马脸迎接着拂面而来的雪花。

这鹅卵石铺就的小路平时极少有人涉足，不下雪的时候都会有些湿滑，下了雪湿滑的程度就成倍增加了。这马主任趁着烫脸，眼睛望着山上松树的树梢，一副不可“二”世的样子，谁知地面上有一个凸出的鹅卵石“出类拔萃”地顶在马主任的脚下，马主任脚踩在上面向侧面一滑，身体来了一个既像练武之人做的“骑马蹲裆”式，又似小女孩子玩儿的“劈叉”动作。马主任顿觉大腿双侧被撕裂了一样疼痛难忍。这时候，时间正好晚上八点多，院子里没有人看到，这也多少给他挽回了一星半点儿的面子。

李竹板、李竹根和李红梅冲进医院的时候，正好是马主任拉伤大腿的时候，他眼看着一群人抬着半截子汽油桶进了骨伤科门诊，心里倍感诧异，可自己大腿两侧却痛得让他一瘸一拐的不能正常行走。昏暗的灯光下，他看到护士急急火火地向他招手，意思是让他赶紧到岗，来了新的患者；而马主任也向护士挥手，那意思是让护士赶紧过来帮自己一把，自己已经痛得不能迈开半步了。

护士没有明白他的意思，急得直跺脚，心想这老家伙真是到了快要退休的年龄了，连个基本的手势都看不懂了？可回头一想，脸上不由自主地泛起了一小片红晕，惹得围在脖子上的红围巾顿显多余，她误以为马主任是用同样的手势和动作调理自己，四十多岁的女人顿觉步伐轻快得像生完孩子的产妇，走在地上都轻飘飘地有了一种荡起双桨的美感了。

诗同文被推进了门诊室，躺在检查台上。这时候他已经醒了。醒来的第一想法就觉得今天把人可丢大了，李红梅不知道该如何看不起自己呢！恨当时就顾高兴了，就顾着显摆自己的车技，没有判断好雪天路滑，搞到了这种地步。

这时，马主任被护士搀扶着也来到了门诊，问过病情以后，在护士的搀扶下又检查了诗同文的身体，看到诗同文小儿麻痹的右腿摔得像断了线的木偶残肢，认为这腿已经没有再治疗的必要了，本来就是一条无用的废腿，就算接上去也是徒劳无功，连个聋子的耳朵都不如，唯一的也是最佳的治疗方案就是截肢，把小儿麻痹这一段截掉。想到这里，他让其他人都到门外等候，当马主任得知护送他来的人中没有诗同文亲属的时候，就吩咐护士给诗同文的父母打电话，当面告知病情，好让他们快做决定。

诗同文母亲艾红正在清扫院子里的积雪，她想扫出一条通道好让孩子回来的时候方便停放摩托车。自从诗同文骑车出去，她的眼皮就一直跳个不停，她想起母亲说的“左眼跳财，右眼跳灾”的话来，可是今晚两个眼皮轮流跳是啥意思呢，是既要舍财又有灾气不成？

就在艾红给丈夫讲述眼皮的事情，家里的电话突然响了起来，艾红和诗墨轩同时往房间跑，艾红抢先一步拿起了电话，她的脸由红变白，又由白变青，当听到诗同文已经躺在医院里的时候，她的眼皮就神奇地不跳了。艾红放下电话，瘫坐在沙发上，喘着粗气，一板一眼地跟诗墨轩道：“拿钱，去医院！”

诗墨轩虽然没有接电话，但是电话里的内容他都听得一清二楚，他急得原地打转，这是他焦急时候唯一能够做的，他在等夫人的命令，作为一个退伍多年的老兵没有命令是不能擅自做主，随意行动的，更何况今天的行动不同于往常。

艾红夫妇两人此时已经到了医院的门口，艾红紧张得迈不开步子，她瘫坐在大门口保安室的台阶上，脑子里又将母亲的话反复咀嚼，佩服母亲在天之灵真的太灵了，让自己心里早有了个提前量，不至于太过狼狈。

话说回来，艾红让诗同文一个右腿小儿麻痹的孩子开车出去，又是一个大雪天，不出事才是怪事了呢！再往前追，给诗同文买摩托车这件事就是一个错误的决定，买的时候就埋下了出事的祸根，诗同文的姥姥应该在艾红掏钱买车时就猛跳她几下右眼，或者像今天这样让艾红的双眼齐跳才对。只是我们这边的人也不懂那边儿的事儿，说不定诗同文姥姥正在那边儿跟几个老头吹牛打麻将也保不齐、说不准，一时忘记给女儿跳眼皮了，耽误到了现在。

还是诗墨轩久经“沙场”见多识广，关键的时候顶得上去，只见他一手抱腿一手搂腰将艾红抱了起来。这是他第二次把艾红抱起来，巧合的是两次都是在医院里。第一次是诗同文出生后，外面下着暴雨，夜里只有一个护士接生，诗墨轩帮着把艾红抱进病床，没想到，这第二次是把艾红抱进医院，原因也是因为这个不争气的“兔崽子”。

诗墨轩抱着艾红进了骨伤科门诊，大家都给他们让路，这一幕也着实把马主任和护士吓了一跳，急忙问伤到了哪里，艾红手握拳头在自己的胸口反复捶击，表情痛苦。马主任误以为是胸痛就建议马上去胸痛中心，不然会耽误病情。

就在这时诗同文侧目看到自己母亲突然出现在诊室，一下就明白了怎么回事，孩子本能地喊了一句“妈”，这才将马主任绷紧的神经松了一下。

一声“妈”让艾红的心都要碎了，她不顾一切地扑了过来，抱着诗同文痛哭了起来。艾红的举动别人不了解，诗墨轩是最知道内幕的。

诗同文渐渐长大懂事以后，就憎恨起自己的母亲来，他看到别的孩子又蹦又跳羡慕异常，而自己却是一个特殊的人，被同伴们挤兑嘲笑，他不知道问过多少次同样的问题，为啥他跟别人不一样，不能像其他孩子那样两条腿一样长，而是一瘸一拐地像只三条腿的狗。艾红回答不了孩子的问题，东拉西扯一些隔靴搔痒的答案来搪塞诗同文。渐渐地诗同文见到母亲就不理不睬，连个“妈”也不叫了。这种情况一晃就十几年过去了，为此艾红不知道暗暗地流过多少泪，因为她自己知道，哪个母亲不想让自己的亲骨肉健康成长呢？这不是天意弄人嘛！

今天晚上诗同文的一声“妈”揭开了艾红心里尘封多年的伤疤，她的情绪失控，让在场的人都误以为诗同文不是断了腿，而是断了气。让人一下就想到黄河壶口的瀑布，想到了古代诗人骚客形容感情崩溃时诸多的名言绝句来。

马主任见艾红的情绪稍微稳定下来，就将诗同文的病情给夫妇两人做了详细的介绍，听到诗同文要截肢两人不由得倒吸了一口凉气。极力想把诗同文的腿保留下来，可马主任的一席话让他们安静了。

“现在看来右边患小儿麻痹的这条腿是没有再挽救的必要了，这当然是我个人的意见。一来，就算是治疗好了，过程中的痛苦你们也能估计得到，关键是到后来这条腿依然是条残废的腿。如果，这条残疾的右腿截肢，等到痊愈后安装一条假肢，这样的话，他就能够和普通人一样生活了，等于是获得了新生。以后的日子就再不用因为残疾而自卑了！”马主任的话虽然残酷，但是面对病人的实际情况，他是冷静的，也是专业的。

艾红和诗墨轩这时也平静了下来，听完马主任的分析，心里燃起了一股对新生活的渴望。艾红想假如真能够像马主任所言，今天的事故不是个坏事，反而会变成一件好事。这可真是“塞翁失马焉知非福”呀，艾红想孩子的幸福比她自己的生命都要重要，她前半辈子过的日子也许就在今晚画上一个句号。反正，横着挨一刀，竖着也是挨一刀，既然这样，听医生的话是最好的选择。想到这里，艾红感激地、泪眼汪汪地望着马主任，嘴哆嗦了半天说不出一句话来。只见艾红上前一步，抓着老马的胳膊，深情的眼神硬是把老马看得不好意思起来，甩了几次胳膊都无功而返，没有挣脱艾红的手。

马主任见治疗方案得到家长的同意，就将一些流程和注意事项一一给家属讲解清楚，并说即使要做截肢手术也要等到第二天下午，因为手术前的一些常规检查是必须要做的，等到检查结果全部出来才能够最终确定手术时间，现在最重要的一点是父母要做通病人的思想工作，手术才能够顺利开展。马主任说着这话，手指了指诗同文和诗同文周边农民样的几个人。

艾红这时候才注意到一直围拢在诗同文病床前的一群人正是将自己孩子救出来送到医院的村民，心里的激动之情油然而生，不顾平时的淑女形象“扑通”一声给众人跪了下来，村里的农民平时都是生活在社会底层的人，哪里受得起这么一下，连忙将艾红拉起。因为同为女性，心里没有男女之别的隔膜，李红梅的动作最为迅速。

沟通以后，诗墨轩让李竹板、李竹根和李红梅先回家，他们两人在医院里照顾诗同文。临行，艾红千恩万谢几个人的救命之恩，并许下诺言，等孩子好了将当面感谢等等。

8

茫茫的大雪之夜，路灯将雪花变成了黄色，劲风下的雪花被吹得在半空中打着旋，一下被吹起，一下又被吹到了地面上。雪花不知道该落到哪里，哪里该是一片雪花应该停留的地方。街道两边排列整齐的杨树把路变成了一个梯形，路的尽头消失在一片黄白色的梦幻中。

王奕桐走在空荡荡的马路上，她的心就像飘舞在空中的雪花没有着落，她不知道应该往哪里走，她的潜意识把她不顾一切地往前带，此时她的头脑一片空白，空白得像仰望着浩渺的雪空。她只知道奋力往前走，不知道自己去哪里，哪里才是她的家，哪里是她今晚的落脚点。她的眼神穿过昏黄的灯光，眺望着路的尽头，心里想着：“家，就在路的那边吧！”等到没有路了，自己的家就到了。她的情绪就像刚刚飘落到脚下的雪，已经落到了雪泥里，冷得像路边的冰凌。她一度想过去城外的湖，想过去城外的河，也想过去上学时候路过的一棵歪脖树，可是寒冷和内心的仇恨让她迅速打消了这些消极的念头：

“我要死，已经死了多少回了；我要死，也该托生好几次了！”她这么想着冲着路灯高喊道：“我要活着，我就是要活着！”

王奕桐不知不觉来到了音乐学院的门口，可是大门已经关上。她还不是这里的学生，这里还没有她的铺位，也没有人认识她。她在门口逗留了许久，凛冽的寒风告诉她深夜将至，她如果没有一个地方躲避凛冽的风雪，那么自己就有可能熬不过今夜。她刚刚的恐惧和愤怒现在已经变成了疲软，变成了饥饿，王奕桐正在渐渐失去正常的体温，假如不及时补充能量，沈阳的冬天将会吞噬一个姑娘鲜活的生命。

王奕桐头昏眼花，眼冒金星，低血糖加上下体不断流血使她浑身冒着虚汗，她赶紧扶着墙，让自己不至于跌倒。时间一分一秒地过去了，她的状态并没有缓解，她动动脚，看看自己还能移动，就想继续走，可是，她刚一迈脚只觉身体一软，人就失去了知觉。时间不知过了多久，她脑子里闪现出一个奇怪的圆洞，耳朵里听到了极速的鼓点声，这鼓点像四季居酒屋里洪之一仁敲击的。王奕桐睁开眼，见一个路人正摇晃着自己，唤醒自己的路人正焦急地敲击着琴盒。这人是夜归的工人，正好路过王奕桐身边，与王奕桐擦肩而过的时候见王奕桐跌倒在地，他见王奕桐是个姑娘，不好动手，情急之下只好用指头敲击王奕桐的琴盒，以便唤醒她。路人见王奕桐醒来，追问她家在哪里，住在何处。他不问，王奕桐还坚强着，经他这一问，王奕桐反而不知如何回答。她的眼泪无声地从眼眶流了下来，她哽咽得无声、哽咽得无语、哽咽得无力。

路人好像感觉到了什么，停了停让她缓解一下激动的情绪，等着姑娘的回答。好一会儿过去了，王奕桐说出了一句话：“四季居酒屋。”她下意识地往洪之一仁四季居酒屋的方向望了望，这是此时她能想到的最亲切、最温暖的地方。

路人按照王奕桐所指的方向，搀扶着她艰难地往前走，两人没有一句话的交流，可王奕桐能够感觉到他是个好心人。寒风里，路人夹着王奕桐的琴盒用自己的力量极力让王奕桐能感觉轻松一些。

四季居酒屋的大招牌远远地闪烁着耀眼的霓虹灯，“四季居酒屋”五个大字热情地给他们打着招呼。望见霓虹灯，王奕桐的身体热乎了起来，她似乎看到了热饭热菜，马上就能喝上一碗热气腾腾的汤。

王奕桐和路人正要进门，与收档打烊的洪之一仁撞了一个满怀，洪之一仁没有看清楚是什么东西过来，就觉得黑乎乎的一堆东西往房间里闯，急忙开灯。灯下的一幕把洪之一仁吓了一跳。听完路人讲述洪之一仁却愣在了那里，一时不知道该如何处理接下来的事儿，就在他没有反应过来的时候，路人已经推门出去，消失在茫茫的大雪中了。

洪之一仁有些蒙，有些傻，他不敢相信这大半夜天上真的掉下来个林妹妹。他望着王奕桐苍白蜡黄的脸，假装不在乎地问了几句，本来想幽默一下，可见王奕桐没有反应倒是把自己诙谐得尴尬。他见躺在沙发上的王奕桐只是脸冒虚汗，一言不发。洪之一仁有些害怕，把耳朵凑到王奕桐的嘴边，没想到他的刘海儿触到了王奕桐的鼻子，引得王奕桐脸上一阵瘙痒，就听她微弱地说道：“我饿！”

洪之一仁听得清清楚楚，赶紧跑到吧台后面，拉开冰箱，将一根玉米棒子粗的秋林里道斯哈尔滨红肠用手一掰两段，放进微波炉叮了两分钟，拿着半根蹲在王奕桐面前，让她醒醒。

王奕桐感觉睡着了，温暖的房间让她倍感舒适，柔软的沙发像在自己身下铺了一床厚厚的褥子，她昏昏迷迷中听到洪之一仁的叫声，闻到一股红肠散发出来的诱人香味儿，她睁开眼，张开嘴，那意思明显是让洪之一仁把香肠塞进自己的嘴里。

洪之一仁被这光荣的一幕感动了，心想姑娘撒起娇来真是可爱，不等王奕桐咽下第一口，又将一段香肠塞进王奕桐的嘴里，王奕桐噎得直摇头。这也难怪洪之一仁，他长这么大，还是第一次给人喂东西，在他对女性浅薄的知识里只有被母亲强行喂吃喂喝，这是第一次给一个姑娘行这种“孝道”，真是小媳妇上轿，头一回。

喂完香肠，洪之一仁将两包康师傅撕开，用滚烫的开水泡了一碗方便面。他小心翼翼地将方便面端到王奕桐的面前，心想这下坏了，姑娘躺着该如何喂呢？

王奕桐吃完两截火腿，精神恢复不少，可人觉得不是一个整体，自己是套在一个叫作王奕桐的外壳里，像俄罗斯套娃，精神和肉体还没有统一成一个完整的人。她见洪之一仁端了一碗东西过来，就强撑着身体坐起来。她这一起来解决了一个青年男子的大难题。

一道难题刚刚放下，又一个难题浮现在洪之一仁的脑海里。虽然不是第一次和这姑娘见面，但是对她确实不了解，第一次在酒吧相识，再加上自己在音乐学院门口去堵着见人家姑娘，满打满算这才是第三次见到她，而这一次怎么想都像一场遭遇战。她突如其来地说来就来了，突如其来地说去就去了；这样又是突如其来地来了，来得还那么莫名其妙。从她的表情和修养来看这姑娘不是那种随随便便的人，咋就深夜不回家呢？是没有家？那怎么可能，洪之一仁自问自答，哪个漂亮姑娘没有个看上去如狼似虎，让人胆战心惊的爹呢！可这姑娘的爹呢？不管她吗？想到这里，洪之一仁黄牛反刍一阵心酸，想起自己也二十五岁了，为了不被人低看，也前前后后、里里外外奋斗了这好几年了，结果没有一个姑娘正眼瞧过自己，更不要说能有姑娘让自己抱上一抱，亲上一口。

洪之一仁叹了一口气，想俗话说得好："鸡鸭还有三天的好时运呢！"更何况我一个大男人。今晚，天仙不是不请自来了吗？天仙是来了，可接下来这天仙该如何伺候呢？自己却是一头雾水。就说今晚躺在沙发上的姑娘我是叫她一声问问情况呢，还是就这么磨叽延宕下去呢？洪之一仁陷入进退两难的地步。

王奕桐吃完了香肠又狼吞虎咽地把一大碗方便面一根儿不剩地吃完，体力慢慢地恢复了，她觉得有些热，就将自己的外套脱下来盖在身上，本想给那个鼓手说一声谢谢，可眼皮沉重得抬不起来，自己只觉得睡意犹如沉重的幕布慢慢合拢，一丝缝隙都没有。王奕桐睡着了。

梦里，王奕桐看到很多人向她走来，慢慢地却无声无息。她觉得众人把她挤得没有地方立脚，琴盒险些掉落到地上。她尖叫了一声，这叫声把自己吓醒了。她不知道自己身处何方，脑子里一片混沌，望着黑洞洞的天花板努力回忆着。屋外霓虹灯不时闪烁的光芒，一下把她拉回到了昨夜的风雪之中，她想起自己为何逃出来，如何被路人送到这间酒吧。想到这里，一行热泪流下眼眶，穿过鼻子两侧流进了嘴里，咸乎乎的。她抬手赶紧去擦，却将昨夜吃方便面的碗打翻在地。瓷碗粉碎的声音让王奕桐彻底清醒了，她下意识地摸摸自己的胸，完好！她又下意识地摸摸自己的裤子，除了翻身将裤子拧了样子，其他正常。但是，现在的王奕桐像变了一个人，每当她想到自己是不是安全的时候，就会有一种仇恨、有一种耻辱感从心底里翻起来，那感觉像一条大鱼在水底翻起了泥沙，让她想起那双邪恶的手。她憎恨自己的懦弱，憎恨生她不养她、不管她的父母。

她的家在哪里？今天以后我王奕桐将是一个孤儿！想到这里，王奕桐哽咽起来，慢慢地，哽咽变成了号啕大哭。

洪之一仁自王奕桐躺下去，他明白，今天晚上自己“摊上事儿了”，家不要想回去了。他渐渐觉得自己对这个连名字都不知道的姑娘有一种莫名其妙的责任感。他人坐在吧台的座位上，眼睛却一直留意着王奕桐的一举一动。他见王奕桐狼吞虎咽地吃完东西，本想过去问问究竟发生了什么事，可见到王奕桐和衣而睡就不好过去打扰了。他自己选了一个靠门的沙发半坐半躺着，一来他怕自己睡着了姑娘起身像第一次一样一言不发就走了，二来，他想如果有人进门寻人他好及时应对。

时间到了凌晨，王奕桐把面碗打翻在地的破碎声将他吵醒，等他回过神来，听到王奕桐呜呜咽咽的哽咽声，他不知道姑娘为何夜里不睡觉，又为何如此状况。不等他细想，王奕桐号啕大哭起来，洪之一仁紧张得浑身上下没有一处地方不难受的。他想过去安慰安慰，可走了几步又觉得就这么过去是不是有些唐突，昏暗的灯光下再把低头痛哭的姑娘吓一跳，那罪就大了，恶极了。想到这里，洪之一仁干脆静静地观察着王奕桐的一举一动，任由她去发泄。

时间一分一秒地过去了，窗外的景色慢慢地有了轮廓，城市中少有的几只公鸡打起鸣来显然有些气短，像哮喘病人喘气，昂起的头只能打一个短而粗的“喔”出来，怎么听都像没有锻炼过身体的人，不如农村住的公鸡打鸣打得理直气壮，气宇轩昂的，一连串的“喔喔喔”几里地都能听到。

王奕桐的哭声由强变弱，渐渐地变成了无声无息。她又在哽咽中把自己哄睡着了，这一夜的觉，她睡得半生半熟，像烤得半生不熟的白薯一样捏巴捏巴也能吃，也还算留给王奕桐一个完整的睡眠。她觉得疲乏无力，窗外的光线慢慢将她的意识敲醒，她慢慢坐起来，环顾四周见那个鼓手可怜巴巴地蜷缩在门口的沙发里，王奕桐的心突然涌出一股暖流，她赶紧扭头，不愿让洪之一仁看到她流泪。

其实，王奕桐的这些动作和表情洪之一仁都看在眼里，他自己的心也随着王奕桐的情绪忽高忽低，他见王奕桐起身就赶紧站起来示意早安，并指了指洗手间的位置，其实王奕桐早在第一次来四季居酒屋就了解这里的环境。王奕桐拎起自己的小包，低着头走过洪之一仁，可怜的鼓手以为王奕桐拿着包要走，正欲开口，一看王奕桐的琴还在沙发上，这才放了心。

洪之一仁觉得两个人的氛围显得格外地尴尬，自己有很多话想问，可几次话到嘴边都被他强忍了回去。他打开电视，电视传出的画面和音乐可以打破凝固的空间氛围，使尴尬不至于变硬变死。

一曲轻松愉快的乐曲飘了过来，贝多芬的《月光曲》开启了洪之一仁的大脑神经，他想为王奕桐做些什么，也好对得起这清晨的音乐。他希望在王奕桐从洗手间出来的时候乐曲正好播放到高潮，这样也无形中将他的心境向王奕桐表露了似的。

王奕桐在化妆间里望着自己憔悴的脸，肿胀的眼睛，心想再不能哭了！哭给谁看？哭给谁听？谁在听我的哭声？谁又在关注我呢？这个世界如果没有我，会好好的，但是我没有了，世界与我又有什么关系？我要好好地活着。当她听到贝多芬的《月光曲》，曼妙地飘进她耳膜的时候，精神为之一振。音乐，只有音乐是我的救命稻草，没有几个音乐大师是一帆风顺走过来的，自己虽然不是大师，没有大师的骄人成就，但是已经有了大师的不幸。

王奕桐收拾好自己的表情，打开门往大厅走。一缕冬日的朝阳正好冲出云层形成一股难得的强光照进四季居酒屋，阳光下的王奕桐浑身上下披上了一层金边，亭亭玉立，婀娜动人。

洪之一仁给王奕桐泡了一杯茶，突然出现的阳光使他不由得抬起头，朝阳下王奕桐的出现惊呆了洪之一仁，一件紧身的红毛衣把王奕桐勾勒得凹凸有致，高高的乳房，黛玉的腰肢，微翘的后臀，两条大长腿。洪之一仁手里玻璃杯的开水已经溢满，他都没有发现，直到开水溢出水杯他才慌忙收回了自己的眼光。他被这一幕惊着了，心里感激是哪位祖宗发明的“蓬荜生辉”这句话。太贴切了！她要是能在我这里待上十天半月，我的生意不知道要好成什么爷爷奶奶样呢！想到这里，自己高兴得忘乎所以，端着杯子冲着王奕桐就过来了。

《沈阳早新闻》电视里的音乐停止后，地方新闻开始播送：“……昨天，居住在城郊一户独居老人，因煤气中毒，经抢救无效身亡。经警方现场勘查，死者七十至八十岁……”

王奕桐和洪之一仁都抬头看了一眼新闻，却都没有留意这条消息。任何事情的发生都是有前因后果的，不论是爱、不论是恨、不论是生死！

9

昏暗的灯光下，高远正挥洒着自己的激情，身体的所有机关都为了今晚的“盛宴”拼了。他像一只发了情的公猴，不断地变换着自己的姿势，可他太不了解女孩子着衣的结构，无法解开练花的内衣，微汗渐渐从额头上渗了出来，当看到一个“立体三角形”袒露在自己的眼前，他突然抽搐起来，浑身上下开始痉挛了。

练花等了半天，见没有了动静，于是从眼睛缝里观察情况，当她看到高远的脸变得既愉快又狰狞，双腿交叉，拧在一起，一只手还依依不舍地停留在练花的内裤里，练花翻身坐起，抱住了高远。

“对不起!”高远羞愧地说道。

一场短暂的云雨就这么快地结束了，快得跟闪电一样，可是这道闪电在练花平静的心海里画出了一道深深的印记，成了练花长久的回忆。从这天起，练花的心已经属于高远了，可高远的心并不属于练花。

转眼，四年的大学生活就要结束了，近一段时间，练花的心总是提心吊胆的，一场看似爱情的赛跑有了开头却没有了结尾，她心里一直在嘀咕，自己这是被高远爱抚了？还是猥亵了？如果算是爱了，那接下来就应该继续腻腻歪歪下去，像对恋人那样将爱情进行到底；假如前面的爱情不算数，那就是对自己的猥亵，如果算猥亵，现在是不是要报案，将他抓起来？如果进了派出所，那高远这辈子就彻底完了，自己的名声也就扫地了。想到这里，练花像过敏的鼻腔遇见了花粉，打了几个喷嚏后又加打了两个激灵。

练花主意已定，她要跟高远见面，进一步搞清楚她跟高远的关系，不能变成吃了黄连的哑巴。再说，临近毕业，分配的事情将至，这些问题也该找高远谈谈了。

由于是毕业季，学生们都在准备论文，没有固定的课程。实际上到了大学四年级，与其说学生们是在准备论文，倒不如说是信马由缰无人管理。除了偶然去图书馆证明自己还是个学生，还残留一星半点儿学习的激情之外，时间管理方面，不是早晨从中午开始，就是下午到凌晨结束。

练花最近却不是这样，她已经向老师提交了自己的毕业论文，不仅提交了，她还听说高远也提交了毕业论文。这让她心里像喝了蜜一样甜，暗自庆幸高远跟自己真是人中龙凤。她一改常态五点就醒来，在一片鼾声中起身，蹑手蹑脚地走到校园里，假装锻炼身体，在校园东体育场跑跑步，跑得累了就走走路，她不是喜欢运动，而是因为她知道高远有晨跑的习惯，喜欢在这个东体育馆锻炼。练花心思很明确，那就是假装在这里偶遇高远，以便找个机会好好谈谈。可是，让练花失望的是一连多日都没有望见高远的影子。练花有些纳闷，又有些担心，是病了？还是高远家里有啥事儿了？

自那晚练花在实验室“献身”后，高远有意疏远练花，不为别的，就觉得自己太丢人，自己像个退役多年的足球运动员，在球场上空跑半天无功而返，看见球门硬是射不进去，临门一脚愣是把握不住。为此，高远内心痛苦不已，他认为自己有病，不仅有病而且病入膏肓。他在床上躺了几天，连饭都懒得吃，他决心要用一次胜利来证实自己是个男人，不然的话，他将如何面对以后的生活，面对自己。在这个不缺少异性，但缺少爱情的校园里，俗话说得好：“看着是闲的，借用也是难的！”虽然这是百姓的大实话，也道出了男女感情的难度。想想能够和练花走到这一步，对于高远来说也是弥足珍贵的。他不愿意放弃这次机会，再加上练花家里殷实的经济基础高远也早有耳闻，不能说高远看中了这一点，但是绝不能说高远没有看中。高远从小就深知他父亲上夜班目的就是多得两元钱的夜班费，这种身体力行的言传身教对高远的影响是一生的，任何形式的爱情如果没有经济作为基础都是空谈，他当然需要女人的美貌，但和钱相比高远会义无反顾地选择后者。他深知“女人如衣服”这句流传经年的话，可这句话是建立在有钱的情况之下而言的。

这边高远主意已定，看看时间到了晚饭的时候，肚子叫了起来，于是起身去食堂要了一份米粉肉，又要了一份糖醋鱼，外加一份米饭，他这是想犒劳一下自己思想的“伟大”转变。此时的高远像完成了一道难题，或者说通过自己的艰苦奋斗拿到了久违的实验结果，兴奋中带了一些忐忑一种惶恐。吃完饭，高远习惯性地往实验室走去，他目前并没有什么实验任务，他是想重温一下那天夜里和练花的美好时光，让自己冰凉的心能在这个温馨的空间里被加热，被激活，使他活在年轻人的年龄段里。

实验室的休息区位于实验大楼一层长长走廊的最后一间，通往实验室两边的房间放着不同的实验设备。人们透过玻璃窗可以清楚地看到左侧房间里一排清一色日本岛津高压液相分析仪，右边房间一排气相色谱仪，红红绿绿的物料瓶摆在物料柜，量具量杯有序地摆放在长长短短的仪器架上，在防爆灯的光线下，既神秘又充满十足的工业感。一个学生样的人全副武装，头戴护目镜，面戴口罩，收拾着最后的工作，一身洁白的工作服格外引人注目。

高远顾不上看这些，他径直来到最后一间专为毕业生准备的实验套间，他想在这里好好回忆一下那天晚上他和练花“云雨”的一幕，好让自己再次激起一下男人的雄风。

高远在黑暗中摸索着台灯，灯光像一把宝剑在伸手不见五指的房间里杀出了一条路来，硬是在漆黑的空间里掏出了一块儿光明，这灯光似乎把黑夜向四周挤压，使灯光外围黑的浓度不断增加，这种挤压不仅是对黑的夜，更是对黑影里的高远。高远想起小时候每当自己不小心跌倒，母亲会抱着号啕大哭的自己跑回到原来跌倒的地方，母亲一手怀抱着他，一手反复向地上做抓东西的动作，嘴里念念有词：“我儿回来，我儿魂回来！”

这是母亲怕孩子摔倒把孩子吓着了，进而把自己的魂给摔丢了，于是就在摔倒的地方把魂找回来。这是一种古老的心理暗示，古老的招魂术，明明知道不起啥作用，但是做了总比不做好。虽然孩子的啼哭不是因为丢了魂，大人也就当那魂就在地上，喊一喊叫一叫也是一种仪式，权当魂不会被勾走，或者已经回来。

现在看来高远小时候的魂并没有被勾走过，可是高远他娘没想到的是时隔二十多年，她儿子的魂却被女人给勾走了。不仅勾走了，他现在自己想把魂找回来。他母亲早就应该知道高远现在不用她那一套古老的仪式去招魂了，因为年轻人这种失魂落魄的事别人是无法代替的，是有心无力的。

练花的长相高远心知肚明，跟班里其他的花呀叶呀没法比，人家姑娘好看归好看，可是自己错失了一个又一个机会，怪就怪以前目的性太强，自己的三拳两脚早被天生敏感的女孩子们一一识破了，自己的“阳谋”不仅没有得逞，反而一度让自己陷入了被动，更可悲的是不知不觉中也抵消了长相给自己加的分、添的彩。

高远在椅子上呆坐了一会儿，深感无聊，起身坐在了桌子上，随即学着练花的样子躺了下来，他意淫着练花就躺在他的身边，他似乎已经呼吸到了练花身上的气息。他的身体太重压得桌子吱哇乱叫，他翻身想坐起来。他望着天花板深深地叹了一口气，那声音深得有生不逢时的感觉。就在这个时候，实验室的门被推开了，随着一股外国香水味道飘进，练花走了进来。高远的眼睛刚刚和练花的目光相对，先是愣了一下，随即他一把将练花搂在了怀里。

10

艾红在医院里陪着诗同文，一夜未眠。自己说不出是什么滋味儿。想着明天就要面临一场新的选择，心里的感觉像临盆一样，有些激动，有些忐忑，可更多的是害怕。她不知道孩子的前途命运是什么样的，别人家的孩子都能有个理想，想出国、想留学、想当老板，可诗同文的身体残疾成这样，不要说有理想抱负了，活着就算是胜利，就是老天爷对他的眷顾，到以后能有人嫁给他，能生个一男半女就算是诗家祖坟上冒了股青烟。

孩子身体不好，做母亲的在别人面前始终抬不起头来，别的不说，就婆婆家人的脸都让她看得够够的。艾红想到这里，流着泪把心一横，明天的手术就这么定了，啥都不想了，谁劝都没有用。想着明年的诗同文就能够像正常人一样亮亮堂堂板板正正走在大家的面前，再也不会有人因为孩子一条残疾的腿而看低自己，孩子也会渐渐地恢复一个正常人该有的信心和勇气，艾红心里一片亮堂。

诗同文仔仔细细听了马主任的手术方案，心里很惆怅，腿始终是自己的，虽然是残疾在身，但真要痛下决心截肢心里还是舍不得。艾红看出儿子的心思，俗话说知子莫若父，可是艾红却比自己丈夫更了解自己的儿子。艾红坐在诗同文的床前，手轻轻抚摸着儿子那条让她爱恨交织的残腿，眼泪扑簌簌地流个不停，过了好一阵才将红肿的眼睛转过来，她望着诗同文将马主任的治疗方案向儿子说了一个外熟里生，像给诗同文兜售一块儿半生不熟的洋芋，她等待着儿子激烈的反应，准备好了自己下一步的动作和泪水。

诗同文在病床上躺了这么长时间，他将最坏的事情都想到了，庆幸他滚下山坡摔断的是残疾的右腿，左腿完好无损，这真是老天爷开眼。假如，摔断的不是残疾的腿，又假如两条腿都摔坏了，那后果真的不堪想象。马主任的截肢方案，他也听了，说实话诗同文除了有些不舍自己那条腿以外，心里并没有什么太难过的地方，相反他还有些得意。他是送李红梅才从山坡上摔下来的，他认为摔得值，因为他喜欢李红梅，他更喜欢李红梅身上散发出来的淡淡的“少女香”，那是一种“可爱到炸、甜蜜到爆的味道”，从他懂事就没有闻到过这么迷人的味道，任何自然萃取的或者人工合成的香精香料里都找不到这种沁人心脾的女人味儿来。

当艾红不生不熟将手术的方案讲解给诗同文听的时候，诗同文表现得异常男人，他望着母亲发红的眼睛，说了一句奥斯特洛夫斯基《钢铁是怎样炼成的》里男主人公的一句话，不过诗同文改编了一下。他说道：“钢铁就是这么炼成的！”虽然话不多，但是包含了诸多的意思，有些许的无奈，有对前途的不确定，还有对未来的期盼。

听到诗同文的话，艾红情绪的闸门一下被打开了，她扑倒在诗同文的病床上失声痛哭起来。作为女人她压抑得太久了，作为母亲她不愿意放弃，这手术与其说是在诗同文身上做，倒不如说是在割艾红身上的肉。许久，她觉得有人拍她的肩膀，这才使得艾红收住泪抬起头来。她见自己的丈夫静悄悄地站在身后，她不知道诗墨轩什么时候来的，只见诗墨轩示意不要再哭了，马主任刚刚来过，见艾红哭得厉害留下一句“哭完就来找我”就回主任办公室去了。

马主任端坐在办公台前，显然等了很久。他是一位老牌儿大学生，在县级医院拼搏了多年，他了解截肢对一家人的打击，这种打击不仅是身体上的，更多是心理层面的，可是今天诗同文的手术他认为病人和病人家属都应该高兴才对。因为这在美容医学上算是一次医学美容，这等同于女人割对双眼皮，或者祛了一条皱纹。话虽然这么说，可手术前的检查和注意事项还要亲自和家长详细交代清楚。

马主任见诗墨轩和艾红进来，示意两人坐下。将手里的一整张注意事项摊在两位面前。

“这是手术的注意事项，你们看看。”

艾红心里一颤，把头扭了过去。诗墨轩将马主任递过来的纸张接了过来，只见上面写道：

截肢手术注意事项

第一，截肢的切口必须要做成鱼嘴形，方便缝合之后肢体的远端呈椭圆形，避免因以后的肢体远端不规则而导致皮肤的损伤。

第二，在截断骨头之后，骨头的近端必须要用锉来锉平整，防止骨折端容易刺伤以后的软组织导致疼痛。

第三，肢体末端的肌肉组织的长度刚好能够包裹骨头就可以了。

第四，在剪断血管之前，必须要给予血管的近端结扎，必须分别用两条线结扎，防止因一条线意外脱落而导致大出血。

……

看完，诗墨轩默默地将《截肢手术注意事项》放下来，等着马主任进一步交代事情。马主任再没有说啥，只是用手在诗墨轩的肩膀上拍了一下，放下艾红和诗墨轩他们两个人直奔护士站去了。只见马主任交给管床护士一沓术前化验单后，就离开了。

中午，诗墨轩和艾红并没有感觉到饥饿，他们也忘记了诗同文饿不饿，心里慌乱得连问一下都不记得了。其实，护士已经交代诗同文不能进食，除了喝少量的水，任何东西都不能吃。

一个护士推着一个打针用的小车款款而来，护士露着一双水灵灵的大眼睛走到诗同文的床边，不顾诗墨轩夫妇一脸的愁云，命令他们到外面等着。护士说要给诗同文清理下身，要插尿管。

这一幕着实把诗同文吓了一跳，一个大眼睛姑娘手拿剃须刀给自己清理下身，还要插一条导尿管，这无论如何使不得。他提出换一个男护士来，没想到大眼睛护士的回答让他的要求像寒冬腊月在野外点着的一把火，看起来是火可温度就是不够。

“大眼睛”说医院没有男护士，今天能插尿管的也只有她，她的手艺是最好的，其他人都不如她，那意思很明显，到了医院病人就要放弃害羞、害怕这些想法，病人能够做的就是积极配合医生的治疗。

诗同文蒙着眼睛，此时的他忘记了有病在身，脑子里刚有不着边际的非分之想，就被大眼睛护士用针管在硬起来的部位敲了一下，原本还想“雄起”的地方，结果被“大眼睛”打击得再没敢“骚情”。

诗同文咬着牙瞪着眼，浑身上下憋足了劲儿，他不知道这大眼睛护士要折腾多久。过了一阵，他觉得下身胀了，低头看“大眼睛”正在观察尿管是不是通畅，赶紧把头又蒙上了。

护士将诗墨轩和艾红叫了进来，嘱咐如果见到有尿液流出就通知护士站，手术就可以开始了。

诗同文被推进手术室的时候，心里并没有太紧张，紧张的反而是诗墨轩和艾红。只见手术室的大门自动一开又一合，在诗同文和艾红之间豁开了一条无法逾越的“楚河汉界”来。此时的艾红眼睛里已经没有了泪水，满目的恐惧让她的脸都有些变形。她见李红梅和李竹衣由远而近向他们奔过来，眼睛又挤出两滴泪来。

李红梅和父亲李竹衣是乘李竹根开的拖拉机进城的，当李竹衣听说送李红梅回家的青年要截肢，作为父亲的他必须要来医院慰问一下的，同为腿部残疾人的李竹衣深知截肢将意味着什么，特别是还没有结婚的诗同文，他为诗同文深感不幸的同时，也深深地替女儿李红梅感到内疚。李红梅和李竹衣到医院的时候正好赶上诗同文被推进手术室。

李竹衣拉着诗墨轩的手，感激的话被自己哽咽得不仅说不出来，还给咽了回去。一个本分老实的湘北农民，没有跟城里人打过交道，不会城里人的圆滑，只见他从口袋里拿出一沓人民币就往艾红手里塞。低头看一沓钱有一百的，有五十的，更多的是十元的，看到钱艾红又有了激动流泪的动力，哭得声音更大了，艾红一边哭一边将不成形的“毛票”递给诗墨轩，示意诗墨轩将钱还给李家父女，惹得李红梅和李竹衣不敢前也不能退，陪着难受伤神。

时间过得这么慢对艾红来说是第二次经历了，两次都是因为诗同文这个“畜生”，第一次是在医院待产，剧烈的疼痛煎熬着艾红，疼痛一阵紧似一阵，说不清楚哪里疼，哪里都痛，她让诗墨轩用力掐她的大腿，但是疼痛又不是来自大腿；她让诗墨轩掐屁股可是诗墨轩又掐不住，搞得艾红一晚上气鼓气胀不说，疼痛一阵紧似一阵。这第二次虽说不是身体的痛，却是心灵的痛。第一次，自己得到的是一条小生命；这第二次的痛希望能弥补上以前的缺憾。艾红为诗同文祈祷着老天爷，保佑她儿子的手术顺利。

11

王奕桐在洪之一仁的四季居酒屋留了下来，每当夜幕降临，一首首小提琴曲从王奕桐的琴弦流向每一个人的心里。原本就要关门大吉的四季居酒屋，在优美的旋律中起死回生了，焕发着勃勃的生机。王奕桐的美丽，音乐的优美，再加上她独有的风格让四季居酒屋迅速走红。每到最后一位客人放下话筒离开，洪之一仁都会迫不及待地在王奕桐的琴盒里放一大把现金，他怕王奕桐再次突然悄无声息地走掉，给钱是洪之一仁唯一能够想到留住王奕桐的办法。王奕桐每天徘徊在金钱和疲惫之间，她累得已经不能支持自己，王奕桐夜里两点钟才得以休息，一觉到第二天中午，在这里王奕桐的心是踏实的。安静的夜、平安的夜对王奕桐弥足珍贵，这个小小的四季居酒屋让她有了家的感觉。

虽然如此，可每当夜幕降临，华灯初上，王奕桐都会有种不安袭来，每当这时，王奕桐都会无意识地警惕起来，她的神经都会因为黑夜变得异常紧张。童年的黑色记忆以及近期她的遭遇在姑娘的脑海里形成的阴霾，挥之不去，筑成了看待一切事物的背景墙，这黑色的背景像中国水墨画，让王奕桐看到的所有颜色都改变了原本的色彩基调，在她的眼里，生活也好，人与人之间的关系也罢，要么是灰色的，要么是黑色的，快乐跳动的红色、平静的绿色、安详的天蓝色都被黑灰色蹂躏得失去了原本的色级，暗淡无光了！她对所有的人和事都保持了一段的安全距离，在她的精神世界里迫切需要一股强大的力量将她保护起来，可这又是什么力量呢？谁又能给予她保护呢？

天空不知道何时聚集了黑压压的云，把原本就阴暗的天渐渐压得像得了哮喘病，只有出气没有了回气，雪不顾及他人的感受，纷纷扬扬地飘落了下来，人踩在上面，雪会发出咯吱咯吱的声音来，好像这雪不是落在地上，是落在王奕桐的心上。因为只有王奕桐看到雪会浑身难过。

“白雪纷纷何所似？撒盐空中差可拟。未若柳絮因风起。”用刘义庆的《咏雪》来形容这时候的雪极其到位。

时间来到下午，洪之一仁见王奕桐在收拾自己的小提琴，俊俏的身姿被紧身的红毛衣包裹得更加充满青春的魅力，银白色的雪光将王奕桐的身姿变成了剪影。洪之一仁看得入了迷。在洪之一仁的眼里天使就应该是王奕桐这个样子，不然为何她无端端地就跟自己这么有缘分，待在自己的四季居酒屋不走了？不仅如此，这姑娘属于人狠话不多的那种，谁要想趁她拉琴吃她的“豆腐”，想占她的便宜那就找错人了。王奕桐从到四季居酒屋那天夜里就变了，她变得冷酷甚至变得无情。她深知只有自己才能真正保护自己，自己想要的东西只能自己去争取。王奕桐此时的心境应了那句老话：“靠山山倒，靠水水流！”

对洪之一仁来说，王奕桐只可远观不可亵玩。他默默地注视着王奕桐的一举一动，一天下来生意不累，可是看王奕桐累。这也难怪，两人都在青春花开季，身体里沸腾的激情一旦奔流起来是挡也挡不住的。

王奕桐开始对洪之一仁没有任何感觉，在她的脑海里这男青年除了做事儿有一股狠劲儿外，对自己还是蛮好的。王奕桐说得蛮好，就是对自己不构成威胁，至于能在四季居酒屋拿到多少钱，王奕桐心里是没有底的。她只想混到开学，就拎着自己的小提琴离开，不给这个地方留下任何痕迹。

这段时间里，她能明显感觉到洪之一仁对她的关心和爱护，使她对异性有了好感。王奕桐看出来洪之一仁在日本学到的不仅有严谨的办事能力，还学到了谦谦君子般的温柔体贴。在王奕桐的脑海里对异国他乡的冥想越来越多地充实到了空闲时间里。她用水灵灵的明眸鼓励洪之一仁多讲一些留学“东瀛”的见闻，当听到洪之一仁寻找女孩子冒充艺伎的时候，她的面部流露出难以抑制的妒忌，当她听到洪之一仁引来国内摄影团在京都大街小巷穿梭，寻找拍摄假艺伎合适的地点，从而引来同行妒忌的时候，王奕桐焦急难耐，在洪之一仁坦诚相告被假艺伎抛弃，不得不回国的时候，多次不由自主地掏出自己的手绢试图给洪之一仁拭去将要夺眶而出的泪花。

自从听了洪之一仁的京都故事，每当入夜，王奕桐都辗转反侧，思考这混沌的世界，人人都不容易，看来自己是很幸运的了，自己不是那个洪之一仁提到的假扮日本艺伎的中国留学生，为了生活四处躲避，到处卖笑。王奕桐为京都街头那个姑娘的境遇感到难受的同时，自己的心情似乎舒畅了许多。这真是验证了那句话："人比人得死，货比货得扔!"

这天下午，晚饭刚刚上桌，门外传来了一阵喧哗，洪之一仁抬头望去，门口进来了五六个三十来岁的男青年。洪之一仁赶紧放下手中的碗迎了上去，请客人坐下。

只见来的客人个个油头粉面，大冬天穿的衣服并不多，显然这几位是开车来的。一位像大哥一样的男青年脖子上拴了一条烟袋杆粗细的大金链子，只见他从手里一只精美的皮包里掏出一包软中华烟，取出一支，叼在嘴上。旁边一个跟班样的青年长着一张鞋拔子脸，下巴上有颗黑痣，黑痣上长有几根黑色的长毛，他的脸透出几分邪恶。这跟班见老大烟叼在嘴上，马上掏出火机给他点燃。

几个人点了一瓶山田锦·大吟酿·富翁39烧酒，这种酒在日本全国年度清酒鉴评会荣获二十次金奖，每瓶的售价都在一千元人民币左右。洪之一仁看到客人点了最贵的酒，心里像三伏天吃了冰镇西瓜，清爽起来。初步一算，不加客人单点的各种料理，自己就能有50%的净利润。酒过三巡"大金链"向洪之一仁又开口要酒，洪之一仁说这种酒属于高档商品，自己店小只有一瓶，说着恭恭敬敬递上酒单，希望能点其他酒。"大金链"的脸由晴转阴，将酒单拍在小桌上，震得桌上的酒杯都跳了起来。"大金链"认为这是洪之一仁怕他喝酒不给钱才说这样的话来搪塞自己，他根本不愿意听洪之一仁的解释，话越说越难听。

听到声音，王奕桐和厨师小毕放下碗从后面转到了前厅，王奕桐看到“大金链”揪着洪之一仁的衣服领子骂骂咧咧，一副凶神恶煞的样子。洪之一仁双手抱着“大金链”的胳膊哀求着，希望能相信自己说的话，并没有恶意。

王奕桐见此情景，一股强大的勇气将自己推到了“大金链”的面前。“大金链”见一个美丽的姑娘飘了过来，手里还拿着一把小提琴，一时糊涂了。他出言道自己不会惹一个女人的，更何况是一位美女。

王奕桐提出献一首小提琴曲，算是赔个不是。没想到“大金链”根本没有修养，既不是一个文化人，更不懂得尊重女性。他张开一嘴烂牙说出让人难以启齿的污言秽语，不依不饶。言下之意，曲子就不听了，姑娘你来陪着喝酒今天就没事儿，不然他们今天晚上不仅不付钱，还要把这个酒屋给砸了。洪之一仁拦在王奕桐的前面，告诉“大金链”话如果这么说那就歪了，你要的酒没有了是真，你如果想让人陪着喝酒，还说打砸抢这些话，那就没有商量的余地。随你们了！

气氛凝固了！王奕桐的脑子在飞快地转动。她想如果自己不出面今天的僵局将没办法打破，不仅菜钱酒钱收不到，还会引起其他不必要的矛盾，如果这个四季居酒屋开不下去，到时候自己连个住的地方都成了问题。

想到这里，她把小提琴递给洪之一仁，请他放好，伸手从邻座搬了一把椅子：“你赏脸，我赏面，喝！”王奕桐这一举动不仅吓坏了洪之一仁，也让“大金链”骑虎难下，他本来的意思就是逞逞能，在朋友面前说说大话，谁知道话说得太大了，收也收不回来，只有往前走了。他见王奕桐不卑不亢地答应了下来，反而有些拘束，他偷眼观瞧，王奕桐浑身上下都透露出一股神圣不可侵犯的傲气，当王奕桐坐下的时候，其他几个人都不约而同地紧张起来。

“大金链”让洪之一仁取了七瓶同牌子原瓶进口富翁纯米大吟酿，这种酒在四季居酒屋的售价在六百元，为了不在王奕桐面前丢面子，“大金链”要求每人一瓶。

屋外，北风呼啸着，发出刺耳的尖叫声。屋内，王奕桐静静地坐着。“大金链”猖狂得已经无以复加，他信誓旦旦地要求王奕桐喝完一瓶烧酒就没事儿，啥时候喝完啥时候离开。几个同来的青年看不惯“大金链”的做法起身离开了，可还有三四个人在为虎作伥。

洪之一仁看着几个比自己大十几岁的男人不停地挑衅，想想伸头一刀，缩头也是一刀。一声没吭，拿起酒瓶，仰脖子咚咚咚地喝下了大半瓶。几个男人并没有劝，等他喝完了，“大金链”说洪之一仁喝再多也没用，非让王奕桐喝酒不可。此时，洪之一仁已经有些头昏脑涨，他冲上前准备抓着“大金链”和他较量一下，不料被两个同来的帮凶一人一只胳膊摁倒在了餐桌上。

虽然洪之一仁也是个一米八的大汉，可还是恶虎抵不过群狼。洪之一仁挣扎着要解脱，经过这么一折腾酒精在他体内迅速扩散到神经的个个末端，只见他头重脚轻地倒在地上，成了一摊烂泥。

“大金链”伸出一只粗壮的手，指着王奕桐，示意她过来陪酒。只见王奕桐手里握了一把剪刀，刀尖对准自己的心窝。那阵势就是你要再逼我、欺负我，你就看着办。

这一招把几个男人惊呆了，他们没有想到今天因为一瓶酒把事情闹得不可收拾。想想再跟姑娘闹下去或许真闹出个人命来，那就不是喝酒的本意。“大金链”口气缓和了许多，语气也没有以前那么不可一世。他让王奕桐不要紧张，把账单拿来，不是喝酒是要买单结账。

王奕桐明眸紧闭，除了听到自己心脏在扑腾扑腾不停地跳动之外并没有听到任何声音，只见她手里紧握着剪刀，刀尖已经顶住了自己的心窝，此时她死的心情都有，想着“清平世界，朗朗乾坤”竟然没有自己活下去的立锥之地，一行热泪夺眶而出。她已经不再留恋世间任何人和物，就等这群人对自己动手。

时间一秒一秒过去，有人拍拍她，王奕桐以为是那帮人要非礼她，她睁开眼睛正欲反抗，见面前已经没有人，桌上放了一堆钱，店里的厨师站在她的身边。想到那群凶神恶煞一般的男人不知道啥时从自己身边离开的，王奕桐一下就瘫倒在地上。厨师见她缓了过来，赶忙将她手里的剪刀夺了过去。

说来并不奇怪，这剪刀是王奕桐随时带在身上的，自从她在舅老爷家被猥亵以后，小小的王奕桐就对异性有种恐惧感。她不再相信许多事，其中就有男人。

12

说来也巧，练花本来没有想着自己能走到实验室来，因为这里对高远来说可谓是性爱的滑铁卢，可练花鬼使神差地走来了。不仅来了，心里还带着一股酸酸的惆怅。她见实验室的门虚掩着，心里咯噔一下，顿时浑身上下都达到了临战状态，谁想到高远躺在台面上的一举一动都让练花看在眼里。高远的男人气加上标志的五官让练花心动，她身不由己地推开了门。

高远见到练花就像干柴遇见了火星子，一点就着。他一把将练花搂在怀里，身体的所有机能都加速运动。只见他转身将练花压在自己身下，把练花压得喘不过气来。练花放弃了任何抵抗，任由高远在自己身上行使雄性的权利，此时她已经完全被高远征服。慌乱中，练花就觉得一股热流穿过她的下体，一种强烈的刺痛让她紧张起来，练花还没有来得及反应，高远已经让她完成了从姑娘蜕变成女人的整个过程。

就在这个时候，实验室的门被人推开了，就听有人“嗷”地叫了一声，随即那人转身就跑了。高远提着裤子，趴在门框上往通道里面看，由于走廊里面光线暗，室内光线强，他的眼睛不能马上适应，隐隐约约就看见一个女人的背影夺门而出，这一幕的突然出现着实把练花吓得不轻，嘴里虽没有埋怨高远，可是眼神都已经有一些责备之意。

高远满不在乎地一连串说了几个没事，好像说得越多，事情就越小似的。可练花沉默在凳子上一句话也不说，她不是不想说，而是不知道从何说起。只见她慢慢站起身来，整理好自己的衣服，若有所思地低下了头。这是必要的，再说一个女人跟一个男人干这种“野事儿”，又被人看到了，看到了就等同于见证了“阴电”和“阳电”在空中交合一样，自己是没有不嫁给你高远的理由了。想到这里，练花不仅没有害怕反而有种窃喜涌上心头。

最后，两人面对现实先逃离“作案”现场再说，临分手高远和练花连接吻都没有，双方的脑海里只是临走时定的调子，那就是打死也不招。这打死也不招是高远定下来的，他是好心为练花着想，怕传出去练花没法做人，在学校没有办法再待了。练花可不这么想，她恨不得全学校的人都知道，知道的人越多，她跟高远的感情关系就越牢固，别的女人就会望而却步，不会再来骚扰高远了。

第二天，高远像往常一样去东体育场跑步，几个平时都不打招呼的同类迎面遇见都会对他竖起大拇指，起先高远以为仅仅就是表示不期而遇罢了，可当越来越多的人见到他交头接耳议论的时候，他隐约感到他和练花的偷情已经像油见了火迅速在校园里蔓延开来。

高远虽然强装着没有任何事情发生过，可自己都觉得自己的眼神是虚的，眼睛不敢看所有的女生，好像他不是跟练花不清不楚，而是跟每个女生都发生了关系，除了练花，他把所有的女人都得罪了。

高远是这样，练花可跟高远恰恰相反。当所有女同学聚在一起对她指指点点的时候，练花的态度像没事儿人一样，大大方方地去食堂打饭买菜，正常地跟老师同学交流，好像高远她从来就不认识。她的态度让多愁善感的女性们怀疑起消息来源的准确性，时间不到一天就演绎出多个不同的版本来，甚至有的女人还不辞辛苦地在演绎中又添加了具体的场景和细节描写，多事者还把自己不喜欢的人也加入之中，让练花的偷情也偷得不让她称心如意。

练花心里的甜美都挂在了脸上，这表情惹得同宿舍女性的妒忌心爆棚，她吃完午饭哼着《山楂树》往回走，只见她放下打饭的小盆和一个装汤的小碗，躺到了床上，嘴里哼着：

歌声轻轻荡漾在黄昏的水面上
暮色中的工厂已发出闪光
列车飞快地奔驰
车窗的灯火辉煌
山楂树下两青年在把我盼望
啊，茂密的山楂树呀白花儿满树开放
啊，你山楂树啊
为何要悲伤
当那嘹亮的汽笛声刚刚停息
我就沿着小路向树下走去
晚风吹拂不停
树枝摇摇晃晃
右边走着旋工左边是铁匠
啊，最勇敢最可爱的到底是哪一个
亲爱的山楂树啊
请你告诉我
……

就在唱得高兴的时候，手触到了一个软乎乎的东西，她忙起身一看，一只她手掌大小的蟾蜍正懒洋洋地趴在她的被子上，两只眼睛无辜地盯着她看。她被吓得一声惨叫，随即跳了起来。

其他铺上的女生此时都睡得像死猪一样，练花这么大的声响竟然没有惊醒任何人，这事显然是同宿舍的这帮雌性所为，练花见蟾蜍跳到了床下，翻身开始睡觉，这下可惹得其他同学无法安宁了，都怕那只令人恶心的东西跳到自己床上，就听一片床板响，都来看看这月宫娘娘跑到哪里去了，在人间的时候不要跑到自己床上，一时间女孩子们都觉得偷鸡不成反蚀把米。

练花知道这种事情是哪个人干的，因为其他人都起来了，唯独她没有动，这人就是被男同学称为班花的赖明丽。这位班花在入学第一年就看上了风流倜傥的高远，一头就投入到了高远的怀抱，惹得其他女同学眼热心急，可是没过多久，两人就分道扬镳了。赖明丽在寝室用一句“流氓”就高度概括了高远的前世今生，使得其他少奶奶们稀里糊涂见到高远均敬鬼神而远之。

其实，赖明丽跟高远接触以后，这赖同学迅速摸清楚了高远家里的底细，当得知高家仅仅是一个普通得不能再普通的工人子弟，特别是听到高父为了两元钱常年上夜班，就想了一个两全其美的办法，她用女孩子最恶心也是最忌讳的“流氓”概念将高远和异性屏蔽起来；而自己又可以去蹚其他男人河的水，根据自己和其他异性恋爱的进展情况再决定高远和自己的关系。谁知道她跟其他雄性的关系让她不能及时抽身，就在最后毕业的时候，练花这个被自己忽略经年的无名之辈把高远给霸了去，她心里越想越恨，在水沟里搞了一只癞蛤蟆扔到了练花床上。

练花干脆不睡了，翻身起来哼着：

啊，那茂密的山楂树呀白花儿满树开放

啊，你山楂树啊

为何要悲伤

……

一个乌云密布的午后，练花被系主任叫到了办公室。当她进门的时候，高远向她迎面而出，练花装着不认识高远一样，面无表情地侧了侧身。高远见到练花先是一愣，然后想举手给练花打个招呼，可看到练花冰冷的表情，人像初次冬泳的人伸脚试了试冰冷的河水，最初的热度又给冻了回去。

练花不清楚系主任在自己之前把高远也叫了来，心里就起了毛，不知道这主任下一步对自己会使出什么样的招数来。

系主任是一位精致的中年妇女，每次见到系主任她都给人一种“只可远观而不可亵玩焉”的感觉，有好事男同学给她起个“标本”的外号，意思是女性的标准，但是老旧了许多；而女同学称她为“欠主任”，言下之意，这女人还是欠一把火，没有达到极品女人的要求，这也难怪女人总能找出女人身上的不足和缺点来。

系主任姓李，单呼一个梦字。李主任见练花进来示意坐下，而她起身去隔壁茶水间为练花也为自己倒了一杯水，这是她多年来的工作经验，先把对方“晾”一会儿，给对方一个“反思自己”的机会，然后她再“上兵伐谋”一举拿下。

只见李主任不急不慢地询问练花家庭情况，说自己也有一个和练花年龄相仿的女儿，那要是和练花比练花可就优秀多了。这李主任用这一招非常地熟练，刚刚对付高远的时候就说自己有一个和高远年龄相仿的儿子，要是和高远相比，高远可就优秀得不是一点半点儿了。可惜，这凭空生出来的女儿和儿子连个爹都没有，谁都知道她是一个老处女，年轻的时候挑得太厉害，她的眼里男人没有一个好东西，她高傲的眼睛里只有楼顶和树梢，她以为自己永远是鲜花一朵，不知不觉中，看到别人家孩子叫她阿姨方才顿悟时间对她也是一样残酷无情。

练花低着头摆弄着自己的衣角大气不敢出一口，听着李梦的“训话”，练花渐渐明白了她的意思。无外乎，最近学校里传的她和高远的风流韵事，言下之意她是不相信这些话的，但是又用“无风不起浪”和“空穴来风”做了一次风险对冲，让练花明白她的良苦用心。把女孩子应该什么时候矜持，要知道什么时候该懂得拒绝，李梦喋喋不休一一道来，说到激动处还假惺惺地将头扭了过去，做了一个“泪始干”的感人动作。她忘记自己就是一味地拒绝异性才导致空有金凤凰没有梧桐树可落脚的悲惨境界。

练花出了系主任的办公室，心里没有丝毫的不愉快，相反，她的内心充满了自豪和优越感。心想自己不仅比室友强，还比这个“欠主任”不知强多少倍。想到这里干脆一不做二不休，直接到了高远楼下，扯开了嗓子一声喊：“高远快下来，我们去看电影，马上开演了！”

人说“知识改变命运”！当高远手握着“派遣证”的时候，他顿时觉得知识把他给糊弄了，知识不仅没有改变他的命运，而且他被知识给搞糊涂了。高远就瞥了一眼“派遣证”上的地址头就嗡的一声。他赶紧往女生宿舍跑，谁知道刚到楼下就遇见来找他的练花，两人将各自的“派遣证”掏出来，往一起一放。内容竟然一模一样，地址都是开化县音坑医专。这意思很明显当别人大部分都留在省城工作了，而高远和练花被分配到了和安徽交界的开化县任教了。

四目相对只有一点儿令他们欣慰，那就是两个人分配到了一起，这也算知识改变命运的方法之一吧！

13

诗同文的手术很成功，六个小时后他被推出了手术室，推进了ICU病房。在推出手术室大门的时候，医生故意停留了一分钟让焦急等待中的家属见上一面。诗同文并没有醒来，脸色苍白，没有一丝血色。

艾红就知道哭，嘴颤抖了半天也没有蹦出一个字来。马主任站在门口见大家稍微平静一下，就将手术的整体情况给艾红夫妇讲解，总的来说一切顺利，接下来就是慢慢康复和行走能力的锻炼了，说完就被医生叫走忙其他的事情去了。

按照ICU的规定，家属不能进入看护的，等危险期过后，病人进入普通病房，家属方可以进行照护。艾红在医院门口与李红梅和李竹衣道别，多次感谢他们大老远跑过来，艾红望见李竹衣一瘸一拐的右腿，想到诗同文以后的日子，说着说着又哽咽地哭了起来。

李红梅和艾红约定两天后一起到医院护理诗同文。

时令已经进入了腊月，大街上的人陆陆续续开始采办年货，花花绿绿的各色商品摆满了道路两边的人行道。一副副对联和一盏盏灯笼随风摇曳着，妇女背着孩子牵着自家的羊、抱着自家的鸡或者提着自家腌制的腊肉穿梭其间，欢声笑语不断传到蹲在路边看热闹的男人们耳朵里，引得男人们羡慕地吧嗒着嘴，给街道增添了不少节日气氛。

李红梅扶着父亲李竹衣穿街而过，两人都被浓浓的年味儿给吸引住了，李竹衣想着给李红梅买件红色的新衣服，那意思用红色给李红梅压压惊，用红色给李红梅去去晦气，可是自己从没有给孩子买过衣服，更难得和李红梅一起这么逛街，根本就不知道像李红梅这么大的姑娘该穿啥衣服了，只会说好好看看、再选选两句话。

李红梅当然理解父亲的良苦用心，嘴里答应着，眼睛也看着，可就是不动手。她心里有个奇怪的想法，就是想给诗同文买个啥作为见面时的礼物。看来看去，在一个饰品摊上花一块五买了两个树叶状的黄铜书签。

两天以后，李红梅一大早就到了医院的门口，没想到在骨伤科门口就遇见了艾红。李红梅问候过艾红后才知道艾红并不是今天才来医院的，而是这两天都在医院里，虽然手术后的第二天诗同文依然在ICU病房，艾红只能蹲在外面走廊里，任何忙也帮不上，可艾红这样做总觉得离自己儿子近一点儿，心里也踏实一点儿，而第三天诗同文也从ICU转到了普通病房。

当李红梅来到诗同文的病房前，她的脸一下红到了脖子里，这是李红梅在出事后第一次这么近距离看到截肢状态下的诗同文，艾红是过来人，知道年轻人此时的感受，于是，借故洗衣服就离开了。

“疼吗?”

“嗯，不疼!”

李红梅见护士过来要给诗同文换药，于是就躲到门外去了，等到护士手里捏了一大把血淋淋的绷带从自己身边走过，李红梅的脸从红晕变成了苍白，只见她满面泪水，哭得好像做手术的不是诗同文而是自己。艾红洗完衣服见李红梅躲在门外哭泣，以为自己儿子说了啥不好听的话，一时不知道如何去劝。

她拍拍李红梅，这一拍不要紧，没有哭透的李红梅扑到艾红身上又一次失声痛哭起来，惹得艾红反而安慰起她来。哭声激起了艾红心里的涟漪，想到自己因为诗同文所受公婆家的不公待遇，人前人后抬不起头的委屈，此时艾红的情绪被李红梅打开了一个宣泄的闸门，也不顾一切地哭开了。哭到最后，还是李红梅阅历浅，经历的人间不公远不及艾红的丰富多彩，她先败下阵来，止住了哭声。等到两人完全停止，让情绪稳定下来，李红梅搀扶着艾红再次进入诗同文的病房时，远远看去艾红和李红梅呈现出妥妥的一对母女形象。

诗同文并不知道外面发生的一切，手术下来随着麻药作用的渐渐退去，疼痛开始像海浪冲刷着海岸，一浪接着一浪，汗珠起先是从头顶流下，后来痛得浑身上下大汗淋漓，全身麻醉给他带来的胃部反应几天没有消失，吃什么都会吐。这一刻，他才知道做决定容易，承受决定所带来的痛苦并不容易。

马主任一开始给诗同文用的是止痛片，后来用上了哌替啶，再后来就给他用上了止痛泵。几天下来，诗同文就跟李红梅说了一句“不痛”以外，痛得他再没有说过一句完整的话。

时间在痛苦中一天天就这么消耗着，有病痛时时间消耗在疼痛里，没病痛时时间消耗在心痛上。艾红连续看护了几天以后，终于扛不住了，她在李红梅和诗墨轩的劝说下回家休整一下，诗墨轩也劝李红梅回去，过几天再来。

李红梅想着自己也有几天时间没有合眼，眼看着眼眶都塌陷了下去，也就答应了下来。到了村头，远远望见父亲拄着单拐往马路上眺望。李红梅心里一热，以前自己从没有留意过父亲是什么样子的，认为生活就应该是这样，直到今天才知道没有应不应该，想到这里，一股暖流涌上心头。

她快行几步，扶着李竹衣往房间里走。母亲见女儿回来，自己搬了门外的竹梯到厨房的梁上取了一块五花三层的腊肉，从蛇皮袋子里取出一大捧晒干的竹笋，从竹竿上取下一把豇豆干，木盆里放了水将豇豆干和干竹笋泡在水里；又从门外的柴火堆抱回来一抱玉米秆，等烟跑掉，留下火头将腊肉放在火头上烤，这样烧掉附着在腊肉表面的细菌和发霉的地方。

腊肉的油被火焰烤化了，油掉进火里发出嗞啦嗞啦的响声，然后变成一股青烟弥漫在整个房屋里，过年的味道更加浓了。

一块块腊肉在大铁锅里翻滚，女主人把泡好的干竹笋、干豇豆放进去一起开炖，青烟袅袅伴随着大家的期待慢慢进入了夜晚，等最后一抹晚霞照进了厨房，女主人又将一大块豆腐和自家菜地里种的上海青一起入锅，白色的蒸汽弥漫开来，肉香驱赶了烟味，饭香把每个人的食欲都勾了起来，不等发话，每个人手里都拿着自己的碗静静等候开饭时刻。这个时候是女主人最幸福的时刻，也是最骄傲的时刻。她可以用一疙瘩瘦肉表扬一下表现不错的孩子，也可以用一块儿连皮肉激励一下操劳的丈夫，等大家都端起碗开始吃了，李红梅母亲的碗里就只剩下骨头了，只见她将一块儿筒骨反复吸食，里面的骨髓发出呼噜呼噜的抗拒声。

母亲想这女孩子大了，总要为自己的以后考虑一下，于是把李红梅叫到自己身边坐下。李红梅平时跟母亲沟通没有像跟父亲沟通那么多，不是因为别的，而是跟母亲沟通只能谈谈已经发生的事，而跟父亲沟通却能够谈谈将来的事。李红梅母亲深知这个道理，她把李红梅叫过来也只是简单地询问了一下诗同文这几天的恢复情况，当听到疼痛折磨得诗同文彻夜难眠的时候，一度放下碗，用围裙擦了几次眼睛。

吃完饭，李红梅见父亲坐在堂屋抽水烟，就搬把椅子挨着坐下，咕噜咕噜的水烟声像是父女关系的调和剂，李竹衣负责抽，李红梅负责将烟丝碾成黄豆大小的球，在父亲将抽完，用力将烟灰吹掉后，迅速补上。李竹衣抽了几锅，将水烟放下，问道："你这就要毕业，咋打算的?”

李红梅就知道父亲会问这个问题，其实她的心里已经有了打算，特别是这几天在医院的经历，她的心里渐渐对医生护士这项救死扶伤的工作特别崇拜：“我想报考医学院!”

李红梅知道自己的学习成绩一般，考医学院难度很大，但是俗话说得好“出水才看两脚泥”呢，万一考上了呢，明天的事情谁也说不准，不是吗?谁能知道一次平常的回家竟然认识了那个叫诗同文的男青年，还因为送自己回家，跌落下了山坡，到头来落得个截肢的地步。就这件事情，人家还不知道如何找自家的麻烦呢!想到这里，李红梅的心里又乌云密布了。

李红梅像其他农村出来的孩子一样，每时每刻都在留意着能走出山区的方式方法，用自己的努力改变现状的想法一刻都没有停止过。这几天，她在县医院目睹了医生护士的工作，受人尊敬、被人爱戴，一下就喜欢起了这个行业。现在正是毕业报考中专大学的时候，她的心意已定，报考医学院。

诗同文康复的情况越来越好，疼痛已经转成代偿。李红梅和诗同文也渐渐熟悉起来，她曾试图问过需要赔多少钱给诗同文，可诗同文并没有认真对待这个事情。不仅这样，诗同文还开玩笑说这条腿该丢，他早就不想要了。诗同文越这么说，李红梅心里越没有底。她想这人的情况慢慢好了，他不让赔钱那让赔什么呢?

转眼来到年关，李红梅将自家的腊肉收拾了一大包，让母亲捉了两只鸡，又取了一包干笋片、干土豆片放进背篓里。李红梅给父母说诗同文今天要出院，她要去看看，虽然自己帮不上什么忙，但是礼节还是要做到的。

李竹衣夫妇已经将诗同文的这件事当成了自家的事情来看待了，没有说啥。现在世风日下，出了这么大的事情，到了截肢这个地步人家都没有提过如何补偿的事情。不仅没有提，反过来还安慰起“肇事”一方的他们来，当下感叹好人不多。

李红梅像往常一样来到医院，在门口遇见艾红，她热情地拉着李红梅就往家里走，口口声声说几天没见还真的想这个漂亮姑娘了。李红梅还担心如何去诗同文家呢，听艾红这么一说正中下怀。于是，背着东西跟着艾红就往诗家去了。

小院鸡窝旁的柴房里被诗同文摔成零件的摩托车无辜地堆在一起，讲述着主人不可告人的心理活动，好像在告诉李红梅，它的主人原来就患有小儿麻痹，他的腿自幼就有残疾。

小院里的一棵迎春已经开花，黄色的花朵沿着褐绿色的枝条盛开了一串又一串，黄花串成了串像淘气孩子在河里捞起的虾；孤零零的玉兰树，皮已经开始泛绿，枝条上一个个花蕾已经孕育。红嘴蓝鹊悄无声息地在树枝上跳来跳去，看看玉兰花还要一段时间开，于是展开翅膀飞向下一个目标去了。

诗同文坐在堂屋里，腿上捂了一床小被子，被子旁一盆炭火燃得正旺。诗同文见李红梅和母亲进屋先是一愣，接着用双手反复挪动着身体，显然见到李红梅诗同文浑身上下不自然。这也难怪，两人都是情窦初开的少男少女，又因为一场事故把两个本来没有关系的人联系到了一起，拘束是肯定的。

艾红递给李红梅一把椅子，进厨房洗苹果去了。李红梅在诗同文对面坐下，空气有些凝固，不知为什么李红梅觉得康复中的诗同文一表人才，青春的气息从诗同文的身上洋溢出来，格外迷人。李红梅低头不语，等到艾红将苹果递到她手里才大梦初醒一样。

“我想报考医学院!”李红梅不知道为何突然嘴里蹦出来这么一句话，像是商量又像是通知。

诗同文听得清清楚楚，他有些激动。他的心里涌起了一股热流，李红梅的这番话是对他有感觉的一种流露，诗同文认为李红梅是这段时间在医院的经历才确定了自己日后发展的方向，也是看到自己受这么大的罪，对自己负责任的表达。他强烈地意识到自己摔下山坡摔得值得，如果真能抱得美人归，那真是自己的造化。诗同文强忍着内心的激动，向李红梅伸出大拇指表示赞同。

青年之所以是青年，就是无须过多的表达就能够洞悉对方的情感波动！

14

王奕桐和厨师将洪之一仁抬上沙发，让他好好歇息。洪之一仁似乎还没有从刚刚的对峙中走出来，嘴里一个劲儿地嘟嘟囔囔，不知道说了些什么。入夜，厨师想离开，可是王奕桐拦住厨师不想让他走。厨师望着洪之一仁又看看王奕桐似乎明白了这姑娘的意思，于是将自己背起来的背囊又放了下来。

日本烧酒喝的时候上头快，酒力也去得快，不到下半夜，洪之一仁就醒了过来。他发现自己睡在沙发上，不远处睡着胖胖的厨师，而王奕桐却在灯下看书，一本厚厚的曲谱摊开来，书上密密麻麻的五线谱像豆芽菜一样看了都让人头晕目眩。

洪之一仁口渴想喝水，昏暗中见面前有一个水杯，他以为是一个空杯子，谁知道杯子里装满了水，由于用力过猛，水洒了一身一地。

这水是王奕桐昨夜为洪之一仁准备的。昨夜，厨师帮着王奕桐将洪之一仁放到沙发上，自己就找地方休息去了，留下昏睡的洪之一仁和惊魂未定的王奕桐。王奕桐还是第一次这么近距离看一个男人，浓密的头发从前往后梳了一个大背头，年纪轻轻眉宇间就有了明显的“川”字纹，连睡着了还眉心紧锁。不知为什么，此时的王奕桐觉得躺在沙发上的这个男人给了自己一种莫名其妙的安全感，虽然他睡着了，王奕桐感受到了他的责任感还醒着。

是什么使得自己有了这种感觉，是风雪中他伸出的援手让自己留下？是他每天不论多少塞给自己的钱？是他挡在自己前面抢着喝“大金链”的酒？还是夜深人静对自己的保护？王奕桐陷入了沉思，她望着洪之一仁那张刚毅的脸，迷离的灯光下又有一种亲切感。

王奕桐觉得心里怦怦跳个不停，于是倒了一大杯温水放在洪之一仁的台面上，到灯下看书去了。她不是不累，她是怕自己睡着了洪之一仁有个“三长两短”她听不到，于是强忍着睡意熬到洪之一仁刚刚喝水的时候。

洪之一仁看到夜已经深了，王奕桐还在看书，心里不忍，于是强拖着身子到了后厨，他从冰箱取出一个柠檬，在柜面下取出两个高脚红酒杯，将英国产的杜松子酒倒了一瓶盖，又加入了半杯苏打水，然后将柠檬切片，拣了最中间两片放入两只杯里。他一手端一杯脸上挂着微笑向王奕桐走来。

王奕桐看到洪之一仁端着两杯鸡尾酒过来，把自己的沙发让出来给他坐，自己搬了一个凳子坐到了对面。这时，洪之一仁端起一只酒杯递给她，然后自己也端起一杯来。就在这时，王奕桐把端在手里的杯子放下，同时也让洪之一仁把杯子放下。只见她穿上外衣，迈着轻盈的步伐出了门，不到两分钟奕桐回来了，指尖多了两朵盛开的迎春花，她把花分别放到自己的和洪之一仁的酒杯上，立刻两人中间洋溢起了一股浓浓的春意。

春天从室外进入了两个人的心里！春天代表着万物复苏的时候，这当中自然包括人的情感。

随着气温的渐渐变暖，客人也比往日多了些。王奕桐高兴的时候拉的小提琴曲变成了门德尔松的《春之歌》，她心情不好的时候，她的琴声就会变成*Hidden in the Heart*（《埋在心里》）。

这天下午，店里来了一对新人，鲜红的花朵还系在新娘的头上，新郎的手里捧着一大把鲜花。他们没有提前打过任何招呼就跑了进来，惹得大家都有些不知所措。新娘进门就找到洪之一仁，要求王奕桐给他们拉一首门德尔松的《婚礼进行曲》。新娘见洪之一仁有些疑惑，就解释道自己以前在四季居酒屋听过王奕桐的演出，才特意赶来的。洪之一仁和王奕桐简单地沟通后，请两人坐下，厨师为每个人献上了一杯刚刚为他们调好的冠名为“好人一生平安”的鸡尾酒。

王奕桐穿上她那身红色的毛线衣，手里握着小提琴。悠扬的曲调一下让整个四季居酒屋变成了教堂，王奕桐也被这庄严的曲调带入了感情里面，一曲终了，在现场的所有人都放下手里的事情鼓起掌来。王奕桐抬起头环顾四周，不知道何时外面的路人都拥进来了。他们都是被这优美的小提琴曲吸引进来的，其实，以前王奕桐也拉过好多曲子，并没有什么人进来，那是因为曲子好是好，可大家没有听懂，而这首《婚礼进行曲》大家听懂了，能亲眼见小提琴拉得这么优美，算是享受了。

新娘从头上取下一朵红玫瑰献给王奕桐，说她的愿望就是能够听到小提琴拉的《婚礼进行曲》，可惜她丈夫不认识音乐人，结果婚车缓过四季居酒屋的时候，他们被琴声吸引进来，算是了却了心愿。

送走了这对新婚燕尔，洪之一仁认为这是红运当头的好兆头，每桌客人免费送六支朝日啤酒。

“也给我们六瓶酒！”一个粗厚的声音从门口传了进来。王奕桐正要放下琴，也被这个声音吸引了过去。洪之一仁见有客人到，急忙让座。

与这个粗厚声音一起鱼贯而入的一共有三个男人，说话的人被称为金哥。三个人并不理会洪之一仁的招呼入座，而是围在王奕桐的周围左看看右看看，金哥还伸手想去摸摸王奕桐的小提琴，正好小提琴被王奕桐装进琴盒，惹得金哥颇感扫兴。

金哥五十岁左右，一脸的横肉，一个蒜头鼻子把脸分成了不均匀的两半，在面相学中这种人属于心狠手辣之类，他坐下后并不急着点酒要菜，而是对王奕桐特别感兴趣，眼神不离开王奕桐的身子，眼睛里泛着色眯眯、淫荡荡的光。

洪之一仁见他这副模样，用眼神示意王奕桐到后面去。金哥见望不到王奕桐了，才把眼光收了回来。他们每人都点了一大瓶烧酒、一大份三文鱼刺身、天妇罗和冲绳拉面，加上洪之一仁送的六瓶酒，已经不少了。洪之一仁见金哥还要点，善意提醒吃完了再加也不迟，这金哥说了一句话让洪之一仁心里咯噔一下。

“给那姑娘也点上!”

洪之一仁礼貌地回答店员不可以陪客人喝酒，听了这话，金哥眼睛瞪得像铜铃，眼白上翻露出一股凶光。洪之一仁没有等他再说话就扭身去柜台下单去了，留下金哥空洞洞的一脸无聊。

天色渐渐暗了下来，金哥这一桌也“酒过三巡，菜过五味”了，喝了酒的金哥已经不能自已，嘴里不知道想说什么，可是有一句话洪之一仁听得很清楚，那就是要听一首小提琴曲。洪之一仁见没有办法，于是到后面把王奕桐叫出来一起来到金哥面前。王奕桐摆好架势，拉了一首彼得·格鲁波基的《三套车》，谁知金哥听了一首还要再来一首，几首歌下来金哥听得激动，就举起杯子邀请王奕桐喝一杯，王奕桐拒绝喝酒，转身欲走，谁知金哥一把拉住了王奕桐的手。

金哥的手摸到王奕桐手的一刹那，王奕桐明显感觉到这男人的手掌处有个突出的，像鸡眼一样粗糙的“瘊子”，刺在她皮肤上一阵灼痛。这痛就是小时候她躺在被窝里摸她大腿的那只罪恶的手。王奕桐浑身上下颤抖了起来，一声惨叫，挣脱金哥的手逃走了。王奕桐知道了这个叫金哥的男人就是多年以前她的继父，那个将粗糙的罪恶的手伸向她大腿的那个男人。想到这里王奕桐不禁打了一个寒噤。

洪之一仁见王奕桐脸色苍白地进了后厨，不知道发生了什么事，急忙进入客厅，就见金哥正怒气冲冲举着酒瓶往后厨而来。洪之一仁拦住金哥，厉声说道：“我的女人没有义务陪任何人喝酒吃饭！哪怕是天王老子帝王爷来了也没门儿!”

这句话王奕桐听得清清楚楚，她心头一热，赶紧用手将自己的嘴捂住了。同样地，这句话让金哥从冲动中猛醒过来，说了很多不粘毛皮的话，总之就是要给王奕桐赔礼道歉。

打发走了金哥，洪之一仁像泄了气的皮球，拖着自己到了后厨。他点了一根烟，叼在嘴里，由于不会吸烟，一口下去呛得他咳嗽了好久。等他缓了缓，抬头盯着王奕桐看了又看，王奕桐一双水灵灵的大眼睛像秋水般清澈，二十丽姝的大姑娘已经人见人爱。他突然发现眼前这个姑娘确实有一种“气自华”的风度，这是她长期受音乐熏陶的结果，她的美丽是冰冷高洁的。

王奕桐知道洪之一仁在看她，她的脸红了起来。她将垂下来的头发往耳朵后面捋了捋，好让洪之一仁看清楚。她为紧急关头洪之一仁的挺身而出倍感欣慰，觉得洪之一仁就是她的靠山，可转念一想，洪之一仁刚刚用的“我的女人”似乎不妥吧！我何时成了你的女人？想到这里王奕桐的脸红了起来，越想越红，后来竟然有些发烫了，她赶忙站起来假装自己内急进了化妆间。

王奕桐望着自己俊俏的脸庞，没有因为自己过去的遭遇给面部添加任何印迹，反而近一段时间在四季居酒屋待得胖了，脸上也饱满了许多。她用手捏了捏自己红扑扑的脸蛋儿，握紧拳头对自己说道：“加油，我是最棒的！”

月亮慢慢爬上了霓虹灯的头顶，王奕桐依然没有睡意，想着自己已经适应了这里的生活，似乎接下来就应该水到渠成似的要与洪之一仁走到一起，想到这里，她猛地坐了起来。自己马上就要开学了，自己的生活是在那个美丽的校园里，自己仅仅是这里千百个过客之一而已，她为自己有这样的想法而感到荒唐。虽然不时会有人骚扰她，但是在四季居酒屋王奕桐感到无比地安全，她知道这是为什么！

窗外的雪此时已经不像寒冬腊月天的雪了，雪片飘在窗棂上会贴在玻璃上不离不弃，因为此时的雪是片状的，不像隆冬的雪是颗粒状的，打在玻璃上会发出“落玉盘”的沙沙声。

从窗户往里看，洪之一仁正在给王奕桐讲着什么，王奕桐背着手，似乎在听又似乎在拒绝着！窗户的方框正好将两个年轻人分别框在了窗户的左扇和右扇，这扇窗户像年轻人的心，需要一股风，一股春风将它打开，哪怕是先打开一扇都好。

屋里洪之一仁确实是给王奕桐交代着，因为天亮王奕桐就要开学，洪之一仁心里依依不舍，不是因为别的，他强烈地意识到眼前的这个美丽的姑娘绝对有不愿透露给他的秘密，或者叫不幸，不然为何不回家，为何总是郁郁寡欢，为何眼睛里总有一种恐惧，让人看了有种强烈的保护欲，她到底是谁？她与我洪之一仁有啥关系？

洪之一仁像其他男孩子一样不喜欢逛街，但是为了让王奕桐开心，还是去超市买了好多日用品，又到品牌店给王奕桐买了内衣外衣。因为不懂，他不得不让店员给他出主意。还别说，几件衣服王奕桐穿上还非常合身。这一晚，王奕桐是真正的公主，飘逸的裙子是为了夏天准备的，牛仔裤是为了迎接开春的，皮夹克配上薄纱巾，英气中透出柔美。洪之一仁不愧是在东边待过几年，对东瀛的服饰有理论更有实践，他还根据服饰买了几个包，搭配着不同的衣服，倍显日本味儿。

唯一没有买的是鞋，因为不好估计大小和款式，洪之一仁强烈要求王奕桐明天起来后一起去买鞋，午饭后洪之一仁再把王奕桐送到音乐学院去报到。

月光透过窗棂洒进房间，照在沙发上，王奕桐的脸被窗棂分成了一格一格的。

15

高远带着练花回到衢州老家，这是练花要求的，因为大学一毕业上门提亲的一定会络绎不绝，为了防患于未然，上策是去高家宣示一下“主权”。

高家位于一片老旧的居民区，这里原来是工厂家属区的一部分，由于老企业的产品在市场上渐渐失去竞争力，工厂停产，稍微有一点儿竞争力的产品都被利益方拿出去换了个人好处，中饱了私囊，这老小区自然没人管理了。

笃实憨厚的老高依然是个工人，除了死盯着那两块钱的夜班工资以外，脑子是空的，对家庭对个人都没有任何规划，更不要说对高远能有啥具体的帮助了。在企业变革的浪潮下，老高的内心已经被冲击得面目全非，对生活早已失去了希望，唯一能让他欣慰的是儿子毕业了，可以帮着他养家糊口了。高远的父母见到儿子带了一个不算漂亮的女同学回来，心里不是特别地高兴，脸上立刻流露出不屑一顾的表情。练花刚进高家门就注意到了，高远父母见两人回来仅仅招呼了自己儿子，把练花晾在“半道上”好久。临了，老高实在看不下去，磨不开面子，才招呼了一声练花喝水。

高远也感觉到了练花的情绪，两人勉勉强强在家待了一上午，饭也没有吃，练花就提出要回开化。高远刚进家门不愿意跟着去，练花就提出自己先回家看看父母，起身就告别高远去车站。

高远紧随着练花，一路上两人没有几句话。到了车站高远给练花买了车票，将练花送上车心里一块石头才落了地。等高远离开，练花从长途车上下来，出了汽车站，横过马路上了一台路边的宝马车。这是练花父亲的车，特来衢州接练花回家的。练花怕高远难为情就假借坐长途车回家来掩高耳目。

练花的家在开化，开化是个半山半水的县城，不多的城里人周末几乎都上了街，放眼望去街道两边都是人，密密麻麻，可过了午后，人就慢慢撤回家了，街面上又空荡荡的，这就是县城的特点。练花父亲老练在开化算是个有头有脸的人，经营着两个加油站和一个木材加工厂，练花在家排行老二，上面有一个姐姐，下面有一个弟弟。

练花坐在车上，两边的树极速向后飞驰，她想起这几年在学校的日子，一转眼就过去了。几年前，自己一个人就这样离开县城去省城上学的，可现在回来是两个人了，她不禁有些感叹。她又将思绪转到了高远身上，算算日子应该是自己“大姨妈”来了，往常这个时候小腹都会有隐隐腹痛，可这几天自己等着的下坠感却没有痛起来。她掐指一算，吓了一跳，心想不会吧。她见路过药店，于是让司机停车。

练花进了药店，向店员询问哪种测孕试纸比较好，只见店员从柜台里面取出一种递给练花，那意思这种卖得最好。练花选了一个最贵的，付了钱转身欲离开。

“练花，对吧?”

练花扭过头，见店员把脸上的口罩取了下来，她这才发现店员是她的中学的“死党”，人称“诸葛妹”的史香敏。几年不见，史香敏出落得越发漂亮了。

练花谎称是买给朋友的，应付了史香敏几句进一步的“质询”，慌不择路地逃出了药店。

司机将练花的行李搬下车，一溜烟跑了。家里并没有什么人，大家都在忙着，又正是工作时间。练花也习以为常。她拿起电话拨通母亲办公室的电话，电话没人接，说明母亲不在。练花觉得无聊，躺下想睡上一觉。

梦里，一块好大的木板向她压下来，压得她喘不过来气，想动又动不了，高远站在边上端着一碗饭不理她，急得她双手扑打，无济于事。

梦把练花吓醒了，她想着梦里的情景觉得好笑。第二天清晨，练花天不亮就起床了，先是用纸杯接了一部分尿，将测孕试纸取出一片，她心里扑腾扑腾跳个不停，因为她还是第一次用测孕试纸，神秘多过好奇。练花将尖头的一端试着探入尿液，眼睛盯着手表，三分钟后取出，与说明书对照着。

测孕试纸条的上端和下端都有色带出现，她愣了一下，慌忙拿起说明书看，对照下来的结果是阳性，这表明自己怀孕了。练花瘫坐在马桶上：“不会吧?!”

练花有些犹豫，她不愿意相信就这么一次怀上了？她和高远从心理上到经济上都没有准备好迎接一个新生命的到来。再说，自己家人连高远都没见过，结婚的事就更无从谈起。练花有些激动，有些幸福，又有些害怕。激动的是她也怀孕了，她好像看到了母亲的不容易；她幸福地感觉到自己将会有一个美满的家庭，一个三口之家了；现在，最让她担心的是如何向父母开口。

她想先把这个消息告诉高远，他一定很高兴才对，因为他当爹了。练花出了房间正好遇见妈妈谢芳妹，母女两人抱在一起，像多年没见的姐妹一样。谢芳妹昨夜从门缝里看了女儿一眼，见她睡得好，就没有再去打扰。练花强忍着没有将怀孕的事说出来，她知道母亲是个什么样的脾气，万一母亲控制不住自己的情绪，那就得不偿失了，想到这里，还是等等再说也不迟。

和母亲打了招呼，练花谎称到街上走走，于是便来到公共电话亭，拨通了高远家边上小卖部的电话。小卖部的老大爷听了半天才搞清楚是找老高家的小子高远的，于是放下听筒磨磨蹭蹭往高家去了。

自练花走了以后，高远一身轻松。在母亲的逼问下仅仅说跟练花关系比较好而已，其他没啥。高远母亲手指点在高远的额头上，口口声声说如果他胆敢和这个女孩子有来往，她就死给他看。高远母亲是个远近闻名的厉害角色，虽然一辈子都在感叹自己嫁得不好，是瞎了眼才如何让老高乘虚而入的，但在高远婚姻这件事情上她要“一雪前耻”，绝不能让高远再瞎一次眼。这女人被人戏称为母老虎，在单位里绝对是个“惹不起”。不论是在班组争个年终奖加班费，还是出去买东西加个塞占个小便宜，那都是小菜一碟，没人敢惹，在这方圆十几里地有“头一掌”的美誉，其实这女人有个响亮的名字叫毕羞月，人到五十还对得起她父亲当年用“闭月羞花”对她名字的深刻诠释。

这“头一掌”正确的称呼应该是“三头一掌”，系衢州地面上排行第二第三的街头小吃，三头包括兔头、鸭头、鱼头，一掌说的是鸭掌。由于衢州人特别爱吃辣，“三头一掌”作为一道特色下酒菜，街头巷尾是必不可少的。男人干喝酒嘴里不说些东家长西家短的是非，不聊一些丰乳肥臀，那喝酒还有什么意义呢？于是，原来被男人们经常评头论足排在第一名的毕羞月被冠以“三头一掌”的诨名。由于这女人说话太过泼辣，食客们嘴一沾辣就想起她来，男人们就将她天天叨在嘴上，一天三顿无时不说无时不讲。有一天，一个吃过“三头”，又喝了许多烧酒的老男人正兴高采烈地说着兔头、鸭头、鱼头如何堪比老高老婆的拳头、翘头和乳头，不料被路过的老高听到了个尾巴没有听到头，结果老实巴交又气急败坏的老高误以为除了这绰号以外，自己老婆有了实质性的地下隐情，盛怒之下，把这老小子给“修理”了一顿，从此，为了安全起见江湖上忍痛将三字去掉，变成了现在的“头一掌”。

此时，小卖部的老头站在楼下扯起破锣嗓子一阵喊，高远才知道是在叫他，谁会这么早打电话给自己呢？转念一想唯有练花没有第二个人，因为那天临走的时候练花问了自己有急事如何联系他，他顺嘴说了这个小卖部的电话号码。高远放下手里的书，望了一眼他娘，下楼去了。

毕羞月见儿子匆匆忙忙下楼，还要去接什么电话，于是扔下手里的活，也跟在高远后面。高远礼貌地冲着店主笑了笑，拿起电话。

“谁呀！”

“我！练花！”

“有事吗？”高远冷冰冰地问。

“有！”

“说！”高远感觉他娘的刘海儿都贴住了他的耳朵，搞得他脸上一阵瘙痒，于是故意冷淡。

“我怀孕了！”

“啊！”

“你来一下！”

高远都没有回答就挂掉了电话，愣在原地一动不动。毕羞月是过来人，电话的内容听得清清楚楚，她怒不可遏地用指头点着高远的后脑勺，嘴里不知道说了些啥。毕羞月是山里走出来的人，每当她骂人的时候就用土话，她认为这样骂起人来就更顺溜，又能骂得有深度。

高远本来第一次遇见这种事，心里就没底，又被母亲这么一闹，心里更忐忑不安起来。他不知道该如何处理，又没有人能商量。他突然想起练花说的“让他来一下”的话，心一横，与其说在家里听母亲无休止的闹腾，倒不如去和练花商量下一步该如何处理，想到这儿，转身拎起自己还没有打开的行李下了楼。

毕羞月见高远这异常的动作，突然意识到这是要逃跑，猛地从厨房冲出来就去追高远，可惜她哪里有年轻人的脚步快，等她下楼已经看不到高远的人影了。

高远一路上胸腔里像揣着两只兔子，心都要跳出来了。好不容易到了开化县城，下了车却不知道往哪个方向去，他想起以前闲谈中练花说她家附近有个木雕公园，于是问路人如何去。路人是个小学生，用手一指道：“过了面前的山坡，就能看到了。”

练花把电话握在手里好久不愿放下，她不知道高远为什么突然变得这么冷淡，可转念一想自己不也是刚刚从惊慌失措中平静下来吗？又有啥好埋怨自己男人的呢？谁不都是从第一次过来的！

想到这里，自己觉得饿了。于是回家想让保姆给自己做些酸辣的东西吃，刚进厨房就遇见母亲谢芳妹迎面出来。

看见女儿，谢芳妹心里高兴，上下打量着，嘴里不停地夸着。说着，谢芳妹的手摸着练花的面颊说，这才几天脸上就有了斑了，还这么明显。等保姆将一碗酸辣面端上来，谢芳妹的眼神有些疑惑，心想，这“兔崽子”以前不吃这么酸这么辣的东西呀，莫不是有啥事情瞒着自己不成。她先是关心分配的事，后又说很多人上门想给练花介绍男朋友的事。说着，眼睛观察着练花的反应。

练花知道家人不在乎她有没有工作，会不会分配到什么好单位，所以毕业的时候根本就没有让家人去省城活动。家里有这么大的家业，给别人干不如给自己干。现在自己都到家了，母亲突然又开始这么关心自己的工作，这不是没话找话？是不是看出来啥了？她下意识地摸摸自己的肚子。

“你有啥话跟妈说的吗？”

练花一愣，心想躲得过初一躲不过十五，一不做二不休，干脆放心吃了起来。等到吃完了，才拉着她母亲上了楼。她见母亲满面疑云，鼓了鼓勇气：“妈，我怀孕了！”

练花拉着谢芳妹上楼的那一刻，作为母亲的她心里已经感觉练花可能遇见了什么事。等练花说出来，正好验证了自己的猜测。

“什么时候的事？”

“今天！”

谢芳妹先是一愣，本想发脾气，突然想到自己在这个年纪的时候不也是跟老练钻过玉米地的吗？于是强压着心火，迅速恢复了平静。自己的女儿大了，到了谈婚论嫁的时候，也无可厚非。只是要有个机会和男方见面，将婚事定下来，不然肚子里的孩子不等人，等肚子大了被人看出来就尴尬了，见不得人了。想到这里，安慰练花好好管好自己，下楼去了。

谢芳妹下了楼就直奔木材加工厂而去，她是去找老练商量练花的事。老练在车间正跟一群工人干部开会，谢芳妹看一时半会儿不会结束，就在车间外面的空地上踱着步子，想着烦心的事儿。

门卫方向一片嘈杂声引起了谢芳妹的注意，只见保安老焦跟一个年轻漂亮的姑娘争吵着什么，她不知道发生了什么事，于是就疾步过去了。老焦见老板娘过来了，似乎有人给他撑腰一样，手指着姑娘大吐苦水。

原来，姑娘是老焦的二女儿，中学不上了，来跟他要钱，说是跟一个男同学去浪迹天涯。老焦还不能多问，连对方是谁，要去哪里都不告诉。口口声声说不给钱就不认他这个爹。

谢芳妹无心劝阻这对父女，转身往老练的办公室方向去了。她心里嘀咕着如何跟老练这个“死老头子”说练花怀孕这件事，她深知老练的臭脾气，干的是木材加工的生意，脾气也是属汽油的，是个见火星就爆的主。

16

李红梅虽然说自己要报考医学院校，但是当自己的远大志向遇见自己的学习成绩，热情就像刚刚伸出来的乌龟头被驴蹄子踩了一脚，惊吓中又缩了回去。她的学习在班里面属于中等偏下水平，这眼看就到了高考的时间，两个月里再加紧努力，也难有奇迹出现，不过李红梅的心态很好，反正临阵磨枪不快也光不是？

李红梅向诗同文透露了自己的考学计划以后就加紧复习，整个冬月里都在家里用功，可是每当进城或者去学校的时候便会拐到诗同文家里去看看他。

诗同文的学习成绩也不是很好，但是他有个特点，能够把伟人的语录和名言名句倒背如流，比如，歌德说："意志坚强的人能把世界放在手中像泥块一样任意揉捏。"左拉说："生活的道路一旦选定，就要勇敢地走到底，绝不回头。"谈到兴致高的时候，特别是喝了别人从省城带回来的速溶咖啡后，他已经被这些西方名人的至理名言搞得亢奋起来，他张口就来一段罗曼·罗兰的："生活是一场艰苦的战斗，永远不能休息一下，要不然，你一寸一尺苦苦挣来的，就可能在一刹那间前功尽弃！"

这些经典的话语对艰苦读书中的李红梅来说无疑是黑暗中的一盏明灯，是溺水人手中的最后一根救命稻草。这也使得李红梅遇见问题，不论是学习上的，还是生活上的都喜欢跟诗同文倾诉。

诗同文并不算是"过来人"，但是由于会用过来人的言语提升自己的高度，这让李红梅对他极为崇拜。诗同文也凭着拾人牙慧的名句在姑娘面前一路"过关斩将""逢凶化吉"，美美地过了一把人生导师的瘾。

这名人名句不仅鼓励着李红梅，同时也鼓励着诗同文。

时间渐渐逼近年关，李家终于轮到杀猪匠上门杀猪了。这屠夫可是附近十里八村有名的人物，平时卖肉，到了年关杀猪生意好得不得了，根本就没空，平时不帮衬他肉摊的人，过年时他就把轮候杀猪的时间往后拖，这一招教育了很多人，假如你到了农村见到哪个肉摊生意特别好，也许这人不光是卖肉，说不定还是个屠夫。

屠夫被人称为“刘瞎子”，为啥取了个这么有档次的名字众说纷纭，有的说他只认钱不认人，这不是瞎子是啥？有人说，他的一只眼真的看不见，不过干上了屠夫这个行当，都是睁只眼闭只眼。农村人普遍认为他杀猪手艺好，于是以“刘瞎子”作为诨名来褒奖他的。

其实，刘瞎子并不是个瞎子，并且双目炯炯有神。这一大早他就将扒膛的木架、宰杀的桌案、煺毛的锅灶、套猪的套杆以及梃猪的梃条、刮毛的刮刨和杀猪的刀具用板车一股脑拉到了李竹衣家的屋前。

天才蒙蒙亮，红梅她娘就起来了，手里拿了些吃食，到猪圈看看这头三百多斤的大肥猪，红梅娘心里有些不舍。她已经习惯了这猪看她的眼神，四目相对猪有种不祥的感觉，因为女主人手里仅仅拿了一红一白两根萝卜来喂它，猪没有吃递到嘴边的东西，而是在女主人手上拱了拱，像是道别。猪的鼻子软软地触及红梅娘的手臂上，她的眼泪就像断了线的珠子扑簌簌地流了下来，她想万物皆有灵，它会不会原谅自己李家的无情呢？

李竹衣和刘瞎子在屋前的空地上抽着烟，拉着闲话，那边李竹根和李竹板叫的人陆陆续续过来了。刘瞎子见人都到齐了，从车上取下一个一尺来长的铁钩子握在手里，转身进了猪圈。

猪正在吃白萝卜没料到刘瞎子的倒钩伸进了嘴里钩住了上颚，猪一疼“嗷嗷嗷嗷”地叫了起来，屁股就往后撅，刘瞎子拉，猪腿蹬，倒钩在猪嘴里越钩越紧。院子里的人蜂拥而进，推的推，拉的拉，将猪弄到了院子中间。

猪忍不住疼痛，被推到了桌案前，七八个壮汉将肥猪横着摁倒在桌案上，刘瞎子一刀捅进了猪的脖子，由于用力过猛半只手都插了进去，猪血冒着泡流到了桌案下的盆里。

红梅娘不忍心看，进屋给大家做早饭去了，一碗碗腊肉，一大锅米饭，外加蒸的土豆和红薯，满满的一大锅，大家干的是体力活，早上一定要吃得好一些。她不时地将玉米秆塞进炉膛里，炉火攻开了水，一股热气穿过屋顶上茅草的缝隙升腾到了空中。红梅娘是个善良的人，杀猪她心里难受，想着同为生命的，它不就是个不懂事的畜生，咋！这过年就要了它的命不成！

火大，水开得快。红梅娘将饭端出去，放在小桌上招呼闲下来的人先吃早饭，就在红梅娘出去招待客人的时候，炉膛里的一根硬树枝的前端正好烧断，后一段的重量突然加大了，后半段一压把前半段的火苗弹出了炉膛，火苗把堆在墙角的玉米秆一下给引着了，火失去了控制，顿时整个厨房硝烟弥漫火光冲天。起先外面的人都以为是炉灶上的开水沸腾所致，等到发现不对劲的时候，火苗已经蹿上了屋顶。

熊熊大火将屋顶弥漫，迅速将整个茅草屋顶点燃，火势借着风头、风头裹着火焰向隔壁的住房蔓延，眼看着火头烧到了住房屋顶的大梁。大家被这突如其来的一幕给惊呆了，不知道如何是好。还是刘瞎子见多识广，临危不乱，他提醒大家赶紧到水塘取水灭火，等到大家端着盆提着桶回到房屋前，火势已经无法控制，大火已经蔓延出多个火头，整栋住房的顶部已经被火焰吞噬了。红梅娘拼命从卧室里抢出来了几床被子，红梅把自己的书包课本和李竹衣的拐杖抢了出来后，火已经封了家门。

红梅娘一会儿捶胸顿足一会儿跪在地上号啕大哭，用手扇着自己的耳光，句句话都是挖心剜肉的诅咒，听来让人揪心；李红梅吓得不知道应该哭还是应该骂，抱着自己的书包呆若木鸡，望着刚刚还好好的家变成了一堆废墟；李竹衣、李竹根和李竹板以及刘瞎子等人都沉默地望着这突如其来的大火束手无策。

村主任驱赶着围观的群众，向李竹衣了解情况，几句话过后，又是一片死一样的沉默。唯有刘瞎子默默地煺着猪毛，在其他几个人的帮助下将猪倒挂在扒膛的木架上，刘瞎子干着活，嘴里念念有词：“跟着当官的做娘子，跟着杀猪的翻肠子。命里你是一头猪，谁让你遇见刘瞎子！”他像是为死去的猪超脱，又像是为自己免责。

刘瞎子取下猪头，从车上取下三支香点燃，让猪安心上路，再不要闹出大的事情来，然后开膛破肚从肚皮一分为二把猪劈开，架子下面放着一个大盆，慢慢取下猪下水。不到小半天，院子里的晒衣绳上挂满了不同位置的猪零件。

李竹板和李竹根的女人见大哥家出了这么大的事情，急急忙忙过来帮忙，她们开始在自家的炉灶上烧水准备做泡汤招待客人。虽然家有变故，可是农民不会因此而不要面子失礼于人。

李竹衣瘸着一条腿，把拐横过来架在路边的两块儿石头上，先将一只手扶着小树，慢慢坐下来，再从身上的口袋里掏出烟点上。他望着自己辛辛苦苦操持起来的家一把火就烧成了残垣断壁，感叹真是世事难料。放竹排把自己搞成了残疾；红梅回家把人家摔成了截肢，好不容易要过年杀个猪吧，谁知道还把家给烧了，想到这里一条硬汉难受得哽咽了起来。

等他好不容易稳定了情绪，发现兄弟和家人都围在他的身边，没人敢劝他，也没人劝得了他，说什么呢？有什么好说的呢？没有了房子就没有了根基，最可怕的是自己心里那颗不屈不挠的心气没有了！

那边竹根女人已经将自家西屋打扫出来，和红梅娘一起将抢救出来的被褥搬了进去。几个女人手脚麻利，脑子清楚，看问题也比男人看得开，当家里男人们个个垂头丧气的时候，李竹根的女人已经开始大谈“红红火火过大年了”，言下之意是开导大哥一家人看开一些，着火就是旺财的意思。开春后每逢初一、十五去城北的宁崮山上多烧几炷香就逢凶化吉了。这没脑子的女人也不想想谁家旺财需要把自己家的房子点着呢？有这么劝人的吗？

痛苦的时间真是难熬，好不容易挨到了下午，泡汤也做好了，扑鼻的肉香四溢开来，可没人去吃。竹根女人喊了多次，又把泡汤一碗碗盛好端给在场的每个人。可大家都把碗放到了地上，李竹衣见状赶紧表态，只见他端起碗来，冲着大家点点头就吃了起来，他只觉得胃里有个门儿没有打开，泡汤堵在嘴里无法下咽。其他人见李竹衣开始吃了，纷纷端起碗远离李竹衣过到路对面去吃了，留下李红梅和她娘陪着李竹衣暗自伤神。

刘瞎子草草吃了泡汤收拾好自己的杀猪工具，悄悄地离开了。按照农村不成文的规矩谁家杀猪都要选一块肉或者猪下水送给杀猪匠的，另外再给二百元钱，看到了李家这种遭遇，刘瞎子还能等着要钱？于是悄悄地拉起板车走了，这也是人之常情。

夜幕降临，房屋大梁没有烧透的地方依然能看到袅袅的青烟升腾起来，似乎带有一种惋惜一种怜悯。曲终人散，院子里就留下一吊吊猪肉和一堆堆残垣断壁，没有人想吃饭，没有人感觉到饿。竹根女人把做好的饭热了一遍又一遍，女人和孩子们顶不住饿就先吃了，留下几个男人一根烟一根烟不停地抽，好像能从烟里抽出个子丑寅卯来。

女人们见孩子都吃了饭，就开始收拾碗筷，她们才不管男人们吃不吃，饿了，男人们有一瓶酒几颗花生米顶着也饿不死。有鸡鸭的地方屎多，有女人的地方话多，这房梁上的青烟还没有熄灭，女人们已经叽叽喳喳迫不及待分析起着火与各种迹象的密切联系来。先从天降大雪说起，说这大雪已经十多年不遇了，说到李红梅回来的时间，那又是巧合中的巧合了，进而说到诗同文摔下山坡，医院截肢，这都是命中注定，躲不过去的了。包括今天的房屋失火都是一连串“祸端”的一部分，初一、十五烧香是无济于事的。

女人们分析了李红梅“前世今生”，最后定了一个调子，“女儿大了不可留，留来留去结冤仇。”要想摆脱接下来的不幸，唯一正确的做法就是赶紧给李红梅找个婆家，就算一时半会儿不能“过门儿”，订婚也能“冲冲喜”。妯娌们说到激动处，想起自己也有过类似的经历，不由得撩起围裙把眼泪抹去。如果按照这么推算女人们料到李红梅就要嫁给这个截肢的男孩子，想到大哥家又多了一个残疾人，都是没有劳动能力的跛子，不由得悲从心底起，感叹天不饶人，抱头痛哭起来。哭完，决定要尽快把这些事情跟李竹衣和红梅娘好好说说。

李竹衣听了弟媳们的话，没做任何反应。他不信这些乱七八糟的东西。不信归不信，但是串联起来似乎也有几分道理，不然，这事情咋就这么巧呢？真成了无巧不成书？红梅娘从头到尾就是一个哭，当听到红梅又要嫁给一个跟她爹一样的残疾人，悲从心底起，哭得更厉害了，一时半会儿没有人能劝得住。

李红梅躲在黑暗里大气不敢出，婶婶们“高屋建瓴”的精辟论述她都听得一清二楚，本来她和诗同文的关系是感激多过爱情的，听这么一说自己倒脸红了起来，心想断腿有啥了不起，自己爹不也是断了腿，更何况诗同文断腿还是为自己而断的，想想自己都感动，这不就是爱情故事里经典中的经典吗？

第二天一早，李竹衣天不亮就抽了好几根烟，他一夜无眠，随着天气渐渐由暗转亮，李竹衣心里似乎也想明白了，有了谱，他把李红梅叫到面前，用手指着一扇猪后腿，说：“快过年了，给诗家送去！”

17

王奕桐心里有些许依依不舍，当她迈出四季居酒屋的大门，心情像要出去云游的浪子，她忍住将要夺眶而出的泪花，头也不回地消失在茫茫的大雾中了。一段时间以来的各种遭遇，让本不应该在这个豆蔻年华承担的事情都让她尝了一遍，如果说人生必须经历这些苦和难的话，那么对一个姑娘来说这些苦难未免来得太早了吧？

进了音乐学院，到教务处领到了入学指引和生活安排，就独自一个人拎着一兜子日用品寻找自己的宿舍。不远处一对中年夫妇推着自行车，车上驮着被褥和行李箱，车子后面一个和王奕桐年龄相仿的女孩子蹦蹦跳跳地在父亲和母亲身边撒欢儿地跑前跑后，经过王奕桐身边的时候脸上流淌着满满的幸福，一看就是父母送孩子入学来的。王奕桐停住了脚步，望着同年级的学生远去的身影，羡慕伴随着心酸。她还没有来得及从前面同学的幸福中缓过神来，身后又传来一群姑娘的欢声笑语，姑娘们渐行渐远的快乐更加凸显出王奕桐的孤独和无助。

她本来已经习惯了被忽视，习惯了生活在没有关心、没有爱护的冰冷世界里，如果不是有在四季居酒屋这一段温暖的经历，王奕桐会强烈地认为这世界上是没有温暖的，春天只属于个别人，她的世界只会飘雪，只有隆冬。

墙外的扫地车边扫地边播放着“世上只有妈妈好，有妈的孩子像块宝！”王奕桐的心突然一紧，下意识地唱出了“没妈的孩子像根草”。这一句似乎是用来压制自己翻腾的心境的。王奕桐站在路边久久不能自已，她突然不想上学了，想回到洪之一仁的身边，那个给她温暖的地方，哪怕时不时会受别人的欺负，甚至会遇到恶人的非礼，自己也愿意。她心里开始认了，她觉得这也许就是命。

“请问，有什么可以帮到你吗？”一个男中音关心地问道。

王奕桐听到这话后，直觉告诉她这普通话说得也太不普通了，一股老外特有的，伴着咖啡和牛油味儿的中式“洋泾浜”灌入了耳鼓，她猛抬头果真见一个高大的老外不知道啥时站在自己的身边，只见他手里拿着几张印有暗花的纸巾递给自己。王奕桐认出是国际比赛获奖学生音乐会的舞台上奖励给自己一束鲜花，又主动提出做自己老师的艺术总监斯梅尔。这时，王奕桐的情绪慢慢恢复了过来，见路过的人都在看她和斯梅尔，自己不好意思起来。连忙摇头表示没有什么。

斯梅尔是于开学前一周到的学校，由于英国和中国有八个小时的时差，提前到校可以有充足的时间来休息，这样到了开学就会精神饱满地出现在师生的面前。斯梅尔今天出来是准备去市场买些日常用品，于是就从门后拿了一个布袋拎在手里。熙熙攘攘的校园路上学生们川流不息，来来往往，他正要拐弯往市场方向去，就见王奕桐站在路边发呆，他认出来王奕桐就是舞台上那个表现出色的姑娘，见到王奕桐紧盯着幸福的一家人发愣，欲哭无泪的表情，恻隐之心驱使他走了过去。

"不要忘记我们的约定呦！"斯梅尔说道，他显然指的是那封从鲜花里跳出来的信，以及信里蹦出来的那张精美小卡片上的内容："如果你愿意，我可以做你的老师！"王奕桐眼含着泪冲着斯梅尔深深地鞠了一躬道："从今天起，我就是您的学生了！"

斯梅尔高兴得像得了5个A的孩子，他幽默地倒退了一大步，做了一个吃惊的样子，嘴张得大到有些夸张。王奕桐看到斯梅尔这样的表情，她被斯梅尔逗乐了，刚刚还沉浸在痛苦和紧张的心一下云开雾散了，她有些不好意思，特别是众目睽睽之下，一个老外对自己这么关心，心里顿时暖暖的。暖暖的心情外加激动的情绪在大脑里撞击到了一起，此时自己的脸不争气，突然就从额头红到了脖子。

斯梅尔见状，倒不好意思起来，赶紧从兜里掏出了一板Godiva（歌帝梵）巧克力，打开锡纸掰下一块儿递给王奕桐，王奕桐更加不好意思起来。巧克力甜美的味道迅速在她口腔里融化开来，香甜顿时驱散了王奕桐心底各种各样不良的情绪，她像换了一个人一样。她的脸已经恢复了常态，唯有双腮还留下淡淡的红舍不得离去。乌黑的头发、明亮的双眸、俊俏的瓜子脸和高挑的身材一下构成了初春校园里的美丽风景，在灰色的建筑、干枯的树枝以及斯梅尔陪衬下，王奕桐成了一道独特的风景，路过他们身边的人无不回头观望，几个退休的老人家拎着菜，装作晨练的样子，左扭扭屁股右松松胯，眼睛却时刻不离斯梅尔和王奕桐。

斯梅尔将剩下的巧克力递给王奕桐，他见王奕桐摇头拒绝，于是绅士地把王奕桐的手拉过来，把巧克力放在王奕桐的手里。

这一切都发生得那么自然，那么流畅，像曲水流觞，又似惠风和畅。斯梅尔见王奕桐愣在那里，幽默地举起手里买菜用的布袋，又做了一个饥饿难耐的滑稽样子，说了声Bye-bye就离开了。

开学典礼后的第二天斯梅尔在阶梯大厅举办一次公开课，由于是“老外”授课，参加的老师学生会比较多，王奕桐听取了同宿舍张慧的建议提前去占个好位置，张慧学习的是琵琶，由于喜欢艳丽的搭配，每次出席这样的活动都会把各种民族服饰混搭整齐才肯出门。

王奕桐则没有想得太多，她里面依然穿着那件红色的薄绒毛衣，为了表示喜庆，外面套了一件洪之一仁给她买的风衣，风衣王奕桐非常喜欢，不仅是漂亮而且走起路来还有一种穿裙子的飘逸感。

由于去得太早，王奕桐和张慧在第二排靠走道选定了位子坐了下来，王奕桐看看第一排座位的小桌上放着一个个不认识的名牌，应该都是学校里有头有脸的人，心里犯起了嘀咕，她怕前面的老师或者领导一扭头就会问自己这个那个的，如果自己回答不好会让老师领导想得太多，反而影响了自己的情绪。

进入大学才几天，王奕桐的内心已经强烈地意识到了自己的样貌在这里是出类拔萃的，因为从别人看她的眼神里她就能看出端倪来，特别是同性对她的议论让她更加确定自己这样的长相是符合中国人眼里美女的所有标准，连偶尔路过她身边买菜的老阿姨都会嫉妒地甩上一句“美人坯子”来“砢碜”她。想到这里，就建议张慧再往后面移动两排。就在这时，斯梅尔怀里抱着一大堆书从侧门进来了，只见他把书放到了讲台上，当他抬起头来的时候正好和王奕桐的眼光相遇在半空中，王奕桐犹豫不决的样子、扭身欲走的身姿呈现出了美丽的S形，斯梅尔以为王奕桐像其他学生一样见他欲逃，于是大步流星地走下讲台，示意王奕桐就坐在第二排。见斯梅尔这么盛情，王奕桐和张慧又退了回去。

“今天你要认真听，回头我会问你问题的！奕桐！”他看着王奕桐说道。

斯梅尔见学生老师陆陆续续进场，就返回到了讲台上和调音师一起调试话筒，用投影仪将自己的讲稿首页投放到大屏幕上。

“你们认识？”张慧妒忌地问王奕桐，王奕桐摇摇头没有回答。张慧这么一问，王奕桐也很吃惊，因为这是第一次有外国人叫自己的名字，在她记忆中就连中国人加在一起也没有几个人叫她，她觉得自己的名字既陌生又新鲜。

“不可能！”张慧的脸已经嫉妒得明显有些发青。

“女士们、先生们，大家好！”斯梅尔开始讲课了，只见白色的垂幕上投影出授课的题目来：*Personality philosophy and music cultivation*（《性格哲学与音乐修养》）。

王奕桐见大家都在认真地记笔记，也从书包掏出一个小本子将题目记录了下来。张慧见状向王奕桐要了一张纸放在自己的小桌上。她托着腮，可脑子还在想着老外为何跟王奕桐说话的事。

“播下一种行动，你就收获一种习惯；播下一种习惯，你将收获一种性格；播下一种性格，你将收获一种命运。”

斯梅尔向大家笑着说，这不是自己说的，自己没有这么伟大，这是世界著名心理学家威廉·詹姆士说的。他继续道：

“大千世界的芸芸众生，为什么有的人春风得意，有的人却黯然无光？为什么有的人财运亨通，有的人却一贫如洗？每个人的性格不同，正是导致每个人具有不同的命运的原因之一。

“现实生活中，每个人的性格千差万别。有的让人感到和谐、舒服，如谦虚、自信、热情、大方、诚实、无私、勤劳、细心等等；有的让人觉得不舒服， 如狂妄、自私、虚伪、懒惰等。归根结底，性格的类型是由各种性格特征的独特而有机地结合而成的。这种结合，可称为性格结构。”

斯梅尔一字一句认真地讲演着他准备的中文讲稿，台下的师生们都“宽宏大量”地听得津津有味，一丝不苟。大家为自己能够听懂洋教授的中文课感到兴奋的同时又“心疼”起几分来。大家毫不吝啬自己的掌声了，似乎自己拍得越起劲就越理解了斯梅尔讲课的深刻内涵，假使斯梅尔的这些理论被一个中国教授搬到台上，啰唆成这个样子，那情景就绝对不能同日而语了，想要个掌声，那就是你的不对了，台下的千金们少爷们甚至于他们的导师们都会用审慎的态度等待着你的理论出炉，他们不是想学习你的“一招半式”，而是试图用你的理论悄悄地验证自己的经历。让你感受什么叫同行是冤家在音乐界再次体验。如果能在演讲结束的时候响起几声“噼里啪啦”的鼓励声让你下台，就算讲课的人祖上积德。

“那么，性格和音乐有什么关系呢？为什么音乐学院在同学们开学的时候需要讨论一下性格呢？

“大家都知道瑞士心理学家荣格的性格理论将人分为‘内向型’性格和‘外向型’性格。荣格认为，性格内向的人，很少向别人显露自己的喜怒哀乐。他们在情感方面经常自我满足，珍视自己内心的体验；在他人面前容易害羞，说话慌张，不愿在大庭广众面前出头露面，做事深思熟虑， 但缺乏实际行动，常有困惑、忧虑、郁郁不乐之感。”

斯梅尔停了停，抬头看了看大家，问大家谁是内向型性格。他见没有人举手，开玩笑说大家一定是在等待外向型性格的内容！

他接着道：“性格外向的人，心理活动倾向外部，经常对外部事物表示关心和感兴趣。这些人性情开朗活泼，善于交际，但他们不愿苦思冥想，而要依靠他人或活动来满足个人情绪的需要。同时他们善于在活动和群体交往中表达自己的情绪与情感；不知道害羞，而且健谈，交朋友见面就熟；说话大胆、不考虑别人的感受。他们自由奔放、当机立断并易产生轻率行为，动作快、不拘小节。”

王奕桐听得云里雾里，觉得内向型就说的是自己。王奕桐正想着斯梅尔的话，张慧突然在她耳边说道：“我看这个叫斯梅尔的老外在你面前倒挺外向的！”

“那么，音乐类型与人的性格类型有关系吗？答案是有的，不仅有，这种关系在各国和各种文化中都存在！”斯梅尔向大家抛出了一个问号，又一个感叹号。

“我们都知道：在所有的艺术类型中，比较而言，音乐是最抽象的艺术！音乐是人类生活当中一项重要的娱乐活动，也是一项纯感性的爱好，很多人和音乐都结下了不解之缘。有人把音乐当成知己，向它倾诉；有人把音乐当成毕生追求的理想，为之奋斗；有人把音乐当成自己的导师，向它请教……由此可见，通过分析一个人所喜爱的音乐类型，能够帮助我们了解他们的性格特征，进而了解自己，让音乐真正和每个人融为一体！”

斯梅尔向台下望了望，见大家听兴正浓，他继续道：“喜欢音乐的人分为这么几种类型：交响乐爱好者、进行曲爱好者、歌剧爱好者、打击乐爱好者、爵士乐爱好者、摇滚乐爱好者、乡村音乐爱好者、古典音乐爱好者和流行音乐爱好者等等。我们每一个同学都属于这些类型中的某一个，那么我们在学习的初级阶段就要逐渐了解我们的性格和我们所学习的音乐之间的特点和联系，用一句中国话就是‘知己知彼，方能百战不殆！’我们要了解自己，因为了解自己有时候比了解别人还要困难，对吗？

“接下来，我先展开说说交响乐爱好者的一些特点。交响乐爱好者：通常都是信心十足，踌躇满志，为人开朗乐观，什么事情都只想到积极的一面，能够以最快的速度和他人打成一片，但由于对别人太过信任，往往导致自己吃亏和受损失。这类人喜欢在别人面前显露自我和展示自己的不平凡，希望在上流社会中能够占有一席之地，但往往会付出很大的牺牲，他们还有不务实的缺点。

“关于古典音乐爱好者：通常都比较理性，比较自信，喜欢自我沉淀，这类人会从音乐中汲取相当多的人生感悟，让自己不断进步。他们一般性格沉稳，阅历丰富，博学多才，不过他们常常形单影只，因为很少有人能够真正地走进他们的内心深处，和他们产生共鸣。”

斯梅尔见同学们思想不太集中，他抬手看看手表，向台下领导示意中场休息半个小时。张慧见中间休息，拉着王奕桐就往外面走，谁知道刚到出口就被斯梅尔叫住了：“王奕桐，请留步！”

18

谢芳妹听到背后老焦对女儿好言相劝的话语，心里一阵酸痛，想想自从有了孩子自己就夹在丈夫和孩子们中间受气，搞得自己像个买来的丫鬟。看到老焦对自己孩子敢怒不敢言的样子，心里深有同感。自己哪有资格在这里揶揄别人，自己家的练花不是一样，还没有结婚就怀孕在身，现在该咋办？她心里盘算着如何将练花的事情跟丈夫去说，似乎这怀孕的是她，不是练花。

谢芳妹见工人们四散而去，估计老练开会结束了，于是就先上了楼，在办公室等着老公。老练在开会的时候就看到了自己老婆的身影，他知道如果没有重要的事，老婆是不会在这个时候找他的。

老练名叫练子明，从小就跟着父亲学习木工手艺，虽然书没有读过几本，但是学啥像啥。许多别人要学习几年的技巧，练子明都很快就能掌握。为此，他的父亲暗自高兴，觉得练家重振家业的希望就落到了练子明的身上了。可随着练子明长大成人，他父亲的家业重振计划却难再现，这也不怪练子明，那个时候大环境没有变化，自己再有心、再努力也只能是把小木匠变成老木匠而已。

可谁知道风水轮流转，随着社会环境越来越松动，练子明大着胆子把自己家的房子抵押到了信用社贷款将县城濒临倒闭的两个加油站收了下来。经过几年的经营，转亏为盈，于是他把加油站交给夫人管理，自己又把自留地围起来搞了一个木材加工厂。

谢芳妹见练子明进了办公室，心里紧张得难受，她觉得难以启齿，不知不觉中眼泪就扑簌簌地流了下来。练子明觉得奇怪，这好好的日子哪里来的眼泪呢？于是笑着开玩笑："女儿回来了，就激动成这样?"

练子明不问还好，他这一提女儿，谢芳妹干脆痛哭起来。练子明见情况有些不妙，预感到哪里有些不妥，于是心里也开始起了毛，凭他多年对自己夫人的了解，谢芳妹能这么哭一定是遇见了什么难事儿。

练子明等夫人情绪稳定一些，深情地望着她。谢芳妹不敢再延宕下去，就竹筒倒豆子一股脑将练花怀有身孕的事情一五一十地说给了练子明。

练子明起先也是一愣，想着二姑娘平时是最听话的孩子，在这三个孩子当中既不像大女儿练叶那么霸道，也不像儿子练铁那么娇惯，一直都是自己心里的小棉袄。虽然女儿长相实属一般，可在这仨里面是最漂亮的。当练子明听到谢芳妹说到练花怀有身孕，心里一股怒火腾的一下就被点燃了。失落感、羞耻感加上被忽视、被践踏、被污蔑的复杂情绪像海浪冲击岩石迸发出的浪花，撞击出的力量，窝在心里激烈地翻腾着。

"都是你惯的!"练子明怒吼道。

回家的路上练子明和谢芳妹坐在车里一句话都没有说，练子明唉声叹气，谢芳妹暗自落泪。到家，上了二楼，远远地看见练花低着头扭捏地向他们移过来，练子明像第一次认识自己的小棉袄一样，他觉得练花变了一个人，都不认识自己女儿了。练花倒像个没事儿人一样，觉得没有什么。她见父亲回来，上前就搂住胳膊，口口声声说自己没钱了，当爹的也不给钱用，说着自己还假装要落泪似的。

练子明虽然心里有气，却不知道如何发出来，于是厌烦地推开练花的手，独自往前走。关键的时候还是女人能够理解和原谅女人，谢芳妹赶紧给练花使眼色，那意思很明确你爹最重要，你娘无所谓，让她紧跟不舍，搞定父亲是头等大事。

练子明点上一支烟，狠狠地吸了一口，就被老婆从嘴里抢了过去，烟被谢芳妹从窗户扔了出去。练子明正要发火，见夫人指了指练花的肚子，那意思很明显，练花怀孕不能闻烟味儿的。练子明的脸别扭得有些扭曲了，可心里的气却平和了一些，心里莫名其妙地有了一种要做外公的美感。

练花可怜巴巴地靠窗站着，街上车水马龙的声音此时正好填补了她和父亲之间的尴尬。练花斜低着头无奈、无聊地瞟着窗外，等待着父亲的发落。就在这时，一个熟悉的身影从墙外的树荫下闪了出来，练花以为是幻觉，定眼一看果然没错，于是不顾一切地高喊道：“高远，我在这里!”

真是无巧不成书，高远按照学生指的方向来到木雕公园的门口，他思索着应该是往右拐还是往左拐的时候，就见一台宝马车鸣着笛转进了一个小区，他想这里应该是有人住，于是就到门卫室打听打听。谁知道门卫是个刚入职的新人，根本就不知道里面有没有姓练的，再加上高远只知道练花的名字，不知道有户主叫练子明的，自己讨了个没趣，灰溜溜地绕着围墙溜达。

高远正犹豫，突然想起笔记本里有练花家的电话号码，可是由于自己是慌慌张张逃出来的，本子遗落在家。他灵机一动想找个公共电话，打个电话到家楼下的小卖部，如果运气好家里有人，或者他爸爸在家的话，看看能不能给找一下练花家的电话号码。

高远正这么琢磨着，就听见有人喊他的名字。他猛抬头见练花正从院墙里面一栋别墅的二楼窗户向自己招手。此时高远心里正澎湃着身在异乡为异客的感慨，见到窗内是练花，心情一下变成他乡遇故知的甜蜜了，他定定地望着窗户里的女人，脸上笑开了花。

练子明和谢芳妹正威严而坐，准备展开一场“声讨大会”，不料练花的突然高喊让他们觉得好奇，谢芳妹首先轻移莲步，踮着脚尖，越过女儿的肩头往下观瞧。这时，高远正兴高采烈地向练花挥手，只见一股雄性的青春气息一下就征服了谢芳妹的心，她扭头不停地向练子明招手，示意赶紧过来。

当练子明顺着谢芳妹努嘴的方向望去，一个风流倜傥的年轻人正向他们微笑。看到高远，练子明心里咯噔一下，高远的青春魅力正朝阳四射，一股男人气息扑面而来。练子明心想如果练花怀的是这个年轻人的孩子那还差不多，姑娘大了早晚都要嫁人的，并且越早越好。想到这里，看了一眼正在盯着他的谢芳妹，示意她赶快去确定一下，事到如今，还有啥好说的呢?

练花跑出了小区，在门口见到了高远，虽然仅仅是几天没见，却有了“一日不见如隔三秋”的感觉。练花拉着高远的手，高远甩开，示意不好意思。练花停下来，淡定地跟高远说：“我家人都知道了!”高远正想问都知道什么了，见到了门口就止住了，空留下一张因吃惊而张大了的嘴巴，合不拢去。

这边，练子明和谢芳妹已经知道这个男孩子就应该是练花的男朋友了，心里不仅没有了因练花怀孕而引起的不快，反而喜欢上了高远。见练花和高远从楼下上来，不管是脸上还是心里都已经接受了他。

高远望着练家豪华的别墅和精致修剪的庭院，相比之下自己的家竟像生活在新中国成立以前一样，不禁感叹钱是英雄胆呀！当即感叹如果有了钱，什么人间奇迹都能创造出来！想到这里，高远不禁惴惴不安起来。

练花恰恰相反，此时的她比什么时候都显得落落大方，她想反正自己怀孕了，你们高兴是半斤，不高兴是八两，能把我如何?！心里有了底，于是，兴高采烈地领着高远上楼直奔客厅见自己的父母。

见到一米八的高远站在面前，练子明和谢芳妹高兴得咧着嘴，半天合不拢。两人一扫上午因练花怀孕带给他们的心理阴霾，对高远相当满意。谢芳妹当下就忙着安排晚饭去哪里吃，叫保姆打扫一间客房给高远住。练子明对高远也是关怀备至，问了家庭又问了毕业分配的事。当得知两人都分配到音坑医专后，颇为高兴。口口声声称赞教书育人是人间最好的工作，是灵魂工程师，说到最后，话锋一转说如果觉得教书育人累了，也可以回来帮助自己经营企业，言下之意给别人干不如给自己干，当前择业的渠道慢慢多了起来，可以多种渠道实现自己的人生价值。

夕阳穿过树叶从窗户外面照射进来，将斑驳的树叶树枝的影子投射到两个年轻人的身上，将他们拥抱进了大树的怀里，像融进了练家这棵大树上，看到这里，练子明心里不由得心潮澎湃，这树影是不是一种寓意呢？自己年龄还不大就要做外公了？他抬头看看幸福中的年轻人，顿感岁月蹉跎催人老！

小县城的夜像极了耄耋之年的觉，睡得早，醒得也早。天一黑四处就可以用万籁俱寂来形容了，偶尔疾驶而过的车辆划破宁静后更加提高了安静的等级，显得更加宁静。

练子明翻来覆去睡不着，搞得床垫不像是铺在床架上，反而感觉是铺在水面上一样。练子明翻身所产生的波浪传导给谢芳妹，搞得两人都无法安睡。练子明见到高远之后，心里确实是高兴的，觉得这年轻人实在不错。可想到女儿长大了，眼看就要从自己身边离开了，心里不免有些不舍，特别是今天他看到练花和高远亲热的那个样子，哪里是自家姑娘了，根本就是变了一个人。俗话说嫁出去的姑娘泼出去的水，这水还没有泼出去，练花这个“兔崽子”就自己端起了盆子。想到这里练子明又气得翻了好几个身，搞得谢芳妹干脆坐了起来，抱着自己的被子到客厅睡去了。

谢芳妹抱着被子躺在客厅的沙发上，可一点儿睡意都没有。她了解练子明的心情，可是不论现在是生气还是高兴都要把情绪放到一边，当前急迫需要考虑的事情是练花肚子里的孩子一天天大起来了，再过两个月可就“显怀”了，到那时人人都能够发现练花怀孕了，如果那样的话，可就丢人现眼了，会被亲朋好友背后说闲话的。当务之急，是先跟高远的家人见个面，把结婚的事情摊开来谈一下，确定好日期。其他先不提，一场婚礼是要花费时间和精力去筹措的。想到这里，自己迷迷瞪瞪地到了天亮。

第二天，谢芳妹把练花和高远叫到了一起，将自己的想法和盘托出。最后，对高远说："请你父母近期过来一下，上门提个亲，顺便把结婚的事两家坐到一起聊一聊！"

高远听到这话，头皮开始发麻。虽然觉得这话有道理，可想到自己母亲说的话，心里一下沉重了下来。高远的表现谢芳妹看到了眼里，直觉告诉她事情并不是她想象的那么简单。谈话结束前她追加了一句："我们练花一个大闺女不能就这么不明不白地大着个肚子吧！"

高远午饭后告辞了练花往家走，一路上不论是走路还是坐车想的都是如何跟他娘讲他的婚事。他知道在他娘的面前自己和他爹都是弱者。

毕羞月自从高远落荒而逃心里就憋着一股气，这气没有地方出，就把自己的老头子当成了出气筒。多少年以来，毕羞月的霸道在高家渐渐变成了约定俗成的规矩了，也是老高家在各种运动中，甚至在后来的改革中能够顺利蹚过企业变革的浪花而没有被冲跑的定海神针了。这种局面的出现都仰赖着毕羞月厉害泼辣的性格，话又说回来了，家里男人老实，女人再不泼辣一点，那还能有活路吗？

毕羞月自那天见到练花就没有看上这个女孩子，其他不说，就这长相她就一百个不满意。在高远背后偷听到电话里的内容后，毕羞月就从天下的男人开始骂起，后来又骂到老高不是个好东西，要不然不会养这么个"狼崽子"。骂到高远，她又把嗓音提高了八度，把老高家已经作古的各位男性又请出来挨个痛骂一遍。

老高被毕羞月这突如其来的阵仗搞昏了头，以为女人的更年期会出现第二次，于是除了吃饭回家以外，其他时间都在街上"卖眼"，以眼媚人，不仅如此还加入到了东家长西家短的是非大军里。

高远小心翼翼地回到了自家楼下，见其父正在一堆老头中间看人下棋，用手拍了拍老高的后背。老高见是儿子就从人堆里挤了出来。高远从小跟父亲"交情"深厚，于是就大着胆子问他走这几天家里

“敌情”如何。

老高一边领着高远回家，一边摇头。毕羞月见高远回来，脸变成了猪肝色，她虽然知道孩子大了，不见得事事都要听自己的，可是你把人家姑娘肚子搞大了，这可不是件小事呀！你小子眼睛里还有没有这个家，有没有你这个娘，正所谓“天高遮不住太阳，人大盖不住爹娘”，这行为让别人耻笑高家太没有家教了。

高远站在门口望着他娘，做好了随时再逃的准备。毕羞月见高远跟着丈夫回来一改往日的态度，一句话都不说。这一招，让老高和小高都无所适从。

高远可怜巴巴地将练花怀孕的事一五一十地交代得清清楚楚详详细细，临了恳求毕羞月看在练花肚子里孩子的分上到开化去一趟，和练花家人见个面，一来算是求婚，二来两家把结婚的事情确定下来。

毕羞月没等高远说完就暴跳如雷，口口声声就是死也不会同意这门亲事，别的不为，就练花的长相她就一千个一万个看不上。她越说越气，最后来了一句：“有她没我，有我没她！”

19

李红梅到县城已经是下午了。她正要抬手敲诗同文家的院门，就听见艾红的声音从身后传了过来。艾红见李红梅肩上扛着东西就急忙把门打开，让李红梅进去。

艾红接过李红梅的东西，沉甸甸的足有三四十斤。打开看是一条完整的猪腿，抬头见李红梅头发里流出滴滴的汗，一股暖流涌上心头。她一把将李红梅搂在怀里，乖长乖短亲热着。见李红梅的头发有些凌乱，就拉着她进了自己卧室。艾红拉着李红梅在梳妆台前坐定，准备帮李红梅把凌乱的头发再整理一下。

橡皮筋解开，李红梅乌黑发亮的头发散开来，垂落两肩，秀发把李红梅从一个学生顿时变成了淑女的样子。艾红捧起李红梅的头发像看到了自己年轻时候的样子，她下意识地将李红梅的头发放在鼻子上嗅了嗅，一股烟熏的味道掩盖了艾红期待的女孩子应有的胭脂香。艾红一愣，她以为李红梅给杀猪匠帮忙受了累，于是关切地说杀猪是男人的事，以后不要为杀猪宰羊的粗人烧火做饭。

艾红关心的话刺痛了李红梅的心，淤积在胸口的情绪突然就变成了决堤的洪水，眼泪哗哗地流了下来。艾红见李红梅哭得有些与前不同，以为孩子是受了委屈，就极力想劝她，可是李红梅却越哭越厉害。

艾红好不容易止住了李红梅的哭声，耐心等待着孩子慢慢平静下来。李红梅见诗同文和诗墨轩都伸过头来疑惑地看着她，哭声马上止住了。

艾红隐隐约约感觉到有什么事情发生，她和丈夫交换了一下眼色，试探性地问了一句："家里都好吗？"听了这句话，李红梅哇的一声又哭了起来，一边哭还一边摇头，道："没了，家没了！"

诗墨轩和艾红先是一愣，以为自己没有听清楚，什么是家没了？等到李红梅哭完，两口子似乎明白了李家一定出了什么事情。

李红梅收住自己的哭声，将刘瞎子来杀猪，厨房的秸秆怎样被火星烧起来，房子又如何瞬间被大火吞噬的，一五一十地哭诉了出来，末了激动的情绪又聚集在一起，抱着艾红又悲恸起来。

艾红一边安慰着李红梅，一边也陪着她一起垂泪。口口声声替李红梅抱着不平："我可怜的孩子呀！"后来哭成了："我可怜的心肝宝贝呀！"这边，诗同文和诗墨轩一时半会儿被女人们的哭声搞得一筹莫展，得知李家内情也低眉垂目跟着难受。

入夜，艾红和丈夫躺在床上翻来覆去睡不着，两人从诗同文讲到医院；从医院转到孩子的将来；又从李红梅聊到李家的不幸，谈得最多的是李红梅。艾红说这大冬天遇见这种难处，如果能给李家搭个临时遮风挡雨的棚子该多好，眼看离年关不到一个月，寒冬腊月一家人没有个地方住，说着说着又扭过头去替李家难受。

诗墨轩坐了起来，激动得一把将艾红也拉了起来。诗墨轩说自己睡不着也想了很多，冥冥之中就觉得跟李红梅家像上辈子有缘似的，虽然儿子诗同文的腿是因为李红梅而截肢的，但话又说回来了，自己的儿子是啥样子自己心里不清楚吗？虽然现在诗同文截肢了，说不定因祸得福把李红梅娶回家呢？这谁也说不定！最近，李红梅和诗同文关系看起来挺融洽的，挺能谈得来的！

诗墨轩的一席话点醒了艾红，说实话，艾红也很喜欢李红梅这个孩子，单纯又质朴、懂事能吃苦。别的不说，今天扛着几十斤的猪肉到县城来，一般家里的姑娘都娇气得要命，谁肯做这些事。

夫妻两人越说越近，想着如何帮一帮李竹衣家渡过难关。第二天清晨，诗墨轩吃完了早饭就到了自己的土木建筑工程公司，在建筑材料的场区转了好几圈，心里有了底。

李红梅昨天就没有回家，被艾红安排到她婆家住了下来，艾红婆婆一人寡居，艾红带着李红梅的到来一下像给冷清的小院点燃了一把火，欢声笑语不时传到了街上。情绪宣泄透了的艾红和李红梅跟老人家开着玩笑，一直到老人迷离着眼睛看着电视睡着了，两人才依依不舍互道晚安。

诗墨轩盘过自己的建筑材料后跟艾红商量，尽快给李家把房子盖起来。因为，这些建筑材料大多是回收的，不但质量可以保证，而且对自己没有经济上的压力。加上李家的房子虽然被火烧了，地基并没有受到波及，这样的话房子恢复起来就更加快了。

诗墨轩和艾红激动地将这个想法告诉了李红梅，并安排她先回家将这个消息转告父母。诗墨轩在县城一方面联系建筑工人，一方面联系车将脚手架和红砖装了满满一车下午就运往李家村。

李红梅到家将这个消息给父母一说，红梅娘激动得哭了起来，话里话外说世间还是好人多呀，当下就出去把这好消息传给了自己的妯娌李竹根和李竹板的老婆，三个女人私下里窃窃私语，话里话外不免说到李红梅遇见了好人家。妯娌之间的关系好，在乡下是不多见的，但像李家妯娌之间关系这么好与李家弟兄们的相互帮助相互爱护是分不开的，李竹衣做事做人像个大哥，两个弟弟对李竹衣也是亲近有加。兄弟两人得到这个好消息都为大哥高兴，拿着烟就去外面找李竹衣去了。

李竹衣跟兄弟两人一样也很兴奋，心想自己女儿闯了这么大的祸，人家没有提一分钱的赔偿，更没有落井下石反而提出为自己盖房子，这真是天上不仅掉下来个林妹妹，连嫁妆都一起掉下来了。

傍晚，一辆满载着脚手架和红砖的大卡车缓缓地驶进了李家村，司机打听李竹衣家的位置。得知是给红梅家盖房子的，一群孩子跑在车头，欢天喜地奔走相告。袅袅炊烟里正在做饭的妇女，拉着家常的耄耋老人，抽着烟喝着茶的男人纷纷出来看个究竟，村头巷尾像议论几天前李红梅家的失火一样，开始议论李竹衣的为人处世。由于李家村同为一个族谱，平时大家都是一家人，到了关键的时候，都会出来为李竹衣撑个门面。

一时间过来帮着卸货的男人，帮着给司机端茶倒水的女人络绎不绝。司机是见过世面的人，但是这种大家族一起上阵的还是不多见，频频点头暗自赞叹。

李竹衣在弟弟李竹根家里就听见外面孩子们的欢叫声，不一会儿李红梅进来高兴地说县里诗伯伯家拉了一车东西过来，李红梅问父亲把材料卸到什么地方。李竹衣这时脑子已经不够用了，愣在那里不知道如何处理。还是旁观者清，李竹根跟司机说材料先卸到自家门口，这样开工建房就不会占地方窝工了。他的这个主意正好符合李竹衣的想法，望着大家忙里忙外的身影，李竹衣觉得自己真是因祸得福了。

翌日，李竹衣、李竹根和李竹板正在一起商量雇人事宜，门外又传来了汽车喇叭的声音，李竹板和李竹根出门查看，就见昨天的司机带着诗墨轩和艾红进了院子。李竹根赶紧递给李竹衣单拐，好让哥哥站起来迎客，诗墨轩和艾红急跨一步迎了上去，赶紧将李竹衣扶着坐下。

李竹衣一手拉着诗墨轩，一手拉着艾红嘴里说着亏欠的话：“我，李竹衣何德何能劳您大驾为我建房，李家真是祖上积德，遇见了诗家这么好的人!”说完一时哽咽。

这时，李竹板家里家外围拢了好多人，像过年、娶媳妇一样热闹。女人们在屋里换上了大锅，将新鲜的猪肉分成了大块儿，花椒、八角、干姜、辣椒、香叶撒在猪肉上，红彤彤的炉火伴随着满院子的李家亲戚朋友，将几天前因失火带来的阴霾一扫而光。

鼓舞伴随着欢欣弥漫在每个人的心头，妯娌几个将八仙桌收拾出来，李竹衣请诗墨轩和艾红上位就座，艾红推辞说这是男人们说正事儿的时候，就抽身去炉火边和女人们煮肉做饭去了。几个男人互相谦让了一阵，诗墨轩只好坐了上位，李竹衣、李竹根和李竹板依次落座，两个弟弟替李竹衣招呼着诗墨轩，斟上白酒，吉祥的话伴随着感激的情。女人多的地方话多，笑声也多，伸手做事的人更多，男人们刚刚上桌就来了 碟花生米、 盘皮蛋、 碟泡辣椒和一大碟油炸虾片，这摆法一看就是“四季来财”的格局。

女人们催促着赶紧开喝，言下之意不要慢待了客人，口口声声农村比不得城里啥都有，啥都是现成的，农村吃一口就得做一口，别让诗总饿了肚子。

诗墨轩是开了公司，可还是第一次被人尊称为诗总，一时不习惯，努力平静一下，让大家叫他老诗为好。诗墨轩以前是个泥水匠出身，知道盖房了不容易，可是自己没有啥本事，顶不起老总的头衔。

李竹衣看看四碟小菜上齐了，先一只脚用力支撑着自己的上身，双手按在八仙桌上，用力站了起来。只见他用拐杖顶住自己的腋窝，双手端着酒杯道：“今天能在这里招待诗总，真是我李家的荣幸。前段时间诗家儿子为送红梅摔到了山坡下，最后不幸截肢！我也是个残疾人，知道你们的心情，你们切肤之痛我感同身受。几天前报应来了，房子被火烧了！家里出了这么大的事情，我痛心呀！”李竹衣顿了顿，“诗家为孩子看病没有向我们要一分钱，听说我们出事，拉着砖瓦就来了，我这腿脚不方便，让我的两个弟弟替我给你们两口子磕三个响头，谢谢诗家！”

李竹根和李竹板听哥哥讲完话，起身后退三步，双膝跪地对着诗墨轩和刚好端菜过来的艾红连磕三个响头。诗墨轩和艾红连忙去拦，可哪里拦得住。

李竹衣见两个弟弟归位，举起酒杯：“我这杯酒敬大哥和嫂子，我也没有经过你们同意就这么叫，以后，我们就是一家人，我们弟兄三个就是你的弟弟！你们就是我们的大哥和嫂子！干了这杯！”

妯娌们端着一大盆香喷喷的猪肉等着男人们说完肺腑之言，等每个人都喝完了酒，赶紧把肉放到八仙桌的中间。肉香弥漫开来，男人们互相谦让着多吃菜，不要客气。

诗墨轩一杯酒下肚，红晕敷上面颊，他端起酒杯激动道：“刚刚两个弟弟给我这一拜，把我吓了一跳，我们真的受不起，李家兄弟太客气了！儿子无能摔下山崖，那是他自己的事，怪不得红梅！事发后，我和艾红想了很多，我们难受吗？难受！可见到竹衣兄弟身体这样还到医院看望诗同文，说实在的，我们心有不忍！再说，李家遭受了这么大的事情，竹衣兄弟还让红梅把猪肉送来，我们感动呀！人们天天说好人难觅，这不就是好人嘛！”

诗墨轩的一席话句句在理，声声有道。说完将酒杯分别和李家兄弟一一碰过，一仰脖子全喝了。肉的香味儿加上人情的暖意让整个院坝子欢腾了起来。红梅她娘夹住一大块儿五花三层的肉，满脸堆笑送到艾红的碗里；艾红心思也够稠密，见红梅娘端着的碗里仅仅有块猪骨头，于是夹起一大块儿猪蹄髈就放到红梅娘米饭上面。

李红梅这时端着碗来到八仙桌，声音颤巍巍道：“诗伯伯、阿姨，我家也没啥好东西，你们吃饱！”李红梅本来想说几句感谢的话，可是话到嘴边又改成了吃好吃饱，她怕自己不争气的眼泪影响到大家的食欲。

艾红吃着饭，脑子却没有在吃饭上，她想着诗同文一个人在家，到现在也该饿了。虽然走的时候给孩子留了饼干和水，但是自己大鱼大肉吃着，心里始终别扭。她见司机已经吃完饭，独自一人在路边抽烟，就商量乘他的车先一步返回县城。

大家听艾红要先走，李竹板急忙到自己家的鸡棚里抓了两只鸡塞进蛇皮袋里，他家女人拿着剪刀在袋子上为鸡开了两个苹果大的口，好让自己心爱的鸡有个透气的地方。

艾红哪里能收，推来推去。最后，诗墨轩让艾红先收下回去，以后还要来往，那意思有机会弥补给李家的。艾红上了车，诗墨轩留下来跟李家兄弟继续喝酒，直到都有些宿醉了方停了下来。

诗墨轩知道自己不能醉，因为还要安排开始施工的细节，酒喝多了耽误事，但是喝少了又怕辜负了李家兄弟们的一片情。

第二天一早，天才蒙蒙亮，诗墨轩就起来了。昨夜诗墨轩被安排到李竹板的家里住下来，两人说话到半夜都没有一丝睡意。结果，天亮头还是昏的。

诗墨轩跟师傅学的是土木建筑，又在这个行业干了几十年，论口碑和人品堪称一流。这时，诗墨轩围着李竹衣家烧成残垣断壁的山墙转来转去，清晨红嘴相思鸟叽叽喳喳啁啾的鸟鸣不时从后山的林子传来，小院显得异常宁静。

诗墨轩想得比较多，假如两个孩子有缘分走到一起，那这次为李家盖房要把小两口回来住的问题考虑进去，进而他又想到以后有了孙子有了孙女，孩子们也要有个安身的地方。假如两个人无缘，走不到一起，那也是天命，所谓天命不可违，自己出的力也权当为自己行善积德，对自己对别人都有好处。想到这里，见李竹衣拄着拐杖在红梅娘搀扶下从远处过来就迎了上去。

诗墨轩扶着李竹衣坐下，将自己的想法说了一下。诗墨轩说："刚刚看了地基，特别是山墙，按我的想法要建就多建一层，反正一只羊要放，一群羊也是放。”说到这里，诗墨轩故意顿了顿，加重语气说道，“眼看孩子们都大了，我们大人为的啥，不就是要为孩子们着想?!”言下之意是我诗墨轩不仅为住房考虑，为双方的孩子也在考虑。听到了这话，红梅娘听出来诗墨轩话里有话。这话与妯娌们跟她这些天谈的基本吻合，不由得暗叹女人们就是比男人们聪明。

李竹衣频频点头，表示同意。谁不想多建几间房子，可他知道这盖房子拼的是钱，自己没有任何积蓄，拿什么来建房。

诗墨轩看出李竹衣的顾虑，没有再说什么。起身用皮尺丈量昨天从县里拉过来的大梁、椽子和檩条，又去堆放砖瓦的地方转了又转看了又看，之后满意地走到李竹衣夫妇身边。

“我看了皇历，明天巳时为‘大吉，宜开工建屋’!”

20

王奕桐扭过头，看到斯梅尔正迈着大步向她走来，王奕桐原地没动，等着斯梅尔。张慧见状，也学着王奕桐的做法停了下来，手还故意跷了戏曲里常用的兰花指，张慧用余光瞟着斯梅尔的每一步，随着斯梅尔和她们两个距离的变化，张慧的脸色由白变成了粉红。

“这是第一季度的课程安排，请你保管好!”斯梅尔将课程表递给王奕桐，然后扭头礼貌地向张慧公式化地点了一下头，算是打了一个招呼。接着斯梅尔手指着王奕桐手里的课程安排说道：“我们的课程从明天开始，你需要准备的内容都在里面!”

“谢谢你，斯梅尔先生!”王奕桐礼貌地回答。

“奕桐，请叫我斯梅尔，好吗?”斯梅尔客气道。

王奕桐望着斯梅尔的眼睛，点点头算是答应了斯梅尔。两个女孩子在斯梅尔的注视下急忙转身往宿舍方向去了。

“等一下，你们还继续听课吗？”斯梅尔问道，“如果你们还有兴趣的话！”

“我们会的！”王奕桐扭头回答道。王奕桐望见斯梅尔那双蓝色的眼睛深不见底，但是有一种渴望含在眼神里，她的心咯噔一声，像被这蓝色的眼神电了一下。她急忙转过身，头也不回地跑了。

王奕桐和张慧回到了宿舍，张慧说自己要去五楼同学宿舍那里取一本书，马上就回来，嘱咐王奕桐等她，然后再一起回阶梯教室去听斯梅尔下半场的讲座。

王奕桐随手拿起一本书安静地读了起来，时间一分一秒地消磨着，一会儿半个小时过去了。王奕桐看张慧还没有回来，有些着急，不知道张慧发生了什么事情，于是急急忙忙地上到五楼高喊张慧的名字，可她喊哑了嗓子都没有得到张慧的回音。王奕桐见没人回答，就转身下楼往阶梯教室赶。这时，斯梅尔下半场的课已经讲了有一阵了。让王奕桐吃惊的是张慧竟然坐在刚刚的位子上聚精会神地听斯梅尔讲课。

其实，张慧并没有去五楼什么同学那里取书，是借口取书，骗王奕桐等她，而她自己却出了门径直回到了阶梯教室。张慧不仅和斯梅尔聊了几句，而且，当斯梅尔问起王奕桐的时候，张慧直接答复斯梅尔，说王奕桐不来了，不愿意听下半场的课，并说王奕桐并不喜欢斯梅尔上半场的讲座。

斯梅尔半信半疑，耸耸肩做了一个遗憾的动作，开始继续讲课。显然，斯梅尔授课的积极性被张慧的这几句话给击中了要害。斯梅尔下半场授课的内容开始东拼西凑，胡诌八扯起来，完全没有了激情。他勉强开了头，正准备草草结束，见王奕桐急急忙忙进了阶梯教室，红着脸面带歉意地向他欲言又止。此时的斯梅尔像打了鸡血，大度地摊了摊手，幽默地做了一连串机器人走路的动作，示意王奕桐的迟到是因为被冻得走不动，那意思显然是这种情况可以原谅。

张慧见斯梅尔对王奕桐表现得如此大度，知道自己的诡计是“赔了夫人又折兵”，弄巧成拙了。王奕桐没有说一句话，她心里明白了，所有这一切都是张慧故意所为，张慧是妒忌斯梅尔对自己的关心才如此恶搞，真验证了“女人是女人的天敌”这句话。

这时，斯梅尔结束授课部分。接下来到了互动环节，斯梅尔提出男同学提一个问题，为了尊重女性，女同学可以提两个问题。

一个瘦高的男同学举手，斯梅尔点了点头示意将话筒传递给他。男同学提出，他分别接到了英国皇家北方音乐学院、英国伦敦大学音乐学院和苏格兰皇家音乐学院的研究生录取通知书，现在想请教斯梅尔哪家音乐学院比较好。

这是一个标准的中国式的问题，问的是如何择善而从。究其原因无外乎斯梅尔是英国人，又是英国音乐界的翘楚，他的建议具有很大的实用性及引导性。

斯梅尔听到了这个问题，显然是被中国式的问题给难住了，他不理解需要选择的仅仅是学校的交通方便程度，还是选择学校的教授数量。但是，教授的数量和层次虽然说能够决定一个学校的师资力量，可学生的努力程度是决定未来的第一要素。

“我并不认为这是一个需要刻意纠结的问题，我为什么这么说呢，因为世界上伟大的音乐家大多没有受过学院派的系统教育，比如出生在神圣罗马帝国的贝多芬，他凭借着自己的聪明才智，成了维也纳古典乐派代表人物之一，欧洲古典主义时期作曲家。

“贝多芬一生创作题材广泛，重要作品包括9部交响曲、1部歌剧、32首钢琴奏鸣曲、5首钢琴协奏曲、多首管弦乐序曲及小提琴、大提琴奏鸣曲等。因其对古典音乐的重大贡献，对奏鸣曲式和交响曲套曲结构的发展和创新，而被后世尊称为‘乐圣’‘交响乐之王’。

“同样是维也纳古典乐派代表人物之一，奥地利作曲家莫扎特也没有学院派的背景。而莫扎特在短短的三十五年生命历程里完成了600余部（首）不同体裁与形式的音乐作品，包括歌剧、交响曲、协奏曲、奏鸣曲、四重奏和其他重奏、重唱作品，大量的器乐小品、独奏曲等，几乎涵盖了当时所有的音乐体裁。他的音乐体现了古典主义时期的风格，完善了多种音乐体裁形式，并与海顿一起，确立了维也纳古典乐派。”

斯梅尔顿了顿：“我不是否认学校对培养学生音乐素养的重要性，伟大的舒曼和肖邦还有许多卓有成就的音乐家都是受过严格的音乐教育而成为不朽的，我想说的是苛求哪个学院好与不好在这里我无法直接给你一个满意的回答，但是我想说的是不论在哪里到哪个学院学习音乐，一个人对音乐的感悟和努力才是第一重要的！”

一片掌声过后，斯梅尔话锋一转：“现在请女同学提问，”斯梅尔的眼光投向了王奕桐和张慧，“这位同学，我来向你提一个问题好吗？”

王奕桐心里一紧，张慧心里一颤。

“上课前你跟我说你身边的王奕桐对我上半堂课所讲内容不感兴趣，在这里我想请问你一下，王奕桐是如何说的？”斯梅尔又转向王奕桐，“你也可以对这位小姐的言论加以补充和解释！”

张慧没有想到这英国老外会这么直截了当捅破了自己的谎言，她肾上腺素水平突然飙升，脸红脖子粗一时说不出话来。只见她突然站起身头也不回地冲出了阶梯教室，消失在教室外一排枯树的尽头。

王奕桐也被这突如其来的一幕搞了一个措手不及。她缓了半天，方才明白了张慧的伎俩。

张慧在图书馆延宕了好久，她见天渐渐黑了下来才往宿舍去，由于一想到斯梅尔对待王奕桐的态度，心里就别扭。她百思不得其解，为啥自己方方面面都比王奕桐优秀，这个高鼻子蓝眼睛的斯梅尔不喜欢自己，却喜欢这个弱不禁风的王奕桐，她王奕桐有什么好?！哪里比得上自己?！

张慧自我意识过强，性格上不能说没有缺陷。她是一个自我评价过高的人。特别是高考后看到同学金榜题名，她会产生强烈的心理反应，一个被公认是校花的女孩子考上了国内知名大学后，张慧甚至口出侮辱性的言语，嫉妒使得张慧具有典型的偏执型人格障碍的特质。

张慧回到宿舍脸上像没事儿人似的，还假惺惺跟王奕桐打了一个招呼。张慧张嘴想给自己辩解，见王奕桐做出拒绝的手势，就把到嘴边的话强忍着又咽了下去。王奕桐心里明白张慧是个什么样的人了，也就没有多说话，应付了几句就各忙各的事情去了。

张慧并没有因为王奕桐没有理她而产生任何的内疚感，而是看到王奕桐拒绝和她正面发生冲突极为气恼、羞辱，同时，“感到一定程度的厌恶”以及占有斯梅尔和王奕桐这种美好关系的“渴望”。

第二天，王奕桐按照斯梅尔给的学习计划，找到了上课的弦乐楼，一间间独立授课室门口被师生们装点得极有特色。有抒发自己感情的，比如：“今天进来的是我肖文昌，明天走出去的是肖邦！”这是有斗志的人写的，语言还算是客气的；有种颓废派的：“里面是一地鸡毛，因为我爱的人偷走了我的心和音乐！”有一个跨度更大的：“今春我在这里种树，明秋我去英伦三岛摘果！”王奕桐挨个欣赏着门上各位“先贤”们的心得体会，脑子里盘算着自己如何也为教室的门上做出点贡献，抬头看到通知书上属于自己的A8教室，她正要推门，却被门上的一行英文字吸引住了：“I am not Small girl but Smail’s！”（我不是一个小女孩，我是斯梅尔的学生！）而英文下面中文翻译的是：“我不是一个小学生，是斯梅尔的学生。”

王奕桐看到girl（姑娘）而不是student（学生）这个单词，心里犯开了嘀咕。心想斯梅尔为何不用“学生”这个单词，要用“女孩”这个单词呢？正想着，见斯梅尔从走廊的尽头走了过来。

“你好，斯梅尔！”

“你好，奕桐！”斯梅尔见王奕桐眼睛盯着门上的这句话发呆，问道，“对这句话有疑问吗？”

“为何不用student，或者pupile，而用girl呢？为何又把girl翻译成‘学生’呢？”

斯梅尔愣了一下，接着说道：“我始终认为我的学生就跟我的家人一样，他们是需要家人的呵护和帮助的，不仅在学习上而且在生活上，你能理解吗？”

提到家人，马上触及了王奕桐的软肋，她不能说自己不理解斯梅尔的话，因为从小到大她没有在温暖的家庭中长大，不理解一个英国人对家的诠释。她只有接受，王奕桐默默地点了点头。

“另外，这句话也是对你的欢迎！”斯梅尔还是怕王奕桐不理解，进一步解释道。他见王奕桐脸色由青变得红润起来才放下心来。

斯梅尔放好自己的提琴和一大摞书：“我们开始今天的课程，奕桐同学你准备好了吗？”斯梅尔见王奕桐点点头接着道，“今天是我第一次给你上课，你也是第一次上我的课，我们会在接下来的时间里互相学习，我的目标就是在你现有的小提琴基础上，通过学习达到世界顶级音乐家的水平！为什么这么说呢？因为你已经获得过CCCDA加拿大与中国文化发展协会颁发的‘杰出音乐文化贡献奖’；英国New Talent Competition国际青年音乐大赛专业组银奖；不仅如此，你还获得意大利Citta di Massa一等奖，并且你是以优异成绩保送北方音乐学院的。”

斯梅尔一只脚支撑着地面，转身坐到了课桌上。这一轻松的动作一下也让王奕桐轻松了不少。斯梅尔接着说道：“我今天就是跟你讨论一下接下来如何为你树立一个为之奋斗一生的目标，那就是向历史上最著名的小提琴大师尼科罗·帕格尼尼学习，让自己的灵魂永远在琴弦上。

“众所周知，帕格尼尼是一位天才，但他却是从苦难的沼泽中爬出来的音乐家。帕格尼尼从三岁就开始学琴，没想到在他四岁时，帕格尼尼几乎被一场麻疹和强直性昏厥症送进棺材。七岁时又患上严重的肺炎，治疗中不得不大量放血。病魔并没有吓倒帕格尼尼，即使是在病床上，他始终坚持着练琴。由于他的勤奋，帕格尼尼在十二岁就举办音乐会，并取得了很大的成功。据说，帕格尼尼的演奏曾使帕尔马首席提琴家罗拉惊讶得从病榻上跳了下来，木然而立，自觉无颜收他为徒。帕格尼尼一时间成了焦点人物，各媒体铺天盖地地进行报道。随后帕格尼尼的琴声遍及法、意、奥、德、英、捷等国。帕格尼尼的成就是苦难中获得的，他的一生对我们都有深刻的启迪。

"那么，我们简单了解了帕格尼尼奋斗和成就以后，具体学习帕格尼尼的哪一首曲目呢？想必奕桐你已经想到了，对！就是帕格尼尼的*24 Caprices*，*for Violin*，*Op. 1*（《24首随想曲》）。这首曲子是帕格尼尼于1801至1802年间创作的，当时他只有十九岁。可以说，《24首随想曲》并不是只为了训练或发挥小提琴家炫技的作品，还是一部具有深刻的音乐内容的浪漫主义小提琴艺术的百科全书。这首曲子是帕格尼尼一生中唯一公开出版的小提琴独奏曲谱，这部作品基本上把小提琴最复杂的技巧全部展现出来了。自1820年在意大利的米兰面世以来，成为众多专业小提琴家的最大挑战，该作品还挑战性地标以献给演奏家。帕格尼尼的《24首随想曲》曾被后人改编成许多乐曲，其中最著名的有拉赫玛尼诺夫为钢琴与乐队写的《帕格尼尼主题狂想曲》和勃拉姆斯为钢琴写的《帕格尼尼主题变奏曲》，这两部作品都是取材于《24首随想曲》的音乐主题。所以说第24随想曲是整个24首随想曲中最著名，也是最被广泛演奏的一首名曲。可见这首曲子的难度和地位！"

王奕桐就觉得斯梅尔的身躯变成了帕格尼尼，拦住了自己的路，又变成了一座无法逾越的大山，她下意识地看了看提琴，又看了看斯梅尔，不安地开始否定自己。斯梅尔看出来王奕桐的注意力不在听他的讲课上，就开玩笑说："我会跟你一起穿过帕格尼尼的时代，翻过横亘在你面前的一座座高山的！"王奕桐听着这话，不禁倒吸了一口凉气："你怎么知道我在想什么？"

对！就是帕格尼尼的*24 Caprices，for Violin，Op. 1*（《24首随想曲》）。

21

高远在他母亲面前碰了一鼻子灰，自己也懊悔了。“冲动是魔鬼”这句话验证了在学校的冲动造成的后果，现在只有自己来承担。

高远郁郁寡欢地给练花打了一个电话，将母亲的意思婉转地说了一下，练花在电话里沉默了好一阵。时间就像凝固了一样，一秒就像一年那么长。高远想从练花电话里听到只言片语的安慰话，但是最后等到的却是“啪”的一声练花挂掉电话的声音，显然练花生气了。高远被电话搞得愣在电话亭里半天没有动，正当他要离开的时候，电话却响了起来。电话是练花打回来的，练花一改生气的态度，亲切地说：“赶紧回来吧，有你的地方就是家！”练花的一句话让高远激动不已，他昂起了低垂的头，望着天上的乌云，乌云的尽头山峦跌宕甚是好看。高远不由得背诵起宋代苏轼的《六月二十七日望湖楼醉书》：

黑云翻墨未遮山，白雨跳珠乱入船。
卷地风来忽吹散，望湖楼下水如天。
……
未成小隐聊中隐，可得长闲胜暂闲。
我本无家更安往，故乡无此好湖山。

高远心潮澎湃，暗自思量：“乌云上涌，就如墨汁泼下，却又在天边露出一段山峦，明丽清新，大雨激起的水花如白珠碎石，飞溅入船。这不就是在形容我高远此时此刻的心情吗？”

“我现在有家回不去，不安身在练花身边又能到哪里去呢？何况就算是故乡，也没有像开化那样优美的湖光山色。对呀！我身为男人一人做事一人当，我不去找练花又能去哪里？不管父母如何反对这门婚事，我也不能辜负练花和肚子里的孩子。”想到这里，高远直起了自己的腰，起身往长途汽车站走去。

练花见到高远回来，一扫心里的阴霾，将高远迎进了家里。傍晚，练子明和夫人一起见了高远，互相客气得让人感到有条鸿沟横亘其间，练子明让夫人去询问高远带回来的消息，就离开了。这是练子明管孩子的基本套路，因为孩子大了，他不愿意直接去过问这些他认为是“鸡毛蒜皮”的事情。

谢芳妹面对高远和练花，心里想得最多的是自己在这个年龄的时候也才过去没有几年，现在自己竟然也坐到了丈母娘的位子上，相当不习惯。谢芳妹清了清嗓子，接过保姆递过来的罗汉果茶喝了一口问道：“高远，家里都好吗？”谢芳妹的意思很明显，那就是你高远回去和父母把结婚的事儿谈得如何，什么时候双方家长见面？

高远望望练花，练花本来是和母亲谢芳妹坐在高远对面的沙发上，见母亲盘问高远就站起身来挨着高远坐到了谢芳妹的对面。这个看似不起眼的动作在高远看来是一种鼓励，关键的时候练花就怕自己有“独在异乡为异客”的感觉，用实际行动表明态度。对谢芳妹来说，这是一种强烈的心理暗示，她突然觉得女儿大了，问啥都没有用，只要两人好比啥都强。可是，婚姻大事不是儿戏，话还是要说清楚道明白的。她静静地等待着高远的回答。

高远正为难，脑子飞速旋转着，思量着如何回答未来“丈母娘”的盘问。只见练花从他身边站了起来，拉着她母亲就出了客厅的大门。高远远远地望见练花把她母亲拉到院子里桂花树的下面，窃窃私语。只见谢芳妹听了练花的话，气愤地离开了，紧接着练花返回了客厅，脸上尚带着刚刚哭过的泪水，泪水划破了脸上的妆容，还没有干。

高远心里已经清楚发生了什么事情，他自己也不知道接下来该怎么办。这里不是自己的家，处处都要看别人的眼色。别人吃饭、他人喝水都会让高远觉得难受，自己成了一个真真正正的外来人。幸亏练花一直守在高远身边，多多少少缓解了高远寄人篱下的感觉。

高远想不能这样下去了，想想应该到分配的单位去报到了，于是找出“派遣证”来看，上面报到的时间已经很近了，就跟练花商量先去音坑医专报到。

谢芳妹找到练子明，一脸的愁云让练子明一看就知道女儿的婚事并没有想象的那么顺利。见夫人走进，心里已经有了准备。

练子明端起桌上的茶杯，等着谢芳妹的话：“小伙子母亲不同意!”说完扭头哽咽去了。

练子明端在手里的杯子抖了一下，但是迅速平静了下来。他心里已经想到会有这么一道坎拦在女儿面前，别的不说，就练花的长相确实让人不太满意。这也不能怪孩子，自己和夫人就是女儿的前世，要怪也只能怪自己。现在想想假如女儿跟高远不是同学，不是在学校产生了感情，单凭“媒妁之言”这婚事也够呛。想到这里，心也平了，气也和了。

他把哭泣的谢芳妹拉着坐下，像年轻时候自己犯错一样，不急不慢地给女人台阶下。谢芳妹心里也明白练花长相给婚姻带来的困惑，庆幸的是练花脑子还是够用的，先斩后奏，在毕业时候就搞了一个木已成舟，这样婚姻大事也就成功了一半，想想自己不也是怀着练花的姐姐练叶才迫使练子明签下的“城下之盟”？她收住泪，等着听练子明的意思。

练子明见夫人情绪稳定了下来，就将自己的计划给夫人和盘托出。他让谢芳妹去一趟衢州高远的家里，将利害关系讲清楚，别的能拖，练花肚子里的孩子是不能拖的。假如，去高远家谈得一切顺利，准备结婚也要快，不然被人看出来是“奉子成婚”那就丢人现眼了；退一万步，高远家不同意，好在高远同意，那就在自己家里给孩子尽快把婚结了。

谢芳妹听完练子明的话，感觉时间紧迫，她起身去找练花和高远。高远这时正被练花的姐姐练叶和弟弟练铁围着，两人和高远一见如故谈得特别地热络，练铁已经和高远勾肩搭背，像兄弟一样了。谢芳妹看在眼里喜在心头，眼看着家里的气氛由于高远的到来显得异常活跃了。

谢芳妹好不容易等到几个人依依不舍地分开，就叫住高远和练花。正处在热恋中的男男女女已经忘记了肚子里的孩子，天真地认为孩子仅仅是一个遥远的概念，离自己还有十万八千里呢！

谢芳妹将去高远家的意思说了出来，听完高远显然有些畏惧，练花也跟着为难。一片寂静后，接着又是一片寂静。谢芳妹等不及他们回答就下楼去了，留下两个人对视了好一阵。

谢芳妹让司机准备好车，明天一早就去衢州。

自高远赌气离家出走以后，母亲毕羞月伤心欲绝，想着这高远是长大了，真应了那句老话“花喜鹊，尾巴长，娶了媳妇忘了娘”，这还没有结婚呢，要是结了婚那还真的像古人说的“老娘扔进山沟里，媳妇搁在床头上！”一回来就说不得，人刚到家就闹得“神龙见首不见尾”，这养儿真的养了个冤家不成？

毕羞月百思不得其解，就把气撒到了丈夫身上。老高脾气好，见毕羞月蛮横不讲理，想着一口气好忍，就借着毕羞月生气的这个坡下驴，到外面吹牛喝茶去了，留下毕羞月一个人在家里摔碟子打碗来出气。

她见老高每次回来都不喊着吃饭，就估计到丈夫在外面把“一头一掌”吃饱了，把酒喝足了。见此，毕羞月更是气不打一处来。这天，老高酒足饭饱，摸清楚了最近的国内国际形势后，哼着滩簧戏《许仙相会》里的台词往家里去。还别说，老高唱得还曲调上口，乡土气息浓郁，就听：

只为今生见一面

匆匆美梦奈何天

爱到深处了无怨
千山阻隔万里远
来世再续今生缘
宁愿相守在人间
不愿飞作天上仙
嗨呀嗨嗨哟
嗨呀嗨嗨哟

刚刚唱到这里，就见毕羞月横在自己面前，看那凶神恶煞的样子，要把老高连骨带肉一起吞下。只见毕羞月对着老高骂道：“你叫魂呢，你，还‘嗨呀嗨嗨哟’个屁呀！我看你是盼着我快些去见阎王，好给你腾房吧！”这还不解气，接着，“这是你能唱的吗？还‘爱到深处了无怨’呢，你就死了这条心吧！”毕羞月长此以往用这种方法激讦自己丈夫，渐渐地养成了相互揶揄的家庭氛围。

老高灰溜溜躲进了自己的小房间，不断唉声叹气。高家住的是厂里分配的“刀把子”楼，因房间酷似一把菜刀，这种格局的房间就被职工戏称为“刀把子”。毕羞月倚在“把子”的门框上骂人正酣的时候，就听见有人敲门。

毕羞月高声命令老高去开门，自己却往家里唯一能够看过眼的“八仙桌”前一坐，等老高去开门迎客之时，毕羞月早已经摆好了“兵来将挡水来土掩”的架势。

敲门的不是别人，正是高远。

高远、练花和谢芳妹一起一早就到了衢州城里，进了城，谢芳妹按照练子明的交代在高远家附近找了一家“宝岛”咖啡馆让车停了下来。谢芳妹把高远叫到跟前对他说：“高远，你回家去，请你父母到这家咖啡馆来一趟，就说我们路过这里，双方家长顺便见个面认识一下！”

高远显然有些犹豫，但是今天回衢州的任务就是跟父母摊牌，再为难也没有办法。于是高远辞别了练花和谢芳妹就直奔自己家而去。

老高打开门见是高远回来，既突然又高兴，说到底自己的儿子还是最亲的。他拉着儿子在门口一阵嘀咕，那意思无外乎就是毕羞月在里面发飙，让高远提高警惕，该说的说，不该说的就不要乱说。高远点头答应下来，蹑手蹑脚地往里间屋走，脸上堆满了各色笑容。

毕羞月见是高远回来，觉得白白浪费了刚刚的“拿腔作势”，像一个鼓足了气的皮球被针扎了一个洞，气已经开始泄了，可气还没有完全泄尽，从气势上已经软趴趴的了。毕羞月没有说一句话，只见她双手合抱胸前，构成一道阻挡威胁和防备的有力屏障。

高远蹑手蹑脚弓腰驼背先在他母亲前故意晃了几晃，用小时候惯用的伎俩试图逗乐毕羞月，可是现在自己已经长大成人，所做的动作且不说笨拙不堪，还让人联想起半老徐娘涂在脸上的油彩，不仅不能为自己添光彩，反而还产生了“狗尾续貂”的不协调。这种情况要是放在一般情况下，毕羞月会配合高远，在她的眼里，高远始终是个孩子。可今天不同了，自己刚刚养大的儿子像一只要飞的雏鹰，不管自己愿意不愿意，眼看着就要飞了，把对自己的爱分出去一大半或者全部给了一个自己完全不认识的女人，并且这个女人还这么不上档次，她心里能不别扭？

毕羞月怒目而视，她等着高远接下来的话。高远唯唯诺诺地把谢芳妹说的意思跟父母和盘托出，说完自己如释重负地等待着母亲发怒。

毕羞月一反常态，一句话不说，不说去，更不说不去。说实在的，她对此心里也是没底。如果去能说什么，无外乎就是要谈下一步结婚的事情；如果不去，他们就没有办法和自己正面冲突，等再过个把月，女孩肚子大了，说不定女方家就会逼着女孩去做人工流产，到那时这场恋爱闹剧也就该收场了。想到这里毕羞月双手叉腰，说出了最狠的一句话：“就是死，我都不会去。”

高远沉默了好久，见家里的氛围都已经凝固了，自己像一只可怜的老鼠钻进了铁桶里，任何声响仿佛都杀机四伏，任何一点儿动静都让人心惊胆战。

高远自从和练花谈恋爱就没有想会碰到母亲这道坎，现在想来一场轰轰烈烈的爱情成了奢望，没有家庭承认的婚姻就是无源之水，就是缘木求鱼。他沉默了良久，突然跪了下去，像一个战士告别坟墓里先走一步的战友那样，给父母各磕了一个头，并且是深深的一个，然后，起身离开了。

毕羞月夫妇被这突如其来的一幕惊呆了，俗话说“男儿膝下有黄金”，高远这么一跪一磕说明了什么意思呢？这一下把毕羞月搞蒙了。

谢芳妹和练花见高远焦躁不安地回来了，身后并没有高家夫妇一起跟着过来，心里明白发生了什么事，也就没有多问。这时，高远上了车，就听高远沮丧地说道：“我们回去吧！”

22

腊月初九一大早，李家院子里挤满了人，最外面是村里看热闹的村民；靠里面的是来施工的工人，站在中间的是诗墨轩。李竹衣兄弟三人和几个妯娌正跟前来探望的村民解释着这这那那，使得原来满脑狐疑的人频频点头不说，还不时伸出大拇指表达赞赏之意。

可也有人扭头就不酸不甜地是非道：“这就把姑娘给卖啦？”言语中透出妒忌难耐的酸劲儿。有人迎合道：“听说男方也是个残疾人？那太可怜了，竹衣家两个残疾人，老天真不开眼呀！”这话听上去是惋惜，实质上是幸灾乐祸。

杂姓的人听见这话，就会有人频频点头，却被自己家里的人骂为搬弄是非，被自己老婆或老公定义为“多管闲事”或者以“关你屁事”加以警告。但是，李家村李家人居多，如果没有这几句话反而会觉得不和谐了。

李家的妯娌在村里是远近闻名的泼辣，见有人说话绵里藏针，于是就迂回到搬弄是非的几个男男女女后面劈头盖脸一通骂，这时候，诗墨轩的工人正好点燃了开工炮仗，这些人趁势逃离了李家女人的骂声。李竹板和李竹根的老婆以“别让老娘再遇见你”而结束了“战斗”。

要么说专业的就是不一样，当第三天吃晚饭的时候，第一层的墙体已经完成，远看房子的雏形已经显现，崭新的红砖山墙把隔壁邻居家的茅草屋比得像非洲红泥人住的小屋一样，既矮小又难看。楼板铺设完成，通往二楼的砖铺楼梯已经可以上下人了。李竹衣被李红梅扶着上了二楼，这个高度他多年以前曾经登上过一次，那还是自己腿好的时候，现在又一次登高望远不禁心潮澎湃。李竹衣见诗墨轩从一楼上来，忙从口袋里掏出“芙蓉王”拆开，递上一支给诗墨轩。

诗墨轩将烟接过并没有点着，而是将烟夹在耳朵后面。这是因为一来他很少抽烟，二来，下面很多工人都喜欢抽烟，他留着将烟给其他人。诗墨轩知道李竹衣家的经济情况不好，让他们买烟确实有困难，可是由于自己不抽烟，来前忘记买烟过来，结果搞得没有烟就干不了活的泥水匠们木工们个个都像吃过鸦片似的。好在天黑以前，司机把烟和酒都从县城买了回来，才解决了大问题。李家刚刚宰的猪正好赶上了用场，这两天的伙食赶上了过年，李家妯娌们使出了各自的煮饭绝招把师傅们吃得酒足饭饱，干起活来真是劲头十足。

这天清晨，早饭过后，工人们开始砌第二层的砖，大家都没有留意一个头戴斗笠身披蓑衣、手里紧握锄头的老汉登上了二层，口口声声说这房子不能盖了。工人们不知道何故，就赶紧去找李竹衣。

李竹衣在李竹板家正和诗墨轩吃早饭，见工人急火火过来，说来了一个身披蓑衣的老者拦着不让建房，觉得有些蹊跷，就慌忙出去一看究竟。

刚刚建成的第一层顶上只见一个一米五左右的黑脸老汉，头上戴一斗笠，手持锄头，脚踏红砖，一只手叉着腰，头昂得像样板戏《智取威虎山》里杨子荣“打虎上山”的架势，由于这种动作不经常做，一举一动尽显滑稽。

李竹衣认出这是邻居侯三喜，年龄有七十好几了的一个鳏居老人。作为邻居，李竹衣平时没少帮老汉做事，特别是自己腿脚健全的时候，刮风下雨时登高爬低为老汉修缮茅草屋。这平时的关系处得很好，现在为啥跑到了这里？

李竹衣赶紧让李竹板上去劝侯三喜下来，说有啥事到屋里去说。侯三喜执拗着就是不肯下，口口声声说李家占了侯家的便宜，今天不说个子丑寅卯来，就不会下去。

李竹衣兄弟们一头雾水，这平时相濡以沫的好邻居突然变得不认识了，无奈李竹衣拄着拐杖和诗墨轩一起上去了。李红梅见状赶紧端了一个小竹凳放在父亲的屁股下面，李竹衣淡定地坐了下来。他这一招看似简单却有稳定军心的作用。侯三喜见李竹衣这个架势心里的防线已经开始出现塌方。

“三叔，你说吧！怎么了？”李竹衣不紧不慢地问道，心里却一直回忆着以前冒雨给眼前这个人修缮草屋的情景。此时的李竹衣心里明白得跟明镜一样，侯三喜就是见到自己建新房子心里难受，妒忌难忍，不得已才撕下脸面跟自己翻脸。论家里人口，论在村里的威望，论常年对他的关照，他侯三喜绝不应该在这个时候搞这一出来。房子着火的时候没有见你帮助个针头线脑，甚至连个问候都没有，现在我建房子了，你出来捣乱来了。李竹衣想到这里，强忍着侯三喜，等着他的回答。

只见侯三喜不急不慢地蹲下来，从怀里掏出一个塑料袋，塑料袋里面一张发黄的纸被侯三喜小心翼翼地掏了出来。诗墨轩和李竹板都有些奇怪，一起蹲下来看，却被侯三喜要求退后，别碰了他的“宝贝”。

这是一张地契，地点就是村口东面的鱼塘，地契上注明了位置、所属人姓名，最后落款时间是民国三十七年冬月。

李竹板将塑料袋端起，拿给李竹衣看。李竹衣也吓了一跳，因为这个鱼塘是他二弟三弟从村集体租来的，已经经营很多年了，效益不仅好而且全家都靠着这个鱼塘过日子。他根本就没有想到过这个鱼塘以前是谁的。这时轮到李竹衣心里发软了，虽然说新中国成立以后，这张地契从法律上讲就成为一张废纸，土地的所有权都是归国家所有，可是面对一个鳏居的耄耋老人，道理能讲通吗？

李竹衣沉默了半天，想问侯三喜有什么要求，可自己不便开口。如果对方狮子大开口，自己办不到那就被动了。如果这么僵持着，房子的工期不知道要延到什么时候。李竹衣起身让李竹板去找村主任李齐根。

在农村，没有绝对的稳定，只有一种相对的平衡。要想不被人欺负，要么同门同族的人多，别人虚你，要么撒泼耍赖，一言不合，舞刀弄棍，不计后果，别人也不敢惹你。

侯三喜走的是第二条路线，自从李竹衣家开始杀年猪的早上侯老汉就没有出去，他听到了猪的哀嚎，闻到了杀猪的血腥味。他等着李家人能给他送上一吊肉来贴补一点肚子里的油水。他等呀等，没有等到送肉的人，却听到了救火的呼救声。他从门缝里望出去，一片火海正吞噬着李竹衣的房顶，他下意识地看了看自己的茅草屋顶，就怕李竹衣燃烧起来的火星飘到他的屋顶上，那他就“法儿他妈死了孩子——没法儿了”。好在，风向是穿过他的屋顶刮往李家方向去的，这样自己的房子才得以幸免于火。

幸免倒是幸免了，当他看到火灾后没几天就有人用卡车送来木梁、水泥、红砖，还不时有人嘘寒问暖，侯三喜心里失落得恨不得着火的不是李竹衣，而是他！侯三喜心里生着闷气，看着自己的茅草屋长吁短叹。自从李竹衣房子着火他既没有问候，更没有帮忙。不是他不想去，而是妒忌的心态让他不能去。

侯三喜从箱底翻出舅老爷留下的，位于李家村东头三亩鱼塘的地契看了又看，感叹如果放到现在，这鱼塘可就值了钱了。风水轮流转，民国被新中国取而代之，土地也成了集体财产，留给他侯家的仅仅是这张承载着美好记忆的，且一文不值的地契。

这是侯三喜的一种习惯，每当遇见高兴的事，或者为难的事他都喜欢将地契拿出来看看，这样就可以沉浸在美好的期盼当中。这天，他也是在看着地契，突然脑子里灵光一闪。为何不让李家建房的同时也为自己把这草房一起翻新一下呢？他想得出了神，地契掉到了地上，当他捡起来的时候，一个主意涌上心头。李竹板和李竹根现在承包的鱼塘不就是手里这张地契所承载的吗？虽然说鱼塘现在已经归集体所有了，可是如果放在民国这鱼塘不就是自己的吗？既然是俺侯家的，鱼塘被你白用了这么多年，现在让你帮着修缮一下这间茅草屋不就是既合情又合理啦！想到这里，他内心兴奋异常，戴上斗笠，披挂蓑衣，操起锄头就上了李竹衣刚刚建好的一层顶上。

村主任李齐根到了李竹衣家，他见侯三喜正蹲在新建的一楼顶上，矮小的身躯勾得像只晒干的虾米，老人的驼背向上拱起，就像小山一样。李齐根心里有些发酸，想想自己的父亲离开的时候也是这种样子，在自己的脑海里父亲的腰就没有直起来过。

李齐根正要往上去，却又把伸出去的脚抽了回来。感情是感情，事情归事情，不要低估村民的智商，别看自己是村主任，村民并不好对付。想到这里，接过李竹板递过来的一把椅子坐了下来，摆出了家长的气势。

侯三喜见村主任来了，知道事情有了进展，就拄着锄头哆哆嗦嗦从楼梯上下来。又将地契从怀里掏了出来，递给李齐根看。

李齐根用眼睛瞟了一眼侯三喜手里发黄的地契，示意老汉坐下，

有事好好说。侯三喜手拄着锄头慢悠悠地蹲下来，右手捡了半块儿砖头，屁股一扭就坐到了上面，

“三叔，你老人家为啥不让人家盖房子？”李齐根的眼睛像一把利刃发出阴森森的光。

“竹衣是个好人，可他盖房子也要给我盖！”侯三喜说道。

“我咋就不明白了，竹衣为啥要给你盖房子，你是他亲爹不成？”李齐根毫不客气。

“我不是竹衣的亲爹，可竹板和竹根承包的鱼塘可是我祖上留下来的，对不对？”侯三喜说着，又把地契掏了出来欲给李齐根看。李齐根低着头把手摇得让人眼花。

“你这是民国的地契，新中国成立就不认你这个东西啦！”李齐根为老汉普及了一次知识。

“新国家不认是国家的事，可是鱼塘一直是鱼塘，没有变化吧！”侯三喜顿了顿，“你媳妇跟你领了结婚证，嫁给你，她该姓啥还姓啥，她就不认爹娘了吗？”

“三叔，你这是胡搅蛮缠呀！”李齐根站了起来，“那按这么说，你就应该从李家村搬出去，李家村明清的时候没有一户杂姓，你们侯家当年流落在澧水东岸，还是俺李家先人让你们搬进村子来居住，不然，哪里有你三叔的今天，这你是知道的，对吧？”

侯老汉听了这话，心里想这也确实是个事实。哑口无言蹲在地上无言以对。这时，李竹衣拄着拐杖一瘸一拐地过来了，他在侯三喜面前弯腰把老人家拉了起来。

“三叔，你的心思和说的事儿，我刚刚跟城里帮我建房的大老板诗墨轩，也是我李家的恩人都听见了。诗墨轩是个菩萨心肠的好人，我们刚才商量了一下，等我这房子完工就开始翻新你的这间草屋！”听了李竹衣的话，李齐根愣住了，侯三喜也愣住了，他们不敢相信自己的耳朵，还都以为是李竹衣的缓兵之计。

这事情是真的，李竹衣见到侯三喜披挂整齐上到一层顶上，就觉

得事情有些蹊跷，但是他马上想到了什么，在农村，特别是街坊邻居的，有一条不成文的暗规，那就是你可以过得好，但是你一定不能过得比我好！李竹衣想假如诗墨轩同意，自己就建一层，等于房子仅仅恢复到着火前的样子，就可以把省下来的材料让给侯三喜，做到两家受惠。

李竹衣这样想着，就试探着把自己的想法跟诗墨轩说了，没想到诗墨轩望了望侯三喜的草房说：“我城里还有材料，你去跟他说你的房子修葺完工就开建他的！”

侯三喜知道了事情的头尾，一行浑黄的老泪从干瘪的眼眶里流了出来，他哆哆嗦嗦地蹒跚到诗墨轩的面前，扑通一声就给诗墨轩跪了下来，口口声声说后半辈子有救了。李齐根和诗墨轩赶紧把侯三喜拉了起来，让他坐到凳子上，不要太激动。

侯三喜拉着诗墨轩道：“我老了，是个无用之人，还不知道能熬几年光景，这房子如果你不嫌弃，我走了就送给你，也算是我的一片心意！”

“您老人家长命百岁，我们也是有这个能力，正好有建筑材料，不然就是有这个心也不敢夸这个口！”诗墨轩说的也倒是个真实情况。

这个时候，妯娌们刚好做好了午饭，热腾腾的饭香随着笼屉的打开升腾了起来，和大锅里炖的肉香混合到了一起，让人的味蕾迅速启动。大家簇拥着诗墨轩、李齐根，搀扶着李竹衣、侯三喜坐到了八仙桌前，欢声笑语从农家小院里传到街上，引来经过的路人驻足观看。阴了一上午的天空，也开始放晴，不远处的树枝上几只红嘴相思鸟也跟着欢闹了起来。

席间，侯三喜从怀里掏出那张民国时期的地契，递给李齐根：“齐根，现在这鱼塘真的要归集体所有了，你拿着，你接着！”

23

斯梅尔见王奕桐傻傻地望着自己，纯净的眼神像罗马特莱维许愿池里的泉水清澈见底，心里不由得为有这么清纯的学生感到无比幸运，他觉得自己天天都有一种想见到这个女孩子的冲动，他已经不记得上一次这种冲动来临时的具体时间，他痴痴地望着王奕桐想，也许就是王奕桐这个年龄段的时候吧！他正想得出神，突然见王奕桐微笑着看他，他赶紧将帕格尼尼《24首随想曲》的曲谱打开，示意王奕桐试着拉一下。此时，王奕桐已经将提琴夹在肩膀上，眼睛盯着曲谱，只见密密麻麻的五线谱像一堵用东北地里的苞米秸秆编织起来的墙，一丝风都不透，16分音符套着32分音符，像极了中国水墨画风中讲的“疏可走马，密不透风”中的密不透风。

王奕桐听说过这首曲子，但是“只缘身在此山中”，没有真正练习过，她用下巴顶住小提琴的面板，信心十足地将琴弓搭在琴弦上，

乐曲在王奕桐的琴弦上飞出，前4小节主要是交替和反复，第5小节到第8小节是在Ⅲ和Ⅳ级上的离调摸进。最后4小节是Ⅶ，→i和正格终止v，→i。

王奕桐拉完这一段，抬头见斯梅尔将本来面对着她的脸幽默地转成了一个后脑勺，还做了几次鬼脸：“这一段勉强过去，你没有拉过，可以原谅。这一节奏类型有很多小附点，拉这些小附点要有更多的停顿感。”

第二段，王奕桐看着乐谱不知道如何是好，她试着拉了一段，只见斯梅尔双手抱住自己的耳朵，做出听不下去的动作。王奕桐的脸一下红到了脖子，她停了下来，面带娇羞地将小提琴递给了斯梅尔：“请老师示范！”

斯梅尔接过小提琴，试了试音准。只见他突然间心静似水，眼睛

低沉，微微曲背，第一段还没有来得及听就在他手中划过去了。紧接着第二段，第三段丝滑过了耳鼓。斯梅尔拉到这里止住，指着第二段道：“第一变奏由带装饰音的上下行三连音的琶音分解和弦贯穿始末。”他停了停，看王奕桐理解了没有，他怕王奕桐不能理解，从书包里取出一个本子，上面密密麻麻的音符标注着中英文，这种做法显然是有备而来，是别人替他翻译好的。

“注意，跳弓与飞跳弓从中弓开始，在每一开头的倚音部分用较少的弓段，直到第一个八分音符时在力度和弓速上加大比重。”斯梅尔顿了顿，似乎停下来让王奕桐飞奔的思维追赶上自己的语速，“这里，请注意，左手琶音难度在于不断上下行的跨弦换把的音准，特别是把位转换的第一个音的音准，要保持整个手型都要在当前把位，同时还需练习和右手的配合，避免在演奏中出现因换把和跨弦而产生的杂音。我说的你能明白吗?”他见王奕桐点点头，继续道：“第三变奏曲由分解和弦加级进旋律组成，整个变奏以八度双音表现浑厚低沉具有旋律性的音色。”

斯梅尔极为耐心，他继续道：“整段旋律都在GD上演奏，增加了八度双音的难度，注意在练习1、4指八度双音时，可以把左手3指同时落下，放在4指旁边，一是换把时对相对比较弱的4指起到支撑作用；二是增加把位之间移动时对音准的掌控。还要注意在演奏时八度双音换把位时，1指的引导作用。”

斯梅尔讲到这里从包里拿出几张讲义递给王奕桐，王奕桐注意到讲义是对一些名词和技巧的练习注意事项。王奕桐接过来低头看，题目是《帕格尼尼小提琴的技巧》，目录：

（一）左手技巧

1. 双音

2. 在G弦上演奏

3. 泛音以及双泛音

4. 左手拨弦

（二）右手技巧

1. 连顿弓

2. 跳弓和抛弓

……

第一堂课结束，王奕桐觉得自己以前拉的小提琴曲目真是“雕虫小技”，她翻到最后一页看到斯梅尔用中英文写的帕格尼尼的简介时，自己的身世无形中和19世纪的那个少年的经历如出一辙，感同身受。她似乎通过斯梅尔的授课感受到了帕格尼尼的灵魂。只见讲义写道：

“尼科罗·帕格尼尼生于意大利靠近地中海美丽海港的热那亚。父母从未受过任何音乐方面的教育，但帕格尼尼却在音乐上天赋异禀，在他幼年时充分显露出音乐才能，而其父在发现帕格尼尼有这种绝非寻常的才能时，儿子就成了父亲手中的王牌。父亲每天逼着他从清晨练习到半夜，过于繁重的练习给幼小的帕格尼尼留下了毛病。母亲虽然疼爱着孩子，但是她觉得自己的孩子前途远大，她便什么都不予理会了。

“父亲管教后，帕格尼尼先在一位普通乐师那里学习作曲。帕格尼尼的身材高而瘦，加上演奏技巧绚丽，情绪令人振奋，表情十分到位，如泣如诉，引人入胜，如魔鬼般附身。

“可是，虽然这位成功的大师有着世人无法比拟的才华，但是天妒英才，他的生活极其潦倒不堪，总是被生活所迫。帕格尼尼死后，教会误以为帕格尼尼是魔鬼，不愿意给他下葬，直到1896年才安葬。”

看到这里，逝世多年的帕格尼尼把一个东方女性年轻的心感动了。王奕桐透过迷迷蒙蒙的双眼似乎望见了那个少年就是自己，那个瘦弱男孩的身影正怀揣着自己的理想。人说，一个人流的眼泪都是为自己流的，流泪不只是为了痛哭！王奕桐此时也顾及不了斯梅尔在不在身边，趴在课桌上痛哭起来。

斯梅尔不懂眼前这个女孩子为何看着自己的讲义就这么激动，开始心理上有些许的得意，可是他没有等到王奕桐丝毫的反应，等来的却是王奕桐撕心裂肺的痛哭。斯梅尔开始疑惑，后来渐渐感觉王奕桐的生活并不像其他学生那么快乐，那么幸福。想到这里，斯梅尔的心颤动了一下，难道王奕桐有什么成年人无法理解的人生经历？这引起了他的注意。

时间过得很慢，特别是等待女孩子哭后的恢复期就显得时间更加难熬。当王奕桐的痛哭流涕遇见了斯梅尔的绅士风度，等待的时间就不那么重要了。王奕桐也意识到了自己的失态，渐渐收回了花容，她不好意思地推门出去，欲到洗手间收拾一下自己的表情。就在王奕桐推门的时候，门撞到了一个人，王奕桐正要说声对不起，定睛一看来人正是自己宿舍的张慧，于是没有说话就直奔化妆间方向而去。

被门撞的确实是张慧。张慧怎么会到这里来呢？这还要从她学习的专业说起。张慧学的是琵琶专业，学习琵琶是张慧父母的选择，而不是张慧的爱好。当张慧进了民乐系，她发现自己并不适应这个专业，特别是看到王奕桐的老师是个老外，来自英国的斯梅尔，而自己的老师却是个半老徐娘，于是张慧的心就活动了起来，她找到学校管理层要求更换专业。

张慧的目的很明确，就是想和王奕桐一样学习小提琴。学校的回答也很官方，就是你自己去找老师，谁愿意接收你，学院就不会拦着，马上同意。

张慧得到这个回复，心里很高兴，她想如果斯梅尔同意，就能够和这个老外长期在一起，日子长了说不定还能跟老外发生点儿什么，进而把自己带去英国定居也说不定。

张慧兴高采烈地来到王奕桐所在的管弦系，从教室门前的文字一路读过去，发现管弦系的艺术氛围比民乐系洋气了不知道多少倍，她看到："今天进来的是我肖文昌，明天走出去的是肖邦！"哑然失笑；当她看到："今春我在这里种树，明秋我去英伦三岛摘果！"心里猛然一跳，心想这不就是自己要找的目的地吗？

张慧正欣赏着，突然被斯梅尔所写的英文给吸引住了："I am not Small girl but Smail' s!（我不是一个小女孩，我是斯梅尔的！）"张慧蒙了，心想这才入校几天王奕桐就被老外给"拿下"了不成，那自己的机会不是少之又少了？张慧正想到这里，课室的门突然打开，由于王奕桐推门的力气很猛，如果不是张慧的胸大，房门就会直接撞到她的脸上。

张慧见王奕桐悲戚中紧闭着双唇匆匆忙忙从教室走出来，又直奔厕所而去，更加证实了自己的判断。此时的张慧不仅妒忌得难受，而且一股怒火在心里燃烧开来，心想你王奕桐太不要脸了，这就以身相许了？不仅这样，还恬不知耻地将爱情宣言写到了门上，这不是在昭告天下，是什么？真是司马昭之心路人皆知！

张慧想到这里，心里涌起了一股拼个你死我活的蛮劲儿，她推门进去了。

斯梅尔此时满脑子都是王奕桐的哭声，他不明白帕格尼尼的《24首随想曲》怎么会有这么大的威力，能让一个还没有进入练习阶段的女孩子如此激动，这是他教学多年所没有见到过的。他在思索写一个大胆的课题，那就是《论不同的音乐题材对性别的不同影响》，想到这里，斯梅尔沾沾自喜。

"斯梅尔先生，您好！"斯梅尔听到有人问候他，以为是王奕桐回来，正准备回复有没有事情需要帮助，见进来的是张慧，脸上有些诧异。

"我正在上课，如果没有紧急事情，请便！"斯梅尔很不客气，他认为张慧这样冒昧打扰别人是不礼貌的行为。

"我想跟您学习小提琴，我跟学院管理方谈好了！"张慧和盘托出，“院方说如果您同意就可以转系过来！”

“It’s nonsense!”斯梅尔骂了起来，那意思是说：“这不是胡扯嘛！”

斯梅尔不知道内情是怎么回事，不好进一步发作，就问了张慧几个问题：

> 请问您有这方面的成绩吗？小提琴属于弦乐专业，学生主要考三个部分：
>
> 1. 主科；
> 2. 和声、作品分析；
> 3. 中、西音乐史。

张慧一脸的慌乱和紧张，她觉得她被院方给忽悠了，如果她早知道需要这些考试内容的话，自己绝不会这么冒昧地自找没趣，还被斯梅尔看似礼貌地羞辱了一顿。张慧急急忙忙地逃出了课室，发了疯似的往宿舍跑。张慧跑得气喘吁吁，到了宿舍关上门，用衣服蒙上头，眼泪哗哗地流了出来。张慧躺了很久，心想自己无论如何不能饶恕王奕桐，她恨这个清瘦且少言寡语的女孩，如果没有王奕桐，那个老外不会不收自己做学生的，教室门前的英文也一定是我张慧写的，而不是你王奕桐的。张慧心里有一股怒火在燃烧。她要给王奕桐一点儿颜色看看，要不然她王奕桐不知道马王爷长了几只眼。

王奕桐从化妆间里出来，情绪稳定了不少。她望见张慧摔门而出匆匆而去的身影不知道发生了什么事情，回到教室见斯梅尔双手一摊做了一个无可奈何的遗憾手势，那意思好像是说自己也尽力了。王奕桐不明白斯梅尔这手势是什么意思又不方便问，但是满脸的狐疑还是让斯梅尔看了出来。斯梅尔将刚刚发生的事情简单地讲给王奕桐听，她立刻就明白了张慧的“良苦用心”。

斯梅尔的情绪也被张慧搅动得有些起伏，他知道中国人对“老外”比较友好热情，但是他不喜欢过于热情的女孩子，他拥有日耳曼人的严谨和刻板，同时也拥有盎格鲁-撒克逊人的傲慢和热情。张慧在他面前的几次“表演”让他对张慧产生了厌恶感，他认为张慧说谎，不诚实，特别是刚刚发生的事情又让他匪夷所思。

斯梅尔见王奕桐回到了课室，为了分散王奕桐对刚刚痛哭的注意力，同时斯梅尔也想考证一下自己对王奕桐身世的猜测，他不讲《24首随想曲》了，兴致勃勃地念起了一首诗：

> 我不知道你的梦想是什么。我不在乎你有多失望，因为你一直在为梦想努力。你心中的梦想是可能的。你们中的一些人已经知道这很难。这并不容易。
>
> 改变你的生活是很难的。在努力实现梦想的过程中，你会遇到很多失望，很多失败，很多痛苦，还有你会怀疑自己的时刻。
>
> ……
>
> 经历过磨难的人，不要放弃自己的梦想。在路上度过一段正确的时间，但他们不是用来让人看见的，而是用来让人度过艰难的。
>
> 伟大的成就并非虚幻不切实际，也并非像神一样只有卓越不凡的人才能做到，它是真实地存在于我们每一个人心中。
>
> 重要的是你要相信，你能做到！大部分的人成家立业，日复一日然后老死。他们停止成长，停止锻炼自己，停止试图超越自己，然后就有很多人埋怨现状却无动于衷。
>
> ……
>
> 你想成为他们其中一员，但是你知道吗？虽然你花了很多时间在他们身上，却失去了你自己。我要你学会与自己坦诚相处。

斯梅尔读完这首诗，望见王奕桐的眼已经充满泪水，显然王奕桐被诗打动了。

“你可能不知道这是谁写的，但是你绝对听说过这个人，他就是泰戈尔。这首诗就是他的《梦想》。为什么在这个时候我和你要一起学习这首诗，因为我隐隐感觉到你的生活经历坎坷多舛，我无意过问你的私生活，但是我希望你和我在一起的时候能感到快乐！”斯梅尔深情地说道。

情真真、意切切的话温暖着王奕桐冰凉的心，她由内而外渐渐有了一种温暖感，这是她从来没有过的。回想自己一路走来，首先遇见了第一个好人就是洪之一仁，现在又遇见了这个老外斯梅尔。此时，王奕桐发现斯梅尔的出现，让她心里会猛然一紧，她感觉到洪之一仁站的位置是在她的心胸里，而现在的王奕桐已经渐渐看到了斯梅尔的踪影，这个身影向她款款走来，这种感觉把她自己都吓了一跳。她潜意识中感觉到斯梅尔正把洪之一仁从她意念里往外挤压，她赶紧低下了头。

24

高远陪着练花、谢芳妹回到开化练家。每个人都有地方去，唯独高远没有。想想这里除了练花，其他人都是刚刚认识，别人为啥对你高远客气，不就是冲着练花？高远心里一片空白，自己总不能就这么下去吧！想想就要准备去音坑医专报到，内心多少有种寄托，同时心像关在笼子里的动物望见了笼门打开了，心还是忐忑不安，因为不知道出了这个笼子是不是又进了另一个笼子。

高远约练花一起去学校报到，练花扭扭捏捏地不知道是什么意思，等高远逼急了才说出自己的打算。去学校报到可以，但是不想教书，也教不了书，因为自己学习确实一般，现在有孕在身，报到完就办理停薪留职。

要么说有时候男人身边不能没有女人，女人关键的时候气定神闲地会想通很多事，高远对自己前途一直都如堕雾中，看不清自己同时也看不清别人身处人生中的哪个阶段，经练花这么一说，似乎看清了近五年的人生奋斗目标。

第二天一早，高远在楼下等练花出来，左等不来右等不来，约定的时间过了一个多小时才见到练花从她父母房间的方向低着头过来。高远看着练花的脸觉得一定有什么事情发生。两人没有说话，也不像先前那么亲切了，高远停住脚步拉住练花：“发生什么事情了？”练花不说话，甩开高远的手：“你家到底啥意思嘛？”

“我妈不同意！”高远输掉了底气一样软软地回答。

“那咋办嘛？”练花高声问道，转而又小声说，“你看看我这肚子！”

高远这才注意到练花换了一身宽宽大大的衣服，远看像阿拉伯半岛来的客商。高远忍不住笑了出来：“我看你还是不要去报到了，反正你家有的是钱！”

“跟你说正经的，我爸妈刚刚跟我谈了，问我们两个的意见。”

“什么意见？”高远有些疑惑。

“还什么意见，我肚子都这么大了，我们的事情马上就要考虑呀！就是结婚呀！”

听了这话，高远的好心情荡然无存了。他鼓足勇气道：“我妈不同意如何结婚？”

“你妈不同意，你同意不同意？”练花气得脸色发白，“我妈说了如果今天不说出个渠渠道道来，就要我去医院把孩子打掉！”说完，猛地蹲在地上开始抽泣，声音由小变大，慢慢地哽咽起来。

“你不要哭嘛！我又没有说不同意！”高远嘴里这么说着，心里有个小人嘟囔道：“我妈那脾气你受得了吗？你不害怕她吗？其实这婚结不结的真的无所谓！”

练花没有听见高远嘴上讲的话，倒是像听见了高远心里小人的话一样：“反正我不管，我有孩子了，我谁都不怕！我就是要结婚，我不能不要我的孩子，更不让孩子生下来就没有爹！”

练花的回答把高远吓了一跳，心里想女人真是无孔不入呀！连自己想的是什么都能洞察到，难道女人真是来自外太空的生物不成？

“我妈我爸刚刚说了，不管你家啥意见，我们去音坑医专回来就准备结婚的事情。”练花故意挺着肚子说道。高远没说话，径直往门外走，他心里对练花肚子里的孩子越来越有一种强烈的责任感，可是过多的话现在说出来都显得苍白无力，想想假如自己是练花，眼看着自己肚子一天天大了起来，奉子成婚的事情也一定摆在全家人的面前，不能在亲戚朋友面前丢人现眼是第一要务。

音坑医专离县城并不遥远，两人先乘公交车到总站，然后换乘2路公共汽车不到半个小时就到了音坑。别看这个地方没有几个人知道，可在北宋太平兴国六年就设立了地方机构，这里水源丰沛，峰峦叠嶂，是个修身养性的好地方，音坑医专就位居风景优美的中间位置。

学校的大门仅仅开了一半，保安大叔懒洋洋地靠在门口的石头狮子上吃着早饭。保安见有外人过来，用下巴指了指保安亭桌子上的一个本子，示意要登记个人资料。

高远登完记，扭头问保安人事部如何去。此时，保安嘴里正衔着一个热气腾腾的豆腐包子，高远问话的时候正是保安大叔一口咬下半个包子的关键时刻，鲜美的汤汁正好和舌头扭打在一起，听到高远问人事部，心里一急，就听“扑哧”一声，嘴里的包子馅随汤而去，几乎一半儿飙了出去，就剩下空空的包子皮。保安气不打一处来，一句话没说，留了一个后背给高远思考，自己赶紧将另外半个包子塞进了嘴里。

高远顺着保安屁股的方向一直往前走，由于学校放假，偌大一个学校空空荡荡，没有一点儿生机。高远在一个破楼的二层找到了“人事部”三个字，人事部一个三十来岁的女人正在修理自己的指甲，血红的指甲油摆在玻璃板的台面上。

女人见有人进来，眼白儿硬往上挤，透过睫毛望了望高远和练花，凭着她年轻的老经验知道面前的男女是分配到学校工作的，这个时候到一定是来报到的。因为凡是进入人事部的人，特别是没有身份背景的人都特别客气；相反，家里有人当官的，或者在教育部门有一星半点儿关系的人都不会见面称她为“老师”，这说明对人客气要看清楚对方是什么人，有的人你给他戴的帽子太大，头小是顶不起来的。能让别人膨胀的话就是想说也要忍忍。

高远说明来意，递上自己和练花的“派遣证”，女人问是直接办停薪留职还是天天上班，见高远和练花一脸狐疑，进一步解释道，上班就拿全部工资的60%，没有学生可教，开的班没有几个，大部分老师都办理了停薪留职拿基本工资，然后自谋出路了。

高远和练花选择了后者。办理完手续，拿了一大堆表格后出了学校。此时的高远对毕业后的美好憧憬因练花的怀孕，两人婚事的不确定，再叠加上今天报到就失业的窘迫，心里像压了一块儿大石头。他仰天朝着乌云长叹了一口气，可是石化的内心深处就像结了冰的河面，任凭再大的风吹，扬不起一丝丝的波澜。

下了楼，高远和练花一路无语。认真思量，两个人好像都为毕业前的冲动有着截然不同的想法。高远后悔了，他的后悔是真后悔，如果不是自己没有把持住，命运就会改变，也不会受母亲的气，更不会搞得现在寄人篱下，住在练花家，还遭人逼婚。

练花却不后悔，反而有些得意，还为自己脑子聪明得意洋洋。女人始终都是要嫁人的，能够把风流倜傥的高远收入囊中，也算是没有虚度四年的大学时光。就是有一点儿悔不该当初让高远得逞得太早。可话要两说，如果当时自己不当机立断以身相许，高远现在还不知道跟哪个“狐狸精”出双入对呢！她看出来高远被逼婚心里很不高兴，他家里不同意，他又没有结婚的基本条件，没有房子，没有工作，男人没有事业单单说一声结婚，拿什么结婚？男人会没有面子的，可是现在说啥都来不及了。唯有赶紧办理结婚，其他都可以慢慢从长计议。想到这里，拉着高远回到人事部向刚刚办理手续的女人说明关系，提出开结婚证明，说马上就去民政局办理结婚手续。

高远被这一幕搞蒙了，他没想到女人的目的性是这么地强，为了婚姻、为了肚子里的孩子什么都豁得出去。听到练花说要开结婚证明，自己竟然木讷得像个痴呆病人，任凭她呼来唤去，签字画押。

回到家，练花异常地高兴。练子明看看皇历，对练花和谢芳妹说，月底是个好日子，就把几个亲戚请一下就算办了个婚礼。练子明已经知道高远家对这场婚姻的态度，看来不能等到男方主动登门求婚了，自己心里早就把高远当成个上门女婿看待。

晚上吃饭的时候，保姆做了很多菜，摆了一大桌。练花的姐姐练叶、弟弟练铁都来了，练子明和谢芳妹家的亲戚也都到齐了，可练子明和谢芳妹的脸色却显得不阴不阳。练叶和练铁对高远十分热情，高远唯独感觉岳父岳母的态度十分冷淡，用语言去描述确实挑不出人家什么不好，既安排房子又安排吃饭，但是心里总是能感觉到他们对自己的态度阴晴不定的。

这天，练花为了能够让高远和父母有沟通的机会谎称高远做饭是一把好手，特别是衢州特色小吃“三头一掌”。既然练花夸下了海口，高远也不能“掉链子”，于是起了一个大早到市场挑选最好的食材，回来后搞了一个上午又半个下午，正当练子明和谢芳妹到家，“三头一掌”刚刚鲜香四溢。

练花见她爸爸妈妈回来高兴得不得了，催促高远赶紧把美食端上桌。此时高远已经关掉火头，就等着练花的一句话就端菜上桌。高远将大的、卖相好的都放到了上面。此时，高远期盼的场景是岳父岳母见到美食上来，情不自禁地弯下了腰，拿起了筷子，最好是嘴里吸溜吸溜着哈喇子，这样能够表达馋的程度，迫不及待地夹上，不，是用手捏了一块兔头或者鸭头，嘴朝上，手捏着兔头或鸭头朝下放进嘴里，一边吃一边点头。

可出乎高远的意料，岳父岳母扭头看了看桌上的菜，一句话都没说就进到自己屋里去了。高远以为岳父岳母累了一天一定是去换衣服洗手去了，可一等不来，再等不来。最后终于在练花的催促下勉强来到了饭桌前，既没有对高远说一句辛苦的话，更没有和高远有任何的眼神交流，好像高远在这个家里根本就不存在一样。

练子明和谢芳妹端起放在桌上的米饭，按照以前的吃饭习惯就吃保姆做的菜，对高远的手艺既不点评鼓励，也不吃高远做的美味。高远感觉到了什么，但感觉到的又是什么呢？练花试着让父母尝一尝高远做的味道，结果迎来的是严厉的目光。

这一顿饭别人吃得如何，高远不知道，他仅仅知道自己吃得是味如嚼蜡。从这天开始，高远就不想在吃饭的时候与练子明和谢芳妹见面了，他总是以各种借口推诿不去。高远想起以前老话说的“人烦人是烦死人的！”

高远在想自己的出路在哪里。难道就因为练花怀了自己的孩子，一辈子就陷在练家这么一片沼泽地里不能自拔吗？练花当然看出了父母对待高远的态度，可是她跟父母的沟通总是鸡同鸭讲，双方说不到一个正题上不说，父母还会拿她出气。

练花也因为此事私下没人的时候劝过高远，可高远仅仅笑笑并没有过多言辞，话又说回来事情都明摆在那里，就是自己不招人待见，仅此而已。双方过多的解释都显得那么苍白无力。

一场暴雨下了一夜没有停，天渐渐亮时老天爷才慢慢收住“情绪”，空中劈开了一条缝隙，让久违的阳光从乌云中露出一束不阴不阳的光照在大路的尽头。高远正赖在床上，就听见练家的用人一边喊他的名字一边拍他的门。高远猛地坐起，打开门问有何事这么用力。用人眼睛往上翻着说下水道堵了，让高远设法去淘一下。

高远问为何让他去淘，这不是你们用人的事情吗？用人不以为然地说道：“世界上没有白吃饭的好事！”高远听了这话，知道面前的农村女人说不出这么有分量的话，这一定是练子明和谢芳妹暗地里议论自己的时候被这女人听到的，高远越想越气，情绪激动得有些不能自已。

高远伏案匆匆给练花写了一封信，拎起自己的行李推门而出，不辞而别。清晨，他将自己融进了人流里。

第二章

1

农历腊月廿八，大雪再一次光临了江南大地，澧水流域被大雪装点得银装素裹，分外妖娆。李家村李竹衣家的房子和隔壁侯三喜家的房子都建好了。不仅新房子建成了，诗墨轩用剩下来的废料，还把侯三喜的猪圈翻新了一遍，并且从县城集市上买了两只小猪娃放了进去。小猪给院子增加了生机，显得侯三喜都年轻了三岁。

入伙时间定在大年三十。李竹衣和诗墨轩商量派李竹板和李竹根把诗同文、艾红从县城接到李家村来共同入伙、一起过年，李竹衣口口声声好久不见诗同文了，心里挺想念这个有情有义的年轻人。

李红梅听到父亲这么说正好说到自己心里，这段时间发生的事情太多，多得让自己应接不暇，多亏诗家及时出手稳住了年关。想想这都像小说里编排出来的场景一样。诗同文来家里做客，自己也可以和他好好聊聊接下来的考试。

第二天，李竹根一大早就起来收拾拖拉机，他先给拖拉机加水加油，冬天里这么做是为了用车的时候水箱里和油箱里的液体不至于结冰，随用随加不耽误事情，李竹板临时说今天家里有事就让李竹根带上李红梅一起去，说年轻人谈得来。

也许是这位当叔叔的看出来了一些什么，也许他自己年轻的时候也在这个时间段里有过类似的感情纠葛，他不想浪费这么一个年轻人接触的好机会，他决定让李红梅替他到县城一趟。

车到县城已经到了中午，李竹根按李红梅指的路把李红梅送到诗同文家门口自己先去办事儿，等下午再来接他们。诗同文和艾红在家，见到李红梅到来冷清的房屋马上显得温暖许多。女孩子春天般的气息是天生的，艾红心里喜欢得不得了，乖长乖短地问候着。

今年对艾红来说是极不寻常的一年，几个月发生的事情够她今后用一辈子去回忆了，思来想去，真的像梦境一样。先是大雪天诗同文送李红梅回家；后来诗同文摔下山坡；后来诗同文在医院截肢；再后来……艾红想到这里情绪有些激动，连胸脯都一起一伏的。这再后来，李红梅家杀猪不慎将房子点着了，大冬天一家人无处安身；为了感恩，李红梅还扛着一大扇猪腿送到家里，艾红想到这里泪水已经哗哗地流了下来。多亏孩子他爹搞建筑，你说咋就这么巧，以前一年施工结束很少有多余的材料剩下，唯独今年剩下了不少，这是啥？这不就是为诗同文的婚姻添加的姻缘吗？按迷信的说法，这李红梅上辈子就是诗同文的媳妇，绕了这么一大圈就是姻缘所赐。这次去李家入伙顺便过大年三十，一定要把两个孩子的婚事给确定下来，要不然过了这个村可就没这个店了。

想到这里，方才发现自己手还拉着李红梅的手，一直没有撒开过。李红梅从小就知道女人的泪多，她妈是，她几个婶婶也是，没想到城里有文化的女人哭起来也是一样。

艾红缓过神来，神情专注地看着李红梅，李红梅被艾红看得不好意思起来，见诗同文正从房间出来就急忙抽手趁机迎了上去跟诗同文打个招呼来摆脱艾红。艾红把这小小的“义举”看成了两情相悦的具体表现，心里甜滋滋的。

拖拉机在县城转了一圈，把艾红寡居的婆婆也接了出来，老人家第一次不在家里过年，一路上感谢了很多人，先感谢老天爷后感谢王母娘娘，把车上的人都听乐了。

一群人坐在拖拉机的后面，手扶着车帮子，东摇一下西晃一下，像坐轿子。天虽然寒冷但已经不那么刺骨，路边的柳树已经泛绿，远远望去点点的绿色已经连成了一片。

拖拉机进了村，李竹衣家的庭院传来了澧州大鼓欢快的鼓点和铜锣、唢呐、月琴以及小三弦的混合音乐。艺人现在正唱的是《京都风云》，见李红梅、诗同文一行到达，马上换了一首农村翻新版的《刘海砍樵》，班主见人都到齐，清清嗓子说了好多吉利话，拜年话。他话一落，有人向班主喊话道："介绍一下嘛，你们都会什么？"

班主道："小主你别急，急了就会出问题！凤阳歌，姜女儿调，哪个调调都跑不掉。我唱一流、二流我唱三流，你有本事上来牛。我唱慢板，我唱数板，请你上台来叫板。"鼓点给班主伴奏着。

班主话题一转："刚才跟你是开玩笑，"这时候鼓点停了下来，鼓槌随着班主的话在鼓边上轻轻带着一点伴奏，"你好好听戏别计较。我每个板式都不少，平腔、硬腔和软腔，还有你女人喜欢的淘米腔。三流我有流水腔、让孩子乐的哈哈腔。"

班主此时撩起袖子做悲恸欲绝状："大悲腔、大颂腔、垛子腔，"班主又做了一个鬼脸，"你要是被老婆赶出家门，我就给你唱个吟诉腔，实在不行就给你唱个告苦腔。"

大家哄堂大笑起来，刚刚提问的人像听了一场大戏一样，满意得直点头。

一家人将艾红的老婆婆从拖拉机上迎了下来，安排妥当。红梅娘和妯娌们见到李红梅搀扶着诗同文下车，互相会心一笑，眼神多了好多问号加感叹号，那意思说："我们估计得不会错吧！"几个女人围拢着艾红说了不少的亲热话，那真是让人觉得建房子过年不是什么大不了的事，假如家里没有了女人这才是天下大事，不仅年没有办法过了，天真要塌下来也说不定。

妯娌们牵着艾红的手，拉着红梅娘的衣袖悄悄商量诗同文和李红梅的婚事，只听李竹板媳妇对红梅娘和艾红说：“你们看他们两个多好，你们两家不如借今天的机会结为‘秦晋之好’？”这句话正好说到艾红心里，艾红激动道：“我看行，我们家都喜欢红梅！”红梅娘听到这里赶紧去请李竹衣。李竹衣听完红梅娘的话心里有了谱。

山里吃饭比较早，四点钟就把七碟子八碗摆上了桌，一只红烧猪头摆在八仙桌的正中间，三个土碗装满了鄙露酒，这个时候李竹衣、李竹根、李竹板三兄弟每人端起一碗，先用食指蘸了酒碗里的酒，往空中弹去，一滴滴酒被弹到了半空又落到了地面；紧接着，三兄弟又将酒碗里的酒向眼前的地面上泼洒了一半，李竹衣嘴里说一句，兄弟两人一同跟着重复一句：“老天爷在上，土地公公在胸，今天我李家有幸请到各位神仙倍感高兴，恳请各路神灵关照李家、诗家老少。”话说完，李竹板和李竹根端着酒碗来到诗墨轩、艾红和艾红婆婆面前单膝跪地，高举酒碗，李竹衣说道：“你们就是老李家的救命恩人，今天无以为报先请喝了这碗酒！”李竹衣说完欲让人扶着行大礼，诗墨轩赶紧过来一手搀扶李竹衣，一手接过酒，刚要喝，就听李竹衣说，“这房子都是这孩子，”他手一指诗同文，“这孩子给我们家带来的，我事先没有征得诗老哥的意见，我一眼就看出来红梅和同文两个人挺般配的，如果诗老哥家里不嫌弃，你看看我们两家做个亲家如何？这不就是亲上加亲了吗？”

这一通话把整个入伙仪式推向了高潮，李红梅和诗同文相互看了看，两人的脸都红到了脖子下面。艾红和诗墨轩心里像沸腾的油锅，滚烫滚烫的。没想到李竹衣想得跟自己心里的打算竟然一模一样，本来在家里冥思苦想出来的话都白费了，她激动得跺着双脚，用手赶紧拍打着丈夫的后腰，催促他赶紧表态。诗墨轩心领神会，高举着酒碗：“我是诗同文的父亲，我们家的人都喜欢红梅，我们热烈欢迎红梅嫁到我家成为我们诗家的儿媳妇，我干了！”说完，一口将一大碗鄙露酒喝了下去。

西边的晚霞慢慢地爬上了山坡，山坡上的松树影子由清淡的绿变成了墨绿，后来和山融为了一体。晚归的鹭鸟排成了人字形迎着最后的落日余晖往家的方向飞去。贪吃的红嘴蓝鹊死守着午后的“一亩三分地”不离不弃，不时和青竹里活动的红嘴相思鸟争夺地上的丢米掉禾。

李竹板在庭院的两个角上堆起了篝火，天暗看不到晚霞的时候篝火就被一一点着了。为什么要让天黑一下再点着？没人知道为什么，是不是让人先感觉一下黑暗，才真正能体会到光明对人的重要性呢？也许就是这个意思，有时候强烈的对比要比任何的言语都来得实在！

篝火熊熊燃烧，噼啪作响，乐班演奏起了清·纳兰性德的《虞美人·曲阑深处重相见》：

曲阑深处重相见，匀泪偎人颤。凄凉别后两应同，最是不胜清怨月明中。

半生已分孤眠过，山枕檀痕涴。忆来何事最销魂，第一折枝花样画罗裙。

从山顶上看，一团和气笼罩着李家，篝火照亮了周围的竹林和松树；身在小院，男人们正推杯换盏，高谈阔论，国际的、国内的、县里的、村外的、女人的；女人们窃窃私语，议论着自己的、别人的、孩子的、男人的，说到隐讳的地方互相推上一把，不理解的都理解了，不明白的全整明白了。

2

周六，王奕桐起来的时候已经九点，昨天她半夜都没有睡着，等醒来后发现自己头昏沉沉的。她想出去走走，等她下了楼，脚就跟着自己往四季居酒屋的方向去了。王奕桐自己都觉得奇怪，为啥自己又去四季居酒屋呢？可平心而论，不去四季居酒屋王奕桐又可以去什么地方呢？四季居酒屋在她最潦倒的时候给了她保护，给了她吃，给了她住，在冰天雪地里等于把她从绝望中拯救了出来，不去四季居酒屋，不去见洪之一仁又去哪里？不去见洪之一仁又能去见谁呢？想到这里，四季居酒屋变成了一个温暖的家，洪之一仁变成了王奕桐唯一的亲人！

初春的东北大地依旧是寒冷的，路边的积雪坚硬得依然让人不能忽视它们曾经的坚强，杨树已经泛绿，寒风一过，旧年留下来的枯叶依然昂着高贵的头颅，与寒风较量着。柳树也不示弱，一条条旱柳比杨树的绿要来得清淡许多，但是连成了片却显得比杨树更齐心合力，有了一团团盎然的绿意。

王奕桐走在马路上心里想着见到洪之一仁的时候，自己该用什么样的表情去面对他。是痛哭流涕？不行！那好像是自己在学校受了多大的委屈似的，让洪之一仁看到了会担心的，自己还要费力去解释好半天，搞不好又会生出什么枝节来。那就用欢天喜地的表现方式，想到这里她马上又否定了自己。那更不行，这样会给洪之一仁一个错觉，好像自己多么希望回来见他。这样做，对他对自己都不好。想来想去不知不觉中自己已经望见了四季居酒屋的招牌。王奕桐心里泛起微微波澜，见地上有个鹅卵石就用脚踢着往前走，踢一段，抬头望望四季居酒屋，那样子像是一个顽皮的小姑娘，有一种不急于回到家的感觉，又似乎让回家缠绵得长一些、再长一些。

马路斜对面一个废弃的书报亭背后隐藏着鬼鬼祟祟的张慧和两个男青年。张慧的表情阴险，面目狰狞，只见她神神道道跟两个男青年低声吩咐着什么，然后用眼睛示意马路对面正在踢石头的姑娘正是王奕桐。只见两个男青年听了张慧的话气势汹汹地横过马路，直奔王奕桐而去。

张慧为何出现在马路对面？如果把张慧和王奕桐之间发生的一连串事情连起来看，其实并不奇怪。开学初期，张慧先是和王奕桐在听斯梅尔授课的时候感觉到了这位老外对王奕桐不一样的关心，心里的妒忌就与日俱增了。后来，张慧到王奕桐教室去找斯梅尔要求转学的时候，看见了斯梅尔在教室门口写的“I am not Small girl but Smail’s！”（我不是一个小女孩，我是斯梅尔的学生！）后，她的妒忌心再一次被烧红了，当王奕桐看了帕格尼尼的生平事迹后，联想到自己的不幸和遭遇与这位天才小提琴家的童年如出一辙而感动落泪冲出教室的时候，正好撞上迎面而来的张慧。张慧认为王奕桐被斯梅尔已经“拿下”的想法，在王奕桐的眼泪里又一次得到了证实。张慧的嫉妒心已经不能自已，她觉得斯梅尔应该喜欢的是她而不是这个林黛玉一样弱不禁风的王奕桐。

张慧认为得不到斯梅尔的喜欢全都赖王奕桐，王奕桐是她爱情路上的拦路虎和绊脚石。如果没有王奕桐，她就可以顺理成章地和斯梅尔在一起，最起码斯梅尔能够对她关注，进而产生感情。

此时的张慧满脑子都被斯梅尔鼓噪着，被王奕桐折磨着，一心想的就是如何去给王奕桐难堪，后来发现斯梅尔不论王奕桐怎么样，都不会影响对王奕桐的好感。张慧想到了一直追求自己未果的社会青年毛小蛋来，毛小蛋听张慧口口声声说王奕桐就是她学习和爱情中的最大障碍，不仅学习上无法安心，就连出来约会也不能保证，不给王奕桐一点儿颜色看看，她将无法再和毛小蛋见面云云，说到激动处还眼泪汪汪的，顺便将血红的嘴唇朝毛小蛋噘得好高。

处在青春期的毛小蛋，哪里容得下张慧这么挑拨，为了能够摸一把碰一下张慧丝滑的肌肤，甚至还有可能亲到张慧的樱桃小口，他已经失去了理智。事情走到了这里，毛小蛋回到家里将他父亲从化工厂偷出来用在清理厕所陈年污垢的一瓶硫酸拿了出来，他想只要自己一扬手，这个叫王奕桐的女孩子面容就毁了，张慧的美貌就成了自己的了。

这时，张慧目睹着毛小蛋和他的死党两人横过了马路，由于毛小蛋立功心切，眼看就要接近王奕桐身体的时候，他一边疾走一边伸手去拧硫酸瓶子的塑料盖子，谁知脚下一滑，人仰面朝天摔了一个仰八叉。玻璃瓶子摔到了地面上，瓶子破碎，瓶里的硫酸冒着泡溅了毛小蛋一身。他不由自主地哎呀一声惨叫，连他自己都吓了一跳。溅起的硫酸腐蚀透了毛小蛋的衣服，灼伤了他的腿部皮肤。

王奕桐正踢着石头，嘴里哼着翁倩玉唱的《正大综艺》主题曲《爱的奉献》：

爱是Love 爱是Amor
爱是Rarc 爱是爱心
爱是Love
爱是人类最美丽的语言
爱是正大无私的奉献
我们都在爱心中孕育生长
再把爱的芬芳撒播到了四方
我们要在爱心中大声地歌唱
再把爱的幸福带进每个人的身上
……

刚唱到这里，就听身后“啪”的一声，把王奕桐吓了一跳，她回头一看，只见一个年轻人摔倒在路边，另一个年轻人一边伸手去扶倒地的人，一边用充满怨恨的眼神盯着她。王奕桐以为两个年轻人在演双簧吸引自己的注意力，于是她紧走几步径直进了四季居酒屋。

张慧躲在报刊亭的背后静等着王奕桐被毛小蛋残害，她想看一出大戏，她就是想看到王奕桐被毁容后还能不能跟她争宠！她甚至要看看王奕桐的惨状会到什么样的地步！她甚至想王奕桐还能不能有脸活下去！她等着，当传来的不是王奕桐的呼救声，而是毛小蛋疼痛的呼叫，她纳闷了。张慧伸头一看，毛小蛋躺在地上痛苦地打着滚，毛小蛋的哥们不知道他哪里出了问题，妈呀妈呀地叫着。张慧抬头看王奕桐已经没了人影，这时张慧也不顾毛小蛋是死是活，抬起脚来就往学校宿舍跑去。

王奕桐慌忙中推开四季居酒屋的门，迎面和洪之一仁撞了个满怀，由于心里发急，担心有人追赶，王奕桐差一点儿将洪之一仁扑倒在地。洪之一仁开玩笑说，还没过年，就急着行这么大的礼，惹得王奕桐的脸一下红到了脖子。王奕桐稳了稳神，告诉洪之一仁后面有人追自己，好像两个年轻人要对自己使坏。听了这话，洪之一仁方才收起笑容，开门往外面看了看。洪之一仁见大街上是有几个人过来过去，一片祥和并没有发现什么可疑人员，就转身回来了。

毛小蛋在地上痛得打滚，正巧引起两个联防队员的注意，其中一个闻到了硫酸的气味，判断是被强腐蚀物灼伤了，就决定将毛小蛋带到派出所用清水冲洗，顺便询问这是什么物品，是从哪里弄来的，为何会出现在马路上。

进了派出所的毛小蛋，两腿哆嗦得像筛糠一样，民警还没有盘问，就一五一十将事情的缘由交代得一清二楚。当民警得知所有这一切都是受一个叫张慧的姑娘指使，就派人到学校通知校保安处把张慧传唤到派出所。

张慧到了派出所假装不知道是因为什么事情被传唤，但看到毛小蛋被戴上手铐，张慧方晓得是自己闯下的大祸。张慧明白是因为自己指使毛小蛋残害王奕桐未遂而导致毛小蛋被灼伤的，在关键时刻还是极力否认与这起事件有关。她声称出于自己妒忌王奕桐，指使毛小蛋故意调戏王奕桐是真，但是没有购买或协助购买硫酸。这个和毛小蛋交代的大致相同。

经过公安机关侦询，真相水落石出。三个月以后，根据《中华人民共和国刑法》毛小蛋和张慧均涉嫌故意伤害罪，依法应承担刑事和民事的责任。鉴于，两人所犯罪行未对被害人造成实际身体损害，公安机关提请法院判处毛小蛋和张慧有期徒刑一年，刑缓两年。张慧因为涉嫌犯罪，学校将她开除了。

王奕桐在四季居酒屋心惊胆战地度过了周六白天，到夜幕降临，她的心才慢慢放了下来。外面的霓虹灯亮了，一闪一闪地把屋内人的脸也衬托得一明一暗。洪之一仁到门口将四季居酒屋的投影仪打开，四季居酒屋的图形是一个巨大的小提琴和一瓶打开正在冒泡的啤酒，投影仪提醒路人这里不仅可以喝酒也可以享受音乐。一群年轻人簇拥着一个肥硕的中年男人踉踉跄跄进了门，来人一脸的横肉，一个蒜头鼻子把脸分成了不均匀的两半。洪之一仁一眼就认出这个人就是上次闹事，自己还赔上六瓶酒，人称金哥的那个老流氓。看见金哥到来，洪之一仁连忙对王奕桐说不要让她出来，不然这个人又不知道搞出什么幺蛾子来。

王奕桐躲到了吧台的下面，从一人高的地方是看不到吧台内的情景的。这样她依然放不下心，王奕桐坐在小凳上，心里却有些发抖，她见自己因恐惧腿抖个不停，无奈拿起边上的空酒瓶借着昏暗的灯光强装着若无其事努力地辨别着瓶子上的外文字母，以这种方法来压抑澎湃的内心波动。

金哥脖子上戴的金链子比几个月前戴的更粗了。近日金哥赚到了一笔钱，不是因为他有能耐赚钱，而是他替别人去收钱，多年的烂账经过金哥和几个小混混的撒泼耍赖、舞棍弄枪之下将欠款收了回来。东家高兴，按约定将收款金额的10%给了金哥。几天时间金哥一下就赚了几十万，他走路已经横了过来，见到红灯都不让了，故意堵在马路上慢吞吞地走，一脸死猪不怕开水烫的样子。打的士时见是个女司机，一高兴就给了一百元作为小费。他抽烟的时候故意学香港电影里的赌徒偶得不义之财后的猖狂表现，掏出一张一百元来点烟，看得几个跟班眼红舌燥。人一旦有了钱，且自己又服不住命相里多余的金额，人就开始膨胀。他想钱来得这么容易，就要这么花出去，不然怎么对得起自己这身膘、这身皮以及这颗心，想到这里，他带上几个跟班直奔洪之一仁的四季居酒屋而来，他要让自己的兄弟知道他不仅会赚钱，而且自己还是一个有高尚情操的人。

金哥落座后叫来洪之一仁，口口声声给他上店里最好的那个叫富翁原瓶进口纯米大吟酿酒，且每人一瓶；上最美味的刺身拼盘，金枪鱼要大脂的，寿司、天妇罗、鳗鱼饭，外加蒸海胆，满满一大桌。洪之一仁一一记下，转身就要去后厨下单，这时金哥开了口，询问上次那个小姑娘在哪里。

洪之一仁微微笑了一下，心里知道他问的是王奕桐，洪之一仁没有做出任何回答，点点头示意自己要去下单，失陪一下。洪之一仁的这种表情让金哥碰了一个软钉子，他想让王奕桐拉上一首优美小提琴曲的想法看来就要落空了，他本来准备在王奕桐的小提琴曲中摇头摆脑，极尽摆出欣赏和享受的姿态，让跟他一起的土包子们从心底里佩服他。现在得知王奕桐没在，他有些懊恼，他不愿意忍受这种情况发生在这次的聚会上，因为他有钱了，他觉得现在的钱应该和他内心所谓的修养保持一致。如何保持一致，那就是让无形的音乐在专业的小提琴手里替他表现出来，他最好在听音乐的时候被感动得痛哭流涕，可现在看来要失望了。

金哥在酒精的作用下，说话的声音越来越大，言语也越来越猖狂。本来是倩丰按合同给他的提成，在他的酒话里变成了他将大部分利润让给了对方，言下之意他是一个了不起的生意人，不仅重情而且重义。酒过三巡金哥口口声声说他在铁西区没有办不到的事情，菜过五味后他开始吹铁西区就属于他管理了。

几个人你吹我，我捧你，个个把酒喝得晕头转向、云里雾里的。昏昏中金哥起身去厕所小解，当他路过吧台的时候无意中往吧台里面张望了一眼，他这一眼正好和王奕桐站起身来的明眸四目相对。金哥内心顿时有了被侮辱、被欺骗的感觉，他见洪之一仁手里端着送给客人的啤酒迎面过来，上前一步，一拳将托盘打飞，口口声声说为何不给自己演奏乐曲，明明有人在为何要欺骗他。

王奕桐见状从吧台后面跑了出来，慌忙跟金哥解释不怪洪之一仁，而是自己今天放假回来休息，随身没有携带小提琴，无法满足客人的要求，所以让洪之一仁谎称自己不在。王奕桐说着，委屈得要哭出来。

金哥在酒精的作用下人已经失去了理智，只见他从吧台上操起一瓶英国产的“哥顿金酒”朝着王奕桐的面部砸去，就在这千钧一发的时候，洪之一仁张开双臂拦在王奕桐的面前。

洪之一仁就觉得自己后脑勺“嗡”的一声，人就失去了知觉。洪之一仁的后脑勺被酒瓶子砸开了一个三角形的血口子，王奕桐抱着洪之一仁的身体仰儿八叉结结实实倒在地面，自己的头“咣当”一声也重重地磕在了冰冷的地板上，王奕桐忍住疼痛，双手始终没有放开洪之一仁的头，将他紧紧地搂在怀里。不知道为什么王奕桐此时脑子里会想起洪之一仁以前对金哥说过的如铁似钢的话：“我的女人没有义务陪任何人喝酒吃饭！哪怕是天王老子帝王爷来了也没门儿！”

王奕桐呼叫着洪之一仁的名字，引来了后厨里忙碌的厨师，厨师见鲜血淋漓的洪之一仁，知道不好，连忙在吧台后取出干净的餐巾捂在洪之一仁的后脑勺上。厨师推出自行车和王奕桐合力把洪之一仁扶着跨坐在后座上，拼了命地往二百米外的职工医院跑。

金哥一伙人见事情搞到要出人命，趁着慌乱逃之夭夭了。

3

高远要去哪里？连他自己都不知道，父母家是无法回去了，因为自己的婚事跟父母等于是诀别一样。剩下的还能去哪里呢？高远无助地盯着长途汽车站的地名，只有杭州是自己毕业的母校茗岙中医药大学所在地。高远心里突然充满了一股暖流，西湖的水在他的心里已经回到了1.5亿年前的侏罗纪晚期那场强烈的火山爆发，此时的高远内心摆脱了所有的精神的、肉体的枷锁，心情变成了岩浆冲破了地幔、地壳。三个小时的路程，高远好像走了三十年，回想自己这么多年来的所作所为，人生的路上他虽然没有落下哪一门课程，但静下心来他对练花却怀有了深深的内疚，他希望此时练花像他一样坐着车，在她母亲陪同下到医院去堕胎。不久以后再有一个男人喜欢她、爱上她。高远沿着西湖边上溜达来又溜达去，见有退休的老人左手提一小桶水，右手握一根长长的“水笔”在地上练习写毛笔字，于是就坐在花坛上看着。老人一边写一边念念有词，高远闭着眼听着老人不急不慢的吴侬软语半天也没有听出来是谁作的诗。

盛年不重来，一日难再晨。
及时当勉励，岁月不待人。

等到睁开眼看到老人正写着“陶”字才幡然醒悟这首诗出自这位中国第一位田园诗人，被称为“古今隐逸诗人之宗”的陶渊明之手。他突然想起，陶渊明曾言：我用尽了全力，才能过上平凡的一生。高远的心里不由得感叹，自己没有用力，一生就平淡如止水一潭了。

高远感慨万分，别人都是在有了骄人的成绩，对民族对国家做出了卓有成效的贡献以后，才因为种种原因要么解甲归田，要么小隐隐于山或大隐隐于市，过上了久违的布衣生活的，而自己既没有奋发努力为国家，更没有头悬梁锥刺股为自己，如果不再奋起就真对不起自己的人生了。想到这里，扭头看老人写在地面上的陶渊明的诗句还隐隐约约能够辨认出来，开头的两句“盛年不重来，一日难再晨”已经被西湖的风吹得很难辨认了，而“及时当勉励，岁月不待人”还依稀可以辨读，高远感叹时间就是流逝得这么快，就是在自己的指缝里不经意间就荏苒得无影无踪了。高远突然意识到，这老人今天所写的五柳先生的诗，和这随风而去的诗篇不就是对自己的勉励吗?!

高远一时兴起沿着白堤和苏堤漫步了一大圈，保俶塔的天空已经被落日余晖染得通红，绛红色间或被淡紫色分开，明亮的冷绿像神仙手上戴的翡翠被抛到了天空，时间虽短但是那种玻璃冰种显得特别珍贵。短短的几分钟过后，驻足观望的人流又开始缓慢地移动，有的人明显带着些许的遗憾，有的人却怀揣着满心的欢喜奔向不同的方向而去。

高远不由自主地往茗岙中医药大学方向而去，他沿着校园里的小路走着，离开没有多长时间，他已经对这里既熟悉又感到陌生。熟悉的同学没有了，迎面而来的是自己下一级的半生不熟的面孔，似乎有一点儿熟悉又觉得没有到点头示意的份上。远处的灯光球场上，一群男同学正在进行比赛，高远缓步走了过去。场中一个高个子男同学正是他在校时候的中锋杜威，高远望见杜威像见到了亲人，等到结束的哨声一响。高远绷着的心也随之绷得更紧了。

杜威见到高远，先来了一个美国篮球运动员见面时的见面礼，双方的手掌双击后又将手背相碰，最后双方握紧拳头对撞一下，表示亲密无间的友谊长存。

高远问杜威近期如何，直截了当问杜威他宿舍有没有空床可以住，杜威将篮球往高远怀里一扔，说只有他一个人住，其他人有的回家住，有的跟女朋友住了，高远想住多久就住多久，铺的盖的一应俱全。高远现在真体会到了上阵亲兄弟的味道来了，悬着的心一下落到了“床”上。

路过小卖部，高远跑进去买了一箱啤酒、两大包花生米和三盒豆豉鲮鱼罐头。两个人并肩走来，一个扛着一箱啤酒还拍打着篮球，一个手拎着大包小包做着断球和过人的动作，惹得几个迎面走过来的女同学心馋眼辣，赶紧躲到路边给他们两个让路。

高远像脱水时间太长的鱼，一下回到了大海里一样，扭着屁股，摇晃着臂膀，到了宿舍楼下见门口有阶梯，自己顺势做了一个三步上篮的步子，然后胯部一拧进了楼门。

月亮早早就挂到了树头，月光似水洒在两个人举起的啤酒上，几瓶啤酒下肚埋藏在心里的话像喷泉一样不用别人引诱就突突地往外冒。高远近一段时间压抑的情绪被啤酒花唤醒了，束缚的情绪被松了绑，谈了很多以前有的，比如没有一个女孩子不喜欢他的，他只要喜欢谁，女孩子就难跑掉的；吹了很多以前没有的，将来要做的。说到自己人生抱负，将啤酒瓶子在床棒子上碰得咣咣响。高远对着酒瓶子，对着同样喝多了的杜威发誓马上开始复习，要以第一的名次考上中医系研究生，不仅如此毕业后还要留校任教，成为女孩子们心里的名家教授。

高远鼓着腮帮子吹的这些牛并不是没有根据胡吹乱侃的，他在班里什么功课都是第一名的，他有资格更有能力说这样的话。至于他吹牛说女孩子都如何如何喜欢他，那就见仁见智了。

一夜的酒，醉了高远的意识，但同时也梳理了高远对未来的规划。第二天的头痛并没有让他的头脑发热，反而让他更加冷静地面对眼前的自己。

时间如白驹过隙，一晃几个月过去了，研究生发榜的当日高远没敢去看公告栏，他知道自己有可能被录取，但是由于竞争太过激烈，心里还是有些虚，因为报考的不仅仅有本校的毕业生，还有全国各地往届和应届的毕业生。等到杜威回到宿舍告诉他看到高远已经被录取，高远才兴奋地冲出门，直奔告示栏而去。

高远看到了自己的名字，同时看到了自己的指导老师是潘欣弗教授。这位潘教授是中医系的学科带头人，是中国中医界的顶级专家，高远梦寐以求的师从教授。高远高兴得有些手舞足蹈，前脚尖踢着后脚跟，一路跳回到了宿舍。第二天一大早，他专门到学校的荣誉厅看了一趟，了解一下自己将要认识的这位高人。只见荣誉榜上描述道：

潘欣弗，中医学、中药学双博士学位，主任医师、教授、博士生导师。师从姜桦老教授。浙江医学会医学鉴定专家；世界中医药联合会固脱学会常务理事、温病学会常务理事；中国针灸学会主任委员；中国针灸学会艾灸学会主任委员；世界中医药联合会糖尿病学会主任会员；中华中医药学杂志特约审稿专家；茗岙中医药大学国际学院特聘英文授课教授。是通过了英国医生PLAB考试，持有英联邦行医执照的特聘专家，通过USMLE考试，获取英、美、澳三国医师执照。

主要研究方向：

针灸优势病种的临床研究：疼痛性疾病（头疼，颈椎病，腰椎退行性病变，骨性膝关节炎，肩周炎）、神经系统疾病（中风，偏头痛，失眠，面瘫，三叉神经痛），功能性疾病（消化系统疾病，妇科疾病）。

主要学术成就：

曾承担国家中医药管理局、浙江省科委、茗岙中医药大学多项科技项目。发表学术论文一百四十余篇，出版著作二十余部。

目前在研的主要科研课题：

1. 基于RSACAN步态系统探讨太极拳姿势训练促进脑卒中偏瘫患者步态康复的生物力学机制研究。

2. 基于B超评价消积液汤内服治疗膝关节滑膜积液的临床研究。

高远是个有心人，他用小本子将潘欣弗教授获得的主要成绩和通过的各种国外考试一一收录下来，默默记在心里，他想总有一天自己会用到。

这一年对高远来说是具有深远意义的一年，首先是高远用汗水和努力将自己的人生境界提高到了一个新的高度，茗岙中医药大学是他一段感情的终点，同时又是崭新事业的新起点。他用自己的帅气逼人的气质、风流倜傥的形象吸引了同时入学的研究生的注意；用聪明睿智博得了导师潘欣弗的青睐。而对于潘欣弗来说，他慧眼识珠看上了这个帅气十足的学生。高远入学不久，潘教授渐渐发现高远不是池中之物，于是把自己要做的一些研究课题让高远参与进来，原来一老一少的搭配渐渐演变成了潘欣弗对高远在某些方面的强烈依赖。潘教授一旦对某些方面提出论点，高远不久就能够将论文所需的大量论据有条不紊、条理明晰地摆在潘欣弗的面前，为潘欣弗节约了大量的时间和精力。

潘欣弗并没有独占这些论文的全部，而是每次有高远参与的论文和课题，他都把高远的名字署在自己名字的后面，不管有多少人参与其中，高远的名字始终排在第二编纂者的位置。

潘欣弗并不是一个十分慷慨的人，他有自己的谋略。潘欣弗更不是真心想把高远推出去，让高远在学术界崭露头角，脱颖而出。他没有那么崇高的道德品行，而是他很早就有他自己对未来的布局。

潘欣弗的女儿潘巧巧在英国学的是供应链管理，说白了就是没有能力在“攻坚克难”的专业上一展拳脚，她没有遗传潘欣弗丁点儿优良基因，遇见数理化就头发晕、眼发胀，这一点潘欣弗曾一度怀疑女儿不是亲生的，是他老婆跟隔壁老王所为，闹过一段时间的离婚。后来，有次潘巧巧得了甲沟炎，潘欣弗看到女儿小脚趾上长的一个和自己一模一样的瓣状甲，方才渐渐打消了怀疑。对于女儿潘欣弗退而求其次直言能够出国学习就是终极目标，不论什么专业。

说来也巧，有家宽进宽出的英国大学看到了中国学生口袋里的钱，就给潘巧巧发了一封录取函，注明学习几年，费用多少，外加把附近的教堂、街景、咖啡馆的照片一应俱全地随信奉上，搞得潘家人已经看到了未来自己在英伦三岛上的田园生活。起先，潘欣弗还四处打听这所叫利物浦大学的世界排名，在英国地位如何，回头一看自己女儿一脸无知的样子也就打消了这个念头，心想到利物浦大学学习，国人哪个还去考察这学校的排名多少，师资怎样。退一万步说了，巧巧毕业后的文凭总比钱锺书《围城》里那个叫方鸿渐的公子哥强吧！比方鸿渐在欧洲留学却拿的是美国爱尔兰人用打字机搞出来的“纽约克莱登大学”的文凭强了几百倍。想到此，潘欣弗踌躇满志地将潘巧巧送去了英国利物浦。潘巧巧也不负家望在英国和欧洲四处游历，学习没有丝毫长进，却学了英国人没有、中国人也难学到的一些三脚猫的习惯来。潘欣弗在不同的场合多次对他女儿用批评的口吻说，不会用筷子吃饭这不就是数典忘祖了吗？不就成了“单丝不成线，独木不成林”，对祖国文化的背叛吗？以后如何在社会上立足？等等，但口气之委婉，腔调之圆润，听上去怎么都像是在默许而非谴责。至于潘教授一端起茶杯，就必提巧巧喝咖啡不吃三明治或者牛角包实在是干涩难以下咽等等，那就更是张嘴就来、闭嘴就去了。

这边，潘巧巧不久将在英国利物浦大学毕业，而潘欣弗谋划着倾其所有在英国开一家中医门诊，这样自己拿到的英国行医执照就会得以使用，自己的女儿也可以留在英国发展。这样一箭几雕的美事潘欣弗正在紧锣密鼓地筹划之中，他设想如果高远能够跟着自己一起去英国，一来可以做自己的得力帮手，二来说不定自己的女儿慧眼识珠，把高远变成自己的东床快婿，也未尝不可。

几年的研究生生活高远就在与潘欣弗的合作中慢慢“蹉跎”着岁月，从选题到方案，从方案到实验，又从实验到论文接踵而来。其间，高远路过他和练花幽会过的实验室，心里也会有一丁点儿练花的影子掠过他的脑海，但是随着离实验楼的距离的拉长，脑子里的练花早已渐行渐远了，后来即使进入实验楼都想不起来这里曾经发生在自己身上的故事。

时间是邪恶的魔鬼！

潘欣弗退休的时候，学校副校长找他谈话，希望他将一些协会的会长或副会长的头衔让出来给年轻一代；把关键的一些实验数据能够留给学校。潘欣弗欣然同意，这让前来同他谈话的领导感到非常地诧异。问潘欣弗有什么要求，这时潘教授方才慢吞吞提出一个条件，那就是让他的得意门生高远留在学校任教。学校领导认为这哪里是什么条件，这简直就是潘老教授高风亮节，在为自己的学校留住贤能人才呀，当即接受潘教授这个不是条件的条件。

潘欣弗的如意算盘是，高远如果留在学校任教就能够不断“充电”，于公于私都是一个好机会。因为到了英国是论能力的，不是论资历的。高远在大学这个舞台已经当了多年的学生，看问题的角度、解决问题的途径一直都是从学生的思维套路出发的，如果能摇身一变成为教师，那么就符合了王守仁提倡的“教学相长”了，整体业务能力也会有一个突飞猛进的跨越。到那时，高远就会全面考虑问题，不仅能提出前沿的研究方向，而且能够指导别人，在提高学生发现问题、解决问题能力的同时也提高了自己。这样淬炼出来的高远从理论到实践都弥补了自己的不足。

临别，潘欣弗跟高远长谈了一次话，将他自己对高远的安排是如何向学校提出的；学校是如何“百般刁难”的；他自己又是如何进一步“大义凛然”的，到后来还加上了几滴无奈的泪水，扭过头去的同时，还用衣袖试了试眼眶。

高远激动的情绪无以复加，高呼老师去哪里自己就去哪里的口号，最后为了加强语气和分量还添加了一句“士为知己者死”的豪言壮语来。一时惹得气氛凝固，时间停摆。

潘欣弗稳了稳自己激动的小心脏，听到高远的保证像听到了那句“到祖国最需要的地方去”的豪言壮语一样。潘欣弗拍了拍高远的臂膀，示意不要激动，让他坐下来。然后，语重心长地说出了真情。

潘欣弗先从自己在国际国内中医学界的名望和资历说起，见高远有些听不下去，就及时加了几个故事来提高趣味性。比如某国女王家属用专机请他去看病，他就带上了一包银针，落地不到二十分钟就将昏厥数日的病人从死亡线上奇迹般地救了过来，并起床活动了，说到此处嘴巴里不时发出不规则的感叹声。潘欣弗说的确有其事，只不过是某医药公司贿赂他出国旅游，他独自一人乘飞机到了某海外机场，巧遇一个老妇人因乘机时间太长而出现头痛眼花症状，而这位老人正好又是侨居海外的华人，对中医中药笃信有加，潘欣弗方才巧施援手，而非像他说的给皇家女王把脉问诊。

此时的高远当然要发出同样惊叹不已的感叹声加以配合老师，以加重老师故事的含金量，使得潘老教授飘在半空中的时间延长一些，再延长一些。

说到这里，潘欣弗知道该从海外吹回到国内了。只见他将望着天空中的眼光收回到了脚腿部，这动作让高远一看就知道老师“魂归故里”了。

说某深夜潘欣弗接到莫名其妙的电话，对方直接说是中央保健局的，有国家领导人微服私访江浙沪一带，不慎染病，请他马上前往救命，他临危不惧，手到病除。

这件事，潘欣弗也没有吹牛，也有一个但是，只不过故事里的主角不是他，而是以前身在中央保健局隔壁医院里的亲戚醉酒后无意中“透露”出来，道听途说的下脚料，被潘老师炒了“冷饭”而已。本意也无外乎为了加重自身的分量，让高远进一步觉得自己了不起而故意为之。

潘欣弗见时机成熟，渐渐将自己的底牌亮给高远。只见他扭了扭肥硕的身姿，又欠了欠腰。语重心长地对高远低声说自己退休后的打算，就是到伦敦去办一个中医诊所。所需的法律文件和开业手续都已经委托当地的律师行在办理之中，那么，办一个中医门诊是需要自己人才能够搞得起来，他认为高远不论人品、不论才学都是可塑之才，他希望高远先在茗岙中医药大学教着书，等着他在伦敦的消息。只要伦敦诊所一开业，希望高远就辞职到伦敦去。

高远当时就觉得自家祖坟上冒了青烟，自己的老师不仅把眼前的工作跟学校谈妥了，连今后事业如何发展、在哪里发展都为自己考虑进去了。激动得当下就给潘欣弗跪了下来，口口声声说老师就是自己的再生父母。

自从潘欣弗跟高远推心置腹谈心以后，这段时间，高远的心情像他喜欢的《骏马奔驰保边疆》里所唱的，那叫一个亢奋：

骏马奔驰在辽阔的草原
钢枪紧握战刀亮闪闪
祖国的山山水水连着我的心
决不容豺狼来侵犯
教授帮我饮战马
教授给我缝补衣衫
亲爱的姑娘向我招手笑
喝一杯奶茶情意深
边疆就是我的家
人民和军队心相连
到处都有教授的爱
到处都有教授的爱
到处都有教授的笑脸
到处都有教授的笑脸
啊嗨
啊嗨

高远高兴地将能改的地方都改成了教授了，歌词里阿爸改成了教授，阿妈也改成了教授；就连“到处都有母亲的爱”，也改成了“到处都有教授的爱”。唯独没有改变的是，“亲爱的姑娘向我招手笑，”不是他没胆改，是心里喜欢实在下不了口，二是自己就喜欢个姑娘，不愿意改。

高远更加发奋学习了，他一改往日早晨从中午开始的懒惰习惯，一大早就来到图书馆学习，特别是喜欢阅读英文书籍了，用填报各种表格“外文能力”一栏里的套话，就是“凭借字典能够阅读英文文献”。他通常会挑一个角落静静地思考一下，举目望一望落地窗外宁静的校园一角，让近来自己膨胀的心缓缓落到地上，然后再埋头苦读。

此时，大学三年级的言自芳抱着书款款来到图书馆，二十岁正是含苞待放的花样年华，她看图书馆座无虚席，正准备转身往回走，此时一片嫩绿和玉兰将她吸引，她捧着书，不由自主地缓步移动，来到一方落地玻璃窗前，痴痴地望着窗外的小鸟在树间飞上飞下、追逐嬉戏。她忘记了周遭的一切事物，唯有她和她的呼吸存在着，唯有窗外的嫩绿和含苞待放的玉兰张扬着。

“能让一下吗?”一个男中音从背后传入她的耳膜。

言自芳猛回头，发现自己的屁股不知道何时倚靠在一张阅读桌上，把桌子的主人挤得直往后躲。看书的人正是高大魁梧的男青年高远。

4

李红梅和诗同文算不上相互爱慕，起码李红梅觉得不是。李红梅也不知道自己对诗同文是喜欢、是爱还是歉疚，因为没有第二个人家对自己家这么好，就觉得欠别人的太多，无以回报。农村女孩子早点定下来一个婆家，又能够为家里出钱出力，有诗同文这一家也就不错了。

诗同文心里是喜欢李红梅的，不仅喜欢，而且对李红梅就像对待家里供奉的佛龛一样处处小心翼翼。因为残疾，无形中导致的心智似乎也跟着残疾了似的，对李红梅事事小心，处处多疑。多疑归多疑，可没有表现在脸上，仅仅是窝在心里。

双方家长约定，如果李红梅考上大学就等毕业结婚；如果考不上大学来年秋收后就举行婚礼。这正好符合诗同文的想法，他想装一条义肢，用这半年多的时间好好恢复，回到正常人的生活中去。

寒窗苦读十余载，只为一朝成飞鸿。元代高明在《琵琶记》里所引用的典故，在李红梅身上只有寒窗苦读，却没蜕变成飞鸿。按照考试成绩，李红梅没有被普通高等学校录取，录取她的是湖南高等专科技术学校的护理系。

这个学校的护理系有近六十年的办学历史，为雅湘医院定点培养护理人才基地，教育联盟会员单位。护理系现开设护理、助产、老年服务与管理三个专业，其中护理专业还设有中医护理、男护、老年护理、康复护理等特色专业方向班。为湖南省特色专业群健康照护专业校内培育项目。护理专业开设基础护理、内科护理、外科护理、人文护理等课程。配合课程设立了妇儿教研室、护理技能实训中心。实训中心设有健康评估实验室、内外科护理实验室、妇产科护理实验室、儿科护理实验室、形体训练室等，并拥有模拟病房、模拟产房、模拟手术室、重症监护室、示教室以及各式护理教学辅助系统、多媒体护理操作示教室等先进的教学设施，配置了各种现代化的医疗护理仪器设备供教学使用。

见到这么多的课程李红梅心里有些忐忑，翻开随信寄来的学校简介，心里慢慢地有了数。只见简介：

护理系拥有省内外实习基地八十多家，与雅湘二医院、湖南人民医院、湖南肿瘤医院、湖南儿童医院合作开办重症监护、伤口造瘘等专科护理班，定向输送专门人才；相继与英国伦敦残疾人联合会签订国际合作及护士赴英留学与就业项目协议；与日本株式会社本本木国际交流机构签订护士赴日本留学与就业项目，目前已有七十三名学生顺利去日本和英国继续深造并就业。

李红梅再往下看就是学校的远景规划：

经过多年的建设，护理系办学特色鲜明，办学质量不断提升，护理专业被评为省市特色专业及财政支持建设项目，并成功通过验收。护理系为社会培养了大批品学兼优的高素质技能型护理、助产人才，得到社会和用人单位一致好评，历年毕业生护士资格考试合格率高达97%，就业率高达95%。被社会各界誉为最美护士的许丽遥便是学校护理专业毕业生中的杰出代表，等等。

李红梅心里已经接受了命运为她安排的这一切，自己父亲因持家遇祸而残疾，诗同文因为送自己惨遭命运磨难成为残疾，现在自己冥冥之中被湖南高等专科技术学校的护理系录取不能不说也是老天爷的精心安排。

李红梅彻夜未眠，让她失眠的不仅仅是自己的成绩，让她心向往之的是她看到了简介里出现的："已有七十三名学生顺利去日本和英国继续深造并就业"，她想这句话难道是真的吗？如果是假的，为何有七十三人这个数字，为何不用"多人"或者"大量"这种模糊的量词，既然说得这么"有鼻子有眼"，想必确有其事。李红梅想到这里，心已经飞到了东京，飞到了伦敦。李红梅梦想着坐在东京上野公园的樱花树下，手捧着书，裙摆和落樱被微风吹起的曼妙时刻；一转眼走在伦敦桥上，在海德公园里她被一个高大的男人——当然是老外，时而手牵着手，时而相互追逐着。除了浪漫，还是浪漫。有了这个心思垫底，考试成绩这顶"贫穷"的帽子早已被东京和伦敦这两个如雷贯耳的西方大都会甩到了大西洋中太平洋里，消失得无影无踪，取而代之的是亢奋和更加亢奋。

东方渐渐露出鱼肚白的时候李红梅才蒙胧睡去。等到母亲叫她吃午饭的时候，李红梅才红着眼睛，仰望着天空，似乎对老天爷说，又似乎对自己说："我认命，我接受！"

李红梅的这句话似乎说的是接受了去东京去伦敦那样富有美感、富有诗意的安排。这是李红梅第一次说这样的话，在这以后李红梅的生命长河里，她遇见的事情没有一件值得让她说这句话的，她不认命，也从不敢认命。

李红梅怀揣着录取通知书到了诗家，艾红和诗同文在家，见到李红梅，艾红喜出望外。马上去集市上买了只大土鸡，回来的路上买了淮山、红枣、党参、白芍。这边炖着土鸡，那边切下来二两五花三层的带皮腊肉，腊肉被艾红切成了透明的薄片，李红梅把线椒洗好，斜切成辣椒丝放进盘子里备用，又将一大块儿豆腐用刀切成了扑克牌大小的块儿，在艾红的授意下李红梅把泡菜坛子里的红绿泡椒掏出来了半碗，改成辣椒段儿。李红梅见泡菜坛子的边沿有些白色的霉变，就用清水细心冲洗干净，又把泡菜坛子的盖碗在水龙头下洗干净盖好。临了，在盖碗的边沿淋上一圈干净的清水。

艾红看着李红梅熟练的持家能力，也想试试李红梅的厨艺，虽然她知道城里的女孩子现在已经没有这样有眼色的姑娘了，可能不能做成几个菜自己也想一探究竟。艾红故意出去收拾一些木耳，把厨房的空间让给了李红梅。李红梅心思活络，似乎感觉出来了一些“考试”的意味，心里虽然有些不快，但是相比诗家的恩情来，完全可以忽略不计。

李红梅把煤气灶打开，蓝色的火苗“嘭”的一声吓了她一跳。她将铁锅上灶，用小铁铲从猪油碗里取出核桃大小的一团白色猪油放进锅里，猪油在锅里发出不规则的噼里啪啦的声音。李红梅将生姜和蒜片一起放入锅内爆香，又将剁椒放了一勺，等到艾红听到炉灶有了动静探头观瞧的时候，李红梅把切好的豆腐放入了锅里。艾红夸赞着李红梅懂事儿，又欣慰诗同文有福气。一边说着，一边把切好的菜往李红梅身边移动，这意思很明显，就是你李红梅是骡子是马就做几个菜让我们今天看看。

李红梅想今天一不做二不休，干脆再炒一盘腊肉和一个青菜奠定自己在这个家的厨艺地位，说明自己不是吃白饭的。想到这里把豆腐出锅，将菜锅过水清洗后，又放回到了灶台上。这时，诗墨轩回到家手里拎着一瓶陈年汾酒，见李红梅在灶台上忙碌着，正要批评艾红，为何让客人做饭，突然看到艾红犀利的眼神，急忙将吐到舌头外的话硬生生地吞了回去。

腊肉在锅里焙出了油，放入生姜、大蒜和葱段，一点点酱油加入后，香味儿已经从原来的一股变成了两股，料酒少许又把肉和佐料的香味儿融合到了一起，这时一盘青辣椒丝入锅似乎将古老变成了现代，你的味蕾正在用鞭杆子将口腔里的涞口水（北方人说：哈喇子）赶了出来，人的嘴巴会不由自主地发出垂涎欲滴“刺溜刺溜”的象声词来。

艾红见两个主要的菜已经出锅，自己也不能把事情做得太绝，于是将李红梅身上的围裙强行取下。一口一个宝贝地招呼着，说剩下来的青菜很简单，自己来做就是了。李红梅象征性地推托了几下也就借坡下驴退到了后面。

陶罐里的土鸡将淮山、党参煮出了美味，红枣和枸杞的甜，加厚了鸡汤的甜香。李红梅见汤上面漂着一层厚厚的鸡油，取来一个小汤勺瓢去浮沫和油脂。四碗汤里，李红梅给两碗汤各放了一只鸡腿，两个碗各放了一只鸡翅膀。剁椒豆腐、辣椒炒腊肉、清炒白菜薹一起上桌后，李红梅赶紧盛上了四碗米饭。

诗同文拿来了四双筷子，诗墨轩斟了四杯汾酒，清冽的酒体散发出甜美的味道。李红梅扶着诗同文先坐了下来，等着艾红过来开饭。八仙桌上，诗同文坐在李红梅的旁边，他又一次闻到了李红梅身上散发出来的姑娘特有的胭脂味儿。诗同文贪婪地呼吸着李红梅的体香，他竟能够从一大堆饭香当中准确地辨别出李红梅的味道。

诗同文曾不由自主地反思过旧年冬天自己想方设法地送李红梅回家，并没想到会摔下山坡去，住进医院。而自己在截肢上表现得态度决绝，对自己、对李红梅是不是太不厚道。后来，父母一树百获，怕自己日后要不到老婆，费尽心思为李家修房造屋，这种强迫式的给予对一个少女来说是不是太不公平？是不是自己的所作所为限制了一个自由状态下少女追求爱情的自然属性？

诗同文的这些想法演变成了心里一个小人问他的话：“你自己有没有能力去爱，你自己有没有资格被爱！”诗同文虽然身体有残疾，但是他的脑子是正常的，思维是敏捷的。之所以敏捷和正常，诗同文才隐隐约约感觉到自己驾驭不了这个姑娘，不仅仅是自己身体的原因，也可能是李红梅表现出来的，让诗同文深深感觉到某些异性特有的韧性。虽然，这个念头在他的心里一掠而过，可也多少引起了自己的不安。

李红梅先将一碗带鸡腿儿的汤端给诗墨轩，又将另外一碗带鸡腿儿的汤端给诗同文，留给自己和艾红每人一碗带有鸡翅膀的汤。艾红看在眼里喜在心头，诗墨轩没有注意这些细节，正要低头喝汤被艾红从桌下踹了一脚，诗墨轩发现艾红盯着他的汤碗，他才发现碗中的端倪。诗墨轩赶紧将自己的汤碗和李红梅的汤碗调换了过来，心里一下也感触良多。

诗墨轩在艾红的授意下代表家人欢迎李红梅“回家”，言语中颇有几分少见的“辞微旨远”，激动处多喝了几杯汾酒，他深知此处应该把埋藏在心底里的一个重磅的消息和盘托出。只见他清了清嗓子，声音发颤道：等诗同文装上假肢就去工商局办理变更手续，将自己公司法定代表人的位子让出来，让诗同文拥有一家几百人的建筑公司。

李红梅听后，知道这是诗家人想给自己消除后顾之忧而故意为之，心里也荡漾了一下。偷眼观瞧诗同文，只见他抿着嘴，嘴角上扬，似乎怕刚刚听到的消息一张嘴就脱牙而逃，消失得无影无踪。借着酒意，李红梅说了好些大人的话，以父母的立场感谢了艾红和诗墨轩，说到激动处不免还真的流出了眼泪。她最后也把酒杯转向诗同文，从感谢大雪天开始，一直说到诗同文受苦受痛，要不然也不会耽误了诗同文的大好前程。

酒真是个好东西，让感情越喝越厚！

艾红没有喝酒，她不想在未来的儿媳妇面前有半点儿闪失，她对李家是好，心里也疼爱李红梅，但是自己在快要荣升为婆婆的时候，阶级斗争这根弦是要绷紧的，规矩还是要立的。想到这里，艾红清了清嗓子，将李家先是表扬了一番，比如说到李家兄弟们团结时，用了

“打仗亲兄弟，上阵父子兵”；说到妯娌之间的关系时，用了“两好才能搁一好”。

理论上的说完，艾红话锋一转，说到穿衣做饭。先表扬自己是如何从一个如花似玉的大姑娘一步步磨炼成今天的黄脸婆的。说到这里李红梅注意到诗墨轩的表情有些不自然了，想打断夫人的感慨又觉得夫人的话像“抽刀断水水更流”尚未到重点，就知趣地把嘴给闭上了。

艾红继续从冬夏给一老一少两个男人准备衣物，说到每天洗衣做饭。话到这里诗墨轩发现重点到了，艾红本来喉咙里并没有需要通过一次咳嗽恢复正常的必要，可是她还是清了清嗓子，以便提醒大家竖起耳朵。艾红说，比如今天的剁椒豆腐，如果是她做的话就要先把豆腐在油锅里煎一下，煎到双面变黄再加入其他佐料，这样做出来的豆腐就不会变成这样的豆腐渣。说着用筷子敲了敲豆腐碗。

豆腐碗发出了“乒乓”的声响，这声音像敲在了李红梅的心上，她第一次感受到了艾红的厉害，第一次感受到了这家并不是她自己的家，但是看到豆腐碗里的菜确实不成样子，心里的不愉快马上被诗家的恩情再一次抵消了。

诗同文见空气有些许的凝固，就劝李红梅多吃菜，同时用筷子给李红梅夹菜，而诗同文自己却猛吃豆腐碗里的豆腐。艾红看在眼里，心里淡淡地掠过了一丝醋意，她眼睛看了看诗墨轩，见自己老公已经喝得微醺，无暇顾及她的内心感受了，便讪讪地说“你们慢吃”便提前结束了吃饭。

5

洪之一仁被推进了急诊室，值班医生问清楚情况后，马上清理伤口，一颗颗微小的玻璃碎片被冲洗了出来。医生一边止血，一边让护士准备缝合用的针线。王奕桐焦急地在手术室门外走来走去，她浑身是血，如果王奕桐坐在另外一个地方，会被误认为是她受了伤，而不是别人。

王奕桐望着走廊里的人看她的眼神都充满着不解和诧异，她才发现自己身上的血迹。此时的王奕桐没有哭，甚至内心没有一丝丝的哭的触动，她的内心从柔弱渐渐变得坚强和勇敢。进医院的时候，她还怕别人看到，尚有些害羞，后来她发现自己面对擦肩而过的路人却挺起了胸膛，微微隆起的胸像是自己随身携带的剑，这或许是通过某些事情少女开始正确认知自我的开始吧！

医生初步诊断后脑枕骨可能会出现颅骨骨折，但情况到底如何，需要CT扫描才能进一步确定，目前根据洪之一仁意识的清晰程度，虽然表面看起来问题不大，可医生还是建议做个核磁共振或者CT扫描才能最后确诊。

几个小时后，CT结果出来了，伤为轻度颅骨线性骨折。

拿到CT片子和诊断报告，王奕桐赶紧跑到医生办公室，她一脸的虔诚，希望是轻伤。医生看了看片子，又看了看报告，对王奕桐说，好在力量不大，如果距离再近一些后果就不堪设想了。病人注意避免头部剧烈活动，颅骨CT影像检查了就放心了，这种情况的颅骨骨折可以保守治疗，注意休息，再用一些消炎接骨药物治疗一下，观察观察。建议饮食清淡、规律，加强营养，适当食用钙质丰富食物。

回来的路上，王奕桐的心却比在医院的时候慌张了许多，在医院的时候自己光顾着去挂号排队，焦急烦闷了，现在离开医院了心却像十五只吊桶打水七上八下的。厨师推着自行车在前，王奕桐扶着洪之一仁在后。洪之一仁的头上包着厚厚的白色绷带，远看近瞧都像印度阿索拉－法塔赫布尔贝小镇来的保安。

时间已经来到了后半夜，厨师回到四季居酒屋就收拾东西要回家，王奕桐挽留了半天都无济于事。厨师口口声声说明天一大早尚有孩子需要照顾，今晚孩子都是求邻居家代为关照的。无奈之下，王奕桐央求厨师和她一起将洪之一仁扶到了双人沙发上躺下。

洪之一仁在王奕桐帮扶下昏头昏脑地吃下了医院给他开的药，倒头就睡，也许是药物的镇静作用，也许是回到四季居酒屋的环境，洪之一仁入睡特别地快。王奕桐替他把脚上的鞋脱下来，拿到外面用刷子刷去上面的血迹，又把沾满血迹的上衣慢慢为他脱下来，泡在洗手间的塑料盆里。王奕桐抬起头，借着化妆镜前微弱的灯光看见了自己洋溢着青春的脸，两颗小虎牙，天生的小酒窝自己看了都想亲一下。她还是第一次这么看自己的长相，除了水灵灵的眼神里有些许不确定外，自己应该是出水芙蓉或者沉鱼落雁那种姑娘了？王奕桐脱下外衣也泡在了盆里，自己衣服上的血迹渐渐地和洪之一仁衣服上浸出来的血迹融为了一体，两股血丝像扭麻花一样慢慢地编织到了一起。王奕桐心里一惊，突然想起有“东方莎翁”美誉剧作家范紫东先生创作的《三滴血》来，两股血能融为一体，这说明自己将来和洪之一仁不是一家人胜似一家人？说不定以后自己就是洪之一仁的什么人呢！王奕桐痴痴地想着姑娘的心事儿，却不想想这血不是自己流的血，都是洪之一仁头上流出来的血，只不过沾在了她身上而已。

爱是一个奇妙的东西，更是说不清道不明的心理活动！

王奕桐坐在沙发上，望着对面躺着的洪之一仁，想起那个风雪交加的夜晚，那个不久前受到心灵摧残的自己、那个饥寒交迫的自己、那个无依无靠的自己，不就躺在这个沙发上吗？当时的洪之一仁不就坐在现在自己坐的地方眼睁睁地守了自己一天一夜吗？要讲轮回，这就是轮回？要讲报恩也许就是报恩！多次被坏人欺负，多次被恶人侮辱，都是洪之一仁挡在自己的前面，他不仅像个男人，更像一个正直的大哥，对自己没有表现出任何猥琐行为。王奕桐不禁感叹，多可爱的男人！

王奕桐一连三天没有上学，斯梅尔不知道王奕桐发生了什么事就去王奕桐的宿舍找，结果没有找到。他又去学生处打听，也没有得到有价值的消息。正当斯梅尔纳闷的时候，王奕桐行色匆匆地回来了。斯梅尔见王奕桐完好无损地回到了教室，没有多问，就接着讲解帕格尼尼的*24 Caprices*，*for Violin*，*Op. 1*（《24首随想曲》）。

“今天我们学习第四变奏，这一变奏是持续十六分音符的下行半音阶与分解和弦；换指与换把相结合来完成半音阶的。”

斯梅尔见王奕桐像是在想着什么事情又像是在思考，就紧接着道：“可尝试手臂柔弦。左手指与手腕尽量保持手形不动，由手臂运动带动左手的揉弦动作，幅度控制在八度音准的范围内即可。

“第五变奏八分音符主导的，G弦上的级进低音部与十六分音符高音部分解八度的连音相呼应。音准难点是从G弦低音部与高音部分分解八度两条旋律线之间进行大跳时的换把音准，以及……以及……！”斯梅尔正欲接着往下讲，就见王奕桐头埋在课桌上睡着了，丝丝的喘息声不时穿过王奕桐趴在桌子上的胳膊里面传出来，王奕桐的眼睛安安静静地闭着，狭长的睫毛如同一把小扇子，盖着一片淡淡的阴影。斯梅尔收住声音，停了下来，凭他的直觉，王奕桐一定是遇见了什么事情。

斯梅尔没有打扰王奕桐，让她静静地睡着。斯梅尔冲了一杯雀巢咖啡，用他特有的盎格鲁－撒克逊人的长鼻子嗅了嗅咖啡杯里升腾起来的白色水蒸气，在讲台边上坐了下来。斯梅尔这段时间在做一项人生中重大的选择，由于他在北方音乐学院的聘任将很快到期，学校没有能力再支出高于其他教授数倍的薪酬，无奈之下校方只有和斯梅尔解除聘任合同。斯梅尔理解校方的难处，表示同意和接受。鉴于此，他在几个月前就开始联系位于伦敦他的母校英国伦敦皇家大学音乐学院，并且获得了管弦系两年的教授聘期。

近一段时间，斯梅尔徘徊在进退两难之中，这两难不是因为他舍不得离开中国，更不是他不愿意回英国，两难的是他心里放不下眼前这个聪慧且美丽的王奕桐。斯梅尔第一眼看到舞台上汇报演出时的王奕桐，就被王奕桐深深地吸引住了。王奕桐内敛的性格，东方女性的温柔让他彻夜难眠，自从夫人逝去，他心如止水，内心深处已经死水一潭没有了激情，就想用音乐充实着空洞虚幻的日子，一心就想着在中国这个友好善良的国度认真教书育人，没想到事不遂人愿，非离开不行。离开就离开吧！王奕桐的出现像一股风吹过湖面，让他心里的这潭死水泛起了波澜，荡起了涟漪。

斯梅尔是个果敢且负责任的人，这一点确实遗传了盎撒人的优秀基因。经过缜密思考，他向皇家音乐学院提出任教的条件。回来任教可以，自己的学生要由自己挑选，不仅如此，他目前在中国所教授的学生将优先列入考虑的行列。斯梅尔在这一点上是有私心的，他喜欢王奕桐，他知道离开王奕桐意味着他今后的日子将会是行尸走肉一般，对的事错过了对的人将有一个糟糕的结局，虽然说“对的人，早晚会相逢”，但是何时再相逢谁也说不准。于是他向皇家音乐学院提出的要求也就是为王奕桐量身定做而已。

斯梅尔原本想在今天课程结束后，告诉王奕桐自己的安排和计划，如果条件成熟，他还想让王奕桐知道自己是喜欢她的。谁知道，这个小可怜睡得昏天黑地地醒不来。此时，斯梅尔抬头看着熟睡中的王奕桐心里泛起了无限的爱怜。

华灯初上，教室里已经暗了下来，斯梅尔不敢开灯，他怕强烈的光线会惊醒了王奕桐，等到楼下学生们欢快的吵闹声不绝于耳的时候，王奕桐方才被这噪声惊醒，只见她睁开惺忪的睡眼，伸了伸懒腰，准备打一个大大的哈欠，哈欠打到一半，嘴正好张开，就借着外面的灯光望见自己的老师——那个绅士的斯梅尔斜歪着脑袋也睡着了。

王奕桐蹑手蹑脚往门口移动，突然想到自己的琴没有拿，谁知道琴盒碰到了桌角，琴盒发出了痛苦的声响，把斯梅尔吵醒了。

“Where are you going?”（去哪里呀?）

“No where!”（不去哪里!）

此时，斯梅尔看着王奕桐；王奕桐望着斯梅尔，两个人不约而同地笑出了声。

王奕桐听了斯梅尔的计划和对自己的安排，不知道该说同意还是该说不同意，她一脸茫然地望着斯梅尔的脸，这是她第一次真正看这张英国人的脸，黄色的头发、黄色的络腮胡子修理得整齐有型，白里透红的肌肤甚至能够看到皮肤下的血管，一嘴雪白的牙齿微笑起来让人着迷。每次擦肩而过，斯梅尔身上古龙水的味道和男性荷尔蒙混合到了一起的体香儿都会让王奕桐迷恋。

斯梅尔见王奕桐痴痴地望着他不说话，以为她没有听懂，拿不定主意，就将问题重新说了一遍，并问她听懂了没有。王奕桐点点头还是没有说话，斯梅尔犹豫了一下就把话题一转说，让王奕桐回家征求一下父母的看法，如果家人没有意见就尽快回复他，以便他处理一些法律和程序方面的手续。

王奕桐听得清清楚楚，她之所以不回答是因为她从来没有遇见过这么大的事情，这种事情对谁都算是人生的转折点，她不是不回答，而是她不知道如何回答。当她听到斯梅尔说让她回家跟父母商量一下的时候，她情绪的闸门彻底垮塌了，王奕桐的情绪一下从到英国的兴奋转回到了眼前。王奕桐想说，我哪里有父亲？我哪里有母亲？我去跟谁商量？谁能够在乎一个孤苦伶仃的我？谁在乎今天活着，或许明天死去的王奕桐？

王奕桐扑倒在课桌上哽咽起来，慢慢地哽咽像珠子一样穿成了串，连成了线。眼泪像江南黄梅天的雨，一旦开始下，说停也不会停，说歇也不会歇。此时的斯梅尔从王奕桐歇斯底里的哭声中感觉到了异样，好不容易等到王奕桐收住了哭声，王奕桐的眼睛从刚刚的睡眼蒙眬已经哭成了金鱼水泡眼。

怜香惜玉的斯梅尔见空气中弥漫着不安、焦躁和迷茫的气氛，就起身给王奕桐倒了一杯水，然后坐到了王奕桐的对面。四目相对，一双眼睛静如秋水，一双眼睛蓝如大海，在这小小的课室里两人的情绪似乎往一条路上在挪动，似乎开始融合。

王奕桐深知这一切都是自己的恩师为自己着想，不然的话，整个学院多少才华横溢的青年才俊打破头都想去海外学习深造，更不要说去英国，又是伦敦皇家的大学音乐学院。可是，自己哪里有能力去英国，自己连穿衣吃饭都成问题，除了靠学校发的助学金以外，就是在洪之一仁四季居酒屋拉琴得到的一点儿零钱勉强维持生活，答应与不答应结果都是一样，但如果老师回了国，王奕桐学习音乐的热情就会大打折扣。

“我，不想去！”王奕桐从牙缝里挤出这几个字。

“能跟我说说原因吗？”斯梅尔听了王奕桐的话显然有些失望，“是不是家人不会同意？”

王奕桐强忍着内心一次又一次痛苦的涌动，眼睛里的热泪再一次夺眶而出，她突然抓住斯梅尔的胳膊冲着斯梅尔喊道：“斯梅尔，求求你不要再提我的家人，我没有亲人，我没有父母，我是个没人心疼没人要的孤儿！”

说完，无视斯梅尔疑惑的表情，不顾一切地冲出了课室，消失在茫茫的夜色之中。

6

言自芳将高远挤得没地方坐了，高远不得不提醒眼前这位姑娘让一让。言自芳听到一个男声从身后传来，猛扭头往后看，没有注意到高远桌上的书和水杯，仅仅看到了高远的脸。高远帅气十足的脸庞让言自芳心里一惊，心想这男人帅气得一点儿“渣子”都不留。可是，高远的水杯被书推到了桌子边上，掉到了地上，书又是言自芳这么一转身时，被发育起来的胯骨挤得出位所致。

言自芳的脸红得像猕猴的屁股，红得有些发亮。这红说不清是将高远水杯打破羞愧闹的，还是见了帅哥不好意思心虚闹的。言自芳自认为也是见过世面的女孩子，用她自己的话说，“也是蹚过几条男人河的女人”，现在看来河水是蹚过，可是不是跟男人有关系就两说了，一到遇见高远这么有吸引力的异类，就现出了原形。

言自芳赶紧将自己抱着的书放到了高远的桌子上，一边道歉，一边连声说给高远买个新的杯子赔他。高远也被这突如其来的一幕搞蒙了，好好的杯子放在课桌中间的，这需要多大个屁股能把自己的水杯挤下课桌呀，还摔个粉身碎骨。他趁言自芳蹲下去捡破碎玻璃的时候观察着言自芳。

只见言自芳一头的秀发垂到了肩膀，她蹲下的时候，身体扭成了一个完美的S形，身上薄薄的粉红色的大V字毛线衣使言自芳的酥胸半隐半现，形成了一条引人注目的乳沟。弓腰活动时，耳边的秀发不由自主地垂下来，言自芳用白嫩细腻的手指将头发向脖子后面撩，结果这一动作把乳沟传递出来的青春气息一下都袒露在高远眼前，高远急忙将自己的眼光望向窗外的风景。

言自芳快速收拾完地上的碎玻璃，迈着小碎步奔向窗边的垃圾桶，这下她的整个身躯全部暴露在高远的视野之内。言自芳微微翘起的“蜜桃臀”被胯骨完美地诠释着，细细的腰肢在她扭身的时候，甚至于丢垃圾的时候，都显得那么婀娜。

高远痴痴地望着言自芳的背影，没想到言自芳还要扭身回来，只见一张标准的瓜子脸上忽闪忽闪一双大眼睛。高远看到这双大眼睛，就觉得自己内心一股自卑感油然而生。不像是他的杯子被言自芳打烂了，而是他打烂了言自芳的杯子似的。

高远有些慌张，明明杯子掉落的地方和言自芳相隔甚远，嘴里还是不由自主地询问她有没有伤到哪里，要不要去医务所看看。见言自芳没有说话，仅仅是回到桌前取书，慌乱中将自己的书糊里糊涂递给了言自芳。言自芳似乎也发现了高远情绪的变化，为了摆脱尴尬抱着高远递过来的书看也没看，甩下一句“改天赔你个新的”，就慌忙消失在图书馆书架的后面了。

高远魂不守舍，脑子里满满的都是长发、翘臀、乳沟。他长长地出了一口气，闭上眼靠在椅子的后背上细细地回忆着刚刚发生的细节。先是自己坐在书桌前的吧！那个姑娘是先来的，还是后到的？左边来的？不是，右边来的？自己在看书，对，没有看到她！先是翘臀，对！屁股将自己的书碰了一下，书碰倒了杯子？还是她的翘臀碰到了自己的杯子？

高远脑子被摩擦得发热，一阵慌乱后的平静让脑子里又出现了言自芳的翘臀、乌黑的长发、满满青春气息的酥胸，这次还多了忽闪忽闪的大眼睛、瓜子脸和白嫩的手指。他懊悔地将双手往桌子上一摊，后悔没有问一下人家姑娘姓甚名谁，埋怨自己就知道发愣，连个不用赔或者无所谓的客气话都没有说，太失礼了，太不男人了。

高远已经无心看书，他无奈地摇了摇头准备收拾自己的东西回宿舍，当他睁开眼睛的时候，发现桌上放的书散发出一股淡淡的胭脂味儿，再看这哪里是自己的那几本书，这明明就是刚刚那个“大眼睛”的书呀！高远急忙站起身来，往四周瞭望，这时候哪里还能找到言自芳的身影，一片人影中根本就没有看到那个长发的身姿了。

高远失望地坐了下来，想着等一下姑娘会主动返回来的。有了这个想法垫底，自己飘飘忽忽的心似乎找到了一个落脚点，心里有了一种希望，可这种希望没有坚持多久，就被一种心里流露出的自卑感取而代之。高远既希望见到她，又不希望见到。见到她说些什么，不说些什么。想幽默一下，说对不起自己把书故意换了？不行！这会让姑娘觉得自己对她有想法，这多没有意思呀！当然了，自己也不可能这么说，因为不是故意换的。再说了，她不也没有发现书不是自己的吗？拿错了吗？想到这里，心里的底气又一次支持了自己的等待。

高远见第一本书面朝下反扣着，就顺手拿起来好奇地看看这姑娘看的是什么书。这是英国女作家夏洛蒂·勃朗特的《简·爱》，发黄的硬壳书皮上英文书名软软地刻在上面，好像告诉人们这斜体英文字的柔软程度比爱情还需要人去扶持一把似的，唯独中文的“简·爱”两字多少还能感觉出爱情的力量。

下面一本书是《中医方剂学》和《推拿治疗学》。高远翻开《中医方剂学》的第一页，秀丽的“言自芳”三个字赫然在目，名字的前面画了一个心形，一把形似丘比特的箭穿心而过，名字后面还画了一个憨态可掬的光屁股丘比特正拉开架势搭弓射箭。看到这里，高远不由得“扑哧”笑出了声。

“有什么好笑的？本姑娘的书你也配看？”高远听到有个声音从身后传来，这声音既觉得熟悉又感到陌生，显然是书的主人发现书拿错了回来找他。

高远估计得没错，正当他看丘比特光屁股“舞刀弄剑”的时候，言自芳找了回来，见高远正在看她画的画，像心里的秘密被人偷窥了一样，有些愠怒、有些紧张。

言自芳打破了高远的玻璃杯，心里确实觉得自己有些失礼，有些不好意思。当她看到高远风流倜傥一表人才的样子，心里的感觉像有两只小鹿乱撞，扑腾扑腾跳得不行，人也开始慌乱。言自芳见有一对情侣起身离开，就坐了下来。她将抱在怀里的书放下的同时就觉得书少了，因为三本书的厚度和两本书的厚度完全不一样，低头仔细一看，这哪里是自己的书，一本是柏拉图的《理想国》，一本是亚里士多德的《政治学》，书的作者如果在天有灵，一定会可怜巴巴地望着她。两位不同时代的先贤会被言自芳的美貌惊得甩丢了拖鞋，连滚带爬地伏案把《理想国》里所推崇的“教育的最高目标是培养‘哲学王者’”改成“教育的普遍目标是‘培养仙女’”；亚里士多德也一改“教育事业应该是公共的，不是私人的”而成“教育事业是私有的，是专门为美女服务的”。

言自芳顾及不了柏拉图怎么想、亚里士多德如何说了，拎着两本书就去找高远。由于刚刚离开的时候太过匆忙，偌大的一个图书馆自己从哪个方向过来的一扭身就辨别不清方向了。言自芳东瞧瞧西看看，等望见高远的时候，高远正在那里翻看自己的书。言自芳见此情景，既懊恼又可气，懊恼的是姑娘的书犹如姑娘穿的花裙子，能随随便便撩起来看个究竟吗？可气的是，看了就看了还笑出了声。这“扑哧”声在安静的图书馆里显得异常刺耳，特别另类。言自芳心想这有啥好扑哧的，这不是太可笑了吗？

“你画的丘比特挺好看的，就是太瘦了！”高远像是为自己解嘲又像是找个台阶下。

“明天就胖了，等着！”言自芳从高远手里夺过自己的书，头也不回地溜出了图书馆。言自芳径直回到了宿舍，将书扔到了桌上，将头用被子蒙得“水泄不通”，等到同寝室的“小灵通”吴倩依回来，发现言自芳情绪异常，就阴阳怪气地说，这身子不舒服了是要盖腿盖肚子，这心里有事情了就是捂脸，如果这脑子里有事了，可就只有大厚被子捂脑袋了。

吴倩依坐在言自芳的床边，用手拍了拍言自芳露在外面的半截腰说：“这天上飞的百灵鸟一大早出去，回来就成了地上跑的戴胜了，这才几点钟就变成另外一种模样了，如果没有估计错的话，你言自芳今天是不是碰见‘城北徐公’了？”

言自芳惊得眼睛在被子里睁开像个铜铃，心想不可能，就这么巧吗？言自芳翻身坐起，见宿舍里只有吴倩依一个人在，就一五一十地将在图书馆“遭遇”的事情竹筒倒豆子全抖了出来。末了，还加上了一句，自己还要去买一个杯子明天赔他。那说话的架势怎么听都有点儿卖弄的意思来。

吴倩依经验老到得像个“过来人”，说既然他说你画的丘比特太瘦，你就反其道而行之，画一个弥勒佛一样大肚子的丘比特去逗逗他，最好丘比特手里不要张弓搭箭，杵个拐杖，挂了葫芦，试试他的鉴赏能力。

言自芳心想也对，既然自己对这个“徐公”有好感，管他是来自城北还是城南，现在学院里的姑娘们为了能在学习期间谈上一场轰轰烈烈的恋爱，都像拼了小命似的不计后果，自己可不能将眼看有可能煮熟的鸭子再让它飞了。想到这里，换了一身过节才上身的新衣服，到百货公司替高远挑选玻璃水杯去了。

平时，言自芳对穿衣打扮十分讲究，什么颜色搭配什么样的季节，什么衣帽搭配什么样子的裤袜，甚至于女孩子穿什么样搭配什么配饰都十分老辣。可是，今天来买玻璃水杯却一脸地茫然，大的小的、胖的瘦的，价格便宜的、质量第一的，无奈之下言自芳想起“便宜没好货”来，买了一个最贵的玻璃杯。这玻璃杯不仅能泡茶，保温时间长，还有一个漂亮的外套保护着。怎么看都物有所值。

第二天一早，言自芳身上依然穿着昨天上街的衣服，怀里依然抱着昨天看的三本书，所不同的是三本书的上面多了一个包装完整的水杯。言自芳迈着轻盈的小碎步，沿着蜿蜒曲折的小路往图书馆方向款款而来。玉兰花已经开始爆开花蕾，紫色的花瓣冲着天空微笑着。言自芳今天心情异常地欢快，理由很简单，那就是不仅赔给高远的玻璃杯买好了，而且大肚佛一样的丘比特也画好了。肥胖的丘比特一手拄着一根拐杖，一手叉着腰，形态可掬；几支丘比特之箭纷纷落地，箭头被折断了。

昨夜画完，言自芳将画卷成了一个小卷放进了水杯里。心情好，什么都美好。言自芳哼着陈百强的《偏偏喜欢你》，脚步更轻快了。

愁绪挥不去苦闷散不去
为何我心一片空虚
感情已失去一切都失去
满腔恨愁不可消除
为何你的嘴里总是那一句
为何我的心不会死
明向到爱失去一切都不对
我又为何偏偏喜欢你
爱已是负累相爱似受罪
心底如今满苦泪
旧日情如醉此际怕再追
偏偏痴心想见你

刚刚唱到这里，见一群貌似新入学的男男女女急迫地从自己身边挤了过去，想起上小学时高年级调侃新入学孩子的顺口溜来：“一年级的猴，打酱油；二年级的猴，嘬指头；三年级的猴……”思绪还没有开始“万千”，陈百强的歌声又回到了脑海里：

为何我心分秒想着过去
为何你一点都不记起
情义已失去恩爱都失去
我却为何偏偏喜欢你
爱已是负累相爱似受罪
心底如今满苦泪
旧日情如醉此际怕再追
偏偏痴心想见你
为何我心分秒想着过去
为何你一点都不记起
情义已失去恩爱都失去
我却为何偏偏喜欢你
情义已失去恩爱都失去
我却为何偏偏喜欢你

她唱着歌进了图书馆，就见馆里坐满了人。言自芳先是蹑手蹑脚进了门，其实没有人关心她，只是她自己心里有鬼，怕脚步重了影响了别人。言自芳自己都奇怪，昨天自己咋就没有怕自己的脚步重了轻了影响到别人呢？她踮起脚尖往昨天高远坐的地方张望，满心希望高远也正迫不及待地眺望着她，结果令她失望，昨天位子上竟没有人，这明摆着昨天那个人没有来。

言自芳的心突然间觉得空落落地难受，多种念头同时涌上心头，抱在怀里的杯子都显得多余了。她有些不死心，移着步，眼睛却前后左右地扫描着，希望能在其他位子上发现那个讨厌的家伙。言自芳绕过昨天那扇落地窗户，见昨天的位子已经有个书包占领了，不仅如此，邻座的位子也被几本书霸占着。她正在犹豫走还是不走，就听后面一个男中音穿进了自己的耳膜，直达她心里最柔软的地方。

“赔我杯子来啦?”高远从言自芳身后问道，语气似带调侃。

听到高远的问话，言自芳的心像坐过山车，从低谷一下被推上了顶峰。言自芳本能地紧紧抱住怀里的水杯和书，让书和水杯的力量压住怦怦乱跳的心。虽然心里慌，可是她面部表情还是显得镇定自若，她先把自己的书放在另外一个桌子上，怕一会儿再拿错又会造成不必要的误会，一只手将新买的杯子递给高远。

“看看，是不是比你的好多了!”言自芳说着，示意高远将包装打开看看。

“这买杯子还送画的?”高远打开包装，将杯子里言自芳画的画抽了出来，调侃道，“今天画的丘比特可够肥的，是不是吃了东坡肉，又吃了叫花鸡，还喝了宋嫂鱼羹才画的?”高远说完，望着言自芳窘得发紫的脸颊发出了爽朗的大笑。这笑声大得让整个图书馆看书的师生不知道发生了什么事情，纷纷停了手里的学习，或转过身，或扭头，齐刷刷看着言自芳和高远。

高远和言自芳见大家都在看他们赶紧坐到了位子上，同时把头埋了下来。言自芳想这个人真够坏的，好心赔你个杯子，还遭你一通奚落，真是天理不容。突然又担心自己坐的位子是不是这个家伙为女朋友或兄弟们留的，自己躲在这里算什么。万一此时后面再来一个或男或女，那就真想去洗白自己，也没有跳进西湖的机会了。想到这里，起身就要走，这时高远问道：“干吗，这么客气！不就是一个玻璃杯吗？来日方长的呀!”

言自芳正在考虑另外一件事，根本就没有听清楚高远前面说的是什么，就听见最后一句“来日方长的呀!”她的脸就跟小孩子翻书一样快，一会儿变得冰凉，一会儿烧得发烫。仅仅几秒钟的时间里出现了春夏秋冬四个季节，言自芳的脑子里涌进了诸多词汇，爱情、过日子、结婚、生子。最后，理智还是占了上风，只见她猛地站起身来头也不回地出了图书馆。

7

李红梅到达湖南高等专科技术学校报到的时候，学校正在召开欢送大会。新一批的赴日、赴美和赴英的护理系毕业生统一着装坐在台下，意气风发，人人脸红得泛着油光。也许是不舍得离开故土，但绝对是憧憬着美好的未来。一排老师和领导坐在台上，或记录发言人的警世名言，或表情凝重地眺望远方。记录的人就怕遗漏只言片语，对后人、对历史都是无法交代的；眺望的，并不是眯眯眼就能瞄到富士山，看到伦敦塔，而是胡思乱想着自己的诗和远方。

李红梅就听见发言人将过去、现在和将来一一分开，按第一、第二再第三，分了又合、合了再分地折腾来折腾去，她实在听不下去，就拎上自己的包袱按指引寻找报到的地方去了。

报到完，领到自己宿舍的钥匙，李红梅将包袱扔进房间反身又急急忙忙往开欢送会的地方去了。这时，会议已经接近尾声，一个大辫子女生正代表学生在台上发言，在感谢了一大串领导和老师之后，最后还留下了一串串激动的眼泪出来，让老师们刚刚开始“房颤”一样的心率，还没有来得及被拉了下来，又跳了上去。

会议结束了，可李红梅并没有离开。她停留在学生们站立的地方良久，闭着眼贪婪地呼吸着学姐学哥们身上遗留下来淡淡的气息，那一刻她是幸福的。她渐渐有了明确的目标，“我也要出国！”如果她够努力，也许她能够改变自己，说不定能通过改变自己来改变整个李家。

李红梅似乎明白了一句耳熟能详的话，“默默地下决心”，是的！李红梅觉得自己的决心开始默默地被触动，她被自己要改变自己的想法所感动。她想在这个时候也流一串半串的眼泪，来纪念一下今天自己下的决心，可惜的是内心深处还没有啥东西能感动自己，无奈之下，望了望空荡荡的操场，往来的方向去了。

李红梅沿着宣传栏，浏览着里面的内容，除了各个专业系别的内容外就是宣传相关国家的护士需求详情。李红梅跳过日本，眼睛停留在英国一栏。只见上面写着：英国护士平均收入详情。

简介：每月净收入超过美澳，生活成本适中，是护士出国首选推荐目的地。下来是平均收入、税率和社保，最后是日常支出等等。当然，也备注了一笔，具体收入与您学历、年龄和履历有关。李红梅转身再看看自己要学的护理专业一览的简介：

> 该专业学生主要学习相关的人文社会科学知识和基础医学、预防保健的基本理论、基本知识和临床护理技能的培训，具有对服务对象实施整体护理的基本能力。毕业后可在护理领域内从事临床护理、预防保健、护理管理、护理教学和护理科研。

李红梅心里一惊又一喜，惊的是最后一句话“毕业后可在护理领域内从事临床护理、预防保健、护理管理、护理教学和护理科研。”这就意味着自己不仅可以到海外做护理和保健工作，还能从事管理、教学与科研工作，这是何等的高尚呀！喜的是只要自己认真努力将上面所讲的具备“人文社会科学知识和基础医学、预防保健的基本理论，具有对服务对象实施整体护理的基本能力”就能够出国深造，就应该能达到出国的标准。

此时的李红梅不知道在这以后的许多年里，命运的脚步并不都是按照自己的努力方向发展的，命运之树长高了长大了，但是也分枝了分叉了。

李红梅入学几个月后，艾红、诗墨轩和诗同文一起来学校探望李红梅。这一天，天空下着毛毛细雨，传达室的老头急急忙忙来到女生宿舍楼下高喉咙大嗓子地呼喊着李红梅的名字，直截了当说有人来看她来了。

听到喊声，三楼出来了一个李红梅，四楼也出来了一个同名同姓的李红梅。三楼的李红梅抬头往四楼看，四楼的李红梅向三楼瞧，一时间两个人都不知道如何回答楼下老头的呼喊。

门卫老头也蒙了，见出来两个姑娘不知道这门口的亲戚应该是哪个姑娘的，于是计上心头，就又扯着破锣嗓子喊道："是个跛子！"听到这里，三楼的李红梅不见了，就剩下四楼的李红梅了，楼层里不时传出了忽高忽低的讥笑声。李红梅听到这种不怀好意的笑声，知道来的是自家人，但是不知道来的是自己的父亲李竹衣，还是诗同文，因为两个人都是跛子。

李红梅急急忙忙下楼，跟着老头往大门口走，由于心急，又因为老头的呼叫"跛子"让自己丢了人，下楼的时候，连雨伞都忘记拿了。绵密的细雨落在李红梅的头上形成了一点一点小小的水珠，等到了门口，水珠已经连成了线，从李红梅的头发上慢慢流过了脸颊。

艾红第一个冲出门卫室，手里拿着一块小手帕，哎哟哟地心疼着李红梅，诗墨轩打着一把油布伞紧跟在艾红的身后，嘴里也配合着艾红发出连自己都不明白的感叹声。诗同文拄着拐杖一瘸一拐在一旁干着急，不知道该如何是好。

李红梅见一下来了三个人，时间又快到晚饭时间就提议到附近一家土菜馆一边休息，一边点菜吃饭。诗同文表示赞成。在别人看来，这个小小的决定似乎是小两口做出的，诗墨轩和艾红故意不出声，让诗同文和李红梅两个人拿主意。这也算是孩子们默契或者说相爱的具体表现。

诗墨轩一行来到一家叫作"一锅鲜"的土菜馆坐定，老板将菜单递给诗墨轩，诗墨轩看看菜单，价格最贵也就几十块钱就把菜单交给诗同文。诗墨轩的意思很明显，儿子也要锻炼锻炼，因为诗墨轩始终认为点菜也是男人有担当的一种表现。点的菜好不好、贵不贵都是自己所为，自己承担。谁知道，诗同文没有意识到父亲的良苦用心，他将菜单看都没看直接就递给了李红梅。

李红梅没有在外面请过客吃过饭，不多的几次吃饭都是在过年中拜年的时候吃到的。这时，李红梅拿着菜单，心里犹豫，突然在诗同文家那次吃饭的情景浮现在眼前，她心里有了底。李红梅看着菜单点了几道菜，然后若无其事地和艾红一家人唠起了家常。

等菜上来，艾红的脸就开始难看了。只见所上的菜正是李红梅在自己家里做过的那几道菜，第一道菜就是土鸡炖汤，放的材料和自己家的几乎一模一样，这还不说，除了青椒炒腊肉以外，可圈可点的就是一碗豆腐。如果说这碗豆腐是李红梅做的，艾红不会相信，因为李红梅就在身边；假如李红梅离开一会儿，艾红绝对相信这豆腐是在李红梅的授意下后厨照着做的，因为从色泽到口味，从量多少到咸淡程度都如出一辙。特别要提出的是豆腐并没有像艾红以前批评李红梅的那样，需要先在油锅里煎一下再炒，而是菜锅爆香后直接将豆腐放进锅里做成的。

艾红隐隐地意识到，自己这位未来的儿媳妇和自己在这里暗暗较劲。饭还没有开吃，艾红心里已经强烈地感觉到，这小小的李红梅用我艾红之道还治我艾红之身呀，想到这里不禁暗暗开始对李红梅另眼看待。

李红梅将这段时间所见所闻一股脑都说了出来，特别是毕业后能够出国就业，出国培训，还言之凿凿地将多少人成功出去了一一列举。把看到的、道听途说的毕业生在国外生活学习的成功事迹添油加醋夯不啷当一通炫耀。当看到艾红脸色苍白，对桌子上的菜不吃不动，方才发现自己的夸夸其谈所说出国的事情刺痛了面前的人。

空气一下子凝重了许多，四人相对无话可说。还是艾红脑子活络，反应机敏，不仅夸奖了学校，还顺带夸奖了李红梅奋发上进。夸了以后，话题一转说到人生，便硬扯到女人身上。她开始拿自己做比喻，说想当年自己也像李红梅一样风华正茂，婀娜多姿，其美貌堪比西施家的亲戚，整个县城从光屁股小童到耄耋老者，见了她没有不侧目而视、停履而观的。她艾红在县一中，那可是校花中的状元。

艾红没有吹牛，她被一个男孩子追求的时候，由于这男孩子吊儿郎当不成器，艾红父母看不上，但是这个吊儿郎当说过的一句话却一本正经让艾红至今难忘，那就是：“你和校花差远了！”

可怜的艾红把这句“你和校花差远了”听成了“你是校花状元了！”由于方言的原因“差远”和“状元”这两个该死的词发音差不多，惹得艾红宁可信其有，绝难信其无了。所以，在一般学校里只有一个校花的当今世界，县一中前无古人后无来者地凭空多出一个校花中的状元来。

艾红的话无外乎就是女人的青春是短暂的，再宏大的志向也要以家庭为重，再奔腾的心都要生儿育女，到后来都要成为男人的老婆、孩子的妈！到最后岁月荏苒，把每个小姑娘都蹉跎成她这样的老女人。

李红梅听懂了这位候任婆婆的话，但是自己不会就这么让命运处处左右自己内心的，婚姻是要有，但对于她来说不是现在，也不是毕业。自己要去外面闯荡一番后，再考虑终身大事。也许，到那时自己结婚的原因是累了，也许自己结婚的原因是需要有个家庭，也许到那时自己遍体鳞伤，浑身上下没有一处完整的地方，需要找个地方疗伤，那是自己认命了。此时，李红梅已经将李家和诗家的婚约抛到了九霄云外。

日子过得太快，总经不起消磨，光阴的钟摆嘀嘀嗒嗒将四季翻来覆去地折腾着，似乎每个季节都遗失了太多，又获得了不少。看似对立的，没承想几天后又统一了。有快乐，却伴随着不安；有感动，又同时伴着泪水。看似经历过，闭目想想却留下的所剩无几。

人越来越看淡一些东西！有的是物，有的是情！

李红梅在毕业典礼的操场上又呼吸过两次学姐学哥们淡淡的体味，当她第三次站在同一个地方的时候，她已经顺利地毕业。今天，李红梅已经和英国伦敦残疾人联合会签订了国际合作及护士赴英留学与就业项目协议。李红梅代表毕业生上台发言，她回忆起第一次站到这里时的情景，她想起当时发言那位学姐的眼泪，她想自己会不会流泪，流泪是说明什么，是懦弱，是迎来机遇的感动，还是自己要去伦敦的计划将要实现。

台下坐着的依然是新一批的赴日、赴美和赴英的护理系毕业生，他们依然是统一着装，意气风发，每个人的脸依然泛着几年前那些毕业生一样的油光。同样是一排老师和领导坐在台上，同样是记录着发言人的只言片语；几年前眺望远方的领导已经不去臆想着富士山和伦敦塔了，更不胡思乱想着自己的诗和远方，而是眯着眼睛，频频点头昏昏欲睡了。

李红梅记得在台上说了许多掏心掏肺的话，但是没有流泪，连一滴都没有流。

李竹衣家又一次沉浸在一片欢乐之中，这次的欢乐没有痛苦，没有悔恨，但是有眼泪。有女人的地方从来就不缺乏眼泪，也不缺乏欢乐。李红梅要出国的消息不胫而走，连乡里的妇联都派人前来祝贺。见到李红梅，乡亲们说得最多的话就是，第一别忘了家乡，第二就是哪天他们去了英国别不认识他们了！

艾红没有来，诗墨轩也没有来，不是李竹衣没有请，是艾红和诗墨轩让诗同文来了。此时的诗同文已经装上了假肢，走起路来虽然看着别扭，但是站在那里不动的话也是一表人才。艾红和诗墨轩想得明白，原来定的李红梅一毕业就结婚的事现在显然再提出就多少有些不合时宜了，干脆来一个做人事、由天命吧。

8

王奕桐冲出了教室，跑下了楼梯。由于胸口闷，心里气，脚下一滑，身体就失去了平衡，等她反应过来自己已经结结实实地摔倒在了地上。手掌磕破了皮，脸也划伤了，膝盖也擦破了。她怕斯梅尔跟着跑出来，看到自己的狼狈相，就急忙爬起身来，一瘸一拐硬挺着往前行。夜风刮到脸上，伤口异常地痛，她用手背去摸了摸，结果血的面积被王奕桐越摸越大。手掌磕掉的皮虽然没有流血，但是几条深深的血印，能看得出刚刚摔的力度大小。膝盖上的血慢慢渗出来和裤子粘到了一起疼痛难忍，她走一步一咧嘴。

王奕桐勉强往前迈步，望着空旷的校园没有一个人，她迷茫了。她不愿意回宿舍，因为她从来就不喜欢这个地方。她想去一个地方让自己平静一下，可是能想到的地方都马上被四季居酒屋给占领了，她想见的人马上被洪之一仁取代了。

“是的！他咋样了？”已经有几天没有见到他了。王奕桐所说的他，当然就是洪之一仁。想到洪之一仁，王奕桐奇怪自己的疼痛好像减轻了不少。

风已经有了暖意，虽然是夜里，可是春天的气息已经从土地、从树木、从绿草中激发出来了。王奕桐忍着疼痛往四季居酒屋的方向挪动，远远地，那盏熟悉的霓虹灯一闪一闪地像给她打着手势，欢迎她回来，王奕桐不由自主地加快了步伐。

王奕桐推门进屋，就见洪之一仁正在为一对年轻男女点菜，男的英俊潇洒，女的貌美如花。那青年看着菜单显然是在犹豫，或者是因为价格或者是因为口味，见男青年这种表现女孩子的脸色由原来的如花慢慢变成了“僵化”。

洪之一仁见状就及时脱身，说让他们再看看菜单，有什么需要再叫他。然后扭身走了出来，王奕桐在灯光下看到洪之一仁头上的纱布依然像一块“狗皮膏药”牢牢地粘在后脑勺上。

“这是谁干的？”当洪之一仁转过身，发现王奕桐脸上流的血迹，突然从一只温顺的金毛变成了一头咆哮的狮子，“这他妈谁干的？”洪之一仁猛地将王奕桐的衣领揪了起来，王奕桐只觉得自己的呼吸马上就没有了，她挣扎了半天才从洪之一仁的手里挣脱开来。

洪之一仁咆哮如雷的声音吓坏了进来就餐的男女，他们不知道接下来将会发生什么不测，男青年拉着女孩子落荒而逃了。

洪之一仁的理智慢慢得到了恢复，他见王奕桐艰难地移动着，就赶紧扶着她坐了下来。王奕桐示意洪之一仁不要太过用力，自己的腿和手都有伤。洪之一仁还是第一次抚摸到王奕桐柔滑白净的手，怕自己粗糙的手掌再伤害到她，双手赶紧摊开，那架势像捧了一块日本嫩豆腐。

两个人坐定，洪之一仁还没有消气，他的语气依然不依不饶，非让王奕桐说出是谁伤害到了她。口口声声说他自己可以受伤，但是王奕桐绝不能受丁点儿委屈。

王奕桐既感动又好笑，感动的是自己的亲人不就是眼前的这个男人吗？还需要什么亲人？好笑的是，今天的受伤是自己摔了个“狗啃泥”，跟任何人无关。唯独有关的就是要跟洪之一仁商量一件自己的人生大事。

洪之一仁拿来碘酒，撕开一个棉质口罩，让王奕桐处理一下伤口。王奕桐用纱布在瓶口蘸了些碘酒，把膝盖部位擦拭着，疼痛再一次袭来，她“咝咝”地吸着气，咧着嘴。

王奕桐正犹豫如何擦拭脸上的血迹，如果去洗手间，膝盖会疼痛，如果随便擦一下又不知道效果如何，正在犹豫之中，洪之一仁递过来半块儿破镜子，王奕桐“扑哧”笑出了声，她一直认为男人是不照镜子的，没想到看似粗人的洪之一仁也有细心的一面。

王奕桐搞好了自己的伤口，拉着洪之一仁坐下。洪之一仁从来没有被王奕桐这么拉着坐下过，更没有这样拉着王奕桐。他的心跳得“扑腾扑腾”，他极力回忆着自己人生道路上是哪几步走歪了，让这个天仙般的姑娘这么对待自己。他想来想去都没有思路，都无法捋出个头绪来。

“从今天开始，我叫你哥，行吗？”王奕桐严肃地说。

“本来就是你哥！”洪之一仁诧异道，“为啥今天提出来呢？还这么地严肃？”

“哥，今天你把店关了，给厨师放个假，行吗?”王奕桐把脸扭向窗户外面，“我想和你喝杯酒!”

“今天不年不节的，喝什么酒呢?”洪之一仁心里有些慌，“是不是你的生日?”

“哥，今天不是我的生日！我今天高兴，就想跟你喝酒，不行吗?”王奕桐说着哽咽了起来，“你说行还是不行?”说完，王奕桐不顾一切地抱住了洪之一仁。

洪之一仁从来没有抱过女人，更没有想过抱王奕桐，他脑海里的王奕桐就是天上的星星，不可玷污的仙子。王奕桐的这一举动把洪之一仁吓了一跳，他赶紧把王奕桐安抚着坐了下来，安慰着她。洪之一仁想王奕桐一定是受了很大的委屈才突然变成今天这样，再往下想，王奕桐会不会想不开，要寻死觅活地跟自己告别来了？想到这里，洪之一仁惊出了一身冷汗，越想越乱了。

“你等着，我去给你调酒去!”洪之一仁拍拍王奕桐的肩膀，“好好等着!”

洪之一仁回到吧台，给王奕桐调了一杯苹果汁，给自己倒了一杯可乐。王奕桐抬起头，两眼泪汪汪地看着洪之一仁：“哥！给我调一杯‘大都会鸡尾酒’吧（Cosmopolitan)!”

洪之一仁一愣，心想王奕桐为何要喝这大都会鸡尾酒呢？这是因美国一部电视连续剧《欲望都市》（*Sex and the City*）而迅速火爆走红起来的鸡尾酒。这部电视剧中的四大性感美女Carrie、Samantha、Miranda和Charlotte在纽约这个大都市里找寻真爱时，常常喝这款鸡尾酒。难道王奕桐今天找到了自己的真爱了不成?

想到这里，洪之一仁又回到王奕桐身边，这时王奕桐已经收住了眼泪，含情脉脉地看着他。洪之一仁被王奕桐看得心里发虚。他大着胆子问道：“今天非要喝那个‘大都会鸡尾酒’吗?”

洪之一仁静静等待着王奕桐的回答，紧接着又补充一句：“大都会鸡尾酒可是由伏特加、蔓越橘汁、橙皮甜酒和柠檬汁调配而成的，你喝了会头晕的，不然咱们换一个，换一个……”

“哥，我就要喝这个Cosmopolitan，也许我以后没机会喝了！”说着，又要哭出声来。

洪之一仁吓得倒退了一步，连说了几个好字，赶紧回到吧台，按配方调制去了。洪之一仁一边调酒一边用眼瞄着王奕桐，不知道该仙女大人今天到底出了什么事情。

王奕桐见洪之一仁担心自己，心里越发感动，她擦去眼泪，起身到了店门口，将闪烁的霓虹灯关掉，反身进厨房告诉厨师可以下班了，等望见厨师出了门，就把店门从里面反锁了。此时，月亮升了起来，将月光洒进了室内，窗棂把月光切成了一条一条，整齐地投射到了王奕桐和洪之一仁坐的台面上，台上的几枝野花似乎受了月亮的仙气，也挺起了弯弯的腰，抬起了枯萎的花瓣儿，像要体会两个人的温情。

洪之一仁端着托盘，将一杯“大都会鸡尾酒”绅士般地放到了王奕桐的面前，将另一杯“今夜不回家”的男士鸡尾酒放到了自己的面前。这是一种专门为壮汉打造的鸡尾酒，就如名字一样，酒精度数超过40%，可以被火直接点燃。

“哥，我们先喝一口！”王奕桐主动端起酒杯，由于动作不娴熟，差点将杯子打翻，“你看你妹妹多笨！”

“奕桐，你还笨？那贝多芬的曲子，施特劳斯的曲子，还有门德尔松的曲子，你都能拉得跟喝酒似的，你还说自己笨！”洪之一仁喝了一口“不回家”说道，也不管这些音乐家是弹钢琴出身的，还是拉小提琴出名的，凭着自己的记忆凡是音乐家的本事就都成了王奕桐的能耐了。

“哥，你说错了！钢琴曲，我哪里会呀！你说的贝多芬，人家是钢琴家，好不好！”王奕桐的脸上泛起了迷人的红晕，“你说门德尔松还差不多！”

“我才不管呢，反正他们都不认识我是谁，我也就认识你这个未来的大音乐家！”洪之一仁又“不回家”了一次。

“哥，假如你以后再见不到我了，你会记得我吗?”王奕桐心里涌出一股暖流，她已经有些微醺，她意识到，如果不在此时将心里的话给面前的男人表白清楚，一旦自己喝醉就错过这个机会了，那将是遗憾终生!

洪之一仁不敢相信自己的耳朵，他的心从胸口一下掉到了地上一样紧张了起来。王奕桐的话吓得他差一点儿从椅子上摔到了地上。

“妹妹，你有啥事情就跟我说，啥事情都会好的，天下没有过不去的坎，听哥的话！我求求你了!”洪之一仁被王奕桐拉着回到了座位上。

“哥，我没有想不开，我就是离不开你似的!”王奕桐有些酒意，“哥，你记得吗？冬天的时候，我没有地方去，是你收留了我；你怕我出事，整晚不睡看着我；我上学，你悄悄出去给我买女孩子的衣服，你把辛苦赚的钱塞满了我的琴盒；危难的时候，你挡在我的面前，搞得头破血流，到现在都没好!”

说到这里，王奕桐将洪之一仁一把搂在怀里，抱得紧紧的。洪之一仁听得真真切切，眼泪在眼眶里打转，他只觉得鼻子发酸，脸部肌肉不由自主地颤抖着。

“妹，都过去了，不说这些事情了!”洪之一仁怕自己也流下眼泪，急忙说道。

“不，我要说，不说的话，我就没机会说了!”王奕桐说完将洪之一仁搂得更紧了。

“别人强迫我喝酒，你拦在他们面前说‘我的女人从不陪人喝酒’!”王奕桐哭得喘不过来气，“哥，你说对不对，我今晚来就是要做你的女人!”王奕桐将头埋在洪之一仁宽厚的胸膛里，哽咽得说不出话来。

洪之一仁恍惚中听到这些话，不由得心里一惊：“妹妹，你是不是遇见啥事情，我会为你遮风挡雨，你的人生之路还长得很呢！来日方长，别胡思乱想!”

王奕桐一手端起自己的酒杯，一手端起洪之一仁的酒杯："哥，我们干杯！"

月光下，王奕桐将自己的衣服一件一件地脱了下来，窗棂用月光这把凄美的刀在王奕桐美丽的胴体上分割成一条条斜拉出来的线。身体的曲线和窗棂的斜线在王奕桐的胴体上完美地统一到了一起，曲折和率直本来就是分不开的对立统一！此时，王奕桐已经变成了卢浮宫里的维纳斯，女性真正的美会赶走淫秽，驱散邪恶，留下的只有完美！

天空中原有的乌云都被月光赶走了，留下来的只有皎洁！

斯梅尔见王奕桐哭着出了课室，心里有些蒙。由于语言问题，王奕桐哭着说的话，他听得不清不楚，但是凭他的感觉，他知道王奕桐的身世与众不同。王奕桐的家庭一定是出现了什么问题才使她这样激动。王奕桐的事他想打听一下，也好帮着她出出主意，想想办法。可是，西方国家的教育背景和斯梅尔的个人修养限制了他的行动。

斯梅尔郁郁寡欢，无心备课，一门心思想着再次见到王奕桐时的各种情景。斯梅尔是个认真严肃的音乐家，他对自己喜欢的人就像对待乐谱中的每个音符一样，性格有时候急，有时候会慢。就像音乐呈现出来的是4分音符，有时候会呈现出16分或者32分音符那样，但是他的心肠是善良的，他对感情是严肃认真的。可以说，斯梅尔不仅是个男人，他还是一首优美动人的小提琴曲。

斯梅尔在王奕桐离开后，在课室里默默地坐了好久，反思自己的话有没有哪些地方冒犯了这个姑娘。没有，他肯定自己没有，唯一的可能就是她舍不得离开中国！

王奕桐见到斯梅尔是在第二天的午后，王奕桐来到教授办公楼，她站在楼下，眯着眼睛往楼上看，寻找着斯梅尔是在哪一间房子办公，就在这时斯梅尔也正好往下看。

见到王奕桐，斯梅尔像离别了很久一样，心情马上好转了许多。他向楼下的王奕桐示意是他下去，还是王奕桐上来。王奕桐没有来过教授的办公室，也觉得神秘，于是示意自己上去。

斯梅尔快乐得像个孩子，他见王奕桐今天情绪正常了，自己好像也正常了。他整理了一下上衣，郑重其事地站在楼梯口等着王奕桐的到来。斯梅尔见到王奕桐的第一句话就是：“欢迎你的回归！”为什么这么说？凭他多年的教学经验，眼前的学生应该是经过思想的波动以后平静了下来，能够主动来见他是要跟他谈昨天自己提出的留学英国的决定。想到这里，斯梅尔刚刚平静的心又有些忐忑，他知道结果会各占50%，可他还是希望王奕桐给他一个满意的答复。

王奕桐接过斯梅尔为她做的雀巢咖啡，在鼻子上嗅了嗅，香气穿过鼻腔直抵她的心里，她的情绪也慢慢地升腾了起来。王奕桐抬起头，望着斯梅尔渴望的眼神说道：“去英国留学需要多少钱？”

9

言自芳猛地站起身来头也不回地往图书馆门口走，可自己却实实在在想回头看看那个家伙是不是望着她，最好是那种依依不舍地、含情脉脉地，甚至情不自禁地向她挥着手的同时还懊恼地跺着脚。自己望着他的口型，他一定在埋怨自己为何就这么无情地走了，这位子是天不亮就来给你占的！言自芳心里想着这些话，就在转过书架一角的时候，她不自觉地用眼角瞥了一眼高远坐的位子，自己想象的场景不但没有出现，只见那个没良心的家伙正在看自己画的那张画，嘴角上扬着，虽然距离远听不到他发出来的笑声，但是从他那得意洋洋的样子，他一定是在嘲笑自己幼稚多情。

“多情就多情，幼稚就幼稚，你能把本姑娘怎么样？”言自芳暗自思量。可思量归思量，不知道咋的了，言自芳心里觉得空落落地有些难受，思来想去也没有个头绪，想找吴倩依说说话，又怕这个“小灵通”把有的没的一股脑搬出去，暴晒在同学们的闲言碎语中。那样的话就弄巧成拙，反而引来麻烦。

言自芳想到这里，心里有了谱。今天就忍忍，明天自己不要懒，早点起来去把那家伙的位子给霸占了，也还给他一个座位？当然了，“来而不往非礼也，”一个声音嘟囔道，“让他也看看本姑娘博大的胸怀。”想到“胸怀”她赶紧双手抱到了一起，言自芳想到明天的“伟大计划”心里像大冬天吃了一个烤白薯，不仅闻着香，心里也甜丝丝的。

“怀春”的夜总是特别地长，时间磨叽得异常地慢，言自芳趴在自己的床上望着挂在半空的月亮出神。月亮一会儿从云层的后面露出半个小脸；一会儿又将树枝的影子铺满言自芳的床。不知道是什么夜行动物惊动了栖息在树上的鸟，一阵惊恐后，鸣叫了几声消失在黑夜里。

“完了完了！怀春了！”吴倩依在言自芳的上铺探出头来，看着翻来覆去辗转反侧的言自芳说道，“你看看你把床摇成了‘拨浪鼓’了！”

言自芳赶紧稳住自己，不要再翻腾了。她觉得自己今天是有些不正常，思来想去还不是那个家伙害的，看看明天本姑娘如何收拾你！言自芳疑惑，自己心里已经开始和这家伙对话了吗？她自己都暗自吃惊，这难道是契合了李清照的《一剪梅·红藕香残玉簟秋》？言自芳在心里默默道：

红藕香残玉簟秋。轻解罗裳，独上兰舟。云中谁寄锦书来，雁字回时，月满西楼。

花自飘零水自流。一种相思，两处闲愁。此情无计可消除，才下眉头，却上心头。

这李清照说“一种相思，两处闲愁”，不知道那个人是不是也睡不着，来和一和“两处闲愁”，反正自己是把这“一种相思”搞得“才下眉头，却上心头”，睡不着了。

言自芳迷迷瞪瞪就觉得自己刚迷糊了一下，天就亮了，她猛然想起昨晚定下来要去占座位的，于是拎起那几本可怜的书，不顾一切地冲向了图书馆。图书馆的管理员阿姨见早来的同学自己都认识，唯独今天这个“小美丽”没有见过。老阿姨凭她“身经百战”练出来的慧眼，只一眼就能看出这姑娘恋爱了。

言自芳见老阿姨盯着自己看，假装不急不慌，来到高远坐过的地方，将抱着的其中两本教科书放在位子上，手里拿着夏洛蒂·勃朗特的《简·爱》在高远邻桌坐了下来。

言自芳今天来得太早，图书馆一片安静。保洁员拖把摩擦地面的声音，平时想听都听不到，此时却异常地响亮。言自芳翻开《简·爱》，一行字映入眼帘：

“爱是一场博弈，必须保持永远与对方不分伯仲、势均力敌，才能长此以往地相依相息。”

言自芳想，这话说得太有哲理了，自己绝对和这个家伙“势均力敌”，想到这里，自己又被接下来的“才能长此以往地相依相息”吓了一跳。她赶紧将书翻到另外一页，只见夏洛蒂·勃朗特在这一页说道：

“当我复又独处时，我细想了听到的情况，窥视了我的心灵，审察了我的思想和情感，努力用一双严厉的手，把那些在无边无际无路可循的想象荒野上徘徊的一切，纳入常识的可靠规范之中。”

看到这里，虽然言自芳眼睛看着这一句，脑子里依然留在上一句。与其说言自芳眼睛看到的是“当我复又独处时……”倒不如说脑子里依然回荡着“爱是一场博弈，必须保持永远与对方不分伯仲、势均力敌……”

言自芳听着拖把规律地左一声右一下，眼睛在简爱的生活里跳来跳去，不一会儿就趴在桌子上睡着了。梦里，言自芳遇见了罗切斯特，自己变成了简爱，还在送信的途中惊吓了罗切斯特的马，梦到了这里，突然觉得一只马蹄子将自己踢了一脚。蒙眬中，她猛然抬头，这哪里是被马蹄子踢了一脚，是高远用脚轻轻地碰了她一下而已。

高远来得也比较早，他也想来早一点儿占个位子，最好是原来的位子，不仅为自己，也为那个看似桀骜不驯的姑娘占个地儿，至于人家来与不来那就再说。高远刮了胡子，故意把力士香皂在脸上涂了又抹，最后还故意没有完全用水清理干净，目的是留一些“力士”的香味，提高一下自己的魅力。

当他走近原来的座位，眼前的情景把他逗乐了，只见言自芳小嘴噘着正呼呼大睡，一股口水就要流出，可随着言自芳的呼吸又给吸了回去。高远觉得既好笑又好奇，他在言自芳身边坐下。言自芳身上迷人的胭脂味儿随着她身体起伏一股一股地向高远扑来，让他着迷。这体味儿不是甜不是腻更不是香，是说不清道不明，但是沁人心脾的味道。高远等了好一阵，希望言自芳自己醒来，可是左等不醒，右等也不醒。高远透过言自芳的秀发好奇地看着言自芳翻看的《简·爱》中的一段：“你以为我贫穷、相貌平平就没有感情吗？我向你发誓，如果上帝赋予我财富和美貌，我会让你无法离开我，就像我现在无法离开你一样。虽然上帝没有这么做，可我们在精神上依然是平等的。”

高远见学生们陆陆续续进来了，无奈就用脚触碰了几次言自芳，谁知这位“天仙”梦到了英国去了，踢了几次都无济于事。昨夜的一会儿心头、一会儿眉头的搞得言自芳彻夜未眠，现在却瞌睡袭来，睡得太死，就在言自芳梦里被罗切斯特的高头大马尥了一蹄了的时候，你说巧不巧，马尥的一蹄和高远的踢的一脚竟然踢到了同一个位置上。

言自芳被高远这匹马给踢醒了，脑袋转了好半天才搞清楚自己在哪里。她见高远在身边，赶紧用衣袖把口水抹了抹，表情明显不好意思起来。

“你这位子是给我占的吗？”高远得意地忘了形，用屁股墩一墩椅子，“这是还我人情的吧？”

言自芳根本就没有听清楚高远说的话，就知道点头，把昨晚上要让对方知道知道本姑娘厉害的事儿全都忘记了。她就觉得靠高远这边的脸是烫的，另外半边的脸是冰凉的。高远心里好笑，唯物辩证法最根本的对立统一规律，竟然在这么一张俊俏的脸上揭示了事物发展的源泉和动力。

“夏洛蒂·勃朗特在《简·爱》说的那句话真好！”高远没话找话

说道，眼睛却望着其他地方。言自芳心里一惊，这家伙在自己睡着的时候干吗了？她下意识地摸了摸领口。然后故作镇静地看了看高远。

“你说哪句话？”

“就是那句！”

“就是哪句？”

“就是……”高远鼓了鼓勇气，就是，“你以为我贫穷、相貌平平就没有感情吗？我向你发誓，如果上帝赋予我财富和美貌，我会让你无法离开我，就像我现在无法离开你一样。”

“你就看了上半句，没有看下半句！”言自芳不屑一顾地说道，“重点是下一句。”

“下一句是什么？”高远故意问道，其实他知道下一句，他是为了引言自芳说话才这么说了半截。

言自芳端起书把这一页翻到眼前，张嘴就要读，就听高远振振有词。

“虽然上帝没有这么做，可我们在精神上依然是平等的。”

言自芳突然明白了高远是在逗她，觉得颜面尽失，举起粉拳在高远的肩膀上猛擂了几下，嘴里嚷嚷着：“你讨厌！”

言自芳、高远相爱了！

在高远和言自芳围着西湖恋爱的时候，高远的教授潘欣弗已经飞往伦敦了，他人未到目的地，就在伦敦唐人街的一家名为“惠仁堂国医馆”觅到了一份工作，老板是他早年就认识的朋友。由于潘欣弗早已取得英国行医资格，只要潘老师愿意纡尊降贵，别说在“惠仁堂”，凭他的能力找这么一份和国内不相对称的工作，也就是小菜一碟而已。

国医馆老板以前就知道潘欣弗的名气，在潘欣弗尚未到伦敦的时候，就在国医馆的华埠打起了宣传广告。名头大得连潘欣弗看了都脸红。把原来潘欣弗吹得给英国皇室看过病、给中央首长把过脉等等等等有的没的事情都按“经查属实”的感人故事用中英文在电子屏幕上三秒钟一次滚动播出。电子屏幕一边在潘欣弗的头像下面打上了句中英文对照的宣传语："伦敦李时珍"，一边是一位身着三点式泳装搔首弄姿的大美女。其他人看了这电子屏幕是什么感觉不知道，潘大夫看了后，迎风的一边脸发烫，背风的半边脸发冷。因为，当看到他的能耐和李时珍并驾齐驱了，背风的半边脸冰凉；看到穿三点式姑娘时，体内该死的荷尔蒙又被唤醒，搞得自己迎风的半边脸发烫。这种现象，本以为只有言自芳在图书馆"巧遇"高远的时候才会发生，没想到身在北回归线以北，已过耳顺数年的潘欣弗也如出一辙同时阴阳于一脸，真是难能可贵。

潘欣弗想，倘若国内的同行不幸在伦敦看到了这条广告，那自己岂能不被人取笑？潘欣弗于是去找国医馆老板汤威廉交涉，结果既让他高兴又让他有些憋气，高兴的是病人挂的号、预的约都排到了几个月以后；憋气的是按照排队预约的长度计算，自己深感汤威廉给的待遇却有些短了。

至于屏幕上泳装美女，汤威廉也说了，潘老师初到伦敦，对冰天雪地用一张大美女的泳装照片来吸引顾客使得眼球感到不适表示理解，还夸了潘大夫仁心仁义，怜香惜玉，是个爷们儿。可广告效果很好，就礼貌地让潘欣弗忍忍。临别还用了一句不合时宜的话，"冬天到了，春天还会远吗?"来安慰潘欣弗。

潘欣弗开始接诊的时候才知道汤威廉说的话是对的，来的病人不仅有慕名而来的华侨华人，还有对中医中药认可的"西人"（华侨华人对欧美人的一种称谓），也就是老华侨们嘴里说的当地人。能看懂中文的老华侨，称他为潘大夫，不认识中文的"香蕉人"即华人华侨的后代和"西人"们有叫他潘大夫的，也有叫他时珍·李的。一天下来，潘欣弗在伦敦和李时珍生活的明朝来回穿越，搞得自己既头晕目眩又心旷神怡。

初到伦敦的潘欣弗天天像《红楼梦》里的刘姥姥初进大观园，见到什么都新鲜。虽然找他看病的人成群结队，累得腰酸背痛，但是这丝毫不影响潘欣弗对美好未来的憧憬。他利用一切时间来了解这个被他心里暗暗称为第二故乡的古老城市的每一块砖，每一片瓦。不管是哥特式建筑的轻盈修长、哀怨神秘，巴洛克风格建筑的简约雅致、柔和自然还是拜占庭式建筑的穹隆顶、马赛克和大裹柱他都细细观赏，认真品味。潘欣弗真正是打心里喜欢这个全球领先的世界级城市了。

潘欣弗静下心来也心存愧疚，因为除了自己的专业，他对自己国家都没有这么“上过心”。只见他手里拿着旅游书籍，翻到伦敦部分认真研读。

“伦敦（London）是大不列颠及北爱尔兰联合王国首都，欧洲第一大城市和最大经济中心。两千多年前，罗马人建立了这座城市。几百年来，伦敦一直在世界上保持着巨大的影响力。作为世界性帝国——大英帝国的首都，伦敦因在政治、经济、文化、科学技术等领域上的卓越成就，而成为世界上最大的城市之一。伦敦是世界上最大的国际外汇市场，每日在伦敦进行的外汇交易额高达2.7万亿美元，这一数字是美国的近三倍，意味着全球所有的外汇交易中，有40%以上是在伦敦进行。

“伦敦又是世界上最大的经济中心之一，也是欧洲最大的城市。伦敦和纽约并列为全世界顶级的国际大都会。金融业是伦敦的支柱产业，伦敦是全球最重要的银行、保险、外汇、期货和航运中心。有十九家世界500强企业的总部位于伦敦，75%的世界500强企业在伦敦金融城设有公司或办事处，此外，全世界的跨国公司和金融机构均于伦敦设有分支机构。全球大约45%的货币业务在伦敦交易。伦敦证券交易所是世界上最重要的证券交易中心之一。”

看到这里，潘老教授恨自己来英伦三岛太晚，怨恨迷恋国内自己那“一亩三分地”太久，殊不知这上面写的哪一条跟他有关系？有瓜葛？潘夫子的激动像过了冬的丝瓜，有藤、无肉、没内容。

潘欣弗出诊时对付把脉问药没有问题，可遇见需要推拿按摩的病人，他就深感自己的能力不够了。不是知识不够，而是体力不支。每当这时，他就想起了高远，按他心里的计划，也该安排高远来伦敦了，不然自己哪一天真的干不动了，被人辞退，那可就会耽误一大堆自己的计划。潘欣弗筹划着找时间跟汤威廉谈一下“如何发扬国医国药中推拿按摩的神奇功效”这个噱头了。这个话题一旦提出，势必需要相应人马设备来配套，到那时高远来英国工作的事情也就水到渠成向汤威廉提出了。

高远并不知道恩师的什么“水到渠成”，他正天天和言自芳流连忘返于西湖边上，给言自芳炫耀着自己对西湖的知识。为什么长桥不长、断桥不断？三潭印月能看到多少个月亮？“虫二”是什么样子的“风月无边”等等。

言自芳对高远佩服得那叫一个透彻。她刚刚被秋瑾的“秋风秋雨愁煞人”感动得趴在高远的肩膀上泪流满面；又被宋小小的“浮生若梦，初见时惊艳，再见时倾心”折腾得痛不欲生，恨不得自己化成一位仙女，穿越回她们的那个年代，去两肋插刀，行侠仗义。

高远有言自芳陪在左右，感动着自己遇见了真正的爱情，可心里并不能和儿子割舍掉，每当他想起儿子在保姆的怀里，心里总是“咯噔”地一下，他感觉是痛。

因为，他听说儿子的名字叫练小鑫。

10

艾红心里想着李红梅和诗同文的婚事儿，人就像霜打的茄子，无精打采的，怎么都觉得爱莫能助，想着儿子诗同文的现状，悲从心底起。本来一桩好好的婚事，眼看就能够敲锣打鼓地迎新进门，可谁知道李红梅又突然被选送到英国去进修学习，到那里去工作，留下诗同文进退两难。想到这些，作为母亲的艾红心里“茅不是草不是”的，有心无力一样。突然想起“尽人事听天命”这句话，心里稍稍平静了一些，想婚姻即缘分，最后两个人能不能走到一起，那就交给老天爷吧，自己再急也无济于事。缘分的事情谁都没有办法，事到如今，她心里开始有些妥协。

话虽然这么说，可是怎么想都难受。因为艾红想到李红梅英国这么一去，天高皇帝远的，一是李红梅不知道猴年马月才能回来；二是李红梅在外国还不知道遇见谁，怎么想这婚姻都像清晨里的薄霜，见点儿阳光就会消失。谁都无法预料结果将是啥样，想到这里，一不做二不休，干脆去李家向李红梅提出把结婚证领了。实在不行，离开县城去省城前，让李红梅到县城自己家住上几天，两个孩子起码能够同房几次。艾红心里算计着等李红梅一旦“破了身”，那就是真正意义上诗同文的媳妇了，没有不回来的理由了，艾红想到这里稍稍有点儿安慰，这也算是补偿了自己家对李家的付出。

艾红和诗墨轩去见了李竹衣，直截了当把自己的想法跟李竹衣说了，李竹衣想到婚都订了，姑娘早晚都是人家的人，可事到如今自己能够怎样？男女之事做父亲的说行？说不行？他只能坐在竹凳上频频点头表示理解艾红的意思，说孩子的事让孩子们自己定，意思都明白，就是李红梅能不能同意，他也做不了女儿的主。

艾红和诗墨轩在屋里跟李竹衣说的话让屋外的李红梅听得清清楚楚，她是一个懂事的孩子，也正值怀春的年龄，农村人的普世价值观就是既然已经订婚，你的人早晚就是男人的，李红梅虽然受过教育，但是农村的教养是根植于骨髓里的，嫁鸡随鸡嫁狗随狗的婚嫁观是根深蒂固的。她听到双方父母的谈话，脸红心跳，可心里有了底。

去省城集合的日期越来越近，李红梅家里摆了一场家宴，把亲戚朋友都叫齐了，那架势李红梅不是到英国去打工，而是光宗耀祖远嫁英国皇室一般。李竹衣还刻意去城里把诗同文一家都请来一起热闹热闹，等尘埃落定吃完饭诗同文再把李红梅接到县城家里，住上几天，李红梅就要上省城和其他人集合了。

吃完晚饭已经傍晚，可李竹衣家来来往往灯火通明。李竹板的拖拉机上装满了农村人对城里人的一片心，猪腿腊肉、干菜竹笋、小磨香油现磨白米，最后李红梅的铺盖卷儿也装了上去。此时，李竹衣拄着一支拐杖站在屋檐下，嘴里指挥着老婆拿这拿那，显得异常兴奋，可是心里却有无限的失落，等到李竹板的拖拉机突突突的声音渐渐消失在山谷，这拖拉机的声音变成了滚动的研磨机，碾碎了李竹衣的心。他没有一丝丝的兴奋，甚至脑子里一片空白，没有了思考，他心底隐隐作痛，他想这是不是那种叫“生离死别”的东西？从那一刻起，英国，这个只有提到八国联军的时候，李竹衣才知道的陌生名字，成了他天天惦记的地方了。

艾红异常地兴奋，外人看不是她在迎接儿媳妇，是她在回味自己的初夜，不同的是艾红没有了姑娘那种春兔怀揣的羞涩。艾红把诗同文的房间打扫得一尘不染，按照结婚的布置标准床上铺上了喜被、喜褥、双喜枕，还把过年多买了的一幅“福”字倒挂在了诗同文卧室的门上，那意思明确告诉两个“新人”，珍惜今宵！

李红梅进屋就开始脸红心跳，时间已经到了后半夜，李红梅庆幸自己的不安没有被别人看到，她见艾红和诗墨轩没了人影，就留下她和诗同文在房间，心跳得就更加厉害了。她不懂男女之事的具体细节，但是她的身体已经有了明显的不同，面红耳赤还有些微微的香汗出现在后背，连她自己都觉得自己变得淫荡了。

诗同文此时更加紧张，他最近一次接近李红梅的身体还是在上次坐公共汽车的时候，回想当时自己趴在前座的靠背上，将李红梅的人辫了抱在怀里，贪婪地嗅着头发散发出的香味儿，现在人就在自己屋里，这是一场梦吗？

诗同文回忆着自己大雪天送李红梅回家，路灯下的李红梅躲在灯柱后面的小心思；想起李红梅坐在自己摩托车后座上的体温；自己摔下山坡到医院截肢真是一场梦。后来的李红梅家的杀猪失火，父母的慷慨相助不都是为了今夜的“花烛夜”吗？诗同文别的不担心，就是怕李红梅看到自己的断腿会产生不安。

诗同文想到这里抬头深情地望着李红梅，就见李红梅已经坐到了床边沿儿，李红梅身上的体香随着她身体的扭动一股股地向诗同文扑面而来。诗同文脱下假肢，一只脚侧身就到了李红梅的身边，他用右手搂着李红梅的腰，脸靠近李红梅的头发，疯狂地闻了起来，搞得李红梅痒痒的。李红梅把身子往外扭了扭，诗同文双手支撑着身体往前逼了逼，把李红梅逼到了床头。

此时，窗外下起了蒙蒙的细雨，雨点儿打在房顶的瓦楞上发出不规则的声音；屋内两个年轻人幸福的喘息声渐渐和雨声交织在了一起，在细雨渐渐变成中雨的时候达到了高潮。

天亮，艾红脸上露出一丝微笑，因为她放在床单上的一块白布上染上了一片血色的红。

北京首都机场国际出发大厅的长椅上，李红梅正收拾自己的背囊，几个同行的女孩子并不是很熟悉。李红梅掏出临行在新华书店购买的 *Follow Me* 认真看了起来。李红梅手里端着书，眼睛却没有放在书上，她的眼睛已经不够用了。奇奇怪怪的各色人等川流不息不说，人不像来的时候火车上人山人海地你挤我我挤你。全新的感受像李家村清晨的空气一样清新。李红梅想激动一下，或笑或哭或流泪，但是都没有，唯一能做的就是目送一堆人来，又目送一堆人去。她以为自己是唯一这样的，扭头看身边的几个同学眼珠子瞪得不比自己的小，于是乎，不再用书本来做掩饰，一不做二不休干脆痛痛快快利利落落看他个痛快，搞得 *Follow Me* 也只能 Follow Me 了。

王奕桐此时推着行李也来到了出发大厅，她见一排姑娘背后的座位空着顿时感到安全，于是就在李红梅背后的位子上坐了下来，把行李箱放在自己的面前，向不远处的斯梅尔挥手，示意坐在这里。斯梅尔的落座引起了李红梅和同学们的注意，纷纷扭过头来看。一个高鼻梁蓝眼睛的外国人跟一个中国小姑娘坐在了一起，并且这个外国人还把普通话说得那么不普通，比家里的老乡说的普通话都标准、都够味儿。李红梅不断地回头看王奕桐，因为她更奇怪的是这个中国姑娘是嫁给了这个外国人？还是……李红梅不再关心从面前路过的人，将关心的重点转移到了背后这一对“东西组合”上面来了。

王奕桐却和李红梅恰恰相反，她觉得跟斯梅尔一起很正常，老师和学生在一起是再正常不过的一件事儿了，别人死盯着她看反而令王奕桐觉得不正常起来了。话说回来了，谁知道你王奕桐和这个盎撒人是什么关系，一般看人不都是表面上做文章，谁还能看到你的心里去？

斯梅尔显然不是第一次遇见这样的场景，见几个姑娘都扭头眼巴巴地看着他和王奕桐的一举一动，就向姑娘们介绍起王奕桐如何拉小提琴，见大家还是半信半疑，就举起王奕桐的小提琴盒子示意他说的是真话。

姑娘们才不在乎你是干什么的，姑娘们在乎的是你们两个是什么关系。可惜斯梅尔是个大老爷们儿，不知道如何去揣测姑娘们的心，他干脆去洗手间了。王奕桐见老师走了，就回头跟后面的姑娘们打了个招呼，示意那个叫斯梅尔的男人是她的老师，不是别的啥关系，这样姑娘们才恍然大悟。

李红梅则“才下眉头却上心头”，心里嘀咕着学习什么东西需要跟外国人学习呢？王奕桐似乎看出来李红梅的心思，就把小提琴从琴盒里拿出来给她看。

李红梅听说过小提琴，但是没有近距离看过。几个姑娘见王奕桐打开了琴盒，把提琴拿出来让她们看，都转过身来，跪在椅子上。姑娘们像百灵鸟，叽叽喳喳一片。斯梅尔回来，见到这么一个场景，王奕桐背对着他，面前五六个姑娘围着她问长问短。王奕桐拉开架势准备搭弓拉琴。斯梅尔没有再走近，而是静静地听着，他陷入了沉思。

萨拉萨蒂的《流浪者之歌》从琴弦流淌到了每个人的心里，这是首小提琴独奏曲中不朽的名篇。

（各位读者，如果您读到了这里，作为作者，我强烈建议您先听一下这首《流浪者之歌》小提琴曲，把自己当成王奕桐吧！体验一下这个姑娘当时拉这首曲子的感受。）

萨拉萨蒂的作品自始至终十分讲究效果和技巧，他的作品都是纯粹的小提琴曲。这一首乐曲是萨拉萨蒂所有作品中最为世人所熟悉的名作，它那回肠荡气的伤感色彩与艰涩深奥的小提琴技巧所交织出来的绚烂效果，任何人听后都会心荡神驰。

虽然王奕桐仅仅拉的是第一部分和第二部分，但这首曲子的开始就已经抓住了人心。第一部分的中板，C小调，4/4拍子。虽然没有强而有力的管弦乐作为伴奏，但王奕桐的小提琴依然奏出充满忧伤的旋律。这一部分很短，只是全曲的引子。

在这部分，即使有合奏，管弦乐也并不太明显，始终是以小提琴的轻柔旋律为主题，没有了伴奏反而使王奕桐在机场的表演一下进入了高潮。

待王奕桐收住弓，几个姑娘的四周已经被旅客围拢得水泄不通，大家都沉浸在美妙的音乐之中，佩服地望着王奕桐。斯梅尔走了过来，王奕桐赶紧缓过神来，姑娘们个个不好意思起来。

斯梅尔却落落大方地过来和姑娘们打招呼，还自我介绍说自己是王奕桐的老师，当他得知李红梅等人同他们是一个航班，还幽默地做了几个高兴的夸张动作。此时的斯梅尔从王奕桐刚刚演奏的《流浪者之歌》里已经理解了王奕桐不愿意让他提及家人时对自己的怒吼，以及问他留学需要多少费用的实际问题时的纠结。斯梅尔渐渐明白跟王奕桐这样内敛的姑娘相处，是需要极大的耐心，更长的时间。他满意后来自己回答王奕桐关于学费问题时的机敏，没有因为钱这个世俗的东西，吓到眼前的学生，他就想这么保密下去，直到王奕桐成功的那一天，这种成功不管是事业的，还是人生的。

斯梅尔跟姑娘们聊了起来，开始姑娘们把这个蓝眼睛高鼻子的外国人当成了“怪物”，离他远远的，可看到斯梅尔彬彬有礼的态度，又有王奕桐在场就大着胆子和斯梅尔多说几句话。等到托运行李、换领登机牌的时候，航空公司的地勤小姐都误以为斯梅尔是她们这帮姑娘的领队或者老师。斯梅尔在中国待的时间长，互帮互助的雷锋精神加上英伦的绅士风度让他在姑娘们面前攒足了面子。

十几个小时的飞行，斯梅尔尝遍了姑娘们带的家乡土特产，除了海关禁止出境的东西没有带上，姑娘们把自己带的最好的东西都拿出来跟这个老外分享。斯梅尔只觉得飞行时间太短，刚刚闭眼就到了伦敦希思罗国际机场。

王奕桐和李红梅依依不舍地拥抱，久久不愿分开。相互留下了通信地址，约定了相见的时间和地点。斯梅尔回到了自己的祖国，却突然发现自己讲母语竟有些别扭，不适应了，他甚至怀疑自己回来英国是不是一个正确的选择。斯梅尔感叹中文到了不同的环境所焕发出来的强大生命力，一旦被中文感染将是难以忘怀的。

伦敦希思罗机场的清晨里，不知不觉中加入了几个中国姑娘的身影。

11

斯梅尔斯堡位于伦敦海德公园一角，是斯梅尔家族香火相传的地方，斯梅尔家族是继盎格鲁-撒克逊人之后，在英国历史上留下深深印记的，来自法国西北部的诺曼人（Normans）。他们的领袖威廉声称因血缘关系有权继承盎格鲁-撒克逊人皇帝爱德华（Edward the Confessor）的王位而大举发动战争。公元1066年，威廉军事行动成功，成为英格兰的君主威廉一世，号称“征服者威廉”。而斯梅尔公爵就是征服者的左膀右臂。

伦敦在第14到17世纪之间和欧洲大陆一样受到瘟疫之侵袭。致命的黑死病瘟疫大流行让伦敦的人口急剧减少。据估计，只有三分之二的人口存活。而斯梅尔家族却奇迹般地得以幸免。

1666年，伦敦发生了历史上最严重的一场大火——伦敦大火（Great Fire of London）。大约13200座房屋被大火所毁，80万人流离失所、无家可归。国王命令海军帮助城市中露宿的灾民搭建帐篷，为防止大火的再发生，国王下令所有今后在伦敦建造的房屋一律使用石头和砖瓦为建筑材料，而不再使用木材。大火据称是人为错误造成的，几乎烧掉了伦敦全部建筑，但是都市建设却因此有机会重新开始。

就是在这时，斯梅尔家族在现在的海德公园附近买下一片土地建起了自己的斯梅尔斯堡。又在伦敦东北方向的剑桥建设了另外一处同样规模的斯梅尔斯夏宫。

在20世纪爆发的两次世界大战给伦敦造成了严重的破坏，其中在第二次世界大战期间受到的破坏仍然可以在伦敦看到。

20世纪40年代初，纳粹德国空军飞机对包括伦敦在内的英国城市进行了密集轰炸，造成了生命财产的严重损失，城市建筑的严重破坏。就伦敦而言，该市东部地区受破坏最为严重，部分原因是当地为船坞区，是伦敦其中一条物资供应线的中转站。不少在伦敦居住的人被迫从这里疏散到英国其他地方。

在德国空军的轰炸下，有大约3.5万名伦敦市民丧生，5万人受重伤，受损或被摧毁的建筑物数以万计，其中包括圣保罗大教堂、伦敦金融城内的多家教堂。

斯梅尔斯堡像躲过瘟疫一样奇迹般地躲过了空袭，其原因是第一次德国空军投下的炸弹是个哑弹，没有引爆；第二次德国空军投弹时突遭乌云，下面漆黑一片，飞行员认为这是上帝在保佑伦敦，于是拉高飞机返航，直至战争结束，再没有遇袭。

时间来到斯梅尔父亲让·斯梅尔这一代，他共育有两个儿子，老大彼得·斯梅尔继承了剑桥的斯梅尔斯夏宫，同时在剑桥大学教授经济学，是《国富论》作者亚当·斯密理论的崇拜者和追随者；我们的主人公威廉·斯梅尔继承了伦敦的斯梅尔斯堡，他投身了音乐艺术，由于他对音乐的造诣颇深，成为世界有名的小提琴家。

斯梅尔在赴中国任教前，会在周末或节假日邀请朋友来斯梅尔斯堡举行小型的演奏会，演奏会后来渐渐发展成音乐沙龙，在斯梅尔远

主人公威廉·斯梅尔继承了伦敦的斯梅尔斯堡，他投身了音乐艺术，由于他对音乐的造诣颇深，成为世界有名的小提琴家。

赴中国后，沙龙已经成为音乐人融入英国音乐界的不二之选。现任音乐沙龙主席是英国音乐界大名鼎鼎的音乐家和指挥家史密斯·弗雷。在这个沙龙，人们可以结识到不同种族、不同肤色的音乐家，沙龙成为音乐学院以外音乐人交流的重要平台。

斯梅尔比王奕桐大整整二十岁，今年四十岁。为什么在这个时候提到两个人的年龄，因为接下来他们会有一段刻骨铭心的爱情故事呈现在大家的眼前。按中国人的传统，双方的年龄提前告诉大家。

斯梅尔有一段持续了八年的婚姻，与其说是婚姻，倒不如说是交易。

斯梅尔的父亲让·斯梅尔是英国议会议员，在那个年代让·斯梅尔在政商两界有着极高的威望，让· 斯梅尔和他的政党能够在大选中左右选举的结果，在经济政策中可以“夹带私货”融入自己党派的利益。让·斯梅尔因此被海外的政治领袖和商业寡头们看成影响英国政局、进入英国市场的敲门砖。这些人不断寻找各种机会接近让·斯梅尔。

阿根廷首都布宜诺斯艾利斯的一座高楼里，阿根廷第一大商业帝国JSWing集团公司的老板加西亚·斯米尔顿正在为英国进退两难的生意而绞尽脑汁。斯米尔顿的商业帝国一直在英国寻找自己的利益代言人，由于不得法而进展缓慢。

斯米尔顿昨天和新到任的英国驻阿根廷大使馆临时代办一起共进晚餐，意外得知现任英国议会议长和资深议员让·斯梅尔关系密切，在一些重大的议题上议会议长都要和让·斯梅尔商量定夺。

在一番精心安排下，加西亚·斯米尔顿在让·斯梅尔秘密访问英国海外属地马尔维纳斯群岛的时候和他认识。双方气味相投，让·斯梅尔要的是大选的选票，而来自阿根廷的海外政治捐款正好可以通过JSWing公司在英国的账号进行洗白，几次商业炒作后就可以登堂入室，正常使用。默契是让·斯梅尔在斯米尔顿对英国的投资中提供“咨询和帮助”。

加西亚·斯米尔顿的商业帝国也因让·斯梅尔在国会的力推在东伦敦改造项目上轻松得手，在女王线之后另外一条贯穿伦敦的地铁项目竞争中取得完胜。除了给政党的捐助，加西亚·斯米尔顿私下贿赂让·斯梅尔，把斯梅尔斯城堡的维修费用都摊到了地铁项目中，虽然加大了地铁的成本，但是由于地铁费用庞大，城堡的维修费用成了九牛一毛，反而不易被发现，看不出来。几年下来，加西亚·斯米尔顿的腰包鼓得都要裂开了。望着滚滚而来的利润，加西亚·斯米尔顿高兴得心花怒放。他尝到了“共同富裕”的滋味，可他没有看到政治一旦被金钱和利益绑定以后的龌龊，他满脑子都在思考这种关系如何一劳永逸。

一个阴冷的傍晚，加西亚·斯米尔顿在海德公园不远处的三星米其林餐厅宴请让·斯梅尔，这次吃饭加西亚·斯米尔顿让老斯梅尔把自己十八岁的儿子，也就是我们的主人公威廉·斯梅尔带上一起出席晚宴。加西亚·斯米尔顿的如意算盘是这么打的，斯梅尔家的威廉·斯梅尔和他们家的加西亚·瓦伦提娜年龄相仿，年轻人在一起说不定能够撞击出爱的火花。那一年，斯梅尔十八岁，瓦伦提娜十七岁。

加西亚·斯米尔顿的女儿瓦伦提娜为人低调，言语不多，一切的活动都喜欢在内心预演一遍。如果她预演下来觉得安全，就会按照心里的预演行动。斯米尔顿喜欢在去赴宴之前到农场街教堂做个祷告，这也是他来到伦敦新养成的习惯。

农场街教堂位于伦敦市中心海德公园东侧，建于1849年，是一座典型的哥特式教堂，教堂内精美的内饰和雕像十分出名。农场街教堂虽然没有圣保罗大教堂、威斯敏斯特大教堂有名气，但是都是离上帝最近的地方，斯米尔顿在这里的行动非常隐蔽，不被人留意，低调是掩人耳目的不二法宝。

斯米尔顿感谢了上帝赐福，同时又感谢了上帝将赐给今晚的美食。然后，用浑厚的德语默默地祈祷着什么。女儿瓦伦提娜则在另外一个神龛前祈祷自己能拥有一段美满的婚姻来驱赶身体的冲动，平抑内心不断涌起的春浪，赶走前不久医生诊断的所谓轻度抑郁症。

斯米尔顿和瓦伦提娜祈祷完，出了农场街教堂，左转进入Mount大街，在Adam' s Row找到了这家隐蔽在亚当路公寓里面带有马赛风格的法式餐厅。虽然，斯米尔顿是有钱人，但总觉得将金钱浪费在吃上面有些不值，他的座右铭是："宁买不值，不买吃食。"可他请让·斯梅尔一家用餐的时候却不能显得这么吝啬。

四人彬彬有礼地对面落座，斯米尔顿以主人的身份在服务生推过来的酒车里选了五瓶白葡萄酒，有英国本土的冰酒，法国香槟省的香槟，长相思和阿根廷的Terrazas（葡萄酒名。1999年，Bodegas Chandon——法国Moët & Chandon旗下分公司推出了Terrazas de los Andes——高品质葡萄酒的先锋品牌，锐意征服全球的葡萄酒市场），安第斯山脉霞多丽白葡萄酒。服务生将酒瓶一字排开，每一种酒都在高脚杯中倒出来一点，斯米尔顿一杯一杯尝过去，最后选定了阿根廷霞多丽长相思白葡萄酒。

开胃小点先是面包配柠檬酱。接下来是改良版的凯撒沙拉，沙拉用两个薄片夹住，中间主要是馅儿。最后是Mint jelly包住的爆酱小点。瓦伦提娜试了试，带些凉意很清爽。

小斯梅尔见到面包有多种选择，很是开心。他先从一般的法棍开始品尝，几种不同的面包刚刚出炉，麦香浓郁，奶油一种是没有盐的，一种是跟了Mild chilly的。奶油有些硬，老斯梅尔和斯米尔顿两个大人却比较喜欢。

厨师见老顾客前来，给了他们意料之中的惊喜，第一用姜和米做的前菜， 前味儿有香瓜，后味儿有酸甜清爽的感觉。起名为安第斯的姑娘，可吃了以后并没有觉得跟姑娘有任何联系，斯梅尔想了好久，可能厨师喜欢上了一位安第斯姑娘吧。

主菜做成了苹果造型， 跟奶油一样蜜甜，下面有绿色的果酱， 咖喱调味，蟹肉，加上奶油调味使得主厨的招牌菜既好看又好吃。

扇贝用绿色的斑马番茄，柚子，以及柠檬、马鞭草调味，然后煎烤。斯梅尔很喜爱扇贝的，不过这扇贝切成了小块，配上柚子汁以及番茄、柠檬和马鞭草制成果冻。清爽，但不腻。旁边还加了一个脆片用来给柚子入味。斯梅尔以前在这里吃过很多次，他绅士地为瓦伦提娜解释着每道菜的吃法。

鲍鱼、生蚝、紫苏，现场淋入高汤后，分别入口，彻头彻尾的美味。鲍鱼煎烤过，十分入味，烧焦的火气味跟胡椒的香气在嘴里混合，让人欲罢不能。

高汤是厨师的最后绝招，相当香醇，按程序应该先喝汤，但厨师就是不按常理出牌。闻到香味儿，瓦伦提娜很想把盘了拿起来直接喝，这就是厨师想要达到的目的。她看了看父亲，又把端起来的盘子放了下去。这时候上了紫苏做成的意大利手工饺子，这是完美的前菜。

红鲣鱼、辣味香肠配松露。西葫芦作为配菜，辣味香肠在酱汁里面非常入味，加上红鲣鱼的软嫩鱼肉，人会觉得诗和远方就在西边窗外的落日里。

安第斯山脉羊肉的香味儿在辣椒酱、黄豆酱的激发下迸发了出来。三分熟的羊肉很软嫩，是斯梅尔从小就爱吃的。这是他在伦敦吃到的最好的，而且一只羊只有一块儿羊肉是最好吃的，就因为这里的酱汁很棒，一点点微辣提味，让羊肉口感登峰造极。旁边的黑色小点是用豆子做的香豆。另一块茄子带点白芝麻，瓦伦提娜也非常享受这道美味。

斯米尔顿眼睛多次盯着小斯梅尔看，他非常喜欢面前的这个年轻人，这种喜欢不仅是因为斯梅尔文雅又帅气，还因为斯梅尔是让·斯梅尔家族的合法财产继承人。除了英国人天生的绅士气质以外，斯梅尔在音乐上的艺术造诣颇让斯米尔顿钦佩。斯米尔顿暗暗想，如果能够把斯梅尔纳为自己的女婿，一来自己女儿可以留在英国生活，二来，自己的生意在让·斯梅尔议员的鼎力相助下，就更如虎添翼了。

斯米尔顿见让·斯梅尔欲端起酒杯，就及时迎合了上去。斯米尔顿和让·斯梅尔来到阳台上，两人望着远处的伦敦桥不禁感叹，有相见恨晚之感。

斯米尔顿说道：“这次的RIBA（英国皇家建筑师学会）国家奖获得者包括英国不同地区的作品，涉及多种规模和类型。它们通过创新、可持续性和对社区建设的共同关注将人与自然这条主线紧紧联系在了一起。”

让·斯梅尔回答道：“我们需要规划可持续发展的未来，也为RIBA国家获奖建筑的竞标提供了很大的希望。接下来的项目是一个强大的建筑集合体……当我们开始对流行趋势习以为常时，我对在社区建设新建筑感到特别鼓舞。从当地文化中心、重新焕发活力的无障碍艺术场所，到这些项目展示的不同凡响的建筑风格，都提升了以人为本的精神和改善生活的力量。”他顿了顿，又道，“斯米尔顿先生，你可以在这方面加大投入，希望不久的将来，你我站在这里再次交谈的不是哪位获得了RIBA奖，而是什么时候，由你去领奖！”

一阵爽朗的笑声被泰晤士河上突然喧嚣的渡船汽笛声压低了不少分贝。

斯米尔顿挨近让·斯梅尔的耳边将斯梅尔和瓦伦提娜的婚事直截了当提了出来，他没有用过多的言语来描述男女青年爱恋关系的重要性，他的心里只有利益。他见让·斯梅尔有些犹豫上前一步说道：“我有个老乡叫卡尔·马克思，他的书你看过吗？”他见让·斯梅尔摇了摇头，接着说道，“他在《资本论》里面写道：‘当利润达到10%时，便有人蠢蠢欲动；当利润达到50%的时候，有人敢于铤而走险；当利润达到100%时，他们敢于践踏人间一切法律；而当利润达到300%时，甚至连上绞刑架都毫不畏惧。’”

斯米尔顿指着博古架上餐厅里收藏的中国文玩道：“中国也有一句谚语：‘人为财死，鸟为食亡！’”

斯米尔顿望着让·斯梅尔，他以商人的眼光看着眼前的这个猎物，他知道对方会同意他的联姻要求，让·斯梅尔现在需要的是另外一句伟人的教导，这句话一定会让他屈服，让他点头同意。想到这里，斯米尔顿接着说道：“马克思指出了资本是向利而动的。”他还告诉我们：“资本来到世间，从头到脚，每个毛孔都滴着血和肮脏的东西。”

让·斯梅尔被加西亚·斯米尔顿的话给震惊了，他不知道眼前的这个人是个商人、经济学家还是一个共产主义崇拜者。其他不论，就凭他说出来的马克思的这两点对资本的论述就说明了资本的丑陋。回想起自己的国家不就是在这样的利益驱使下，取得了“日不落帝国”的美名，既然大英帝国都是这样发展起来的，自己家族没有不跟加西亚·斯米尔顿合作的理由，再说自己的双脚已经踩在了斯米尔顿的泥潭中不能自拔，斯梅尔的婚姻自然就成了不可或缺的了。

几天后，让·斯梅尔答应了加西亚·斯米尔顿的联姻请求，这是资本和政治最肮脏的结合，因为他背离了爱情是两情相悦，爱情是一点心动、一种默契和一个憧憬。可是，当斯梅尔得知这个消息后，他把这桩所谓的爱情看作是一声叹息、一种哀怨。他无力反击父亲的决定，因为他知道如果不迎娶瓦伦提娜，他的家族在英国的政治和经济基础就会土崩瓦解，虽然他对瓦伦提娜没有爱情，可他不得不屈服父亲背后的资本。他知道世上有爱情这个东西，可是他天真地认为爱情是在莎士比亚的《罗密欧与朱丽叶》的戏剧里，在《仲夏夜之梦》的浪漫里。

虽然没有爱情，但婚后的鱼水之欢也让斯梅尔迷惑，不知道现在过的日子是不是和所谓拥有爱情的日子一样，因为没有比较就没有伤害。婚后的第三年瓦伦提娜生了一个儿子，斯梅尔给儿子取名维特，这不是斯梅尔有意攀附德国著名思想家歌德的光环，而是斯梅尔喜欢歌德写的《少年维特之烦恼》这本书，他把自己当成了主人公维特，他觉得自己仍有类似维特一样的烦恼。虽然，自己不能成为维特，但是维特的烦恼和维特对爱情的追求，追求爱情的那把火依然没有熄灭，给儿子起维特这个名字多少平抑了他情感上的一点遗憾。

此时，瓦伦提娜患上了严重的产后抑郁症，斯梅尔误以为产后抑郁症就是瓦伦提娜轻度抑郁症的叠加而已，并没有引起高度重视。直至有一天一条毁灭性的消息传到斯梅尔斯堡，使得斯梅尔家族从天堂跌进了地狱。

12

让言自芳的同学们失望的事情终于传到了教室，那就是被誉为茗岙中医药大学里“徐公”的高远老师不能来给他们带课了。这位“徐公”要远走高飞，去英国工作了。消息当然是同宿舍喜欢传播小道消息之“小灵通”吴倩依传播开来的，传得还有鼻子有眼的。好像跟高远谈恋爱的不是言自芳，而是她吴倩依。言自芳暗自庆幸自己已经获得了高远的爱，她在吴倩依吧啦吧啦的时候并不多嘴，惹得吴倩依不依不饶地问她许多问题。好在毕业临近，分配工作成了压倒一切的头等大事，“徐公”的事情也就被大家扔回到了“城北”没人搭理了，只有言自芳的心，慌慌中没有个安放的地方。

虽然言自芳的心没有地方安放，可是言自芳的工作却有了着落。省城有家三级甲等医院来学校招聘毕业生，第一年为实习生，如果第二年通过了院里的各项考核，再考取了“医师资格证”，就可以转正为合同制职工。

这天，瓢泼的大雨下了整整一天，校园里通往图书馆的小路被突如其来的大雨给淹没了，来图书馆或复习功课或读书的师生们都踏着小路边上突出的道沿小心翼翼地向图书馆门口移动，那样子像极了杂技团表演走钢丝的动作。

言自芳正好走在一串人的中间，她不停地甩着雨伞上的水，等着前面一对情侣慢如蜗牛的小碎步，在别人看来这对情侣就是不愿意走完这十几二十米的“情侣路”，女孩子本来就没有残疾，完全做不到真正的一瘸一拐，可就是要后面的男生一会儿扶腰，一会儿拥臀，惹得言自芳心头火起。可她越催前面的男女，他们就越腻歪，那架势就越“有本事你也来呀”！气得言自芳干脆跳进积水路面大踏步地扬长而去，路过那对“糖黐豆”样板（糖黐豆，粤语词汇，形容两个人的关系非常好，像糖浆和豆子那样黏在一起，亲密无间，堪比或者胜过成语“如胶似漆”的意境）的情侣时，故意将雨水踏得溅起了大片水花。余光扫过他们时，见那个女孩子的一只脚被翻卷起来的水花溅湿而窘迫乍现，言自芳的心里方才找到了平衡。

言自芳刚进图书馆就望见高远向她挥手，高远见言自芳一脸的怒气，远看活脱脱就是一个外出讨债无果的地主，愤怒、自责，还带有一种居高临下。

高远低头看到雨水扑哧扑哧随着言自芳的脚步从她的皮鞋里不断被挤出来，连忙脱下自己的鞋放到邻座前，好让言自芳先踩到自己的鞋上，再等言自芳坐下来，递上纸巾让她把脚上的雨水擦干。

“太不小心了，太不小心了！”高远小声嘟囔道，他见言自芳将自己的鞋用脚踢开，就把自己刚刚买的一本《英国旅游指南》扔到了地上，好让言自芳的光脚丫有个落脚之地。

“不是我不小心，是那一对，是那一对！”言自芳本想说，“是那一对狗男女”，一想这样说会用词过当，于是用嘴向刚刚挪进门的那对“糖黐豆”说道，“有什么了不起，不就是谈个恋爱嘛，至于吗？”

高远似乎在糊涂中明白了什么，顺着言自芳所指的方向不停地点着头。见言自芳低头看自己的脚，忙用手指着自己的鞋，示意言自芳先穿自己的。言自芳见高远这么做，心里的怨气早消失到了九霄云外去了，心情像豆腐坊里刚刚成型的豆腐，外冷内热。

“你脚不难受吗？”言自芳关心地问道。

“不难受！还行！”高远望着言自芳，表情有些怪怪的。

“你不想跟我说些什么吗？”一阵短暂的沉默后，言自芳故意问道，人却低着头，眼睛望着脚下的那本《英国旅游指南》。心里想：“我看你今天跟我说不说实话，连‘小灵通’吴倩依都知道的事儿，我却不知道，我这还跟你谈着恋爱呢，反而对于你高远的事情我还落得个‘据说和听讲’的下场，丢人不丢人。”

高远见言自芳的情绪稳定了许多，眼神也恢复到了初恋少女的妩媚，就从他的书包里掏出一个印刷精美的纸袋递给言自芳，言自芳不知道里面是什么东西，就让高远帮她打开。高远坚持让言自芳自己享受一下这个打开的过程。其实，言自芳心里隐隐约约有了感觉，但是自己又不能百分百地确定。

红色镶金的首饰盒里，一枚漂亮的戒指在灯光下闪闪发光，言自芳心里扑腾扑腾跳个不停，这时就听高远在她耳边说道：“亲爱的，嫁给我吧！”

言自芳听到的声音好像很远很远，可是她却真真切切地听到了高远的求婚，她的眼泪扑簌簌地流了下来。她急忙用衣袖去擦，却发现自己的嘴是笑的。这一刻，言自芳觉得自己是天下最幸福的女人。

言自芳连连点头，学着西方电影里被求爱的样子说道：“我愿意！”

外面的雨下得更大了，大雨连成了线。隆隆的雷声不时传来，使得学习中的师生们都不约而同地放下手里的书，四处张望着。

“你看看，我们的爱都感动了上天了，这雷声是不是老天爷在为我们鼓掌?！”高远兴奋地说道。

“我妈说，离地三尺有神灵！一定是老天爷在为我们祝福！”言自芳的头依偎在高远的肩头上回答道。

“我跟你说件事情！”

“你说！”

“我的导师，你知道的，就是那个有名的潘欣弗教授给我来信了，让我尽快去伦敦，他那边特别需要我这种人才，你看这是他所在的工作单位给我发来的，去英国工作的邀请函，我用这个邀请函就可以去英国驻中国大使馆办理赴英签证了。”高远一口气说了个彻头彻尾，可他却没有发现他说话的时候，言自芳的头慢慢地离开了他的肩膀，言自芳的脸由原来的喜悦变成了铁青，等到他说完了，扭过头来的时候，他发现言自芳正在收拾她的鞋，准备离开。

“我跟你说话呢，你不高兴了？”高远小心翼翼地问道。

“谢谢你的好意，用这个向别人求婚去吧！”言自芳说着，把首饰盒往高远怀里一塞，光着脚就要走。

高远一把将言自芳拉住，双手按着她的肩膀，硬是把言自芳摁到座位上，苦口婆心地向她解释自己的打算。

“我们明天就去登记结婚，我到了英国以后，脚跟落定就马上办理你到英国工作的事情，不出几个月我们就可以一起畅游在伦敦的泰晤士河边上了，吃的是汉堡，喝的是咖啡，那时候你可不能像现在这样子对我了，你要改一改你的大小姐脾气，因为你将是一个英国绅士的夫人啦！对不对！”高远憧憬着两人美好的未来。高远的话穿过言自芳的耳膜走进了她的心里，化作一坛香甜的蜂蜜，她似乎看到了伦敦桥，看到了威斯敏斯特教堂的大本钟，听到了乔治·弗里德里希·亨德尔这首著名的《威斯敏斯特钟声》：

g#4， f#4， e4， b3

e4， g#4， f#4， b3

e4， f#4， g#4， e4

g#4， e4， f#4， b3

b3， f#4， g#4， e4

两个人都愣了一下，耳朵里同时回荡起了这首亨德尔作的传遍四海五洲的咏叹调。人活在希望里比活在现实中更加现实。

高远捡起地上的《英国旅游指南》，穿上自己的鞋，转身蹲在了言自芳的面前：“趴在我的背上，我把你背回去！”

“人太多，不好！”见高远拉开架势就要动手，言自芳推开高远，

“不行不行!”

“让他们嫉妒去吧！我背的是我的老婆!”高远来了劲儿，不依不饶一定要把言自芳背出图书馆。言自芳拗不过高远，趴在了高远的背上。只见言自芳害羞地将自己的脸用书包盖住，只露出像金丝猴屁股一样红的半个脖子让大家“瞻仰”了。

“有啥感觉?”出了图书馆的大楼言自芳问道。

“软软的!”高远说完大笑了起来。

言自芳结婚了；高远真的结婚了!

这次高远结婚是自己愿意的，是自己主动追求的，是幸福的。这次结婚不像上次跟练花的被逼婚，那次被迫的味道掺杂其间让高远想起来就心有余悸。高远和言自芳仅仅是到民政局办理了结婚登记，由于高远要远行，他们没有举行任何的仪式。简单的也是神圣的，不是有那句话，“大道至简”?

没有举行结婚仪式，并不等于没有结婚。高远说了，他要在伦敦为言自芳举行一次盛大的婚礼。让言自芳成为真正的公主。

旧秩序的坍塌与新秩序的重建同样是痛苦的，在茗岙中医药大学同时出现尤为让人揶揄。高远和言自芳结婚的消息在整个校园炸开了窝。言自芳突然发现以前跟自己不错的“小灵通”吴倩依对她不理不睬了。言自芳没有多想，反正马上就要离开学校，在一起的日子也没有几天。

接下来的日子，高远帮言自芳在医院报了到，安顿好了宿舍。等这一切都捋顺了，他自己离开的时间也要到了。事情就是这么紧凑，时间就是在忙碌中不知不觉地流逝掉的。

这天傍晚，高远将红皮护照打开，翻到签证页，看着英国驻中国大使馆签发的印有“工作许可”一栏，他的心情五味杂陈。自从收到签证，他已经不是第一次这么看了，每次看心里卷起的波浪都会荡漾着激动的涟漪。他不急于放下，因为他想让这种涟漪荡漾得长久一些，再长久一些，最后形成一股快乐的浪花拍打在他亢奋的小船帮上。每当这个时候，高远的脑子里出现的词汇就成了“鹤立鸡群、庸中佼佼、出人头地”等等这些一直埋在心底不敢露头，也一直露不了头的想法。他突然站起身来，在狭小的宿舍里来回踱着步，“昂起他高傲的头颅”，唱着那首欧仁·鲍狄埃为全世界无产者谱写的圣歌：“英特纳雄奈尔就一定要实现！”

高远的飞机是凌晨从首都机场起飞。高远下午六点钟先要到杭州机场乘坐国内航班到北京，再由首都机场转乘国际航班直飞伦敦希思罗机场。

言白芳没有去机场送他，只是在茗岙中医药大学的门口和高远挥手道别。高远心里很不是味道，按他的想法和心里的准备，下午言自芳会早早来到自己的宿舍，依偎在自己的怀里，一边哭一边闹着，不舍得他离开，甚至于闹得他心烦内疚。如果闹得再厉害一点儿，他就有可能开始怀疑自己去英国的决定是对还是错了。高远甚至都想好了无数条安慰言自芳的话语，高端的有，粗俗的也准备了好几条。但是，等了一个下午都没有见言自芳的人影，高远的心开始隐隐作痛，他像一个隆冬腊月天挣脱温暖被窝起床晨跑的人，推门却被团团的冷雾堵在了门口，出去冷，回头再进屋，又不死心。

他极力回忆着认识言自芳以来的各种行为和言语，是不是哪里让言自芳对自己有意见。没有！高远想得头都要裂开了都没有罗列出来。他原本想去言自芳的宿舍找她，可是理智让他强忍着没有去。去！又能说什么，说什么都显得多余，都很空洞。他突然想起第一次离开衢州到杭州上学时，在火车里，自己趴在绿皮火车的窗户上，父亲在月台上对自己的嘱咐。

“到了来信。”父亲说完了，“自己照顾好自己。”父亲也说了好几遍，“不要想家。”父亲又说过三四遍。再说，话空洞洞的就淡如水了，可这该死的火车还不开，父亲又将说过的话再说一遍，无奈火车还是没有启动的意思。高远数次要求父亲“走吧，走吧！”

一辈子的话在这个时候都想不起来了；一辈子读的书都显得无用

了。车上的人和车下的人不约而同地往车头望去。一个人等着车走，一个人等着车开，只有“尴尬”站在他们的中间尴尬着。

想到这里，高远自己安慰自己，言自芳不来就不来吧，见不如不见，免得无话可说，尴尬再现。不知道为何，此时远在开化的练花和儿子练小鑫跳进了他的脑海，好像是跟他告别一样，他的心突然紧了一下，随即这个念头被言自芳的影子给驱离了。

言自芳并没有闲着，她是想去送高远的。她甚至已经下定决心，在高远离开前和高远来一次“鱼水之欢”，不让高远遗憾，也不让自己遗憾。可天不遂人愿，头天晚上“大姨妈”就气势汹汹地来了，不仅来了，还来得汹涌澎湃不讲道理。第二天正值高峰，根本不要奢望能够停下来，不仅如此，人反而难受得像装的一样逼真了。

言自芳想，去见高远，势必要搂搂抱抱，势必点燃了男人的欲火，假如自己把持不住的话……给高远留下的阴影可就大了。与其说是个遗憾，那就不如遗憾得自然而然一点儿。她不愿再继续往下想，于是只有忍着内心的痛，在校园门口向高远挥手告别。

飞机直冲云霄的那一刻，高远的心像许地山《落花生》里描述的成熟花生收割时的情景那样，花生被人连根拔起，在地上留下一个深深的坑。高远人离开了养育他的祖国，心里却隐隐地痛，这拔起花生留下的坑不在地上，而在他的心里，他没有了兴奋，充满他脑海的、让他回忆的、让他思念的是他对这块土地的眷恋及成长过程中的点点滴滴。

临行没有经历和言自芳依偎这个过程，高远的心里同样也出现了一个坑，一个无法弥补起来的坑。他像一切植物成长的过程那样，在一个关键的节点上缺少了一环，心里不论怎么劝自己都迈不过这道坎，总有一种先天不足的挫败感。

高远望着舷窗外被落日染红的云一团团地从自己眼前飘过，不知哪一块儿云能填补心里的缺失呢？自己漂浮不定的心可以落到哪片云彩上呢？

13

李红梅在机场和王奕桐依依惜别，伦敦的雨多，女孩子的泪也不少。姑娘们的情感更加细腻，短短的一趟旅行似乎变成了相识多年的老朋友之间的阔别。斯梅尔没有催促王奕桐，任由她去流泪，反正已经安全到达伦敦了，早几分钟、晚几分钟也不差这一哆嗦，等到斯梅尔从广播里听到来接李红梅的人广播寻人，方才打断了两个姑娘。

李红梅和王奕桐各自收住眼泪，对视一笑，同时都发现自己有些难为情。来接李红梅的是一位六十多岁的老头，斯梅尔跟老头聊了几句，得知此人是伦敦汉莫尔顿疗养院退休养老社区的工作人员亨特（Hunter），只见他手里拿了一张写有 Ms Hongmei Li & Ms Huimin Zhang from China（中国来的李红梅女士、章惠敏女士）的接人牌子，斯梅尔才放下心来。斯梅尔细心地问了地址，知道就在 Hanmerdun' s Yard， London，（伦敦汉莫尔顿疗养院），于是就与李红梅和另外一个叫章惠敏的女孩子握手道别。

伦敦汉莫尔顿疗养院被英国国家住房联合会评定为英国为老年人提供独立生活的三个领先方案养老院之一。项目于1993年完成，是伦敦的第一个专门为满足六十岁以上人群提供住房、养老、康复、健康和休闲需要而开发的项目。

李红梅住的地方位于波罗贝洛路市场附近（Portobello Road Market），步行五分钟即可到达市场，兰仆林地铁站就在正对面，15到20分钟就到了伦敦市中心。由于公寓毗邻主街和一条高速公路出入口，交通带来的车辆噪声不时传来，但由于隔音做得好，进入房间后倒是一片宁静。公寓离海德公园有三公里的路，到自然历史博物馆也就像到海德公园那么远的距离，而去西邦尔公园就很近了，只有几百米。

两人见亨特对着她们说了一堆话，可惜姑娘们仅仅听懂了最后一句“Bye，bye！”李红梅住进了公寓的B室，同来的章惠敏住A室，李红梅昏头昏脑进了房间，此时她脑子里混沌一片，她觉得室内光线跟傍晚落日前的亮度差不多，她打开灯才能看见房间内的物品，其实不是光线变了，她太累了。

室内一张简单的床，一张小小的桌子，外加一个洗手间。虽然简单，但是该有的功能都有了。李红梅将窗户打开想通通风，海腥味儿的风被车水马龙制造出来的噪声充满了整个小屋，李红梅赶紧关上了窗。

李红梅住的房间里能够清楚地看到一株常青藤盘在窗外一米多远的墙上，常青藤和窗台之间放了一张供四人休息的座椅。常青藤茂密的枝叶将小院和外面的世界隔开，每到下午，落日余晖穿过对面高楼的缝隙照耀进小院里，院子顿时像点燃了一簇篝火般灿烂了起来。

李红梅躺在床上，脑子里一片空白，她人虽然到了伦敦，可魂还在半道上。此时她像在机场等候行李的旅客，人到了目的地，可发现自己的行李却还留在了出发时的地方。

她没有想到十几个小时前，还在自己的祖国，一切都是熟悉的；十几个小时后，自己到了被称为资本主义的英国。李红梅望着天花板，脑子里回忆着过去的点点滴滴，日子像小人书在心里一页一页地被翻了过去，脑海里睡意正在驱赶兴奋，睡意的窗帘慢慢地从两边向中间合拢，最后成为完整的一片。李红梅终于熬不过时差，睡着了。

李红梅一直睡到阳光穿过常青藤，照在她的窗户上，一道金色的光从外面射了进来，她半醒半睡中脑子里迷迷糊糊梦到了家乡的那场改变自己命运的火灾，她的心激灵一下，人彻底地醒了过来。

李红梅揉揉自己的眼睛，极力追忆着这是一天当中的什么时辰，她对着雪白的天花板回忆着，愣了好半天才知道这里是承载着家乡父老乡亲美好祝愿和希望的伦敦。她用手敲敲墙，墙是硬的，和家里面的墙一样地硬；摸摸床上的被褥是软乎乎的，也和家里的没有啥区别；她用屁股在床上蹾了几下，床发出了几声不满的“嘎吱嘎吱”声以外，又恢复了原样。这一切都是真实的。

“我到伦敦了！”

李红梅心里异常激动，她赶紧掏出笔，拿出本子，翻到第一页，想在上面抒发一下自己的激动心情，可激动的话想到了，话却像北方第一次下厨的小媳妇揉的面，面多加水，水多加面，就是揉不到一起，形不成团。李红梅写了撕，撕了又写，可就是写不出来一段能够明明白白表达此时此刻自己心情的话语来。李红梅急得在屋里转了好几圈，那样子像极了冬天里一个受了风寒的人，明明感觉喉咙里有东西，想咳，可就是咳不出来，不甘心又无奈。最后，李红梅在本子上写下了几个字，形成了此时的心境算作来英国的第一感受：“李红梅终于离开了诗同文！”写完这几个字，便合上了本子。

李红梅把自己的行李打开，将里面的东西一件件拿出来，分门别类地放好位置。这时，她听到有人敲门，由于身子依然像坐在飞机上有些颤巍巍的动感，脑子里再次确定声音是来自门外，她下意识地赶紧整理一下自己的衣服，从猫眼往外看，一个不认识的亚洲男人站在门口，章惠敏也立在A室的门口向她这边指指点点。李红梅打开门，一股古龙水的香气扑面而来。

来人自称李约翰（John Lee），说了一口夹生国语，听得费劲但还是能听懂他说话的意思。李约翰把李红梅和章惠敏两人叫到一起，将明天的安排说了一下，丢下一包吃的东西就离开了。两个姑娘还想多问几句，就听Bye的一声，李约翰已经出了院子的小门，消失在了人流中。

两个姑娘立在小院的门里向外张望着，汽车的呼啸声和路人的高谈阔论扭打在一起。市井显得特别地忙碌，人人都像赶着去电影院或者赶火车，脚步没有不匆忙的，给人一种消耗不完的力量感。远处的面包店飘出来的香味儿让两个姑娘觉得肚子饿了，可是没有人愿意回房间，都傻乎乎地围在栅栏里面往外看。

一阵流水的声音从常青藤的后面传到了两个人的耳朵里，李红梅以为是浇水的龙头忘记关了，于是循着声音而去，她扒开常青藤的叶子往外寻看，谁知道水声是一个白人撒尿的声音，李红梅看的时候，这个白人正虎视眈眈地看着她，吓得李红梅掉头就往房间跑，边跑边喊："流氓流氓!"外面的人听到李红梅的惊讶声，夸张地哈哈大笑起来。

第二天一早，李约翰就在门口等着，他见姑娘们非常守时，心里很高兴。李约翰是伦敦汉莫尔顿疗养院的合伙人之一，负责伦敦地区数十家养老机构的人员招聘和人员在伦敦当地的培训业务。李约翰精明能干，为人厚道，是伦敦华侨当中的第四代。兰仆林地铁站上车，过了11站，李约翰带着李红梅和章惠敏在沼泽门站下了车。一路上，李红梅和章惠敏的眼睛就不够使唤的，用刘姥姥进大观园来形容两位中国姑娘一点儿都不过分。李红梅虽然知道自己这是身在伦敦，但是伦敦到底长得什么样，自己并没有一个具体的概念。

出了地铁，来到了地面上。眼前一片绿色的草坪呈现在姑娘们的眼前，一大片枫树已经发黄变红，生机勃勃地吸引着人们的目光。一条石头铺成的小路穿过枫树将三人引到了一个庭院的门口。

三栋小楼在院子里围成了一个"品"字形呈现在李红梅眼前，枫树隔离其间，白色的篱笆把"品"字楼一一连接起来，形成了几条美丽的甬道。草坪的空地上，几个老人正在慢慢地做着运动，各式各样的动作都有；一个黑人护工正推着一个老妇人从楼房的一层出来。见到李约翰三人进来礼貌地问了安。

这里就是李红梅和章惠敏工作的伦敦汉莫尔顿疗养院。疗养院入住了八十岁以上的耄耋老人有三十位。李红梅和章惠敏就这么成为数名护工里面的新成员。

李约翰带领着李红梅和章惠敏来到院长办公室报到，院长是一个六十岁左右的妇人，名叫克洛伊（Chloe），一听这名字就知道她的祖上来自希腊。低矮的身材之外，她一头的白发已经看不出以前是什么颜色了。李约翰跟院长交流了一下，就把话题转向李红梅和章惠敏。李约翰把伦敦汉莫尔顿疗养院的管理制度、工作内容简单地用中文说了一遍。李红梅竖着耳朵、横着耳朵都没有听明白李约翰说话的内容，因为李约翰用烂到家的中文“死磕”印刷成书的规章制度，最后李红梅忍不住了，说能不能带回去慢慢吸收消化。

李约翰如释重负，冲着李红梅和章惠敏不好意思地笑了笑，为中文表示歉意。李红梅低头看手里的规章制度，她太熟悉了，因为在学校的时候，老师针对性地把以后要去的工作单位的方方面面都进行了培训，没有到岗都已经将内容烂熟于心了。李红梅用英文将这些跟李约翰一讲，李约翰竖起了大拇指。

克洛伊院长见几个人站在一起聊得很开心，就不声不响好奇地望着，这个年龄段不需要急，一切都顺其自然。李红梅见克洛伊眼神里有些疑惑，就用简单的英语说自己以前学过这些东西，没想到克洛伊竟然听懂了李红梅的湖南英语，还竖起了大拇指表扬李红梅。克洛伊让李约翰告诉李红梅，比起里面那些老家伙们（指疗养院居住的老头老妇们），李红梅的英文太标准了。说完，发出了一阵爽朗的大笑。

李红梅得到了克洛伊的鼓励，心情大好，她的表现也鼓励了章惠敏，章惠敏也学着李红梅的样子跟克洛伊说了几句中式英文，克洛伊像个慈爱的母亲一样上前分别跟两个姑娘抱了抱。嘴里用标准的希腊式英文嘟囔着：“姑娘们，欢迎你们，我代表你们将要服务的老人们欢迎你们！他们见到你们会很高兴的。希望你们在这里每天都是快乐的！”

克洛伊带队出现在院子里，七八个老人正在锻炼，见他们过来都停下动作，向他们投来温暖的微笑。克洛伊向他们一一介绍了李红梅和章惠敏，介绍到她们的名字时，克洛伊张了几次嘴都被中国方块儿字给撑住了。想合，合不上；想张，张不开。

“孩子，我看你性格倔强的样子，如果我‘赐’给你一个英文名字，你能接受吗？让这些老家伙们有好吃的东西就会想到你，不至于指着你急得哇哇大叫，还叫不上你的名字！”克洛伊幽默地问李红梅。

“好的好的！谢谢克洛伊院长。”

“以后你不要叫我院长，叫我名字就好啦！”克洛伊接着说道，“艾莉娅（Aria）是个很好的名字，你喜欢吗？这个名字生性洒脱，敢恨敢爱。是瓦奥莱特孙女用过的名字，我很喜欢，你能接受吗？”克洛伊的表情显然有些激动。

“我可以接受，这个名字很好听！谢谢你克洛伊！”李红梅把学过的英文扭成了一股绳，极力表现出了自己对英文名字的喜悦。

章惠敏这时候眼巴巴地望着克洛伊，希望自己也能有一个好听的名字。克洛伊似乎看懂了这个东方女孩儿的心思，她上前一步握住章惠敏的手说道：“孩子，我深信你在你的国家也是一个美丽的姑娘，你的眼睛有淡淡的褐色，有个古典韵味的名字最适合你。你知道在大英帝国我们看人都是看眼睛的颜色来辨别人的性格的吗？有个名字叫做‘黑泽尔’（Hazel），希望你能喜欢。”

李红梅听着李约翰翻译的内容向章惠敏望去，章惠敏的双眼确实有些淡淡的褐色，与传统的中国黑是有明显的区别。

章惠敏显然不知道该不该喜欢这个名字，她也学着李红梅，表现出很高兴的样子。话说回来了，这名字是一个英国老妇人“所赐”，想想也只有接受的份儿了。

“喜欢，喜欢！”章惠敏高兴地拍起了手。那动作轻快得像个十七八岁的少女。与李红梅的成熟不同，章惠敏的每一个动作都能给人传递一股清纯的芳香味儿。假如章惠敏犯了错，人们先会自责，而不是责怪她，因为看到章惠敏的模样人们就不忍心张嘴了。这里必须交代一句：“美丽动人也是生产力！”

院长克洛伊赐完名字就马上用了起来，她带着李红梅和章惠敏，也就是以后听到的艾莉娅和黑泽尔到工作的楼层和老人们见面。

李红梅服务的是B楼一层的五个房间，两位九十多岁的老头和三位八十多岁的老妇人在这里疗养。李红梅掏出一个小本子正要记下他们的名字，克洛伊说："艾莉娅，亲爱的，你不用记他们的名字，你以后想忘都忘记不掉的！"

克洛伊向见到的每个人都介绍了李红梅，到了最后一位老妇人的床前，克洛伊明显对这位老人十分地尊重："亲爱的瓦奥莱特小姐，您睡着了吗？请允许我给您介绍一位美丽的小姑娘，好吗？"

床上的老妇人确实是没有睡着，可是就是不想在这个时候回答克洛伊的请求。克洛伊似乎不是第一次遇见这种情况了，没等瓦奥莱特说话又继续说："这位小姐叫艾莉娅，她来自神秘东方大国——中国！"克洛伊说到中国似乎不愿意就此打住，"那里遍地开满了金黄色的花，那里的马路都是用黄金铺成的！"

瓦奥莱特小姐这时从床上扭了扭身子，准备慢慢起来，李红梅见老人家想下床，就急忙过去搀扶。没想到瓦奥莱特挥了挥手表示拒绝，那意思明显是我还很年轻，没有必要来扶我。

"克洛伊小姐，我刚刚听到了我孙女的名字，对吗？"瓦奥莱特有些激动地望着克洛伊。

"您说得对，我没有经过您的同意，刚刚把这个美丽的名字'赐给'了这位姑娘，就是这位美丽的中国姑娘！"显然克洛伊激动得有些语无伦次了。

克洛伊为李红梅起的这个名字显然让两位老人有了新的话题，两个人又说了一大堆的话，瓦奥莱特过来双手握着李红梅的手，一只手在下，一只手在上，嘴里不断地重复一句话："小绸子，奶奶的小绸子！" 瓦奥莱特显然喜欢上了李红梅，一边摸着李红梅的小手，嘴里还不断地叨叨着佶屈聱牙的方言。

瓦奥莱特看李红梅没有听懂她说的话，就先跟克洛伊说让她带章惠敏去认识自己的岗位，留下李红梅陪自己一会儿。

瓦奥莱特见克洛伊领着章惠敏远去，慢慢转过身去，指着窗户外面的一片植物说道："艾莉娅，您能陪我出去看看我的孩子们吗？"

李红梅就听懂了“孩子”这个词，误以为外面有她的孩子在等她，就忙着给她穿鞋。

瓦奥莱特手牵着李红梅的手，缓步出了一楼的大门，远远地看到锻炼中的老人们都停下了，向她们投来了羡慕的目光，静静地等候着她们的到来。不知道此时李红梅是怎么想的，瓦奥莱特的心情一阵甜一阵酸。甜的是自己面前姑娘的名字是自己心心念念的，而且是自己已故孙女的名字。算起来，孙女已经离开也有二十几年了，如果健在的话，跟艾莉娅的年龄差不多。这真是上帝赐福，将这位天仙一样的姑娘派到了自己身边。瓦奥莱特心里感激着院长真是菩萨心肠，可嘴上并没有任何表现。

李红梅和瓦奥莱特来到大家中间，老人们动作缓慢，可都用自己的方式跟瓦奥莱特和李红梅打了招呼。

“这位是艾莉娅，是我给她起的名字！你们觉得动听吗？”瓦奥莱特微笑着，把取名的功劳据为己有了。她不等别人回答，就跟李红梅说道：“他们耳朵听不到我说的话，如果你没有听到他们的回答，请你不要见外！”

其实，瓦奥莱特说的是什么，李红梅也没有听明白。她有些着急，语言不通，搞不明白老人的话怎么能行？她心里不免有些自责。

“这个名字是我孙女用过的，我就把她当成了自己的孙女了。你们一定会问，仅仅几分钟时间我们的关系就这么融洽，这是为什么？我跟你们说，这是上帝赐福，你们有问题去问上帝吧！”瓦奥莱特一边走一边向老人们炫耀着。李红梅见老人们没有回答瓦奥莱特的话，面对老人们诧异的表情自己只有报以微笑，她知道了，到了这个年龄段的老人不论是视力还是听力都会不同程度地减退。听到像没听到一样，或者反应迟钝不是有意为之，是岁月把他们折磨成了这个样子。

“好了，艾莉娅，一起去看看我的孩子们。”瓦奥莱特嘴里嘟囔着，人没有动，手却向后四处摸索着李红梅的手。李红梅赶紧将自己的手伸了过去，握住瓦奥莱特枯萎的手。她还是第一次近距离端详一位外国老人的手，手上的皮肤一块儿黑一块儿白，白人皮肤上的老年斑更显得黑，皮肤和骨骼中间的脂肪已经流失，手上的皮肤用力一捏就能提起来。李红梅感叹时间让苍老无处不在。

李红梅觉得自从见了自己，瓦奥莱特变得像个孩子一样，娇气了许多。刚刚从床上下来的时候，她极力反抗别人的帮助，这才几分钟的时间，瓦奥莱特就变得娇滴滴的了。想到这里，心里略过了一丝丝波澜，她并没有觉得好笑。设身处地想想，一个行将落日的余晖又能照亮多远的路呢？哪个人不需要关心爱护呢？

14

斯梅尔那时天真地认为产后抑郁症就是夫人瓦伦提娜轻度抑郁症和儿子出生后忙碌叠加在一起而产生的，并没有引起高度重视。直至有一天一条毁灭性的消息传到斯梅尔斯堡，使得斯梅尔家族从天堂跌进了地狱。

斯梅尔的岳父加西亚·斯米尔顿在布宜诺斯艾利斯被捕了。

加西亚·斯米尔顿原名康拉德·阿登纳（Konrad Adenauer），是纳粹战犯阿道夫·艾希曼（Adolf Eichmann）的副手，艾希曼和副手康拉德·阿登纳是纳粹大屠杀的策划者中的重要成员，在长达数十年的潜逃中，康拉德·阿登纳一直设法逃脱追捕，直到以色列特工在阿根廷首都布宜诺斯艾利斯将他逮捕。当时，在阿根廷当局不知情的情况下，康拉德·阿登纳被迅速秘密押解出境。

康拉德·阿登纳作为一个无情的纳粹分子和忠诚的反犹太主义者，尽其所能把犹太人送往集中营，以换取在元首面前留下深刻的印象，从而确保他作为纳粹党及阿道夫集团当中的地位。

希特勒在第二次世界大战以失败告终时，康拉德·阿登纳身处德国一个盟军的拘留营。那时，康拉德·阿登纳已经实施了他的逃跑计划，他伪装成一个名叫奥托·埃克曼的低级别德国士兵蒙混过关，随后又以奥托·埃克曼的身份在战俘营待了几个月，然后溜了出来，逃到了一个偏僻的农舍。

当其他大屠杀组织者在纽伦堡，因侵犯人权和战争罪而受审的时候，康拉德·阿登纳正躲藏在农舍策划他的下一步行动。康拉德·阿登纳利用强硫酸在自己的脸上巧妙地灼伤了几条伤疤，将原来的相貌改变了80%，连他自己都几乎不知道他真实的长相了。这使得康拉德·阿登纳可能冒险进入德国北部，在那里他又有了另一个身份：奥托·亨宁格。随后康拉德·阿登纳在德国领土上待了几年，通过制造一系列假文件来逃避侦查，而这些文件让当局认为，他逃到了中东，病死在了那里。

康拉德·阿登纳清楚，要保持自由，就不能在一个地方待得太久。当康拉德·阿登纳在中东死亡的消息传开时，犹太大屠杀的幸存者阿尔伯特·卡门（Albert Carmen）报名帮助盟军收集纳粹犯罪证据以供审判。阿尔伯特·卡门在奥斯塔班和毛特豪森集中营待过一段时间，而正是因为康拉德·阿登纳和他同伙实施的暴行，最终包括阿尔伯特·卡门母亲在内的五十名家人失去了生命。

阿尔伯特·卡门清楚地知道，表面上那些逃避起诉的纳粹战犯，往往会在可疑的情况下被无端杀害，这只是这些恶贯满盈的纳粹分子逃避罪责的惯用伎俩，而实际上他们已经逃到了其他国家，并采用了新的身份。

“我越了解犹太人是如何遭到虐待的，我的决心就越坚定！”阿尔伯特·卡门写道，他渴望将康拉德·阿登纳和其他纳粹分子绳之以法。与此同时，康拉德·阿登纳发现了一小群战后纳粹效忠分子，他们非常愿意帮助他。于是康拉德·阿登纳依靠他的许多假身份，在战后的欧洲各地旅行。他成功通过一条由边境警卫、非营利组织、宗教领袖和政府官员为他这样的纳粹分子建立的逃跑路线实施了潜逃。

1950年，康拉德·阿登纳以加西亚·斯米尔顿的名字，从意大利米兰来到他的新家阿根廷首都布宜诺斯艾利斯（Buenos Aires）。在当地红十字会、梵蒂冈高级官员和一名前党卫军军官的帮助下，康拉德·阿登纳得到了阿根廷领导人胡安·庇隆（Juan Peron）的接纳，得以在阿根廷定居。

加西亚·斯米尔顿（又名康拉德·阿登纳）在南美开始了新的生活。他写道："我的心里充满了喜悦。害怕被抓的恐惧已经消失。我在那里很安全。"1952年，加西亚·斯米尔顿的妻子维维拉和他的女儿也获得了旅行签证，在布宜诺斯艾利斯与加西亚·斯米尔顿会合。1955年，维维拉和加西亚·斯米尔顿在阿根廷的土地上，又生了一个儿子。加西亚·斯米尔顿在阿根廷生活得很成功，因为阿根廷政府对流亡的纳粹分子表示同情，使得加西亚·斯米尔顿能够进入商界发展。尽管加西亚·斯米尔顿身在阿根廷，但他并不羞于公开身份。布宜诺斯艾利斯窝藏了大量纳粹分子，这意味着加西亚·斯米尔顿能够与志趣相投的人在一起，而这些人由于有共同的背景，更加默契。加西亚·斯米尔顿参加公众集会，甚至还接受了荷兰纳粹合作者威廉·萨森（Willem Sasse）的专题采访。这种猖狂的举动被国际反纳粹组织密切关注。毫无疑问，德国政府知道加西亚·斯米尔顿就是康拉德·阿登纳，以及他在阿根廷的生活情况，而加西亚·斯米尔顿买通律师为妻子通过非正当的途径，与他在布宜诺斯艾利斯会面。这其中有什么样的交易不得而知。

而所谓正义的美国政府为什么不优先将一个卑鄙的前高级盖世太保官员绳之以法？这是因为美国人太沉迷于冷战和与苏联的军备竞赛，没有投入任何资源来抓捕加西亚·斯米尔顿。据称，在这些信息传到美国之前，纳粹猎人戴蒙·维克多向新成立的以色列政府通报了加西亚·斯米尔顿在布宜诺斯艾利斯的生活。他在自己的书里写道："1954年，我在阿根廷找到了加西亚·斯米尔顿，并将情况告诉了以色列人，但以色列人不相信我说的话是事实。"以色列国家情报机构摩萨德（Mossad）回击了维克多的说法，称戴蒙·维克多当时的信息有误，加西亚·斯米尔顿当时在沙特阿拉伯或日本，而不是在阿根廷。

当戴蒙·维克多再次确认加西亚·斯米尔顿在布宜诺斯艾利斯时，他没有通知德国政府，而是再一次向以色列的摩萨德发送了秘密信息。他想确保加西亚·斯米尔顿留在原地，不会被打草惊蛇。1958年初，摩萨德派特工约伦特前往布宜诺斯艾利斯。但他的结论是，加西亚·斯米尔顿，一个被通缉的纳粹战犯，不可能住在奥利沃斯这样的中产阶级社区。

1960年3月，摩萨德特工兹维尔抵达布宜诺斯艾利斯。他驱车前往奥利沃斯，来到位于查卡布科大街的一栋两层楼高的住宅，兹维尔指认那就是加西亚·斯米尔顿的住所。一名与摩萨德签约成为其成员的当地学生上前敲门，但没有人应答。他们上前观察，发现房子是空的，随后很快就发现住户几周前刚搬出去。摩萨德特工又做了一些调查，发现住在这所房子里的一个男子，在街上的一家汽车修理店工作。尾随男子几天后，他们来到一所新建的房子前。特工觉得自己离罪犯越来越近了，因为他知道这个男孩的名字叫迪特尔，与加西亚·斯米尔顿儿子同名。

摩萨德头目伊塞尔·哈雷尔无意与阿根廷政府合作逮捕加西亚·斯米尔顿，因为摩萨德知道阿根廷政府窝藏加西亚·斯米尔顿这么久了，其中一定有不可告人的交易。于是哈雷尔策划了一个计划，绑架加西亚·斯米尔顿，把他偷运出国。摩萨德通知特工彼得洛夫斯基，让他在时机成熟时充当打倒加西亚·斯米尔顿的人。

"在我的职业生涯中，我从未有过一点儿害怕。现在我害怕失败。"彼得洛夫斯基后来这样承认。

考虑到加西亚·斯米尔顿在英国有大量的投资，原本计划在英国实施拘捕的行动，可考虑到会引起国际纠纷，即使是把加西亚·斯米尔顿拘捕也无法把他顺利引渡，带上飞机。于是就决定在保卫相对弱的阿根廷将他拘捕。

当其他纳粹战犯在德国法庭受审时，以色列人却想在自己的法庭审判加西亚·斯米尔顿。这在当时被世界认为是一个有争议的决定，更糟糕的是阿根廷声称它的 主权被侵犯了，声称阿根廷反对绑架的法律被藐视了。不过，这种叫喊是短暂的、无力的。

父亲加西亚·斯米尔顿被拘捕的消息传到了伦敦斯梅尔斯堡，瓦伦提娜的抑郁症发作了。她不能忍受她是一个纳粹分子的女儿，她更不能接受自己心爱的父亲是一个纳粹分子，是一个杀人不眨眼的刽子手。

一个风雪交加的傍晚，西面的落日从北海上空的云端射出了一束“耶稣光”。“耶稣光”把半个伦敦城照得通亮，唯独在斯梅尔斯堡的门前停住了移动，乌云开始在光的不远处集结，慢慢地形成了黑压压的一片，突然“耶稣光”在城堡不远的地方消失得无影无踪。随即，天空中的乌云变成了一朵朵的海浪，翻滚着从斯梅尔斯堡的上空碾压下来。“衮雪”一样的乌云夹杂着闪电雨雪，被北海上空的强冷空气夹持着越压越低，人们不约而同地抬起头来，望着这突如其来的景象不知道是福是祸。

斯梅尔斯堡里，瓦伦提娜怀抱着维特，呆呆地望着天空中的“耶稣光”，她的脑海里浮现出自己和父亲在一起时候的幸福时光。门前一大片草坪就是她跟父亲的游乐场，不远处的小树林就是她和父亲玩Hide – and – seek（捉迷藏）的地方。

记得有一次由于玩的时间过长，轮到她躲起来的时候，她跑得很远，躲在一块儿石头的下面，时间一分一秒过去了，还是没有发现父亲的影子，小小的瓦伦提娜在石头下睡着了。这时候父亲因为找不到瓦伦提娜而焦急万分。

天渐渐地黑了，下起了窸窸窣窣的小雨，瓦伦提娜被雨声惊醒。她环顾四周，伸手不见五指。她辨别不出声音来自下雨还是动物的活动，她害怕了。她想哭，可面前的一切对她的哭都无动于衷，没有任何积极的反应。雨还在下，风把树梢吹得沙沙作响。

第二天天快亮的时候，一大群全副武装的军人从四面搜索过来，军犬的咆哮声把瓦伦提娜惊醒，她不敢动，脸对着石壁连哭的力气都没有了。一只半人高的德国牧羊犬在她背后咆哮着，她的内心燃起了希望。

身着军装的父亲和一群全副武装的德国军人出现在她的面前，父亲将她抱起，声音里带有哭腔，呼唤着她的名字。瓦伦提娜生父亲的气了，她不理解自己找爸爸的时候很快就找到了，而这一次爸爸为何这么长时间才来呢？殊不知，瓦伦提娜人小跑得快，目的是不让父亲找到；而父亲却是有意让孩子发现自己。

而这天捉迷藏瓦伦提娜却越过了庭院的围栏，跑进了茫茫的原始森林。

瓦伦提娜出神地望着窗外的“耶稣光”，回忆着父亲和自己在一起时的美好时刻，她不由得开心地笑出声来，脸上洋溢着幸福的灿烂。窗外的“耶稣光”突然消失了，顿时一片漆黑，闪电将天空的景象照得像白昼一样通亮，让瓦伦提娜将天上的乌云看得清清楚楚，乌云像滚滚的火车车轮向她碾压过来，她的耳边响起父亲的呼唤声，那是在寻找她的声音，一声高一声远，父亲的声音越来越弱，似乎在呼救、在忏悔、在向她招手。

瓦伦提娜抱着维特冲出了家门，她要去寻找父亲，她要去解救父亲。她辨别声音传来的方向，父亲的声音就在不远处铁轨上的车厢里。列车正向她的方向驶来，因为瓦伦提娜已经看到了父亲被困在黑暗的厢体里，她必须拦住这辆火车，因为车厢里的空气正在迅速减少，空气越来越稀薄，父亲强壮的身体开始变得异常虚弱。瓦伦提娜觉得自己唯一能做的就是拦住火车，打开车厢的门，把父亲解救出来。

冷风夹带着雪粒打在瓦伦提娜和小维特的身上，疼痛异常。小维特的哭声没有将瓦伦提娜唤醒，她的脑海里只有父亲的呼救声、呼救声、呼救声。远远的巡道工人发现灯光下铁路上有人迎着风雪奋力前行，觉得奇怪，掉头跑往电话室准备通知调度室，并且迅速向迎面行驶而来的列车发出停车信号。

可是一切都来得太晚，当一列满载煤炭的火车鸣着长笛从瓦伦提娜身上碾压了过来，瓦伦提娜没有意识到这是她生命的终点，她也许认为这是新生活的开始，那带着死神喘息声的汽笛，在别人看来是危在旦夕，是千钧一发，而她听见的是父亲的呼唤。当司机奋力将火车停下来的时候，离出事地点已过去了五英里。

列车夺去了瓦伦提娜的生命，救援人员在铁路边的草丛里发现了嗓子哭哑了的小维特，他除了大腿和臀部有一些瘀青以外，身体没有大碍。人们不理解为何瓦伦提娜遇难了，而怀里的小维特却奇迹般地活了下来。

斯梅尔得知瓦伦提娜卧轨自杀的消息，瘫坐到了地上，他英伦版的绅士风度被痛苦击败了，他被打击得体无完肤。警察把小维特递给他的时候，他的表情木讷得像具僵尸，维特趴在他的怀里哭着要妈妈的时候，斯梅尔方才回过神来，这一刻他知道了小维特永远失去了母亲，他也失去了瓦伦提娜，他不仅是维特的父亲，突然间他还成了维特的母亲，要独自抚养维特了。

斯梅尔奇怪自己没有哭，没有泪，唯有心里隐隐的痛。家人处理完瓦伦提娜的后事，真正的痛苦才刚刚开始，小维特每一次的哭声都在诉说着对瓦伦提娜的思念。斯梅尔内心深处感激瓦伦提娜在生死的关键时刻将儿子抛出了危险之外，留住了维特的生命，使得斯梅尔有了后代，这是不是作为女人在最危险的时候慈爱的母性发挥了作用，也许瓦伦提娜遇险的一刹那理智回到了她的身上，可是为时已晚，她能做的就是将维特扔了出去！

从瓦伦提娜遇难的那天起，斯梅尔再没有踏进斯梅尔斯堡半步，他搬进了城堡边的一栋小楼里，过着孤独寂寞的日子。斯梅尔将整个身心都投入到了他喜爱的音乐事业，一次次演出时的热烈和落幕后的寂静形成了强烈的对比，让他感觉生活犹如冰火两重天。落幕后，他最后一个离开舞台，为的是让袅袅余音在脑海里萦绕的时间长一点点，再长一点点。他希望通过音乐让自己濒临死亡的心跳动得激烈一些，让现实中的自己成为音乐中的别人，他为贝多芬名曲《英雄》心潮澎湃；他替柴可夫斯基《胡桃夹子》雀跃，他癫狂在老约翰·施特劳斯《拉德斯基进行曲》中，为帕格尼尼《24首随想曲》恸哭不已。

斯梅尔知道自己的生命会被音乐毁掉，因为他的生命已经被毁掉过一半。整个伦敦，整个英伦乃至整个欧洲随时随地都可能变成他的坟场，他可以在任何一个地方将自己埋葬，因为他的心已经死了一半。

一个标准的伦敦下午，天依然是阴沉沉雾蒙蒙。斯梅尔走出伦敦音乐厅，拖着疲惫的身躯行走在格林威治大街的石板路上。地铁口就在不远处，可是他不想回家，每当他想起回家，他都觉得家就像一座坟墓。他从口袋里掏出一盒烟，抽出一根叼在嘴上，手在风衣口袋里摸索着火柴。一根、两根、三根，火柴在风口没有办法坚持到点着烟头就熄灭了，斯梅尔沮丧地扔掉空空的火柴盒，一手握着琴盒一手拿着已经弯曲的香烟，情绪降到了冰点。

一首从没听到过的曲子飘进了他的耳朵，豪迈中带着一股爱情淡淡的甜香。他顺着音乐的方向寻去，乐曲来自一家中餐馆，餐馆门口的琴师是一位二八姝丽的少女，姑娘面前摆放着一架古筝。斯梅尔站在两米开外的地方静静地聆听着：

在那遥远的地方
有位好姑娘
人们走过她的帐房
都要回头留恋地张望
她那粉红的小脸
好像红太阳
她那美丽动人的眼睛

好像晚上明媚的月亮
我愿流浪在草原
跟她去放羊
每天看着那粉红的笑脸
和那美丽金边的衣裳
我愿做一只小羊
跟在她身旁
我愿她拿着细细的皮鞭
不断轻轻打在我身上
我愿她拿着细细的皮鞭
不断轻轻打在我身上

那一刻，斯梅尔虽然听不懂曲子唱的是什么内容，人却被这首优美的曲目打动了。说来并不奇怪，这首来自青海的《在那遥远的地方》是王洛宾创作的一首民歌，在电影《小城之春》作为插曲而出名，被有情人所爱戴而广为流传。1994年，王洛宾凭借《在那遥远的地方》获得了联合国教科文组织东西方文化交流特殊贡献奖。

斯梅尔听着这首曲子，心里隐隐约约泛起了对爱情的渴望，这不能不说音乐真是不分种族、不分地域和信仰的。斯梅尔凭着音乐的良好造诣和修养马上就意识到了这首曲子的不平凡。斯梅尔刚刚听完《在那遥远的地方》正欲离开，紧接着的一首《茉莉花》把他留住了，他索性推门而入进了这家名叫“蝶恋花”的中餐馆，他挑选了一张靠近古筝的餐台，服务生过来招呼他，他都没有听见，他满脑子都是中国音乐。

见服务生在身边站了好久，斯梅尔不好意思起来，凭着自己对中餐的浅薄了解，就要了一个宫保鸡丁和一碗米饭。

“我不是为了吃饭，而是被音乐迷住了。我认为我是第一个为了听音乐而进入中餐馆吃饭的英国人。”斯梅尔后来回忆这一段经历时对王奕桐这样说道，“我为这神秘的东方音乐着迷，我当即决定到中国去，去看看那里的人，深度了解那里的音乐。”

15

飞机清晨六点准时降落在伦敦希思罗机场，巨大的轰鸣和机舱里突然出现的宁静形成了强烈的对比，等飞机外面渐渐安静下来时，机舱内却异常地嘈杂。好几个上飞机时明明讲标准中文的国人这时都讲起了英文，像一点儿中文都不懂似的，举手投足给人印象就是一个“装”字，装着自己不是中国人，装着自己听不懂中国话。

高远都惊讶了，上飞机的时候，身边一起谈论甚欢的人此时犹如脱胎换骨了，说话不仅用英文，连回答高远的问题都用“嗯哼嗯哼”了，在北京的时候没有见过这些人说话把肩膀一提一提的，咋刚到伦敦，这肩膀就提了起来？这是表示遗憾呢？还是得了落枕、“五十肩”呢？

如果说一个一米八的大高个偶然学一下西方人，在需要表示一下无可奉告的意思时，把肩膀“不由自主地”提一下，表示一下尴尬，也无可厚非，因为学西方文化总要“提纲挈领”的呀！人家先提个肩，从形体学起，怎么啦？可极目望去整个机舱里除了几个“老外”不知好歹仍在讲中文，仍耷拉个肩膀之外，大多数中国人早就提着肩膀“嗯哼嗯哼”地换成了连“老外”都听不懂的英文了。

高远蒙了，这哪里是自称初次来伦敦学习工作的，这明明是回伦敦的北京胡同、上海里弄的派头，个个都把自己装扮成“老伦敦”一样。

看到这些国人“洋奴”的样子，高远心里一股气变成了小时候唱的那首《我是一个兵》来。

歌声让这些“新洋奴”们，或即将成为“新移民”的同胞们稍微收敛了收敛。几分钟后众人脸色渐渐由红变黄恢复原状的时候，高潮再次迭起，等到下了飞机，前往出入境处清关，“思乡”的奴儿们依然高谈阔论，亢奋不已。

坐在高远邻座的一位中年妇女是位回国探亲的“老伦敦”，见到“新伦敦”们如此这般，不由自主地摇了摇头。“老伦敦”姓杨名丹，北京人，在伦敦经营一家律师事务所，专门为华人华侨打官司，江湖人称“北京杨姐”。她听说高远是第一次到伦敦来，就提醒高远过关的时候跟着她，如果遇见海关刁难会及时帮高远解围。

高远感激涕零，互相交换了通信地址，下机后就紧跟着杨丹不离半步。杨丹是英国居民，持英国护照，本来她完全可以走英国居民护照通道，但她为了帮助高远故意和高远都在“其他护照”通道排起了队。

队伍慢慢往前移动，好不容易轮到了杨丹，高远赶紧跟在后面，海关警察是个华裔，眼睛里容不得不守规矩的人。他见高远紧紧贴在一位女士身后，甚是反感，于是高声怒斥道：“往后！往后！挤什么？挤什么？”

高远被这位警察的话给激怒了，你这么说不就是打了我们国人的脸吗？高远的面颊顿时气得红到了脖子，他手指着警察：“你说什么，你再说一遍！”

杨丹及时把高远制止住，不让他再开口。警察此时也觉得失理，他原本的意思也许是：“大家都不要急，请守规矩，别让‘西人’看我们华人的笑话！”可话到嘴边就变了调，难听得要死。

就在这个时候，后面一个正Stand-by（备勤）的女警官见状及时将华裔警察替换了下来，避免事态进一步扩大。也许，这样重口味的话这位警察就说了这么一次，也许华裔警察也是看到不懂规矩的国人心里别扭，才口出如此言语。话赶话把最让国人伤心的往事拎了出来，像鞭子一样抽打在高远的脸上，巧的是高远却正面给碰上了，对于高远来说就是百分之百的被侮辱。杨丹严厉地走近这个华裔警察，要了他的警号和名字，并警告说要起诉他的不当言语。

此事在高远的心里埋下了一块儿心病，他顿时对伦敦没有了好感和热情，唯一能让他欣慰的是，这次是为了祖国而受的侮辱，也许这是他唯一一次为祖国贡献的绵薄之力。

话又说回来了，如果自己国家强大了，人民自信了，哪里还会出现这种龌龊的事情呢？想到这里，高远制止了杨丹为他伸张正义的想法，一来怕打官司要钱，二来，高远已经想通了，心里也原谅了华裔警察。

高远和杨丹话别后，四处张望着老师潘欣弗的身影，可等了半天都没有见到。他想可能是堵车，老师年龄大，开车慢，晚点儿不怕，自己正好借着机会看看第一眼中的伦敦。高远举目远望没有见到想象当中的高楼大厦，更没有自己认为的不得了的“西洋景”。他的双眼慢慢开始酸涩难忍，一阵阵困倦像涨潮的海浪一波波袭来。高远揉了揉太阳穴，希望能够缓解，可是效果恰恰相反，好像太阳穴是瞌睡的闸门，不揉还好，一揉把一群瞌睡虫放了出来。高远不知道自己睡了多久，他就觉得激灵一下，被人拍醒了，他缓了半天才搞清楚自己是在哪里。拍他的正是他的恩师潘欣弗。

高远伸手去拿行李，人才真正地清醒过来。身边哪里还有东西，行李早已不翼而飞了。他误以为是潘欣弗帮他把行李放到了车上，但是看到潘欣弗一脸的诧异，方知道东西被偷了。好在护照是揣在怀里没有丢失。

潘欣弗陪着高远到机场警察局报案，他们以为会得到有力帮助，可是一堆人在他们前面排队，看样子都有重要的事儿非警察处理不可，套用托尔斯泰的那句话来描述就是：幸福的人都是相似的，但找警察的人却各有各的不幸。

高远把潘欣弗拉到门外商量，说行李里面除了自己的衣服和书以外就是一些日用品，没有任何“细软”，如果等着警察处理，也就是报个案，登记一下而已。想到自己和潘欣弗的英文水平，轮到了，能不能说清楚、道明白自己的想法，描述清楚案情还是个问题。原本还想打个电话给杨丹，可是又不会用英国的投币电话，无奈之下只有作罢，一走了之，落得个干净。既然运气坏了，那就不如坏他个彻底。

高远把想法跟潘欣弗一说，潘欣弗的表情是有限度地表示同情，同时脸上又似乎代表伦敦“市委”、市政府尴尬中歉意地笑了笑，在高远说了好几个“没事儿，没啥贵重东西”后，两个人才姗姗离开了警察局。

潘欣弗没有车，更没有租车接他，甚至于多余的问候都没有说，高远顿觉自己很多余，像领导不期而遇的视察，来伦敦是打扰了地方群众的正常生活一样。他极力想跟潘欣弗多交流几句，可说出来的话都被潘欣弗匆匆行走的脚步给丢到了身后，像说出来的话跟不上潘欣弗的步伐。望着潘欣弗老态龙钟的背影在努力模仿着年轻人走路的样子，他潘欣弗是在向整个伦敦证明他还年轻，望着潘老教授的后脚跟不让人这么想才怪了去了！

上了地铁，两人对面而立，高远想这时候可以跟老师聊上几句了吧？可是环顾四周，不论是坐着的还是站着的乘客几乎手里都捧着一本书在看，显然车厢不是用来乘坐的，而是用来读书的。

高远看看老师，潘欣弗一句话不说，对他仅仅是吝啬地笑笑，和国内时候的潘欣弗相比，此时老教授嘴咧的宽度仅仅是国内咧嘴宽度的三分之一多一点点，这该算是对高远一路辛苦的安慰了。难怪江湖上盛传西方人严谨，据考证这以讹传讹的事应该是从盎撒人咧嘴开始的！潘欣弗到伦敦也没有多久，其他学到了多少无法考证，可表面上已经开始严谨得不要不要的了，因为潘大夫的大嘴在国内“嚣张”得已经够大了，你让他在英伦三岛上学着西方人突然缩小，势必有一大部分嘴皮被闲置，外人看上去，都以为潘老夫子不是口腔溃疡就是牙龈肿胀。

地铁的摇晃多多少少能抵消两个人之间的一些尴尬，地铁一站一站地过去，高远竖着耳朵分辨着到站广播和人们之间的交流，他一句都没有听懂。那感觉这抑扬顿挫的语言跟自己学过的英文完全不一样，伦敦人似乎说了一种闻所未闻的语言，声调之奇怪、语气之诡异颠覆了他对英文的认知。不过，高远从中也嗅到了这种语言的轻松感、柔滑感，不像国内把语言教学活脱脱搞成了一种刻板的模式。高远眯缝着眼睛假寐，心想自己给当地英文定性的话应该是滑溜溜板，而国内英文教育可以叫滚楼梯。想到这里，不由自主笑了一下。

潘欣弗见高远笑的时候，嘴咧的宽度大于自己的宽度，意识到自己太装了，有意识地将嘴皮子再放宽了几分，一来保持距离，二来告诉对方好自为之，不可造次。

潘欣弗带着高远穿过大街，拐了好几个弯子，来到一栋小楼的地下半楼。之所以称为半楼是因为一半在地下，其实就是一个地下室，可是又在墙上开了一个窗户，以便地下室通风透气。可不论是一年四季哪个季节阳光都不会晒进来，阳光就停留在窗台上。人能看到，可就是照不进来。像一个成年人突然发现对面河边的女人是自己的初恋，能看到可就是摸不到。这里是老板汤威廉给几个店员租下来的出租房。

潘欣弗住的是地上一楼的一间十平方米的小屋；现在高远来了，正好住潘欣弗的下面。地下室虽然不如上面光亮，可有个地方安身已经谢天谢地了，再说了自己的恩师住在自己的头上是完全可以接受的一件事。潘欣弗放下高远就急急忙忙上班去了，留下高远一个人在地下室孤独着。

高远躺在小床上，脑子一片空白，环顾四周，用家徒四壁来形容现在的情景一点儿不过分。他完全没有了睡意，虽然小街上偶尔会有汽车经过，这倒使得周边显得更加安静了。

伦敦的夜没有杭州的夜那么柔软细腻，天空蓝得透亮，飞机飞过没有留下丁点儿声音，如果没有尾迹云人们根本不会发现自己的头上有飞机曾经飞过，一条条尾迹云互相交叉重叠着，彼此划破又彼此相交，那样子让高远想起连续剧中的壮士，以及他们宁死不屈所受的酷刑。高远暗自嘲笑自己，见到什么都能够浮想联翩，急忙将思绪往言自芳身上转移。

他庆幸自己的日记本没有被偷走，现在可以掏出来把自己的想法和感受一股脑写出来。虽然现在的心情不好，但也绝对谈不上坏。因为他渐渐从机场的“遭遇”中缓解了过来。

看来，稍微有一点儿文化，但凡喝过几天墨水的人，当他们身处异乡为异客时，不论是初来乍到还是滞留经年都喜欢留下只言片语，以供日后回味，李红梅是这样，高远也不例外。

此时的高远翻开日记第一页，激动地写道“致夫人言自芳”，题目写完了，可是写什么内容呢？他一时没有了主意，写思乡？刚到伦敦，又不是已经待了十年八年，相思像被清流激湍的溪水挤压在水底的秋叶，能看得见，可又泛不起来，到不了水面上。由于时间的关系，高远的相思尚欠那么一点点儿火候，因为到伦敦的时间也就是十几个小时，在思乡的程度上浓度还不够。如果说真有思念的话，此时的高远会想念远在开化的儿子练小鑫，虽然仅仅是一个图画一晃而过，可也足够让他的心颤抖了一下。

高远又拿起笔在第二页上写了另外一个题目“致儿子小鑫”。写完，自己的眼睛有些湿润，这是他第一次这么脆弱，这么不爷们儿！高远见自己无从写起，无法落笔，干脆录了一首宋词：

长相思。
孤雁飞，
孤雁回，
山水悠悠马蹄催，
星点伴客归。
风送寒，
雪送寒，

秋风瑟瑟泪痕干，
情深别更难。

高远录了一首，觉得还没有缓解对孩子的思念，反而思念像他当下感到的饥饿一样越来越强烈，于是又改编一首：

秋风清，
秋月明。
叶叶梧桐槛外声。
难教归梦成。
砌蛩鸣，
树鸟惊。
塞雁行行天际横。
偏伤为人父。

高远把最后一句里的“旅客情”毫不犹豫地改成了“为人父”，改完他颇为满意。他又翻回到第一页，看着题目，心想如果今天没有写下什么伤感思念的话，想必言自芳也不会生气吧。话虽这么说，笔下却还是想写几个字来表达一下此时此刻的心境。高远突然想起别人写的几句话，趁着自己还记得起，赶紧写下来：

信仰是石，擦起星星之火；信仰是火，点亮希望之灯；信仰是灯，照亮夜行的路；信仰是路，引我高远走向黎明。黎明是你——言自芳，挽救了我的生命！

高远写到这里方才觉得文字有了思念的味道，虽然盗用了别人的文字有一点儿“佛头着粪”的嫌疑，但是已经满足了对言自芳的思念，他的心里也平和了一些。

这边高远一走，言自芳的生活反而不正常起来，凸显在她对新工作的不适应。医院开始安排新入职的员工集体学习医院的规章制度，学完了还要进行考试。工作不是分配到科室，而是科室主任上门来挑人。毕业的院校，考试的成绩当然会在考虑范围之内，但是长相漂不漂亮首当其冲地成为第一选择。

言自芳等于是被康复科主任挑了去。为什么这么说？挑选的当天，新入职的员工靠墙站立了一排，一个接着一个从会议室门外走进室内，而挑人的科室主任们提前坐在第一排的座位上，一个个色眯眯地瞪着意淫的眼珠子，在姑娘们的身上来回扫描。不论是挑人的人，还是被挑的人都有旧社会进风月场的感觉，最次都会有进入卡拉OK挑选陪酒女郎的味道。

挑选员工一事院方想得好，但是进行起来并没有想象中那么顺利。前面的内、外科主任同时相中了一位一米七左右的姑娘，姑娘不仅长得高，肥瘦相宜，曲线凹凸有致，而且五官像极了日本的山口百惠。

北方老百姓常说一句话："孩子没娘，说来话长！"内科主任和外科主任年轻的时候就因为这种破事积怨已久，究其原因无外乎外科主任的外向把内科主任的内向在婚恋这件事情上全面碾压。当内科主任（彼时未当主任）尚在犹豫着积攒能量就要向姑娘表白的关键时刻，外科主任（当时也是一个"白皮"，仅仅是爱情替补）就于一场篮球比赛后，用胜利把在球场看球的一米七当众表白了，在众目睽睽之下赢得了现在的老婆。当年被争来夺去的少女像极了今天被挑一米七的样子。您想想，换谁谁能咽下这口气呢？这等于是把几十年前的戏重新接着演了一遍呀！

两个主任平时甚少往来，遇见利益和好处争得你死我活，每个人身后都有几个派系领导支持，都有一群跟着混饭吃的医生护士狐假虎威。医院是知识、技术密集型单位，在不大的空间里、在有限机会中，知识、地位、院校、流派盘根错节、错综复杂，就连新来的员工分配都没有办法由人事部门来正常安排，院领导也想把矛盾推到下面，于是就有了奇葩“选美式”挑选方法。

言自芳正好目睹了这最惨烈的一幕，由于是在一群姑娘面前，开始时几个男人说话尚算彬彬有礼，怕给姑娘们留下不好的第一印象，可话说着说着就从“夹七夹八”渐渐发展到了污言秽语。

言自芳实在按捺不住自己对这些雄性们的蔑视，在没有轮到她的时候自己就大着胆子挑选了坐在最后位子上的康复科，以避免沦落到推来搡去的窘步。言自芳这个“义举”让康复科主任，一个“芳龄”五十九岁零九个月、行将退休的老男人兴奋了整整十二个小时之后又十二个小时，那幸福的感觉不是康复科被一个靓丽的姑娘挑中，而是他被这个姑娘摸了个光腚，兴奋异常。言自芳也成了毕业生中唯一一个自己挑选科室的毕业生。

16

伦敦皇家大学音乐学院位于泰晤士河边上，四周绿树成荫，由于季节来到了深秋，黄色的五角枫、红色的三角枫“隐爱”于绿树之中，红得像火，黄得像焰。

王奕桐坐在长椅上，小提琴放在身边。她在享受着眼前的美景，也在感叹着自己的命运。这已经不是她第一次来到此地独坐，她会经常来这里，不论是什么样的心境，她都会跑到这里独处一会儿。她甚至把眼前火红的枫树当成了家人，把这条坐着的长椅当成了兄弟。

王奕桐时常会感觉到一种孤独，这时她会突然想到远在沈阳的洪之一仁，想起四季居酒屋，她想现在洪之一仁怎么样了，生意还能继续下去吗？王奕桐不止一次想到她将自己交给洪之一仁那天晚上的情景，每当这时，王奕桐的内心深处都隐隐地酸痛，眼泪不自觉地流下来，她不是可怜自己，而是怜悯自己内心的另外一个王奕桐。她常常为那次的“牺牲”动情，被自己心里另外一个王奕桐的所作所为感动。

路人匆匆而过，王奕桐远方的思绪被拉回到眼前。她不理解为什么自己的老师斯梅尔对她这么好，超出了一般老师对学生的关心，仅仅用缘分来解释好像讲不通。王奕桐心里能感觉到老师对她的感情，她从心里已经依赖着斯梅尔，甚至她心里愿意斯梅尔能对她动动手脚或者亲吻她一下，抱她一下。青春的躁动让王奕桐在特殊的那几天里寝食难安。

达·芬奇说：“眼睛是心灵的窗户。”可从眼睛看，斯梅尔的眼睛是透彻的，从他的眼睛里看不出一丝丝的淫荡、邪恶或者猥琐，反而是热烈、深情和友谊，在异国他乡能有斯梅尔这样知根知底的男人对待自己，想来真是人之大幸呀！王奕桐不禁感慨万分。

王奕桐沿着绿草地中间的碧道漫无目的地移动着，领略着泰晤士河边上不断变化的风景，她时时会感觉眼前的一切像童话一样梦幻，她真不敢相信自己来到了英国，来到了伦敦，这个让多少人魂牵梦萦的地方。

自从斯梅尔回到了斯梅尔斯堡，音乐沙龙每周都会邀请不同地区和国家的音乐家一起相聚，每次沙龙音乐会上斯梅尔都会把王奕桐介绍给与会的音乐家们认识。

此时的王奕桐已经出落成了标致的东方美女，高挑的身姿，东方女性靓丽的面容。由于性格内敛，举手投足之间尽显东方女性的古典美，并且谈吐举止的分寸都拿捏得恰到好处。每当此时，王奕桐的出现都会让这些没见过什么大世面的西方音乐家们的心和肝为之一颤。苏轼在《和董传留别》里有“粗缯大布裹生涯，腹有诗书气自华”。用在此处来比喻王奕桐真可谓是恰如其分！在斯梅尔将王奕桐介绍后，音乐家们都会上前用西方人的礼仪亲吻王奕桐“小绸子”般光滑的小手；王奕桐也学着英国女孩子的样子以标准的屈膝礼回敬每位音乐家。

在别的女人用昂贵的鞋、帽、衣、包来提升自己“贵气”的时候，王奕桐一把小提琴就已经将她推上了淑女的高位。王奕桐与生俱来的气质让唯物质论的女人们等而下之。相比王奕桐，物质在精神面前败得一塌糊涂，成了一地鸡毛。表面的浮夸需求遇上了内敛的精神修炼就相形见绌了。

在英国的第一场音乐会上，王奕桐表演的曲目是斯梅尔在中国时就开始让她学习的帕格尼尼的*24 Caprices*，*for Violin*，*Op. 1*（《24首随想曲》）。此时的王奕桐已经将这首世界“天花板”级的名曲练得炉火纯青了，在斯梅尔将她介绍以后，王奕桐左手握着小提琴，右手将落地长裙微微提起，拾级而上到舞台中央，搭弓拉弦演奏这首极富魅力的世界名曲。装饰灯将斯梅尔斯堡的轮廓呈现在了大家的面前，王奕桐融进了音乐家的脑海里，融进了古堡，也融进了斯梅尔的生活里。

紧接着《帕格尼尼主题狂想曲》登场，这首由俄罗斯著名作曲家拉赫玛尼诺夫于1934年创作的协奏曲，同样取材于帕格尼尼的小提琴随想曲的基调，其中第18变奏是整部作品最出名的一段旋律，美国电影《时光倒流七十年》也将这首曲子当作主题曲。

如果您读到了这里，不妨放下手里的书，闭上眼，让这首曲子在您的心里成为不朽吧！

每当合奏这首曲子的时候，斯梅尔都是第一小提琴，王奕桐都会伴其左右成为第二小提琴。真正优美的音乐无论睁着眼睛还是闭着眼睛，这都无关大局，当你完全沉浸在音乐世界里的时候，你的眼睛是什么样的状态已经不重要了，因为你啥都看不见的，没有颜色，没有光亮，什么都没有。此时，眼睛是多余的，唯有听觉的眼睛是睁开的！

虽然很多作曲家都会以帕格尼尼的作品为基础谱写出风格迥异的不朽名曲，而《帕格尼尼主题变奏曲》（*Variations on a Theme of Paganini*）则是勃拉姆斯根据帕格尼尼的*24 Caprices*，*for Violin*，*Op. 1*

（《24首随想曲》）加以变奏而谱给钢琴家的独奏作品。从完成的1863年开始，就已经成为变奏曲中的不朽。

《帕格尼尼主题变奏曲》（OP35，1862—1863）和勃拉姆斯的其他变奏曲不同，前者是在小范围的沙龙里演奏，而《帕格尼尼主题变奏曲》是完全作为音乐厅之用。演奏效果辉煌，是一首炫技性作品。28段的变奏被视为挑战李斯特的炫技之作，除了高难的炫技演奏外，依然有意“挽留”着勃拉姆斯式的伤感情怀。

这部作品以感情的诠释与对技巧要求的严苛闻名，作家大卫·杜波（David Dubal）形容这是“钢琴作品中的传奇”，感叹这首曲子是“最困难而细致的钢琴作品之一”，克拉拉·舒曼则因为这部作品的艰涩程度而形容它是“女巫的变奏曲”。

每当合奏或聆听其他乐器演奏的时候，斯梅尔都提醒王奕桐要从不同的乐器演奏中汲取养分，注意其他乐器演奏当中的技巧，不要局限于对帕格尼尼小提琴曲子的模仿，要博采众长，在模仿中突破，突破后超越。

王奕桐渐渐理解斯梅尔的良苦用心，斯梅尔是想让她尽快和不同国家的音乐家们建立起联系，让自己能在伦敦的音乐圈里崭露头角。其实，每次音乐沙龙的举办对她都是一次考验，对帕格尼尼和其他世界一流的音乐家有了进一步的了解，认知上都会发生一次飞跃。斯梅尔把课堂死的教学搬到了室外，把对一首曲子、对一个音乐家的理解放到了跟其他乐器的合练之中。斯梅尔这不是在池中养鱼，而是放鱼归海，让王奕桐不受条条框框的束缚，方能达到音乐的新境界。

周末，斯梅尔带着王奕桐走进海德公园，感受伦敦的人文情调、艺术氛围，他深知对一个艺术家来说，不同的艺术表现形式能刺激大脑的不同皮层，不同的刺激会激发音乐家对不同艺术表现形式的吸收。

“你看这座雕塑！”斯梅尔和王奕桐来到海德公园东大门外，见到威灵顿公爵的骑马像挺拔屹立在眼前，不禁感慨道。

“这雕像是谁？骑在马上很威风的样子，四周围还有四个士兵！”王奕桐问道。

“这座雕像描绘的是滑铁卢战役中的铁公爵，骑在他的爱驹哥本哈根（Copenhagen）上，爱驹四蹄落地威风凛凛。在纪念碑的四个角上有四个士兵，一名英格兰人，一名苏格兰人，一名爱尔兰人，还有一名威尔士人。这是由雕塑家约瑟夫·波姆（Joseph Boehm）于1888年制作的。”斯梅尔详细解释道。

王奕桐围着雕塑转了一圈，手抚摸着四个士兵的脚丫，感叹自己也像这些士兵一样背井离乡，不远万里为理想奋斗。相比之下自己比这些士兵跑得更远，这是不是说明自己的理想也更加遥远呢？

“老师，一路走来，我看到很多雕塑，在广场上骑马的雕塑很多！我看到大多数的雕塑都是战士、将军或者是占领者或者是侵略者，在广场上没有发现这样的雕塑，比如是谁发明了第一根针、第一根线；谁驯化了牛羊；是谁首次发现了玉米水稻的食用价值。人类的文明历史不可能是军人创造的呀！英国的文化历史催生出各种英雄，他们骑在马上威风凛凛，向世界喊道：‘强权即公理（Might is right）’！历史是不是不仅要彰显男人的世界，彰显征服，还要铭记很多目前人类耳濡目染的东西呢！”王奕桐不禁感叹道。

“你提到的这个问题很好，很有深度！”斯梅尔陷入片刻的沉思，“雕塑也有反映女性的！”斯梅尔显然意识到他也回答不了王奕桐的第一个问题，又不想显得尴尬，干脆跳过问题一，接着问题二说道，“比如，离这里约百英里的考文垂市就有一个标志性的骑马雕塑，马上骑的是一位令人尊重的女性！”斯梅尔顿了顿继续道，“这座铜像是一位赤身裸体的女人骑着一匹高头大马，坐落在购物中心的广场上。每到整点，钟楼都会有一个偷窥者出来报时，很特别。这座考文垂标志性铜像的特殊意义并不在于它的外表，重要的是这个雕像中的故事，是很有名的一段历史！”

斯梅尔和王奕桐在一个长长的木椅上坐下，阳光穿过一片黄一片红的五角枫树叶，斑驳地洒在两个人的身上。王奕桐见斯梅尔避重就轻也就不再追问刚刚提出的好像很“哲学”的问题，而是将辫子从后面拉到胸前用手把玩着。

“这位女士的名字叫戈黛娃，据说大约在1043年，统治考文垂的是麦西亚伯爵利奥夫里克，他平生的最大爱好就是征税，这令考文垂人民苦不堪言。伯爵善良美丽的妻子戈黛娃夫人眼见民生疾苦，决定恳求伯爵减少税收，减轻人民的负担。”

“伯爵能听夫人的话给百姓减税吗？”王奕桐焦急地问道。

“你听我慢慢道来！”斯梅尔从地上捡起一片刚刚从树上落下的枫叶，枫叶一边红得似火，一边黄得如金。斯梅尔双指捏着红黄过渡色一段说道，“伯爵说可以减税，但有个条件，戈黛娃必须赤裸身体骑马在城里走一圈。伯爵心想这个赌注会把妻子难住，不料戈黛娃却一口答应下来。她先通知城里所有的人都待在家里，在她路过时紧闭门窗，然后她赤身裸体骑着一匹白马，以长发蔽体，穿过街市。”

“好伟大的女人！”王奕桐感叹道。

“而考文垂市民们则信守承诺，关紧门窗，没有看美丽的伯爵夫人一眼。但据说有位叫汤姆的裁缝，因为仰慕夫人已久，偷偷从窗户里瞧了一眼，就‘被上帝惩罚瞎了双眼’。而‘偷窥的汤姆’（Peeping Tom），也成了英文中偷窥者的代名词。”斯梅尔绘声绘色地讲着裸体女人的感人故事，他无意回头，见王奕桐的脸颊在夕阳的余晖下泛起了红晕，姑娘脸上羞涩的红甚至掩盖住了夕阳的瑰丽。王奕桐也许是唯一一个为这位伯爵夫人感到羞涩的中国姑娘。

“今晚有中国的艺术家来沙龙表演，你可以好好交流一下，说说中文，解解馋了！”斯梅尔一本正经地跟王奕桐说。

“跟你每天不也可以说中文吗？”王奕桐将右眼一睁一闭，下巴顺便往上一抬，做了一个“鬼脸儿”。这是王奕桐内心极度高兴下做的不多的几次“小俏皮”之一。

由于有中国的艺术家的到来，斯梅尔就以一首江苏民歌《茉莉花》改编的小提琴曲为开场曲目，当斯梅尔拉完第一自然段，王奕桐从一盏灯光里缓缓步出，这次她没有拉小提琴，而是手握提琴走着T步。S形的腰肢配上优美的音乐，使这首耳熟能详的中国民歌在异国他乡渐渐深入了西方音乐家的心里。斯梅尔一边拉，王奕桐一边唱：

好一朵茉莉花
好一朵茉莉花
满园花开香也香不过它
我有心采一朵戴
又怕看花的人儿骂
好一朵茉莉花
好一朵茉莉花
茉莉花开雪也白不过它
我有心采一朵戴
又怕旁人笑话
好一朵茉莉花
好一朵茉莉花
满园花开比也比不过它
我有心采一朵戴
又怕来年不发芽

《茉莉花》的五声音阶曲调既具有鲜明的民族特色，又能与西方的审美习惯相适应，它流畅的旋律和包含着周期性反复的匀称结构，属于小调类民歌，又是单乐段的歌曲。五声调式和级进的旋律，表现了委婉流畅、柔和与优美的江南风格，生动刻画了一个文雅贤淑的少女被芬芳美丽的茉莉花所吸引，欲摘不忍、欲弃不舍的爱慕和眷恋之情。这一深刻的寓意正好被王奕桐的婀娜多姿诠释得惟妙惟肖。全曲婉转精美，感情深厚又含蓄，掌声响起来的时候，就能知道这朵茉莉花多受在座音乐家的欢迎了。

在一片掌声中，有一个人的掌声备受瞩目，因为掌声拍的时间特别长。在大家的掌声都停止了，她的掌声还持续了几秒钟，这掌声的后半截显然有些多余，有喝倒彩的含义。由于灯光的原因，王奕桐没有看清，也没有什么原因让她产生进一步去探究的想法。

灯光再次亮起的时候，舞台上已经坐了一位来自中国的女音乐家，飘逸的长发很像王奕桐的款式，不同的是王奕桐的头发编成了辫子，而台上女士的秀发则是飘散开来的。只见她在灯光下侧着身慢慢调着琴弦，这时，王奕桐方才注意到这位女士怀抱的是琵琶。

王奕桐觉得这人面熟，赶紧凑到斯梅尔身边。此时，斯梅尔也发现舞台上的人，他见王奕桐过来就用下巴示意让她看舞台上的人。

灯台上的大灯亮起，斯梅尔和王奕桐惊奇地差点儿喊出声来："张慧！"

舞台上演奏的确实是张慧！

张慧早就知道伦敦有这个著名的音乐沙龙，也知道这个沙龙跟斯梅尔的关系，更清楚王奕桐会常常出现在这个沙龙音乐会上。

张慧是如何到的伦敦？又如何会出现在这里？一连串的问号出现在王奕桐和斯梅尔的脑海里。

那年，因为斯梅尔处处关心爱护王奕桐的生活和学习，张慧从羡慕王奕桐，后来妒忌王奕桐，最后发展到买凶，唆使两个犯罪嫌疑人对王奕桐实施威胁恐吓，虽然犯罪嫌疑人毛小蛋未对王奕桐造成实际身体损害，但是犯罪嫌疑人所拿的强硫酸一旦使用，将对被害人造成心理和身体重大伤害。公安机关提请法院判处毛小蛋一年有期徒刑缓期两年执行。张慧因为涉嫌犯罪，学校将她开除。

离开学校张慧也没有闲着，凭着自己靓丽的身姿和容貌，她先在酒吧一条街干了一段时间，后进入一家海外资本投资的五星级酒店担任餐厅驻演。张慧的目的就是想通过认识老外将自己嫁到海外，最好是嫁到英美国家。

要说张慧也确实有些能耐，为了达到出国的目的，她凭借着自己的姿色摆平了一个派出所的临时雇用人员，这个“士为知己者死”的年轻人将电脑系统里张慧的犯罪记录悄悄抹去，这才使张慧办理出国手续时没遇见什么麻烦，一路绿灯。这样，张慧不仅出了国，还到了伦敦！

17

夜幕降临，李红梅收拾好管床老人们睡前需要做的工作，检查了每个人需要服用的药物，就来到大门口等待着章惠敏的出现，这是她们一早就约定好的。要在人生地不熟的大伦敦穿行想想心里都没底，于是两个人约定相伴而回心里会踏实许多。

放眼望去，伦敦的天空不像家里的天空，虽然已经是华灯初上，可高空依然是瓦蓝瓦蓝的似水洗过，这可能是英伦三岛所处的地理位置的原因，大西洋的风将天上的云吹得停不住脚步。超音速飞机过后留下的一道道白色的“尾迹云”像驱云之神宙斯有意在老天爷肚皮上开的口子，宙斯老人家似乎年老体弱力气不支了，只能在高空清澈的蓝调上留下横七竖八的痕迹。

李红梅正痴痴地望着天空发呆，就见章惠敏急匆匆地从楼门口出来，一副气急败坏的样子，李红梅赶紧问出了什么事情。

“有个老人下身瘫痪，我刚刚给他换了尿不湿，他又拉了，我闻见了臭味，可我不想回去，已经到下班时间了！”章惠敏理直气壮地说了一句。

“那不行！”李红梅一边说一边毫不犹豫地往回走。同时向章惠敏招手，让她也回来，“谁这样能睡着?”

章惠敏跟着李红梅返回到管理的楼道里，没有来得及问章惠敏是哪张床，单凭着臭味儿就知道是哪个房间哪张床了。

这是一位慈祥的耄耋老人，名叫奥利佛。灯光下，老人一脸的大胡子修剪得犹如庭院里的草坪整整齐齐，奥利佛看到李红梅和章惠敏进来，尴尬中急忙示意让她们离开，那意思很明显不想让她们过来帮他清理。

李红梅善意地冲着老人笑了笑，示意不要难为情。她先找出替换的衣裤，放到一旁的椅子上，顾不上奥利佛嘴里叽里咕噜说的啥东西，就和章惠敏一起将老人侧翻过来开始清洗。

两个未成家的姑娘近距离面对一个西方男人又要清理下身，那种尴尬可想而知。虽然对这种护理工作心里早有准备，在学校也做过同样的训练，可那是在假人身上操作，没有这么一个现实版的大活人躺在眼前，心理和生理不会产生反应，可现在不同，活生生一大堆东西必须亲手处理，还要用温水冲洗干净。惹得两个姑娘的脸红了白，白了又红。

一连串的操作下来，汗水已经将两个姑娘脸上的红晕驱赶到了脖子上。奥利佛羞愧难当，这也不能怪他，以前护理他的是一位来自马达加斯加的非洲裔男护士，高大威猛，又风趣幽默，对付奥利佛显得驾轻就熟。奥利佛的饮食不多，也就两三天排泄一次。可是，这位男护士最近谈了恋爱。在爱情的催情下，什么事儿都可能发生，结果扔下工作就消失了。落下奥利佛等几个老人无人管理，好在章惠敏来了，眼看就能接手了，一切又快恢复正常了，不料在章惠敏来之前，奥利佛吃东西混乱了，也不知道吃了什么，引起肠胃反应，结果不想出丑反而出了丑，让两个姑娘难为情了，尴尬了。

奥利佛确实是个不幸的老人，就在六十五岁退休前几天一条钢管从起重机上滑落掉在了地上，钢管弹起后正好打在了老人的后腰。几次手术都没有让他的腰恢复正常，反而越来越严重。大家渐渐知道，每次护理人员给他清理的时候，奥利佛嘴里重复的都是这么一段自己的不幸遭遇。而面对两个东方姑娘时，他羞愧难当，语速明显加快了许多。

帮奥利佛收拾干净后，给老人重新换好了睡衣被褥，安顿好老人睡下，已经是晚上十一点多了。担心晚上的地铁上什么人都有，万一出现危险，自己真成了羊入虎口了。想到这里，李红梅让章惠敏就睡在奥利佛平时起身活动坐的沙发上，自己转身回到B楼瓦奥莱特老人的房间去了。

李红梅借着昏暗的灯光透过门上的玻璃一一查看一遍自己管的几个房间，屋外的月光探着头，将银白色的光洒进室内，寂静又安详。她突然想起诗同文送她回家的那个大雪天，路灯下诗同文等她的情景，她就是躲在灯光的暗处，观察着眼前的世界。此情此景，李红梅心里突然紧了一下。她不知道现在诗同文怎么样了，想起过去发生的事情，像隔了几个世纪。对于诗同文，现在的李红梅已经没有了歉疚感，更没有亏欠，因为临走她献出了自己的贞洁。

李红梅踮着脚尖来到沙发上，蜷缩着腿脚斜躺了下来。她听到瓦奥莱特小姐均匀的呼吸声，一长一短，呼吸声像一根绳子将李红梅很快拉进了梦乡。

梦里，李红梅回到了李家村，一场雪依然下得很大，房檐上的冰挂亮晶晶的，竹林被冰雪压弯了腰。院子里一堆篝火烧得正旺，许多人围绕在四周，可没有人说话。只有一个牙牙学语的小女孩正张着嘴向她喊着：“妈妈！妈妈！”

“亲爱的艾莉娅，我亲爱的孩子，醒醒，你醒醒！”瓦奥莱特左手扶着沙发的扶手，右手颤巍巍地摇着李红梅的胳膊。

李红梅正在梦里，她正好听到瓦奥莱特的呼唤：“我的孩子，我的孩子！妈妈妈妈！”下意识伸出双臂将瓦奥莱特抱得紧紧的，眼泪夺眶而出。李红梅潜意识里抱住的依然是梦里呼叫她妈妈的小姑娘。

这一抱，瓦奥莱特失去已久的母性回到了身上，同时李红梅的内心深处充满了一股暖暖的温情。此时，李红梅彻底醒了，月光洒在一老一少的身上，此时从侧面看两个人的剪影像极了米开朗基罗雕塑《圣殇》里的圣母和耶稣。

李红梅望着瓦奥莱特不好意思起来，腼腆地说着对不起，瓦奥莱特是过来人，阅历丰富，深知一个年轻姑娘只身在异域他乡的孤独和寂寞。只见她用干瘪的手拉着李红梅来到自己的床前，手拍着松软的床铺，示意李红梅睡在她的床上。瓦奥莱特嘴里不停地嘟囔着：“我的宝贝儿，可怜的孩子！我的宝贝儿!”

这时已入深夜，李红梅嘴上说着拒绝的话，可人已经进入梦乡。姑娘均匀的呼吸声让瓦奥莱特有了一种责任，同时好像也有了一种寄托，这是多年以来她一直寻找的感觉。作为一个退休多年的植物学家，她对人和事物的观察是科学的、严谨的，她笃信达尔文进化论里适者生存的进化理论，她从见到眼前这个姑娘就喜欢上了她，她有种强烈的感觉：眼前的艾莉娅似乎跟她有着千丝万缕的联系。这也许是达尔文都没有想到的，自己对植物的研究，有朝一日被用到了老少两代人的关系上。

这边李红梅睡得正香，那边章惠敏也是鼾声如雷。按理说，章惠敏人比较瘦，睡觉是无声无息的，可是睡在沙发上本身就不像睡在床上那么舒服，再加上太过劳累，呼噜声也就在所难免。

才开始，奥利佛以为两个姑娘离开了，自己睡在干净的床上，心里倍感温暖，人老了本来就觉少，想着天亮了能以什么样的方式弥补一下姑娘们的辛苦。正思想着，黑暗中就见章惠敏悄悄开门回来了，他心里先是一暖后是一惊，发现章惠敏静静地躺在了房间的沙发上，一会儿就鼾声起来了。他知道姑娘们一定是因为他而耽误了回去的车，没有地方睡，无奈才这么回来的。想到这里，一行浑浊的老泪在眼眶里打转，胸口强烈地抽动了几下，这是奥利佛多年来少有过的情感波动，这也是被尊重的感激。

李红梅一觉就睡到了早上八点，当她起身的时候发现房间里空无一人，桌子上放了一杯牛奶、一块儿土豆饼和一个鸡蛋。李红梅心头一热，猛抬头见一个人在门外向里面看，这人正是瓦奥莱特，她好像在跟一个人说着什么。

李红梅看得没错，瓦奥莱特确实是在跟一个帅气的男人说话，李红梅起身从门玻璃望出去，一个三十岁出头的男人正搀扶着瓦奥莱特慢慢往走廊外面走。这男人身材匀称，由于人瘦一米八的个子就显得尤其地高。浓密的黑发上戴了一顶犹太人特有的小圆帽，在希伯来语里这种小圆帽子被称为“基帕”，是遮盖的意思，是对上帝的敬畏。

这个男人是瓦奥莱特的孙子，名字叫费迪（Ferdy）。费迪是一位有名望的投资人和地产经纪人，在伦敦投资界和地产界有一定的实力。费迪最著名的杰作就是投资了曼彻斯特北角。北角是曼城著名的商业街区，道路的两边都是中世纪式的建筑，历史感很强，各式各样的商店和餐厅鳞次栉比，非常地热闹，这里的店装饰得古朴典雅，很有英国绅士的高贵感，购物逛街的体验非常地舒服。

费迪的贡献在于将没有主题的北角商业街打造成了以古董为主，兼顾保留英国传统的旅游景点。

费迪深陷的眼窝把鹰钩鼻子突显得更高，下巴上浓密的络腮胡子女人看了有种想去摸摸的冲动。费迪是个孝子，在姐姐不幸夭折后，他成了瓦奥莱特唯一的心理支撑。

这天，费迪正好路过祖母瓦奥莱特居住的养老院，想着自己天天忙碌生意，有段时间没有见到祖母，更不要说跟祖母聊天了。小时候，祖母是他的全部；现在他成了祖母的所有。为了祖母他不愿意长途旅行，一到节假日，费迪就会带上水果来养老院和祖母一起度过。

在祖母瓦奥莱特的督促下，费迪谈过几个女朋友，但是都没有成功地走进婚姻殿堂。究其原因要么是在宗教的信奉上不一致，要么就是费迪觉得对方不够传统。大多数女孩子做朋友可以，吃吃喝喝也没有问题，甚至激情来了滚滚床单更是趋之若鹜，但是一谈做妻子结婚都逃得无影无踪。费迪感叹这个世界不缺性，缺的是母性，缺少像祖母一样喜欢去保护和怜爱人和物的本能。

费迪进到养老院就直奔祖母的房间，他知道清晨的这个时间是祖母祷告的时候，当他正要推门的时候却被一只手抓住了。费迪心里一惊，回头看抓他的正是自己瘦弱的祖母瓦奥莱特。

“你今天这么早就来了？有什么事儿我可以帮到你吗？”瓦奥莱特还是以祖母的口吻询问孙子，似乎还是年轻时候的自己，依然能给费迪遮风挡雨一样。

“太好了！我今天很累，我有一车英镑请您帮我搬进我的房间！”说完爽朗地大笑了起来。笑声很纯净，没有一丝丝杂质，朝气蓬勃中一股阳刚之气充盈整个走廊，连门里的李红梅听了都想马上出去看看这个人是谁。

“你这个孩子怎么就没有长大呢？！”瓦奥莱特在孙子的面前变得异常温柔。

“是你呀！我的祖母依然没有变老！”费迪弯下腰在瓦奥莱特的面颊上亲了一口。他觉得祖母的皮肤依然是那么地软软绵绵。

“我有一个重大消息要向你发布！”瓦奥莱特抬头向孙子看了看，费迪低下头在祖母的额头上又吻了吻，“我的房间来了一位中国姑娘，你想见她吗？”

“是吗？是服务员吗？”费迪诧异道，“来了一位中国服务员与我有关系吗？”费迪话刚出口就觉得错了，连忙改了过来：“当然有关系，当然要见一面了！谁让她跟我亲爱的祖母有关系呢！”

“你记得吧，纳粹德国迫害犹太人的时候，中国政府接受和保护了我们许许多多的同胞。现在中国姑娘来到了我们这里，我们也要善待她们。”瓦奥莱特一边说一边用手使劲儿把孙子往下拉，把费迪拉得弯下了腰以使能听到自己讲的话。

一老一少来到庭院的苗圃，这里是瓦奥莱特的天地，由于她是位植物学家，院方也特意让她对这里的植物培育做专职顾问，在不影响身体的情况下自愿参加劳动。

一条长长的甬道，两边栽种了多种英国有名的花草：左边是桃叶钟形花、长夏石、飞燕草、耐寒天竺葵、蜀葵和银莲花；右边是柔软羽衣草、薰衣草、芍药、福禄考、欧洲樱草和蔷薇。一套长椅摆放在鲜花之中，夏来观雨听风，秋至观叶闻蝉，是一个修身养性的好去处。

瓦奥莱特在长椅上坐了一会儿，起身将花中间变黄的叶子捡起，几片黄叶被瓦奥莱特用一根薰衣草穿在了一起。清晨的室外有些湿冷，瓦奥莱特觉得腰背有些疼痛，她知道自己的老毛病又要犯了，她不敢说出来，怕孙子责怪自己，只有她自己知道是为什么。

瓦奥莱特有腰椎间盘突出，年轻的时候过度劳累造成腰椎第4第5节突出，经手术治疗后渐渐恢复，可是一到天气转变或者行路时间长就会腰酸背痛。

此时，瓦奥莱特让费迪将自己扶起来往房间方向慢慢移动。到了房间门口的时候，瓦奥莱特和费迪都惊呆了，只见李红梅将房间布置得有条不紊，不仅如此，李红梅还不知在哪里找来的鲜花，放在床头。整个房间弥漫着花香和姑娘青春的体香儿，瓦奥莱特和费迪都被这味道迷住了。瓦奥莱特着迷的是花香，而费迪着迷的是姑娘的体香儿，因为他以前交往的当地姑娘不是有严重的狐臭就是过度使用香水，费迪突然感觉到这弥漫在李红梅身上的味道就是传说中女人的味道吧！

想到这里，费迪的脸突然红了起来。这是他人生中第二次脸红，第一次是七岁，见到小学美女老师，时隔多年，谁能想到高大威猛的费迪在一个中国姑娘面前脸红了。

李红梅见瓦奥莱特被一个帅哥搀扶着进了门，正在疑惑，就见费迪脸红得像个猴子的屁股。李红梅知道自己的脸不分青红皂白也开始不争气了，好像有意配合费迪似的，扑扑地红了起来。敏感的瓦奥莱特把这一切都看到了眼里，她想不会吧，自己的孙子会对眼前的姑娘动心？

李红梅红着脸和脸红的费迪一起将瓦奥莱特搀扶上了床，这是李红梅第一次近距离看这个西方男人，她心跳得自己都能够听见。当她的手无意中碰到费迪手的时候，她下意识地缩了回来。费迪倒是平静了许多，用他英国绅士般的幽默说道：“对不起，我手上的汗毛太长，吓到你了！不过我在努力进化！”

李红梅并没有听懂眼前这个男人说的话是什么意思，她的脸红到了脖子，可费迪说的话瓦奥莱特听懂了，她见李红梅尴尬中又有些局促，就认为费迪的话让李红梅受了委屈，命令费迪将头低下，用手拧着费迪的耳朵，嘴里说着英格兰著名的谚语：“缄默的嘴，真诚的心，是世界上最令人赞美的东西。（A silent tongue and true heart are the most admirable things on earth.）”只见费迪痛得嗷嗷叫，可就是不敢把老人家的手拉开。拧完费迪的耳朵，瓦奥莱特双手摸着李红梅丝滑的手，示意自己已经将费迪处罚了，给李红梅出了气。

李红梅见此情景，既心疼又好笑。此时，李红梅做出了一个连自己都没有想到的动作。她上前亲吻了瓦奥莱特，又转身和费迪握握手。费迪嘴里连连说着：“It won’ t happen again！（下不为例！）”

“请允许我给你们介绍一下！”瓦奥莱特说这话时，眼睛不时左右望着，征询着两人的意见。她见费迪望着李红梅不言不语；李红梅假装整理着被褥，似乎没有听懂自己的话，又似乎听懂了自己的话故意做这么个“掩耳盗铃”状，就接着说道，“艾莉娅，这位是我的孙子费迪！”瓦奥莱特又将头扭过来对费迪说：“费迪，这位是艾莉娅小姐！”费迪听完介绍就绅士地伸出自己的手，欲再次和李红梅握手，李红梅却没有反应过来。瓦奥莱特以为李红梅不愿意握手是被刚刚的尴尬牵扯，无意再去碰触费迪毛茸茸的大手，就调侃费迪：“先去进化吧，我亲爱的孙子！”

李红梅局促的手没有地方放，[illegible]来眼前的男人说个没完，说的是什么自己一句没有听懂，知道对方笑了，自己就脸红；对方不笑了自己就尴尬。她离开不是，不离开也不是，无奈之下自己就将无处安置的手放在瓦奥莱特的腰腿上给她按摩，这一按摩让瓦奥莱特原本僵硬酸痛的后背得到了缓解。她用手示意这里多按一下，那里少按一下。

费迪走到李红梅的后面，好奇地望着李红梅做出不同的按摩动作，脸上露出既好奇又佩服的表情。

18

高远和老师潘欣弗吃完了早饭，一起往惠仁堂国医馆。地铁上人挤人，可是静悄悄地没有人说一句话，不论是坐着的还是站着的人都有事儿做，要么看书要么读报，车厢里文化气息浓郁得像个学校的图书馆。平时在学校里早就将书籍束之高阁的读书人潘欣弗此时也从包里拿出一本《老子名言100句》来，在高远惊讶的表情里将书随意打开，管他是第几页，嘴空张着，练着口型，眼睛闯过眼镜框的上面，瞪着100句当中的句子，理解不理解是其次，反正在别人至少是高远看来是一种修行，架势拿得稳稳的。只见这一页写道：

天地不仁，以万物为刍狗；圣人不仁，以百姓为刍狗。天地之间，其犹橐籥乎？虚而不屈，动而愈出。多言数穷，不如守中。

持而盈之，不如其已。揣而锐之，不可常保。金玉满堂，莫之能守。富贵而骄，自遗其咎。功遂身退，天之道也。

老头年事已高，站在不断摇晃的车厢里既要顾及眼睛又要摆出欧洲人优雅的姿态确实是个累活。谁知道，除了自己的学生高远惊讶中带有丁点儿佩服之外，车厢内并没有任何人注意到一个亚裔老头是在秀文化而非真读书。车行没有几站，潘老人家的眼睛就在“刍狗”与“圣人”之间徘徊，脑子里一团糨糊，他没有把书看懂，书却把他看瞌睡了。潘大人就觉腿下一软，打了一个趔趄，所幸的是被身边的高徒一把扶住，才把他老人家从“刍狗”和“圣人”中间给拉了回来，没有跌倒，不至于“圣人”做不了，成为一只“刍狗”。

惠仁堂国医馆电子屏幕上潘欣弗的头像下面依然打着那句中英文

对照的宣传语：“伦敦李时珍”，那位身着三点式泳装的大美女依旧不知疲倦地舞弄着身姿，让第一眼见到广告的高远多少有些被忽视、被低看的感觉，因为不论从电子屏幕上还是门口的标语牌上都没有看到任何欢迎他的文字。高远想，没有中文可以理解，毕竟懂中文的在这里不是主流，没有几个人认识中文，但好歹也要有个英文的欢迎牌吧？太不重视啦！再不济自己也是这当代李时珍的跟班呀！

进了门看到一大堆的病人乌乌泱泱跟“伦敦李时珍”打招呼，而没有人理他，高远这才面对了现实。心想李时珍只有一个，欢迎了李时珍，自己作为李时珍的学生理所当然也在被欢迎之列，这是不用求证就能够得出的正确结论。这样想着，心气也平顺多了。

潘欣弗有自己的诊室，而高远却没有潘欣弗的待遇，诊室是和潘欣弗共用一个。与其说是共用，倒不如说是没有，这样更准确一点。因为高远只是承接潘欣弗委托给他的按摩任务，高远自己无权看病开方。一个上午就连续被打击了两次，这让抱负伟大的高远心里多少有些不是滋味儿。他一个人傻乎乎地站在潘老师的身后，目睹着老师东一榔头西一棒子地和病人周旋，心想这是看病吗？这真是李时珍下凡，什么病都能看呀！

潘欣弗似乎看出来高远的心理活动，也不以为意。正好这时来了一个当地警察，浑身疼痛难忍，潘欣弗对警察还是很认真的，他先请其坐下，将手平放在台面的小枕头上，拳头微蜷，潘欣弗伸出右手的食指和中指搭在警察的脉搏上，只见潘欣弗眯缝着眼睛，心里想着没边儿没沿儿的事。几分钟过去，见警察不耐烦地扭来扭去磨盘一样大的屁股，就顺水推舟准备将警察交给高远按摩，口口声声是脾虚引起的浑身疼痛。

潘欣弗知道高远没有按摩方面的专业训练，仅仅是在学校里知道有这门课程而已，但是远在伦敦，谁又能知道或在乎你学过没有。潘欣弗让警察趴下，面朝下把脸部放进按摩床的透气口，指示高远听着声音是从床板下面传来，注意病人的反应。

高远是个心明眼亮的人，力气也够大，但是遇见一个一米九的大个子，按摩就不是那么简单了。他先是在背上没有章法地一通乱按，把警察按得嗷嗷直叫。潘欣弗见状起身在高远耳边低声说道："在国内洗过脚没有，按洗脚妹的方法来！"

俗话说得好："人在事中迷，就怕没人提！"潘欣弗这么一提醒，高远似乎被中华文化博大精深的精湛医术给撞了一下腰，立马明白过来。在国内一个不起眼的洗脚按摩到了关键的时候都能登堂入室，解救自己于危难之中。

警察自称叫皮特（Peaty），是警长（Sergeant），隶属伦敦地方警察管理局。皮特酷爱讲话，趴在床上可以不停地嘟囔着，高远按得他舒服，自己却是一身的汗。一个小时过后，一个眯着惺忪睡眼的皮特望着一个汗如雨下的高远，似乎认识很久很久了。皮特甩了甩胳膊，满意地掏出五十英镑递给了高远作为小费。

"请问您叫什么名字？"皮特等待着高远的回答。高远脑子里一阵蒙不知道该如何回答，就听皮特继续道，"我叫皮特，你呢？"

高远啥都没有听懂，就听懂了皮特。连忙说："皮特，皮特！"

"你也叫皮特？"皮特惊讶了。

"Yes!Yes……!"高远并没有听懂皮特说话的意思，礼貌起见就Yes了一大串，想着一Yes皮特就离开了，高远皮特了这么多，自己都被皮糊涂了。

"真是太好了，天下还有这么奇妙的事儿，两个皮特！你给我按摩，或者我给你按摩都是皮特给皮特按摩了！感谢上帝！"皮特高兴起来，口口声声明天再来。

高远首战告捷，得到了潘欣弗，同时也得到了老板汤威廉的赞赏。汤威廉拍着高远的肩膀，操着极不普通的普通话表扬着高远，那意思无外乎再接再厉。因为高远一来就弥补了推拿按摩这一块儿的短板。

汤威廉看到了按摩给人带来了立竿见影的效果，心里十分雀跃。他望着兴冲冲离开国医馆的皮特警官，心里开始盘算如何进一步拓展业务的方式方法。汤威廉将自己的想法跟潘欣弗一交流，老教授的心里就有了数，闲下来的时候，他就翻看自己带来的医学书籍，根据客人在伦敦湿冷地区容易出现的身体问题选择了“湿寒固脾”为宣传点，挑选出艾草、红花、益母草、干姜、桑枝、桂枝、当归、丹参、鸡血藤、北芪、川芎和独活十二味中药组成配方，用足浴的方式方法给药。潘教授思索着这种药方纯属正宗汉方，推出后，市场上一定能获得极大的成功。

潘欣弗不愧是教授，连夜就草拟出一份《关于“湿寒固脾”十二味中药足浴方剂在惠仁堂国医馆实施的项目计划书及可行性研究报告》来，让没有中文基础的汤威廉直着脖子咽了半天的口水，才在潘大教授的谆谆教导下仅仅搞懂了“他大爷的”这个佶屈聱牙的题目是个什么意思，里面内容就更不要提了。

潘大人坐下来细细地跟这个“香蕉”华人慢慢解释道：“长期用我这种‘湿寒固脾’十二味中药方剂泡脚效果很好，我们将中药加工成粉末，分包成小的足浴包。足浴包泡脚可以起到促进血液循环的作用，除此之外，足浴包还有特殊的功能。相对于普通的泡脚，足浴包热量渗入人体足部的速度更快，并且渗透得更深。足浴包一般是由多种温经通络、活血化瘀类的药物组成。所以，建议体虚、阳虚患者可以使用足浴的方式来增强体质。”

“潘教授，您的计划书和这个可行性研究报告我就不看了，因为我实在看不懂，恕小侄无能，您就跟我讲需要投入多少钱，能够有多少利润就可以了！”汤威廉倒是个直截了当的爽快人。

“不需要投入多少钱，就买几个木桶，我在计划书里画的有，您按照这个图去唐人街‘按足索履’就是了。”潘教授兴致来了，“可有两个问题需要你来解决，一就是按我列出的中药进货，加工，并分装成小袋；二就是人的问题，这种活你要去请中国的技师来做才能做得好！”

“其他都好办，就是中国技师不容易找得到！”说完，汤威廉好像知难而退的样子，打了一个大大的哈欠，“其他人能行吗？”

“最次也要亚洲的，因为英国人分不清亚洲面孔，就像我们分不清欧洲人面孔一样。”潘欣弗往后退了一步。

“这就好办了！”汤威廉的眼睛眯成了一道缝，表情明显贼迷兮兮地让人有些无法捉摸，“潘老师你其他说的都好办，你说的这个‘按足索屐’是什么东西，什么意思？我不太理解！”

“这是我随便发明的一个成语，就是让你照着去办，照脚的大小去买鞋的意思！”潘大教授遇见了只会说简单中文的老板汤威廉也算是无语了。

“你的意思是需要买鞋吗？给谁买？买多少鞋？”汤威廉一本正经地问道。这句话把潘教授他老人家气笑了，他乐得蹲到了地上。

“祖宗，我错了。不用买鞋了！你就办两件事，第一是买药磨成粉，然后包装；第二就是招聘员工。还有第三，第三就是场所，在哪里开办足浴！”潘欣弗见汤威廉听后一愣，后悔自己说的两件事儿，又多说了一件事儿，会不会让汤威廉疑窦丛生。还好汤威廉把二和三也分得不是太清楚，没有进一步引起误会。

望着汤威廉远去的身影，潘老人家不由得心里泛起一阵阵悲凉，遥想几十年以后，自己的外孙们和外外孙们也成了汤威廉这么个样子，只知道自己的祖先是中国人，除此之外他们对祖国没有留下任何印象，假如后代们现在就穿越回到自己的面前，中文水平有可能连汤威廉的理解能力都不如，对中文、对中国历史完全就是人们讲的对牛弹琴，鸡同鸭讲，那么自己今天走的这一步是对呢，还是不对呢？

没过几天，汤威廉就买来了潘教授所列的东西，木桶买了六个，十二味“湿寒固脾”中药足浴包也请别人加工好了。汤威廉在惠仁堂国医馆的右手边将一个闲置多年的杂货铺以低价租了下来。经过精心设计将室内装修一新，又挂了七八个中国大红灯笼，给足浴店起名叫“惠仁堂足浴”，开张的当天只有六只桶，技师有高远、潘欣弗和汤威廉。

路过的人从橱窗望进去，一排木桶的后面规规矩矩地站了三个参差不齐的男人。几个男人眼睛直勾勾地盯着马路上的行人，知道的是足浴开张，不知道的，都以为这三个男人是在商量如何跟对面的墨西哥来的卷饼老板干架呢！足浴门口仿照惠仁堂国医馆的格调在门头的上面用同样的霓虹灯打出了两条颇有文化底蕴的宣传口号，左手：“你洗的不是脚，你洗的是五千年文化！”右手：“为了你，这盆浴汤等了千年，你还不来吗？”每个宣传口号的后面都有一个亭亭玉立的少女露着灿烂的笑容，一边撩拨水花，一边挤眉弄眼！屋外的青春靓丽和屋内的老气横秋形成了截然不同的风格，让人欲进又止，惹得一大堆男人在门口徘徊不前，馋得一群老妇女吧唧着嘴巴呼吸了一肚子的伦敦冷风！

这些带有浓厚鼓动色彩的标语均出自潘老人家之手，这时的潘欣弗望着外面的男男女女，脸上的笑容慢慢僵硬了起来，他知道光是靠这几个男人是吸引不到客人的，他将汤威廉拉到一边，将自己的想法一一跟汤威廉说了，只见汤威廉频频点头！

其实，潘欣弗说的就是异性相吸的根本问题，要及时补充女性按摩技师，要不然几天以后就门可罗雀，无人问津了！汤威廉不愧是伦敦长大的，对白道黑道的人都认识一二，就在潘欣弗提出建议后的第二天就让教授吃了一惊。一排三个来自越南和老挝的漂亮姑娘就来到了“惠仁堂足浴”上班了，穿上白色小背心和超短裙的美女一下就让室内充满了活力。这时的潘教授好像青春附体，和高远一起凭着自己对祖国足浴的遥念，给三位姑娘讲解了足浴按摩的基本技法，见姑娘们连连摇头，两人就知道姑娘们没有听懂。

高远干脆让姑娘们先当顾客，高远和潘教授亲自示范，在自己都不得要领的情况下将足浴技法讲得云里雾里。两个人给三位姑娘竟然能讲出三种截然不同的技法来，这不能不说是中国足浴界的一股清流了！

皮特警官是第一位敢吃螃蟹的人，高远几天前解决了他上半身的问题，他见惠仁堂打出了新的服务内容就想解决一下下面的问题。这天，他带上自己的同事一起过来捧场。皮特的同事一男一女，当他们知道高远的英文名字也叫皮特的时候，都哄堂大笑起来。调侃皮特他母亲也年轻过，可以理解，但是希望皮特好好追究一下。

对面墨西哥卷饼店的老板叫迭戈（Diege），迭戈在墨西哥吃了不少警察的苦，人虽然到了伦敦，可见了警察还是心里发虚。

此时，迭戈手指着“惠仁堂足浴”的落地大窗户跟他老婆——一个委内瑞拉土著女人道：“你看看他们刚开张就遇见了麻烦，一次能来三个警察说明不是一般的事情，我们就等着看他们出事儿吧！跳霍罗波舞庆祝吧！”说着还激动地抬起了脚，左一下、右一下围着他老婆踏起了鼓点。

这也不能怪迭戈兴奋，换谁谁都会兴奋，都会想把水给他搅浑！落地玻璃窗从外面看，三个警察穿戴整齐背对着大街坐在沙发里，沙发小而英国警察屁股大，文明点儿说确实不敢恭维，屁股那叫一个肥硕，塞进沙发里就不能动，想动就得费死力气将屁股从沙发里拔出来。虽然，不像开香槟酒的时候有一声清脆的“不满”声，可有时候确实会出现异常的，来自猪圈或者鸡舍的味道。

三个姑娘蹲在地上，由于业务正在成长期，有的姑娘怀抱着带着体毛的西洋大脚一阵乱摸，惹得被按摩者大笑不止；有的姑娘把警察的脚都泡白了也不知道拎出来晾晾，惹得高远一会儿帮忙拔这只脚，一会儿摁那只腿，比自己干还要累！

迭戈心里等的好戏就是盼着三个警察将里面的几个人统统带走，等了好久也不见动静，除了拔萝卜、拔瓶塞的动作再无其他。迭戈好奇，就横过马路去看，见几个警察正跟三个姑娘打情骂俏，热闹非凡，知道自己以小人之心度君子之腹了，赶紧原路返回，到后厨做了三个墨西哥卷饼送了过去！皮特见状严肃地问这是什么意思的时候，迭戈一脸尴尬不知如何回答，正好这时汤威廉过来，情急之下灵机一动，说这是他为客人提供的附加服务，是加在足浴价格里面的，请他们尽情享用！

这无心的一句话把足浴和墨西哥卷饼有机地整合到了一起，形成了捆绑式销售，在后来的足浴里，墨西哥卷饼也搭上了中医这班车。一个管脚，一个管嘴，相得益彰，不得不说是一种巧搭。

此时，潘欣弗看到这样就能轻而易举地开始赚钱了，还是英镑，如果按照1∶12的汇率，那要赚多少人民币呀！他的脑子里盘算着一个大的计划，如果把高远拉出去，高远成了自己合伙人，假如高远能和自己女儿结婚的话，三个人另起炉灶一起干，不就提前实现了自己在国内时规划的宏伟蓝图了吗？想到这里，他心里有了底！

潘欣弗并不知道高远在国内突击领了结婚证的事情，还一味地自作多情，而此时的高远还停留在进入英国的适应期，他没有潘欣弗的野心，他想的是如何能够让言自芳早一点儿到英国来，自己身边没有女人，日子过得总是不像那么回事，这也是男人到了一定年龄的必然反应吧！高远万万没有想到在老师的眼里自己仅仅是个棋子而已，因为潘欣弗私下已经跟女儿潘巧巧通了电话，让她有空过来和新来的高远老师一起吃个饭！

19

话说这边王奕桐正在犹豫见不见张慧，张慧却自己找来了。不仅来了，身后还跟着自己的老师斯梅尔。两人快到王奕桐面前的时候，斯梅尔向王奕桐做了个尴尬且无可奈何的手势，王奕桐感到震惊，斯梅尔怎么会和张慧一块儿过来？这是要跟自己说什么吗？她心里像北极的冰山塌了一样，又乱又冷。乱的是自己的恩师为何能跟张慧在一起；冷的是难道自己在斯梅尔的心里就没有位置了吗？如果这样的话自己不就没有了立锥之地？

王奕桐担心得也对，可今天不能怪斯梅尔。就在刚才斯梅尔内急，去了洗手间。张慧是个极有心计的女人，她见斯梅尔一个人向卫生间方向去了，就急急忙忙起身紧跟了过去。张慧没有进入女厕所，而是在男厕所外面等着。

斯梅尔方便完出来，望见张慧，着实把他吓了一跳。他本来不想理会张慧，想一走了之。可是张慧却像个狗皮膏药一样贴了上去。

“斯梅尔老师，你不认识我了吗?”张慧淑女般地将自己介绍道，“我和王奕桐是同学，我还冒昧地请求你接受我成为你的学生呢！可惜，我没有王奕桐的福气，不能当你的学生。不过，为了能见到你，我不远万里来到英国，目的就想能够天天在你身边!”

“对不起，这位女士，我们不认识!”斯梅尔果断地回答道，“我还有急事，失陪!”

斯梅尔说完就往王奕桐方向走去，张慧心明眼亮紧紧跟在斯梅尔的身后，等到快接近王奕桐的时候，突然拉住斯梅尔的胳膊，头贴着斯梅尔的胸部，故意在王奕桐面前装出和斯梅尔很亲密的样子，让王奕桐看到。

斯梅尔见状怒斥道：“这位女士请放尊重一点，不然我可就叫警察了!”

王奕桐和张慧都震惊了，这是第一次见到斯梅尔发怒，本来就白里透红的盎撒面孔就更加红了。这边斯梅尔甩掉了张慧的左胳膊，他的右胳膊却被王奕桐给抱住了，斯梅尔本能地一愣，正欲甩掉，见是王奕桐，马上将她拉进怀里。

王奕桐感觉到了一种从未有过的宽大的胸怀，温暖、踏实、安全。此时，她突然想起了洪之一仁，想起了她的初夜。王奕桐心里一惊，赶紧从斯梅尔的怀抱里挣脱出来，好像速度越快，自己越清白，对洪之一仁也就越真心一样。

斯梅尔被自己的举动惊呆了，没想到爱情竟然来得那么地突然，正享受着怀里温暖柔软的王奕桐，突然又被王奕桐挣脱了出来。王奕桐的这个动作快得像条件反射，把这个一米八的斯梅尔推糊涂了，他不理解为啥在短短的几分钟里，眼前的王奕桐变化得像两个人，就像先令的两面，截然不同。这不就是中国人讲的“女人心，海底针”吗？女人就这么难以捉摸吗？

斯梅尔的心情也像坐过山车从低谷突然间跃升到了山顶，还没有来得及看清楚周围的环境，就糊里糊涂跌到了谷底！当斯梅尔晕头转向再去找王奕桐的时候，见她正趴在琴盒上哭泣。女孩子的哭像秋后的雨，淅淅沥沥，一时半会儿停不了。斯梅尔见状只有暂时收起自己的情感，暗自神伤。

王奕桐既感谢恩师对自己的信任厚爱，没有老师自己就不会来到伦敦，就无法在艺术的道路上奋斗至今。可她又是一个极重感情的人，她感激洪之一仁长期对自己的保护，没有洪之一仁的无私，没有这个男人对自己的关爱，就没有现在的王奕桐，她心里呼喊道：“哥！我的半条命都是你给的！”

斯梅尔等王奕桐不哭了，两个人再回过头来去找张慧，哪里还能找到人了。张慧见到王奕桐被斯梅尔紧紧抱在怀里，明白了一切，知道机会不是想有就能有的，也就咽下这口气，灰溜溜地离开了。

斯梅尔第一次得到了爱情，他激动得彻夜难眠，思绪万千！他心里的一潭死水被王奕桐激起了涟漪，斯梅尔觉得抱住王奕桐的那一刻，自己又活了过来，这不是为家族活的，不是为艺术活的，更不是为活而活的，他这是人生当中第一次为爱情活了过来！没有王奕桐他将永远是一具行尸走肉，没有鲜血、没有激情，更没有爱，只有一副空皮囊！想着这么多年来自己身边的人，路过的不少，但是都是来去匆匆的过客，没有人能真正停留在自己的心里。

斯梅尔被自己走过的路、被自己遭遇的痛苦感动了，也被自己爱上这个王奕桐感动了，他默默地对自己说：“一定要让王奕桐过上快乐幸福的生活！”

第二天，斯梅尔来到伦敦市中心商业区的牛津街找到伦敦最有名的老字号百货公司塞尔福里奇百货（Selfridges）花了一万英镑（折合十二万元人民币）买了一枚伯爵（Piaget）Possession系列戒指。

钱锺书说："老年人的爱情，像老房子着了火，没得救。"一点燃，熊熊燃烧，俱为灰烬，爱情就是一把火，不单单是老年人，任何枯木逢春的人都没得救。情如止水心似死灰的人，本已一截截枯萎一天天麻木，但爱情如同天降的甘露，枯皮上硬生生冒出一芽春天般的绿叶。

爱情这东西，比流感的传播速度更快，比陨石的能量更有冲击力，比泥石流更具颠覆性，比琉璃瓦更易破碎。

其实作为中年男人的斯梅尔，他对爱情的渴望程度比起老房子着火来得还要猛烈，还没得救。斯梅尔的爱情成了典型中年人的爱情，独断、热烈、绵长、脆弱！回头想想，谁的真爱不是这样呢？除非不是真正的付出，不是惊天动地地去爱，没有人能逃过爱情的魔爪。

斯梅尔正被爱情烧得遍体鳞伤，坐立难安！

翌日，本来预报一天的雨却出其不意地在中午时分停了下来，时间来到中午，天空露出了蔚蓝色，等到夜幕降临，西边的天空添加了红色、紫色、绛红色和粉红色，这是雨后阳光给天上不愿意离开的云朵添加的性格色彩？斯梅尔的心情开始的时候也像这天气一样，阴晴不定，可是越接近夜晚，斯梅尔的心情越好。

来自法国、意大利、德国和挪威的数十位音乐家今晚齐聚斯梅尔斯堡，一场欧洲不同风格的小型音乐会即将开幕。城堡的树上都被小小的彩灯装饰得轮廓尽显，为了营造欢乐喜庆的气氛，以前城堡蓝调的背景光今晚换成了红色，使得大家有了穿越回中国的错觉。

法国大提琴音乐家皮埃尔·约瑟夫三人组合首先登场，演奏了*Cherry pink and apple blossom white*（《樱桃树下》）。这是一首法国民歌，歌曲作于1950年，由意大利裔的法国作曲家路易盖·大卫（Louigay / M. David）作曲，最早的法语名字叫*Cerisier Rose Et Pommier Blanc*，但并不太为人所知。真正让这首歌红遍世界的是古巴音乐家培瑞兹·普拉多（Perez Prado）和他的乐队在1955年演奏的版本。这个版本的《樱桃树下》在当年获得了美国排行榜的第一名。

音乐一起，其他音乐家们都放下了手中的乐器，个个翩翩起舞，没想到的曲目、没想到的浪漫加上没想到的《樱桃树下》，女伴儿是不够用了，惹得情急之下的音乐家们连路过为大家服务的餐厅女职员都半道“劫持”为舞伴，场面既独特又壮观。一曲下来大家没有尽兴，皮埃尔三人不得不又提高一个八度将曲子重新演奏一遍献给了大家。

王奕桐和斯梅尔正好在音乐的中心，他们同时放下了小提琴，手拉着手不断变换着舞姿，做着各种优美的动作。王奕桐的内向性格遇见了斯梅尔这个外向型金牛座，一下就融化了。王奕桐几次都被斯梅尔拉进了怀里，她又果断地抽离出来。

意大利的音乐家登台献艺了，一股清流弥漫着整个斯梅尔斯堡，暖意融融，情意绵绵。意大利歌唱家普契尼一曲《今夜无人入眠》让人倍感爱情的神圣和伟大：

不得睡觉！不得睡觉！
公主你也是一样，
要在冰冷的闺房，
焦急地观望
那因爱情和希望而闪烁的星光！
但秘密藏在我心里，
没有人知道我姓名！
等黎明照耀大地，
亲吻你时
我才对你说分明！
用我的吻来解开这个秘密，
你跟我结婚！王弈桐！
没人会知道他的名字，
而我们就得去死，哎！

这个时候一个女声伴唱：

消失吧，黑夜！星星沉落下去，
星星沉落下去！
黎明时得胜利！
得胜利！得胜利！

王奕桐听到了自己的名字，也拉过这首意大利名曲，可惜自己只知道歌曲的名字，却不知道歌词的内容。当她听到“王奕桐”三个字的时候，心里暖暖的，心花怒放开来。

她含情脉脉地抬起头，望着斯梅尔高大威猛的身影映照在身后被晚霞染红的叆叇中，心里无比甜蜜。她知道这是老师对她的关心和爱护。

“奕桐，今晚你开心吗？”斯梅尔含情脉脉地问王奕桐，可就在刚刚说完话的时候，斯梅尔突然脚下一软，闪了一个趔趄。王奕桐急忙上前欲扶着他。斯梅尔顺势做了一个轻巧的动作，马上恢复了平衡。

“斯梅尔，我很高兴，有你的地方总是充满着温暖和快乐！”王奕桐说的是心里话，她把自己的快乐真正融进了音乐，融入了和斯梅尔的每一分每一秒！

“如果你幸福快乐，请你闭上眼！”这时斯梅尔从口袋里掏出几天前在塞尔福里奇百货公司买的伯爵戒指，身体往后退了一步，单膝跪地，双手捧着戒指，“奕桐，嫁给我吧！”

王奕桐闭着眼，正在纳闷，突然听到斯梅尔说出“奕桐，嫁给我吧！”自己吃了一惊，忙睁眼，看到自己的恩师像古希腊神话里的撑天神阿特斯拉，手里捧着一枚闪闪发光的戒指。这个时候，音乐停了，歌声停了，王奕桐觉得地球的转动都停了。她的心怦怦怦怦地跳个不停，她不知道是应该上前半步，还是退后一步，几秒钟的时间让她想到了很多，一个声音对她说道："上前，去迎接你的幸福吧！"可是，她心里一惊，马上否定了这个声音。

这个时候，围在四周的音乐家们都呼喊了起来："Yes yes yes！"呼喊声将王奕桐拉回到了眼前，她不知道是该向前还是该退后，她只觉得眼前的斯梅尔斯堡变成了四季居酒屋，她无法抗拒自己内心深处那股强大的力量，无法违背自己内心深处的信仰！

王奕桐此时不知道自己已经泪流满面，哭得像个孩子，她转身离去，向城堡的方向跑去，远远地融化进了那片鲜红的霓虹灯形成的光芒里！

斯梅尔先是一惊，后又是一愣，他见王奕桐跑开了，以为东方女性内敛的气质作祟，就欲跟着王奕桐的方向而去，可当他收起跪下的一条腿的时候，他惊讶地发现他的右腿有些僵硬，他没有在意，以为是跪下这个动作导致，于是不顾一切地往王奕桐去的方向追去。

王奕桐跑到了城堡的门口，自己才把自己稳住，努力回忆着几分钟前发生的一切，刚刚发生的事情又好像隔了好多年，她见斯梅尔赶来，方才回过神来，知道这一切都是老师精心安排的，想到这里一行热泪又扑簌簌地流了下来！

"奕桐，嫁给我吧！"斯梅尔赶来第一句话里带有恳求，带有忧伤，带有淡淡的失落。

"老师，你放……过我吧，我配……不上你！"王奕桐哭着，断断续续说完了这绝情的话。

"为什么这么说？你哪里配不上我？我是你的老师，你是我的学生，为什么？"斯梅尔急得在原地打了一个转，"我们相知，相爱，不是吗？"

"我知道，我懂！但是，但是……！"王奕桐吞吞吐吐，"我不是一个完整的女人了！我配不上你！"说完，往城堡外面跑去，就见一道靓丽的身影随着一股风消失在霓虹灯后面的黑暗里。

“斯梅尔教授，我愿意嫁给你！”斯梅尔的背后传来一个女人的声音，斯梅尔觉得这个声音很熟悉，他痛苦地将头扭了过来，只见张慧站在他的背后，装出一副清纯可爱的样子，正在等着他的回答。

斯梅尔正在痛苦之中，见到张慧这样表白心里多少对冲了王奕桐拒绝自己带来的痛苦，他不愿意就此服输，又被王奕桐的话蒙在鼓里，就礼貌地对张慧说道：“谢谢你，我想静一静！”

张慧是如何出现在沙龙的？其实，张慧每次都没有缺席斯梅尔斯堡的演出，只不过她的目的很简单，就是想通过沙龙认识当地的名流，通过婚姻的方式留在英国，多次观察下来，她发现这里是一个纯艺术的地方，于是她就将眼光收了收，将目标又对准了斯梅尔，原因也很简单，就是以前认识。

王奕桐被斯梅尔拥抱入怀的当天晚上，她痛苦异常，心想王奕桐既没有她漂亮也没有她风流，斯梅尔为啥选她王奕桐不选我张慧，张慧为什么要输给你王奕桐？张慧恨斯梅尔脑子一根筋，自己是大学教授，只要你裤腰带松一松，漂亮姑娘有的是，哭着喊着要嫁给你！

今天晚上的演出张慧本来不想来的，但是又没有刻意要去的地方，想到自己留英的签证快要到期，如果找不到正当的理由，自己就得卷铺盖回家了。张慧趁着雨后天晴，坐地铁往斯梅尔斯堡方向来了！张慧这次来是想寻找新的目标，可巧的是遇见斯梅尔向王奕桐求婚，当她看到王奕桐拒绝了斯梅尔哭着跑出了城堡，就大着胆子向斯梅尔说出上面的话，其实，此时的张慧嫁给谁她都愿意，她向斯梅尔表白的时候，心里是恨的，是硬的而不是柔情似水般的。

德国和挪威的音乐家还没有来得及出场音乐会就散了，霓虹灯已关闭，四下里一片黑暗，斯梅尔就像被关在了没有围墙的笼子里，他觉得他的身体就是这无形的牢房，他的心就是被这牢房固定得结结实实不能自由。他想呐喊，可张了张嘴，却没有声音出来，他想挥拳却感到自己的手和胳膊都有一些不灵活，他心里又是一惊，恐惧将求婚失败给他带来的懊恼和失落一扫而光，像秋风吹在落叶上，在原地停留不下来就被吹得无影无踪了。

作为音乐家，斯梅尔对任何微小的肢体动作都是十分敏感的，他将其他事情放一放，于第二天就前往皇家威尔斯亲王医院挂了急诊。

医生是一位大胡子的老人家，他让斯梅尔把双手平放在桌面，将一张A4纸放在手臂上，斯梅尔惊讶地发现自己的左手虎口部位不停地抖动。医生把A4纸拿掉，依然能看到手臂时有时无在不规律地跳动。医生询问了斯梅尔的工作情况，当他得知斯梅尔是有名的音乐家的时候，脸上掠过了一丝丝的惋惜，可就是这个表情也没有逃过斯梅尔的眼睛，他心里一凉。

斯梅尔看胸牌，老医生叫杰夫，是神经内科博士。这时候杰夫医生开了许多需要马上检查的项目，又开了第二天需要做的预约，开始询问了病史。

家里有没有其他亲人有类似疾病，肌肉无力多长时间了，有没有觉得肌肉出现萎缩迹象，等等。杰夫医生友善地告知第二天来的时候需要将夫人一起带上，因为有几项检查是需要家人签字的。

斯梅尔看了一眼检查的项目和检前告知书：血液检查、影像学检查、脑脊液检查、同芯针肌电图和脊椎磁共振成像等等。

告别了医生，斯梅尔郁郁寡欢地往斯梅尔斯堡方向走去，他不想回家，不想见任何人，一种不详的预感在他的心里徘徊着。他想到了自己的前半生，想到了迎着列车而去的前妻，他突然原谅了前妻的冲动；他想起了王奕桐，斯梅尔的心揪得难受，心如刀割可能就是形容这个时刻的恋人。他原谅了，也理解了王奕桐。

斯梅尔又想起了自己没有抚养过的儿子维特·斯梅尔，心里不由得泛起一股歉疚感。可明天的检查需要人陪同和签字，除了王奕桐，他身边又有谁呢?

肉体和精神确实是分开存在的，当斯梅尔想到王奕桐的时候，无形中心里就充满了力量，脸上的笑容冲淡了医院带来的阴霾。

20

言自芳接到了高远的来信，询问她愿不愿意放弃现在的工作到英国去，信中流露出一丝公事公办的味道，这与他以往对待自己的套路不太相符，冷冰冰的几个字，那意思既明显又生硬，这让言自芳很不开心，一度不想回信。言自芳是一个性格倔强的女人，做事不为别的，只求一个快乐开心，她想起高远远隔千山万水写这一段话也是不得已而为之，怕自己到了英国不但要委曲求全，有可能还要吃苦受累，到时候女人一旦埋怨起来，男人是无法承受的。几天后，当她再看这封信的时候，当初读信时的不快像书页一样被翻了过去！

其实，言自芳等这个消息等了很久了，她像一个刚刚怀孕的少妇既忐忑又激动，既怕保不住胎，又担心胎儿长不大。她把高远的来信翻来覆去读了好多遍，最后看到高远信里引用马克思在《共产党宣言》里的一句话心里才踏实了。马克思说："无产阶级失去的只是枷锁，而他们获得的将是整个世界。"言自芳想按照自己在医院的工作现状，自己能失去的就是倒班带来的不适，还能失去什么？

这话说的就是自己呀！想想现在的自己有什么呢？除了远在天边的高远有个名分以外，自己能够做的就是向着自己男人的方向猛扑过去，还能折腾出什么花样来呢？想到这些，言自芳真心感谢马克思了，没想到在卡尔离开这个世界一百年后，远隔万里之外的她这么一个弱女子也被他老人家的经典语录给言中了，鼓舞了。

言自芳提笔写下了自己的心情，将离别后的挂念、在医院里的苦水一股脑吐给了万里之外的高远。

高远也没有闲着。自从到了伦敦，感觉每天都在做选择，感觉没有一件事会长久地做下去。工作上需要选择，感情上也需要选择。高远一度怀疑自己是不是得了什么病，是不是患有心理障碍？为何见一个漂亮女人就热血沸腾，不能自已！

潘欣弗准备请高远吃一顿像样的饭，名义是介绍自己的女儿潘巧巧给高远认识，实际上就是想看看两个人有没有缘分。由于高远一直隐瞒自己的婚姻状况，在潘欣弗的脑海里，自己的这个弟子一直是在追求学问，无暇顾及自己的个人问题，而作为老师又是长辈的自己就不能坐等肥水流到外人田。窗户纸该捅破就捅破，秋稼该收割就收割，好花堪折直须折。想到这里，右手摸着左边嘴角的溃疡点，兴致盎然到了不顾一切，若不哼几句家乡的“六花六节调”是不能平抑心火的：

五月五日龙舟会
龙舟要放浜
瑞阳锣鼓声喧
撒郎郎了郎当
撒郎郎子郎当
郎里郎当
唢呐一声响……

潘欣弗刚唱到“唢呐一声响”，刚要往下唱，诊室的门就被推开了，潘巧巧头戴旧上海新潮女流常戴的条纹鸭舌帽，上身着蓝色大V宽松蝴蝶服，里面两只“小白兔”若隐若现；下身穿黑色瑜伽裤。衣服把潘巧巧的沟沟坎坎诚实地呈现在世人眼前，搞得潘欣弗都不好意思正眼观瞧自己的女儿。看到潘巧巧这身潮装，潘欣弗心里多少有些不快，可事到眼前也不能说什么。潘教授是过来人，知道这个年龄打扮成这样子，是符合动物学上发情期的种种表现的。他当然知道“女大不中留，留来留去结冤仇”这个道理，相比之下雌性自我的表现更能真实地流露出自己的意图来。

潘欣弗提前一天就在离惠仁堂足浴不远的街上一家名叫“苏杭汇”的杭帮菜馆订了间包房，到伦敦这么长时间了，也没有真正上过一家像样的餐馆吃过饭。回想当年自己在茗岙中医药大学担任教授的时候，一周在家连火都不开，三日一小请，五日一大宴，吃得脑满肠肥，嘴都吃得发酸了。现在可好，伦敦没人承认自己，除了惠仁堂国医馆这一亩三分地以外，整个伦敦啥样都不知道，想想自己过了“耳顺”之年久矣，已经能望见前面高高悬在空中“古稀”之年的匾额了，而眼下还为如何在伦敦立足大费周章，为女儿的婚嫁绞尽脑汁，想到此，右边患有白内障的眼睛泛起了红晕，左边的眼圈仅仅是给面子，象征性地红了红，做了一个欲哭无泪的样子，也不顾潘主人是否满意就草草收场，将红色退去了！

父女两人早早就先往饭店去了，临出门，潘欣弗特意到惠仁堂足浴店跟高远打了一声招呼，他看高远正在指导三位技师就欲言又止，等到高远发现他的时候，潘老师才提醒高远不要迟到。高远心领神会，知道今晚可以大饱眼福的同时又可大饱口福，因为几天前，老师就说要让他认识一下自己的女儿，想着自己就因为长得风流倜傥一路顺风顺水，在女人这件事情上就没有走过“背”字，心里感叹的浪花一个劲儿地翻腾，那叫一个畅快。

潘欣弗从窗户望见高远正向这边走来，就用嘴示意潘巧巧往外看，这潘巧巧不看则罢，一看到高远神气活现的男子气，浑身荷尔蒙就忙碌开了，燥热难受，双手不知道如何摆放。她将大V领口扯了扯，又紧了紧；想想觉得不妥，拉了拉，又松了松。潘欣弗此时却摆出了一副高高在上的教师爷的威武样，等着高远的觐见。

高远推门进来，看到潘家一软一硬的两种截然不同的造型，心里既为潘巧巧好笑，又为自己恩师难受，感叹人老了为了能让别人对自己多尊重一点两点，连仅剩下的年龄“优势”都用上了！人真是不能老呀！

高远礼貌地跟潘欣弗打了招呼，潘老师这才恍然大悟似的向高远介绍道："这位就是我的宝贝女儿，潘巧巧！"又对潘巧巧说："这就是我常跟你说的高远。"

潘巧巧听到父亲介绍自己，方才如梦初醒，目光赶紧从桌上的碗筷移开，表现出来的却是极不情愿。只见她高贵地将自己的三根手指"赐给"高远沾了沾，脸部表情一时不知道该停留到哪个表情段位上才算合适，从才开始表现的愠怒，到中间的排斥高傲，再过渡到最后的智商为零仅仅用了佛家发明的计时单位"刹那间"，潘巧巧就被高远的男子气概给征服了。

高远并没有想跟眼前的姑娘有什么亲密的交往，碍于老师的面子不来当然不好，他也想趁机将自己来英前突击结婚的事如实告诉大家，免得被人误解自己在"玩暧昧"或"精神出轨"，到时候言自芳来了自己像从酱缸里刚刚出来一样，浑身上下都是味道。

潘欣弗本来只会吃不会点，他示意服务员过来，看着菜单问服务员道："我们一家三口如何点呢？"他顿了顿，用余光观察着高远的反应。他见高远装着没听见似的，低头做沉思状，却见潘巧巧听了这话屏气慑息，神情显然异常紧张。

潘欣弗凭着自己在国内吃饭的深刻且美好的印象，点了东坡肉、叫花鸡、糖醋鱼和宋嫂鱼羹，外加三碗米饭。

第一道菜上的是糖醋鱼，酸甜味道组团来搅动三个人的嗅觉和味觉，此时不论是强装淑女样的潘巧巧、庄严肃穆的潘欣弗还是自带60%谦卑心态的高远都将面具从脸上撕了下来，或扔到了坤包里，或揣进了兜里，开始狼吞虎咽起来，包房里除了吧唧吧唧、滋滋啧啧享受美食的声音，再没有其他的动静了。一轮风卷残云后，桌上仅剩鱼骨残羹和各位食客涨红的脸，潘欣弗迅速收拾好面部表情，意思很明显让高远看到吃前吃后的自己没有任何变化，仪表仪态依然是学者风范。

"这次将你俩叫到一起是有事情跟你们商量！"潘欣弗主动为两人

搭桥道，“商量什么呢？就是我们下一步如何走的问题！”潘老师像回到了讲台。不瞒各位，一个人的惯性被阻断，又突然被捡回，不论是高远还是潘教授都会有如沐春风的感觉。

此时，潘老师就正“春风得意马蹄疾”着，“我们不可能就在这个小地方干他一辈子，这不是我们来伦敦的目的，对吧?”他见两个年轻人面带疑惑，不明就里，干脆利落地来了一个“一日看尽长安花”，摊牌道，“我们三个干脆离开这里，自己创业，你们看如何？这其实就是我们的终极目标，早晚会有这么一天的！”

“我看行！我在学校学习的供应链管理也能派上用场了。”潘巧巧先把自己放到了领导人的位置上，“我可以给你们跑后勤！”

“我没有问题，我已经写信给我老婆言自芳，让她做好来英国打工的准备。”高远顺嘴就把言自芳给推了出来，“她也是咱们学校毕业的，中医中药、推拿按摩样样精通，绝对是一把好手。”

这句话一出，整个饭局冷清了，空气像凝固了一样，房间都觉得变小了，局促了。相互之间的讲话也不像吃饭前显得“可口可乐”。任何的一句话放在这里都多余，无奈刚刚诞生几分钟的“改弦易辙”之大计没出包间就胎死腹中了。

过了几天，高远没有见潘老师再找自己共商“谋反”之事，就背着潘欣弗做通了汤威廉的工作以惠仁堂国医馆的名义向言自芳发了一封工作邀请函，至此，言自芳开启了赴英打拼的下半场人生。

高远到临街的二手家具市场低价买了一张一米八的大床，床进入到地下高远蜗居的斗室人就没有办法进去，室内的格局成了脱鞋上炕、开门睡觉，无奈高远又将大床驮着回去找店家，给换了张一米五的床，才将将就就能把门关上。

收拾好了床，高远望着一个屋顶四堵墙，心里感慨。想起成语“家徒四壁”，内心不由得泛起一阵凄凉，自叹汉朝班固不愧是文学家，能在《汉书·司马相如传》里写出“文君夜亡奔相如；相如与驰归成都；家徒四壁立”这样的话，写之前一定来过伦敦，在他这里有过同样的感受才能才思敏捷，一句千古。

时过境迁，人的境遇如此地相像，两千多年前卓文君奔向司马相如，两人去了成都，家徒四壁；而今，言自芳同样向自己飞奔而来，一样的家徒四壁，不一样的是一个是在中国，一个是在英国，可都是为了一个“情”字。

高远将单人床的单子铺在大床上，铺开的床单像长高的孩子依旧穿着以前的衣服，裤腿短了一大截，想想也该去买一个新的床单，言自芳千里万里地跑来也值得一条新单子的，想到这里也就有了打算。

这天是周五下午，高远见时间已晚，日落西山了，这个时候不会再来什么客人，便跟潘欣弗说自己要去买条床单，于是脱下白大褂，穿上自己唯一的西装就要出门，没想到推门进来了两个华人姑娘。

高远凭着自己的经验，看着两个姑娘的打扮应该是来到伦敦不久。高远礼貌地问道：“两位女士好，有什么可以帮到两位的?”他见姑娘有些局促，就大着胆子问道，“如果我没有猜错的话，你们是才来伦敦不久?”

“是的，没有多久！你呢?”姑娘们异口同声说道，说完就听到了三人爽朗的大笑声。

“介绍一下，我叫高远，是这里的医生兼技师！”高远礼貌地示意姑娘们就座。

“我叫李红梅，是做护理工作的。”李红梅笑了笑看了看高远，又看了看自己的同伴。

“我叫章惠敏，跟李红梅一样是做护理工作的。”章惠敏脸红到了脖子下面，说着话双手将衣角卷成了一个小卷，放开，又卷成小卷。

“很高兴认识你们，我们都是中国人，以后互相帮助，多多关照！”高远想自己要为言自芳的到来多储备几个女友，不然没有朋友是很难待得住的。

“谢谢，我们认识你也很高兴！”李红梅见高远很客气就恢复了常态，她接着问道，“我看你这门外宣传的足浴包是十二味中草药组成的，效果如何？”

“你们说的是‘湿寒固脾’十二味吧？效果很好！”高远见生意来了，就极力推荐道，“面色暗沉、肌肤松弛、油腻长痘、痛经难忍、乏力失眠和湿胖体质效果都很好，用的客户已经不少了，好多客户用后都说效果不错。”

“假如腰酸背痛多年，外加老寒腿效果如何？”李红梅进一步问道，显然李红梅是有备而来。

“那效果就更好了！我刚才也就是简单介绍一下，其实这十二味药包的功效远远不止这些。如果你们女孩子会女红的话，做两三个砖块儿大小的布袋，将药包放进布袋，再把药包放在热水上蒸，蒸热后热敷在疼痛部位，一周两到三次，每次手感药袋温度不热再换热的，这样反复多次，你会明显感到疗效的！”高远兴致勃勃地大谈疗效。

“那就太好了，这布袋做起来简单！那你就按三个布袋大小给我卖三布袋的药包，我付你钱！”李红梅仰起脸来看着高远，下眼睑往上不断地堆积起来，水灵灵的眼睛露出来笑！

“药包用多久需要更换，不会一直这样用下去吧？”章惠敏脖子上的红这时收到了脸上，变成了红晕，脖子已经变白了。章惠敏此时的内心似乎和自己的脸色相互配合，她想跟高远有更深的交流，可是看到眼前风流倜傥的男人心跳比平时快了不少。

“当然不能一直这样用下去，闻到味儿渐渐淡了，就需要更换，我这里有药包，你们随时过来买新的就是了！”高远耐心解释，力图打消两位姑娘的疑虑。

“那我们第二次买的价格不能跟第一次买的价格一样吧，要便宜很多给我们才合理呀！”章惠敏这么一问，还把高远给搞糊涂了，因为他压根儿没有想这么多，就是卖药包也是新媳妇上花轿第一次。他是凭着一腔热情，给姑娘们提出的问题出主意、想办法而已。利润、价格自己本来就没有想过，再说也不是自己能够做主的。高远的脸上第一次露出当家做主的自豪感来，那感觉像自家的老母猪下了一窝猪崽一样看着都贼迷兮兮地高兴。

“这要是我的，我都送给你们了，可惜这店不是我的，我还真做不了主！我要去问一下。”高远出去了，他去找汤威廉。

不一会儿，高远和汤威廉来了，汤威廉不愧是生意场上的人，见小小的药包又有了新的用途就马上意识到机遇出现了，他跟着高远到了足浴这边，看看是什么样的人对药包感兴趣。

“你们先拿去用，回头告诉我们结果和疗效就可以了，下一次来拿药的时候再谈价格！”汤威廉一番话让姑娘们先是一愣，后又心花怒放了。

高远将一大包药分成三个包装交给了李红梅和章惠敏，望着她们远去的背影，心里想到了言自芳，想着不久之后，远去的人中会有言自芳的倩影，也许她们会成为朋友，也许不会，高远想到这里，心里无缘无故地生出五味杂陈的味道来！

21

那天李红梅局促的手没有地方放，原因是瓦奥莱特的孙子费迪一直在自己面前说个没完，说的是什么也听不懂，搞得自己尴尬。李红梅离开不是，不离开也不是，无奈之下就开始给瓦奥莱特的腰腿按摩，这一按摩让瓦奥莱特原本僵硬酸痛的后背得到了缓解。

费迪围在李红梅的周围，好奇地望着李红梅做出不同的按摩动作，脸上露出既好奇又佩服的表情。起先李红梅觉得这个小伙子挺奇怪的，不去上班不说，还对她这个女人做的这些“小动作”感兴趣，想到这里心里对费迪靠近她十分排斥。

其实，费迪是个孝顺的大男孩，当他看到常年折磨祖母的腰腿痛被一个中国姑娘三下五除二给缓解了不少，心里既疑惑又佩服，他的眼睛里充满了对李红梅的感激。第二天费迪就去牛津街买了一条金手链给李红梅。至此，李红梅才知道这个费迪不是个她心里认为的废物，而是一枚好男人。

李红梅哪里能够接受这么贵重的礼物，谢绝了费迪的好意。凭李红梅对腰腿痛的认知和了解，她知道按摩仅仅是缓解一下症状，要想改善，要慢慢治疗才行，她想起父亲腿残疾以后，疼痛难忍，无奈将李家村的土医生请了来，用了一个冬天的中草药才慢慢缓解了症状。

李红梅想着父亲的疼痛，知道赶不走又驱不散的痛是多么地折腾人，她看到瓦奥莱特睡觉的各种姿势就能感受到疼痛的程度，时间长了都能从瓦奥莱特的腰腿痛预测未来几天的天气变化。

这天是周六，李红梅约上章惠敏一起去逛伦敦唐人街，她不是想去唐人街购买什么东西，她听说唐人街保留着中国传统的中医中药，并且还聚集一批优秀的中医药人才，她想如果能寻找到治疗腰腿痛的良方，回来给瓦奥莱特用上，让老人家的疼痛能够进一步缓解，自己学到了知识不说，也拓展了另外一条路子，到那时瓦奥莱特也不至于这么感觉度日如年了。

李红梅想到这里，人变得越来越自信了，走起路来都轻快了许多。善良是造物主赋予人类最好的礼物！李红梅和章惠敏一大早就到了唐人街，她们想着唐人街应该像国内的集市一样，去晚了集市就要收档了，可没想到除了清晨卖菜的超市和专卖店起个大早把门打开外，整条街都昏昏欲睡，依旧沉浸在清晨的美梦里。两人见此情景，就先去其他景点逛逛，到下午再来唐人街。

时间来到下午四五点钟，西边的太阳已经伸了几次懒腰，两人将几条主要大街逛了好几遍了，最后在一个拐角处发现了汤威廉的“惠仁堂国医馆”和隔壁的“惠仁堂足浴店”，李红梅如获至宝，她知道足浴能够帮助下肢血液循环，如果把足浴的用药改在腰腿部，说不定能收到出其不意的惊喜呢?!

李红梅读着宣传栏里的介绍，看到这里所用的十二味药和自己在学校和家里的时候了解到的相差无几，心里便有了底。

说来也巧，这天高远本来是想第二天休息一天，已经向汤威廉请了假，他正欲提前一会儿离开的时候，见到两个中国姑娘欲进门就迎了上去，这才发生了上面高远和李红梅、章惠敏之间的互动。

李红梅拎着一大包药回到养老院，远远地看着就像刚刚赶集回来，脸上的笑容似乎显示她手里的中药已经有了疗效。

瓦奥莱特从花圃方向走出来，她远远看到李红梅手里的大包，以为她受不了这里的工作压力，收拾行李准备回家，瓦奥莱特一手揉着疼痛的腰，一手向李红梅挥手，脸上是惋惜加难受的表情。她见李红梅看到自己，往她这边走来，就急忙迎了上去!

“我亲爱的孩子，你这是干什么？是不是谁欺负你了?”瓦奥莱特见到李红梅紧张的样子像第一天接到放学回家的孩子。她见李红梅没有听懂，愣在原地呆呆地看着她，就望着一大包药，问道：“这是什么?”

李红梅听懂了这简单的一句，急忙打开包裹，让瓦奥莱特看个究竟。这么一看，老人家知道了是中草药，因为瓦奥莱特是植物学家，马上明白了李红梅的意图。她以为是李红梅病了，直勾勾地望着李红梅的眼睛，既像是询问又像是安慰。

李红梅拿出一包药，放在瓦奥莱特的腰部，这一下老人家彻底明白了药包的用途，激动得将李红梅搂在怀里，嘴因为激动而微微地颤抖着，嘴上的一条条皱纹也跟着起哄，老人家激动得热泪盈眶。

李红梅陪着瓦奥莱特回到房间，用开水将药包打湿，然后把药包放进微波炉里加热了三分钟，从微波炉的小窗户看进去有袅袅白烟出来了，她赶紧将药包取出。

李红梅试了试温度，显然已经够热。再看瓦奥莱特已经趴到了床上，正眯着眼睛看着李红梅的一举一动。那表情是渴望且满足的，瓦奥莱特像在等待一个即将烤熟的面包出炉，香味儿已经闻到，激动的时刻就要到来。

李红梅在瓦奥莱特的后背上铺了一块儿浴巾，将热腾腾的中药包取了出来，一股中药的清香味儿直扑瓦奥莱特的鼻腔，可药味却引得李红梅直犯恶心。李红梅强忍着胃里一股一股的翻腾，手却不停地将中药包拿起放下，放下又拿起。她观察着瓦奥莱特的反应。时间慢慢过去，三个中药包不断被加热又不断冷却。老人的后背渐渐地红了一大片，脸上一直洋溢着快乐，直到费迪推门而入她都没有发现。

“奶奶，你这是干什么?”费迪询问道。

“这是艾莉娅在给我做中药理疗!”她示意费迪过来看一看李红梅的“杰作”，“这是我第一次接受这样神奇的治疗！很舒服，很舒服!”

“这个味道是来自哪里的？是不是来自森林的味道，这么难以形容!”费迪趴在床边观看他祖母接受的是什么中医治疗，李红梅见费迪一边看，脸上还呈现出喜悦和不解的表情，她想此时费迪内心深处对中医中药一定是感激的。

“这是一个伟大的民族能够屹立在东方的法宝，千百年来的智慧结晶!”瓦奥莱特说道，“我在植物方面取得过许多成就，但是我没有去过伟大的中国，这是我一生的遗憾，我是不完美的!”

“好了，我亲爱的奶奶，我回到您的床边，您就是最完美的!”费迪说着滑稽地装着逃跑又折返的动作。

“你要对艾莉娅好，她的心是金子做的!”瓦奥莱特对费迪说道，“我第一次见到艾莉娅，我就喜欢她，希望你也喜欢她!”

“当然，当然喜欢!”费迪回答得颇为痛快。

正当费迪和祖母瓦奥莱特沉浸在李红梅营造的温情当中的时候，门外面出现了几个老人，为首的是克洛伊小姐。

克洛伊小姐为何出现在瓦奥莱特的门外，又跟几个老人家一起呢？这就要从李红梅拎着包进门说起。其实，李红梅和瓦奥莱特在一起的谈话早就被不远处锻炼的老人们看见了，老人们没事儿可做，对于任何发生在院子里的事情都要刨个底朝天，李红梅和章惠敏进了院子，大家的嘴就没有停，在这一点上，全世界的老人都同患一种病，那就是多管闲事。

有个腿脚灵活的退休司机，名叫夸特，见姑娘们和瓦奥莱特进了屋，不久又闻到了一股刺鼻的中药味道，就掉转头马上向仍在院里等待消息的人们汇报所见所闻。

“有股奇特的味道从瓦奥莱特小姐的房间里涌出来，难以形容，艾莉娅小姐用中药包给瓦奥莱特治疗她的腰腿痛，我的上帝呀，她可真聪明，我们要赶快将这个新消息告诉克洛伊小姐，她可是我们的保护神赫拉（Hear）！”夸特绘声绘色地渲染着一场由中药引发的波动。

夸特跑到院长办公室将看到的事情添油加醋地向克洛伊小姐说了好几遍，搞得克洛伊如堕五里雾中，稀里糊涂。克洛伊小姐本来就对夸特说话没有重点表示过自己的愤怒，这已经使得夸特见到克洛伊小姐有些紧张，克洛伊再一追问夸特神经就脱了钩，一个链条没有挂上，讲起话来就开始结巴。这这这、那那那了半天，也没有说出个所以然来。

克洛伊小姐在前，夸特先生紧随其后，两个人急急忙忙的脚步发出敲鼓鸣锣一样的声音，这一套动作做下来引得院子里的好事儿且又能动的吃瓜老人们纷纷响应，直奔瓦奥莱特的房间。

群众到来的时候，正是费迪表演得兴致正高的时候，克洛伊望着一家人因为李红梅的表现而幸福满满也就没有打扰他们。她扭过脸来，冲着夸特和其他人道：“我们不就是需要这种幸福吗？我们应该祝福瓦奥莱特小姐！”

大家都散了，唯有克洛伊小姐侧着身子没有离去，她是在感受瓦奥莱特传递出来的幸福，因为她好久没有这样的感觉了。

李红梅这几天心里有些忐忑，原因是那天给瓦奥莱特治疗腰部的时候，她恶心得想吐，可是又吐不出来什么东西。起先李红梅并没有在意，以为是自己对中药的味道过敏，是不适应这种味道才出现的这种情况，可是连续几天下来，李红梅不但不想吃饭，看到饭胃里还翻江倒海一样地折腾。吐，吐不出，可就是想吐。

李红梅心里一惊，掐指一算来例假的日期已经过了两三天，自己竟然没有反应。这可把李红梅吓了一跳，心想："以往例假都是提前几天，这次突然没了，不会那么准吧？和诗同文一晚上就能中上了吗？"想到这里，李红梅不由得心里"咯噔"了一下。她努力回想着那晚的情景，记忆里的人物已经十分地遥远了，遥远得已经成了破破烂烂的梦，她想把这梦连接起来，可费了很大的力气都无法穿成一个完整的片段。

李红梅抬起头，望着天空的云，心里不知道该如何回答自己提出的问题。在这里，天高皇帝远的，谁能够顾得上一个像流浪者一样的中国女孩子的喜怒哀乐呢？

"李红梅，你怀孕了！"这是李红梅平静下来后她对自己说的第一句话，"我不能要这个孩子，我自己都没有立锥之地，再有个孩子就更无家可归了！如果那样，到时候，自己只有一个选择，那就是回家，跟一个自己谈不上爱不爱的残疾人结婚，就这么平淡且畸形地度过一生！"

李红梅想着想着，眼泪汪汪地不知道往哪里看。可说来也巧，李红梅这一幕却被瓦奥莱特看到了。凭她女人的第六感，她似乎感觉到面前的艾莉娅需要自己的帮助。

瓦奥莱特是过来人，那天，她见李红梅给自己敷药的时候出现呕吐现象，她就有一些预感，可那是年轻人的世界，她没有过多关心。现在，她看到了李红梅流泪，瓦奥莱特的心十分不安起来。她怕失去这个美丽厚道的孩子，她想用自己的能力让李红梅快乐起来。如果这样，她自己也快乐了，因为她不敢想象没有这个艾莉娅，接下来她会怎么样，她一定又会回到以前"油桶"一样封闭的枯燥无味的生活里去。

一个晴朗的下午，阳光从树头穿过，将斑驳的树影洒在地上，草坪上几只喜鹊飞来飞去，寻找着草地上的草籽吃！

“在英国有一个有趣的谚语，一只喜鹊忧愁来，两只喜鹊笑颜开，三只喜鹊女儿来，四只喜鹊男孩乖，五只喜鹊银宝来，六只喜鹊金山来，七只喜鹊是秘密，不能开口讲出来。”瓦奥莱特在李红梅的陪同下，从房间出来，一起迎着阳光往草坪中间的花厅走去。瓦奥莱特一边走，一边指着草坪上的喜鹊絮絮叨叨她知道的谚语。她想问李红梅是不是怀孕了，但是自己的想法又不能让李红梅明白，情急之下用手指着自己的小腹，又指了指李红梅的肚子。

李红梅知道瓦奥莱特的意思，她的脸一下子就红了！瓦奥莱特指着远处的喜鹊道：“你看看那里是不是三只喜鹊，如果是的话，你就可能生一个女孩子！”李红梅惊讶地发现自己能听懂老人家的一部分话了，这也难怪，待了一段时间，瓦奥莱特所讲的话她也能听个七七八八了！

李红梅极目远眺，见三只喜鹊正飞过她们面前，落到了不远处的凤凰木上，叽叽喳喳鸣啭的鸟鸣让整个世界都充满了浓浓的爱意。

李红梅心里却忐忑不安，她不知道接下来该如何处理自己的生活，也就是说肚子里的孩子自己要还是不要。如果要就要回国，如果不要就要流产！让现在的李红梅做出选择是痛苦的，让一个生命决定另外一个生命的命运是极为不人道的，特别是对于一个即将成为母亲的人来说最难决定的就是自己肚子里孩子的命运。

“你想如何处理这个孩子？”瓦奥莱特问道，“你应该知道她对你的重要性！”

“如果我留下这个孩子就意味着我要回中国！”李红梅说完这句话，就陷入了沉思。这也不能怪她，谁遇见了这个问题都会犹豫不决的。

瓦奥莱特知道姑娘遇见了人生艰难的选择，她想说服李红梅留下来，可是如何能够留下来对李红梅就是一个考验。生孩子需要一段时间的休息，生活将如何继续？最简单的，自己住到哪里？孩子生下来谁来管？更不要说孩子的父亲是谁，起什么样的名字，孩子跟谁的姓？一连串的问题都会因为保留这个孩子而出现！

两个人在花园里停留了很久，李红梅的脑子里一片空白。她恨自己那晚没有定力，跟诗同文上了床，使自己现在陷入被动；她恨家里的那场火灾，让李家欠了诗同文家的人情；她更恨诗同文在大雪天送自己回家，导致截肢，自己陷入感情旋涡不说，现在难以自拔！要不然她的人生轨迹将是另外一种境界，一条笔直笔直的大道！

“亲爱的艾莉娅，我的孩子，我看你在痛苦，是吗?”瓦奥莱特亲切地问候道。她见李红梅点点头就接着说道，“如果你不嫌弃的话，我跟你讲讲我和费迪的故事?”

“好的！谢谢你，瓦奥莱特小姐！”李红梅的心正浮躁不安，听到瓦奥莱特慢条斯理的声音，心里好像有了一种莫名的期待。

“我像你这样的年龄，爱上了一个皇家海军的士兵，他是海军陆战队队员。他有一双老虎一样敏锐的眼睛，有大象一样强壮的身体。”瓦奥莱特说着这些话的时候，脸上的表情是奔放的，眼睛重新发出了久违的亮光，

“你们相爱了！”李红梅虽然没有听懂瓦奥莱特所说的全部内容，但是从瓦奥莱特讲话中多次出现的词汇里猜到当年的他们相爱了。

“相爱了，相爱的结果就是这样，像一个贝壳！”瓦奥莱特说道。

“为什么说爱情是贝壳?”李红梅不解地问道。

“爱情外表看起来很漂亮，很完美，像极了贝壳美丽的外表，但是内面却是很柔软、很脆弱，不论是男人还是女人一旦爱了，就变成了贝壳里面的肉，贝壳华美的外壳是经不起打开的！我说得对吗?”瓦奥莱特看着李红梅，像等着李红梅的答案。

李红梅点了点头，心想：“你说的是真爱，如果不是真爱呢?”她怕自己的想法被瓦奥莱特发现，就急忙将头扭到了一边！

“除非这个人你不爱他！”瓦奥莱特这话一出，李红梅心里吃了一

惊，心想瓦奥莱特该不是老天爷派来监督自己的吧，刚刚心里的想法就被她看透了不成？

“海军陆战队奉命前往海外作战的前一夜，他来到我的窗前苦苦哀求要见我一面，我让他等父母房间里的灯光熄灭，就从窗户爬进来！那天夜里，风大雪大，父母房间的灯光一直没有熄灭，我从窗户看到他已经冻得瑟瑟发抖，就冒险让他爬进了我的房间！上帝呀，那一晚，我被他冰冷的躯体里迸发出来的热情融化了，我的性欲达到了人生的顶峰，以前没有，以后再也没有出现过哦！一个月以后，我发现自己怀孕了！这是上帝赐给我的礼物，上帝说：失去意味着得到，这话是真的，我见证了上帝的话，我是他的见证人！”瓦奥莱特一口气说出了自己的故事，“我想，你的故事应该和我是一样的，孩子！”

“您说得对，我也有一段感情，我欠他，但是并不爱他！这是我犹豫要不要这个孩子的原因！亲爱的瓦奥莱特，您明白吗？”李红梅终于承认自己对诗同文的感情是感激而不是爱情。

“孩子是上帝送给你的礼物！不能不要，不要孩子你就违背了上帝的旨意，是有罪的！”瓦奥莱特语重心长道，“上帝安排了孩子的人生，不会让他到此为止。”她的眼泪在流，这似乎是她自己的过去，她接着道：“一个人所做的事情，不管目的是为了谁，其实最终解决的，都是自己与自己的关系。我们每个人都是孩子，要用一辈子来成长！不是吗？”

22

王奕桐见到斯梅尔的时候是傍晚时分，华灯初上的伦敦街头，空气中弥漫着烤面包和咖啡的香味儿，让人倍感温暖舒适。这个时候是情人约会、游子归家、学童放学的时间，所有的人都是这暮霭时分的一名演员，扮演着自己的角色。

斯梅尔今天约王奕桐来到伦敦这家有名的Cafe De Norfolk餐厅吃饭，餐厅位于切尔西东部。豪华室内设计师Rose Uniacke是装修这座开放、明亮餐厅的天才，他用大面积的花卉、毛绒坐垫和温暖的橘黄、焦糖色点缀墙壁，让人宾至如归。餐厅本身被分隔成两个空间，装饰有大理石桌子，有窗边景观位，可以看到繁华的街景。前厅和食物也是首屈一指，让这里成为情侣用餐的完美地点。

斯梅尔认识主厨Mark Jarvis，他主理的菜品一定要配酒来烹饪，这也是他最骄傲的地方。他一般也会根据客人的爱好来推荐不同产区的葡萄酒供食客品鉴，重要的部分是推荐自己家乡的美食，包括意式佛卡恰饼，佐以美味的奶油黄油、鹿肉鞑靼、炸雏鸡、Ikejime鲈鱼、令人咂舌的焦糖馅饼等等。

斯梅尔今天要营造一个浪漫的节日气氛，让自己好好回味一下和王奕桐一起度过的日子，因为他预感到明天以后的日子会在许多不确定中度过，有很多“也许”出现。斯梅尔考虑用一杯气泡酒开启情人节般美妙的夜晚！

王奕桐并不知道昨天斯梅尔在医院的事儿，她以为老师心情很好，想一起度过一个周末而已。她远远从玻璃窗看到斯梅尔的时候，斯梅尔也看到了王奕桐，两个人同时向对方招手，传递着不久前因为王奕桐拒绝斯梅尔求婚而削薄的热情。

王奕桐看到的斯梅尔是无声的一个世界，所有的街景都倒映到了斯梅尔的周围，铺盖在斯梅尔的身上，和斯梅尔临时组成一个个妙趣横生的图案来。倒影里红色的公共汽车、轰鸣的哈雷摩托车、拉着警笛的警车不由分说都从斯梅尔的身上碾过。车过无痕，斯梅尔依然坐在那里向王奕桐挥手。王奕桐一边回应着，一边穿越斑马线，就在此时，一辆救护车呼啸而至，在马路边停了下来，从玻璃窗外面看，救护车是停在了斯梅尔的咖啡桌前，而巧合的是斯梅尔见到王奕桐横过斑马线便起身去迎接，而这一幕从街上看斯梅尔却是走进了救护车。

王奕桐心里一惊，赶紧往咖啡馆的门口走，斯梅尔在里面也往门口移动，可从玻璃的反光看，斯梅尔却和救护车融到了一起，形成了模糊的一堵墙。斯梅尔却没有从救护车的门里走出来，王奕桐心里着实一颤，吓了一跳。她赶紧推门进去，望见斯梅尔一脸的笑容在等待自己，心才放了下来，暗自庆幸自己看到的是一场虚惊。到这里，王奕桐不由得感叹自己太过敏感，将毫不相干的事情跟斯梅尔联系起来，一个街景就能让自己变得异常紧张！

几天没有见到斯梅尔，王奕桐心里挂念着老师，怕自己的拒绝使老师受不了，今天看到斯梅尔精神抖擞心才放下了一半，另外一半被刚刚反光的救护车和斯梅尔所组成的图像搅得心里茅不是草不是的！

“你今天打扮得很漂亮！”斯梅尔绅士地为王奕桐拉开椅子，“你已经融入了伦敦的百姓生活里。”斯梅尔自己也坐下，端起酒杯。

“我这一切都是老师为我创造的，没有老师的栽培和支持，这样的生活，我做梦都不敢想！”王奕桐说的是肺腑之言。

“《圣经》有云：世间万物皆有定时。生有时，死有时。花开有时，凋落有时。跳舞有时，悲恸有时……动情有时……！”斯梅尔抿了一口起泡酒，“你也试试这种酒！”

“这段话，大概是告诉我们，人生一世，生与死，悲与伤，情与恨，花开与花落，皆有定时，要用一颗淡然的心，去对待这凡间万物的变化吧？”王奕桐望着斯梅尔回答道，“我理解得不透，也说不明白，这也是我的浅薄之处。”

“大概就是这个意思！”斯梅尔见服务生上主食就侧身让了让，“用中国话说就是‘八九不离十’了！”

“这可不能怪我，老师就知道教我音乐，没有教我《圣经》！要怪就要怪你这位教授。”王奕桐说完眼睛调皮地望着斯梅尔。

“花开花落皆有时，当我们惊羡花开的喜悦时，也不必悲伤花落的凄凉。花开几时，花落几许，从容对之，皆是美好。

“花开时舞蹈，花落时歌唱，面对生，固然高兴；面对死，也不必过于悲伤。贵国文学批评家梁实秋《闲暇处才是生活》这样写道：要知道生死是一件事，有生即有死，有死方有生。生死流转，循环不已，是为轮回。”说到这里，斯梅尔放下了酒杯，扭过头望着街道上花灯影里匆匆而过的一切，陷入了沉思。

“今天很高兴，老师又为何说这些沉重的话题呢?”王奕桐不解地问道。

“没有什么，也就是有感而发!”斯梅尔淡淡地一笑，“见到你高兴，就不免想多了一点儿!”斯梅尔向王奕桐挤了挤眼，但是他想做出的滑稽且幽默的动作在王奕桐今天看起来没有幽默了，因为王奕桐突然观察到了斯梅尔的手不由自主地抖了一下。

“老师，您的身体有什么不舒服吗？我、我刚看到……”王奕桐心里着急，脱口而出。

“是的，有一点儿!”斯梅尔放下刀叉，“你明天能陪我去医院检查身体吗？有很多检查需要家人签字！而我、我!”斯梅尔的声音越来越低。

“我就是您的家人!”听到这话，王奕桐自己都不敢相信这话是她自己说的。

接下来是一阵沉寂，在繁华的城市里好像唯有此时的斯梅尔和王奕桐是如此寂寥的。斯梅尔想得最多的是如果自己有病的话，千万不要拖累到王奕桐；王奕桐想的是老师身体健康，一定没事儿，假如有什么事，她将义无反顾，全力以赴去照顾斯梅尔。

翌日，杰夫医生热情地接待了斯梅尔和王奕桐，言语之轻快像大家在圣诞节的晚会上聚会似的，没有一丝大病将至的恐惧。杰夫医生对斯梅尔进行了详细的全身检查，尤以神经系统相关检验为重。双上肢肌肉受累体征、双下肢肌肉受累体征。实验室进行了血液检查、影像学检查、脑脊液检查和脊椎磁共振成像。排除了颈椎病、腰椎病、脊髓空洞症或脊髓肿瘤的可能性。

最后，在杰夫医生的办公室斯梅尔和王奕桐得到了一个陌生的名字和对这个陌生名字的解释：

> 肌萎缩侧索硬化（amyotrophic lateral sclerosis，ALS），又称“渐冻症”，是累及上运动神经元和下运动神经元及其支配的躯干、四肢和头面部肌肉的，一种慢性、进行性变性疾病。表现为上、下运动神经元合并受损所致的进行性加重的肌无力、肌萎缩、肌束颤动等。

拿到这个诊断，斯梅尔表现得倒很镇定，可王奕桐已经开始慌乱。她默默走出了杰夫医生的办公室，向着门外墙面上的一尊装饰用的耶稣石雕像跪了下去，用中国传统拜祭神灵的方式向耶稣连连叩了三个响头。“咚、咚、咚”，沉闷的声音把紧跟在后面的斯梅尔和杰夫医生吓了一跳。

“老天爷呀，你饶了斯梅尔吧！我求求你了，你要命就把我的拿去吧！”王奕桐的哭声从门外传进了走廊，几个匆匆而过的医生护士不知道发生了什么事情，纷纷从两边围拢了过来。

斯梅尔被这一幕感动了，他无助地将头靠在了墙上。忍受着内心的痛苦，极力微笑着将西服上衣的手绢掏出来递给王奕桐，示意她不要哭了。

此时，王奕桐的脑海里全部被斯梅尔占领了，往事像蒙太奇（montage）剪辑而成的镜头在脑海里不断浮现，她不敢想象没有斯梅尔自己将会多么痛苦，她突然意识到自己已经离不开这个男人了！

王奕桐没有去接手绢，她上前一步紧紧抱住了斯梅尔，将头埋在了斯梅尔宽阔的胸怀里。王奕桐抽搐着说道：“我不能没有你，你不能病，你要好好的！”说完在斯梅尔的怀里又哭了起来。

斯梅尔被这突如其来的一幕搞蒙了，他无数次地尝试拥抱王奕桐入怀，都被王奕桐婉拒了。他不知道多少次在梦里和王奕桐拥抱在一起，亲吻过她的每一寸肌肤。

现在，自己的梦想终于实现了，又是在这样一种情况下实现的。这是不是中国人讲的所谓天意，是中国哲学思想“有失必有得，有得必有失”在自己身上的验证？

斯梅尔把王奕桐紧紧地搂在怀里，一股暖流从心底涌上来，他感到了王奕桐的双腿交织着自己的双腿，高高的乳房顶在自己的胸前。他低头，王奕桐身体上散发出来的体香儿让他知道眼前的一切都是真的，都是他多少年梦寐以求希望得到的。

围拢过来的医生护士鼓起了掌，一片掌声里，王奕桐发现斯梅尔正亲吻着自己，此时的王奕桐已经被斯梅尔融化了，她只感到自己浑身上下开始燥热，酥软。

王奕桐脑海里一片空白，像一个人独行在白雪皑皑的荒原上，没有任何参照物，只有自己释放的一颗红心从身体里飞了出去。她突然被脑海里的一个声音拉回到了眼前，那声音听上去明明就是洪之一仁的，但是内容异常模糊。

王奕桐头低了下来。在别人看来是淑女害羞，而谁又知道这是不是王奕桐对洪之一仁的歉疚呢？

为什么让一个优秀的音乐家不能拥有事业的同时拥有爱情呢？拥有爱情的时候为什么要赔上自己的身体健康呢？让一个小提琴家偏要得上不可治愈的疾病呢？真是“天妒英才”啊！

斯梅尔的病情发展得很快，确诊后不久，他已经感觉到腿脚抽搐得很明显，吃饭时手颤抖得连刀叉都不能控制。斯梅尔向学校请辞获批，提前结束了他的教学生涯！

沙龙的音乐总监理歆先生跟王奕桐说斯梅尔现在的状况看来越来越差，既然药物难以控制，那么音乐也许有难以想象的魔力，会让斯梅尔慢慢好起来呢？

因此，音乐沙龙的音乐家们拟组织一场大型音乐会，第一邀请斯梅尔出任沙龙名誉主席，第二感谢多年以来他为沙龙所做出的杰出贡献。届时，沙龙将邀请在伦敦的各国音乐家共聚一堂，同时，音乐学院欢送斯梅尔，而音乐沙龙正式迎接他！

王奕桐心里十分感动，没想到资本主义的伦敦尚有自己没有想到的人情味儿！近一段时间，她看着斯梅尔一天天憔悴下去，暗自落泪。虽然贝多芬的故事以前是斯梅尔讲给她的，此时为了鼓励斯梅尔，王奕桐还是用贝多芬的故事激励和安慰他。给斯梅尔讲贝多芬如何与命运抗争，在悲痛中，在一片死寂里创作出了《命运》和《悲怆》交响曲，成为不朽的作品！可是她望着斯梅尔不断颤抖的手脚却无能无力。她找不到任何方法能让自己的老师好起来，像以前一样安静下来。“中国人平时讲的没办法是真的没办法了吗？”王奕桐常常这么想。

斯梅尔斯堡灯光璀璨，古堡里的每一棵树都用金黄色的灯珠勾勒出美丽的轮廓，树与树之间一条条彩灯闪烁，将璀璨的夜空都比了下去，夜莺啁啾而过，好像是被今晚的音乐会感动而翩翩起舞！

传统的舞台加上了一个由紫色彩条装饰的大门，预示着走进了一片新的天地，门中间横着一条标语，上写：“欢迎你回来，斯梅尔！”

音乐家们和观众悉数入场，场面堪称一场标准的音乐大赛。全部十首曲目由十位不同国家的指挥家指挥，借以表达斯梅尔所取得的艺术成就十全十美。首先登场的是肖邦的《升F大调第13号前奏曲》。

接下来是：

《哥萨克奔赴多瑙河》；

李斯特的《安慰曲》第三号；

《辛德勒名单》；

……

斯梅尔第九个出场，作为指挥，演奏《c小调第五交响曲》，就是《命运交响曲》。王奕桐晋升到了斯梅尔的位置上，成为第一小提琴，也是整个乐队的灵魂。

音乐以短——短——短——长节奏“动机”开场，四个音的“动机”预示“命运之神在敲门”。它主导了第一乐章，并在整个交响曲中扮演了相当重要的角色。整首交响曲可以被看作是情感的发展，从c小调第一乐章的冲突与斗争，发展到c大调末章的胜利与喜悦。最末乐章是全曲的高潮，它比第一乐章在篇幅上更长、在声音上更有力。

《命运》刚刚落幕，王奕桐就奔向了指挥位置的斯梅尔，她激动地拉着斯梅尔的手，面向大家。在斯梅尔一脸狐疑的眼光下说道：“女士们、先生们，我在这里宣布，我，王奕桐，要嫁给我的老师斯梅尔！”话音一落，台下立刻响起了一片雷鸣般的掌声，“我将和斯梅尔先生一起走过未来的日子，不管他是疾病还是健康，我都会是他的妻子，不离不弃！”

斯梅尔没有想到王奕桐会在这个时候答应自己的求婚，他激动得不知道如何回答，他能够做的只有将王奕桐紧紧地拥抱在怀里！音乐家们看到了这激动人心的一幕，将《命运交响曲》的最后一段重新演奏了一遍，表示对这一段感情的热烈祝贺！

生活中有苦难、失败和不幸，也有欢乐、成功和希望，这就是所谓的命运。但是，人不能听从上天的安排，人应该试图去掌握自己的命运，并且随时与厄运抗争、战胜它，只有这样才能得到幸福，才能建立丰功伟绩，虽然这很难！这就是《c小调第五交响曲》的中心意蕴，也是王奕桐做人的中心意蕴吧！

《拉德斯基进行曲》响起来了，王奕桐挽着斯梅尔的胳膊，斯梅尔搂着王奕桐，就这样，就这样让幸福流淌着！

一阵欢快的合奏乐，又一次把观众带到了音乐的崇高境界。以小提琴为主的乐器，中间不时地插入大提琴、长笛、大鼓的声音，复杂中见和谐，似乎是为王奕桐和斯梅尔的结合而热烈庆祝。从音符间可以感到王奕桐和斯梅尔此时的心情，是前所未有的欢快，两人对未来充满了憧憬。观众们鼓起了掌，伴随着音乐的节奏让音乐和这对情侣融为一体，这个音乐家与听众水乳交融的鼓掌场面是献给斯梅尔的，是对他为音乐做出贡献的最高褒奖，同时也是献给王奕桐的，为她的大爱，为她对恩师危难时候的不离不弃。

23

言自芳收拾了所有能带走的东西，似乎这遥远的伦敦没有东西吃，没有衣服穿似的。不过，她想得也有道理，就是有也要用钱买。

既然有，不就是带上而已？三大箱的东西让自己感觉就是去了伦敦就不再回来了，起码是近期不回来了。

言自芳拿到签证的那一刻，心理从渴望一下变成了不舍。人像一只从笼子里出来的小鸟，环顾四周没有了围栏，反而有些紧张，有些不踏实。这是一种被束缚太久后的惶恐，解放后的忐忑。人就是这么奇怪，只有用新的束缚代替旧的束缚，内心方能达到一种平衡，反之则别扭起来，没有了安全感。

某种意义上讲，从笼子里走到笼子的外面是需要勇气的，其他时候不仅仅需要勇气，还需要耐心和勇气的叠加。

当高远陪着言自芳第一次来到泰晤士河南岸，遥望着大本钟和伦敦眼的时候，言自芳并不觉得她将要成为这里的一员。这里的一切，与她脑子里的样子都截然不同，景物没有想象中的美好，街市没有想象中的繁华。言自芳的心里像刻了一块“到此一游”的牌子，她总觉得会随时离开这里的！

汤威廉看在高远的面子上给言自芳留了一个职位，在惠仁堂国医馆做护士的同时兼顾足浴方面的事儿。说白了，就是在两边做替补，哪里忙就到哪里去。言自芳并不满意这样被推来推去，好像整个伦敦就多了她言自芳一个人。

高远当然也看出来言自芳的心情不是很好，工作的辛苦程度先不说，渐渐会适应，单单就这种社会地位而言，言自芳也不会接受。心高气傲的她估计不会在惠仁堂国医馆这个池塘里待得太久。事情果然不出高远所料，没有几天言自芳就提出为什么不自己开办一家同样的国医馆呢？是没钱还是没技术，是没能力还是没有胆量呢！

女人的话是直接的，不顾及任何关系的，同时也是冰冷不带感情的。当潘欣弗和高远这些男人瞻前顾后、怕东怕西的时候，言自芳的几句话就颠覆了男人长久的犹豫，女人用“不就是……倒不如……除非什么……就什么什么……”来鼓励男人们抛开杂念义无反顾地向前冲的时候，女人就已经做好了最坏的准备！

言自芳把对现状的不满意都表现在了对未来的憧憬上了。她大胆地说出自己的看法，让汤威廉知道他们这批人就是来跟他竞争来的，对他们好，这种同室操戈的速度会慢一些；对他们不好，这种速度就会加快推进！

汤威廉心里有数，他知道眼前的这些人不会在他的屋檐下待得很久，总有一天会离他而去的，他也不想过多去挽留，过多去投入感情是没有必要的，做到公事公办就行。他不知道就这样送走了多少人，他还会从不同的地方笼络新人充实到自己的国医馆来的，不同的是广告到时候需要更换一下内容而已，不叫“李时珍”还可以叫“华佗”呀！

自从潘欣弗一起和高远吃了饭，将自己另起炉灶的想法说出，这算是将自己的底牌露了出来。可惜，潘欣弗的现状是有谋略却没有能力，原因就是手里没有人。到了伦敦，潘欣弗原来的打算是将高远变成女婿，这样一家三口成立一家国医馆，红红火火地过日子。可是，现在的情况变了，高远的新媳妇神不知鬼不觉地来了，他都不知道，并且也是个学医的，成为高远的左膀右臂不成问题。反观自己，女儿潘巧巧是靠不上的人，她学习的是什么鬼供应链管理，说到底是聋子的耳朵就一个摆设，有个屁用。如果没有高远的支持，开店自己干就成了水中月镜中花，实现不了！

潘欣弗是不可能承认自己会失败的，形势变了，他潘欣弗的打算也随之而变了。他想起刚刚读过的唐·彦琮《唐护法沙门法琳别传》下卷：“增加卷轴，添足篇章，依傍佛经，改头换尾。”

“对呀！读书人不从书中汲取知识，如何谈得上是知识分子！”潘教授立马将高远叫到室外，让言自芳在国医馆值班，以谈心的形式先甩掉言自芳这条尾巴，自己独自一人准备和高远来一次畅谈。

高远是个聪明人，潘欣弗一说约他出去走走，他的心里就列出了潘欣弗的几种意图。他心里已经有了谱，走起路来人也显得信心满满。

人年轻，又恰逢夫人新到，高远整个人由里到外都充满着疲惫后的喜悦，可遗憾的是没走多远就双手叉腰，见个长凳就想坐下来休息。潘欣弗咧了咧嘴，嘟囔道：“人还是太年轻，要细水长流，注意身体。”

“高远，你看你夫人也来了！你这事应该提前跟我打个招呼，我作为长辈，心里也好有个准备。”潘欣弗不说实际行动上有个什么准备，而是说心里有个准备。高远听完这话，倒觉得好笑，心想：“你心里需要准备什么？”可是想归想，嘴倒是说的和心里想的截然相反。

“您说得对，来得有些匆忙，也想给老师一个惊喜！”高远说了一句废话，他夫人来又能给潘欣弗一个什么惊喜？他仅仅是把话说得漂亮点儿而已，现在高远还不能得罪潘欣弗，因为自己在伦敦根本就没有立住脚，一点儿根基都没有。

“我把你叫出来，你想必也能知道什么事了吧？”潘欣弗开门见山地说道，“最近国医馆的生意不是很好，你能看出来吗？”

“我能感觉到，但是没有看出来，为什么呢？”高远倒是说了一句真话，他是真没有看出来。

“这都是我为咱们埋伏下的几步妙棋！如果我不为咱们几个着想，谁来着想呢？”潘欣弗看了看高远，“凭你吗？你就知道搂着老婆睡觉！”

“请老师明示，明示！”

“我是这么想的，我们不能把惠仁堂的生意搞得太好了，让生意慢慢往下降，到最后汤威廉坚持不住的时候，我们就跟他谈承包经营权的事，到那时我们再集中发力，一举拿下惠仁堂国医馆，你看看如何?”潘欣弗说得津津有味。

“这能行吗?”高远淡淡地应付了一句，“如果他不让我们承包呢?到时候咋办?”

“如果不让我们承包，他也没有其他好的办法!”潘欣弗成竹在胸道，“你要做的就是将现在的工作量打折减半，静等着我们上台的机会到来。”

到此，高远明白了潘欣弗的老谋深算，他不得不佩服老师的深谋远虑，虽然高远听到这里已经觉得潘欣弗这么做有些不道德，但是这个念头马上就被另外一种念头打消了。像劲风吹散袅袅升腾的炊烟一样，很快就消失得无影无踪。

接下来的日子，正如潘欣弗所说的那样，惠仁堂国医馆的生意确实大不如前了，来看病的人似乎并没有减少，大家依然是忙忙乎乎，可就是收入减少了。潘欣弗的做法是看了病，会按减半的方法处理，不开药，或者少开药，病人在消费上没有支出，营业收入自然减少了。看着大家都在忙，可都忙了一个热闹!

潘欣弗看到这种情况，心里高兴，一切顺利的话，几个月后就可以跟汤威廉摊牌了。

这边，汤威廉见到收入减少，心里急，可就是不知道问题出在哪里，他试图想找潘欣弗聊一聊，可话到嘴边又说不出来，不知道从哪里说起。

这就像一个大白萝卜表面看起来没有什么变化，可是萝卜里面已经发黑变质，农村处理烂萝卜的办法要么弃之沤肥，要么喂猪喂羊!可汤威廉太仁义了，他是一个儒商。

没有几个月，汤威廉有了转让国医馆的想法，他先在《伦敦时报》上刊登了几则广告，这一招潘欣弗并不知道，等到有意接手的人来国医馆参观考察，潘欣弗才恍然大悟。

潘欣弗先在汤威廉面前信誓旦旦地表示惠仁堂国医馆是大家的饭碗，转让出去心里别扭，转让给外人不如自己人承包，一来店依然是汤威廉的店，以后做好了还可以收回去继续经营；二来原班人马不动，有利于团结协作。

潘欣弗振振有词，说得唾沫星子翻飞，可汤威廉却没有立刻答应，仅仅是频频点头。汤威廉不是没有这么想过，可是他在这行干了多年，潘欣弗干得如何他心里是有数的，他虽然有意将店转让，可心里的确不舍，潘欣弗要求承包的话他不是没想过，可他看好的却不是潘欣弗，这老头太有心机了！

汤威廉看好的人是谁？是高远！原因也很简单，高远和夫人同时在这里工作，人又年轻，想干出一番事业来，更重要的是高远可以聘任潘欣弗为坐堂医生，假如潘欣弗无意留任也仅仅流失一个人。如果潘欣弗承包，一来是自己心里本就不愿意让潘欣弗得逞，二是高远如果要离开，可就是损失了两个人。

真是形势比人强，潘欣弗有心栽花花不开，高远无心插柳柳成荫。汤威廉跟高远把他的想法一说，高远愣住了，他的心里就没有想过这个国医馆会跟自己有什么瓜葛，这突如其来的变化让他猝不及防。

言自芳这几天高兴了，心中雀跃万分，原因是承包的事情她已经知道，这与她的“雄心勃勃”相辅相成，不谋而合。

事情的变化和进展潘欣弗当然也知道了，师生的脸皮就此撕破，原来和谐的师生关系变成了“敌我矛盾”不能调和了。这是不是汤威廉反施的一计暂且不论，反正潘欣弗在惠仁堂国医馆是没有办法再待下去了。一个细雨蒙蒙的清晨，潘教授拖着自己来伦敦时候的大箱子消失在灰蒙蒙的街道尽头，没有人知道潘欣弗去了哪里，因为没有人关心。

潘欣弗走了以后，高远就时刻准备着跟汤威廉谈如何承包国医馆的事儿。高远的目标是宏伟的，他要在伦敦打出一些名气，再不济也要在东西伦敦中医药界混出一点儿名声来。他想着和汤威廉谈妥后，首先要把门口那个“伦敦李时珍”的招牌给拆了，换成他的。广告的内容他都想好了：“中华名医，华佗弟子高远！”至于华佗他老人家是谁，跟高远有没有关系，这一点高远并不关心。只可怜华佗老中医九泉之下还硬生生多了个从未谋面的弟子，不知道他老人家咋想？这并不重要，反正高远激动的心情就像伦敦上空的云，翻来覆去没有停的时候。

高远这几天已经开始安排新工作了，以前他从来没有涉足过经营管理方面的问题，现在他也开始思考了。他发现这个世界不是光有中医中药，很多人不干这一行，也一样活得很滋润。

高远一度感叹，中医中药也只是一种工作而已，对他来说就是赖以生存的工具罢了。高远的热情冷却了一些，而让他热情降到冰点的是接下来发生的事情。

汤威廉突然在一天早上把几个医生召集到自己的办公室，得到消息的高远既兴奋又紧张，他想今天一定是汤威廉要宣布新一轮“领导班子”成员的名单了，这肯定是他高远走马上任的时候。高远这次可不像其他医生那样穿着白大褂去开会，他特意换了一身体面的西服，虽然西服有一点儿短，一弓腰皮带就露了出来，可这是他最好的衣服了，他认为穿西装代表了一种态度。

进了办公室的大门，高远惊讶地发现除了汤威廉以外，还有一位文质彬彬的男人坐在汤威廉的上手边，这个人以前从没有见过。这一幕的出现，着实让高远有些摸不着头脑了。

“大家都到齐了，我先介绍一下！”汤威廉转向新来的人说道，“这位是台湾大学医学院教授，世界著名中医大夫吴先成先生。”

高远的脑子嗡的一声，接下来汤威廉说的啥他也没有听进去，就知道大家在鼓掌，在一一介绍，轮到他的时候，他就听到汤威廉说道：“这位是中国来的中医大夫高远！”其他再没有什么了。

事情到了这一步，高远脸都红到了屁股上，他想起了自己幻想着把潘欣弗留下的招牌换成什么华佗弟子，现在想想自己真是太幼稚了，这明明是自己被汤威廉利用了，自己的感情被这个“香蕉人”给耍了。

高远的感觉没错，汤威廉先是利用高远和潘欣弗之间地位的高度差，来了一招“借刀杀人”，使潘欣弗心里产生落差和不满，用高远神不知鬼不觉地将潘欣弗挤走。而潘欣弗走后，汤威廉的一个目的已经达到，同时也为聘请下一个医生赢得了时间，可谓一石二鸟。

高远情绪低落到了尘埃里，言自芳看在眼里，疼在心上。她本来天真地认为国外人际关系单纯，现在看来单纯是要分什么时候单纯，是谁对谁单纯。跟你无关的事和人当然单纯，跟你有关的人和事就不一样了。这个世界从来就没有单纯过，单纯的只有我们自己。

“To be or not to be， that is a question!（生存还是毁灭，这是一个问题!）”这句出自莎士比亚《哈姆雷特》的经典台词浮现在了高远的脑海里！生存还是毁灭，这是一个值得考虑的问题。默然忍受命运暴虐的毒箭，还是挺身而出，反抗人世间无涯的苦难，通过斗争把痛苦扫清。这两种行为，哪一种更高贵？显然，高远和言自芳选择了后者!

泰晤士河边一对情侣在夕阳的余晖中变成了剪影，日光下五彩缤纷的世界和这对情侣一样都被剥去了色彩。他们再一次来到泰晤士河边的时候，这一次的心情不像第一次那么地充满激情和希望，而是多了对未来的不确定，对未来的惶恐不安。

接下去的路如何走，生活的希望又在哪里，清风明月都无法告诉他们，两个人都默默地注视着泰晤士河岸上的一切慢慢隐蔽在黑暗的夜色之中，没有一个人想说话。

言自芳交了两个朋友，一个是李红梅，一个是章惠敏。她们是来买中药包互相认识的，都是来自中国，几个女孩子一见如故。

24

李红梅和章惠敏认识了言自芳，有鸡鸭的地方粪多，有女人的地方笑多！李红梅和章惠敏来到惠仁堂国医馆像回到了自己的祖国，说话的声音都大了许多。她们一改在养老院里轻手轻脚的作风，在国医馆大声呼唤着对方的名字，像缸里的鱼被放生，游回到海里，获得了自由，活了过来。一会儿几个女人就不把自己当外人了。

李红梅来国医馆是买药包的，由于李红梅用心，瓦奥莱特的腰腿痛不仅得到了缓解，渐渐地膝盖半月板损伤的部位也没有原来那么痛了。这些变化让瓦奥莱特欣喜若狂，见人就讲李红梅多么地可爱贤惠，中国姑娘多么地贴心。瓦奥莱特这一番操作下来，广告效应极大，搞得整个养老院的老人都跃跃欲试，中药包肯定是不够用的了，于是大家纷纷表示，谁用中药治疗费用自理，把钱交给李红梅就可以，回去静等着享受中医疗养吧!

养老院开设的新项目让李红梅的地位一下高了起来，这些变化费迪都看在眼里，他替祖母高兴，也特别喜欢看李红梅给祖母瓦奥莱特按摩，他不理解一个来自东方神秘国度的小女子能用自己柔嫩的小手使祖母多年的烦恼解除得干干净净，他甚至想放下手头的工作去那个神秘的东方看看。费迪这些内心的变化都是中医中药效果衍生出来的，这也是李红梅做梦都没有想到的。

这天，费迪来看望祖母瓦奥莱特，他买了许多瓦奥莱特喜欢吃的水果，他认为祖母还会像以前那样兴高采烈地给自己一个拥抱。可这次费迪没有等到拥抱，他等到的是祖母和他的一番长谈。

“亲爱的费迪，你有没有发现艾莉娅小姐有什么变化吗?”瓦奥莱特望着孙子费迪说道，“不过你这个冒失鬼不会了解女人的，你到现在都没有一个女朋友，对女人哪里会有了解呢？我真是对你太苛刻了！”

“是的，奶奶！您对我不能要求太苛刻，不然我就不给您买水果了！”费迪还是一本正经地问瓦奥莱特，“您想说什么，艾莉娅小姐怎么了，她要离开我们吗？您快说！”

“看看把我亲爱的费迪急的！”瓦奥莱特抚摸着费迪的头说道，“你知道你的身世吗？你知道你为什么只有我这么个祖母，没有祖父吗？”

“以前我不知道，现在我也不清楚！”费迪望着瓦奥莱特说道，“但是有次您说过，我的祖父是一个海军陆战队士兵，牺牲在战场上了，他一去就没有回来！”

“是的！你说得对，当时怀着你父亲，你父亲就在我的肚子里不停地折腾，他在顶我的肚皮，我估计不是他的小腿就是他的胳膊，一会儿下去了一会儿又顶起来，像是给我打招呼，我沉浸在做母亲的幸福之中！”

“就像现在的我吗？”费迪做了一个鬼脸，“这与艾莉娅小姐有什么关系呢？”

“你问得好！”瓦奥莱特眼睛里充满了母爱，“现在艾莉娅小姐的境况就是当时我的情况！你懂吗？”

“艾莉娅小姐怀孕了吗？这太神奇了！”费迪像填补了达尔文的进化理论的空白，兴奋道，“她没有男人如何怀孕的？”

“她有过一个男友，但是她不爱他，他们没有爱情，这个男友仅仅是有恩于艾莉娅！”瓦奥莱特的声音有些颤抖，“费迪，你喜欢艾莉娅小姐吗？”

“喜欢！”

“你能娶她为妻吗？”瓦奥莱特严肃地问道，“当然你也可以拒绝我的请求，费迪！”

“我愿意娶她为妻！可是我们说了这么多艾莉娅小姐都不知道，她愿意嫁给我吗？”费迪反而焦急起来。

“我会对你负责，也会对艾莉娅小姐负责的!”瓦奥莱特的表情坚定又温柔。

瓦奥莱特和费迪的谈话都被门外的李红梅听到了，虽然她没有完全明白祖孙两人谈话的全部内容，但是她感觉到这对祖孙说的是自己，知道了几个关键的词，结婚，艾莉娅，孩子！她看到费迪一脸虔诚地和祖母瓦奥莱特说着话，话里话外都提到艾莉娅小姐，李红梅心里知道她的世界里再不会脱离眼前的这对祖孙了。

瓦奥莱特见李红梅在门口，老人家想借着刚刚和费迪谈话的热乎劲儿把李红梅的想法也了解一下。她赶紧叫住了正欲抬腿离开的李红梅:“亲爱的艾莉娅，我刚刚和费迪的谈话想必你也听到了，我想让他娶你为妻，你同意吗？你喜欢他吗?”

李红梅的脸一下子红过了脖子，她不知道如何回答瓦奥莱特的问话，因为她已经不是一个人，她身体里还有一个生命。此时，她要做主可要为两个人做主。

“我知道你现在正在犹豫，甚至不知道如何回答我的问题，我知道你需要考虑，我给你时间!”

女人是敏感的，从农村走出来的李红梅尤为如此，她挺着一天天变大的肚子，思考着自己的未来，但是她做梦都没有想到她能被一个犹太裔的英国家庭看上，而且看上她的男人还是一个没有婚恋史的年轻富翁，而她李红梅却怀着另外一个男人的孩子。这种情节就算是荒诞小说里都难以找到，可却被她自己给遇见了。她将自己翻来覆去地考问，都无法找到能够让自己接受的理由。

李红梅听完了瓦奥莱特的话，眼泪汪汪，不由自主地点了点头，接受了命运对她的安排。李红梅望着瓦奥莱特，在她不多的几次流泪中，这次是为了肚子里的孩子流的！她本该有一次少女应有的婚姻，却鬼使神差地被所谓的命运左右着，从开始一切就偏离了该有的发展路径。有时候，人走的路与自己的脚和鞋没有关系，跟道路有关系。

李红梅对父亲身体残疾的怜悯转移到了对诗同文的怜悯，这本身就是不公平的，当李红梅跳出自己再回看自己的过去，她发现自己错了，错把歉疚当做了爱情！

女子本弱，为母则刚。这句话说的应该是这个时候吧？此时的李红梅脑子里满是家乡的山山水水，是通往李家村的那条山坡！她泪水的后面是白雪皑皑的山沟，是诗同文躺在病床上望着她那双祈怜的眼神。虽然如此，她依然不后悔现在所做的决定。

费迪见李红梅表明态度，高兴得手舞足蹈，他上前给了李红梅一个大大的拥抱。李红梅第一次感受到在男人胸膛里的温暖和安全感，她将头深深埋在费迪的怀里听到了费迪强劲的心跳。

“让我也感受一下幸福吧，孩子们！”瓦奥莱特的声音传进了两个人的耳朵里。

李红梅突然想起瓦奥莱特，此时费迪也意识到应该感谢自己的祖母，两个人扭过身来，三个人紧紧地拥抱在一起。

落日余晖穿过窗户涌进了整个房间，满屋都涂上了一层绛红色，一排排的白鹭正好穿过落日的中间间单，整个景致暖意融融。瓦奥莱特推开窗对着李红梅和费迪道：“看看多美的落日呀，河边的风光一定更加旖旎，更加美丽！我们一家三口不如出去庆祝一下，因为今天是个特殊的日子！”

“你们等着我，我去开车！我们去伦敦超梦幻的泡泡（Coppa Club）玻璃球餐厅吧？那里是欣赏泰晤士河和伦敦塔桥夜景的最佳地点！”费迪说着没有等李红梅和祖母回答就推门而出。

随着费迪出门，李红梅听到费迪在门外和一个女人打招呼的声音，她伸头看，见章惠敏正欲走又停。脸色苍白，神色落寞，章惠敏此时显然不知道该停下来还是该离开。李红梅第一感觉就是，刚刚费迪的求婚被章惠敏都看到了，听到了。李红梅心里一沉，心想这件事一定会引起她们之间关系的微妙变化，李红梅知道章惠敏的心思，她们不止一次谈论过如何才能留在这里，如何取得合法的身份留在英国。

现在，随着费迪成功求婚，大着肚子的李红梅在留英这个事情上将是一片光明一片坦途，所有原来担心的问题都将荡然无存。只有章惠敏将孤军奋战，为自己的留下苦苦打拼。这就难怪章惠敏看到费迪向李红梅求婚时脸色苍白，神色落寞了。

章惠敏望着费迪和李红梅搀扶着瓦奥莱特上了费迪的法拉利跑车，一溜烟儿出了养老院的大门，消失在暮霭之下朦朦胧胧的绛红色的雾气中，心里五味杂陈，自己怎么就没有机会遇到一个像费迪这样的白马王子呢！

同样是一起来到伦敦，自认为比李红梅漂亮且优秀的章惠敏，此时的感受是别人想象不到的，别的不说，单就李红梅怀着别人的孩子都能博得费迪这个“傻帽”的青睐，就凭这一点，对章惠敏这么好强的姑娘来说打击之大可想而知，几句话是难以描述的。在这一点上说明章惠敏不如李红梅的地方不是外在的，不是一丁点儿的，跟李红梅相比其差距不是一小段。哪个女人能够接受这样的打击呢？

李红梅是挺着大肚子搬进了费迪为她和祖母瓦奥莱特准备的新家。新家位于布莱克维尔公园附近，一棵参天的古树把整个院子遮盖了三分之一，别墅共有三层，由于是依坡而建的，所以每一层的景色都各有千秋。进入大门，是一条用鹅卵石铺成的小路，小路的两旁是一排石凳，凳上排列着瓦奥莱特喜欢的形态各异的花木盆景，让人赏心悦目。小路往左一拐，是一扇月亮门，进入月亮门，就是别墅第一层和院子了。

李红梅进了院子还以为自己是进了公园，正要询问，就见一个黑人姑娘从月亮门内迎了出来，微笑得像天使一样。

费迪介绍说这位黑姑娘是为艾莉娅怀孕特意请来做家佣的，同时也照顾祖母瓦奥莱特。黑人姑娘见到李红梅和瓦奥莱特缓慢步入花园以标准的英国妇女的屈膝礼向大家打了个招呼。

一楼的客厅连着餐厅，六个人的长条桌摆放着一束束美丽的玫瑰花，费迪介绍说玫瑰花是祖母瓦奥莱特最喜欢的花，也是对李红梅的热情欢迎。李红梅的心情像啃甘蔗，一节甜过一节。

其实这个时候的李红梅真的像《红楼梦》里的刘姥姥进了大观园，眼睛所到之处都是新鲜的，这是她第一次走进一个英国人的家，并且这也是她的家。她的脑海里浮现出了远在李家村被大火烧毁的残垣断壁。她望着厨房忙碌的人们，不禁想起了那天杀猪的场景，这里忙碌的人们和李家村忙碌的人们都是为了一件事，都是为了更好地活着，可这里怎么看都和家乡不一样，找不到丁点儿相似的地方，她不敢相信这是真的，她用力掐了掐自己的胳膊，火辣辣的痛让她知道这不是幻觉。

“我将是这个家庭的一员，我将为这个家庭奉献我的一切！我将热爱这个屋檐下的人和物，用我的力量使他们幸福！”李红梅心里的活动瓦奥莱特似乎看出来了，她走近李红梅：“艾莉娅，你是不是觉得这里跟你的家乡不一样，是不是思念自己的家乡了？”瓦奥莱特顿了顿，“你可以把你家乡的朋友请来做客，这样就不会寂寞了！”

李红梅心里马上敞亮了许多，她为自己能够遇见瓦奥莱特和费迪倍感幸福。她在心里默默道：“感谢老天爷，感谢上帝让我遇见了这么好的一家人！”

李红梅利用到惠仁堂国医馆的机会约了高远、言自芳，回家又给章惠敏打了电话，邀请他们一起来费迪家做客，并说到时候请每个人都在厨房做一道菜，把家乡的拿手菜给瓦奥莱特和费迪露一手，展示一下中华美食。

高远和言自芳听到这个消息，也为李红梅高兴。思量着去费迪家带什么样的礼物，做什么样的菜。高远不想着吃倒没事，一想到吃，家乡衢州的“三头一掌”便浮现在他的脑海，他将做这道菜的想法跟言自芳一说，言自芳的口水都要流出来。

两人到唐人街的华人超市买了鸭头、鹅头和兔头，又到菜场买了鹅掌。一番操作下来，并没有花多少钱，看起来反而东西不少，言自芳心思细密，问起调料的时候，故意指了指不远处的调料摊，高远一下就明白了。结果买了一大堆的调料，老抽、生抽、八角、桂皮、香叶、生姜和最重要的干红辣椒。

奇怪，都没有开始做，这些东西放到一起就把调料的激情激发得澎湃汹涌。东西买好，两人就等着下班出发。

章惠敏不会做什么菜，但是绝对会吃，这就像台下的戏迷票友看戏，虽然自己不会演戏，你台上演员哪里演得不好，露了破绽，她倒是能轻易看出来的。这个时候李红梅已经辞职，养老院就剩章惠敏一人，遇到事儿也无人商量，无奈，章惠敏只有跑到唐人街买了两包中国生产的水饺，算是自己的随手礼和拿手菜。

李红梅的离职对章惠敏来说形成了一种巨大的精神压力。她知道李红梅一结婚原来的劳务输出身份就因为婚姻而瞬间变成英国公民身份，即使不结婚单凭肚子里的孩子一出生，李红梅也可以凭监护人的身份而合法地留在英国。反观自己劳务签证时间在一天天减少，章惠敏不知道多少次在梦里已经看到几年以后她将不得不离开英国的情景。她迫切地需要改变，她要留下来。接到李红梅的邀请，章惠敏本来想推托不去的，但会不会遇见一个能拯救自己的人呢？想到这里，章惠敏还是答应了下来。

这天，瓦奥莱特从早上开始就收拾面粉、鸡蛋和佐料，她要做几种地道的以色列“萨比奇”。这种美食在以色列处处可见，被誉为以色列的精神支柱。

瓦奥莱特行动缓慢，但做起自己家乡的美食来，她的行动显然比平时快了很多。只见瓦奥莱特在直径为12至15厘米的薄面皮中，塞满了令人称奇的馅料。又将茄子块和煮熟的鸡蛋切碎，放入其中。她还添加了鹰嘴豆泥、新鲜蔬菜、多汁的香菜，有的还添加了土豆或咸菜。瓦奥莱特用香辣的杧果酱使出品变得辛辣，而酸芝麻酱又成功地缓和了这种辣度。在中国人看来这和中国的“菜夹馍”或者“菜卷饼”有异曲同工之妙。

别墅的草地上一张长条桌子早就摆了出来，白色的桌布上银质的餐具整整齐齐。厨房里高远的“三头一掌”已经出锅，言自芳兴致勃勃地端上了桌，将高远的出品和瓦奥莱特做的“萨比奇”摆在一起。

水已经沸腾，李红梅陪着章惠敏在煮饺子。费迪这时从门口开车进来，将车停在了门口，他从车上取出一个纸袋，里面装着两瓶72年的波尔多红葡萄酒。费迪见到李红梅亲热地拥抱了一下，这已经不是费迪第一次拥抱她了，令她奇怪的是费迪一直没有试图和她接吻的意思。李红梅这次依然有一种不快的感觉，因为接吻标志着爱，特别是章惠敏在场的情况下，接吻能够证明给章惠敏看他们的关系发展到了什么地步。

费迪礼貌地和章惠敏握了握手，和祖母瓦奥莱特做了一个贴面礼，就手牵着李红梅朝着桌边的高远和言自芳走去。李红梅向高远和言自芳介绍了费迪；然后又将费迪介绍给了高远和言自芳。费迪跟高远握着手说：“早就听艾莉娅说您就是来自中国的名医，我祖母的病就是用你们的药才好的，太感谢你们了！”费迪转向李红梅道：“艾莉娅你的朋友真厉害！帅气十足。”

“谢谢您的夸奖！”高远不好意思起来。

大家汇集到了花园中的长条桌前，费迪把瓦奥莱特安排在桌子顶端上首位，自己坐到了另外一端，李红梅坐在费迪的右手边，其他的几个人分别坐了下来。黑姑娘艾维给每个人都斟满了葡萄酒，夜幕渐渐降临，多种颜色的小电珠穿成的一串串彩色拉登串子挂满了周围的树梢，围着大家的草地上也布置了多串彩珠。

“各位来自中国的朋友们你们好，欢迎你们到我家做客，你们带来了中国的热情和美食，我现在请我的祖母瓦奥莱特教授说两句！”费迪热情地邀请着祖母。

“孩子们，你们好！”瓦奥莱特满面笑容地向大家打着招呼，“像费迪说的那样，欢迎你们来到这里，希望你们经常来这里做客，艾莉娅和费迪就要结婚了，这里就是你们的家！”

这时候，费迪从怀里取出了一个包装精致的盒子，单腿跪地冲着李红梅说道：“亲爱的艾莉娅，嫁给我吧！”

李红梅就觉得一股热血直冲脑干，她的脑子一片空白，就觉得自己糊里糊涂地伸出了手，费迪把一枚戒指戴在了她右手的无名指上。费迪将她抱入怀里，李红梅就觉得自己的嘴被费迪脸上的胡子扎得痒痒的，她来不及反应嘴就被费迪压得紧紧的，喘不过气来。

掌声响了起来，李红梅激动得要昏过去了。

25

王奕桐和斯梅尔开始了新的生活！王奕桐迎接新一天的同时，同样迎来的是斯梅尔的病情，王奕桐担心有一天自己的老师真的离开她，那他会去哪里呢？真的去西方人所讲的天堂吗？王奕桐不敢多想，因为死亡从没有在她的脑海里出现过，她也从来没有思考过这个严肃的话题。她不敢往下多想，她一改往日的腼腆和忧郁的样子，每天都以快乐迎接东方日出，西边落日。她想让斯梅尔每天都快乐，没有时间顾及自己的病痛。

斯梅尔自从王奕桐向他表白之后，病情似乎好转了很多，他近来手抖得不像以前那样厉害了，这给了斯梅尔巨大的精神力量，他想要趁着这段美好时光给王奕桐一个隆重的婚礼。

“我们将在布朗普敦圣堂（Brompton Oratory）举行婚礼，1865年、1889年和1926年，斯特凡·马拉美、爱德华·埃尔加和阿尔弗雷德·希区柯克先后曾在此举行婚礼。”斯梅尔兴致勃勃地说道，那感觉好像这些诗人、作曲家和导演都是他的同事好友。斯梅尔接着说道，“关键是我的父母也是在这里举行的婚礼！”

“好呀，太好了！好有特殊的纪念意义！”王奕桐迎合道，可此时王奕桐动作迟疑了一下，她脑海里闪现出了斯梅尔前妻的影子，这一幕被细心的斯梅尔看到了，他似乎察觉出了王奕桐的心思。斯梅尔直截了当地说道："我和前妻的婚礼不是在这里举行的，我亲爱的！对你来说这里是块圣地！"

王奕桐扑到斯梅尔的怀里，样子像个小孩子："我听你的，我就是你的！"

"结婚仪式结束后，宴会和音乐会将在我们自己的斯梅尔斯堡举行，音乐沙龙的艺术家们将用音乐为我们献上祝福。"斯梅尔笑着说道，"还有一件巧合的事，我们举行婚礼的当天有一对新人也同时结婚，他们租住了我们斯梅尔斯堡的许多房间，他们听说斯梅尔斯堡音乐会很有名气就选择这里，想必他们也想用音乐为他们的爱情添光加彩！不仅如此，听说还是中国人和以色列籍英国人的婚礼，世界够大，也够小。可爱情的力量也够神奇的，能让不同国家的人成为夫妻，比如像我们！"

"太好了！斯梅尔斯堡有营收是件好事，可以弥补我们收入的不足。"王奕桐脱口而出，但是话音未落她就觉得后悔。可王奕桐装作啥也没说，抬头看没见斯梅尔有什么不好的反应，也就释怀了。反正，这是不可避免的话题，绕也是绕不过去的。

"你见到他们了吗？"王奕桐问道，"中国人是男方还是女方？"

"我听管家米勒先生说，来的是两位女士，一位是公司总裁助理，一位是新娘，新娘是中国人！她们是来联系确认租用房间的事情。"斯梅尔解答王奕桐的疑惑。

王奕桐听到中国人，脸上泛起了靓丽的光泽！

与此同时，李红梅也沉浸在结婚前的忙碌之中，李红梅发现费迪是一个忙碌的大男孩儿，他除了联系好结婚的教堂以外，剩下的邀请函、男女单身派对、婚礼进行曲、结婚仪式、拍照和婚宴就交给了他的女助理和李红梅了。费迪生意忙，分身乏术，实际上结婚的细节都由李红梅定夺，李红梅没有任何怨言，乐此不疲。

婚礼举行的前一天，李红梅和费迪的助理琳尼达小姐按照流程走了一遍。他们先来到举行婚礼的圣保罗大教堂（St. Paul' s Cathedral）。李红梅看着教堂的介绍，这是座建于604年的世界著名宗教圣地。教堂多次毁坏，又多次重建。英国著名设计大师和建筑家克里斯托弗·雷恩爵士（Sir Christopher Wren）在17世纪末才完成这座伦敦最伟大的教堂的设计，算下来整整花了三十五年的心血。难怪费迪要选圣保罗教堂来举办婚礼，因为教堂另一个特色，是教堂建筑设计。因为教堂设计仅由一人完成，而非历经多位设计，这是不是费迪对爱情的暗喻，是不是对爱情唯一性的诠释，也只有费迪知道。

教堂内还有一个英国建筑家克里斯托弗·雷恩爵士的墓碑，上书“If you seek his monument， just look around!（如果你在寻觅他的纪念碑，只需要环顾四周！）”李红梅思考着这句话的深刻含意，整个圣保罗大教堂就是他的作品，为何还需要一块儿多余的墓碑呢?

李红梅挺着肚子和琳尼达小姐来到斯梅尔斯堡的时候，正好遇见王奕桐和斯梅尔。相互间还没等介绍完，李红梅和王奕桐已经搂抱在了一起，激动的程度像分离多年的姐妹，久久不愿分开。

李红梅惊奇地发现王奕桐对自己结婚的流程了解得很清楚，王奕桐和斯梅尔就是这个音乐沙龙的主办人，她们两人将以新娘的身份在当晚的音乐晚会中同时出现，心里难免荡起了激动的涟漪。

“幸福都是一样的！”说得一点儿都不假。

雨后，落日把所有的色彩都抛洒在了云头上，一层层的云，一片片的色，色彩反射到教堂上的时候依然保留了天上色彩的原状。教堂里的彩色玻璃窗被云朵的光线又一次添了色加了彩，好像有意为教堂内的婚礼增加喜庆的气氛。

晚上六点三十八分，王奕桐身穿白色的婚纱，从鲜花簇拥的轿车上下来，步入布朗普敦圣堂。跟随她身后的是两个小仙子。六名小提琴女演奏家手持小提琴，一身白色长裙，长发披肩，神采奕奕，落日将她们的身影拉得很长很长，长得像祝愿，长得像幸福。

斯梅尔早已等在教堂最大的祭坛前，他今天一身黑色西服，白色的衬衣，一束玫瑰花捧在斯梅尔的手里。主教手握一部《圣经》站立在斯梅尔的身边，两人和两排唱诗班的小童们见王奕桐款款入内，投来羡慕的眼光。唱诗班唱起了《今日我众团聚讴歌》：

今日我众团聚讴歌　弟兄姐妹心喜乐
照着父的圣洁旨意　我们恭举行婚礼
恳求天父丰盛赐福　美丽新郎和新娘
结合为一一家一体　一心一意主前颂
从此一生同走天路　直到生命的尽头
心和志向合而为一　一心一意跟随主
互相信赖互相帮助　互相尊敬互相爱
快乐同享苦难同当　讴歌颂主庆凯旋
但愿天父听我祈祷　丰盛赐下主洪恩
使他夫妇恩爱偕老　同宣海誓证山盟
圣灵感化敬爱救主　一生专心事奉主
携手共走人生路程　进入荣美的天家

唱诗班唱完，王奕桐双手提起婚纱，一步步走向斯梅尔，六位小提琴演奏家一起拉起了《婚礼进行曲》。教堂的甬道并不长，可是王奕桐觉得自己却像走了一辈子，她的脑海里闪现出过去经历的风风雨雨，父母的离异，深夜里那双罪恶的手，冰雪覆盖的大马路，昏暗的灯光下闪烁的霓虹灯，四季居酒屋的温暖，还有……洪之一仁的脸。

王奕桐猛地一惊，就觉得自己的手被一只大手紧紧地握着，那只手一直在颤抖，这颤抖不该是病态的，一定是因为情绪激动而感情外化的表现。此时，一阵玫瑰的花香沁人心脾，一个低沉的声音穿过耳膜，传导到她的心里。

主教："威廉·斯梅尔你愿意承认并接纳王奕桐为你的妻子吗?"

斯梅尔："是的，我愿意!"

主教："你需以温柔耐心为原则来照顾你的妻子，敬爱她、尊重她，唯独与她居住。要尊重她的家庭就像与你的家族一样，尽到丈夫的本分直到终身。以此承诺不再和其他女人发生感情和关系，并且对她保持贞洁，一生只爱她一个人吗？你愿意在众人面前这样许诺吗?"

斯梅尔："我愿意。我威廉·斯梅尔愿意承受接纳王奕桐做我的妻子，和她生活在一起，忠诚于她。无论在什么环境，都愿意终生养她、疼惜她、尊重她、理解她、保护她，以她为自己的终生信条。并承诺不和其他人发生感情，一生只爱她一人。"

主教："王奕桐女士，你愿意承认威廉·斯梅尔为你的丈夫吗?"

王奕桐回答道："我愿意。"

主教："你愿意嫁给他，需以温柔端庄为原则来服从这个人，敬他、爱他、尊重他、理解他，唯独与他居住，保持贞洁，忠诚于他。要尊重他的家族就像是为本家族一样，尽力孝顺，尽你做妻子的本分到终身吗？你愿意在众人面前这样许诺吗?"

王奕桐回答道："我愿意。我王奕桐愿意嫁给他，接纳威廉·斯梅尔成为我的丈夫，一生保持贞洁，忠诚于他，和他生活在一起。无论发生什么，在任何环境下都爱他，尊重他，一如往初。一生只爱他一人。"

主教："恭喜你们成为夫妻了!"

斯梅尔和王奕桐拥抱在一起！此时，最后一缕阳光透过教堂顶端彩色玻璃窗洒进教堂，小提琴演奏家们演奏起了巴赫的《温馨的佳节》，斯梅尔挽着王奕桐的手，走进了温暖的光晕里。

此时，落日余晖中享受爱情的还有费迪和李红梅，两个人在牧师的主持下走过了人生中重要的一步，两个人正扶着瓦奥莱特，在高远、言自芳和章惠敏的簇拥下往斯梅尔斯堡而来。

斯梅尔斯堡从没有像今天这样被装点得与众不同，中国的大红灯笼高高挂在城堡的门口，古堡凡是有棱有角的地方都用彩灯电珠装点得富丽堂皇。各国的音乐家们都穿上了中国式的对襟衣服，显然衣服是向伦敦华侨界戏班请求支援的。当伦敦华侨界得知是大名鼎鼎的音乐家斯梅尔举行婚礼用时，慷慨地答应免费使用。

斯梅尔斯堡张灯结彩，一下就吸引了伦敦各界群众前来聆听音乐会，整个斯梅尔斯堡座无虚席。费迪、李红梅和瓦奥莱特被安排到了和斯梅尔、王奕桐一桌；高远、言自芳和章惠敏安排和养老院院长克洛伊小姐及其他老人家们坐在一起。

王奕桐和李红梅像亲姐妹，手拉着手攀谈着离开故土的相思情。斯梅尔和费迪似乎因为自己的夫人与对方谈得很投缘，又同时娶了中国姑娘也显得格外亲热。

王奕桐递给李红梅一杯白葡萄酒，可李红梅却悄悄地跟王奕桐说道："我已经怀孕了，不能喝酒！"

王奕桐一惊，连忙退后了几步，从上到下打量着李红梅："姐姐，你可真行！这就怀上了？"

"这不是费迪的，是家里一个人的！"李红梅脸红得刚好与霓虹灯同步，"哎，孩子没娘说来话长，以后慢慢跟你讲！"

王奕桐整个人都好像要被石化了，像一口气没有捯上来，愣在原地，嘴张得老大。她一把抓住李红梅问道："你是如何做到的，让一个富翁追你？"王奕桐问完就知道自己世俗得降到了尘埃里。

"只能说费迪真的瞎了眼，没有别的理由了！"李红梅扭脸正好跟费迪眼神相遇，她跟费迪打了一个招呼，费迪似乎感觉到两个女人是在议论他，配合地笑了笑，"我至今都搞不清楚他们是怎么想的！"

"他们？还有谁？"王奕桐有些迷惑了。

"他们就是费迪和他祖母瓦奥莱特女士，她很喜欢我，我都不知道为什么。"说到这里，李红梅骄傲地两手一摊，学着英国人表示遗憾时的动作，把双肩往上一提，“直到今天我都不敢相信这是真的！”

“没有别的原因，那就是因为你人品好，真的好！你是发自内心的善良！”说着，王奕桐起身将李红梅抱了抱，她明显感觉到李红梅微微隆起的小腹，“你之所以能怀别人的孩子，说明那人绝对是有恩于你，不然……！”

“妹妹才是聪明绝顶，女中尧舜！你说得一点儿没错，一言中的，我们改日好好聊。”李红梅的心扉开了，她已经视王奕桐为闺蜜，是能够交心的那种闺蜜。

高远、言自芳和章惠敏举着红酒杯过来为斯梅尔和王奕桐祝贺，转过身又为费迪和李红梅道喜，冰爽可口的葡萄酒穿肠入肚形成了一股无形的力量，同时也将高兴的、激昂的情绪从心底翻腾到心头，又通过酒力挂在脸上，喧嚣在嘴里。

这让人想起牛这种反刍动物，它们先将树叶青草囫囵吞枣入肚，装满肚子里的瘤胃，等到闲下来，卧倒在草地上再倒腾到嘴里慢条斯理去品味。人的大脑在这一点上跟牛的胃有异曲同工之处，快乐和痛苦在享乐或者遭遇的时候自己并没有什么特别的感触，等到环境改变，物是人非的时候，自己会因为某种原因而触景生情，往事也“反刍”到眼前，一片片一幕幕地详查细看，搞得人要么激动异常，要么难过万分。

言自芳望着王奕桐和李红梅的婚礼如此富丽堂皇，高朋满座，激动之余不免为自己伤感，想起和高远仅仅是有一纸婚约而已，实际上连婚礼何时举行都没有谈过，作为一个女人最光鲜靓丽的时刻不就是身穿婚纱的时候吗？想到这里，言自芳发现眼睛有些蒙眬，不由自主地伤感起来！

言自芳心里的活动高远似乎看出来了，因为他知道言自芳是一个内心极为刚强的人，不会被一些林林总总的小事左右自己的情绪，她一旦认定的事情是不会轻易改变的。这个时候，言自芳眼睛里微微显现出来的湿润，以及后来用纸巾拭去泪水都让高远看在眼里，高远心里淡淡的疼痛感此时也慢慢地爬上了心头，可他并不是因为感知到言自芳当下的心情而心有遗憾和感触，而是自私地想起自己的经历。他没有想过是不是对得起练花，是不是对得起言自芳，而是面对此情此景反而怜悯起自己。但他不像女人们那么容易触景生情而流泪，虽然内心也已经波澜起伏。

如果说高远没有想到练花和儿子练小鑫那也不准确，毕竟高远是个男人，在特定的环境下，高远也会像很多男人一样，深深执着于传宗接代。可是在什么时候会滋生这种雄性天生的冲动可就不一定了。比如现在，高远就想用这样一场使他羡慕的婚礼来结识伦敦的名流显贵们，他隐隐约约地感觉到伦敦是他的第二故乡，是他今后赖以生存的不二选择了。

章惠敏先是被眼前的盛况融化，后为自己的处境难过。她没见过，更没想到在异国他乡，自己的姐妹李红梅和王奕桐能获得如此这般的成功。实际上，音乐会没有开始，章惠敏已经在自助餐会上感受了这种氛围，她从开始时的焦躁不安，再到后来的嫉妒羡慕，章惠敏将女性在攀比时所能表现出来的情绪类型演绎了一个遍。

章惠敏感到了孤独，在几个自己熟悉的女性当中，唯有自己还是单身一人。本来自己瞧不上眼的李红梅都能挺着个大肚子嫁给“老外”，可惜自己花容月貌却无人问津。想到这里，她不禁打了一个寒噤，几年时间转眼即逝，如果自己不能在英国嫁人，取得合法留英资格，一旦劳务合同到期，自己就得被迫回国，到那时出国的目的不仅没有达到，还耽误了自己的青春。

章惠敏正想入非非，突然被音乐声拉回到了现实中来。章惠敏抬起头，只见斯梅尔手拉着王奕桐，费迪拉着李红梅已经站到了舞台的正中间。

“亲爱的女士们、先生们，在这里我谨代表我们夫妻，谨代表费迪先生伉俪，感谢上帝给了我们一起走进婚姻殿堂的机会，感谢各位的莅临，我想说的是我们是幸福的！

“今天我们两对新人在神圣的教堂里，当着上帝的面将自己交给了对方，这是将自己的未来和对方的未来合为一体，我们相信此时的你们和我们是一样幸福的。

“我们会按照我们的誓言来规范我们的言行，按上帝的旨意行事，这里我想说的就是……愿上帝和我们同在！

“女士们、先生们，请允许我将幸福时刻交给音乐吧！”斯梅尔的激情发言博得一片掌声。

肖邦的《第一钢琴协奏曲》第一乐章：庄严的快板响了起来，大家的掌声变成了协奏曲不可分割的一部分。行云流水般的钢琴曲从钢琴家的手指尖流淌过每一个人的心房，鼓舞着每个人，也激励着每个人。

一群身穿紫色长裙的苏格兰女舞蹈家和放下乐器的演奏家们一起步入了舞池；在第二乐章：浪漫曲的慢板里飘逸反转，翩翩起舞。

斯梅尔抱着王奕桐、费迪搂着李红梅、高远牵着言自芳、章惠敏搀扶着瓦奥莱特，养老院院长克洛伊小姐被养老院的老头们拥在中间，人们的幸福不仅是身在婚礼中，被新人的幸福所感染，人们是充实在每一分每一秒里。

一群夜莺飞过晚会的上空发出清脆的啁啾，那是天人合一的声音！

第三章

1

高远离开惠仁堂国医馆是不久前的事。

《三国演义》讲“天下大势，分久必合，合久必分”。高远自从汤威廉请来台湾大学医学院教授、世界著名中医吴先成先生后，心里就憋了一肚子的气。气不顺，淤积到体内，高远啥时候想起这件事都觉得窝心。他强烈地认为自己被汤威廉这个同胞给耍了，给泡了。汤威廉用承包这一块儿石头砸中了自己和老师这两只笨鸟，不仅使自己成功地赶走了恩师潘欣弗，还口口声声扬言让自己承包惠仁堂国医馆。哪知道自己定力不够，稳不住，像放久了的灌汤包子湿了底儿，露了馅儿，自己的实际意图被汤威廉识破，过早地露出马脚。结果汤威廉不但没有再提承包之事，而且因为自己的激进表现搞得颜面尽失，威信扫地，真是猪八戒照镜子里外不是人。

窝心归窝心，在自己翅膀没长硬前，“卧薪尝胆”他还是懂的。高远不断盘算着自己的计划，深夜睡不着，他不知道多少次遥望着天上的月亮，万千思绪不知道从哪里能够梳理出个头绪来，但是一个基调是定了的，那就是越早出来自己干就越好。只有自己做老板，命运才能自己掌握。

言自芳早在一到伦敦就提出自己干的想法，当时潘欣弗除了对言自芳的想法格外欣赏之外，再没有任何的表示。言自芳知道，一个想法的提出不管是被动的还是主动的，都是需要去落实的，而落实一个想法需要胆量、魄力和勇气，更需要金钱作为支撑。

论金钱，除了可怜的工资外，两个人用于日常开销后就所剩无几了。然而，两个年轻人拥有的智慧、胆量和年轻的体魄是最宝贵的财富。言自芳明显感觉到高远这三样与生俱来的“法宝”被金钱拦在了半路上。

这天，言自芳见高远从汤威廉办公室方向闷闷不乐地走出来，脸上挂着沮丧、颓废和不安，欲上前问发生了什么事情，只见高远将脸上的表情收了收，可表情却慢过肢体语言，当身体已经做好了改变的时候，脸部表情还停留在刚刚的不良情绪中。即便是高远不愿意说，言自芳也能估计到个八九不离十，无外乎就是生意不好拿高远说事儿。想到这里，言自芳干脆闭了嘴，把到嘴边儿的话强行给咽了下去，言自芳是个聪明人，因为她知道此时无声胜有声！

回到宿舍，言自芳拿出高远曾经写给她的信，把伟人的那句话拿出来让高远自己看。只见上面是高远转抄马克思的教导：“无产阶级失去的只是枷锁， 而他们获得的将是整个世界。”这是高远鼓励言自芳辞职尽快来伦敦相会而抄录的马克思语录，可现在环境在变，无穷落寞，这语录高远看了也会非常地刺眼。

言自芳不顾这些，反而故意指着马克思的话给高远看，她顺便加了一句：“获得整个世界的机会已经到了！”高远疑惑地看到自己写给言自芳的信再一次回到了自己手里，惊讶之余，他也眼前一亮，感觉夫人绝非等闲之辈，突然意识到言自芳是个很有理想的女人，也很有城府，特别是生活在国外这种艰苦的环境里，女人的适应能力比他这个男人更强，言自芳这种性格在伦敦是能够撑得下去的。

高远不是没有想过这些伟人的经典语录，不是没有用类似的“箴言”来鼓舞过自己，可是每当这个时候人都像没有充满气的皮球，用再大的力也不能将球拍到令人满意的高度。难怪人会对没有斗志的人用泄了气的皮球来形容。喊口号容易，可到了拉出去真刀真枪干的时候，不是几句口号就能够轻易实现的。

警长皮特已经是惠仁堂国医馆的常客，说白了就是高远的常客，自从高远给他按摩以后，皮特隔三岔五就来找高远，而每次都给高远五十英镑的小费，口口声声说这是给自己的小费，原因是他和高远都叫皮特，钱不过是从左口袋转到了右口袋，同为皮特当然也就是合二为一了。

皮特的幽默也是一剂良药，能把尴尬的气氛调理得轻松愉快。最近，皮特发现高远见了他总是忧心忡忡的，按的地方也轻重不一，有的时候一个地方按了很久都忘记换一换，无奈，皮特只有抖抖肩膀甩甩腿作为提醒。

警察的洞察力是敏锐的，作为警长的皮特更是如此。这天，皮特优哉游哉地进门招呼高远，高远见皮特警长来到眼前，如梦初醒，赶紧招呼皮特入座，递上一杯绿茶，关心地问背部疼痛是不是得到缓解。皮特开玩笑说，出了门就痛进了门就不痛。说完，还一本正经地问站在旁边的言自芳：“你的皮特是不是对我这个皮特不好?”话音未落自己先大笑起来。皮特的幽默把言自芳也逗乐了，一连说了几个Yes。笑声渐渐平息，皮特又一次感觉到高远的手法退步得厉害，不是不认真按摩，而是不用心，老走神。他第一反应就是眼前的皮特是个黑劳工，或者是逾期居留者，凭他的经验这种判断正确率是百分之百的。皮特的眼神里露出了职业的严肃性，他强忍着自己的冲动，不动声色地等到结束。他像往常一样，起身后用双手揉搓着因为趴的时间过长而泛红的脸，在高远递过来一杯茶水的时候迅速掏出手铐反手将高远铐在了床头上。

由于事情发生得太过突然，高远和皮特两个当事人都感觉到眼前发生的事情似乎跟自己无关，不是自己的事。还是皮特先回过神来：

“我是警长皮特，你有权保持沉默，你所说的一切都将作为呈堂证供。我怀疑你非法居留，请你出示你的护照！”

高远一头雾水，不明白一直称兄道弟的警长皮特为何突然翻脸，还要检查自己的工作许可。他赶紧让言自芳去更衣室自己的小柜子里取来护照，让皮特检查。

皮特把手铐打开了，因为他看到高远和言自芳的工作许可均在有效期内。皮特掏出五十英镑递给高远：“我问一个问题，你介意吗？皮特兄弟！”

高远不知道是如何把钱接下来的，脑子里依然嗡嗡在响，可是嘴里却回答道：“请讲！”

“我注意到你最近工作无精打采，是不是有什么心事？当然了你也有权利不告诉我。”皮特拍了拍高远的肩膀。

“我看过了下班时间，皮特警长我能请你喝一杯吗？”高远客气地邀请道，“当然你也可以拒绝！”说完高远和皮特都发出了爽朗的笑声。

“这次我不会拒绝！”

高远、言自芳和皮特三人一起出了唐人街，跨过沃顿大街（Wardour St）来到当地有名的Goldwill’s Fish & Chips （金愿炸鱼薯条店），三人选了一个靠窗的座位坐下，皮特做主为自己要了一份鳕鱼。皮特介绍说在英国，由于邻近北海，鳕鱼是最通常的选择，但是其他鱼种，尤其是白鱼也是常见之选，例如黑线鳕、欧鲽、鳐、角鲛等。在英格兰北部和苏格兰地区，黑线鳕最为常见。

高远和言自芳虽然知道炸鱼薯条是英国人的美食，像热干面之于武汉人、肉夹馍之于西安人一样，但是真正如何选择吃什么鱼、分清楚什么鱼适合自己却是丈二和尚摸不着头脑。

皮特看出来两个人犹豫，绅士地说道：“你们喜欢分享吗？如果喜欢我们可以点三种不同的鱼，这样就都可以品尝到不同的新鲜美味了。”

服务生来到他们面前的时候，皮特代三人点了黑线鳕鱼、欧鲽和角鲛。皮特又为自己和高远各要了一杯淡色艾尔啤酒（Pale Ale），为言自芳点了一杯仙地酒（Shandy）。

"听人讲炸鱼薯条是一道腐国名菜?"高远的求知欲撕开了东西方文化的隔阂，像中国人喜欢翻隔壁是非、英国人谈天气变化一样。高远来到英国很快就学会了这种"迂回包抄"的谈话方式。

高远说到"腐国"的时候当然用的英文，不然，对面的皮特如何能听得懂中文的深奥内涵？而在这里用这个词，就是因为在英国LG-BT（所谓LGBT，就是女同性恋者［Lesbians］、男同性恋者［Gays］、双性恋者［Bisexuals］与跨性别者［Transgender］的英文首字母缩略字）已经完全合法化了。

"是的!"提起炸鱼薯条，皮特有些得意，"罗马天主教纪念耶稣受难，在星期五守小斋，不许进食恒温动物的肉，而以海鲜代之，尤其吃鱼，大多英国圣公会信众也保有这一传统，直到今天依然在影响半世俗与世俗的社会。"

皮特见服务生过来，将桌上的啤酒杯往里面推了推，给上来的炸鱼薯条让个地方，"周五晚上光顾炸鱼薯条店依旧是英国社会传统的一部分，许多餐饮场所第二天亦有特别菜单，提供炸鱼薯条的选择。"

"没想到英国人发明的饮食跟宗教还有这么深的渊源!"言自芳脸上露出天真的笑，"并且你还记得这么详细!"

"世界上最薄的书就是英国菜谱了！这方面英国没有办法和中国比！你们的饮食文化源远流长，种类繁多!"还算皮特明智，没有像傲慢的盎撒后裔撇着嘴硬说大英帝国的厨娘胜过巍巍中华的厨师，"炸鱼配薯条是一个犹太男孩约瑟夫·马林（Joseph Malin）在1860年的伦敦东区街头发明的。在奥尔德姆的汤米菲尔德市场设有一个蓝色牌匾，标示这里是19世纪60年代炸鱼薯条店及速食业的发源地。有空你们可以去看看，了解一下伦敦文化。"

"皮特警长，干杯!"高远听得入迷，竟忘记了食物已经放在眼前多时了。

“对了！你把我约出来有什么事情吗？”皮特望着高远问道，“有什么事情可以咨询我，只要不违法。”

“首先谢谢皮特警长！”高远喝了一口啤酒接着说道，“我们来到伦敦一直勤勤恳恳在惠仁堂国医馆工作，可是国医馆的老板汤威廉对我不公平，利用我，使我不仅工作不开心，还让我颜面尽失！”高远开始一一讲述前一段时间的经历，谈到了潘欣弗，谈到了几人之间的关系，谈到了汤威廉的为人处世。

两瓶啤酒都下肚了，高远还在喋喋不休，他把警长皮特当成了中国的居委会大妈了。皮特忍了又忍，道：“我明白了，你们是想出来自己干，需要实现自己的价值，对吗？”

“对！”

“我明天告诉你哪里可以开始你的事业，OK？”皮特望着高远和言自芳怀疑的眼神，“我住的街区正好有一家中国来的足浴中心经营不下去，我看房东已经打出了‘出租’的牌子，我去问一下，如果可以你们先去看看？”

这一刻，高远默默下定了决心。反正缩头一刀伸头也是一刀，人有时候奇怪得连自己都不相信自己，犹豫不决前怕狼后怕虎的一件事儿，会被一句话一个动作给动摇了，出去单干的决定瞬间就做了。所有的压力就在这一刻得到了释放，一个全新世界将在眼前展开。

高远见到的房东和皮特是邻居，很好的一个老伦敦，名叫大卫（David）。这个大卫可没有意大利雕塑家米开朗基罗的作品《大卫》那么健硕，六十多岁的秃头下挂了四肢和一个被吹得鼓鼓的、像气球一样的大肚子。假如米大师在天有灵，一定被气得翻身下床，穿过黄金街，跳过碧玉墙，来到佛罗伦萨美术学院要求改名，哪怕给雕塑起个“二愣子”的诨名都行，都要避讳皮特这个邻居大卫。

谈起价格，大卫坚持高远跟中介经纪人谈，对于高远提出直接签约省掉中介这样的提议，大卫吃惊之余，严词拒绝，口口声声说这不符合规矩。高远想想也好，中介可以保证双方的利益，花了钱自己也省心。

租房一切顺利，房子里留下了好多足浴中心留下来的东西，看这样子原来的租客是因为足浴伤透了心。高远和言自芳检查以后好多还能用，就开始收拾清理。

这套房子上下三层，最上层是阁楼，能够容纳两人居住，高远和言自芳把自己的窝就安置在阁楼里。二楼两间房，收拾出来后各摆了一张按摩床；一楼最大，除了一间房留着给自己做诊室之外，其他两间房一个摆上了洗浴中心用过的洗脚盆，另一个作为中药加工和储存室。

高远这里创业搞得挺顺利，汤威廉似乎也发现了一些端倪，他静等高远上门问个究竟，可是问归问，他知道了高远也是自己逼走的。虽然，自己在高远留英这个问题上出过力，使现在的高远能够在伦敦合法行医，可当时也是为了自己的生意呀，想想也无可厚非。

汤威廉静等着高远上门自投罗网被自己羞辱一顿，他把自己对高远大如的好，为了能让高远留在英国发展，自己做了多少工作，以及高远的问题都放大数倍加以罗列，准备高远来到眼前随时使用，可日落西山了也没有见高远的人影。此时的汤威廉像例假不正常的女人，日子明明到了，自己知道问题出在哪里，可就是火发不出来，憋屈得难受，见谁都碍事。

第二天中午时分，汤威廉在门缝里发现了一封英国皇家邮政寄来的信，拆开看是高远的辞职信。汤威廉草草看了一遍，在信里高远除了赞美汤威廉之外，还是赞美。

至此，汤威廉的“例假”好像通了一点儿！

“自远伦敦国医馆”成立了！取名的过程是言自芳灵机一动想出来的，借了自己一个字，冠了高远的名，不论是看上去还是听起来都耐看且朗朗上口。两个人对日子充满的信心全都体现在伦敦两个字上了，两个人“放量”估算着自己的前途。不出意外，后年就有可能在其他城市开起分店来。那个时候布莱顿、伯明翰、曼彻斯特都是自己考虑开店的地方，特别是纽卡斯尔要第一个开分店，高远思量着，因为自己是纽卡斯尔联队的粉丝，在这里开分店是要首先考虑的。当高远将自己的宏伟蓝图告诉了言自芳的时候，言自芳笑得腰都要断了，她调侃道："你开了店谁来给你管呢？你有人吗？"

高远愣了一下："我会有儿子呀！每人管一间！"

门口张贴出了广告，算高远尚有自知之明，不像惠仁堂国医馆那样，霓虹灯上没敢再提李时珍的事儿，也放过了历史上其他名老中医，取而代之是写了一条蛮有哲理的话，不管是听上去还是看起来都有点儿新意："千年中医文化都为你汇集到了自远国医馆！" 没有让你来，也没有说你有病，但是说明了这里的经营内容和厚重的文化底蕴。

高远请了斯梅尔和王奕桐、费迪和李红梅，他们听说高远独自开了国医馆非常兴奋，又听说今晚吃中国火锅便欣然接受；言自芳去请章惠敏，为什么让言自芳单独请章惠敏，原因是考虑到女人和女人好说话，以后业务发展起来了，需要人手的时候，首先把章惠敏请过来，熟人了就好说好做，其次章惠敏现在工作的老人院仍然需要购买中药包，这项业务要先从惠仁堂国医馆拉过来。

"火锅象征着未来的生意红红火火！"这是皮特参加完自远伦敦国医馆后学到的。他将这个美好的意思转告给了他的夫人乔娜（Jonna），她是一位地方警察，当天晚上当值没有参加聚会。

2

章惠敏带给李红梅两封从国内发来的信。一封是母亲寄来的；另外一封是诗同文的母亲艾红寄来的。两封信的邮寄时间都是李红梅到达伦敦后两个月左右，由于没有人认识信封上面的中文，于是就被扔在信箱无人问津了。最近，养老院更换一个新邮箱，这两封信才重见天日，被章惠敏发现。章惠敏看是李红梅的信，就收留下来，等着见面给她。

这天星期六，久违的阳光普照着大地，伦敦迎来了难得一见的好天气。费迪的别墅那棵硕大的法国梧桐遮天蔽日将整个院子遮盖了起来，李红梅陪着瓦奥莱特在院子里给菜园浇水，她的身体明显笨拙了许多，肚子大得像裹着一个大西瓜。

只见李红梅走着路会突然停下来，手拍拍自己的肚皮，嘴里嘟囔着："不要踢妈妈！哎哟哎哟，又踢了！"

瓦奥莱特笑着说："快生了，快见面了！你不用浇水了，我陪着你在院子里多走走路吧！"

"谢谢奶奶！"每到此时，李红梅心里都非常幸福，因为在异国他乡有人关心她，比穿金戴银都要弥足珍贵，"最近我身体太重，没有办法给您按摩，等我生了孩子，我和小宝宝一起给您按摩，到时候您要付两份工钱呦！"

两个女人会心地笑了，笑声之大连大门口章惠敏的叫门声都给掩盖了一半，等到黑姑娘艾维把院子的大门打开，李红梅方知章惠敏来了。

李红梅见是章惠敏，扭着屁股，手托着肚子就迎了上去，章惠敏见状急忙挥手示意不要过来。两个姑娘手拉着手，亲热地问候着。李红梅身后的瓦奥莱特见状也嘟囔着听不懂的话，虽然听不懂但那意思显然是说"两座山遇不到一起，两个人总能见面的！"章惠敏迎上前去，拉着瓦奥莱特的胳膊，两只手做了一个按摩的动作，引老人高兴。

三人一起慢慢往花房方向而去，篱笆外的湖面上一对黑天鹅从天而降，划破水面，惊得附近几只黄嘴白鹭夺路而逃。

黑姑娘艾维为三人准备了下午茶和曲奇饼，李红梅关切地问道："你怎么样？我们自从上次在高远和言自芳的自远国医馆见面后，有段时间没有见了，都想你了！"

“你还有空想我？白天你抱着娃，晚上费迪抱着你，哪有时间想我？”章惠敏话里酸中带甜又夹枪带棒道，“不过我很受用！”

“死呀！说得这么恶心！”李红梅脸一下子就红了，“就不能那个一点儿？”

“呦呦呦，做都做了，还不敢让人说了！”章惠敏撅起屁股来，“领罚行了吧！祖奶奶你别激动。”

“说正经的，你的事儿咋样了？”李红梅关心道，“要找个什么样子的男人？”

“条件不高，我要找的就是，像你家费迪这么有钱的；像斯梅尔那么有才的；像高远那么帅气的！”说完，章惠敏自己都笑了，“我看难了，这女人的年龄就是宝，越往后折旧越多呀！”

“这可真有些难了！难于上青天了！”李红梅似乎感觉到了什么，感觉到的是什么？她自己也不清楚，也就是第六感觉罢了。

这确实有些难，西方人看东方人的标准和东方人看东方人是截然不同的，更何况又是见仁见智。如果没有两个人天天接触，日久生情，章惠敏要嫁给“西人”那难度也是可想而知的。

不过，如果要想嫁给华侨或者在伦敦的留学生，从而结婚生子，这样留下来的机会也是有的，但前提是要结婚生子，方能取得英国居留权。

李红梅清楚地知道这些，因为她没有嫁给费迪之前不知道想过多少次。章惠敏也明白，自打到了伦敦不仅两个人无时无刻不思考这个问题，甚至于章惠敏为人处世基本上是按照这个路子走的。

李红梅先打开母亲写的信，字还没有看到泪已经扑簌簌地流了下来，泪水打湿了信纸，人已经哽咽得说不出话来。想着自己到了伦敦就给家里去了一封信，接下来就是忙着自己的事，连结婚都没有告诉家人，自己怀上了诗同文孩子的事儿就更不能给家里人透露了。自己酿的苦酒，只有自己喝。

红梅，女儿！

见字如面。

你的来信收到了，知道你在那里挺好的，我和你爸就都放心了。我们都好，你不要操心。山坡上的秋玉米刚刚收了，我选了一些大的给县里送去了，你不在我们也要还该还的人情。

母亲

1985年9月15日

李红梅知道母亲说的所谓“县里”其实指的就是诗同文家，李红梅回想着和诗同文在一起的那段时间，不禁打了一个寒噤，那感觉像风、像梦一样十分地遥远，肚子里的孩子似乎感觉到了母亲情绪的变化，猛地踢了一脚，把李红梅拉回到了眼前。

“让你见笑了！”李红梅虽然这么说着，手却伸出去和章惠敏的手粘到了一起。

“你这辈子值了！还有家人关心你！不像我，连个信都没有，我所做的一切都是为自己能活着，从小到大身边就没有人帮我。”章惠敏说着，将脸扭了过去，身体微微颤抖了一下。等她再转回来的时候，李红梅只觉得章惠敏的眼眶红了一圈。

“我妈把家里的好收成都拿到县里去了，‘饶人如拉账’呀！”

“谁说不是！”章惠敏恢复了常态，“我就不喜欢欠别人的，我总觉得别人是欠我的才正常！”

李红梅撕开第二封信，信是艾红写来的。李红梅看了没几个字脸色就变得异常难看，她仰面朝天地把头摇了摇，将信递给了章惠敏，起身去了附近化妆室的洗手间。

章惠敏将信拿在手里，一脸的狐疑，不知道该看还是不该看，就听李红梅的声音传来：“你看看，谁还想回去？”

章惠敏拿起信，内容不长，但是每个字都似箭如刀，难怪李红梅扔下不愿再看。

李红梅：

你一走就留下了很多烂事，我儿子的腿伤又犯了。心情极差，他悔不该在大雪天送你，落得现在这个残疾的样子。既然已经和我儿子有了婚约，你就应该现在回来，这是女人的天职。

诗同文现在已经接手他父亲的公司，在县城有了一栋楼作为办公地点，你回来顺理成章就是老板娘。不瞒你说，他身边每天都美女如云，我担心哪天他会变心。

……

章惠敏也看不下去了，将信扔到了一边。章惠敏站起身，正欲出去到室外活动一下僵硬的身子，就听化妆间方向的厕所里传出呻吟的声音。

章惠敏循着声音奔了过去，喊着："红梅你没事儿吧！"

就听李红梅在厕所里面有气无力地呻吟道："我可能要生了！打电话给999！"

章惠敏夺门而入，见李红梅的下体已经有液体渗出。她赶紧扶着李红梅坐下，自己跑到客厅拨通了救援电话。

章惠敏拨完电话，"来了，来了！"一边跑一边说，"你挺住！你挺住！"

当费迪到达圣乔安医院的时候，只打了一个照面，李红梅就被推进了产房。一个露着一双明眸的漂亮护士戴着口罩走出来，跟费迪交流着什么。章惠敏见费迪在一张张表格的上面快速地签上自己的名字。

李红梅推进产房，留下了一片寂静，章惠敏浑身不自在，因为她不知道和费迪如何相处，是需要说些什么，还是就这么继续保持沉默。她侧目而视见费迪的注意力都在产房的门上，顿觉自己说什么都是多余的。

费迪似乎也感觉到了，扭过头向章惠敏浅浅地一笑，算是对这段尴尬时间的充斥和排遣。

一个小时过去了，产房的门突然打开了。护士小姐走过来礼貌地对费迪说道：“恭喜你成为爸爸，你夫人为你生了一个女儿！母女平安！”护士伸手示意请跟她走，“这边请！”

费迪显然有些不知所措，似乎觉得这一切来得这么突然。进了房间，李红梅看起来显然疲惫了许多，斜躺在床上，床边移动的小推车上一个小人儿被白色的布包裹着，只露出拳头大的小脸，婴儿睡得很香。

费迪将自己的脸贴近婴儿的脸，脸还没有亲到，胡子已经触及了婴儿的面部，惹得婴儿难受，反抗似的哭了起来。哭声把费迪吓了一跳，赶紧缩了回来。他大笑着：“我亲爱的艾莉娅，您辛苦了！”说着，在李红梅的额头上亲了一下，将抱着的一大捧玫瑰花送到了李红梅的手里，身边的护士急忙将玫瑰花接了过来。

章惠敏等费迪进去大半个小时后方才入内探望李红梅，这也是章惠敏来到英国后学到的做事分寸。李红梅见到章惠敏的第一反应就是抱头痛哭了起来，章惠敏见李红梅哭自己也跟着哭，为啥哭连她们两个人都说不清楚，道不明白。哭的是身在异乡为异客？哭的是十月怀胎一朝分娩的不易？抑或哭的是各自的心事？

说得都没错，李红梅哭的是自己的旧事新境，怀着诗同文的孩子，却享受着费迪的恩泽，啥时候想起这事儿来都觉得是人在梦里，梦在眼前。而章惠敏哭的是自己白活了二十多年，竟然比不过一个怀着别人孩子还能嫁给老外的李红梅，到现在还是孤身一人，形单影只。

看两人哭得如此投入，费迪不解且觉得好笑，就想借机出去。女人们的悲情惊扰了女婴的清梦，新生儿的尖细且持久的哭声一下就穿透了每个人的心，号啕声不仅把费迪的脚步拉住，还将两个女人的哭声止住了。

门外传来了脚步声，主治医生前来做产后问诊，费迪和章惠敏都退到了室外。正在这个时候费迪的助理琳尼达小姐搀扶着瓦奥莱特由走廊的尽头急切地走了过来，黑姑娘艾维手里捧着一个曲奇饼木盒，里面装满了瓦奥莱特精心烘焙的各种点心。

主治医生出来，见门外有人就礼貌地将门拉住让一群人进去。费迪见状急忙把门接住，嘴里不断感谢着。瓦奥莱特颤巍巍地弯腰曲背看着婴儿的小脸，高兴得无以言表，老人先在胸前画了一个大大的十字，嘴里用希伯来语祷告着什么。看到这一幕，房间的所有人都感到了一种生命诞生带来的神圣感。

亲爱的天父：

恳求您将敬畏的灵放在新生灵的生命里，使她能得知您的全能，专心依靠您。主啊，求您祝福她智慧，选择对的环境、对的朋友、对的时机、对的事情，不敢也不愿做神不喜欢的事，使她真正知道“敬畏耶和华是智慧的开端”，“敬畏耶和华，远离恶事”。

奉耶稣基督的名祷告，阿门！

瓦奥莱特祈祷完，转过身来亲热地拥抱着李红梅，此刻瓦奥莱特想到的一定是自己生孩子的场景，拉着费迪道：“你看看多好的孩子呀，多像你！不是吗?”

你还别说，婴儿红扑扑的小脸和费迪白种皮肤的红有了异曲同工的一致，费迪笑得很开心，因为他对女人怀孕到底跟自己有无关系、有多大关系是没有概念的，也许在他的潜意识里，跟李红梅结了婚同了房，不管李红梅肚子里生出来的是什么都跟他脱不了干系的。世界上就是有这么一种人，活得很开心、很简单，特别是男人们，他们对女人是不了解的，女人对他们来说永远就是一个未解的谜。而这种人李红梅就能够撞见，这就是运气，更是缘分。

“我越看越像我！”费迪这个糊涂蛋说道，“红红的皮肤，刚刚我一亲她，她就有反应，就哭了！”

李红梅见瓦奥莱特和费迪这么喜欢自己的孩子，作为母亲李红梅又一次泪花盈盈。这次，章惠敏是和李红梅的心情高度一致，她明白李红梅是为何而哭了。

“看你高兴的！”章惠敏调侃道，“看你高兴成啥了？”

“你讨厌！”李红梅说道，“你结婚的时候，看我咋收拾你？！”

“借你吉言，把本姑娘早日嫁了吧！”章惠敏的脸反而有种奇怪的表情，像喜、像悲，又像愁。李红梅见状赶紧收住自己的话，将眼光望向床边的孩子。

在英国，女人生孩子不像华人还需要坐月子，在他们的概念里生孩子就如同鸡鸭下个蛋一样正常，过度的护理完全背离了人体需求，没有必要。

不仅费迪这么想的，连老媪瓦奥莱特也是这么认为的。因为瓦奥莱特有切身体会，她就是这么过来的。可他们并没有将东西方个人的体质、文化考虑进去，让他们再从人种的角度去看“坐月子”这件事儿，那就太难为他们了，也无此必要，因为他们压根儿就不知道遥远的东方古国在这件事情上多么重视。

虽然，瓦奥莱特曾是植物专家，但是到了生孩子这一刻，经验主义比教科书来得更实际。

在李红梅从医院回到家的第三天开始，高远和言自芳相约斯梅尔和王奕桐一起探望李红梅，他们都被一个新生命的诞生对生活充满着希望。

“你们赶紧行动，姐妹们！”李红梅是过来人了，以一副教师奶的口吻道，“孩子是拴住男人的缰绳！”说完顿觉后悔，因为大家都知道是怎么回事儿。还是费迪进来打破了僵局，他将爱恋的拥抱给了李红梅，而后又跟王奕桐和言自芳行了贴面礼，就跟高远和斯梅尔聊天去了。

“我也想呀！可是我们国医馆刚刚开业，生意没有上正轨，人手又不够。真是泥菩萨过河，自身难保！再来个孩子，哪有精力呦！”言自芳感慨道，“奕桐，你倒可以考虑了呀？你没看混血儿多可爱的！”言自芳扭头问王奕桐道。

“我倒是有这个想法了，可是你们都看到了！”王奕桐冲着斯梅尔的方向一抬下巴，叹了一口长长的气，目光既无奈又抑郁，“斯梅尔的病情似乎越来越严重了，不瞒你们说，连那个事儿都没有了！”

这时，章惠敏按了院子的门铃，三个人见章惠敏到来，一拥而上把章惠敏围在了中间，几天没见，女人们似乎思念成疾，不断地嘘寒问暖。把李红梅的坐月子真正过成了聚会。

“都好吗？惠敏！”李红梅关切地问道，“你昨天有没有睡好，看你眼眶都是黑的！”

“没有办法睡！你都知道了，就是那个瘫痪在床的奥利佛先生，他是我心头的一块儿心病，老人特别好，但是再好身体瘫痪，不能自理。昨天受凉，拉肚子，一会儿一次，我搞了一整夜没有休息。”

“那你真不如过来跟高远他们干，你也好跟言自芳有个伴儿！”李红梅说完了这句话就后悔了，因为第一没有征得言自芳的同意和授权就这么说，显然有些失礼；第二她心里突然想起章惠敏说过的话：“嫁人就要嫁像费迪这么有钱的；斯梅尔这么有才的；高远这么帅的。”如果章惠敏到了自远国医馆，与其说言自芳有个伴儿，倒不如说言自芳有个……李红梅不愿意想下去！人的语言是人思想外露的表现形式！说这句话李红梅知道闯祸了，她急忙转移话题，可是已经晚了。

章惠敏接着这句话道：“那要看自芳要不要我呢。”说着话，眼睛不停地在言自芳的脸上扫了又扫，“估计自芳妹妹也决定不了这件事？”

言自芳确实做不了主，一来生意上时有时无，多的时候，客人等一个小时也是常事，如果时间再长客人就没有这个耐心，也就离开了。几次下来，眼看到店的客人流失，心里五味杂陈。言自芳向高远提出过雇一个人的事，但都被高远拒绝了，原因很简单，自己的生意能够坚持多久还是个未知数，再雇一个人多张嘴吃饭不说，还有工资的压力。

可这次不一样，一来有了具体的人，想必高远听到这件事儿心里也会通盘考虑一下吧。言自芳觉得是个机会，平日里也不是说想找人就能找得到，想到这里，起身去找高远，可此时李红梅的心情却十五只吊桶打水七上八下的，她心里一惊，就感到有一股邪风从身边掠过，她急忙向言自芳招手，示意她不要急。谁知道言自芳走得快，李红梅的手没有举起来，言自芳已经消失到了法国梧桐背后男人的谈话圈里了。

高远得知缘由，就跟着言自芳来见章惠敏。高远这段时间也为人手不够上火，在惠仁堂国医馆有用没用的人一大堆，客人进门迎面而来的是一群人的热烈欢迎，而在自远国医馆，好的时候客人进门能遇见言自芳或者高远，大多时候迎宾处根本就无人。搞得客人无聊而返。当高远从言自芳处得知章惠敏有意到自远国医馆和他们一起干的时候，高兴之余又感慨万分。高兴先不说，高远感慨的是有朝一日他高远也在异国他乡的伦敦开始招聘员工了，这是一个里程碑呀，今天也是里程碑的一天，那当然章惠敏也理所当然地成为里程碑式的员工了。

当得知章惠敏一个月后就和签约单位合同期满，就更加高兴了，这样就不会出现违约的情况了。

3

面对斯梅尔斯堡的钟楼，右面是一排三间房，过去是斯梅尔家族的伙计们歇息和储备物资的地方，后来一直空闲没有他用。作为城堡的一部分，这几间房子是整个城堡的重要布局，没有这一部分，整个城堡就失去了美学意义。

这段时间，王奕桐一直被几件事情掣肘着。一是斯梅尔的身体情况不容乐观，斯梅尔情绪化的事情一再发生。自斯梅尔从学校辞职回到家里，王奕桐也退学了。原来就是师生，互相了解，现在又是夫妻，相濡以沫。二是两个人原本是靠斯梅尔的薪水生活，现在斯梅尔没有了收入，仅仅靠社会保障得到的一点儿补助金和城堡的收入提成勉强度日。最近，王奕桐才知道一直以来自己在伦敦上学的费用都是斯梅尔用自己的收入来维持的，而斯梅尔本人却从没在自己面前提起过这些事情。

王奕桐是个心理活动异常活跃的姑娘，当她得知此事的时候正好是个周末的傍晚，只见她一头扎进斯梅尔的怀里哭了起来，这一动作反而把斯梅尔弄得哭笑不得。他爱怜地捧起王奕桐的脸，问她为何哭泣，悲从何来，王奕桐抬起一双泪汪汪丹凤眼，一声不吭，在斯梅尔的脸上狂吻，她深深地感觉到了斯梅尔的爱，同时也察觉到了他身体不断地抖动。王奕桐欲止住泪水，可是又有一股柔情把她的眼泪激发了出来。她第一次感到恐惧，她怕有一天这样的日子会戛然而止，停在了一个前不着村后不着店的荒野，她不敢想象没有斯梅尔的日子该怎么办，她没有这个能力独自承受。

王奕桐有一搭没一搭地想着自己的心事，四季居酒屋闪进了她的脑海，那个温暖如春的地方，那个让她魂牵梦萦的窗户和路标似的霓虹灯。王奕桐心里一颤，为自己的不忠感到羞耻。可她迅速打消了这个念头，原谅了自己，她脑海里无论如何都难以磨灭掉过去的记忆。她扭头看看身边的斯梅尔，斯梅尔正在看一份音乐会的具体安排，并没有注意到自己的内心活动，王奕桐这才放下心来。

想起了四季居酒屋，又想起了自己和斯梅尔的现状，王奕桐有了一个大胆的想法，把城堡右手边的三间房子收拾出来做一个中餐馆不好吗？一来自己有事儿做了，二来，斯梅尔和自己有地方吃饭了不说，还可以赚钱养家。想到这里，自己兴奋得又哭了起来。

“女人心，海底针!”女人用眼泪表达的内涵可真是包罗万象，应有尽有。斯梅尔放下手中的东西，不解地望着王奕桐，很明显他被夫人的情绪变化搞得“如堕五里雾中”。

王奕桐止哭为笑道：“斯梅尔，你要做老板了！你高兴吗?”

“我什么时候开始做老板的，为什么我不知道?”斯梅尔被王奕桐的话搞糊涂了。不过，他不怪且适应了王奕桐的“胡闹”，因为他能感觉到自从他得病以后，王奕桐就一改原来的矜持，变着法子逗自己开心，极力让他忘却病痛。起先斯梅尔并不适应王奕桐的“微调”，可哪个男人能够拒绝女人在自己面前的撒娇撒痴呢?

“我有一件正经事儿跟你商量!”王奕桐搂着斯梅尔的脖子，“城堡右边的三间房子常年空闲，我想收拾出来做一个中餐馆，你看如何?”

“就是城堡右手边，我们音乐沙龙的左后方，面前有一大块草坪的那三间房吗?”斯梅尔问得很详细，“那是以前工人住的，我从没有进去过!”

“我倒是从外面丈量过，每间房子有800平方米，三间就有2400平方米。如果一间做厨房和仓储，还有1600平方米用来接待客人，到时候你不但是沙龙的名誉主席，还是中餐馆老板呢!”王奕桐憧憬着美好的未来。

“有客人来吃吗?”斯梅尔怀疑道，“还有一个就是据我所知法律规定古迹的外部是不可以改变的，任何形式的改变都是不被允许的，而内部可以，但也需要古建筑保护协会和英格兰遗产办公室的同意，同时要符合《古迹保护法令》。我们要做一个内部装修计划报给这个办公室，他们专门负责对全国的古建筑进行系统的调查、登记和保护，作为古迹斯梅尔斯堡虽然属于我，但是也属于英国!”斯梅尔提出了自己的问题。

“中国有句谚语叫作：‘酒香不怕巷子深’，你听过吗?”王奕桐见斯梅尔点了点头，继续道，“只要我们够努力，像拉小提琴一样，我想会有客人来的!”

“你有没有计算过需要投入多少费用？我们有没有这笔钱?”斯梅尔虽然有病在身，但是脑子却异常清楚，“作为老板的我要知道有没有做老板的钱。”说完爽朗地大笑起来。王奕桐见斯梅尔大笑，心里特别紧张，她担心过度的悲伤和高兴对斯梅尔都是很可怕的事情。

“我们最大的投资就是厨房装修和聘请员工，其他方面就因陋就简，保持房屋内部的结构不变，不投入过多的费用。所有工作严格按照你提到的《古迹保护法令》和英格兰遗产办公室的要求开展。”王奕桐踌躇满志，手不时地挥动着，“你只需要做一件事，就是说一声‘同意’就可以了，其他事情就交给我这个总经理去办啦!”

本来就是小鸟依人的王奕桐在斯梅尔得病以后就渐渐地变得坚强起来，她一改往日的柔若无骨的做派，取而代之的是干净利落的风格。她对待自己的丈夫就像对待一个襁褓中的婴儿，一个女人母性泛滥了就好比野火燎原，一旦烧起来，爱火所过之处寸草不生，那是无法挽救的。

斯梅尔病了以后，王奕桐就变了一个人。她对斯梅尔的关心就好比母亲对自己小孩子，什么地方都不让斯梅尔操心。斯梅尔享受着王奕桐带来的无限呵护，他情不自禁地说道：“人说工程师要找德国的；厨师要找法国的；秘书要找希腊的；而父母要找中国的，我看老婆也要找中国的，还要会拉小提琴的!”

王奕桐听后爽朗地笑了起来，可笑声中间夹杂着一丝丝的苦涩和寒冷，听上去像极了一杯由波本威士忌、苦精酒、水、方糖、冰块、柠檬片和橙皮制作而成的“古风”（OLD-FASHIONED）鸡尾酒，苦中带甜，香气浓郁，不论是基酒或是酒的颜色都像极了斯梅尔和王奕桐的传奇故事，充满了一种怀旧的阳刚味，喝起来却有一种阴柔的美，混混沌沌中你会慢慢品味出个中的不同层次和味道，感觉自己的头顶上会自动生出一圈“有故事之人”的光环。

与其说王奕桐享受着这种有故事的人生，毋宁说命运之神将王奕桐牢牢地握在手里不放。

王奕桐将斯梅尔安排在书房喝咖啡、看书，自己带着斯梅尔斯堡的管理员打开了这三间准备作为中餐馆的房间。木质的大梁扑来一股松香的味道，窗户打开，空气很快就流通了起来，室外草坪的青草味儿带着露水的潮湿涌进来，清清冽冽。室内仍保留着几个世纪前古朴的味道，墙上的壁画依然栩栩如生，壁炉尚有当时熄灭时的炭灰，像有人刚刚离开。

三间房之间被一个通道相连，从外面看是独立的三间房，想必建筑师也是为了迎合当地多雨的气候而特意设计的。

房间的每个石柱上都雕刻着《圣经》故事，圣父、圣子、圣灵在向王奕桐讲述着经年岁月在这里发生的一切，王奕桐闭着双眼，似乎将这一切都囫囵接受了下来，她发现自己正慢慢完成着一次真正意义上的蜕变，她要让自己完全忘记过去，逼自己融进陌生的西方世界中，在这里拼他个义无反顾，成为这里真正的主人。

一个星期的时间过去了，王奕桐就邀请斯梅尔过来参观餐厅内部的装修，斯梅尔虽然知道王奕桐在忙，可自己却没有进去看过施工进展到了什么地步。

傍晚时分，当华灯初上的时候，西边的落日像一个软软的蛋黄离开蛋壳后不情愿掉落到了地平线下面，仅仅是把情绪变成五彩斑斓的云挂在绚丽的天空上面，王奕桐和斯梅尔信步横过草坪，来到餐厅的门口。

一片黑暗中，斯梅尔正在纳闷，展厅左右两盏水晶吊灯同时被点亮，华灯驱散了黑暗，一排排古朴典雅的餐桌上摆放着金边瓷器，一块块雪白的餐巾布被叠成了三角形，整齐划一地摆放在刀叉的右边。宁静奢华的气质油然而生。

斯梅尔抚摸着古朴典雅的石柱，仰视着每一尊雕像，他穿行在餐台之间，在每一个桌椅前流连忘返，他不理解自己有一天会与中餐馆搭上联系，娶上一位中国女人做夫人，这个女人还这么能干。

斯梅尔在靠窗的座位坐下来，平视前方，黑暗中远处有几只夜莺划过天空，发出阵阵鸟鸣，一会儿就消失到了城堡尽头的树荫里。

王奕桐知道斯梅尔是一个感情丰富的艺术家，不忍心去打扰他心里的宁静，就悄悄退到了室外，在窗外的灯光里静静等待斯梅尔。

夜风呼呼地吹了起来，王奕桐打了一个寒噤，她透过窗户发现斯梅尔不见了，她顿时紧张了起来。王奕桐左顾右盼仍不见人，就在这时，一件大衣外套带着男人的体温披在了她的身上，斯梅尔正站在自己的身后。

“今夜真美！夫人辛苦了，今夜的城堡是最漂亮的！”斯梅尔感慨道，“我不敢想象我们会在斯梅尔斯堡拥有一家自己的餐厅，真是太神奇了！”

“你有没有想过给餐厅取个什么名字？”斯梅尔紧接着又问道，“你的中文好你要好好想想！”

“斯梅尔教授，你的中文水平也很好呀！起名字不是一件容易的事情，我留给你来取，你看如何，老板？”王奕桐调侃道，“你取什么名字我都同意！”

“中国有句谚语叫‘四季来财’，我看我们餐厅就取名叫‘四季中餐馆’，你看怎样？”斯梅尔情意绵绵地看着王奕桐。

王奕桐心先是咯噔一下，愣住了。她瞪着一双水灵灵大眼睛看着斯梅尔，以为深藏不露的内心世界被斯梅尔洞察到了，她对洪之一仁的感激之情被自己的丈夫了解得一清二楚。王奕桐的眼神是无辜的，流露出来的故事是洪之一仁在自己无路可走时对自己的善举，虽然自己在洪之一仁的“四季居酒屋”住过，可是，可是……！王奕桐虽不愿往下想却想了下去，因为有一个镜头强烈地挤进了她的脑海里。

月光下，自己一件一件将衣服脱了下来，窗棂用月光这把凄美的刀在自己美丽的胴体上分割成一条条斜拉出来的线。身体的曲线和窗棂的斜线在胴体上完美地统一到了一起，曲折和率真成了对立统一和不可分割！那是自己的初夜！

“好名字！”王奕桐赶紧从回忆中将自己唤醒，回到眼前，“就叫‘四季居酒屋’，哦，不！‘四季中餐馆’！”王奕桐显然回答得有些凌乱。

“好！‘四季来财’，‘四季中餐馆’成立了！”斯梅尔兴致勃勃地宣布道。

饭店的名字有了，王奕桐的心情并没有因“四季”两个字再跌宕起伏，女人说起来蛮奇怪的，总是受过去的影响而左右着今天的行为。王奕桐是个有良心的人，谁对她有恩，她会牢记于心。环境在变，时间在变，而王奕桐对洪之一仁的感恩没有变，对丈夫斯梅尔的感恩更不会也不可能变。如果这时王奕桐随着岁月的流逝而对过去有恩于她的人都已经记不起来了，不仅忘恩而且负义，那才是应该被人所唾弃的。

四季中餐馆内部装修在主厨到来的前两天就已经完成，主厨是位第三代华人，名叫罗伯特·李（Robert Lee），王奕桐问起他的中文名字，罗伯特·李支支吾吾了半天，最后王奕桐还是放弃了自己的要求，干脆叫他大李取而代之。罗伯特·李能听汉语，就是表达起来没有讲英文那么利索。他听见有个新的名字里有个大字，还是喜欢的，可还是坚持自己的名字。罗伯特·李有三十岁，彬彬有礼，一副英国绅士做派。可惜，英国绅士却要天天下厨房，就是这种工作留给他能绅士的时间和机会少之又少。

罗伯特·李早就对斯梅尔和王奕桐的艺术成就有所耳闻，对自己的待遇没有过高的要求，反而对艺术特别是音乐表现出浓厚的兴趣，他提出四季中餐馆应将中餐和音乐有机地结合起来，他的理论是食材制作和用餐过程本身就是非常美妙的，给食物赋予神圣的音乐内涵，让音乐能够具体化，形象化，能让专业的音乐走入普通食客的内心世界；让美味的出品不仅让美食家能够满意，还能够让前来享用美食的人们在一饱中餐的同时用音乐记住美味，这不就是让一种享受变成多种享受？

听了罗伯特·李的建议，斯梅尔和王奕桐被触动了，感叹每一个人都希望自己的专业或者爱好能够跨行业发展，自己的专长能够跨界到其他领域。这种现象本身没有对错，斯梅尔和王奕桐不就跨行业开了四季中餐馆，而罗伯特·李也是因为喜欢音乐而提出创新建议！

王奕桐接受了罗伯特·李的建议，在霓虹灯挂到房顶的晚上，室内的音响也调好了。大红的五个招牌大字被英文衬托在上面，一盏盏的灯光将一大片草坪照得通亮。现场斯梅尔听到的第一首音乐是《茉莉花》，他甚是意外，他被曲中的小提琴演奏给感染了，因为他听出来这是他在中国教学时的录音。他抬眼望去，见王奕桐正含情脉脉望着他。他知道这是夫人特意送给他的礼物，是王奕桐特意为他准备的。想到这里，《茉莉花》似乎瞬间变成了一条无形花绳，一头牵着斯梅尔，一头牵着王奕桐，爱意浓浓地传送到了他俩心里。

高远和言自芳接到了斯梅尔和王奕桐的邀请，同时，章惠敏也接到了。几个人聚到自远国医馆的前台高兴得不知道送什么礼物，商量来商量去说了一个上午，一箩筐的方案不是被高远否定了，就是被两位女性拒绝了。说给钱，有人反对，说俗不可耐；说送东西，又不知道人家四季中餐馆缺什么。到最后，几个人的方案还是落入了俗套，每个人出了三百英镑，一共九百英镑，寓意长长久久。三个人的大红利是封包好了的钱，商量由高远一起交给斯梅尔和王奕桐。大家商量好后，方才放下心来。

费迪和李红梅同时间也接到了邀请，邀请函特意邀请了瓦奥莱特女士，费迪和李红梅遇见了和高远他们一样的问题，就是不知道送什么礼物才能表达自己的心情。费迪还是尊重李红梅的意见，准备了八百英镑的红包，寓意发财有道，天道酬勤。

这天下午，李红梅怀抱着女儿诗妮（大名 Ablendan，阿连丹），费迪搀扶着瓦奥莱特缓步进入斯梅尔斯堡的时候，没有见到迎接他们的人或者热闹的场面，而是看见穿着政府制服的人向斯梅尔和王奕桐传达一份强拆令。

他们疑惑了！

4

高远清晨刚刚起身，还没有来得及开门，就听见门铃响个不停。高远觉得有些奇怪，急忙下楼，他好像听到了警长皮特跟一个人的说话声，态度极其虔诚，又有耐心。高远赶紧打开门，见门外的雾气里一个男人正搀扶着另外一个人从车上下来，朦胧中，他隐隐约约看到警长皮特和一位老妪。那为何人在车边上，这门铃又响了呢？高远看看脚印才明白，先下车按的门铃，再返回车去接的老人。

高远赶紧将两人迎进来，这边章惠敏听到楼下的声音也从二楼自己的房间下来了，她见有客人到就急忙倒了两杯无花果罗汉茶递了上去。

来人确实是警长皮特，老妪应该是皮特的母亲。一进门皮特就把高远拉到一边："兄弟这是我的母亲，她一直被疼痛折磨着，昨天晚上疼得厉害，她老人家硬是等到天亮才给我打电话求救，这么早就打扰你，希望你看在我们同名的分上不要介意！"

"您不用客气，这是我应该做的！"高远把白大褂已经穿好，坐在老妪对面，关切地问道："老妈妈你觉得哪里不舒服？"

老妪听不懂高远讲的英文，她抬眼望着皮特警长。显然作为儿子的皮特对自己母亲的情况有所了解。只见皮特说："母亲的老朋友半年前身患肺癌，当时母亲打去电话慰问，谁知自己的腰却疼痛难忍，我知道这是受了母亲朋友疼痛的暗示所致。通过电话后，我母亲的身体就有了明显的变化，精神高度紧张，在卧室里还摔了一跤！"

"那到医院去检查有没有骨折了吗？"高远问道。

"我母亲见自己腰腿没有肿胀，她当时说没有大的问题，我也就在公立医院预约了医生而已！因为预约时间在半年以后，现在母亲又喊痛，好像比以前严重了，我就想到了你！"

高远知道了大概的情况，就让章惠敏帮自己一起将老人搀扶到床上开始检查。老妪不算瘦，在这个耄耋之年身体已经算是健康的，可检查到下肢骨骼的时候，高远明显感到老人缺乏对抗力，伴随着明显的疼痛。

“疼痛可能是因为骨关节炎、软组织劳损等慢性肌肉骨骼疼痛导致的！”高远专业性很强地说道，“通过一段时间的按摩会缓解疼痛的，您放心！”

“我母亲老是说腰酸背痛，坐在沙发上痛，让她躺在床上，她也喊痛！”皮特警长像个家长，诉说着孩子的淘气一样。

“慢性肌肉、骨骼肌疼痛会对我们身体造成影响，比如说我们四肢的一些慢性疼痛，关节周围的一些疼痛，或者是颈腰椎的疼痛。因为它疼痛的部位不同，对我们的身体造成的影响也是不一样。”高远望见言自芳从二楼下来，怕她不知道有病人上门，于是高声说道，“皮特警长这一点您放心，一段时间的按摩和热敷以后，您母亲的疼痛会有所缓解的！”

“那以后疼痛还会对身体有什么样的影响吗？”皮特警长进一步说道，“你知道，皮特，我的工作很忙的，最近伦敦市区不是很安全，你们也要多加注意。”

“慢性肌肉骨骼疼痛本身除了影响到肌肉的局部功能之外，还可能会造成我们的姿势异样，然后还会对我们的心理、对我们的身体功能都会产生一些影响。”高远显然像回到了大学，那庄严劲儿像一名学者专家回来了，他背着手继续侃侃而谈，“骨关节炎也可能是导致慢性肌肉骨骼疼痛的重要原因之一，因为慢性疼痛可能会造成我们人体一些功能的下降，比如说因为下肢的这种疼痛可能会影响到我们行走的功能。因为腰部的一些疼痛可能会影响到弯腰这样简单的动作。”

“那除了按摩和热敷以外如何改善这种疼痛呢？”皮特提出的问题都有些高度了。他见高远对他提出的问题频频点头，颇为得意，特意向刚刚下楼的言自芳点头打了一个招呼。

“建议避免长时间坐姿不变，不要选择过硬或者过软的床板睡觉，注意保暖，避免受凉受潮，在出现初期症状的时候就应该重视，及早就医，遵从医嘱及时治疗。”高远说着，也用眼睛同言自芳进行了交流。

章惠敏看得出来皮特对高远的敬佩，肃然起敬之余知道皮特肯定是听不懂，也搞不明白高远所说的“高深”理论。有时候，崇拜是盲目的，是不需要理由的！

皮特见母亲得到了妥善安置，就对高远说自己还有紧急公务在身不能久留，等一会儿自己的夫人乔娜来接母亲回家。说完就起身出了门，消失在茫茫的迷雾之中了。

高远见言自芳在厨房准备三个人的早饭，就示意章惠敏给老人脱去外套，换上治疗用的衣服。章惠敏是个心灵手巧的姑娘，响鼓无须重锤，一点就会。章惠敏一条马尾辫，一件白大褂，大褂里就穿了一件文胸，脚下一双“恨天高”把她的身材表现得凹凸有致。高远见此情景，心里暗笑，这明明是穿给男人看的！这里的男人不就是自己一个人吗？还会有谁？

“惠敏，你先从肩部向两边按摩，慢慢放射到肘部；按完一边再按摩另外一边。然后向后背两边慢慢游走，先做开背！”高远认真为章惠敏讲解着，“在对经络进行中医推拿按摩时，我们在操作中要注意掌握一些基本的技巧。首先是对皮肤施法，一般在操作的时候要找到穴位，然后用手指或是掌心放在皮肤上进行有节奏的按摩，接下来再使用推的手法。”

高远见章惠敏按照自己的指导做了一些调整，就因势利导地进一步解释道：“首先手掌要将皮肤向一个方向进行挤压，一般情况下在挤压之后要揪起凸起的皮肤，这样患者会因皮肤被揪起而感到刺激，身体会异常舒服。”

高远猛抬头看见章惠敏一双水灵灵的大眼睛正盯着自己的一举一动，看那样子有些心不在焉，他心里咯噔一下，心想自己该死的颜值不会又惹出什么麻烦吧！于是，为了掩饰内心的活动赶紧接着说道：“另外在中医推拿中还有揉、搓、掐、点等手法，找准穴位是非常关键的一步，所以操作前一定要对一些穴位有所认识。”

“高老师，您看这里，背部如何区分肝俞、胆俞、脾俞和胃俞？”章惠敏妩媚地翘起嘴问道，“您给人家示范一下嘛！”

高远心里突然明白章惠敏是有一些中医按摩知识的，不然她不会提出这几个不容易区分的穴位来。本来想揭穿她，但看见章惠敏求知若渴的眼神，高远就觉得自己像打了鸡血样地亢奋，这种感觉好久都没有过了。既然章惠敏的请求已经摆到了桌面上，自己也不得不展示一下真正的功夫了！

高远弓下腰，双手左右开弓，熟练地在老妪后背“开背”，正欲给章惠敏细讲，猛抬头一股女人的体香儿从章惠敏身上拂面而来。高远前脚一软，前额上的头发还“骚情”地与章惠敏的头发产生了接触。章惠敏领口里面的酥乳完全暴露在高远面前，让高远看了个彻彻底底。高远的脸突然红了起来，他赶紧道：“胆俞通常是指胆俞穴，胆俞穴的准确位置在第十胸椎棘突下，背部正中线旁开1.5寸的位置。”

章惠敏似乎也察觉到了什么，有些不好意思起来，见高远脸红，自己的脸也泛起了淡淡的红晕来。她赶紧将领口往上拉了拉，以便掩盖一下，可是衣服长度是固定的，不会因为拉几下就会改变。接下来的时间，高远的脑子想避开章惠敏的乳沟，“无耻”的眼睛却贪婪地被乳沟和隐隐约约晃动的乳房勾引得半秒都不想离开，这不大不小的“艳”和“遇”成了两人间共同拥有的小秘密。

为了掩盖自己的眼神，高远示意章惠敏从对面过来具体感受一下穴位的具体位置，让她接手为老妪按摩。章惠敏欣然接受高老师的指导，细心拿捏分寸。这时高远补充道：“胆俞穴是足太阳膀胱经上的穴位，是胆的背俞穴，具有疏肝利胆、养阴清热、清利湿热的功效作用。”高远窥视到章惠敏每次用力时，胸前两只“小兔子”都会在白大褂里捣乱，章惠敏用力的大小强弱决定“小兔子”的欢快活跃的程度。高远的胆俞穴位没有讲完，章惠敏一对颤动的酥乳却把他搞得“心如撞兔”了，他含含糊糊道：“胆俞穴是脏腑精气输注之处，胆俞穴……”高远一口气差点儿没有捯过来，口水还把自己给呛得咳嗽起来。男人就是这么奇怪的动物，虽然高远没有将“教学”内容讲错，可是自己私密部位能明显感觉到湿答答地难受。

言自芳从厨房走出来，示意他们两个人可以一个人先去吃饭，高远如梦初醒赶紧甩开“猎物”收起目光先去了厕所，时间过了好久章惠敏才发现高远从卫生间出来拐进了厨房。此时言自芳换好了白大褂从更衣室过来接替章惠敏，言自芳也观察到了章惠敏脸上有些许的绯红，她善良地认为这是章惠敏按摩用力所致，没有多想。言自芳看了看按摩到了后背，就从胃俞穴开始接替章惠敏继续按摩，让章惠敏吃饭。

高远有些口渴，口腔干涩得厉害，章惠敏进到厨房，高远正坐在吧台前端着一杯清茶喝了一口。长长的吧台前一排放了四张一米高的吧台椅，高远刚刚把茶杯放在台面上，章惠敏就在高远的杯下放了一张杯垫儿，外加一张雪白的餐巾纸。

高远一愣，就见章惠敏将小米粥、煮鸡蛋和“法棒”面包外加一点儿涪陵榨菜一一摆上台面，动作敏捷娴熟。章惠敏摆放好食物，踩着“恨天高”手搭着吧台提着屁股就往吧台椅上坐，可惜吧台椅有一米高，臀尖儿就是够不到吧台椅，章惠敏试了几次都没有成功上去，高远见状伸出手来助了章惠敏一臂之力。

“高老师，谢谢你。你不仅解决我的工作问题，还无微不至地关心我的生活！”章惠敏感激道。

高远听在耳朵里，甜在心里。不禁感叹好久没有听到这种“甜言蜜语”了！高远正欲端碗，章惠敏已经将自己手里的一碗小米粥递了过来，高远没有闻见小米粥的香味儿，因为小米香被章惠敏的体香所掩盖，高远下意识地低下头，想避开章惠敏隐隐约约的乳沟，可目光却瞄到了章惠敏两腿之间，白大褂下的三角形。

高远的心怦怦地跳个不停，好像要把喝到嘴里的小米粥吐出来方才罢休。他赶紧把鸡蛋放到嘴里咬了一口，却发现蛋皮还没有剥，当他扭头把鸡蛋吐出来的时候，蛋皮已经被他咬碎，搞得他一脸羞愧。

“这个皮剥好了！”章惠敏说着就把一个鸡蛋塞进了高远的嘴里，“这么大了鸡蛋皮都不会剥，还要人伺候！”

章惠敏说的什么高远根本就没有听清楚，因为他的注意力都在如何不让章惠敏看到自己顶起来的“帐篷”上，章惠敏也注意到了高远身体的变化。她装着没有看到，自顾自吃着早饭。

“有客人来了！你们谁出来迎接一下？”言自芳的声音从门口方向传进了厨房。

高远刚要下吧台椅，突然觉得不对，因为撑起来的“帐篷”还没有来得及收起来，如果走出去女人们一定会看得一清二楚。章惠敏看到了只会知道“帐篷”是为她而起的，可是言自芳看到了能不胡思乱想？搞不好，还会引起误解。高远还没来得及想出办法，就看章惠敏抢先一步从吧台椅上溜了下来，直奔前台。

望着章惠敏扭动的腰肢，高远心里升腾出一种渴望，一种有别于和言自芳床上的渴望。

来人是警长皮特的夫人乔娜，一个精致的苏格兰女人。乔娜弯下身问了老妪几个问题后，知道老人家感觉良好，乔娜颇为满意。

章惠敏一走开，高远的精神迅速恢复了正常，他走到前台来跟乔娜打了个招呼，并自我介绍说自己的名字叫皮特。乔娜听后先是一愣，紧接着哈哈大笑起来：“这么巧，你也叫皮特，我们家也有一个皮特，是我的丈夫。”乔娜幽默地接着道，“这么说走到哪里丈夫都叫皮特？”乔娜一改英国人的绅士风度，跟高远开起了美国式的玩笑来。

高远听得脸红脖子粗，一时没有缓过劲儿来，等他听懂乔娜的笑话，时间已经在笑话的衔接处凝固了起来。这边，高远和乔娜聊着天气，谈着报纸电台上关于伦敦布里克斯顿（Brixton）骚乱中放火烧车的新闻，作为警察的乔娜摇着正义的头，那分明是对市区的骚乱有自己的看法。

诊室里言自芳见章惠敏进来，就努努嘴把按摩的活交给章惠敏，自己到厨房收拾碗筷去了。言自芳来到吧台前，凌乱的吧台几只碗像得了病的瘟鸡趴在台面上，小米粥一碗喝完，一碗还剩了一半。言自芳伸手取碗，碗后的一个被压扁了的鸡蛋她一眼就看到了，这正是被高远连皮放进嘴里咬了一口后又吐出来的鸡蛋，蛋壳上高远的门牙印还历历在目，好像等着言自芳的到来，给她讲述刚刚发生的事情。

言自芳用两根手指将鸡蛋捏起，看了看又闻了闻，再瞧瞧另外一个座位前的台面上，一个相对完整的鸡蛋壳放在一边，雪白的碗边上一个月牙形的口红印儿完整地留在上面。

言自芳迷惑了，一个鸡蛋能在怎样的情况之下不剥壳就放嘴里呢？这是糊涂到了什么地步，还是有什么样的魅力导致的呀？言自芳的心里有了一种不祥的预感，同时泛起了阵阵的醋意。

言自芳回到接待室，见高远和乔娜正聊得起劲，她灵机一动道：“你吃鸡蛋没有？”

“吃了！”高远说完突然又觉得不对，马上补充道，“没有！”

女人的第六感觉是很准的，她们在没有任何预判的情况下，凭第六感就能提高对情感事件的敏感度。言自芳就是这种人的佼佼者，她对自己的这个能力也颇为满意。

言自芳见按摩室的门开了一条缝隙，就推门进去了。此时章惠敏的眼神有些恍惚，有意避开她的目光，手按在老人家的背上显然忘记了动作。于是，言自芳示意章惠敏继续，章惠敏这才缓过劲儿来，下意识地笑了笑，那意思说刚刚的恍惚是自己想心事儿所导致的。

言自芳根本不理会这一套，突如其来地问道：“你吃鸡蛋了吗？”

“吃了！”章惠敏说道，话说得异常坚定，好像就等着你来发问似的。

言自芳的心好受了一点，高远说没吃，章惠敏说吃了，这两个鸡蛋也算是糊里糊涂对上了号。言自芳对章惠敏笑了笑，内心责怪自己太在意高远了，这样会把自己搞得神经兮兮的，得不偿失。

心里的疙瘩解开了，房间里的气氛也活跃了许多。言自芳在章惠敏面前的一举一动也亲昵了起来，女人间的话匣子也慢慢打开了。

“你们结婚这么久了，你还没有动静?”章惠敏貌似关心，实则探问道，“有个宝宝多好呀?!”

“我也提过，可他说年底。这不生意才起步不久，虽然勉强过得去，一旦我怀上了可就人手不够了!”言自芳跟章惠敏已经说起了隐私话题。

“你看看你多好呀，咱两个同龄，你有事业，有家庭，有老公，多让人羡慕！不像我，到现在啥都没有!”章惠敏从侧面恭维着自己的老板娘。可是，这话是章惠敏自己说出来的，可传到自己耳朵里却异常地刺耳。

言自芳听了这话确实受用，说：“你说得不对，按你说的，人比人得死，货比货得扔!”言自芳话虽然这么说，可她的优越感却油然而生，心里不但没有把吃没吃鸡蛋这件事儿放在心上，还对章惠敏产生了强烈的好感和恻隐之心。

送走乔娜和皮特的母亲，言自芳和章惠敏的感情已经亲昵得成了真正意义上的闺蜜了，两人站在高远身后向乔娜的车挥手致意，没等高远进屋，两人就约定好下午下班就一起去附近的超市逛逛。

5

高远、言自芳和章惠敏到达斯梅尔斯堡，正看到李红梅一手抱着诗妮，搀扶着瓦奥莱特一边慢慢地欣赏着斯梅尔斯堡的简介，一边等着费迪。高远正要张口，远远地看见王奕桐、斯梅尔和费迪陪着古建筑保护协会和英格兰遗产办公室的工作人员走去城堡大门的方向。斯梅尔几个人走到距高远和李红梅十几米远的时候，就挥手跟两个古迹管理人员道别。

“斯梅尔先生，发生什么事情了吗？”高远关切地问道，“我们能做些什么呢？”

“谢谢你皮特·高，没有什么大事！”高远没想到斯梅尔也用皮特这个名字来称呼他，就听斯梅尔继续说道，“他们是英格兰遗产办公室的人员，目的是让我们把房顶上安装的霓虹灯拆下来。其实，霓虹灯不在房顶上，我们特意做了一个梯子样的架子，霓虹灯安装在架子上的，但遗憾的是他们觉得不美观，违反了《公平竞争法》。”

“但是斯梅尔斯堡是你的物业呀？”高远有些抱打不平，“他们有权管理吗？”

“你说得对，我只是半个老板！”说完斯梅尔哈哈大笑起来，言自芳这时看到王奕桐在斯梅尔大笑的时候紧张得几次想上前阻止他，怕斯梅尔的病情突然严重起来。

言自芳突然想到斯梅尔的病情，就赶紧拉了拉高远，示意不要再说类似的话了，免得出现意外。高远会意，赶紧放下和斯梅尔的话题上前和费迪握手，又扭过身来逗诗妮。

大家互相打着招呼谈话甚欢，天不知不觉暗了下来，斯梅尔招呼大家前往餐厅就座。众人到了餐厅门口才发现这是一条巴洛克式的长廊，可让人突兀的是廊内一片黑暗，正当大家疑惑的时候，长廊的尽头中央一盏灯被点燃了，紧接着大厅两边的角线慢慢亮起了一串串黄色的小灯泡，在宾客们交头接耳中水晶吊灯慢慢地绽放开了绚丽的色彩，将整个大厅照得通亮。

“这里有路易十四时期建筑师芒萨尔作品的味道呀！”费迪高兴地说道，“你这是借鉴了Ville Marie酒店的品位，简约且不失高贵！”

“各位亲朋好友，大家晚上好！”王奕桐身着一套红色中式旗袍，打扮非常时尚又典雅。只见她缓步登上了临时搭建的一个小舞台，旗袍把王奕桐婀娜的身材勾勒得更加妩媚、更加多彩。一串水晶项链在灯光的照射下折射出不同的色彩，“今天是四季中餐馆开业的大好日子，能在伦敦开一家中餐馆是我和斯梅尔先生的美好愿望，正如大家所知，我和斯梅尔先生是音乐的信徒，对音乐的爱好和笃信是我们毕生的追求，但是我们又不能用我们的爱好自囿，我们力求将听觉盛宴和味觉盛宴完美地结合起来，特别是将世界各国的音乐和四季中餐馆的美食统一在一起，如何才能做到这一点？我们现在有请四季中餐馆董事长斯梅尔先生一一道来，大家欢迎！”

高远一边听一边环顾四周，费迪一家三个大人加上诗妮一个婴儿，言自芳和章惠敏在内，再加上王奕桐和斯梅尔勉强也就坐满了一个十人的大台，剩余的一大片餐桌虽然刀叉筷子齐备，但是仍然空空荡荡没有人气。高远想这要是在国内，门外不得吹起唢呐扭起秧歌，舞个狮子放个炮仗？

高远的想法也代表了同桌人的想法，就在这时斯梅尔登上了台，他右手捏了一根小棍儿，高远眯眼看是一根筷子。斯梅尔右手慢慢将筷子举了起来；左手像翻一个乐谱一样翻了一页菜谱，那动作看上去就是乐团的指挥，只见他右手用力一挥，门外响起了《中华人民共和国国歌》，瞬间在座的中国人一愣，都不由自主地站了起来，眼光齐刷刷望向了门口。

一个大号手、两个圆号、三个长号、四个小号鱼贯而入，跟在后面的是定音鼓、三角铁、铃鼓和响板，他们进来后“知趣”地直奔长廊的后面就位去了。

长笛、单簧管、双簧管、巴松管和低音单簧管似乎刚刚收工，进来后坐到了中间位置。此时，国歌已经演奏到了最后部分：“……前进，前进，进！”

大家以为音乐家都已经到齐了，谁知道一大波人还在外面，音乐家们打了一个时间差。在斯梅尔装作要发言的时候，十二把小提琴、十把中提琴和八把大提琴进来了。斯梅尔幽默地摊了摊手做了一个“无可奈何”的滑稽动作，那意思是场面有些失控，他也没有办法！

高远他们担心没有客人捧场的尴尬场面不到一会儿就被一大群身着燕尾服的音乐家们给弥补了。

“女士们、先生们！大家晚上好，在这个美丽的夜晚，我谨代表我自己和我的夫人对大家的到来表示衷心的感谢，你们的莅临使斯梅尔斯堡蓬荜生辉！

“正如我夫人刚刚讲的那样，‘对音乐的爱好和笃信是我们毕生的追求，但是我们又不能用我们的爱好自囿，我们力求将听觉盛宴和味觉盛宴完美地结合起来，特别是将世界各国的音乐和四季中餐馆的美食结合起来！’

“在这里我想强调的是四季中餐馆就是音乐沙龙的家，希望音乐家们，中国的和世界的朋友们在这里度过美好的时光。

“愿我们每个人的事业都快马加鞭，更上一层楼，那么今晚献给大家第一首曲子是来自中国的《赛马》！”

斯梅尔说完，就示意前排的小提琴开始。小提琴们站起来一脸无奈，摊了摊手，又回头看了看后面的大提琴和中提琴；大提琴和中提琴也尴尬地站起来摇了摇头，又将头扭到了后面的管乐和打击乐，结果大家都不会。斯梅尔摇了摇头，自嘲式地学了一声马叫，引起了一片欢笑。

这时，门外一首二胡曲传了进来，斯梅尔假装听得入迷，赶紧将舞台让出，谁知道下台的时候脚下一软，摔了一跤。大家以为是他故意为之，不仅没人去管他，反而，他的摔倒还引起了一片掌声。

只有王奕桐知道内情，她赶紧跑了过去，在高远和费迪的帮助下把斯梅尔搀扶了起来。斯梅尔不好意思地向两位道歉，绅士地请他们回去细听《赛马》。

上台的艺术家是旅居英国多年的二胡演奏家吕新明，他拉了一段前奏就停了下来，将曲子的内涵讲给在座的听众。

“亲爱的朋友们，大家好，我是吕新明。《赛马》由中国著名作曲家黄怀海在1964年创作而成。乐曲将蒙古风格的音阶和节奏同汉族音乐中常用的装饰音巧妙地结合起来，使乐曲既有欢快奔腾的场景，又有抒情般的歌唱情怀。同时，拨奏和连奏的技巧运用，使乐曲显得更加生动活泼。”吕新明说着，把相关的一段示范了一下，显然这种教学似的演出是音乐家们经常使用的，王奕桐环顾四周，不论是弦乐还是管乐，音乐家们都听得很认真。这种认真鼓励了吕新明，他接着道，“乐曲表现的是中国内蒙古人民在传统节日‘那达慕’盛会上进行赛马比赛时的情景。”

说完，一首《赛马》从二胡倾泻到了听众的耳朵里，闭上眼睛真如万马奔腾，从天而降，乐曲真让人感觉到了奔马驰骋于千里草原的壮阔景象！

服务员显然不够，高远见此情景率先带领言自芳、章惠敏做起了服务员，费迪带着随后赶来的助理琳尼达也充当起了传菜工。高远带着服务员给每桌端上一盆川菜“沸腾渔乡”；言自芳和章惠敏给每一桌上了一盘广东“烧金猪”。随后，服务员上的不论是菜品还是小吃都是各地有名的。北京的涮羊肉、天津的包子、西安的肉夹馍、河南的烩面。音乐家们哪里能吃到这些美味，原来人是坐在椅子上吃饭的，酒过三巡，菜过五味以后，再看这些昔日修养甚佳的音乐大神们都撑得坐不下来，全部站起来吃了！

“各位亲朋好友，各位音乐家！想必你们都感受到了中国美食的博大精深，今天四季中餐馆的出品仅仅是中国美食词典中的几个词条而已，中国美食堪比一部《大英词典》，又好比一部《四库全书》，我们需要不断地学习才能了解中国美食和中华文化的博大精深。”斯梅尔似乎从刚刚的跌倒中恢复了一些，凭着他对中英文化的了解以一个音乐家的认知诠释着中华美食。

“也许你对中餐的认识像对一切事物的认知一样从来都是从虚无开始演变的，或许今天以后这种认识止步于虚无的未知。但是中餐像音乐那样总带有神秘性，它先于语言、冲破阶级和文化差异把你和有形有色的美食紧紧地联系在一起，这也许就是为什么不管是何种风格的美食都像我们热爱的音乐那样均具有相对应的共鸣者。

“下面由音乐家们为我们献上一首Johann Pachelbel（约翰·帕赫贝尔）的*Canon And Gigue In D Major For 3 Violins And Basso Continuo*（《为三把小提琴和巴松管创作的D大调卡农和吉格舞曲》），这首曲子对美食和音乐的理解表现得尤为突出和完美。”斯梅尔侃侃而谈。

音乐响起，回荡在整个大厅，没有演出的音乐家们手举着酒杯，兴致勃勃中饶有兴趣地站在桌边望着同行。不断重复的复调演奏技法，在某一个旋律结束以后在另一个声部上、同样的旋律上又马上跟进，甚至在第三个声部上又一个旋律再次紧紧跟进。曲子不是一个声调、一个旋律主线追逐着另一声部，而是直到最后的一个小节、最后的一个和弦，都融合在一起，人的味蕾被曲目推崇到了神圣的意境。虽然音乐间的融合过程是暂时的，却可以不断追逐着，在演奏过程中，重复着各自旋律，同样洋溢着不同的内涵。

在我们所处的维度里，所有事物都如同未完成的半成品，包括宇宙中的所有事物，都处在即将生成或者即将瓦解的状态中，在这过程中会有不同形式的事或物在融合，在变化，只有音乐永无停歇，不论你是否能够听到，音乐不在风里，就在水中；不在树梢，就在山谷。四季中餐馆在一片艺术氛围中落下了帷幕，又开启了新的篇章。

掌声响了起来，无论是被音乐感动的音乐家还是高远、费迪这样的普通观众都成为音乐的受益者。高远似乎已经找到了人生的意义，他想音乐就有这样的魅力，能把人与物，以及他们所处的位置、现状以及将要演变完成的状态进行了诠释与探索，这不就是自己和自己的国医馆的现在和未来吗？不就是目前自己这个主体在人生过程中的位置与环境逐渐融合在一起形成的状态吗？这么说来，在高远记忆里过去已经结束，新的未来将要到来，这并不是真正意义的结局，爱情和生命，会持久延续下去！高远似乎想通了人生的意义，也算是音乐的收获！

高远感叹道，万物都是暂时的存在，可就是这种存在是最灿烂的，虽然其价值是生命体一瞬间的记忆与行为的体现，虽然这一切终将被时间无情地驱散，哪怕是再坚定的信仰、再了不起的传承、再显赫的身份声誉，在历史长河中终将被人遗忘。科学定理、艺术或是文学一切的一切总有一天被时间淹没，最后消失。这也许就是珍惜眼前的可贵，不论以后会怎样，现在也要把握住机会。

音乐没有告诉高远该如何去想去做，但是音乐激发出了高远的动力和潜能，这也许就是音乐的魅力吧！

斯梅尔第二天醒来的时候，他的头是痛的，因为酒精的原因，他对昨天醉酒以前的事记得，对醉酒以后的事已经没有了记忆。斯梅尔抬头看看窗外灰蒙蒙的天，隐隐约约听到王奕桐的脚步声。他的脑子迅速盘点着昨天的情景，评估着自己的身体。

斯梅尔觉得自己的手和脚抖动的频率越来越快，他想昨天的酒似乎能够缓解身体的抖动，麻痹一下自己未尝不是一件好事？

斯梅尔抬头看了看床头柜上神经内科博士杰夫医生给他开的治疗药物利鲁唑片，他心里对这个药是很排斥的，因为吃了以后身体出现了头疼、呕吐、头昏目眩不说，关键是在“作用功效”一栏里赫然写到：“利鲁唑可用于肌萎缩侧索硬化症患者的治疗，可延长存活期和/或推迟气管切开的时间。”

这句话让斯梅尔的情绪降到了冰点，想到自己的病情有一天将会发展到这样一种状态，斯梅尔一度低着头，他痛苦到了极点。他想，与其说等到那一天的到来，还不如在那一天到来前就离开，有尊严地离开！让许多人跟着他痛苦倒不如让他一个人承受这一切，正确的选择就是他人生的意义所在！

王奕桐进门，在斯梅尔的额头上亲了一口。她觉得斯梅尔的身体并没有什么变化，想让斯梅尔起来活动一下。可出乎意料的是，斯梅尔没有办法自主移动身体。王奕桐心里一惊，赶紧伸手去抚摸斯梅尔的腿，她明显地感觉到斯梅尔腿部肌肉因萎缩而无力。

王奕桐赶紧扭过脸去，怕自己的表情影响到斯梅尔的心情。“你昨天太不小心，不然不会摔一跤，现在你不要动，我端水过来给你洗漱！”王奕桐眼睛含着泪，强忍着自己难过的心情，好让嘴里的话听上去显得正常。

听着王奕桐的责备，斯梅尔内心缓解了一些，他知道自己的病情严重，但是绅士风度还没有从他身上彻底消失。望着夫人远去的身影，一股幸福感暂时将病痛忘在了脑后。

斯梅尔在床上躺了一整天，王奕桐多次试图扶他起来走走，但是没有成功。斯梅尔腿部无力，整个人都显得异常疲惫。

夜幕降临，斯梅尔斯堡格外安静，院子里的草坪边上，几只蓝山雀在不远处的树枝上不停地叫着，一声接着一声，看那情景一定是这群蓝山雀中间有只不见了，或者是叫的这只鸟和其他鸟失去了联系，叫声显得焦急，有些凄惨，每一声都像敲击在人的太阳穴上。正常人此时并不会特别在意一只蓝山雀的叫声，假如心情好时，还会将自己的内心感受赋予到这小精灵的叫声里。像奥斯卡·王尔德写的《夜莺与玫瑰》那样不论是动物还是植物都能走进小说里，诗歌中。其辞藻之华丽，情节之曲折生动，充满悬疑，令人着迷。可此时的斯梅尔听到蓝山雀的叫声却觉得异常刺耳，每一声都像在讽刺他，挖苦他。

斯梅尔忍无可忍冲着刚刚进入卧室的王奕桐怒吼道：“亲爱的，去将那只该死的鸟赶走！我恨它！”说完，无力地将头埋在了松软的枕头里。

蓝山雀被王奕桐赶走了，同时被赶走的还有往日的温馨。这是王奕桐第一次见到斯梅尔发火，她知道斯梅尔发火不是针对她，也不是针对可怜的小鸟，是他无法摆脱自己身上的疾病所致。王奕桐突然有种不祥的预感，她俯下身躺在斯梅尔背后，将心爱的男人紧紧地抱在怀里。

泪水在王奕桐的眼眶里打转，她想到了当年在学校的时候，她第一次向斯梅尔发火时的情景，声音比斯梅尔今天的声音大得多。这不能怪斯梅尔，因为当时他并不知道自己的家庭情况，想到这里王奕桐彻底哭了起来，感叹自己命途多舛。

“亲爱的，我知道你心里难受，我跟你一样，自从嫁给你的那一天起，我的命运就跟你的命运紧紧地绑在了一起，我会坚强，我要做好你的老婆！”王奕桐一边哭着，一边像读保证书一样在斯梅尔的背后嘟囔着。

斯梅尔努力转过身来，两人面面相觑。此时，窗外的蓝山雀又叫了起来，可这次斯梅尔听见鸟鸣，心里却泛起了阵阵的幸福感。

6

李红梅每天都沉浸在幸福之中，日子就是忙碌，忙碌就是幸福。费迪一门心思扑在生意上；瓦奥莱特虽然行动缓慢，除了有些腰酸背痛以外，也没有大的毛病，自己还能照顾自己。小诗妮活泼可爱，在九个月的时候就会扶着桌椅板凳走上几步，这让家里的大人异常兴奋。

美国宇航员尼尔·阿姆斯特朗的名言“我的一小步，人类的一大步”用在这里十分合适。诗妮的一小步，却是费迪家的一大步，也是李红梅人生历程的一个里程碑。

稳定的日子让李红梅不禁想起远在李家村的父母来，她不止一次痴痴地望着东方日出的地方，越过家里的这棵梧桐树，再越过树后面的那条泰晤士河，再……就是自己的家。

父亲家门口的那两排柳树，屋后的那片翠竹，和冬天下起的皑皑白雪，一合眼就浮现在自己面前。诗家帮助修缮好的房子掩盖不住小院里经历过的一个个场景，虽然很遥远，却历历在目。

窗外的雪随着轻柔的风曼妙着舞姿，像莫高窟壁画里的仙女下凡，翩翩起舞。家乡的雪表面看起来和伦敦的雪没有什么不同，如果硬要说有什么不同的话，家乡下雪的时候能听到雪花落下的声音，特别是夜深人静的时候，家乡的雪一定会把你从睡梦中唤醒，而伦敦的雪从天而降的时候是飘逸的，是寂寞的。

李红梅见诗妮在自己的怀里睡着了，就将孩子轻轻放到小床上，顺手给诗妮盖好被子。她踮着脚尖溜出了卧室！

迎面扑来的雪花，一片片落在她的头上脸上，立刻化成了水，从她的两颊流下。如果此时有人看到这种情景会误以为李红梅一定在触景生情伤心落泪，其实李红梅此时心里泛起的仅仅是一阵阵酸酸甜甜的涟漪，也许感叹人生无常，感叹自己现在的一切想起来宛如梦境。

李红梅在院子里的雪地上慢慢地欣赏着雪景，就觉得后脑勺隐隐作痛。这突如其来的痛使她觉得外面更冷。于是她踩着湿滑的小径小心翼翼地回到了卧室，卧室的温暖让李红梅的身体缓解了许多，可出乎她意料的是，头皮痛的地方依然没有因为温度的变化而有所缓解。李红梅心想头痛了，也许就是自己身体需要休息。既然如此倒不如陪着诗妮睡一会儿，想到这里，李红梅也就和衣而睡了。

梦里李红梅站在澧水河边，滚滚的河水泛着绿白色的光由远而近奔腾而来，似骏马奔腾又似乌云从天而降，梦的时间很长，突然在一片涛声中李红梅清晰地听到了悲哀的哭声，梦里李红梅明显感觉到她看到了父亲李竹衣和未婚夫诗同文，他们一个空瘸着左腿；一个空着裤管。澧水凛冽的风将诗同文空空的裤管吹得前后左右不停地摇摆，像招魂幡在风中摇曳着。

李红梅一激灵从梦中醒来，发现哭声来自诗妮。孩子已经醒了，看到没人理她就号啕大哭起来，谁知道哭声进入了李红梅的梦中，搅和进了她的梦乡。

李红梅心里有些害怕，她紧紧地将诗妮抱在怀里。梦境里真真切切的场景历历在目，她知道自己潜意识中是无法摆脱过去的记忆，她努力控制着自己不要去想，不要去触及过去的一切。

李红梅原本就头痛，又想了许多过往的事，不免头昏脑涨，她想缓缓自己的情绪，可是头痛像一个心魔就是不愿离开，正一点一点咀嚼着她的灵魂，吞噬着她的肉体。她将孩子安顿好，无力地将头靠在沙发上，用手在太阳穴上使劲儿按摩，试图缓解一下。

可是无效！

李红梅记得上一次自己头痛是上小学的时候，一个调皮的男同学为了引起“班花”的注意，搞了一个出格的恶作剧，将一块砖头架在教室的门顶，用意是门一开砖头会掉在地上，“班花”就会被掉下来的砖头吓得花容失色，这样一来不仅会博得“班花”和其他女同学的注意，在男同学当中也会树立起自己的威望。

就在调皮鬼刚刚放好砖头回身的时候，李红梅和“班花”前后脚到了门口，“班花”推开了门，走了进来，紧跟其后的李红梅在同学们的一片惊呼中猛抬头，砖头不偏不倚砸中了李红梅的头。

血像喷涌的泉水从头顶流了下来，模糊了李红梅双眼。等她醒过来，人已经被送到了镇上的卫生院，头上被砖头砸了一个血口子，缝了四针。

李红梅胡思乱想着过去的事情，除了头依然疼痛外，还激发出了对童年同学的思念。第二天，李红梅打扮好诗妮，告诉婆婆瓦奥莱特自己有些头痛，想找中医看看病，她见瓦奥莱特没有听懂，但还是点头示意自己知道了，于是就在随身携带的包里装上奶粉、纸尿布和水，抱着诗妮乘车往高远和言自芳的自远国医馆而来。

这边，自远国医馆门口来了一位五十多岁华裔男士，从穿戴上判断此人应该是在伦敦住了一段时间了，虽然衣服很旧，但是举止行为还刻意维护着自己的尊严。男人长长的大背头从前面梳到了脖子后面，头发花白，却有着不同凡响的文艺范儿。

男人来到国医馆的门口，佝偻着身子咳嗽了半天，高远见来人这个样子就急忙出去将男人搀扶了进来。

“实在不好意思，这几天浑身不舒服！我看你们是祖国来的中医，看能不能给我调理一下？”男人果然客气有加，喘着气说。

“当然可以，您坐下来慢慢说！”高远请男人坐下说道，“请问您尊姓大名是？”

这时章惠敏给客人端上了一杯热气腾腾的姜茶：“请用茶！”

“谢谢姑娘！”男人客气道。

“我姓武，叫四海。大家都叫我大海，年轻人都叫我老武！”武四海咧了咧嘴说道，“我是一位画家，北京来的，五六年了！”

“武老师，您是具体哪里不舒服呢？”

“我就觉得肚子痛、肚子胀，有屁放不出！”武四海一边说右手一边摸着自己的肚子，“快成了光吃不拉的貔貅了。”

“那您大便有没有血？您注意过吗？”高远警惕了起来。

“这我倒是真没有注意！”武四海回答，“谁看那个！”

高远将武四海的手放到台面上，示意不要说话。

“脉象还算正常，平时胃口好吗？”高远将自己的手搭在武大海的手腕上给他号脉，并让武大海把舌头伸出来让他看看。

“您都知道了，干我们这一行的有了上顿没下顿的，特别是大冬天的更是‘颗粒无收’啦！每一粒米都消化得干干净净！”武四海自嘲道。

“这样，武老师，我看你身体情况基本正常，现在您暖和一下回去休息，下次大便的时候留意有没有血液出现，如果有请你打电话来，我告诉您下一步如何处理，您看好吗？”高远说着递给武四海一张自己的名片。

“我没有啥大病吧？医生？”武四海似乎感觉到了什么，“有啥问题您就跟我说。”

“没有什么大问题。”高远略有所思地接着道，“如果便中有血，您也可以直接到大医院做一个肠镜检查吧！以前做过吗？”

“没有!”

“那就去医院做个肠镜检查一下，比较心安!”高远见武四海起身要走，就嘱咐道。

这个时候，李红梅抱着诗妮推门进来了。言自芳正从二楼下来，见到李红梅抱着孩子进门就赶紧往门口奔去，章惠敏正好在门口，不由分说去接李红梅手里的孩子。

“这么冷的天，咋不在家待着，跑出来干吗?”言自芳话语中有些责备，“你看看把我们诗妮的小脸冻得通红，成小可怜了!”

“就是呀，你这个冒失鬼，这么大雪天也不让费迪送你过来?”章惠敏一边倒姜茶一边批评李红梅，“说真的你自己的脸色咋看着蜡黄蜡黄的?不会是‘防冷涂的蜡’吧?”说完还笑了起来。

言自芳似乎看出李红梅哪里有些不舒服，就用手示意章惠敏不要开玩笑，赶紧把李红梅安顿到椅子上坐下。

“你是感冒了，还是‘大姨妈’来了?”言自芳见李红梅自进门就没有说过一句话，关切地问道，“你倒是说话呀!”

“都不是!”李红梅有力无气地说道，“头痛!”

这时，高远起身送走武四海，赶紧过来，正好听到李红梅说自己例假正常就是头痛，问道:“平时有没有疼过?”说着，还用手逗着小诗妮，“好可爱呀，小宝贝!”

“就知道逗人家的孩子，自己赶紧生一个呀!”章惠敏用挑逗的眼神瞥了高远一眼，“这还不容易?”

“就是!惠敏说得对!”李红梅勉强迎合了这么一句，“你也要抓紧!老大不小了。”李红梅用力握了握言自芳的手。

“知道了!知道了!”言自芳心领神会，一手拍着李红梅的腰一边说道。

“红梅，你说说是怎么个疼法?”高远打断女人们的聊天，将话转为正题，又转过来对言自芳和章惠敏说道，“红梅不舒服，你们先别胡扯，行吗?”

“行行，说生孩子的事还不是为了你们高家着想?”言自芳说着笑了，脸也红了起来。

“以前偶尔痛过！疼起来就天昏地暗。从昨天开始，隐隐地痛没有停!”李红梅望着高远，“有没有什么止痛药?”

“你坐下，我给你头部检查一下，顺便按摩按摩这样头痛会缓解一些的，你以前头部有没有受过外伤?”高远问道。

“小时候头被砖头打破过！当时没有在意！时间太久远了，头不痛都忘记了有这回事儿了!”李红梅说道。

“你的脉象有些不稳，我只能给你按摩缓解一下，如果没有缓解就去医院做进一步检查吧!”高远建议道，手按摩在耳后枕骨，“痛吗?”他见李红梅没有回答，又按摩头顶和双手虎口。

时间过了很久，高远除了调理这几个穴位，还在太阳穴按摩了一段时间。此时李红梅觉得轻松了许多，可是人显然处在疲惫状态。

“你回去先把这强力天麻片吃了，可能会缓解一下症状。”高远说道。

送走李红梅，高远心里有些沉重，他不敢妄加推测李红梅的头痛会发展到什么地步，因为他明显摸到李红梅头上有一个鼓起的肿块儿。

他将这件事跟言自芳和章惠敏说起，两个女人都吃了一惊。几个人商定，如果李红梅没有去医院进行CT检查，就亲自上门劝说一下。

李红梅回到家头痛不但没有缓解，一头就倒在了床上，还出现了恶心、呕吐的症状，费迪见了一时慌了手脚，不知所措，祖母瓦奥莱特让他赶紧拨打救援电话999。费迪这边等着救护车，他又拿起电话想给高远打个电话。费迪有些犹豫，不知道该不该给高远说一下李红梅的情况，费迪拿着电话的手又放了下去。费迪听到女儿的哭声，突然意识到了什么。马上把电话拨了出去。

高远、言自芳和章惠敏到达费迪家的时候，李红梅已经被救护车接走了，费迪跟着救护车一起去了医院。高远见小诗妮和瓦奥莱特在家，老人年事已高，无法看管小孩，就让言自芳和章惠敏在费迪家帮忙照看孩子。

高远一个人赶往李红梅入住的圣乔治医院，路上他想了很多，按照常理李红梅已经结婚有了家庭，自己没有必要赶往医院，可是费迪能打电话给自己说明没有把他当成外人，救人要紧，就不在乎什么礼数不礼数的了。

圣乔治医院不像个医院，倒像个宾馆，没有成群结队的病人，也没有扑面而来的消毒液的味道。不多的几个病人都穿得非常绅士，衣冠楚楚。高远在迎宾处正要打听李红梅在什么科室，就见费迪和助理琳尼达小姐正在说话。

费迪见到高远就远远地示意等他，高远站在原地没有动。眼睛望着两人。只见琳尼达小姐听着费迪的话掩面难受起来，高远心里抽动了一下。

过了好一阵，费迪走过来。脸上的络腮胡子因没有来得及修理显得格外地凌乱，费迪见到高远的第一句话就是："需要手术，马上手术！"

"是什么问题，您能告诉我吗？"高远有些急了。

"脑膜瘤！"费迪沉默了一下接着说道，"可以手术，我已经签了手术同意书。"费迪显然抑制不住内心的痛苦，眼睛红红的，眼泪在眼眶里直打转。

"费迪，不要难过了。查出来病情，有了对策就好了！"高远拍了拍费迪的肩膀，"今天上午李红梅去我店里说头痛，我还建议她到大医院做CT检查，没想到病情发展得这么快！"

费迪和高远在门口的沙发上坐了下来，门外的阳光刚刚露头就被乌云给收了回去，像人们内心刚刚燃起的希望又瞬间熄灭一样。天越来越暗，楼里的灯已经亮了起来，高远侧目而视，费迪嘴里嘟囔些听不懂的东西，像是在祈祷，还不时在胸前画着十字。

看到费迪对李红梅这么上心，高远突然想起了远在国内的练花和儿子练小鑫，想到了身边的夫人言自芳。高远突然觉得也该有个孩子来温暖一下自己空落落的心，虽然和言自芳生活在一起很幸福，但是除了互相发泄性欲以外，言自芳从没有想过生个孩子的事儿，他不止一次向言自芳提过此事，反正他没有听到过言自芳主动提过，或为生孩子做过任何心理的或者身体方面的准备。是言自芳不想生孩子还是言自芳还有什么打算，高远始终搞不清楚。

时间一分一秒地向前挪动着，天已经进入到了深夜，费迪和高远被一阵阵骚动惊醒。两个主刀医生疲惫地从手术室的门口出来，直奔会客室，来到费迪的面前："贵夫人的手术已经结束，脑部手术证实了CT影像结果和医生的诊断，手术成功。目前看是脑膜瘤，是良性还是恶性要等做了切片以后，分析结果出来才能断定。"医生没有等费迪说话接着说，"你们回去休息吧，病人在这里你们放心！"

一场突如其来的病情随着手术的开始、结束把大家的心情从跌宕、起伏推到了接受和平静，时间好像过了几个世纪。一场病，让不同的人对生活有了不同的感受，对人生的意义有了重新的定义。

费迪想着等夫人康复了带着孩子回一趟中国，见一下自己尚未谋面的岳父母，只听说中国是一个幅员辽阔的伟大国家，可是离自己却很远很远。如果夫人身体允许就再生一个儿子，估计长相比自己要漂亮许多。至于孩子的名字可以叫"费迪斯或者费迪斯斯什么的！"想到这里，红梅的病情给他带来的心理压力似乎已经被手术的成功减轻到了最低限度。

高远在国医馆门口从费迪的车上下来，两个男人还是第一次在没有女人在场的情况下相互道别，明显地有些生疏的感觉。费迪说了很多次感谢，然后开着车回家去了。

已经是后半夜，高远轻手轻脚打开了门，顺着楼梯往上走，他必须经过二楼章惠敏的卧室才能到达三楼自己和言自芳住的阁楼。楼道里的夜灯给高远指示着道路，四周异常安静，静得高远都能清楚地听到自己的心跳。

从一楼登上二楼，右转就是长长的走廊，走到尽头再右转就上了三楼。章惠敏的卧房就在二楼走廊的中间，虽然房东在走廊里装修时铺装有地毯，可是细心的人依然能够知道有人经过。

时间已经后半夜，远处树上不再传来夜莺的“歌唱”，月光不知道啥时候爬过了夜莺的窝，将一缕缕斑驳的银丝洒进了长长的甬道。月光的亮盖过了夜灯发出的光，这一刻整个甬道都像起了化学变化，一种宁静柔美的氛围传递出爱的味道来。

登上二楼，一右转，高远就发现章惠敏卧室的门和往日的不同。房门不仅没有虚掩上，而且还开了一半。室内的灯光昏昏暗暗，光线被门折成了一个锯齿形状倒映在门口的地毯上。高远高抬腿，轻落脚，正要跨过门口的“锯齿”，就听章惠敏柔柔的声音从卧室里传了出来。

“这么晚才回来！情况咋样了?”章惠敏的声音从卧室传了出来，章惠敏显然问的是李红梅的病情，“饿了吧?”

“不饿！李红梅是脑膜瘤，手术挺成功的！这么晚了，你怎么还熬夜不睡?”高远关切地说着，眼睛并没有往屋里看。他想尽快过去，上楼休息。

“睡不着！小诗妮在我这里呢！一直闹着要妈妈，哭到半夜!”章惠敏把房门完全打开，一股女人的胭脂香扑面而来，一下把高远的睡意冲淡了不少，人也精神了起来。

“你们把孩子接过来了!”高远显然有些意外，又有些高兴，“你真是菩萨心肠!”高远说着来到床边。灯光下，小诗妮已经睡着，眼泪留下的痕迹依然挂在鼻子两边清晰可见。由于哭的时间过长，诗妮在睡梦里还不时会有痛哭后留下的抽泣。

“给诗妮擦一擦脸?!”高远抬起头望着章惠敏说道。他这一抬头看见章惠敏仅仅穿了一件吊带内衣，与他刚刚进来的时候似乎有了变化，高远的脑子知道自己的眼睛又看到了章惠敏隆起来的酥胸和双乳间的乳沟，他心潮汹涌，双腿紧紧地交织在一起，高远脑子里出现了一个清晰的声音“男人不好色，白在世上过!”

高远一把将章惠敏搂在了怀里，他的舌头穿过章惠敏的嘴唇和她的舌尖相遇到了一起。高远就觉得章惠敏高高的双乳顶在自己的胸前，自己的双腿已经和章惠敏的双腿缠绕在一起。慌乱中，高远一只手已经紧紧搂住章惠敏的腰，一只手已经越过了乳沟摸到了他梦寐以求的乳房。

作为成熟女人的章惠敏对男女之爱是相当渴望的，特别是来过“例假”后的那几天，她不止一次地蜷曲在被子里痛哭，感叹自己生不逢时，来到这个灰蒙蒙的伦敦，没有男人，更谈不上结交男友。

此时的章惠敏，连她自己都不敢相信她会在高远面前如此大胆，她不知为何主动脱掉了外衣，她不是有意袒露自己敏感部位来吸引高远，她仅仅是感觉到自己身体里有一股劲儿让她这样做。在高远脱掉她吊带儿的一刹那，慌乱中她顺从地闭上了眼睛。章惠敏内心怦怦地跳着，两腿间已经湿润，她急切地期待着高远脱掉她的睡裤，让她享受做女人的快乐，章惠敏渴望这个美妙的时刻久矣。

高远脱去章惠敏身上仅剩的一件睡衣，下意识地去寻找她的内裤，可内裤的主人根本就没有穿它。高远失落中感觉到了一种前所未有的新鲜与不同，下意识地向下摸索，滚烫的琼液已经流满了章惠敏的大腿两侧。此时，高远除了思想里只有一丝丝的软弱之外，身体的其他部位都是硬的，如钢铁般的硬。

章惠敏就觉得一股热流冲破了她的身体，这股热流取代了撕裂的痛，反而填补了她内心的虚空；彻底扑灭了埋藏于身体里的邪火，她的身体和情绪在一阵阵的痉挛中达到了一种新的平衡。

章惠敏有了一种热浴后穿上丝滑的蚕衣之感！

7

王奕桐到图书馆借了很多医学方面的中英文书，她想多了解一些关于渐冻症治疗和护理的知识。王奕桐将借来的书摊在餐馆的桌子上反复寻找相关的内容，可是，她能够了解到的知识却十分有限。不要说王奕桐一个外行人，就算是一个学习医学的毕业生也很难找到更多渐冻症这方面的描述，因为对于渐冻症的诊断和治疗，医学方面也没有给出一个成熟的标准，所有的评判标准就是医生个人的临床经验。

斯梅尔的病情发展得很快，四肢、躯干、胸部和腹部的肌肉逐渐无力和萎缩。斯梅尔的情绪从原来的暴躁愤怒渐渐地变成了软弱无力，他的手臂已经不能端起一个杯子，如果王奕桐不在身边，斯梅尔的手连一杯水都端不起来。

无奈之下，王奕桐出门前都要在水杯里放一根喝可乐喝汽水用的吸管。王奕桐背过身不知流过多少眼泪，可回过头却是一脸灿烂给斯梅尔描述着对愈后的美好憧憬。

“霍金，就是那个剑桥大学著名物理学家，他二十一岁也得的是这个病，他的病情比你还要严重，全身瘫痪，不能言语，手部只有三根手指可以活动。他依然高寿七十六岁。你有我，你可以活到一百岁！”王奕桐说完，强忍着内心的悲痛，她想冲到屋外大哭一场，可看到斯梅尔难受的样子，顿时觉得自己痛哭未免太自私了，“……你现在把教学的心得整理出来，就是对自己的肯定，也是对音乐事业的一种贡献。”王奕桐鼓励着斯梅尔。

斯梅尔艰难地抬起头，眼神充满对王奕桐的爱，他蓝色的瞳仁里从来没有这么有神有光：“亲爱的，你就是上帝派来拯救我的！”说着斯梅尔被自己的口水呛得不停地咳嗽。王奕桐赶紧将斯梅尔搂在怀里给他捶背。

“以前我恨上帝，我觉得上帝抛弃了我和我的家庭，使我的人生太过于坎坷！”斯梅尔慢慢地说着，“但是，现在我不恨上帝了！我感激他，是上帝把你带到了我的身边！”王奕桐能明显地感觉到斯梅尔的胸部因为激动而不断地起伏着，唯有四肢却瘫在原地一动不动，没有因为激动而做出相对的反应和配合。

“斯梅尔，亲爱的，我理解你的感受！”王奕桐哽咽着，“以前，我也像你一样，我恨老天爷！为什么生了我，又没有人要我！为什么让我成了孤儿，让我受尽童年不该遭受的痛苦，承受童年不该有的折磨！直到遇见了你，我才知道，这也许就是老天爷在遇见你之前对我的考……验！”

王奕桐趴在斯梅尔的身上哭得一抽一抽喘不过气来，多少年来王奕桐没有这么哭过，甚至于被遗弃、被猥亵、被堵在漆黑的马路上，她都没有这么哭过，今天她却被自己的爱人遭受的病魔给击败了，与其说她哭的是斯梅尔的病，倒不如说哭的是自己的不幸，哭的是她和斯梅尔共同的命运！

王奕桐抱着斯梅尔：“老天爷呀，你就行行好吧！让我的斯梅尔快快好起来吧！如果你非要收一个人走，你就把我收走吧！我求求你了！”

威斯敏斯特的钟声敲响了，王奕桐的哭声渐渐消失，钟声提醒她是晚饭时间了。突然想到斯梅尔会不会饿，她赶紧起身去厨房，想让罗伯特·李给斯梅尔做几个可口的饭菜。

四季中餐馆的生意并没有因为斯梅尔的病就陷入萧条，反而越来越兴隆，各路音乐人或者非音乐人都慕名而来，有的是奔着菜品而来；有的是奔着音乐而来。而更多的人是想品味一下美食是如何与音乐结合到一起的，结合得是不是跟自己想象中的一样。当然也不排除特意过来吃饭的，以这种方式让王奕桐和斯梅尔有尊严地接受帮助，渡过难关。

据大厨罗伯特·李说，有从世界各地专程飞到斯梅尔斯堡吃饭的，他们没有打扰斯梅尔是不想让他知道，他们认为仅仅是尽了绵薄之力，仅仅是吃了一顿饭而已。

罗伯特·李从电脑里调出预约清单，满满登登的订单已经排到了三年以后。他们中间有赫赫有名的音乐大家、指挥家、音乐学院的学生、音乐爱好人士以及斯梅尔的崇拜者。

让人感动的是不仅有处在和平国家的音乐爱好者，还有身处战火中的巴勒斯坦和约旦河西岸的斯梅尔的崇拜者，虽然人不能亲自来伦敦，他们委托罗伯特·李为斯梅尔做一个阿拉伯大饼，仅仅是几个英镑，但“礼轻情义重”。

而本地的客人更多的是对美食到底能和音乐有什么样的契合不知凡几，因而倍感兴趣，他们会一边聆听着动人的音乐，一边欣赏着落日余晖下的斯梅尔斯堡。许多人为斯梅尔祷告后，虽然手举着红酒杯，眼光却泼洒在城堡的草地上，目不转睛盯着余晖将一棵棵草涂上金黄色，又将草坪上渐渐升腾起来的薄雾变成了金色的朦胧，思考着人生，却忘记了捧杯。

一个四五岁的小姑娘在草地上迎着阳光追逐着两只翩翩起舞的蝴蝶，光线一条条穿过姑娘的花边小裙子，穿过发丝，将整个人都镶嵌了一道金边儿。笑语欢声形成了一丝丝无形的线，一头拴着孩子，一头牵在不远处孩子父母的手里。阳光毫不吝啬地将辉煌的金色洒在这幸福一家人的身上。

王奕桐停下脚步，看得入了迷，这场景对别人来说是再普通不过的了，可对于她和斯梅尔来说却是一种奢望，王奕桐不知多少次想过生一个自己的宝宝，既长得像斯梅尔又长得像小时候的自己。王奕桐见过中英混血儿的样子，那不仅是真的漂亮，而是天使下凡。用什么样的语言来形容都不过分。可现在她不敢有这种奢望了，斯梅尔的病来得这么突然，又发展得这么迅速，一切都变化得让她始料不及。

大厨罗伯特·李见王奕桐姗姗而来，哭红的眼睛里却又挂着一丝丝对“小天使”的羡慕之情，他理解目前处境下的王奕桐。自开店以来，罗伯特·李见证了这对情侣面对危难时表现出来的崇高爱情，他听说了斯梅尔的不幸以及斯梅尔的成就。为此，他为斯梅尔惋惜，更为王奕桐担心，怕有一天斯梅尔的离去会给王奕桐巨大的打击。

罗伯特·李见王奕桐过来，估计是要为斯梅尔做些吃的，他赶紧将早早准备好的花旗参炖乳鸽汤从煨锅里取出，知道斯梅尔喜欢吃中国菜，罗伯特·李特意用金华火腿炒了扬州炒饭，又现场做了一道大煮干丝和清炒鸡毛菜。

“夫人，你看看这是我为斯梅尔先生准备的小吃！学着中餐糕点做的山楂锅盔和绿豆糕！”罗伯特·李打开一个精致的礼盒让王奕桐看。王奕桐眼睛没有看食物，却将眼光望向了罗伯特·李。王奕桐不是不尊重罗伯特·李的劳动，而是他用了“夫人”这个称谓让王奕桐感觉不适。她一下觉得自己真正成熟起来了，本来自己虚无缥缈的音乐家身份，被罗伯特·李的一句“夫人”给打回到了原形，让她找回到自己。

王奕桐郁郁寡欢地往回走，她的脑海里时时回忆起自己走过的路，见过的人。任何理想都归于眼前的家庭生活，其他的追求都已经是浮云一片。

卧房前的灯光活像个耄耋老人浑浑噩噩地泼洒着黄色的光，王奕桐远远地看到几个西装革履的人从房间走出来，几个人走近，王奕桐仅仅认出其中的一位是现任音乐沙龙主席、大名鼎鼎的音乐家史密斯·弗雷。

“您好！斯梅尔太太，我们是来看望斯梅尔先生的，这几位是我的朋友！他们前来也是向斯梅尔先生致以崇高敬意，愿斯梅尔先生早日康复！”史密斯·弗雷绅士般向王奕桐问候道，“但是我直观地感觉斯梅尔先生的身体情况不容乐观！恕我直言！”

“谢谢大家……”王奕桐的话没有说完，人已经哭得不能自持，“我想老天爷不会不管他的，不会不要他的，不会……！”

夜渐渐地深了，大西洋上空的风呼呼作响，威斯敏斯特午夜的钟声被风吹得听起来飘飘忽忽地没有往日的坚定。月夜像水洗了一样，朗朗晴空即便是黑夜同样能感受到天是瓦蓝瓦蓝的。

王奕桐守着斯梅尔，她将斯梅尔的头放在自己的怀里，像对待襁褓中的婴儿一般。此时的王奕桐心如刀割，她目不转睛地望着窗户和天上的明月，她期盼着耶稣能够降临，来给斯梅尔医病。

“主耶稣呀，我以前不相信有耶稣有上帝，我向您赔罪。您说：‘人活着不是单靠食物，乃是靠上帝口里所出的一切话’！您又说‘要留心听我的言辞，侧耳听我的话语，都不可离开你的眼目，要存记在你心中。因为得着它的，就得了生命和健康，又得了医全体的良药’呀！”王奕桐默默地祈祷着，“曾经见到瞎眼的人，您伸手摸一摸，瞎子就有了明亮的眼睛！您见到断腿的人，摸一摸他的腿，他的断腿就好了，行走如飞了！耶稣呀，求求您来一趟吧，救救我可怜的爱人斯梅尔吧！

“斯梅尔坚信主在十字架上已经‘代替我们的软弱，担当我们的疾病。’”王奕桐哽咽着说不出话来。

风渐渐地减弱了，王奕桐梦见上帝的第六个天使瑰洱和第七个天使瓦耶从天上垂直而来，到了窗户外面对视后，就来到了王奕桐和斯梅尔的床前。

王奕桐抬眼看，只见瑰洱果真是那个斯梅尔喜欢的，有着未知的身世的瑰洱。她掌管“梦”，她的能力很大，是堕天使（亚伯汗）的妹妹。她与她哥哥的作用甚至可以造出一个等同于上帝世界的另一个天地来。

“瑰洱，你们是不是来接斯梅尔去那个‘异世界’的？你们兄妹在‘异世界’是自然的主宰吗？”

没等瑰洱回答，第七个天使瓦耶对王奕桐说：“是的！天堂需要一位斯梅尔这样优秀的音乐家，他将成为掌管音乐的最大能力的天使。为什么说能力大？因为他将掌管微笑，就是掌管快乐！”

她见王奕桐有些疑惑，瑰洱道：“不要小看这种能力。曾经上帝在赋予能力的时候，‘快乐’‘痛苦’‘哭泣’‘悲伤’‘绝望’这些能力都是等同的，就是说没有区别。慢慢地，快乐将会占据所有人的心和脸，人们喜欢快乐如同喜欢自己一样。它的能力明显高于所有其他能力，我们感觉笑的时候肯定会特别快乐！ 就是这个意思。”

“那我也收拾东西跟斯梅尔一起去！”王奕桐想抬起搂着斯梅

尔的右手，却感觉沉重得抬不起来。王奕桐猛地一惊从梦里醒来，她借着月光欲把斯梅尔的头放在枕头上，却发现斯梅尔已经没有了反应。

斯梅尔走了，是被天使接走的！

斯梅尔走了，是到天堂掌管快乐去了！

此时，威斯敏斯特教堂的大本钟正好敲响黎明前的第一声，这钟声是为斯梅尔奏响的，是为一个伟大音乐家的送行。

阳光穿过叆叇照亮了整个斯梅尔斯堡，天空中的白鹭排成了“人”字形从城堡的上空飞过，哀鸣声在空中响起，传向四方。草地上的一群蓝山雀抬起头来不知所措地对视着，完全没有了以前的鸣啭，平静得令人窒息。

望着斯梅尔被殡仪馆的车带走，王奕桐愣在原地竟然忘记了哭，她不觉得自己的丈夫已经离去，她倒是觉得斯梅尔是去参加另一场音乐盛会。

第二天，史密斯·弗雷先生像安排好日程一样，在大本钟的钟声响过不久就来到了斯梅尔斯堡。他的身后依然是那两位西装革履的人。史密斯·弗雷向王奕桐沉痛地说道：“我们感知到了您的痛苦，但是也为斯梅尔先生升到了天堂甚是欣慰！”史密斯·弗雷先生接着道，“我们是斯梅尔先生遗嘱的执行人，这几位是律师，他们将见证遗嘱的执行！谢谢您的理解和配合，任何不明白的事项都可以向他们提出！”

王奕桐眼泪汪汪地点了点头，在沙发的一角坐了下来，就在这时罗伯特·李给王奕桐送一些吃的，见到一群人围拢着王奕桐，以为是有人为难她就赶紧放下吃的，转过身来用中文问道：“夫人你需要帮助吗？”他见王奕桐无力地摇了摇头，就礼貌地退了出去。

“斯梅尔夫人，我们可以开始吗？如果您不介意的话！”史密斯·弗雷先生问道。

王奕桐强忍着悲痛，眼含着热泪点点头表示同意。

史密斯·弗雷先生向身后的律师点点头，示意开始。然后自己礼貌地退到了律师的身后。王奕桐就觉得面前的律师和她之间横亘着一条河流，无法跨越的河流。

只见一位律师自己介绍他是执行律师；另外一位律师介绍道自己是见证律师。执行律师打开公文包拿出两个信封，信封的封口处用熔化的红蜡做了一个不规则的圆疙瘩，一个斯梅尔家族的印章醒目地盖在红蜡上，一条编织成爱心的金黄飘带穿过斯梅尔家族的金色标志被红蜡牢牢地固定在红蜡和信封之间。

执行律师将这封信先递给王奕桐检查是否完好无损，得到王奕桐的首肯，将信从后面拆开。

一张白色的A4纸从信封中抽了出来，文头是斯梅尔家族的特有标志。执行律师先让王奕桐检查了斯梅尔的签名，然后退后两步宣读道：

时间：1985年2月3日

致妻子：王奕桐

威廉·斯梅尔遗嘱

借上帝之恩，借先父让·斯梅尔之威名，本人威廉·斯梅尔在此遗嘱如下：

1. 斯梅尔斯堡所有营收的三分之一归妻子王奕桐所有；三分之二归儿子维特·斯梅尔所有。斯梅尔斯堡捐献给古建筑保护协会和英格兰遗产办公室。

2. 所有音乐作品由妻子王奕桐捐献给中国北方音乐学院。

3. 四季中餐馆的房屋和营收归妻子王奕桐所有；现在

的住房归妻子王奕桐所有。

4. 所有现金归妻子王奕桐所有。

5. 没有打开的这封信，爱妻王奕桐回到中国家乡时方可打开，并按信里内容行事。

爱你的

丈夫威廉·斯梅尔

（签名）

宣读完毕，两位律师将遗嘱交给王奕桐，同时将遗嘱中提到的一封没有打开的信也交给了她。王奕桐泪眼蒙眬地在遗嘱接收单上签上了自己的名字，将遗嘱紧紧地搂在怀里，泪水从鼻尖儿滴答滴答落在了遗嘱上和那封尚未打开的信封上。

8

高远精疲力竭地出了章惠敏的门，他觉得自己的身体像被抽了筋儿，酥软无力。借着月光他凝视着通往阁楼的楼梯，他需要在楼梯上坐一下，他思绪万千，脑子有些乱。

高远不能否认自己高潮前和落潮后的思想意识是一个天一个地。行为前一切都不顾，自己似乎不食人间烟火；行为后回到了现实，想到马上就要见到言自芳又内疚了、后悔了。他低着头，像个被老师骂、被家长打的坏孩子，垂头丧气地将两条不争气的长腿瘫坐在梯阶上。

高远眯上眼睛思考着自己做的这些龌龊事儿不禁自责起来：“无论如何不能再有下一次了，人家还是一个没有婚嫁的姑娘，竟然让我这个畜生给糟蹋了！万一……万一！”

高远迷迷糊糊中觉得有堵墙正向他压过来，墙上的尘土和砖头纷纷砸向他。他下意识地向前推，却觉得触感到的东西软弱得像风又像梦，他分不出是自己软弱无力还是墙在梦里变得失去了重量。他激灵一下从睡梦中惊醒过来，发现言自芳正在给他盖一条毛毯。

言自芳见高远醒了就搀扶高远起来，埋怨道："这么大人了，怎么能睡在这里，就不怕感冒?"言自芳说着，眼睛不由自主地往章惠敏房门看了看。高远心里一惊，强作镇静："怕打扰你睡觉，就……谁知道给睡着了!"

"红梅的手术如何了？我一夜都不敢睡，就听着你的动静呢!"言自芳一边给高远脱外套，一边问道。

高远听到言自芳这话，心里扑腾扑腾跳得自己都能听到，心想这下完蛋了。言自芳如果发现了他和章惠敏今晚的蛛丝马迹，那言自芳的天都会塌下来，接下来的日子那就不知道如何应付。

"你听到什么了?"

"我不知道睡着了没有，就听到你回来的声音，就赶紧下来看看，谁知道你睡在这里！红梅手术顺利吗?"言自芳急切地想知道李红梅的手术情况。

"主刀医生讲手术成功，但是要不要命，还要看切片的化验结果和接下来病情的发展才能定!"高远说得像主刀医生一样的严谨。

"我们把小诗妮抱到诊所来了，瓦奥莱特年龄大了，管不了；费迪既忙医院又忙公司，够他受的！就是小诗妮闹了一夜要妈妈！现在章惠敏陪她睡呢!"听言自芳说完，高远悬在半空的心才算落地，他知道言自芳没有发现他和章惠敏之间的秘密，他心里窃喜，回味起夜里和章惠敏的缠绵，心里不由得产生了一种叫"渴望"的东西出来。

高远此时的心境应了那句"妻不如妾，妾不如偷，偷着不如偷不着"。他骨子里的三妻四妾的上古遗风占据了此时此刻的脑海，他幻想着拥有言自芳婚姻的同时又能得到章惠敏的性爱。

高远心气有些高了，他认为他就这样过着三楼有言自芳陪着，拥有名义上的夫妻生活；二楼有章惠敏偷着情，享受着“明鸡暗猴”的日子，这岂不美哉！

自那天晚上跟高远“鱼水情”之后，每次回想到当晚的场景，章惠敏的心里屡屡泛起波澜，每次见到高远的时候眉眼里满满都是幸福。这一点，高远发现了，他想暗示章惠敏，但话到嘴边又形不成完整意义的句子，无奈就只有用眼神交流。

章惠敏却不顾高远眼睛里说了什么，她的脑子里满都是幻想着下次恩爱可能出现的镜头。她趁着言自芳不在现场的时候，故意用身体触碰高远，惹得高远躲不是，不躲也不是。

说实话，章惠敏这段时间够辛苦，白天晚上照顾着诗妮。小姑娘学会了走路，兴趣正浓，不停地走，不是上楼便是下楼。言自芳接待客人无暇照顾诗妮，呵护小孩子的重任自然而然落到了章惠敏的身上。章惠敏跟在孩子后面既是保姆又像母亲，这还不是最累人的，给诗妮喂饭和哄她睡觉才真是不好对付的，吃饭要妈妈，睡觉要妈妈，哭声此起彼伏，惹得三个大人望着诗妮无计可施。诗妮也有意和他们作对一样，没有可以商量的余地，就是用哭声传递着自己对母亲的思念。

在这里章惠敏成了诗妮的第一“监护人”，给病人服务自己尚可休息，而看护小诗妮却丝毫没有休息的空闲。不过，辛苦归辛苦，章惠敏却乐此不疲，她对孩子表现出了超乎想象的耐心，虽然自己没有生育和养育经验，可她性格里自然而然流露出的母性已经足够小诗妮享用的了。

几天下来，哭闹的小诗妮渐渐地和章惠敏和睦相处了。以前是诗妮去哪里，章惠敏就跟到哪里，而现在是章惠敏去哪里，诗妮就跟到哪里。一会儿不见，就号啕大哭，在别人听来诗妮的哭声是一种折磨，而在章惠敏听来是一种享受，是诗妮对她的依恋。

章惠敏有了一点点闲暇时间可以休息了，也时常到前台接待一下客人。假如遇见不熟悉的客人，诗妮会本能地躲到了章惠敏的身后。

就连言自芳要去抱她，诗妮也仅仅是不得不给个“薄面”，你能感到诗妮扭捏作态的样子就是想尽快从言自芳的怀里溜下来，孩子是不会因为地位、关系、人情而改变或委屈自己的。无奈，言自芳只有用一句“有奶便是娘”来夸赞小诗妮。至于临时来看望她的父亲费迪那就更是“敬鬼神而远之”，不予搭理。

入夜，章惠敏抚摸着诗妮光滑如丝般的肌肤，畅想着有一天自己也会有这么可爱的孩子，不仅一个，也许好几个。孩子们都围拢在自己身旁打闹争宠，哭声中伴随着笑声；打闹撕扯中搅拌着平衡与幸福，孩子的父亲“笑而遣之”，坐观其变。

章惠敏在孩子父亲的位置上安放了好多个名人，有当红的明星，有伦敦的肌肉男，甚至于她还想起了家乡欺负过她的同班同学，可是这些人的影像都被高远的帅气给秒杀于无形之中。特别是那天晚上的交合，启动了埋藏于章惠敏身体内部的性欲开关，这个装置一旦运行，想让它停止是不会那么轻易就能够办得到的。那种畅快淋漓的感觉似乎来自上帝的恩赐，是自然界所无法提供的，如果非要找出一种自然现象来诠释它，那就是章惠敏常常听到的，伦敦上空的乌云中打雷时，阴电和阳电的交合，因为章惠敏的内心深处似乎看到过这种雷电的力量出现在那晚她和高远的“云雨”中。

章惠敏知道了自己的人生方向就是高远的方向，她的一切都将和眼前这个风流倜傥的男人分不开。章惠敏做出了她人生当中最重要的决定，那就是准备好自己，在受孕期和高远来一场缠绵悱恻的爱情交合。“让暴风雨来得更猛烈些吧！”章惠敏流下了泪水，“言自芳，我对不起你了！我也是不得已而为之。从此以后，你我从姐妹变成了情敌，就是仇人，我可以为了自己的孩子而受尽一切委屈，为自己的人生争取更好的活法！”

转眼，李红梅住在ICU（重症监护室）半个月后转到了普通病房。主治医生讲，截至目前李红梅术后的恢复情况理想，半年之内，颅内病灶部位如果没有新的肿瘤滋长，那真是上帝在百忙之中眷顾了她。

这段时间，费迪每天都在ICU病房外隔着玻璃窗探望李红梅，他为李红梅的康复感到欣慰。这天，久违的阳光明媚得让人透不过气来，抬头只能看到阳光，蓝天像被水洗过一样，可惜在阳光下蓝天却沦落成了陪衬的角色。费迪陪着母亲瓦奥莱特来到医院，他们今天的目的是迎接李红梅回到普通病房，虽然ICU和普通病房同在一层楼，可是性质却天壤之别。ICU预示着病情严重，而从ICU转移到普通病房却意味着病情得到了有效控制和治疗。

李红梅的窗前摆放了许多漂亮的鲜花，其中有高远、言自芳送的，也有王奕桐让专人送的，同时送来的还有四季中餐馆大厨罗伯特·李的鲜花和一盒精致的糕点。

中午时分章惠敏跟在高远和言自芳后面，她一手抱着诗妮，手里捧着一束美丽的康乃馨来探望李红梅，小诗妮见到一堆人围在病床边，吓得赶紧抱着章惠敏的脖子，哭闹着要离开。李红梅艰难地抬起头，想拥抱一下诗妮，可是孩子已经不记得李红梅了，或者说不认识憔悴不堪的母亲了！

章惠敏抱着诗妮，侧着身让李红梅能够用脸轻轻和孩子贴一下，这突如其来的动作吓得诗妮号啕大哭起来，惹得李红梅一时也哽咽了。

“谢谢你！惠敏，孩子你带得真好！我欠你的太多了！”李红梅话没说完，又是一阵一阵哽咽。

章惠敏赶紧安慰李红梅不要太过激动，等病好一些就会把诗妮“完璧归赵”，然后又加上了一句：“红梅你放心养病！”

正说着话费迪和祖母又来到医院看望李红梅，老人家看到来了这么多中国人，深深地被这个东方古国人民的友爱和善良打动！老人家深情地说：“西方人就是缺乏中国人身上的那种劲儿，这就是中国五千年来文化一直传承不断的理由！”瓦奥莱特不愧是文化人，讲的话句句都在理上。

此时，言自芳围拢过来学着章惠敏想把诗妮接过来抱抱，一来给李红梅看看不光是章惠敏出力看孩子，二来也告诉李红梅这一切都是因为有了她和高远，小诗妮才能够在她家里得到无微不至的关怀。如果没有他们，章惠敏啥都不是。

李红梅看出来言自芳和高远的意思，及时补救道："多亏自芳和高大夫，要不然这小诗妮去哪里呢？她爸爸不会管孩子，奶奶又管不动！等我好了，一定好好请你们！"李红梅见言自芳不断和诗妮交流，逗得小诗妮咯咯咯不停地笑，就接着说："你们有没有打算要孩子呀，我好了也可以帮你们带！"

言自芳一边逗着诗妮一边回答李红梅的话："我们现在不要，我们就要诗妮，诗妮就是我们的小公主！"

高远紧接着补充道："要的，会要的！"然后用手指了指言自芳，向李红梅示意他自己很想要孩子，决定权不在他这里，他说了也不算。

高远怕时间待久了会影响李红梅的休息，便相互道别，费迪执意要送他们回去，可是高远想出来一次不容易，直接回去显然亏待了言自芳和章惠敏，还因为有诗妮在，也想给孩子买些好吃的，方便章惠敏哄孩子睡觉。费迪见大家想逛街就不加过多地挽留，他给了每个人一个信封，高远打开见里面是两千英镑就极力要退还给费迪。费迪叽里呱啦说了半天，又是指孩子又是指李红梅，那意思很明显就是表示感谢，大家只好收下。

章惠敏抱着诗妮来到李红梅的面前，让诗妮给李红梅亲亲，以示再见。谁知诗妮并不买账，反而惹得李红梅又是伤心落泪。

就在这时，外面进来了一位菲律宾妇女，她在费迪的示意下来到章惠敏的面前伸手去接诗妮，孩子被这突如其来的举动给吓住了，一时忘记了啼哭和反抗，眼睛直勾勾地望着章惠敏。突然间，一股压抑的声音被诗妮释放了出来，孩子四肢乱蹬，腰弓得像只虾米。菲佣怕孩子的哭声打扰到病人的休息，赶紧将孩子抱了出去。

章惠敏也和诗妮一样被这猝不及防的举动搞得进不是，退也不是。两只手离开了诗妮的小屁股竟然觉得无处安放了。章惠敏无助地望着菲佣抱着诗妮出去的门，希望她能够出现在门口，然后将诗妮拱手还回给她。可是，她渴望的这一幕却没有出现。诗妮的哭声带着章惠敏的心渐行渐远。

“惠敏、自芳！你们辛苦了！我现在转到了普通病房，就是熬时间慢慢康复了，我就想把诗妮接过来一起住，这不，费迪又给请了一个用人来帮手，真心感谢你们！”

“惠敏辛苦，白天晚上看着孩子，诗妮跟她好，你都看到了，诗妮很黏惠敏的！”言自芳说道。

再看章惠敏眼圈里含着泪，嘴却是咧开着的，像哭？不是，可绝不像笑！章惠敏第一次觉得无助，养条狗养只猫都会有感情的，何况是诗妮这个小精灵呢？

告别了费迪、李红梅一家人，高远、言自芳和章惠敏往自远国医馆而去，路过面包店，一股烤面包的香味儿扑面而来，高远进屋买了“法棒”和“提拉米苏”，又给两位女士各买了一盒比利时有名的“歌帝梵”（Godiva）巧克力。

今天的支出显然已经超出了预算，可高远的想法却是巧克力的甜香能够给人带来幸福的感觉，特别是女人。据说，女人吃了甜食，特别是巧克力一类富于浪漫色彩的食品，幸福感会倍增。高远想既然有幸福感了，说不定晚上他路过章惠敏房间的时候，房门会不经意地留着一条缝，那他就成了神仙了，说不定和章惠敏可以实现第二次温存。想到这里，高远的脚步都轻盈了不少。

高远步履轻盈得像育龄妇女刚刚生产完的首次下地走路，每一步都走在棉花包上，心情一抖一抖的。想到身后的章惠敏，想到章惠敏柔软光滑的肌肤，高远的每一步又像踏在了鼓点儿上，高潮涌动，他的心开始歌唱。

自远国医馆的招牌下，一个人正在敲门。高远老远地见是皮特警长，就紧赶几步上前，一边开门一边问是有什么情况。皮特警长见高远回来就急切地说道：“我母亲腰腿痛的毛病又犯了，上次您给她治疗后，她觉得疼痛缓解很多，请你到我家里去看病，您不会介意吧，皮特?”皮特警长把话说得既动听又委婉。

高远听完皮特警长的话，连忙说可以。“你等一下，我收拾几件东西，就跟你一起去!”高远说道。他见推门进来的言自芳和章惠敏，接着对她们道，“我去皮特家，啥时候回来说不定，你们晚饭不要等我!”

“你不吃，我们也不做了，我们吃‘提拉米苏’和巧克力就够了!”章惠敏好像从失去诗妮的情绪中恢复了过来。

“对！你回来吃饭我们再做吧!”言自芳迎合道。

高远没有说话，看了一眼面前的两个女人，心里美滋滋的。那感觉就是三伏天喝了一杯酸梅汤，酸酸甜甜的，想想都冰爽无比。

章惠敏和言自芳在一楼聊天，章惠敏的话题自然离不开小诗妮，而言自芳的话题却天马行空飘忽不定，没有一个是落地生根的。她不想聊孩子，是因为在她的心里生孩子是水到渠成自然而然的事情，刻意而为之是对爱情的亵渎，孩子也不会聪明伶俐。聪明的孩子受孕的时刻一定是父母的爱情生活处在巅峰时刻的产物，或者是“不得不”与“非得来”的结合体。

可是至今为止，言自芳都没有等到这种巅峰时刻的到来，迎来的反而是高远的疲沓和性趣渐退。言自芳仍然在等，辛苦地等待一次革命性的性爱后迎接一个新生命的降临。

可是她不知道的是章惠敏与她的想法截然不同，章惠敏已经暗自算计好在自己的排卵期勾引高远，以达到鸠占鹊巢的目的。对言自芳来说，危险正一步一步向她靠近，她却浑然不知。怎么看，论才华论人品章惠敏和言自芳是不可同日而语的，但是章惠敏就是抓住了高远的人性弱点，利用自己的身体优势要把高远硬生生从言自芳的怀里夺走。

9

斯梅尔斯堡后面的森林中间有一大片空地是斯梅尔家族的墓地。一块块墓碑向人们讲述着当年的故事。平整的草坪被修剪得像刀切一样整齐。英国的文化传统并不认为坟墓有多么可怕，反而坟墓和居民的住房会和谐相处，相得益彰。坟墓边上的房子会比其他地方房子的售价高一些，老人家年龄大了，会提前看一看自己设计的坟墓，安排好葬礼的细节和花销，人们把葬礼看成了通往西方极乐世界的起点。

王奕桐没有来过这里，却知道一些这里的故事和埋在这里的人。她曾不止一次听斯梅尔谈起过这里的事儿，包括斯梅尔前妻瓦伦提娜的墓也在其中。

斯梅尔的墓碑上写着："再见！我指挥另一场音乐会去了！"

王奕桐在大厨罗伯特·李的陪同下来到了墓园，王奕桐强忍着悲痛，用手帕把墓碑一遍一遍地擦着，眼泪扑簌簌地流下来。现在的王奕桐不能听到音乐，因为每一首音乐都会变成斯梅尔的声音，冲进王奕桐的脑海里，震颤着她的心，折磨着她的情，每一首曲目都能让她回忆起她和斯梅尔的点点滴滴。一个两米长、一米二宽的墓穴告诉王奕桐，斯梅尔将长眠在这个地方，这里与其说是一个生命的终点倒不如说是一个新旅程的起点。

一架三角钢琴摆在了墓碑的侧面，12把小提琴、8把中提琴和6把大提琴已经就位，其他乐器的音乐家们都按自己的位子就位。鲜花围在墓穴四周，静静等待斯梅尔最后的到来。

此时，斯梅尔黑色的棺盖上盖着斯梅尔斯堡旗帜，还有一条王奕桐用过的丝巾。牧师按照程序指挥唱诗班朗诵赞美诗，史密斯·弗雷先生指挥音乐家演奏世界上最难演奏的钢琴曲——李斯特的

《死之舞》。

没有哭声，因为“死”没有死，而是在“舞”。在这五个乐段中，作曲家变奏出了二十六个音乐形象，这也许就是对斯梅尔一生的描述和诠释吧！有活泼的，也有严肃的；有优雅的，也有粗鲁的；有幽默的，也有笨拙的。钢琴的各种技巧在这里都得到了登峰造极的呈现，意境的营造也是极尽奇思妙想。如此表达对斯梅尔的哀悼之情，也算得上独树一帜。随着乐曲的响起，斯梅尔的遗棺被缓缓地安放在了墓穴中。“永别了，我的爱人！永别了，我的斯梅尔！”王奕桐在心里默念着。

随着史密斯·弗雷先生指挥棒的落下，音乐家们站起身来，默哀三分钟后，每个人都在斯梅尔的幕前献上一枝洁白的玫瑰花。

落日穿过乌云正好将一束“耶稣光”打在斯梅尔的墓碑上，照亮了墓碑上的“再见”两个字。王奕桐已经哭得没有了眼泪，陪着她的言自芳、章惠敏也默默地哀悼；费迪搀扶着祖母瓦奥莱特一起伤神；罗伯特·李和高远跟在后面神情悲痛。

白天，斯梅尔斯堡天空上的太阳随着斯梅尔的离去而不再光明；入夜，斯梅尔斯堡上空的月亮因斯梅尔离去而黯然失色。斯梅尔斯堡花园里的草坪一夜间变成了黄色；夜莺不再歌唱；蓝山雀不再鸣啭。

如果说人有情，那么不能不说草木花鸟也有情！那情一定是包含在一草一木里，体现在花鸟鱼虫中吧！

几天后，李红梅打电话给王奕桐，表示慰问之余，说自己手术后出院已经回到家了，邀请王奕桐到她家里做客，如果不嫌弃就在她家住段时间，一来姐妹们一起叙叙旧，二来也想让王奕桐换个环境。

“时间是疗伤的唯一良药！”李红梅挂电话前最后安慰王奕桐道。

王奕桐欣然接受了李红梅的邀请，她感激在关键的时候，同宗同族的华人兄弟姐妹让她感到踏实，像冬日阳光里将后背朝着太阳的方向，温暖中还带有一丝丝甜蜜。

王奕桐将拜会费迪家的想法跟罗伯特·李一说，他也觉得李红梅说得有道理："你就放心多住几天，四季中餐馆的事情有我呢！我开车送你过去，如果你想回来，就打餐厅电话，让前台转告我。"

罗伯特·李将车开了过来，停好车动作飞快地转到了副驾驶位置，为王奕桐打着车门："你们想吃伦敦地道中国菜的话，就及时通知我！"

小车出了斯梅尔斯堡，向右不远就拐上了伦敦桥。

泰晤士河的河水静静地流淌着，像两岸的建筑一样安静，斯梅尔和王奕桐身上的故事像根本没有发生过一样，除了身边的亲人和挚友聊到斯梅尔时偶尔会难受一下，哭泣几声之外，对于世界来说他们像从来就没有来过这里一样。

小汽车慢慢停了下来，前面能够看到一列火车横着行驶了过来，拦住了他们的去路，呼啸着从罗伯特·李和王奕桐面前驶过。王奕桐凝望着天空，好像是在思考人生，又像是在感叹生活！"人呀，活着不易！"王奕桐喃喃自语道。

是呀！王奕桐说得没有错，我们搭乘的人生列车上，有我们亲爱的家人和朋友，我们相依为命，一路相互照顾，相互关心，我们认为人生的列车一直会这样开下去，不停不休，和家人朋友们就这样一路相伴相随。可是，随着列车的前行，我们突然发现身边的亲人或挚友会在某一个车站下车，不管我们愿意还是不愿意。也许，到了我们下车的时候车上还有我们割舍不下的人，还有我们未完成的事业，可是没有机会了。人生列车抛下站台上的我们呼啸而去，车上的人再不舍也无济于事。

有时候，我们会发现有一个空着的座位旁坐着一位举止端庄大方的姑娘或者风流倜傥的男士，我们想过去和她或他同坐，接续下一段的旅行，可是有一位异性却捷足先登坐了下来，谈笑风生，等到那个座位空下来的时候，我们也许已经下车很久很久了。

从此再见，从此再也不会再见！

王奕桐下了罗伯特·李的车，同时也邀请一起进去见见李红梅，罗伯特·李却婉言谢绝了，说今天四季中餐馆有订单，是几个慕名而来伦敦的外国音乐家前来用餐，他不能不在。

罗伯特·李和王奕桐道别，上车离开了。王奕桐望着罗伯特·李绝尘而去的方向，突然想到刚刚横亘在自己面前的火车，不禁感慨。

李红梅早在客厅外的花房将水煮开，两小袋“立顿红茶”已经从茶叶罐里取出，放进了一个精致的茶壶中。细看，这是一款精致的紫砂壶，《般若波罗蜜多心经》雕刻在壶体上，显得格外稳重。

“红梅你不要乱动，快躺下！”王奕桐上前一步将李红梅摁在花房的小床上，“我陪你说话就行！”

“我可以下地走路了！医生也建议走走！”李红梅拉着王奕桐的手亲切地说道。

王奕桐仔细观察李红梅，瘦弱的身板儿上架了一个光光的头，一顶帽子极不协调地戴在光头上，原本就不太饱满的脸手术后就更加显得凹了下去。李红梅见王奕桐奇怪地望着自己一时忘记说话，以为王奕桐想知道手术位置在哪里，就脱下帽子指了指自己的头盖骨。

王奕桐没敢看，赶紧让李红梅把帽子戴上，嘴里道：“受罪了，受罪了！”这时，诗妮在用人推门后小跑着闯了进来。孩子见有陌生人在，眼睛一眨不眨地盯着王奕桐看，人却是朝着李红梅的方向跑了去。

“这孩子章惠敏带了半个月，见我就不认识我了！不过，当时在医院，头上身上都是管子呀，电线呀，孩子搞不明白也是可以理解的！”李红梅慢慢地讲着诗妮的事情，“不过回来马上就好了，母女还是血缘亲！”

“那是的，谁的孩子跟谁亲！”王奕桐说着，手摸着诗妮光滑的小辫子，“你能听懂大人讲话吗？能听懂爸爸讲话吗？”

“她可聪明了，听到汽车的声音，就知道费迪回来了，见了费迪就要他吹口哨，有时候吹得我都要撒尿了，她还要费迪吹，好多次吹得诗妮尿了费迪一身，哈哈哈哈！”李红梅说着诗妮，脸上掩盖不住心里的喜悦，“这不高远带着言自芳和章惠敏多次来看诗妮，昨天还在这里喝茶，跟我聊起你！替你难受，替斯梅尔教授惋惜，人走如灯灭，你想开一些！节哀顺变！”

“我知道了！”王奕桐说着，胸腔起伏了一下，泪水扑簌簌地滴了几滴在脚面上。近段时间，王奕桐显然哭得太多，眼睛里的泪已经流干了，人虽然会激动悲伤，可最能表现悲痛的泪水却早已所剩无多，更多时候，悲痛只能将王奕桐的眼圈涂红一片而已。

“奕桐，我说句不该说的，你该留个后！多可惜，唉！这都是后话了，说也白说了！好在你有文化，又是音乐家，不像我，要学历没有，要身体，没有！”李红梅像是在劝说王奕桐又像是在劝说自己。

王奕桐听了这话，心里有些难受，不过想想李红梅说得也对，就接着李红梅的话说：“你身体恢复了，打不打算再生一个中英混血?”

“如果身体允许，我豁出去了也要生一个！”李红梅脸上表现出母性的刚毅来。

王奕桐见诗妮手里拿着一个布娃娃，逗着诗妮道：“她叫什么名字呀?”

“妈妈！”

“叫妈妈呀！”王奕桐学着诗妮，“红梅，好羡慕你呀！有孩子陪着，就有希望！有费迪陪着，就有幸福。不像我，从一个人又转到一个人！”

“我不怕你听了难受，这段时间过去了，自己的事儿还是要考虑的，女人说到底就是要生儿育女传宗接代的！”李红梅连着说话，力气显然消耗了许多，她想躺下，王奕桐见李红梅眼睛寻找床沿的动作，赶紧扶她上床。

诗妮闹着李红梅说她刚刚买来的小鸭鸭要下水了，一定要李红梅出去看，李红梅显然体虚不能再出去跟诗妮周旋，就让王奕桐跟着去。嘴里嘟囔着：“让阿姨跟你去看鸭鸭吧，妈妈累了！”

王奕桐第一次近距离关注孩子，她跟在诗妮身后不知如何是好。

只见一个小木盒里两只毛茸茸的小黄鸭相互依偎在一起。见有人来，害怕得四处躲藏。小诗妮用力端起木盒，两只小鸭吓得“呀呀呀”地叫个不停。诗妮很兴奋，步履蹒跚着往前走，谁知脚下一滑摔了个“嘴啃泥”，盒子里的小鸭子被摔出去老远，唯有空盒子依然紧紧地被小诗妮捧在手里。王奕桐吓出了一身冷汗，可是她渐渐地感觉到自己慢慢地恢复到了原来的状态，小诗妮对她有一种治愈作用。

小诗妮张着嘴就要哭，王奕桐上前把孩子抱起，学着李红梅的样子宝贝长、宝贝短地安慰着，看见诗妮脸上粘上的泥土，抱着诗妮进了化妆间。诗妮的手丝绸柔滑，王奕桐涂上香皂的时候小手几乎光滑得把持不住。看见孩子的手王奕桐方才想起自己给孩子和李红梅带来的曲奇和其他糕点来，她赶紧进屋把盒子打开，取出一块转身递给诗妮。

这一切，李红梅隔着玻璃都看在眼里，心里突然温暖满腔。每当心里有澎湃浮现，比如家乡的小院，袅袅升起的炊烟和扑面而来的饭菜香就会占据了她的心，不知道为何此时，她特别地想家，想回去看看。

王奕桐抱着诗妮进屋来了，放下孩子，从礼盒里取了一块儿点心欲递给李红梅，可是发现李红梅侧着脸在哽咽。王奕桐虽然不知道此时李红梅的眼泪是为病还是为孩子，但是同为女人的她是能够理解李红梅此时此景的心境的。

王奕桐拉过椅子坐在李红梅的床边，手端着糕点，等待着她情绪平复。小诗妮吃得正香，王奕桐问道：“阿姨给的糕点好吃吗？”

小诗妮来不及回答，只管护着自己的食物，生怕别人抢走。李红梅转回脸来，用纸巾拭了拭自己的眼睛道：“奕桐，你说我这病还能好吗？”

王奕桐听了李红梅没头没脑的话，心里明白李红梅依然担心自己的病情：“能好！能好！手术了不就是已经好了吗！”王奕桐见诗妮吃完糕点，手上嘴上都是糕点留下的渣渣，就接过用人递过来的纸巾为孩子擦嘴擦手。

“妮妮呀，奕桐阿姨说妈妈的病能好，你说能不能好呀?”李红梅突然问小诗妮这么一个关乎自己生死存亡的哲学命题，孩子如何能懂大人的世界?！诗妮哪里能明白这个问题只能有一个答案，以及这个问题答案正确与否对自己母亲来说多么地重要，在孩子的童真世界里只会接着问题的后一句回答，不会像大人那样拐弯抹角。当诗妮听到妈妈问她“能不能好”时，就顺嘴说道：“不能好！”

李红梅愣在了床上，心心念念的女儿竟然如此回答这个关键的问题，她的脑子嗡嗡作响，头沉得像灌进了一大桶铅水，滚烫且混沌，微微的汗珠从脑门上渗了出来。

“孩子的话你也信呀?她又不懂什么好与不好，能与不能!”王奕桐带着责备的口吻道，“你也是，孩子是自己的，这问题还用问吗?”王奕桐接着前面的话又劝道：“这就是你的不对了，我可要说你，那句话咋说的?‘世上本无事，庸人自扰之！’”

李红梅听了王奕桐的话知道句句都在理上，可是就是难受，就是心里不舒服。其实，李红梅对自己的病不能说不担心，她对医生讲的那句话很在意，即手术部位有可能复发。她隐隐约约感到自己的时日不多，假如这样，她可怜的诗妮将何去何从?

王奕桐并不知道此时李红梅心里的想法，仅仅是觉得李红梅对病的恐惧占据并影响了她正常的生活，这是因为王奕桐不是一个母亲，没有后顾之忧。

“奕桐，我求你一件事，你能答应我吗?”李红梅双手突然紧紧地握着王奕桐的手，一边摇着一边说，“奕桐，假如我不在了，你能答应我把诗妮养大吗?有一天把她带回中国交给她爸爸吗?”

王奕桐被李红梅这突如其来的话给击晕了，人像失重从万米高空迅速下坠一样，耳边响起了轰轰隆隆的风声。她不知所措赶紧抓住面前的椅背，幸好没有跌倒。

“你这是怎么了，你今天疯了吗?你刚刚好没有多久，不要想这没边没沿的事儿，好不好?!”王奕桐的声音哽咽道，“你是陪我的，还是我来陪你的?”说完抱着李红梅哭了起来。

小诗妮被两个大人的哭声给吓到了，不由分说扯起自己90分贝的尖嗓子号啕起来。诗妮这个小“程咬金”突然杀出，吓了李红梅和王奕桐一跳，两个女人猛回头发现诗妮一张大嘴冲着天花板干号，赶紧蹲下来关照孩子。

瓦奥莱特从草地对面慢慢走了过来，身后跟着的用人手里捧着一大把鲜花。到了门口，用人将鲜花放到了花瓶里，抱起诗妮到外面玩儿去了。

老人家似乎感觉到了什么，可是她并没有说任何话。她知道一个丧夫的女人、一个手术后的女人都会找到自己情感的宣泄口，没有必要去劝。

和李红梅住了两天，王奕桐原本悲伤的心被另一种痛苦占据了，悲伤的程度也减轻了不少。而每当李红梅想到斯梅尔的逝去，心里都在庆幸自己捡回来一条命，相比之下现在的自己还是最好的，虽然向王奕桐“托孤”，可是没有到最后一步，人还是要坚强地活着，因为日子还要继续下去，因为太阳从东方又一次升了起来。

痛苦无疑是可以击溃悲伤的!

10

言自芳对爱情的极端浪漫化确实让章惠敏有机可乘，不仅如此，还变相地打击了高远雄性的进攻本能。高远累了，刚刚躺下，言自芳就会强烈地认为高远没有洗干净，需要重洗，不然不可上床，必须分开睡觉。

精神洁癖伴随着生活洁癖混搅在一起，导致言自芳对高远的要求越来越高，而高远以为言自芳不但不愿意跟自己恩爱，还非常嫌弃他。每当高远鼓足勇气将腿伸进言自芳被窝的时候，都会被无情地赶出来。自尊心告诉他再等等，再等等。好不容易等到言自芳的芳心愉悦，可高远却是“银样镴枪头中看不中用”。当高远灰溜溜地从言自芳身上落荒而逃的时候，他再鼓不起“冲锋”的勇气了。

言自芳几次被高远撩到斜坡上，不上不下，特别是灯还没有点着，火就灭了的时候，言自芳愤怒的心情就像身上没有成熟的脓包憋得又疼又痒又难受。当高远重提旧事，言自芳已经性趣全无。生孩子就更谈不上什么“水到渠成”或者“顺其自然”了。

高远自从那个月明之夜和章惠敏偷情以后，人好像获得了新生，他躺在言自芳的身旁可脑子里却想象着身边躺着的是章惠敏，高远满脑子都是章惠敏滑溜溜的胴体。

章惠敏能敏锐地感觉到高远的变化，她为自己能够成功吸引高远而自豪。可她怕这种吸引随着时间的推移而渐渐减退，她必须在这种减退来临之前达到自己的目标。

这天，武四海突然出现，来到了国医馆。高远一眼就认出是不久前来咨询过健康问题的画家，于是赶紧推开门把武四海让进来。

武四海背上背着一个大背囊，手里还拎着画画儿用的“家伙事儿”。进了国医馆就赶紧放了下来，显然这些东西让他受累了。

章惠敏递上一杯水，高远和言自芳不知道该问些什么，两个人都木讷地望着武四海的动作，心里盘算着接下来这位画家会提出什么身体上的问题让他们解决。

“高医生，我是特意来感谢你的！”武四海放下东西后，上前一步紧紧地握着高远的手，他见高远眼神里疑惑不解，接着道，“你忘记了，那天你让我去医院做个肠镜检查的？”

高远点点头，正要回答，就听武四海说道：“我去检查了，医生后来跟我说我有大肠息肉，来得很及时，给现场切除了，不然会发展成癌变的。”武四海激动得又走到言自芳面前和章惠敏面前绅士地一一跟她们握了握手，客气得让两位女士不好意思起来。

“没什么！这是我们医生分内的事儿。”高远忽然明白了武四海的感激之情是那天自己建议他去做个肠镜，同时心里又有些惭愧。因为，武四海来的时候，李红梅抱着小诗妮正好进门，高远见李红梅进来脸色难看，就无心跟武四海多讲话，既然武四海说自己肠胃不舒服，高远就顺水推舟让他做个肠镜，没想到“无心插柳柳成荫”，救了武四海一命。

此时，武四海一派画家的派头，他将“大背头”捋了捋，从背囊中取出一瓶包装完好的“五粮液”浓香型52度白酒。只见他把“五粮液”往桌子上一蹾道：“今天，就用这瓶酒给三位老师道谢，也请三位赏脸！” 高远明白了武四海的意思，他赶紧请武四海坐下。口口声声感谢不敢当，都是中国人就是一家人，留下吃顿便饭，交个朋友。

“今天不走了，留下吃个饭！”武四海慷慨激昂道，“高大夫，饭不能白吃，您看到了吧，我把画架都带来了，喝完酒我为每个人画一幅个人肖像，作为回报，您看行不行？”

高远扭脸看看两位女士，见她们听了武四海的话，四眼放光，于是便点着头回答道：“那真是太好了！我们今天就算放假了，自芳你去到门口，把今天休息的牌子挂起来；惠敏去到厨房做几个菜，我们四个人今天中午喝顿‘五粮液’！”

趁着两位女士去忙，高远也和武四海聊起来，可话又不知道从哪里说起。此时，外面的风慢慢刮了起来，地上的枯叶被刮得翻滚着，跟着不时而过的汽车往前冲，武四海的心情好像飞起来的枯叶一样荡漾着微波。武四海好像看出来高远的心思，不等高远张口就侃侃而谈：“皇家艺术学院一毕业，我就想回国，可回国的想法跟家人一说，没有一个人愿意让我回去的！你知道为啥吗？”

高远摇了摇头：“不知道！为啥？”

“都是虚荣心！父母、兄弟姐妹都跟人家左邻右舍吹，说我在伦敦混得如何如何好，挣了大钱，发了大财，现在是英国公民了，回去一次不容易，没时间没空回去！”武四海显然有些心酸，叹着气接着说道，“其实呢，你都看到了，我连个工作都没有，住的地方都没有，每天就是到泰晤士河边给游人画像为生，至于说艺术，谈都不要谈，艺术是吃饱饭的人谈的！”

高远心里激灵一下，似乎自己也是从泰晤士河边刚刚给别人画像回来一样，一种危机感顿时浮现在心头。他见过泰晤士河边、伦敦桥下头戴鸭舌帽的华人艺术家的表演，也目睹过不少画家专门给“西人”画像，极少有人给中国人画像的。

“我想问一个问题，武老师不介意吧?”高远试探着问道。

“不介意！”

“为啥极少给中国人画像？能解释一下吗?”高远真不明白为什么。

“因为中国人爱讲价，我们国人可以一掷万金去赌博，去看艳舞，可是不愿花钱接受一次真正意义上的艺术洗礼，就这么简单！对艺术的贬低是刻在我们骨子里的，君不见在一场高水平的音乐会中，我们华人是很难抬起高贵的手为台上的艺术家鼓掌的，因为历史上这些表演艺术家被称为‘戏子’，还有就是我们的心很难被焐热，很难被感动！”武四海说到激动处，主动端起一杯酒，高远见状也连忙端起自己的酒杯响应，这才发现武四海仅仅是给他自己斟了一杯酒，并没有给他高远满上。

高远见状，苦笑了一下，心想中国的画家都像你一样，只顾自己喝，不顾及他人，难怪你混成今天这样子。

“今天我很冒味地前来打扰你，请你不要介意，我很久都没有好好吃一顿饭了！方便面、快餐我都吃腻了，我都吃反胃了！”武四海显然有些激动，“不过我喝了酒，画出来的画作才真有神韵！”

“听起来你也过得不容易，可是能喝得起‘五粮液’说明你日子过得不错呦！”高远讽刺道，“在伦敦能喝得起这酒的没有几个人吧?”

“我哪里能买得起‘五粮液’？这是一个到伦敦办展览的什么他妈领导看我落魄送给我的，我就拿到你这里混一顿饭吃！”武四海说完，见章惠敏端着做好的菜过来，扭了扭屁股，算是迎接。

几杯酒下肚，武四海提出此时是画画的最好时间段，嘴里念叨着：“按大英帝国的规矩，Ladies first!（女士优先！）”他一扭头，冲着章惠敏道，“您先请！”

章惠敏这个时候哪里能够抢占言自芳的优先地位，连忙说：“自芳先画，自芳先画！她漂亮！”

言自芳听了章惠敏的话，心里像喝了马努卡蜂蜜一样甜，当仁不让地说道：“惠敏又胡说，我先来就先来！”

武四海喝了一口酒，拿起一只鸡腿咬了一口，眯缝着小眼睛贪婪地盯着言自芳看。高远和章惠敏感觉如何且不管那么多，单单言自芳就被武四海看得浑身上下鸡皮疙瘩一层未平，一层又起。

“我开始‘起型’了，时间会有些长，您可要辛苦一下了！”武四海慢慢进入画家的角色里，言自芳的鸡皮疙瘩也适应了现在的氛围。章惠敏见状把武四海没吃完的鸡腿给他留下，将饭菜端回厨房去了。

“再吃一点儿吧！”章惠敏冲着高远说道，“你就没有吃，就陪着说话了！”

高远这才把眼光从言自芳转移到章惠敏身上，他见章惠敏一人端不完所有的菜，就伸手帮忙。

两个人来到厨房，对面坐了下来。章惠敏给高远把酒斟满，又给自己斟了一杯酒，道：“这是第一次跟你喝酒，今天机会难得，能够合情合理地跟你喝上一杯，来我们干！”她见高远有些犹豫，就把酒杯塞到高远手里。高远似乎感觉到了什么，可是又不知道到底自己感觉到的是什么，他和章惠敏碰了一下杯：“是的，千载难逢的机会！”

章惠敏放下酒杯，将右脚脚丫从拖鞋里抽出，越过桌腿正好触摸到高远的小腿上。高远一惊又一喜，赶紧躲开，可是要完全躲开，心又有不甘。他夹了一块儿鸡肉递到章惠敏的碗里，可是章惠敏并没有感谢，反而悄悄地将脚丫大胆地往上去摸高远的大腿，可不巧的是大腿没有摸着，却碰见了硬邦邦的一块儿东西。

高远激灵一下，章惠敏也激灵一下！四目相对，此时那火辣的程度让高远突然想起家乡的小吃“三头一掌”来，顿时他的口腔干涩，血液从四肢向心脏汇集，他已经没有了思想，不能自已，眼神迷离中还带有一种雄性对雌性的渴望，他一把拉开章惠敏的上衣，力气大得将两个跟随章惠敏多年的小扣子都崩飞了，落到了餐厅的角落里，尴尬地望着高远将手伸进了章惠敏的怀里。

高远将章惠敏抱在怀里，伸手褪掉她的裤子，一用力将她放到了饭桌上，他的动作之大，几只可怜巴巴的碗都被章惠敏的屁股挤得差点儿掉在地上。

客厅里，武四海正向言自芳讲解着自己的创作思路，口口声声道：“不要动，不要动！”

厨房里，章惠敏也听到了这句话，同时她还听到了高远粗如犟驴一样的喘息声。她顺从地任由高远摆布，在外面的北风突然加大速度的时候，高远将自己的一股“热情”射进了章惠敏的体内。

酥软下来的高远故意多喝了几杯酒，目的是用酒精来掩盖交合后的不自然。高远脸红得有些不正常，红里带有一块块的惨白，他目送着上楼的章惠敏，心里又一次后悔了。他觉得章惠敏不应该刺激他，这种状况下实在是太危险了，一旦被言自芳发现，那可就没有安宁的日子过了。可是，高远同时又兴奋异常，本来在伦敦的日子就像老虎入笼的感觉，压抑又憋屈，如果再没有一点点儿刺激，人生的意义又何在呢？

一幅油画画成了，画中的言自芳眼睛里不知道为何平添了几丝忧郁。言自芳看了画没有出声，不说喜欢，就是意味着不喜欢。高远看了拍手称好，言语中带有过分的鼓励和献媚，而章惠敏赖在自己房间的床上，故意将脚抬得高高的，亦有所思。

“这幅画画出了高夫人的贵气，整个画面像含苞待放的荷花，眼睛里包含着万种风情，和蒙娜丽莎的眼神有异曲同工之妙，让人猜不透，摸不着，神秘感十足！”武四海为他的画作辩解道。至此，高远才知道画家不仅要画画得好，比画技更重要的是口才要好。

高远见言自芳面有难色、心有不悦，自知理亏，就赶紧让夫人吃饭，食物有时候会抵消一部分怨气，但是不会完全抵消掉。高远红着脸口口声声说一不小心喝多了几杯，言下之意脸红不为其他，而是酒精作祟。高远为言自芳端茶倒水，反而搞得言自芳心里更加不快，她不知道在她画像的同时，高远干了件亏心事儿才这般殷勤的，她认为这些事都应该让章惠敏来做才是正道。殊不知，现在的章惠敏自恃和高远有了恩爱，并不把言自芳放在眼里了，开始暗暗地和言自芳较开了劲儿。

武四海对自己的画作相当满意，他将吃剩下的鸡腿放到嘴里接着啃，鸡骨半截在他口里，半截在他嘴外。武四海啃得正香，估计是遇见了鸡筋儿，舌头牙齿正在积极配合中，嘴里面的鸡骨头被舌头牙齿折腾得正痛苦，在外面的部分却围着嘴皮子上下翻飞，绕着嘴皮子打转。

“我的画作一定耐看，这好比是花，花开好看还是待放好看，那一定是待放让人期待，对吗？”武四海这话说得没有问题，可问题是言自芳心里并没有接受他的画作。他也看出来言自芳的表情，他接着弥补道，“我敢说有一天你会喜欢我画的这幅画的，因为如果我把你画得眉开眼笑，如果你因为什么事儿不开心了，你会厌恶我画的这张画！可今天我画的画你认为眼中略带忧郁，与你现在的心情不符，可如果你日后再遇见什么让你难受的事或人，回过头你就会接受自己的！”

言自芳没有说话，但是武四海的话她还是听了进去，她对武四海的态度从开始时的轻蔑慢慢有所转变，当再看这张画像的时候，她已经能够接受了似的。

就在言自芳要离开武四海去吃东西的时候，武四海却叫住了她，示意言自芳到他站立的位置来，言自芳不明白武四海是什么意思，可在武四海的坚持下还是走了过去。

“您从这个角度再看!”武四海手指着画说道。

言自芳顺着武四海手指的方向看去，奇迹发生了，自己的画像呈现出了微笑的样子，连眼睛都是笑的。见此，言自芳高兴得跳了起来，双手抱在胸前不停地拍着。

“高远、惠敏你们快来看！快来看!”言自芳不知道的是高远就在她的身后，此时高远也感觉到诧异，同样一张画，不同的位置，就能呈现出不同的样貌，真是太神奇了。

章惠敏慢吞吞地从楼上挪下，她本不想下来的，可是听到了言自芳喊她的名字，觉得一幅画就把一个人鼓噪得这么高兴，心生好奇，于是双手插在口袋里，就从二楼姗姗而下。

章惠敏听到角度不同画像的表情也不同，就顺嘴说道：“是错觉画法吗?”

“你说得八九不离十了，是视觉错觉画法!”武四海在女人面前总是憨厚的，他听见章惠敏的话权当是对他的鼓励，嘴咧了咧，算是笑了笑，话没有多说。

章惠敏经过短暂的休息情绪已经恢复正常，就是身体仍然有些疲惫。她看了看画像心里不禁“咯噔”一下，言自芳眼睛里没有忧郁更没有微笑，她看到画像里的言自芳是愤怒和悲哀的，有一股难以言表的怨恨和无助。章惠敏不敢再看这幅画，对武四海为她画像的请求没有作任何的回复，径直上楼去了。

武四海自讨没趣，就对着高远大加赞美。什么名医、名人，什么华佗再世、扁鹊转生等等，话讲得活脱脱地像一盆洗过画笔的水，不管什么颜色，有的没有的都往高远身上泼了。

听到这些恭维的话高远如芒刺在背，他就一个感觉，那就是武四海身无分文了，今天画的像不给钱他是不会离开的，想到这里自己画像的兴趣已经荡然无存，整个人像被大西洋上空刮来的西风袭击过一样，把心里仅剩下的一丁点儿感觉都刮没了。

望着武四海收拾画具，高远从钱包里拿出一百英镑递给他，武四海眼睛放光，虽然嘴里说着不用这么客气，可英镑却早已装进了口袋。

11

时间真快，忙碌着的人们发现一年时间就不禁用，日子就快到年底了。眼看一年一度的圣诞节就要来临，大街小巷里圣诞的气氛渐渐浓郁了起来，卖圣诞树的商铺已经将大的树摆在了商店的门口。

住家户将门口布置成各种各样的造型，麋鹿拉着雪橇的；圣诞老人撬门拧锁非要给你送礼物的；北极熊不甘示弱背着礼盒蹲在门口等你回家的。各种各样的造型呈现得憨态可掬惟妙惟肖。

章惠敏算算日子，离上次武四海画像有四十多天时间了。前几天她应该来“例假”的，可是时间过了半个月了，自己的身体都没有反应，“大姨妈”不知道跑到哪里去了。想到这里，她惊出了一身汗，她心里打起了小算盘：“难道真的就这么准？老天真的遂了我的心意不成？”

“例假”没有来倒也没啥，自己不说没人知道，可是清晨起来刷牙的时候明显觉得想吐，又吐不出什么东西。想吐的声音不时会传出去。章惠敏心里还是很害怕她的反应会引起言自芳的疑心。

这天，皮特警长来国医馆刮痧，高远安排章惠敏为皮特服务。由于皮特警长跟大家都很熟悉，平时他来都是章惠敏接待他的，从原来对刮痧的抗拒到接受，章惠敏可谓是做了不少工作。这时，章惠敏和皮特见面互相说说笑笑就进入正题。

作为员工，章惠敏理所当然地要冲在老板和老板娘的前面为客人服务，这一点不能等到高远或者言自芳说话，章惠敏就会主动为之。可是现在章惠敏有些犹豫，她感觉自己身体不适，浑身无力，连站都不想站。她想把自己怀孕的事情跟高远谈，可是心里还是有些害怕。

她见皮特已经进到按摩间，趴在按摩床上等待着，于是她就坚持着站起来走了进去。

皮特感觉到一股女人的体香儿从门口飘了进来，他知道这是章惠敏的味道，心里难免有些激动。脱了上衣的皮特，虎背熊腰，章惠敏突然有一种不知道从哪里下手的错愕感，虽然不是第一次给皮特刮痧，可这次的感觉却不同以往。

只见皮特将两个胳膊动了动想找一个能长时间坚持的姿势，他这一动不当紧，腋窝里的狐臭味儿伴随着香水的味道扑了章惠敏一脸。闻到这股“烂葱叶”的味道，章惠敏胃里翻腾了起来，只见章惠敏手捂着自己的嘴巴，推开门冲进了卫生间，门都没有来得及关上，就趴在马桶上吐了起来。

高远听到不一样的动静，急忙打开门看个究竟。高远的眼前，章惠敏的脸憋得通红通红的，可是并没有吐出什么东西。

“惠敏你怎么了？哪里不舒服吗？”高远问这话的时候，似乎怕言自芳听到一样，不时扭头看着身后。幸运的是，此时言自芳并不在身边，没有看到这一幕。

“我，我可能，可能有了！”章惠敏吞吞吐吐说道，“例假没有了！早该来了，可就是没来！”

听到这话，高远的头嗡嗡嗡地响个不停，他有些眩晕，就觉得脚下发软。心想这下可把祸闯大了，他担心的事情终于发生了。

“什么时候的事？我们满打满算就只有在厨房那一次，就这么准吗？”高远慌张中又扭头看看言自芳会不会出现在身后，见言自芳此时不知道去了哪里不见身影，就接着道，“会不会没有睡好，着凉了呢？”

他见章惠敏脸上红晕中又添了不悦之色，接着说道：“到 pharmacy（药店）买早孕试纸测一下吧？说不定是别的什么原因造成的呢?!”

章惠敏听了这话，再无心给皮特刮痧了。她摔了门上了二楼，留下高远望着章惠敏留下的一长串靓丽的倩影直摇头。

“真是怕啥来啥！”高远心里既忐忑不安又无可奈何，他看看皮特，只有亲自上阵为皮特服务了。

言自芳并没有走远，或者说就根本没有走。这不，章惠敏没有来“例假”，原因是怀了孕；而那边言自芳却是“大姨妈”如期而至，幸好是两个女人在一个时间段里都是身体出现不舒服，这多多少少掩盖了章惠敏的妊娠反应。言自芳也多少知道一点儿章惠敏有痛经的问题，心里就没有往其他地方多想。

时间过得很快，几个月时间像几天一样眨眼间就过了，高远似乎已经忘记了让章惠敏买早孕试纸测一下怀孕这档子事儿，时间过去了这么久没见章惠敏再向他提起怀孕，心里庆幸应该是虚惊一场，暗下决心再不能跟章惠敏有什么关系了，即使是自己再渴望都不能由着性子来，不然自己捅的马蜂窝自己真没有本事摆平。

事情并不是按照高远的意志发展的，恰恰相反，事情是按照章惠敏所想要的方向发展下去了。就在高远提醒章惠敏买早孕试纸进一步确定怀孕是不是事实的第二天，章惠敏趁午睡的时候真的去了药店。回来后，她不着急了，因为身体告诉她怀孕是铁板钉钉子，成了事实。

既然早孕试纸买了回来，清晨起床章惠敏还是按照使用说明书测试一下。章惠敏先取了一杯晨尿，早孕试纸和尿液接触三到五秒钟后，章惠敏看到试纸上出现了一深一浅两道杠，这时，她没有紧张，因为她的心里早就有了准备。

章惠敏心里明白，不久的将来就会有一场生死搏斗，这场搏斗是她和言自芳之间的，也是高远和言自芳之间的，更是她为肚子里孩子的幸福的，她无法退缩。

圣诞假期连着新年元旦，国医馆的生意空前兴隆，不仅有华人光顾，当地人也会来国医馆做个足浴或者刮个痧，推个背。

章惠敏已经感觉到肚子微微隆起了，可是粗心的言自芳并没有观察到。不过，章惠敏想多则半月少则十天言自芳就会发现自己的肚子不寻常的。

果真，事情不出章惠敏所料，这天清晨言自芳路过章惠敏房间的时候偶然看到章惠敏在抚摸自己的肚子，由于章惠敏是背对着房门，面对着穿衣镜，整个孕妇的体形言自芳看得清清楚楚。

言自芳像从半空中坠落一样，那感觉是做了自由落体运动，她稳了稳自己的情绪，下了二楼去找高远。这时，高远在晨运，地毯上放着哑铃、杠铃和拉伸用的拉力器，他见言自芳脸色难看地从二楼下来，正要询问，就听言自芳问道："高远，章惠敏的肚子你搞大的吗？"

言自芳的声音不卑不亢，不大不小，但是楼上的章惠敏和面前的高远都能够听得清清楚楚。其实，高远早就感觉到章惠敏的肚子在一天天变大，可自己就是想躲避，不愿意正视面前的矛盾和危机。此时，高远知道纸包不住火了，上前一步扑通给言自芳跪下了，满脸通红，欲哭无泪道："自芳，你听我解释！"

本来，言自芳想从高远这里听到的回答是"一派胡言""无中生有"或者起码是"跟我有什么关系！"谁知道，高远这个软骨头马上就承认了！这让言自芳跟他闹的准备时间都没有，从平静要一下过渡到悲愤交加，到怒不可遏，再到歇斯底里，对言自芳似乎太有难度了。她甚至没有哭，忘记了愤怒。

"你们太卑鄙！"言自芳从牙缝里挤出这五个字。

"自芳，我们可以一起过！"高远突然冒出这么一句，为啥说这样的话，原因是几天前他已经证实了章惠敏确实是怀了自己的孩子。不仅怀了，B超结果显示怀的还是双胞胎，这让高远又惊又喜，他不知道多少次在心里祈祷上帝也好，老天爷也罢，能用神的力量使言自芳有一天知道了内幕后会原谅他一时冲动酿成的大错。

言自芳没有回答，径直上楼。她用力推开章惠敏房间的门，见章惠敏坐在床边上，已经准备好接受惩罚的样子。言自芳伸出手对着章惠敏的脸，使出全身的力气扇了下去。

章惠敏就觉得脸上一阵撞击，她没有还手、没有反应，更没有说话。可是她心里念叨着："自芳，对不起你了！为了孩子我忍了！"

章惠敏的脸火辣辣地痛，言自芳头重脚轻地回到了自己的房间，她不知道下一步该如何办。冷静了一下，她感觉到阁楼整个在压缩，进而整个房间变成了棺材一样，使她无法站立、无法思考、无法呼吸。

言自芳连忙穿上自己的外衣，戴上帽子，跌跌撞撞地下了楼，落魄潦倒地推开了国医馆的门，冲了出去。高远见到言自芳推门出去，感觉不妙，外衣都没穿，也跟了出去。冷风一刮，高远才被冻醒。他赶紧又回到房间穿大衣，等他再冲出门，国医馆的大门口已经找不到言自芳的身影。

言自芳并没有走多远，她人到了室外脑子也清醒了。她知道自己这一出来是有家也回不去了，她也不想回去。那么，去哪里呢？

冷风一股股刮在脚下，往上直接冷到了上半身。

家不远处有一个红色的公用电话亭，出于本能，言自芳拉开亭子的门跨了进去。电话亭一道薄薄的玻璃格子就能够抵御强有力的寒风，特别是脚下，温度不再下降，还有了丝丝的温暖。

言自芳从玻璃空格里看见高远急火火地返了回去，一会儿又从室内冲了出来，此时的言自芳看到高远的身影就想吐，她唯一的想法就是尽快离开这里。

"去哪里，我没有地方可以去！"言自芳从来都没有想过有一天自己会无家可归，会流浪在自己家的门口。她想起李红梅，可是这个念头一出现就被自己否定了，李红梅的病正在康复阶段，身边又有小诗妮和瓦奥莱特需要照顾。

"王奕桐，对了，我要给王奕桐打电话！让奕桐来救救我！"言自芳此时已经慌不择路了，她拿起电话，嘟嘟嘟的提示音告诉她应该投币才能通话。言自芳摸摸自己的口袋，没有钱。不仅没有钱，她的脑子里还一片空白，根本就记不得四季中餐馆的电话号码，只隐隐约约记得王奕桐的电话号码写在国医馆的记事本里。平时没有什么事情就不打电话，所以号码根本就记不得。

言自芳做了一个大胆的决定，回去拿钱，取电话号码。想到这里，言自芳推开电话亭的门，冒着严寒往国医馆走。不长的几百米路，言自芳像走了几年。这条门前的路变成了一条自己从没有走过似的，这条路的一草一木平时自己并没有留意过，陌生得像梦里见过一样。

言自芳推开门，见高远正在和章惠敏说着什么，她的第一反应就是两个人一定在议论自己，想到这里，妒火中烧，人被外面的冷风一吹，又被室内的热气一熏，脸红得像猴子的屁股。

两个人见言自芳突然回来，误以为她回来是继续闹事儿，章惠敏突然用手捂住发烫的脸；高远紧张地盯着她看，随时准备上前进一步劝说言自芳不要冲动，可言自芳的手势拒绝了他的讲话。

“祝你们幸福！”言自芳拿了自己口袋里的钱，又转到柜台找王奕桐的电话号码。高远站在远远的地方看着言自芳来来回回地折腾，说！不是，不说！也不是；劝！不是，不劝！也不是！这一刻，高远的脑海里突然想到了远在国内的儿子练小鑫，又下意识地看了看章惠敏微微隆起的肚子。

此时，言自芳已经恢复了平静，她突然觉得要挺直自己的腰，要给身后窥视她的人留下一个高大的、不屈不挠的身影。言自芳没有再跑，再躲，她缓步走到家门口的路边，左右看了看。

一辆出租车正好缓缓地开了过来，巧得像有人给言自芳安排好的一样。出租车在言自芳的面前停了下来，司机快速转到门边为她拉开车门。

“斯梅尔斯堡，谢谢！”言自芳语调轻飘飘，但分量沉重地说道。

上车后，言自芳还是不由自主地往后看了看。她希望能看到什么呢？是高远痛哭流涕地追赶、不舍？是高远看到自己绝尘而去的捶胸顿足？可是，她却没有看到任何想要发生的事情出现，街道安静得像昏死了过去一样。

言自芳刚刚挺直的腰弯了下来，紧张后的她觉得疲惫不堪，她闭上了眼睛，任由窗外的风穿过玻璃窗的缝隙吹在她的脸上，吹在刘海儿上，强劲的风她却浑然不顾。

“最坏就坏成这样子了，还能坏到哪里?”言自芳用手在大腿上狠狠地捶了一下，像所有的一切都是因为这条腿造成的一样。言自芳突然想起高尔基《海燕》里的一句话，“让暴风雨来得更猛烈些吧!”不过她又补充了一句，“本姑娘不怕你们!”来安慰自己。言自芳突然打开车窗玻璃，风呼呼地吹进了车内，使得汽车的速度突然慢了一下。司机觉得今天这位乘客的脾气不好，可是也想不出来哪里出现了问题。

汽车慢慢地穿过街道，言自芳好像是初次来到伦敦，对这里既熟悉又陌生，她还是第一次这么有耐心地观察着街边的一切，她看到了唐人街，想到了和高远一起住的地下室；路过了高远为她买冰淇淋的商店和面包店，她伤心得像丧家之犬，落魄得像流浪的吉普赛人。

“你怎么来了？怎么穿成这样?”王奕桐见到言自芳第一句话就吃惊地问道，“高远呢?”

“以后我们不要再提他们了!”言自芳说着这话，眼睛顺着王奕桐的眼光往下看，吃惊地见自己仅仅穿了一双拖鞋就出了门。

“他们？你说‘他们’指的是谁?”王奕桐不解地问道。

“就是高远和章惠敏!”

“他们怎么了?”王奕桐感觉到了什么，可是又不知道到底发生了什么事。

“他们‘死了’，在我心里他们已经死了!”言自芳对着王奕桐哽咽了起来，两眼泪如雨下，她已经看不清楚王奕桐的脸，看不清周围的景物，“我没有家了，我是个失败的女人!”

“快不要这么说!”王奕桐见罗伯特·李走了过来，就示意言自芳不要再哭了，“我们进屋吧，进屋再说!”

王奕桐跟随着言自芳的描述知道发生了什么事，作为一个同龄人，王奕桐没有遇见过这种事情，更没有处理这种事情的经验和能力，唯一能做的就是陪着言自芳暗自流泪。她对章惠敏没有谴责，对高远也没有谴责，不是不想，而是王奕桐的大脑里就没有储备那些世俗之见和骂人的污言秽语。她鼓足勇气向言自芳说了一句："这事儿不能就这么完了！他们必须要为自己的行为付出代价！"

"你先在我这里待着，看看下一步如何处理！他高远不能见死不救，知道你离家出走了，也不理不管、不闻不问吧?"这是王奕桐说的最硬气的一句话。

言自芳到了这个地步才知道自己的生活不是自己一个人说了算的，自己的生活从遇见高远的那一天起就变成两个人共同决定的了，现在离开了高远，她的生活像天上的月亮一半儿是阳面，一半儿永远是阴面。而这冲着阳光的一面被高远拿了去，自己被狠狠地抛弃在了冰冷的阴暗面。

12

高远见言自芳冲出了国医馆的门，本想上前去阻止，可是腿像灌了铅一样沉重。他甚至已经将自己拖到了门口，勉强把门打开。他见言自芳向出租车招手，司机为言自芳拉开了车门，那一刻，高远的心"咯噔"了一下，想出去拦住出租车，却勇气全无。

高远的眼睛里正憋着一滴眼泪，像是用来纪念这段感情，可心里的激动还没有上升到脑海进入到泪腺，更没有一股热情把眼泪推出眼眶，脑子里突然出现了一个声音，高远听得清清楚楚声音的意思是"你是鳄鱼，你流的是鳄鱼的眼泪！"高远一紧张，眼睛没有来得及湿润就结束了激动的整个过程，像胎死腹中的动物，焦躁中带着难受。

高远回过神来，见章惠敏站在身后不远的地方，手里拿着一双拖鞋。她见高远扭过身来就把拖鞋放在高远的脚前，做完这些，章惠敏转身上楼去了。

言自芳走了，章惠敏上楼去了，原来觉得拥挤的空间突然变得异常宽阔起来，整个国医馆格外地寂静，静得让人发慌。高远从小身边就不缺乏女人，突然一个人独处，顿觉浑身不自在起来。

平时不论是穿衣戴帽、吃喝玩乐，还是工作休息、为人处世，只要言自芳点头认可或安排妥当的，高远就下意识地认为言自芳的认可就预示着整个女性世界都可以接受的，信心随着言自芳的首肯而得到极大的满足和支持。可是，随着言自芳的离开，高远的自信心也被言自芳一起打包带走了，或者说高远在乎的，异性世界的那一半对他的看法也被言自芳无情地踩在了脚下。

高远不知道自己在那个雌性世界里将被看成什么样子，心里像乌鸦带走了雏鸟后留下的空蛋壳，除了能给时间和空间留下一片惆怅和感叹以外，稀碎的蛋壳只有斑驳的褐色伴随着黑色。

章惠敏在楼上躺了一会儿，又坐了起来；坐下了一阵又围着房间踱着步子。她将医院拍的彩超和医生开具的检查结果拿在手里看了又看。彩超中一团团黑白相间的絮状物“盘根错节”地缠绕在一起，根本没有人的形状，更不要说要分得清是双胞胎了，她下意识地摸了摸腹部，心里不由自主地泛起了一股母性情愫来。章惠敏缓缓下了楼，见很少抽烟的高远正依靠在厨房的门框上吞云吐雾，仅仅留了半个男人的身影给章惠敏“瞻仰”，就紧张地走了过去。

“有孩子，不能抽烟!”章惠敏淡淡地说道。

高远像没有听见一样，可人还是环顾四周去寻找章惠敏嘴里所谓的孩子。当他看到章惠敏手抚摸在肚子上的动作时，自己也意识到了什么。

现在的高远确实深陷到了感情的泥淖之中，一时半会儿还不能摆脱言自芳出走带来的冲击，人就像从低血糖症状中刚刚恢复过来的糖尿病患者，血糖恢复正常了，人却依然停留在低血糖的空虚中没有完全调整过来，一丝丝的头昏脑涨伴随着轻飘飘的步子，告诉高远危机并没有离去，而是将要到来。

入夜，高远胃里堵得像吃了沙石，满满登登地不消化。他没有心思吃饭，独自一人坐在厨房里喝着武四海剩下来的半瓶“五粮液”，咳声中夹杂着叹气声，让二楼的章惠敏听得心惊胆战。

章惠敏心里的罪恶感变成了眼泪，扑簌簌地穿过面颊滴在自己的手背上，眼泪提醒她要吃饭，要给肚子里的孩子增加营养。

章惠敏是在几天前去的医院，她向医生提出自己怀孕有数月时间，希望做彩超检查。医生是一位四十多岁的爱尔兰妇女，作为过来人，她拥有爱尔兰人对孩子的热爱，对章惠敏的要求格外开恩，不仅拍了片子还告诉章惠敏怀的是一对双胞胎。章惠敏听到这个消息，心里像伏天吃了一杯冰激凌，清爽至极。因为，她没有想到幸福来得这么快，来得这么突然，有双胞胎在身，即使没有到临盆时间，她都不用再担心自己会被移民局遣返回国了。更不用说生产以后，孩子不仅可以拿到英国国籍，作为法定监护人的母亲，她会自然拥有合法居留权。

章惠敏下了楼，见高远依然一副不把自己灌醉誓不罢休的样子，心里不由得气不打一处来。伸手将高远手里的酒杯抢了下来，连哄带劝地说道："喝这么多干吗！我和孩子以后都要靠你呢！"

高远听了这话，脸上一阵抽搐！可是静下心来想想，章惠敏的话不是没有道理，不出几个月整个屋子将会充斥着孩子们的哭闹声，那声音彰显着自己生命的延续、自己血脉的延续。

想到这里，高远用手摸了摸章惠敏并不丰满的小腹，似乎章惠敏的肚子有什么神奇的力量能够对冲因言自芳出走而形成的真空。

这个时候的高远心里不能说不为言自芳担心，长期一起生活让他对言自芳的依恋与日俱增，他已经习惯了有言自芳的日子。他认为自己和言自芳生活在一起就好比温水里的两条稀世金鱼，性格各异，可独特的人格魅力始终是翘楚和极品类的存在，自己和言自芳一出现，大家那激动的情绪都能够荡起水波一片的，从学校到现在，按高远的性格在这里完全可以把"水波"这个词改成"轰动"的，可是此时的心情也只有作罢。

殊不知，现在的高远和言自芳这两条金鱼被分别装进了两个不同

现在的高远和言自芳这两条金鱼被分别装进了两个不同的袋子里，已经再也不互相隶属了。

的袋子里，已经再也不互相隶属了，虽然都在水里，可是却不在一个鱼缸里，他们会以另外一种全新的方式和面貌出现。

章惠敏悄悄地把冰箱里的青菜取出，把青菜放进开水里煮了煮，在汤里放了一点儿盐，自己躲到厨房吃了。消瘦的身影从高远的身边像一道闪电划过，他不由自主地抬起头来。

同样作为女人，眼前的章惠敏为何就能够愿意为自己生儿育女，为何就不怕身体变形，产后抑郁呢？假如没有性的吸引，眼前的章惠敏，自己就没有过多地留意她的感受，在乎过她的存在！同样，作为存在于自己身边的章惠敏不仅有女人的妩媚还会拥有作为母性的温柔吧？！

“你要吃好一些！为了我和孩子！”高远顿了顿，接着道，“也为了你自己！”

章惠敏没有说话，她把碗放下，抬起头来若有所思地看着高远，看他说什么，又会如何打算接下来的日子。

“我吃啥没所谓，关键是肚子里的孩子们比你我都重要！你说对吗？”章惠敏说了一句老实话，“我看你心里很烦，你去把自芳找回来吧！你们好好过，我只要有孩子就行了！”

章惠敏说这些话确实是言不由衷、口是心非，一来，她知道高远不会不要她，更不会不要肚子里的孩子；二来，按言自芳的脾气性格，即便是高远找到了她，她眼睛里也揉不得沙子，更不会吞下这口气与高远言归于好继续接下来的日子。由此，章惠敏断定高远和言自芳的婚姻到头了。

既然他们的婚姻到头了，何不让高远对自己的印象既深刻又美好呢？捋清楚了思绪，章惠敏妩媚地望着高远，语重心长道：“有孩子了，你就不能太放任自己了！”

高远听了这话，不知道是最近不能“放任”了还是孩子长大了就不能“放任”了！他两只眼睛瞪得圆溜溜的，想问又不好问，因为言自芳的离去还没有一个着落，即便是想“放任”也不会尽兴的，更何况现在就没有放任的心情。

高远不是不想去找言自芳，他想过无数次见到言自芳时的情景，有平淡的、有激烈的，甚至他还想到几天不见，双方抱头痛哭互道衷肠的，可是他的拖怠让他煎熬了好几天都没有出门，他不敢去找，更没有勇气面对崩溃中的言自芳。

正当高远犹豫不决的时候，言自芳在王奕桐、罗伯特·李和一位律师的陪同下回来了。事情的严重性出乎高远的预料，他原本想象的是，自己在捶胸顿足中伴随着痛哭流涕来挽回言自芳，可是见了面空气瞬间凝固了，律师向高远出示了一份律师见证函后，就示意言自芳上楼收拾自己的东西，完全没有给高远时间去解释，去捶胸顿足了。

言自芳上楼后，所有人都一言不发，现场一片死寂，似乎空气也在这一刻凝固了，偶尔不和谐的咳嗽声或者喘息声都让窒息的气氛显得庄严。高远尴尬地等待着，他突然希望这一切赶紧过去，他开始对言自芳有了恨意，随着时间的推移，原来埋藏在高远心底的愧疚感变成了厌恶和懊恼。

言自芳回到自己的房间，不知道自己想要带走什么东西，她甚至不愿意收拾，她想把所有的东西都留下。她这次回来是想看看接下来的事情该如何处理，没想到律师的出面将言自芳推到了不可挽回的“单行道”上，再也没有回旋的余地了。

言自芳真的希望高远此时能够上楼来，跪在地上痛哭流涕，一方面阻止她收拾东西，一方面痛心疾首，悔不当初。可是，让她遗憾的是她没有听到楼梯上有任何脚步声，更没有她熟悉的身影出现。她不知道自己来这里的真正目的是什么了，言自芳迷惑了。时间像一个催命鬼一刻不停地催促着她，无奈之下言自芳草草捡起了几件自己的衣服，心灰意冷中头也不回地出了门。

王奕桐本能地想给高远打个招呼，可突然想起自己已经站在了言自芳一边，刚刚举起的手在尴尬中放了下来，一转身陪同着言自芳上了罗伯特·李的车。

自称律师的人递给高远一份律师函，没等高远看，就口头传达道："我的当事人已经向当地法院提起诉讼，请你等着法院的传票吧！"

言自芳走了，带走了高远最后的希望。

言自芳走了，留给高远……

章惠敏在言自芳回来的时候一直躲在厨房里不敢露头，她的听觉是她这一辈子表现最为突出的一次，胜过了嗅觉和味觉。何以见得？因为在她听觉功能发挥到极致的时候，嗅觉和味觉都不约而同地降低了自己的需求，将能量借给了听觉使用。

章惠敏的口腔干涩，鼻腔中也火辣辣的，不仅如此，隐隐约约还能闻到一股股火油的味道。她见高远被动地接受着眼前的一切，心里替高远难受。可难受的同时，不知道为什么她的心里却异常地欣慰，她知道从今天开始生活将是她和高远的了，将是她的欢蹦乱跳孩子们的了。

"我章惠敏才是人生真正的大赢家！"她强压着心底里这股欢欣雀跃的呼声，不至于快乐得喊出来。当她听到最后一个人离开，高远身心疲惫地将门关上的那一刻，章惠敏冲出厨房，将高远紧紧地抱住，她将自己的头依偎在高远宽阔的胸膛里。她像一个坚持到最后的长跑运动员，冲过了终点，手里捧着象征胜利的鲜花，她将手勾在高远的脖子上就像将花环挂在高远的脖子上一样。

章惠敏此时的感情是真的，没有一星半点儿表演的成分在里面，在她一直被边缘化的伦敦生活里，她没有抛弃自己。现在，她觉得自己开始走到了前台，走到了这场人生大戏的舞台中央。她高兴，她雀跃，她心里感谢许多人，她甚至于还深深地感激了言自芳。

高远并没有察觉到章惠敏内心世界的变化，俗话说："女人心，海底针！"他无法看透此时此刻情场中一个占了上风女人的心理活动，他的心随着言自芳的离开变得空落落的，变得没情没绪，无精打采。

章惠敏突然入怀，敲醒了高远心里的警钟，他下意识地感觉到眼前的这个女人和激情时候的那个女人不一样了，多少让他意识到带有处心积虑的成分。高远恨自己管不住下半身的冲动，才酿成现在酸涩的酒。

怅然若失后的高远，紧紧地抱住章惠敏，像落入河水里的人抓住了最后一根救命稻草。虽然现在抱着这个女人味道没变，可是自己心里却有了一种“夹被摩疼”的隔膜感，那感觉就像用隔夜的饺子皮包饺子，不论你如何用力都不能将两张皮紧紧地捏合在一起。虽然有个饺子的形状，可什么时候看都会隐隐约约发现饺子不是张口就是露馅儿。

月光如水，银色中还带有一层层薄青。章惠敏躺在自己的床上，她将自己的门关得紧紧的，而不是像上次和高远偷情时留了一条大大的门缝，她等待着高远激情四溢的敲门声，或者就根本不用敲门，而是破门而入。章惠敏已经将自己浑身上下脱得一丝不挂，光溜溜地期待着高远将自己凌辱、将自己压迫，可是等到月光失色、天光大亮也没有任何动静。章惠敏的失望都写在了脸上，抑郁挂在眼角。

破晓时分，章惠敏起床。她睁着惺忪的睡眼，轻抬腿，听听楼上，又看看楼下，一片死一样的寂静。这个时候，远远的警笛声越响越近，最后在门口停了下来，章惠敏赶紧下楼，她听见高远的声音含糊其辞于警察的劝说之中，她赶紧打开门。一股寒风吹了进来……

国医馆门口，高远衣冠不整地孤零零一个人站立在章惠敏的面前，浑身上下都是泥，脸上青一块儿紫一块儿，刮破的衣服在寒风里讲述着昨夜发生的故事。

这一刻，章惠敏像找到了失散多年的儿子，心头一热，赶紧将高远拉进屋。章惠敏没有问任何问题，其实高远这么狼狈不堪被警察送回来，已经明确地讲述了这一夜高远的境遇，高远没有向任何人提过这一夜他去了哪里，去做了什么，其实这已经不那么重要了。

不过让章惠敏诧异的是，从那一夜开始高远变了，变得沉默寡言，多愁善感了。没有顾客高远也不着急了，有了顾客光顾，高远也不兴奋了。高远见到章惠敏去给顾客按摩也没有心思将她替换下来，让她休息。章惠敏开始反思自己的做法是不是真的赢得了这场胜利，还是自己将会踏入到一摊泥淖中去。

章惠敏不敢想象她一旦失去高远，自己的生活将会变成什么样子，更不敢想象身边如果再有两个小孩子，当孩子们问起爸爸的时候，她无以回答时的尴尬和无助。

高远走了很远很远，他本来想去找言自芳，向她忏悔，可是走出家门就被自己颓废的念头打击得体无完肤。他沿着马路没有目的地往前走，一直走到天亮，他也不知道自己走了多远，摔了多少跤，他想用折磨自己身体来减轻心里对言自芳的内疚感。无奈天始终会亮的，阳光穿破了他心里薄如蝉翼的虚伪，当警察将他拦下，他支吾其词不敢提半句实话。

高远回来了，可魂却丢在了清晨寻找言自芳的雾气里！

13

李红梅最近的情绪不是很稳定，因为她的头又隐隐约约开始痛，她想起女儿诗妮回答她的话，突然心里猛地抽了一下，倒吸了一口凉气。

“难道自己真的好不了吗？”李红梅又想起王奕桐劝自己的话，不要把孩子的话当真。可关系到自己的生死大事，任何一句与生死攸关的话语都能够触动李红梅脆弱的神经。

李红梅跟女儿讲不清楚自己的苦闷，跟丈夫费迪更讲不清楚自己的内心世界，李红梅试着跟瓦奥莱特讲讲心里话，可是老人家的听力已经大不如前了。李红梅张了几次口都没有说出个子丑寅卯来。

李红梅知道王奕桐很忙，可有一天她突然接到了王奕桐的电话，电话里王奕桐没有多说什么，就简单地说言自芳到她这里来住了几天，如果有空就一起坐坐，如果觉得在斯梅尔斯堡不方便，大家也可以到唐人街或其他地方找家餐馆换个口味。

李红梅来到斯梅尔斯堡的时候，王奕桐和言自芳两人一起出来迎接，李红梅觉得奇怪。心里一种不祥的预感撞击到了她的心底。从言自芳的面部表情来看李红梅进一步验证了自己的判断。她预感到言自芳和高远一定是有了矛盾，可她没想到矛盾发展得这么不可调和。

喝了咖啡，吃了罗伯特·李为她们烘培的西式蛋糕。王奕桐提议到伦敦市西边、泰晤士河北岸的大片有名的建筑群逛逛，因为这里有大英博物馆、白金汉宫这些历史文化著名建筑群；有威斯敏斯特大教堂、伦敦眼这些名胜古迹，还有女人们喜欢的哈罗德百货公司、Selfridges百货公司和Hamleys亲子购物中心。

罗伯特·李驱车将三个女人送到哈罗德百货大楼门口，绅士般下车为王奕桐打开车门。王奕桐挥手笑着道："谢谢你了，大厨！"这是她回复罗伯特·李最常用的话。

"罗伯特·李对你挺认真的！"李红梅望着绝尘而去的汽车说道，她的意思是罗伯特·李对王奕桐是别有用心的。

"不瞒姐妹们说，我把你们叫出来也就是为了这个事情！"三个人在咖啡馆里刚刚坐下，王奕桐就将这个话题抛了出来，"我也想听一下姐妹们的意见！"

可是言自芳仍沉浸在高远和章惠敏给她造成的伤害中，对别人的事情尤其是男女感情的事情漠不关心甚至深恶痛绝。李红梅询问的王奕桐和罗伯特·李的事情这些天也耳闻目睹大概知道一些，可她从未放在心上，所谓事不关己高高挂起。现在李红梅问起来，她也只当是顺便听听而已。

李红梅却询问道："你说说，到底是怎么回事？"李红梅此时已经忘记了自己身患疾病给她心理带来的压力，对王奕桐和罗伯特·李的男女之事颇感兴趣。

“罗伯特·李，你们知道的，是我四季中餐馆的大厨，没有他就没有这家餐厅的，可以说斯梅尔过世前和过世以后，罗伯特·李对我都是非常关心的。用他的话来说就是他对斯梅尔和我王奕桐是非常仰慕，相当崇拜的。在斯梅尔过世后有一次律师来宣读遗嘱，罗伯特·李一直守在门外，我知道他是怕我吃亏，能给予我一点心理支持和帮助，是他极其乐意做的一件事情。”说到这里，王奕桐加了一句令言自芳和李红梅听了都自愧不如的话，“你们品品，音乐真的就能够给人以不同于世俗的修养吗?”

李红梅愣在原地，举着咖啡杯悬停在半空，不知道该喝还是该停，一头雾水中试图弄懂王奕桐所说的品品；言自芳也被这句话击穿了自己所学所会的那张敲起来梆梆响的“鼓皮”，顿觉自己拥有的那一堆苍白无力的知识像过期的日历被一片片撕下，扔到了半空里，任由疾风吹到风想要吹到的犄角旮旯。

无解的问题并不是真的无解；有解的答案也并不见得正确。

“我想回去！我想回家！我想回国!”王奕桐情绪激动眼泪汪汪继续道，“我不想伤害到罗伯特·李，我预感到总有一天他会向我提出那个要求，我想躲一躲，因为我心里满满登登的，还装不下别人!”王奕桐说到这里，脑海里同时出现了洪之一仁和斯梅尔两个人的形象，而洪之一仁和斯梅尔的身影一个一会儿在前，一个一会儿在后，交替变换着位置。

三个人都沉默了！每个人都一言难尽，都有一潭苦水。

时间快到中午时分，三个女人移步到位于博罗市场边上的“峨眉派”川菜馆，在靠窗的位子上坐了下来，王奕桐点了几个菜，她双手平放在桌子上，眼睛却盯着一瓶新西兰出产的“云雾湾”（Sauvignpnon Blanc）长相思白葡萄酒，一边等菜一边看着一个二十几岁的白人男服务员毕恭毕敬地为她们斟酒。这个时候，时间马上就要到中午十二点，威斯敏斯特教堂钟楼的音乐开始奏响，王奕桐举起酒杯：“为了我们姐妹的友谊，为了过去的和未来的美好生活，我建议等钟声的最后一响，我们三人就碰杯，用作曲家乔治·弗里德里希·亨德尔这首著名的咏叹调感叹一下我们的过去，憧憬一下我们的未来！”

威斯敏斯特教堂的钟声敲响最后一下，李红梅、言自芳和王奕桐捏在手里的酒杯就碰到了一起，清脆的碰撞声正好被钟声覆盖。她们会心地笑了，这是女人们的幽默，她们不想因为自己的兴致而影响到别人应该享受的宁静。

“这是贝多芬的*Symphony No. 5 in C Minor*（《命运交响曲》），放在这里似乎有些不合适，不过声音大小调得还算适宜！”王奕桐用手指了指音乐传来的方向说道，“一定是有顾客点了麻辣火锅，是不是想把命运交给这又麻又辣的世界呢！”

几秒钟后，王奕桐接着道：“你们听听，这贝多芬一定是吃过了四川火锅或者麻辣烫才谱出的这首钢琴曲，不然，你不会从其中听到有火爆的辣味、不屈不挠的麻味儿和陈皮草果的香味儿。音乐是不是只用生活中的调味品谱写而成的，不然怎么称之为人生百味呢？音乐就是人生最好的反映和记录！”

“那今天你点的是哪几道菜，会不会有相应的音乐播放给我们?!”言自芳好奇地问道。她的情绪被王奕桐的音乐理论和美食推介扭转了，已经暂时忘却了高远和章惠敏给她带来的心理浩劫，情绪渐渐变得高涨了起来。她急切地想知道接下来自己桌上将会有什么样的菜式和什么样的世界名曲结合到一起。

“如果我没有估计错的话，这首《彩云追月》应该是为我们的菜而播放的！”王奕桐、李红梅和言自芳齐刷刷往厨房出菜的方向望去，李红梅心想：“如果不懂一点儿音乐，这饭也就只能说吃了一半儿，太可惜了！”

只见那个帅气十足的洋人服务员手里端着一个精致的托盘谦卑地走了过来，钵子放到了雪白的餐台上。“这道菜是‘锦上添花’，请慢用！”说完倒退了几步后转身离开。

典型的蔬菜沙拉中间摆放了一个日式的“温泉蛋”，蛋黄隐隐约约被蛋白包围着，随着盘子的移动，“温泉蛋”的蛋黄在蛋白里摇来晃去，如满月初升；牛油果和三文鱼陪伴左右，似夜鸟归巢。一小碟精致的酸甜醋汁在音乐的伴奏下从中间淋入，一股酸甜相伴的味道立刻穿过了嗅觉，使人满口生津。你还别说这个时候再端起“长相思”来，真有了“彩云追了月”的快感从心底升腾起来。

接着上来的菜品并没有更换播放的曲目，干煸四季豆，麻婆豆腐，夫妻肺片，一首《彩云追月》就上来了几道菜，让几个女人希望音乐和菜品能够进一步融合到一起的愿望多少有些落空。

“你们好呀，几位美女！”峨眉派的店老板向三位女士打着商业式的招呼，“味道还能适应吗？有什么需要请吩咐我，不要客气，都是一家人嘛！”

“我们还有一份‘水煮鱼’，请老板跟一下单，再加三小份‘龙抄手’，谢谢！”王奕桐吩咐道。

“好的好的！请您稍等片刻！”老板转身下单去了。

这个时候一首 Claude Choe（崔宰凤）的 *Love Is Just A Dream*（《爱只是一场梦》）飘入了三位女士的耳鼓，小提琴手好像不是在曲目中，而是就站在她们的面前，给她们三位讲述为什么“爱”就是“梦一场”。整个曲子就是在诉说、在低吟、在不舍、在……挽留。几个人静静地听着，言自芳将目光投向了威斯敏斯特教堂的方向；李红梅把头垂得更低；王奕桐闭着双眸，可眼中已饱含泪花，沉浸式体验着音乐，她专家内行的表情是对音乐最大的赞美。她们都被音乐感动了，此时她们一定都在考问着自己的过去，预测着自己不同的归宿。

名为“沸腾渔乡”的水煮鱼上桌，女人们才恍然大悟，发现这首曲子是老板送给她们三人的，一张精美的便条写着：“美女们，回到现实，爱永远在不远处等你们！”看到这，李红梅哭了，王奕桐哭了，言自芳也哭了。

尾　声

北方音乐学院门前的大街上，冬天的痕迹依然明显可见，虽然节气已经过了惊蛰，可西伯利亚的冷空气依然不依不饶地向南补充，路边的国槐强忍着凛冽的寒风，挺直着腰杆不断向空中摇曳着干枯的树枝，向偶尔飞过的红嘴蓝尾鹊讲述着曾经有过的冬天。

浑河两岸的地皮已经泛起了绿意，拂面而来的风中已经夹杂着泥土的味道和不知名的薄薄的花香，一天的气温到了下午升到了最高，西边的太阳挂在地平线上的时候也显得异常慵懒。

王奕桐走在马路上，拖着一个简易的拉杆箱，送她的出租车冒着一股白烟消失在街道的尽头。前面路过一个公共电话亭，王奕桐走了进去。她拿起电话可不知道电话拨给谁。

王奕桐将头倚靠在电话亭的装饰板上，一股刺骨的寒冷像针穿透了她的头盖骨，让她激灵一下。王奕桐想要报个平安，可是偌大个世界她要给谁报去平安呢？谁又在等待她的音信？

“家？我哪里有家！亲人？我哪有亲人！”王奕桐拿起电话听筒，“嘟嘟嘟”的忙音更加让她茫然不知所措。她只觉得自己的手指在0044（英国区号）徘徊，一串号码后，一个熟悉的声音传了过来。

“奕桐吗？你说话呀！我们都等着你的消息呢！”对方是言自芳的声音。

“是我！是我！”王奕桐努力控制着自己的情绪，不让失控的眼泪流进嘴里，“都好吧！我到了！”说完，王奕桐都不知道自己问的“都好吧”指的是谁。

“嗯，你走后李红梅突然脑疾发作，人走……走……走了！”言自芳在电话那头哭得泣不成声，电话这头王奕桐愣了半天，突然坐到了地上号啕起来。

时间不知道过了多久，华灯初上，街道两旁已经没有了路人，王奕桐扶着墙站了起来。她下意识地摸了摸脸，两个深陷的眼窝下眼泪将皮肤冲出了两道深深的泪痕。

“我回来去哪里？回来前只想着回来，去哪里没有多想，今晚哪里是我歇脚的地方？”王奕桐的心又一次空旷得发颤，她突然想起斯梅尔的遗嘱。

王奕桐急忙将遗嘱取出，小心翼翼地打开。一张印有斯梅尔斯堡图案的信笺滑出了信封。王奕桐借着微弱的光线看到：

奕桐，我亲爱的妻，当你看到这封信的时候，你一定非常地无助！听我的话，抬起头，往前走，前面霓虹灯处，就是四季居酒屋！

爱你的斯梅尔！

后　记

小说《心曲》写完了，我纠结了多年的那些人、那些事一下放了下来，感觉像长途跋涉后终于到了休息的驿站，把沉重的包袱放到了地面上！

想写一本反映海外游子的作品由来已久，在过去的阅历中有许多事情发生过，可真要将所闻所见写出来却一直没有一个契机。

直到穷游了许多国家后，方才有了将纠结的情绪写成文章的行动。在世界各地游历的日子里，我渐渐知道了西方人是如何看待中国人的，以及西方社会对我们这个伟大的东方大国所持的看法是什么样的；同时通过自己的亲身感受渐渐将华人华侨在海外的生活形象化、具体化了，那些鲜活的故事每天都在上演，那些和我们同文同种的人和我们唱着同一首歌。谁不是怀揣改变自己的理想，试图改变自己的生活环境，进而为自己祖国的繁荣昌盛而贡献毕生精力呢？人说“行万里路胜读万卷书”用到这里恰如其分。

陆游诗曰“纸上得来终觉浅，绝知此事要躬行”是我旅行后的第一感觉。旅走的路上是打“腹稿”的最佳方式，也反映出了此时此刻的心境！

维特根斯坦说：“对于不能言说的东西，人们必须以沉默待之。”本来还想给书中几个人物一个出路，将结尾交代得清清楚楚，细想了一下我怕这样会泯灭了读者的想象力，最后还是将这个事儿留给读者茶余饭后去评头论足吧。

书稿写成，歌唱家陈懿女士在百忙之中抽出宝贵时间进行了全方位的斟酌，对一些地方提出了自己独到见解，让我受益良多。

博学多才的挚友赵隆盛先生对全书提出了许许多多专业建议，即使在新冠疫情来临时也从未言弃，让我感叹有此知己人生足矣！

王晓文女士对小说的架构提出不少有价值的建议；

张丽华、郑曼丽女士对细节提出许多修改意见。

本书的出版得益于作家出版社的大力支持和鼓励，作为我写作道路上的良师益友，作家出版社就像一壶沸腾的热水，将我冰封的内心世界给融化了。没有作家出版社的肯定，人生之路将是另一种形式。

在此，对以上各位朋友的厚爱和支持深表感谢。

本书的人名、店名、地名包括但不限于故事情节纯属虚构，如有雷同，纯属巧合。

2023年5月收笔于珠海寓庐